ro
ro
ro.

Carmen Korn

ZEITEN DES AUFBRUCHS Roman

Rowohlt Taschenbuch Verlag

Veröffentlicht im Rowohlt Taschenbuch Verlag,
Reinbek bei Hamburg, Juli 2018
Copyright © 2017 by Rowohlt Verlag GmbH,
Reinbek bei Hamburg
Umschlaggestaltung any.way, Barbara Hanke / Cordula Schmidt
Umschlagabbildung Carl Sutton / Getty Images;
Greenery/shutterstock.com
Karte in der Umschlagklappe © Peter Palm, Berlin
Gesamtherstellung CPI books GmbH, Leck, Germany
ISBN 978 3 499 27214 1

Für unsere Mütter und Väter

Anneliese und Heinz Korn
Ursula und Paul Hubschmid

HENNY UND IHRE ANGEHÖRIGEN

Henny Lühr, geborene Godhusen
Jahrgang 1900. Mit achtundvierzig Jahren hat Henny schon einige Lebenswendungen hinter sich. Ihr erster Mann *Lud Peters* starb bereits 1926 bei einem Verkehrsunfall. Von ihrem zweiten Mann, dem Volksschullehrer *Ernst Lühr*, ist Henny mittlerweile geschieden. Ihren Beruf als Hebamme an der Frauenklinik Finkenau dagegen liebt sie noch immer.

Else Godhusen
Hennys Mutter, Kriegerwitwe, seit ihr Mann *Heinrich* im Ersten Weltkrieg starb.

Marike Utesch, geborene Peters
Jahrgang 1922. Hennys Tochter aus der Ehe mit Lud. Die junge Ärztin ist mit ihrer Kinderliebe *Thies* verheiratet. Nach seiner Rückkehr aus Russland hat Thies sich beim neugegründeten Nordwestdeutschen Rundfunk beworben, dort ist er mittlerweile für die Unterhaltungsmusik zuständig.

Klaus Lühr
Jahrgang 1931. Hennys Sohn aus zweiter Ehe. Zu seinem Vater hat er keinen Kontakt, seit Klaus an seinem sech-

zehnten Geburtstag gestanden hat, dass er Jungen liebt. Um der Klappliege bei seiner Großmutter Else zu entgehen, lebt Klaus seit einiger Zeit bei dem Arzt Theo Unger, der ihm zum väterlichen Freund geworden ist.

Theo Unger

Auch in Hennys Leben spielt der Arzt eine immer wichtigere Rolle. Theo stammt aus einer Arztfamilie in Duvenstedt, während der Kriegsjahre hielt der Nutzgarten seiner Mutter *Lotte* die Freunde aus der Finkenau am Leben. Die Ehe mit *Elisabeth* ist geschieden, bereits 1945 ging sie mit dem englischen Captain *David Bernard* nach Bristol.

LINA UND IHRE ANGEHÖRIGEN

Lina Peters

Jahrgang 1899. Hennys Schwägerin bleibt sie, auch wenn ihr Bruder Lud längst tot ist. Als Lehrerin arbeitet die Anhängerin der Reformpädagogik nicht mehr. Mittlerweile betreibt sie zusammen mit Freunden die florierende Buchhandlung Landmann, benannt in Erinnerung an den Freund *Kurt Landmann*, Arzt an der Finkenau, der sich 1938 das Leben nahm, nachdem die Nazis dem jüdischen Arzt die Approbation entzogen.

Louise Stein

Linas langjährige, Cocktails liebende Lebensgefährtin. Früher arbeitete sie als Dramaturgin am Thalia Theater, jetzt ist sie eine der Inhaberinnen der Buchhandlung

Landmann. Ihr Vater *Joachim Stein* ist mittlerweile ebenfalls aus Köln an die Alster gezogen.

Momme Siemsen

Sein Handwerk hat der Buchhändler aus Dagebüll in der Hamburger Buchhandlung Heymann gelernt. Inzwischen betreibt er eine eigene zusammen mit Lina und Louise. Privat fällt es ihm schwerer, sich zu binden, immer noch lebt er mit wechselnden Freundinnen in Gustes Pension an der Johnsallee.

IDA UND IHRE ANGEHÖRIGEN

Ida Yan, geborene Bunge

Jahrgang 1901. Seit ihrer Scheidung von dem Bankier *Friedrich Campmann* lebt auch Ida in Gustes Pension, zusammen mit ihrer großen Liebe, dem Chinesen *Tian Yan*, der ein Hamburger Kaffeekontor leitet, und Tochter *Florentine* (Jahrgang 1941), die sich bereits als Kind für Mode begeistert und von einer Laufbahn als Fotomodell träumt.

Guste Kimrath

Die Lebensgefährtin von Idas verstorbenem Vater *Carl Christian Bunge*. Die Pensionswirtin mit dem großen Herzen ist noch immer bereit, fremde Küken in ihrer geerbten Villa an der Johnsallee aufzunehmen.

KÄTHE UND IHRE ANGEHÖRIGEN

Käthe Odefey, geborene Laboe

Seitdem Käthe und ihre Mutter *Anna* im Januar 1945 von der Gestapo abgeholt wurden, wissen die Freunde nicht, ob Käthe noch am Leben ist. Zwar ist Henny sich sicher, Käthe am Silvestertag des Jahres 1948 in einer Straßenbahn gesehen zu haben. Aber Theo Unger stellt die Diagnose «Halluzination, aus der Hoffnung geboren», und auch Henny kommen langsam Zweifel. Wenn die Freundin noch lebt, warum meldet sie sich dann nicht bei ihr?

Rudi Odefey

Käthes Ehemann, den sie einst in der Sozialistischen Arbeiterjugend kennenlernte. Ebenfalls ein Verschollener des Krieges. Die Freunde wähnten den Liebhaber von Gedichten tot, bis sie ein Lebenszeichen aus einem Gefangenenlager im Ural erreichte. Doch zahlreiche Suchanfragen ans Rote Kreuz blieben ohne Ergebnis.

Alessandro Garuti

Rudis spät gefundener Vater. Der einstige Kulturattaché der italienischen Botschaft in Berlin macht sich immer wieder auf die lange Reise von San Remo nach Hamburg, um nach seinem Sohn zu forschen.

MÄRZ 1949

Das Bellen des Hundes klang so nah, dass Theo ans Fenster trat und in seinen Garten schaute. Kaum eine Ahnung von Frühling darin, ein eiskalter Winter lag hinter ihnen, aus dem die ersten Märztage noch nicht herausgefunden hatten. Nur die Spatzen im kahlen Ahorn tschilpten, ließen sich auch nicht von der tiefen Hundestimme stören.

Störte sie *ihn*? Die Dogge gehörte zu den Nachbarn, die Anfang des Jahres in das Haus nebenan eingezogen waren. Nette Leute, Verwandte der verstorbenen Vorbesitzer. Ein großes Glück in diesen Zeiten, ein nahezu heiles Dach über dem Kopf zu haben. Für ihn. Für Hennys Sohn Klaus, der bei ihm lebte. Für die Familie nebenan.

Nein. Das Bellen störte Theo Unger nicht, auch wenn es bisher keine Hunde gegeben hatte in seinem Leben, weder im ländlichen Duvenstedt, wo er aufgewachsen war, noch in den Jahren mit Elisabeth hier in der Körnerstraße nahe der Alster. Dabei hätte ein eleganter Hund gut zu der Frau gepasst, mit der er vierundzwanzig Jahre verheiratet gewesen war.

Er hegte und pflegte den Gedanken, dass es längst nicht zu spät war für Neuanfänge, warum nicht ein wenig Lärm und Gebell ins Haus holen? Stille war es, die Theo störte. Dann drangen die Schatten ein und erzählten von denen, die verloren gegangen waren.

Doch nun geriet noch ein anderes auffälliges Geräusch in

diesen Nachmittag. Eine hohe Autohupe, fast eine Fanfare. Theo stellte das Glas auf dem kleinen Tisch neben dem Ledersessel ab. In der Diele traf er auf Klaus, der aus seinem Zimmer im oberen Stock gekommen war, um die Haustür zu öffnen. «Tolle Kutsche», sagte Klaus. «Guck die dir an. Ist gerade bei uns vorgefahren.»

Theo traute seinen Augen kaum, als er Garuti aus dem Auto steigen sah. Alessandro Garuti, älter geworden wie sie alle und doch noch immer die vertraute exzellente Erscheinung.

«*La brava*», sagte Garuti und tätschelte die Haube des alten Alfa Romeo, der ihn von San Remo über Nizza, Lyon und das Elsass nach Hamburg gebracht hatte.

«*Una sorpresa.*» Lachend ging er auf Theo zu und umarmte ihn. Auch der Italiener fand, dass sein alter Freund sich kaum verändert hatte, ihr erstes Wiedersehen seit dem Krieg. Und es war ungewohnt, Elisabeth nicht neben Theo stehen zu sehen. Wenn Garuti auch längst aus Telefonaten wusste, dass sie Theo schon im Sommer 1945 verlassen hatte, um mit einem englischen Captain nach Bristol zu gehen.

Nun stand neben Theo der junge Mann, der das Leben des Freundes weniger einsam machte. Klaus. Kurz und bündig, dieser Name. Alessandro Garuti liebte die deutsche Sprache, doch gelegentlich erschien sie ihm ein wenig einsilbig. Rodolfo klang da wie gesungen. Rudi. Sein Sohn und Erbe.

Garuti trat in die einstöckige Stadtvilla mit den Gaubenfenstern im Dach und dem Rosenspalier. Wie gut es war, das alles wiederzusehen. Er hatte im vergangenen Jahr das siebte Jahrzehnt erreicht und hoffte, noch lange zu leben, um den Frieden zu genießen. Erst 1940 hatte er erfahren, Vater eines längst erwachsenen Sohnes zu sein. Rudi hatte den Krieg überlebt, doch noch war er ein *prigioniero di guer-*

ra und saß in russischer Gefangenschaft in einem Lager im Ural. Würde er doch nur endlich zurückkehren.

«Es ist wahrlich eine Überraschung, Alessandro. Wir hatten dich erst im Mai erwartet, nicht jetzt im kalten Vorfrühling», sagte Theo, als sie zu dritt im Salon standen.

«Ich habe es nicht länger ausgehalten. Vielleicht gelingt es mir von Deutschland aus, Kontakt zu Rudi aufzunehmen.»

Theo Unger dachte, dass der pensionierte Diplomat und einstige Kulturattaché der italienischen Botschaft in Berlin zu hoffnungsvoll war, doch er schwieg und schenkte stattdessen einen gut temperierten, leichten Rotwein von der Ahr zur Begrüßung ein.

Zu den traurigen Wahrheiten würden sie bald genug kommen. Auch Käthe, Rudis Frau, und ihre Mutter Anna wurden seit Ende des Krieges vermisst. Es gab Tage, an denen Theo fürchtete, dass Henny sich getäuscht hatte, als sie am Silvestertag des vergangenen Jahres ihre Freundin hinter einem Fenster in der Straßenbahn der Linie 18 zu sehen glaubte. Käthe blieb unauffindbar.

«Ihr habt ja einen Hund», sagte Alessandro Garuti, der zum Fenster gegangen war und in den hinteren Garten sah.

Theo und Klaus kamen hinzu und staunten. Die Dogge stand in einem der Beete und wedelte. War sie über die hohe Hecke gesprungen?

«Goliath.» Eine Stimme aus dem Nachbargarten, die da rief.

Der Hund blickte noch einmal zu ihnen und begab sich dann auf den Rückweg durch die Buchsbaumhecke. Die frei geschlagene Bresche schien von Goliath auf Dauer angelegt zu sein.

«*Il cane ha sorriso*», sagte Garuti. Der Hund hatte gelächelt.

Henny hatte Dienst im Kreißsaal an diesem Märzsonntag. Lauter Jungen, die heute geboren wurden, eines der Wunder der Natur nach einem Krieg. Das männliche Geschlecht setzte alles daran, die großen Verluste aufzuholen, die es auf den Schlachtfeldern aller Länder erlitten hatte.

Henny Lühr legte den Kleinen in die Arme seiner Mutter. Ein erstes Kennenlernen, bevor das Neugeborene in das Säuglingszimmer kam. Oft waren die Frauen zu erschöpft in diesen Momenten, doch manche mochten die Menschlein, die sie gerade zur Welt gebracht hatten, gar nicht mehr hergeben. Eine Hausgeburt schuf da viel schneller Vertrauen auf beiden Seiten, doch sie barg auch die größeren Risiken.

Ihre Mutter Else hatte sie noch zu Hause geboren, in der Küche war Hennys Vater vor lauter Nervosität der Zuckertopf aus der Hand gefallen. «Dann wird es eine Deern», hatte die Hebamme gesagt und den Kessel mit heißem Wasser vom Herd genommen. Hennys Tochter Marike war dagegen 1922 bereits in der Finkenau zur Welt gekommen, die Entbindungsklinik hatte schon damals einen ausgezeichneten Ruf genossen. Und auch Klaus war neun Jahre später hier geboren worden. Und nun kam eine neue Nachkriegsgeneration zur Welt, der hoffentlich der Aufbruch in anhaltend friedliche Zeiten vergönnt war.

Henny warf einen Blick zu der großen Uhr an der Wand des Kreißsaals. Gleich ging ihre Schicht zu Ende, dann konnte sie den Kartoffelsalat aus dem Kühlschrank in der Küche des Schwesternzimmers nehmen und zu Klaus und Theo fahren. Kein Umweg über die Schubertstraße, wo sie wieder bei ihrer Mutter lebte, seit die eigene Wohnung in den Bombennächten des Juli 1943 zerstört worden war. Ließe sie sich jetzt blicken, Else würde nur schmollen, dass sie den Abend nicht mit ihr verbrachte.

Der siebzehnjährige Klaus hatte ein eigenes Zimmer in Theos Haus. Theo hätte es gerne gesehen, wenn Henny gleich mit eingezogen wäre, doch ein einziges Mal wollte sie nichts übereilen in ihrem Leben. Alles war zu schnell gegangen. Vor allem die Liebe.

Sie sah, dass Gisela den neugeborenen Jungen nahm, um ihn ins Säuglingszimmer zu tragen. Die Nachgeburt hatte sich schon nach zehn Minuten vollzogen, Komplikationen waren kaum zu erwarten, doch um ganz sicher zu sein, würde Gisela noch anderthalb Stunden auf die Mutter achtgeben.

Etwas an der jungen Hebamme erinnerte Henny an Käthe, obwohl Gisela Suhr rotblondes Haar hatte und Sommersprossen. Wahrscheinlich, weil sie ein solcher Querkopf war. «Das wandelnde Widerwort», hatte der junge Dr. Unger damals vor vielen Jahren Käthe genannt, als diese gemeinsam mit Henny ihre Ausbildung zur Hebamme an der Finkenau begann.

Gestern hatte sie gesehen, wie Gisela ein Stück Sunlicht Seife in ihren Einkaufsbeutel gleiten ließ. Klinikeigentum, die Seife. Gisela schien nicht bemerkt zu haben, dass sie beobachtet worden war.

Käthe hatte früher oben in der Küche der Privatstation Schokoladenflocken geklaut und die kleinen Portionspäckchen Butter. Henny hatte es all die Jahre gewusst und dennoch geschwiegen.

Nein. Sie hatte sich am Silvestertag nicht geirrt. Auch wenn Theo das zu glauben begann. Käthe war in der Straßenbahn gewesen, sie hatten Blickkontakt gehabt. Doch Henny hatte verpasst, in den Waggon zu steigen, zu überraschend war der Augenblick, das Zeichen zur Abfahrt längst gegeben, das Klingeln hing ihr heute noch in den Ohren. Ein hilfloses Hinterherlaufen über nasses Kopfsteinpflaster, aber die Straßenbahn der Linie 18 hatte die Mundsburger Brücke bereits verlassen.

«Eine Halluzination», hatte Theo gesagt. «Eine Halluzination, aus der Hoffnung geboren.» Doch Henny sah noch das Erschrecken in Käthes Augen. Das war keine Sinnestäuschung gewesen. Warum erschrak ihre Freundin, als sie einander endlich wiedersahen? Seit dem siebten Lebensjahr hatten sie das Leben der anderen begleitet. Warum kam Käthe nach dieser unverhofften Begegnung nicht zu ihr? Warum hielt sie sich verborgen? In ganz Hamburg keine Spur von Käthe.

Ein Januar und ein Februar waren seitdem vergangen und dreizehn Tage des März. Der Gedanke, dass Käthe nicht nur Neuengamme überlebt hatte, sondern nach der Evakuierung des Konzentrationslagers auch die Todesmärsche, hatte am Anfang ein hinreißendes Glück in Henny ausgelöst. Doch nun war da nur noch Verwirrung und eine Ahnung, die sie nicht zulassen wollte.

Die Tür ging auf, Gisela kehrte mit Dr. Geerts in den Kreißsaal zurück.

«Kann ich Sie mitnehmen, Henny? Ich fahre nach Winterhude und könnte Sie an der Ecke Körnerstraße absetzen.» Geerts war schon lange dabei, beinah so lange wie Theo, der seit Jahren zu den leitenden Ärzten gehörte, wenn er auch kaum noch Klinikchef werden würde. Vielleicht weil er nicht an Hierarchien glaubte.

«Woher wissen Sie, dass ich da hinwill?», fragte Henny.

«Nur eine Vermutung», sagte Geerts. Er lächelte dabei.

Hennys Gesicht hatte sich im kalten Wind gerötet trotz des nur kurzen Fußwegs zu Theos Haus. Wäre sie nicht den größten Teil des Weges in Geerts neuem Ford mitgefahren, dieser Vorfrühling hätte Raureif in ihren Wimpern hinterlassen. Klaus empfing sie an der Tür und nahm ihr die Schüssel ab. «Wir haben einen Gast, Mama», sagte er. «Alessandro Garuti ist aus Italien gekommen.» Da trat schon Theo in die Diele, nahm ihr den Mantel ab, griff nach ihrer Hand und führte Henny in den Salon. Garuti war aufgestanden und kam auf sie zu.

Ein verlegener Augenblick, wenn man ganz überraschend einem großen Verehrer der ersten Frau vorgestellt wurde, Elisabeth hatte ihr viel an Glanz und Eleganz voraus. Doch der distinguierte Signor Garuti, der da vor Henny stand, war Rudis Vater und der Schwiegervater ihrer Käthe. Das nahm ihr von der Verlegenheit.

Elisabeths Hand hätte er wohl geküsst, Henny war froh, dass er ihre nur fest schüttelte. Ein herzliches und warmes Willkommen. Sie fühlte sich gleich hingezogen zu Alessandro Garuti, der sie so sehr an Rudi erinnerte. Wenn doch wenigstens er wieder bei ihnen wäre.

Als sie dann am Tisch Platz genommen hatten und aßen, kam das Gespräch rasch auf Rudi, Käthe und Anna. Garuti wusste von der flüchtigen Begegnung am frühen Abend des Silvestertages.

«Ich vermute, ihr habt keine offizielle Stelle dieser Stadt ausgelassen», sagte er und dachte an den Tag, als er im Standesamt der Hamburger Neustadt vorgesprochen hatte, um das Geburtenregister des Jahrgangs 1900 zu sichten, und so von der Geburt seines Sohnes erfuhr – und auch vom Tod Thereses, Rudis Mutter.

«Wir haben alle Ortsämter abgeklappert», sagte Klaus.

«Sie ist nirgends gemeldet. Auch im Hamburger Umland nicht», ergänzte Theo.

«Und kann daher auch keine Lebensmittelkarten bezogen haben», sagte Henny. Wie hatte Käthe da überleben können?

Sie guckten schweigend auf ihre Teller.

«Käthe war in der Straßenbahn.» Hennys Stimme beschwor es.

«Ist Henry Vaughan Berry eigentlich der augenblickliche Stadtkommandant in Hamburg?», fragte Garuti.

«Kennst du ihn?» Theo sah Garuti erstaunt an.

«Ein alter Freund von mir hat mit ihm in Cambridge studiert. Das war vor dem ersten Krieg, doch sie blieben noch lange in Verbindung.»

«Was soll Berry denn wissen?», fragte Klaus.

«*Paglie*», sagte Garuti seufzend. «Nichts als Strohhalme.»

Else Godhusen hatte den Tipp in der *Klugen Hausfrau* gelesen, dem Blättchen, das ihr der Kaufmann über den Ladentresen schob. Kostete nichts, und lauter gute Dinge standen drin. Auch der Rat, wie sich die Einsamkeit überwinden ließe, wenn man abends allein zu Hause saß.

Einfach so tun, als ob der Kaiser von China zu Gast käme. Sich fein machen. Eine Tischdecke über das Wachstuch legen. Dann eines der geschliffenen Gläser zum guten Geschirr. Man hob das Glas mit dem Rheinwein für vier Mark fünfundneunzig und aß ein russisches Ei mit dem Klecks Kaviar aus Seehasenrogen.

Und saß allein, dachte Else und ärgerte sich über die Mayonnaise auf ihrer Seidenbluse. Da half auch nicht das Radio, das man einschalten sollte, nicht einmal der bunte Abend im NWDR. Auch wenn vielleicht Thies die Sendung gestaltet hatte, der Mann ihrer Enkelin Marike.

Einundsiebzig Jahre war sie nun alt und seit vierunddreißig Jahren Witwe. Kriegerwitwe. Die gab es nun wieder reichlich und diesmal dazu noch Kriegsbräute. Was für ein dummes Wort. Als wollten die den Krieg heiraten und nicht einen Engländer oder Amerikaner.

Else stand auf und holte die Gallseife aus dem Spül-schrank. Die Bluse am besten ausziehen und dann doch den Kittel an. Die anderen Tipps aus der *Klugen Hausfrau* waren da nützlicher. Eichenrinde gegen Frostbeulen. Oder die Ar-beitsanleitung zur Lumberjacke für Knaben. Doch für die angegebenen Maße war Klaus schon zu groß.

Längst zehn Uhr vorbei und Henny immer noch nicht da. Ein feiner Herr, der Dr. Unger, doch das Verhältnis, das die beiden hatten, war nicht anständig zu nennen. Früher wurde immer gleich geheiratet. Auch von Henny. Dass Klaus beim Doktor wohnte, statt bei ihr auf der Klappliege im Wohn-zimmer zu schlafen, war ja gut und schön und Klaus ein viel besserer Schüler, seit er ein eigenes Zimmer hatte. Aber die Familie gehörte doch zusammen, und andere hausten in zu-gigen Kellerlöchern und hielten das aus.

Else Godhusen rieb an dem Fettfleck und wurde noch unwirscher dabei. Vielleicht half ein Weinbrand. Nicht der Bluse, die hing bald nass auf dem Bügel. Doch sie brauchte größeren Trost, als ihr ein Gläschen Wein geben würde. Else ging ins Wohnzimmer und nahm einen der Kognakschwen-ker aus dem Schrank, die Feinheit des Abends sollte nicht ganz verlorengehen. Sie goss gut ein und kehrte an den Kü-chentisch zurück.

Wo Käthe nur war, Henny hatte sie doch gesehen. In der Wohnung der Laboes lebte jetzt eine ausgebombte Familie, die Flüchtlingsfrauen waren weitergezogen. Else schüttelte den Kopf. Nun kam ihr auch noch Ernst in den Sinn, der Mann, von dem Henny geschieden war. Auch so was Neues. Scheidung.

Warum meldete sich Käthe denn nicht? Sie wusste doch, wo Henny zu finden war. Else schenkte noch einen Weinbrand ein.

Und da kam ihr das Bild aus dem Januar 1945 vor Augen, wie Ernst am Fenster gestanden und immer zu den Laboes hinübergeguckt hatte. Aber was sollte das mit Käthes Wegbleiben zu tun haben?

Die Symphonie des Grauens in den ersten Tagen der Evakuierung aus dem Lager. Die kalten Stimmen der SS. *Beeilt euch, verdammtes Pack.* Pistolenschüsse. Das Schurren der Schuhe derer, die noch Schuhe hatten, Holzstücke oft, die mit Schnur an den Fußsohlen festgebunden waren. Das allmähliche Verstummen der Elenden auf diesem Marsch.

In endlosen Nächten sah Käthe die Landstraße vor sich, ein langes graues Band der Hoffnungslosigkeit. Die letzte Kraft war dortgeblieben, ihre Seele danach kaum mehr vorhanden.

Und trotzdem war ihr gelungen, sich von diesem Gespenstertross zu entfernen. Sie war in den Straßengraben gekrochen, hatte sich im Gebüsch versteckt, um dann, als der Zug der Häftlinge weit genug entfernt war auf seinem Weg zum Auffanglager Sandbostel, in der Dunkelheit zu dem Schuppen zu schleichen, der allein in der leeren Landschaft stand.

Das Überleben versucht. Irgendwo zwischen Hamburg und Bremen.

Käthe lachte das kleine heisere Lachen, das sie sich angewöhnt hatte. Warum kam der ganze Spuk heute Abend wieder hoch? Weil sie ihre Arbeit verloren hatte, der Arzt aufgeflogen und verhaftet worden war? Der Arzt, der Frauen half, die ungewollten Kinder loszuwerden. Er hatte den Namen seiner Assistentin nicht verraten. Noch nicht.

Von der Hebamme zur Helferin eines Engelmachers. Rudi. Wenn du das wüsstest, du würdest dich im Grabe umdrehen. Nur wo lag er begraben? Irgendwo in Russland? Vor den Toren Berlins? Hoffnungen, dass er am Leben war, machte sie sich keine. Im Frühling 1948 hatte sie sich noch einmal an den Suchdienst gewandt. Doch sie besaßen keine Informationen über ihn. Sie hatten nur erstaunt geguckt, als Käthe weder ihren Namen noch ihre Adresse dalassen wollte. Keine Illusionen. Illusionen ließen einen krank werden. Noch kränker.

Nein. Rudi lebte nicht mehr.

Obwohl sie allein in der Schreberhütte saß, holte sie zu einer Geste aus, um das zu unterstreichen. Die Tasse mit dem Rest Muckefuck wischte Käthe dabei vom Tisch. Die Scherben schob sie nur mit dem Fuß zusammen. Keine Scherben aufsammeln. Es gab nichts zu kleben und nichts zu heilen.

Hennys Gesicht vor dem Fenster der Straßenbahn. Was tat sie am Silvestertag auf der Brücke? Luds gedenken, der da überfahren worden war? Sie hatte doch Ernst, mit dem saß sie sicher irgendwo trocken. Ernst, der Denunziant. Henny hatte davon gewusst. Seit dem Januar 1945 sagte Käthe das vor sich hin, als seien diese Wörter wie Perlen einer Gebetsschnur.

«Ich bin durch mit dir, Henny.» Laut sagte sie es in ihrer Hütte. Laut und allein. Nur keine Sehnsucht aufkommen lassen. Nicht nach Rudi und Anna – und schon gar nicht nach Henny.

Käthe stand auf und zog eine zweite Strickjacke an. Wie kalt der März war. Doch auch den würde sie überstehen. Frieren konnte sie gut.

In der ersten Zeit hatte sie auf einem Flusskahn gewohnt,

der an der Dove Elbe ankerte. Eher ein Wrack als ein sicheres Gehäuse. Der Kahn schien keinem zu gehören, vielleicht war er von seinem Besitzer aufgegeben worden, oder dieser war längst tot. Ein Hohn des Lebens, dass Neuengamme so nah war. Da konnte sie fast rübergreifen.

«Ich hab deine Wäscheleine gesehen», hatte die Frau gesagt, die am Anfang von Käthes erstem Hamburger Winter auf der sumpfigen Wiese am Ufer stand. «Hätte was Besseres für dich. Zum Wohnen, meine ich.»

«Warum ich?», hatte Käthe gefragt, als sie zur Schreberhütte geführt wurde. Unweit vom Kahn. In Moorfleet.

«Weil ich nun zu Helmut zieh», hatte die Frau gesagt. «Aber halt die Hütte mal für mich besetzt, falls das schiefgeht. Du siehst nicht so aus, als ob du einen betuppst.» Danach hatte Käthe nichts mehr von der Frau, die sich Kitty nannte, gehört.

Und nun war der Doktor hopsgegangen. Das bedeutete Knast und den Entzug der Zulassung als Arzt. Und mit den Tütchen, in denen Geldscheine für sie steckten, war es auch vorbei.

Käthe hatte keine Ahnung, wie es weitergehen sollte. Vielleicht doch einfach Schluss machen mit dem Leben.

Zuletzt hatte er Anfang Januar mit Elisabeth gesprochen, ihr ein gutes neues Jahr gewünscht, von Hennys Erlebnis auf der Brücke berichtet. Warum klopfte ihm noch immer das Herz in dem Moment, wenn das Gespräch nach Bristol zustande kam? Ihre Beziehung war längst in eine lose Freundschaft übergegangen.

«Nichts Neues von Käthe und Rudi?», fragte Elisabeth.

«Nein», sagte Theo. «Und wie geht es bei euch?»

«Sehr gut. Wir genießen es, Jack zu haben.»

Jack? «Wer ist Jack?», fragte er.

«*Oh sorry*, Theo. Ich habe versäumt, das zu erwähnen. Jack ist im Februar zu uns gekommen. Er ist ein Foxterrier.»

Was wollten ihm all diese Hunde sagen? Gar nicht nötig, sich einen eigenen anzuschaffen. Goliath, die Dogge, hatte seinem Garten am Morgen wieder einen Besuch abgestattet.

«Ein Foxterrier», sagte Theo. Er hätte gedacht, dass ein Windspiel eher zu Elisabeth passe. Dünn und langgliedrig. «Warum hast du während unserer Ehe nie gesagt, dass du gerne einen Hund hättest?»

«In England ist das viel normaler. Und außerdem haben du und ich nicht in Zeiten gelebt, in denen man die Familie vergrößert hätte.»

Ja, da hatte sie recht. Dass Elisabeth davon abhängig gewesen war, Theos schützende arische Hand über sich zu wissen, hatte ihrer Ehe geschadet.

«Alessandro ist in Hamburg», sagte Theo. «Er hofft darauf, von hier aus leichter Kontakt zu Rudi aufnehmen zu können.»

«Er deutete es bei unserem letzten Gespräch an.»

Sie standen also in Verbindung, das hatte Garuti nicht erwähnt. Vielleicht war es für ihn eine Selbstverständlichkeit.

«Grüße ihn herzlich von mir», sagte Elisabeth. «*Poor Alessandro. I hope so much that both of them will return.*»

Selten, dass sie einen solchen Satz einfließen ließ. Doch Elisabeth Bernard, geschiedene Unger, fing an, eine Engländerin zu sein.

«Bereust du es, Papa?»

«Nicht die Bohne», sagte Joachim Stein und blickte seine Tochter liebevoll an.

Er war einundachtzig Jahre alt, und trotzdem hatte er es

gewagt, das Haus in der Kölner Rautenstrauchstraße war in andere Hände gegangen. Der Verkauf hatte ihn zu einem wohlhabenden Mann gemacht, jetzt, da die D-Mark für eine stabile Währung sorgte.

«Und du willst wirklich dein Geld in unsere Buchhandlung stecken?»

«Was ist los mit dir, Louise? Du bist doch sonst eine große Gönnerin. Im Geben wie im Nehmen.» Er lachte.

Louise betrachtete das Profil ihres Vaters, die imposante Nase, deren Größe er ihr vererbt hatte. Er sah aus wie ein alter Römer, Kölner seit vielen Generationen. Kaum noch Haare hatte er auf dem Kopf, was den nur prägnanter erscheinen ließ. Kerzengerade stand Stein an der Balustrade der Lombardsbrücke und sah hinüber zum Jungfernstieg. Einen Augenblick lang hatte er traurig ausgesehen.

Dabei dachte Joachim Stein gar nicht an das Haus in Lindenthal, in dem er lange mit seiner Frau Grete gelebt hatte. Nicht einmal daran, dass Grete bei einem Bombenangriff auf Köln umgekommen war. Er sah nur, dass noch viel zu viel von der Welt in Trümmern lag. Umso besser, wenn er beim Aufbauen half.

«Ich sorge mich, dass du nicht genügend an dich denkst.»

«Was ich hier tue, ist purer Egoismus», sagte Stein.

Er mochte Lina, Louises Lebensgefährtin seit vielen Jahren, von Herzen gern. Momme, deren Geschäftspartner, gefiel ihm auch. Alles sprach dafür, als Mäzen einzusteigen in die Buchhandlung Landmann, damit die größer und moderner auferstand in dem kriegsgeschädigten Haus am Gänsemarkt. Hatte Grete ihrem Mann, dem Professor der Philosophie, nicht oft vorgeworfen, in einem Elfenbeinturm zu sitzen? Nun war Joachim Stein mittendrin im Leben.

Die kleine Wohnung in der Hartungstraße, zwischen

Grindelviertel und Rothenbaumchaussee gelegen, war ihm schon vertraut, das zerstörte Hamburg kaum fremder als seine zerstörte Heimatstadt.

«Viel zu spät für Neuanfänge, Jo», hatte sein alter Freund und Hausarzt gesagt. Ach was.

«Lesetische», sagte Louises Vater, «an die sich die Kundschaft zu einer ersten Lektüre zurückziehen kann wie in einer Bibliothek.»

«Dafür fehlt der Platz», sagte Louise.

«Dann Stehpulte. Wie im Hörsaal.»

Keine schlechte Idee. Mal hören, was Lina und Momme meinten. Vielleicht war irgendwo Inventar übrig in den Kellern der Schulen, die längst nicht alle wiederaufgebaut wurden.

Doch Louise ahnte, was Lina sagen würde. Nur nichts Altes. Vielleicht gar noch angekokelt. Lina lechzte nach dem Aufbruch ins Neue. Sie fand es in Ordnung, die leeren Fassaden abzureißen und dafür langweilige Klinkerhäuser hinzusetzen.

Von den Fassaden in der Straße Immenhof ließ sich ein eiliger Passant leicht täuschen. Gleich hier um die Ecke hatte früher Linas Schwägerin Henny gewohnt. Auf den Balkonen standen noch Besen. Eisenspaliere hingen, vertrocknete Klematis daran, Efeu. Dahinter alles leer. Waren sie wirklich nicht zu retten gewesen, diese Häuser? Neues hinter alten Fassaden?

Louise staunte über sich selbst. Dass gerade sie dem Bewahren den Vorzug gab. Sie hatte sich nie an Vergangenes geklammert.

«Und jetzt gehen wir einen Cocktail trinken», sagte Joachim Stein und nahm die Hände von der Balustrade der Lombardsbrücke. «Oder hast du dir die abgewöhnt?»

«Nicht die Bohne», sagte Louise.

«Und wohin?»

«Wenn es dir nicht zu weit ist, in die Dammtorstraße ins L'Arronge.»

«Ich habe gerade die weiten Wege wiederentdeckt», sagte ihr Vater, «da lassen sich so viele Schritte machen.»

Momme öffnete den Karton und begann, die Bücher auszupacken, vierundzwanzig weitere Exemplare von Bastian Müllers *Hinter Gottes Rücken*. Viel Autobiographisches darin. Der Schriftsteller war Mommes Jahrgang. 1912. Ein noch junger Mann. Das Buch verkaufte sich gut, das war die dritte Auflage, eine vierte bald zu erwarten, doch es polarisierte. Rezensenten nannten es *das* Antikriegsbuch, in seiner Aussage noch konsequenter als Remarques *Im Westen nichts Neues*. Grund genug für ein Geheul der Gestrigen, die Verrat witterten. Doch Verrat an wem?

Der Verkauf in der Buchhandlung Landmann am Rathausmarkt lief weiter, der Umzug an den Gänsemarkt verzögerte sich. Die Schäden an dem fünfstöckigen Haus aus der Gründerzeit waren doch schwerer als gedacht, auch wenn es geradezu intakt aussah in dieser Umgebung von Ruinen.

Der Laden hier am Rathausmarkt war eigentlich eine Baracke, die erste Etage nur so weit noch vorhanden, dass es bei ihnen nicht durch die Decke regnete.

Die Trümmer waren verschwunden, Hamburg eine Stadt der leeren Flächen, Bretterbuden standen auf großzügigen Grundstücken in bester Lage. Die Ferdinandstraße war als Erste geräumt worden, um den Straßenbahnlinien 16, 18 und 22 den Weg zum Rathausmarkt zu ermöglichen. Und nun verschwanden auch die Provisorien nach und nach, Läden wie ihrer, die nur aus dem Erdgeschoss bestanden.

Dabei hatten die Markisen sie nahezu elegant erscheinen lassen.

Was hatte Hamburgs Bürgermeister Max Brauer gesagt? Dass der Wiederaufbau auch eine geistige Wiederaufrichtung im Sinne Lichtwarks sei. Alfred Lichtwark, der Reformpädagoge, erster Direktor der Kunsthalle und Linas Held in Geschichte und Gegenwart.

Lina. Die blühte auf. Hatte vor, im größeren Laden am Gänsemarkt eine eigene Abteilung für Kunstbände aufzubauen. Schule war kein Thema mehr für die einstige Studienrätin.

Momme grinste. Wäre Lina an Männern interessiert, er hätte glatt sein Glück versucht, damals schon, als er sie bei Guste kennenlernte. Enorm anziehend hatte er Lina gefunden, trotz der dreizehn Jahre, die sie älter war. Doch Lina war da bereits seit vier Jahren an Louise vergeben gewesen.

Er kannte den Mann nicht, der da den Laden betrat. Ein Herr, ohne Zweifel. Er wandte sich dem kleinen Tisch zu, auf dem die Gedichte lagen. Ein Gedichtband von Heinrich Heine aus dem Vier Falken Verlag, den er in die Hände nahm, um darin zu blättern.

«Sieht aus, als käme es aus der Aschentonne, das Papier», sagte Friedrich Campmann.

Die erste Nachkriegszeit war ganz offensichtlich vorbei, dachte Momme. Keine Zufriedenheit mehr mit dem Gebotenen.

Er war erstaunt, dass der Herr das Buch von Bastian Müller kaufte.

«Du bist ein Spiegeläffchen», sagte Ida und trat hinter ihre Tochter, deren Augen jetzt zornig funkelten. Florentine hasste es, der Eitelkeit bezichtigt zu werden. Sie hatte Idas blaue Augen, deren Schnitt kaum das chinesische Erbe des Vaters erkennen ließ. Das taten eigentlich nur die lackschwarzen Haare, doch da lag ein fremder Zauber in der Schönheit des Kindes, und die Achtjährige war sich ihrer Wirkung bewusst. Kein Wunder, wo Tian es ihr täglich bestätigte.

Wäre Ida nicht schon im vierzigsten Jahr gewesen, als Florentine zur Welt kam, dann hätten ihre Tochter und sie sich in einer eifersüchtigen Konkurrenz befunden, doch so glaubte Ida, die noch Jahre nach der Geburt des Kindes auf dem Papier Friedrich Campmanns Ehefrau gewesen war, das Leben hätte sie geläutert.

Eigentlich konnte sie Campmann dankbar sein, dass er weder zur Scheidung gedrängt noch die Vaterschaft bestritten hatte. Tian wäre des Landes verwiesen oder ins Konzentrationslager verschleppt worden, hätten die Nazis die familiären Zusammenhänge erkannt.

«Lass dich umarmen», sagte Ida. «Ich will dir doch nichts Böses.» Florentine entwand sich ihr und lief die Treppe hinunter. Ida trat ans Fenster und sah in den großen Garten der zweistöckigen Villa an der Johnsallee. Die Johannisbeersträucher waren noch kahl, kein Geißblatt kletterte am Schuppen hoch, nur die Schaukel schien schon bereit. Gleich würde Florentine da unten erscheinen und wild schaukeln, bis sich ihr Zorn abgekühlt hatte. Bei den Temperaturen würde das nicht lange dauern.

Da war sie auch schon, doch sie wurde abgelenkt und wandte sich freudig jemandem zu. Wahrscheinlich stand Guste am Fenster ihres Gartenzimmers, nach Tian war sie diejenige, die von Florentine am meisten mit Zuneigung verwöhnt wurde.

Was lockte das Kind wieder zurück ins Haus? Ein Kuchen,

den Guste gebacken hatte? Ein Kleiderstoff, den sie aus der Schublade zog, um sich an die Nähmaschine zu setzen?

Guste nähte Kleider mit Glockenröcken und Kostümjacken mit engen Taillen und Schößchen für Ida. Nähte die weißen Hemden ohne Kragen, die Tian schätzte. Für Momme Hemden mit Kragen. Momme, der in den zwei Zimmern unterm Dach wohnte, mit wechselnden Damen.

Doch die schönsten Stoffe verwendete Guste für Florentines Ausstattung, damit sich das Lackpüppchen noch länger vor dem Spiegel drehte. Der Tisch im großen Salon, an dem einst die Gäste von Gustes Pension Platz nahmen, war zur Schneiderwerkstatt geworden. Gegessen wurde schon lange in der Küche im Souterrain.

Ida seufzte. War sie doch eifersüchtig? Ab und zu blitzten Erinnerungen auf an das perlmuttschimmernde Geschöpf, das sie einst gewesen war. Alles rosa an ihr und neu, damals. Und dann hatte ihr Vater sie an Campmann verschachert, und Ida hatte sich siebzehn Jahre lang nach Tian gesehnt. Vielleicht war das Sehnen die beste Zeit ihres Lebens gewesen.

Guste fluchte gerade, als Ida ins Zimmer kam. Unter der Nadel der Nähmaschine lag Organdy, der ließ sich schlecht verarbeiten. Zweimal hatte sie schon neu einfädeln müssen.

«Langweilst du dich?», fragte Guste.

Ida blickte zu ihrer Tochter, die ja sicherlich gemeint war, doch Florentine saß auf dem Teppich und blätterte in einer *Constanze*. Hatte Ida sich in Florentines Alter schon für Mode interessiert?

«Ich spreche mit *dir*, Ida. Seit Tian wieder sechs Tage in der Woche im Kontor verbringt, weißt du nichts mit dir anzufangen.»

«Das Kind ist ja nur hier unten, sobald es aus der Schule

kommt.» Ida konnte den Vorwurf in der eigenen Stimme hören.

«In das Zimmer neben der Küche wird übrigens jemand einziehen», sagte Guste. «Da stehen noch Möbel von deinem Vater drin. Musst mal gucken, was du davon haben willst.»

«Und wer zieht da ein?»

Guste hob die Schultern. «Einweisung vom Wohnungsamt.»

«Du hast keine Ahnung, wer kommt?»

«Wohl ein Kriegsheimkehrer», sagte Guste.

«Aus Hamburg? Hat er keine Familie?»

«Er wird es uns erzählen, wenn er da ist», sagte Guste und biss ein Stück Faden ab.

«Hoffentlich ist er nett», sagte Florentine. Sie sprang vom Teppich auf und hielt Guste die Zeitschrift hin. «So will ich das Kleid haben.»

Guste schenkte dem Bild einen kurzen Blick. «Dann arbeite mal darauf hin, das Dekolleté zu füllen», knurrte sie.

Campmann kehrte aus der Mittagspause zurück, die er meistens korrekt einhielt, wie es alle Angestellten der Dresdner Bank taten. Er setzte sich an den Schreibtisch und legte das Buch von Bastian Müller darauf. Warum hatte er es gekauft? Es war nicht seine Literatur.

Wollte er einen Wandel demonstrieren? Das hatte er doch gar nicht nötig, er war erfolgreich entnazifiziert worden.

Gelegentlich wanderten seine Gedanken zu Ida. Dann nahm er sich vor, die neue Sekretärin in seinem Vorzimmer zu einem Cocktail ins L'Arronge einzuladen. Zu schade, dass die Briten das Vier Jahreszeiten noch nicht wieder für die Eingeborenen freigegeben hatten.

Die Neue im Vorzimmer gefiel ihm. Hatte Klasse, dieses

Geschöpf. Irgendeine Gutstochter aus Ostpreußen. Hochgewachsen. Blondes Haar, das sie überraschend kurz geschnitten trug. Ganz gegen die Mode, bei der weiche Wellen die Köpfe umspülten.

Was wohl aus Joan geworden war? Er hatte auch nach dem Krieg nichts mehr von seiner amerikanischen Geliebten gehört. Die hatte auch diese Herbheit und dabei doch Leidenschaft besessen, die Friedrich Campmann in Fräulein von Mach vermutete.

Eigentlich lag er erotisch seit Jahren brach, da und dort kleine Kostproben, doch nichts Ernstes. Er hätte große Lust, noch mal eine Ehefrau an seiner Seite zu haben, es täte sicher auch seinem Ansehen in der Bank gut. Zum Direktor würde er nicht mehr aufsteigen, dafür waren seine Kontakte zu Goebbels zu gut gewesen, das wusste man intern, aber für Glanz und Gloria reichte auch sein jetziger Posten.

Er blickte auf, als Fräulein von Mach ins Zimmer trat, um ihm die Unterschriftenmappe vorzulegen.

«Hätten Sie Lust auf einen kleinen Feierabendcocktail?», fragte Campmann. Ein Erröten hätte er erwartet. Vielleicht auch ein Vertiefen der vornehmen Blässe. Dieses Lächeln allerdings irritierte ihn. Anette von Mach wirkte ganz und gar nicht überrascht, ihr Lächeln schien gar zu verkünden, dass sie schon mehr wusste als er.

Alex Kortenbach war ein Kriegsheimkehrer, doch er kam aus keiner Gefangenschaft, es sei denn der seines Exils. Er wirkte jünger, als er war, das hatte ihn in seinen ersten Erwachsenenjahren gestört, jetzt fühlte er Dankbarkeit, dass man ihm die Jahre, die hinter ihm lagen, nicht ansah.

Er hatte schon 1933 als Junge von sechzehn Jahren gewusst, dass er es nicht lange ertragen konnte, in der Heimat zu bleiben und Teil eines großen Unrechts zu werden. Kein anderer in seiner Familie war so hellsichtig gewesen. Hatte er sie im Stich gelassen, sich aus dem Staub gemacht? Wäre ihm gelungen, sie in jener unseligen Nacht aus dem Keller zu führen?

Als Kortenbach Deutschland verließ, hatte er geglaubt, seine Familie eines Tages wieder in die Arme zu schließen. Dass sie alle in einem Keller verbrennen könnten, war nicht vorstellbar gewesen. Seine große Schwester hatte am 24. Juli Geburtstag. An ihrem dreißigsten saß die ganze Familie bei seinen Eltern in Hoheluft versammelt, um die Tochter zu feiern, sogar ihr Mann, der auf Heimaturlaub war. Vermutlich hatten sie mit viel Kümmel angestoßen, wie es bei ihnen üblich war, und dazu die Schnittchen seiner Mutter.

Von den Bombenangriffen im Juli 1943, dem Hamburger Feuersturm, hatte Alex Kortenbach erst Monate später erfahren. Da war ein schwedischer Matrose in die Bar in Bahia Blanca gekommen, in der er Klavier spielte. Der Schwede hatte die Geschehnisse der jüngeren Zeit vorgetragen, als sei er ein Bänkelsänger.

Nach dem Krieg die Bestätigung, dass sie alle tot waren. Sinnlos, nach Hause zurückzukehren. Doch nun hatte er sich auf den Weg von Argentinien nach Hamburg gemacht, um hier sein Leben zu beenden.

Im Ledigenheim hatte er einen Schlafplatz gefunden und in den ersten Wochen den Kiez am Hafen nur selten verlassen. Er erkannte die Stadt kaum mehr, in der er geboren und aufgewachsen war.

Heute hatte er zum ersten Mal einen Gang durch die Straßen von Hoheluft und Eimsbüttel gewagt. War über den zerstörten Grindelberg zurück zur Rothenbaumchaussee gegangen, stand schließlich vor dem Haus in der Johnsallee, dessen Adresse auf dem Zettel stand, der seit Tagen in seiner Hosentasche steckte.

Alex Kortenbach war einunddreißig Jahre alt, als er Gustes Haus betrat. Auch sie hielt ihn für viel jünger und war von ganzem Herzen bereit, ein neues Küken in ihr Nest zu lassen.

Was nutzten die besten Beziehungen, wenn man dann doch nur die Kartei der hiesigen Behörden empfohlen bekam, den Suchdienst des Roten Kreuzes oder bestenfalls den Rat, sich in Sachen Rudi an die Sowjetische Militäradministration in Ostberlin zu wenden? Geschätzte zweihunderttausend kriegsgefangene Soldaten wurden noch in Russland vermutet.

«Angeblich sollen sie im Laufe dieses Jahres zurückkommen», hatte Hamburgs Stadtkommandant gesagt und den Namen des Beraters der Sowjets in Berlin genannt.

Von jenem Wladimir Semjonow wusste Garuti nur, dass er wenig unversucht ließ, um auch Westberlin zu kontrollieren. Semjonow galt als einer der geistigen Väter der Blockade, die Berlin seit Juni 1948 in Hungersnöte trieb. Die Versorgung war nur noch über eine Luftbrücke möglich, die Flugzeuge der westlichen Alliierten flogen die Stadt täglich an, dennoch litten ihre Bewohner.

Garuti pirschte unruhig umher in Theos Salon. Vor Emil Maetzels *Stillleben mit Negerfigur* blieb er stehen.

«Die Russen werden lachen wie ein Rudel Löwen, wenn ich nach Rudi frage und um seine Freilassung bitte», sagte er.

Theo Unger hatte noch nie etwas von lachenden Löwenrudeln gehört, vielleicht eine italienische Redewendung oder eine Inspiration durch das afrikanisch anmutende

Bild von Maetzel, doch er teilte Garutis Meinung, dass sie damit der Rückkehr Rudis keinen Schritt näher kommen würden.

«Was ist aus dem Doppelporträt geworden, das früher hier hing?», fragte Garuti. «Ist es bei Elisabeth?»

«Da gehört es hin. Ihre Mutter und Tante sind die Porträtierten.»

Garuti nickte. «Und dieses Bild?»

«Gehörte meinem Kollegen und Freund Dr. Kurt Landmann.»

«Der sich das Leben genommen hat?»

«Ja», sagte Unger. «Im Herbst 1938. Nachdem die Nazis ihm die Approbation entzogen hatten, weil er Jude war.»

Garuti seufzte tief. «Hast du die Karte noch?», fragte er.

Unger wusste, wovon Garuti sprach. Die Karte, die ihn im Juni des vergangenen Jahres erreicht hatte. Via Campmann, Idas erstem Mann, für den Rudis Schwiegermutter Anna gekocht hatte.

Ich bin beauftragt von Herrn Rudi Odefey, Sie in Kenntnis zu setzen, dass Obengenannter russischer Kriegsgefangener ist und sich in einem Lager im Ural aufhält und harte Arbeit in einem Bergwerk verrichtet. Ich habe mich bis April selbst dort aufgehalten. Gez.

Mit einem Allerweltsnamen war die Karte gezeichnet. Keine Adresse. Der Stempel verwischt.

«Ihr schient gute Gründe zu haben, nicht gleich den Suchdienst zu verständigen», sagte Garuti.

«Ja, die Sorge, dass Rudi alle Lebenskraft verliert, wenn er hört, dass Käthe vermisst wird.»

Alessandro Garuti nickte, doch er hatte diese Entscheidung schon damals angezweifelt. «*Una confessione*», sagte er. «Ich habe trotz eures Einwandes sofort das Rote Kreuz kontaktiert, als ich von der Karte erfuhr. Leider ohne Ergebnis. Zu viele Lager.»

Unger nahm dieses Geständnis nahezu mit Erleichterung auf. Es war ein Fehler gewesen, nicht gleich eine Kontaktaufnahme zu versuchen. Er ging zu seinem Schreibtisch, zog die oberste Schublade auf und entnahm ihr die Karte.

Garuti drehte sie in den Händen, wie Henny und Theo sie schon so oft gedreht hatten. Das dünne Papier war nur noch abgegriffener geworden dabei.

«Ist es ein schlechtes Zeichen, dass Rudi nicht schreibt?», fragte Unger.

Alessandro Garuti wischte diesen untröstlichen Gedanken beiseite. «Es gibt kaum Postkontakt», sagte er. «Ich hörte von Schweigelagern. Da kommt keine Nachricht raus und keine rein.»

Unger dachte, dass Rudis Kamerad vor nahezu einem Jahr das Lager im Ural verlassen hatte. An jedem Tag dieser elf Monate konnte Rudi gestorben sein. Erfroren. Verhungert. Von einer Krankheit dahingerafft. Er schwieg.

Sie wandten sich beide um, als die Tür zum Salon geöffnet wurde und Klaus eintrat.

«Gibt es Neues von Rudi?», fragte er, als er die Karte bemerkte. «Oder von Käthe?»

Unger und Garuti schüttelten die Köpfe.

«Warum setzt ihr eigentlich keine Anzeige in die Zeitung?»

Die beiden Männer sahen Klaus fragend an.

«Ein paar Wörter nur. *Käthe. Rudi lebt. Melde dich bei Theo Unger.*»

«Warum nicht bei Henny?», fragte Theo.

Doch Klaus hatte da eine Ahnung.

Las Käthe Zeitung? Ab und zu fand sie eine zerlesene in der S-Bahn, die nahm sie dann mit. Einmal kaufte sie das *Hamburger Echo* in Erinnerung an Rudi, der dort den Beruf des Setzers erlernt hatte. An jenem Dienstag fand sie auf einer Bank an den Landungsbrücken ein *Hamburger Abendblatt* und steckte es in ihren Beutel. Beine hochlegen, sobald sie im Hüttchen war, dann ein Blick in die Zeitung.

Den ganzen Tag war sie in Altona und Eimsbüttel unterwegs gewesen, in der Hoffnung, irgendwo eine Arbeit zu finden. Die Stadtteile auf der anderen Seite der Alster mied sie. Dass sie Henny am Silvestertag jäh ins Bild geraten war, hing ihr noch nach.

Das Hüttchen war ihr Trost. Zwei winzige Räume am Rande der Schrebergartensiedlung, die benachbarten Lauben abgebrannt während der Bombennächte. Keiner, der sie hier vermutete.

Der kostbarste Gegenstand war der Spirituskocher. Auch wenn es kaum etwas gab, um es auf der Platte zu kochen. Die Dosenwurst, die ihr jemand heute aus Mitleid in die Hand gedrückt hatte, weil es keine Arbeit für Käthe gab, musste auch nicht erhitzt werden.

Es gelang ihr, die verbeulte Dose zu öffnen. Den Büchsenöffner hatte sie hier vorgefunden. Dazu eine große Suppenkelle, als gäbe es Suppe zu löffeln. Ein wenig Geschirr. Zwei Gabeln. Ein Messer. Eine Matratze auf dem Boden. Kissen und Decke hatte sie gekauft, als es noch Tütchen mit Geld gab.

Jagdwurst aus Wehrmachtsbeständen in der Büchse. Die Wurst roch fettig. Käthe nahm einen vorsichtigen Bissen.

Worum durfte man Gott bitten? Sicher nicht, satt zu werden. Doch vielleicht darum, dass Rudi keinen allzu schweren Tod gehabt hatte.

Ein zweiter Bissen. Käthe griff zur Zeitung. 22. März. Eine von heute. In vier Tagen hatte Henny Geburtstag. Warum fiel ihr das jetzt ein? Das hatte sie doch alles längst vergessen wollen.

Vielleicht sollte sie ein Stück Brot dazu essen, dann ließ sich die Wurst leichter verdauen. Das Fett konnte nicht schaden. Kalorien, die sich in Wärme umwandelten, wenn man doch noch mal aufs Überleben setzte. Käthe stand auf, um an die Brotdose zu gehen, und zuckte zusammen, als sie ein lautes Scheppern hörte.

Sie lugte aus dem Fensterchen und sah ein dreibeiniges Eisenteil vor der Schreberhütte liegen. Das war eben noch nicht da gewesen.

Käthe schreckte zurück, als das Gesicht vor dem Fenster erschien. Groß, weiß und sehr blond. Blonder, als sie es in Erinnerung hatte.

Eine schrille Stimme. «Bist du dadrin?»

Ja. Sie war dadrin. Und voller Angst. Oder eher Sorge. Was wollte Kitty hier? Das Hüttchen zurückhaben?

Half nichts. Rausgehen. Fragen, was Sache war.

«Das Ding hat drüben im Gras gelegen», sagte Kitty und schwenkte eine rostige Schüssel. «Kochen kann man nicht mehr drin. Zu rostig. Vielleicht Kohle reinlegen. Feuerchen machen.» Hatte Kitty Kohlen?

«Komm mit rein», sagte Käthe. «Ich hab eine Büchse Jagdwurst.»

«Die kannst du selber freten», sagte Kitty. Sie nahm Käthe die Zeitung aus der Hand.

«Und warum bist du hier?»

«Kann sein, dass es 'ne große Pause gibt bei mir und Helmut. Vor Ostern rückt da eine Trulla an, von der ich keinen blassen Schimmer hatte. Dann brauch ich die Hütte hier.»

«Trulla?»

«Ist er verheiratet mit.»

War Käthe, die alte Kommunistin, je für bürgerliche Konventionen gewesen? Jetzt spürte sie in ihrem Herzen ein großes Verständnis für die Trulla.

«Und ich?», fragte sie.

«War doch eh eine Übergangslösung», sagte Kitty, «aber jetzt machen wir mal ein Feuerchen. Kalt heute.» Sie hängte die rostige Schüssel an den Haken des Dreibeins und zerrte es auf den Grasrest vor der Laube.

Lose Äste in die Schüssel. Altes Laub. Das Abendblatt. Streichhölzer in Kittys Hand. Rasche Flammen.

«Macht Spaß, so ein Feuer», sagte Kitty.

«Erinnere ich anders», sagte Käthe. «Ich nehme an, du hast 1943 in keinem Keller und keinem Bunker gehockt.»

«Nee. Ich komm vom Land.»

«Und wem gehört die Hütte?»

Kitty hatte schon die Schultern gehoben. «Meiner Cousine», sagte sie dann schnell. «Willste mich ausfragen? Dann fang ich mal bei dir an.»

«Soll ich Kaffee kochen? Vielleicht lässt sich noch drüber reden.»

«Echte Bohnen?»

«Muckefuck», sagte Käthe. «Die Zeitung hatte ich übrigens lesen wollen.»

«Dafür hast du ein Feuer.»

Es war bereits am Ausgehen, das Feuerchen.

«Karfreitag musst du weg sein», sagte Kitty.

Käthe sah ihr nach. Noch zweiundzwanzig Tage. Sie sollte den alten Kahn inspizieren. Ließ sich sicher noch mal eine kleine Weile drauf leben. Wo nun der Frühling kam. Vielleicht war Kittys Rückkehr nur eine vorübergehende.

Theo lud Henny, Marike, Thies und Klaus zu den Hillesheims ein, deren Mühlenkamper Fährhaus war nur wenige Schritte von der Körnerstraße entfernt. Da saß man auch nach dem Krieg gemütlich in der Delfter Stube, aß Vierländer Ente oder Holsteiner Aal und freute sich, dass die blauen Kacheln noch heil an den Wänden klebten.

Der Abend vor Hennys Geburtstag. Eine vorgezogene Feier, Theo hatte am Sonnabend Dienst im Kreißsaal. Sie wollten alle fünf Ente essen, der Wein, den der Wirt empfahl, kam aus der Pfalz, die neue Köchin aus Schwerin. «Die Kochkunst meiner Köchin Käthe kann ich nur empfehlen», sagte er. Henny zuckte zusammen. Marike legte ihre Hand auf die ihrer Mutter, Theo und Klaus tauschten Blicke.

Sie saßen vor den gefüllten Gläsern, das Licht des Kronleuchters ließ den eher hellen Rotwein aus Ingelheim rubinrot leuchten, doch Hennys Hände hielten sich an der Kante des Tischtuches fest. «Ich muss euch was erzählen», sagte sie. «Etwas, das auf meinem Gewissen lastet, obwohl ich keine endgültige Bestätigung für den Verdacht habe.»

«Bist du sicher, dass du heute Abend darüber sprechen solltest? Lass uns erst einmal anstoßen. Auf dich. Das kommende Lebensjahr.» Versuchte Theo, die Anspannung aufzulösen?

«Es geht um Käthe», sagte Klaus. Keine Frage. Eine Feststellung.

Henny nickte. «Ich fürchte, Ernst ist damals im Januar 1945 zur Gestapo gegangen und hat Käthe und Anna denunziert.»

Klaus atmete tief aus. «Ich fürchte es auch», sagte er und klang bitter. «Schon länger.»

«Else hat mir die ganze Wahrheit erst gesagt, als Ernst gegangen ist. Dass er Käthes und Annas Wohnung ins Visier genommen hatte. Mit dem Fernglas aus dem Buffet. Du konntest in die Fenster von Laboes gucken, wenn du dir Mühe gegeben hast. Er wird diesen unseligen Fritz dort entdeckt haben.»

«Warum hast du es mir nicht längst gesagt?», fragte Theo.

«Weil sie es nicht wahrhaben wollte», erklärte Klaus.

«Und warum sollte Käthe nicht zu uns in die Klinik kommen?»

«Käthe kann nicht wissen, dass Ernst und ich getrennt sind.»

«Sie wird denken, dass wir von dem Verrat gewusst haben und meinen Vater decken.»

«Doch das erklärt noch nicht, woher Käthe weiß, dass Ernst der Verräter war», sagte Theo. «Von der Gestapo?»

«Das passt doch zu der ganzen Perversion», sagte Thies.

«Krosse Vierländer Ente», sagte der Ober, der sich mit den Tellern genähert hatte. «Rotkohl und Klöße.»

«Du musst Ernst zur Rede stellen, Henny», sagte Theo, als sie wieder allein am Tisch waren. «Vielleicht kann er Klarheit schaffen. Das ist er Käthe und uns schuldig.»

«Die Ente sieht köstlich aus», sagte Marike.

Doch die Stimmung war kaum mehr zu heben.

Nur noch wenige Stunden, dann würde Henny neunundvierzig Jahre alt werden. Käthe war es schon seit Januar.

Sie saßen auf einer Bank am Jungfernstieg, blickten auf die Alster, eine dünne Sonne schien, doch der März war auch in seinen letzten Tagen noch zu kühl. Lina sah ihre Schwägerin an. Vertrautes Profil. Seit achtundzwanzig Jahren. Henny hatte nicht aufgehört, ihre Schwägerin zu sein, auch wenn Lud schon lange tot war.

Lina hatte zugehört, als Henny vom gestrigen Abend erzählte, doch sie verstand nicht, warum Henny ausgerechnet im Mühlenkamper Fährhaus von ihrem Verdacht gesprochen und sich und ihrer Familie die kleine Feier verdorben hatte. Die guten Augenblicke des Lebens sollten gepflückt werden.

Klarschiff machen. Am Vorabend eines neuen Lebensjahres. Lina kannte das. Ihre Genugtuung, die Trümmer verschwinden und Neues entstehen zu sehen, ließ sich auch mit Klarschiffmachen erklären.

Das Glück, mit Louise überlebt zu haben, gab ihr neue Kräfte. Dabei hatten sie beide noch am ehesten auf der sicheren Seite gestanden, die Nächte, in denen ihr Stadtviertel in Schutt und Asche gelegt worden war, hinterm Deich in Dagebüll verbracht, während über Henny und Linas Nichte Marike das brennende Haus einstürzte. Klaus war damals am Tegernsee in der Kinderlandverschickung gewesen, Ernst mit seiner Schulklasse ins Mecklenburgische evakuiert.

Dennoch. Warum kam gerade jetzt dieses Eingeständnis, dass Henny Ernst verdächtigte?

«Ich verdamme den Tag, an dem ich Ernst geheiratet habe.»

«Ohne ihn hättest du Klaus nicht.»

«Ja», sagte Henny und sah hinaus auf die Alster, die das bisschen Frühlingshimmel noch nicht blau färbte. «Das ist wahr.»

«Lass dich von mir zu Michelsen in die Frühstücksstuben einladen. Anlässlich deines Geburtstages.»

«Du hast mir schon die Strümpfe geschenkt und das Schreibpapier.»

Perlons. Dafür war man auch mit neunundvierzig noch

jung genug. Und Papier, das nicht vergilbt aussah. Sie ver-
kauften es in der Buchhandlung in Kartons, auf denen Teerosen abgebildet waren.

«Denkst du manchmal noch an Lud?», fragte Lina.

«Oft. Er war ein liebevoller Pfirsich.»

Lina lachte laut auf am Ufer der Alster. «Ich weiß, was du
meinst», sagte sie. «Rosig und gut.»

«Und nun musst du zurück in die Buchhandlung. Louise
ist allein dort. Das mit Michelsen machen wir ein anderes
Mal.»

«Sie verkauft sicher ein Dutzend Bücher mehr als ich.»

«Lina, ich bin froh, dass wir unser Leben miteinander
leben.»

«Ich auch», sagte Lina.

Käthe stand erschüttert am sumpfigen Ufer der Dove Elbe.
Der Kahn war nur noch halb zu sehen, der größere Teil lag
unter Wasser. Kein Denken daran, ihn wieder zu bewohnen.

«Da is man nüscht mehr zu machen, min Deern», sagte
eine Stimme hinter ihr. «Dat Ding is nu fast schon bei Neptun.»

Was war das für ein Gefühl von Heimat, das sich über
Käthe stülpte und sie an ihren Vater denken ließ? Sie drehte
sich um. Der Mann war klein und schmal, wie es Karl Laboe
gewesen war. Doch die Haare standen ihm rot und borstig
zu Berge.

Karl hätte die Finger in Abwehr gekreuzt, wäre er in Verdacht geraten, rothaarig zu sein. Rote Haare hatte es nur in
der Familie ihrer Mutter gegeben. Karl hatte schwarze gehabt, wie Käthe selbst, wenn da auch schon einzelne weiße
wuchsen.

«Is der Kahn von Herbert. Den gibt es nich mehr. Der hat

mit seiner Familie in Hammerbrook gewohnt. Die ganze Straße wech.»

Käthe schwieg. Was sollte dazu auch gesagt werden? Wer diese Bombennächte am eigenen Leib erlitten hatte, neigte nicht mehr zu großen Beileidsbekundungen.

«Auch nur noch Trümmer to Hus? Hätt nich gedacht, mal so Füür un Flamm zu sein für die olle Laube. War eigentlich immer eher dat Ding von Minchen, der Schrebergarten.»

«Minchen ist Ihre Frau?»

«Jawoll. Wilhelm und Wilhelmine.» Er grinste. «Aber ich heiß Willi, nich Helmchen. Willi Stüve.»

Wenn sie doch bleiben könnte in der Siedlung. Sie hatte sich geirrt, als sie glaubte, die Sehnsucht nach Heimat sei kaputtgegangen in ihr. «Ich bin Käthe», sagte sie, «Käthe Odefey.» Sie seufzte.

«Und warum seufzt die Käthe?»

«Weil ich hier wegmuss. Bis Karfreitag. Hab keinen Anspruch auf die Laube.»

«Die Kitty aber auch nich.»

Er wusste also, in welchem der Hüttchen sie wohnte. Und wohl auch einiges über Kitty.

«Die Laube gehört den Kloses. Leben noch. Waren nach dem Krieg kurz mal hier, um Sachen zu holen. Sind wohl ins Hannoversche. Da lebt eine Tochter. Kitty kennt die.»

«Das ist doch schon ein Anspruch», sagte Käthe.

«Seh ich anders», sagte Willi Stüve. Er verzog das Gesicht und sah aus, als hielte er nicht viel von Kitty. «Is ja noch ein paar Tage hin bis Karfreitag. Vielleicht finden wir 'ne Lösung.»

Wo kam auf einmal die Hoffnung her? Dass es doch noch ein Leben geben könnte, das der Mühe wert war.

Momme schleppte den Schreibtisch von Idas Vater gemeinsam mit der jungen Frau, die bei ihm unterm Dach lebte. Er mochte Ulla von allen am liebsten, vielleicht sollte er zur Sache schreiten und eine Familie mit ihr gründen, immerhin wurde er siebenunddreißig im April.

Wer die kräftige Ulla sah, dachte, dass sie Klaviere transportierte und nicht auf ihnen spielte, doch sie unterrichtete an der Schule für Musik und Theater, die durch die Stadt vagabundierte und keinen festen Standort hatte. Aber die Gründung einer Staatlichen Hochschule stand bevor. Dem Senat fehlte noch das Gebäude. Die waren rar geworden in Hamburg.

Dass er so viel über Sesshaftigkeit nachdachte, während er das schwere Eichenmöbel vom Souterrain in den ersten Stock in die Zimmer von Ida und Tian trug. Momme fluchte, als es eng wurde auf der Holztreppe. Er spürte seine Knochen, gestern erst hatte er den ganzen Tag Regale in der neuen Buchhandlung am Gänsemarkt aufgebaut.

«Du wirst alt.» Ulla grinste. Sie war zehn Jahre jünger als er.

«Würdest du einen so alten Kerl heiraten?»

Ulla ächzte auf ihrer Seite der Eiche. «Ist das ein Antrag?»

«Könnte man so sagen.»

«Du bist ein echter Romantiker.»

«Endlich kommt mal einer von euch rasch zu Potte», sagte Guste. Sie stand unten an der Treppe und zählte zwei Risse in der Tapete, die der Schreibtisch auf dem Weg nach oben geschrammt hatte. Doch Guste schwieg. Was waren kaputte Tapeten gegen das Liebesglück?

«Ich würde annehmen, Ulla», sagte sie stattdessen. «Momme ist genau die richtige Mischung von verlässlich und verwegen.»

Ida hörte von alldem nichts. Sie stand in Gedanken versunken in dem größeren der Zimmer und sah sich um. Die Frisierkommode begleitete sie nun schon seit drei Jahrzehnten, auch die gelben Sesselchen waren schon lange dabei. Die Kommode hatten ihr die Eltern zum siebzehnten Geburtstag geschenkt, die Sessel kamen aus dem Hofweg, wo sie mit Campmann gelebt hatte. Und nun Paps' Schreibtisch. Es würde eng werden in der ersten Etage der Johnsallee.

«Unser neuer Mitbewohner wird schon nicht mit Tinte klecksen und auch kaum ins Holz beißen», hatte Guste gesagt. Doch Ida bestand darauf, dass nur Bett, Schrank und der alte Teppich von ihrem Vater unten im Souterrain blieben, im Zimmer neben der Küche, in das in den nächsten Tagen Alex Kortenbach ziehen würde, Sie hatte ja sonst nichts geerbt, das einstige Vermögen der Bunges längst perdu, nur die Taschenuhr ihres Vaters von A. Lange & Söhne noch in ihrem Besitz.

«Die Müßiggänger schiebt beiseite», sagte Momme, als sie das Zimmer im ersten Stock erreichten. Ida stand in der Tür und störte.

Momme und Ulla stellten das Möbel laut ab. «Was ist los mit dir, Ida?», fragte Momme. «Du pennst im Stehen.»

«Entschuldigt», sagte Ida und gab die Tür frei.

«Wo soll er denn nun hin?»

«Schräg vors Fenster.»

«Dann könnt ihr kein großes Ringelreihen mehr tanzen, ist ja kaum noch Platz», sagte Ulla.

«Am besten wäre er unten stehen geblieben. Der Mann schleicht sich schon nicht mit dem Schreibtisch aus dem Haus», sagte Momme.

«Ich kenn ihn doch gar nicht», sagte Ida.

«Noch kennt ihn nur Guste. Aber das wird sich ja morgen ändern.» Momme verließ sich da ganz auf Guste. Die war eine Menschenkennerin. Hatte sie nicht damals das Potenzial in ihm erkannt und ihn Luftschlangen und Girlanden für eine Karnevalsfeier aufhängen lassen, kaum dass er seinen Koffer in die Pension getragen hatte? Momme grinste.

«Am meisten liebe ich dich, wenn du dieses Wölfische im Gesicht hast», sagte Ulla.

Er hatte die richtige Frau gefunden, da war sich Momme sicher.

Das Kaffeekontor, dessen Hamburger Stammhaus Tian seit vielen Jahren leitete, hatte zu kämpfen in diesen Nachkriegszeiten, obwohl es kaum Kriegsschäden erlitten hatte in der ansonsten schwer getroffenen Altstadt.

Zwar lechzten die Leute nach echtem Bohnenkaffee, und Tians Kontor war eine von dreißig Hamburger Firmen, denen eine Einfuhrerlaubnis erteilt worden war, doch kaum ein Kunde konnte sich die Bohnen leisten. Die pro Kilo Kaffee erhobene Steuer, die deutlich über zehn Mark lag, trieb die Preise in steile Höhen, den Nachkriegsdeutschen blieb nichts anderes übrig, als Kaffee aus Getreide zu trinken. Muckefuck.

Wäre das Wohnen in Gustes ehemaliger Pension nicht so günstig gewesen, der Tisch bei ihr immer für alle gedeckt, er hätte große Mühe gehabt, Ida und Florentinchen zu ernähren. Nahm ihm Ida das übel?

Tian hatte das Kontor in der Großen Reichenstraße, das Hinnerk Kollmorgen einst gegründet hatte, für einen Spaziergang verlassen. Vielleicht taten ihm die ersten Anzeichen von Frühling gut, wenn auch die Sonne noch versteckt blieb im wolkigen Himmel.

Er ging über den Hopfenmarkt und blickte auf das Gerippe von St. Nikolai, nur der Turm war einigermaßen unversehrt geblieben. Kaum mehr vorstellbar, dass hier auf dem Platz vor der Kirche einmal die Vierländer Bauern ihr Obst und Gemüse angeboten hatten und die Finkenwerderinnen ihre Fische. Die Trümmer waren geräumt, doch alles schien ihm für immer zerborsten und leere Fläche zu sein.

Seine Ehe dümpelte. Hatte ihre Liebe die Gefahr gebraucht, von den Nazis verfolgt zu werden? Die Ablehnung von Idas und seinen Eltern? Die jahrelange Trennung durch einen Ozean, als er in der Dependance der Firma in Costa Rica arbeitete? Lange hatte Ida gezögert, die Ehe mit Campmann zu lösen, der ihr ein Leben in Luxus bot, das Tian auch in den guten Tagen des Kontors so nicht hätte möglich machen können.

Tian wanderte weiter über die Holzbrücke zur Katharinenkirche. Das Kirchenschiff war weitgehend zerstört, der Turm oberhalb der Uhr nicht mehr vorhanden. Er erinnerte sich, wie er neben dem Kapitän der *Teutonia* auf der Kommandobrücke gestanden, den Anblick der vertrauten Türme in sich aufgenommen hatte, die Silhouette der Stadt, damals im Frühling 1926, als er nach Hamburg zurückgekehrt war. Gerade den Turm von St. Katharinen hatte er geliebt.

Dieser Spazierweg vorbei an den kaputten Kirchen der Altstadt half wenig, ihn aus der Tristesse zu führen. St. Petri war heil geblieben, vielleicht sollte er zur Mönckebergstraße weitergehen, sich an der Kirche dort erfreuen, am Rathausmarkt in die Buchhandlung Landmann einkehren und Momme besuchen, der so viel leichtherziger in die Zukunft blickte.

Dabei gab Florentinchen ihm doch gute Gründe, heiteren Herzens zu sein, dieses herrliche Geschöpf. Tian lächelte.

Florentine neigte nicht zu der Zauderei ihrer Eltern, sie war eine, die Löwen bändigte. Sie würde sich womöglich schützend vor ihren Vater stellen.

Da war auf einmal eine Wärme in seinem Gesicht. Er blickte hoch und sah, dass der Himmel aufriss und die Sonne schien.

Henny strich über den pistaziengrünen Stoff mit den weißen Punkten, der da auf dem Tisch in der Johnsallee lag. «Deine Mutter näht doch auch», sagte Guste. Sie fasste Henny an den Schultern. «Dreh dich mal.» Henny drehte sich vor den aufmerksamen Augen Gustes. «Der Stoff liegt eins vierzig. Drei Meter. Das reicht für ein Kleid mit weitem Rock. Das gibt auch noch einen Bolero.»

«Den kauf ich dir ab, Guste.»

«Nichts da. Ich schenk dir die drei Meter. Du hast doch am Sonnabend Geburtstag gehabt.» Guste maß den Stoff ab, und schon glitt die Schneiderschere durch die feine Baumwolle.

Henny sah zur Uhr, die auf dem Buffet stand. Gleich halb eins, um zwölf waren Ida und sie verabredet gewesen, in anderthalb Stunden begann ihr Dienst. Gustes Blick war dem ihren gefolgt. «Sie wollte sich eigentlich nur die Spitzen schneiden lassen beim Putzbüdel, die hat sie sich ja angeschmort mit der Brennschere.»

Vorn fiel die Haustür ins Schloss. Ida kam herein, ein Kopftuch aus dünnem Chiffon umgebunden.

«Ist was mit deinem Haar passiert?», fragte Guste.

«Ich wollte mir nur nicht die frischgelegten Wellen ruinieren», sagte Ida. «Entschuldige, Henny.» Sie umarmte die Freundin. «Hat alles viel länger gedauert.»

«Darum schlage ich vor, dass wir um die Alster Richtung

Uhlenhorst gehen. Dann nähere ich mich schon mal der Finkenau. Um zwei muss ich im Kreißsaal stehen.»

«Du kannst ja dein Kopftuch umbehalten, Ida», sagte Guste. «Damit die Windsbraut dich nicht zaust.» Sie hatte eine Tüte gefunden, in die sie den Stoff tat.

«Kümmerst du dich um Florentinchen, wenn sie gleich aus der Schule kommt?»

«Das tu ich doch jeden Tag», sagte Guste.

«Ich danke dir, liebe Guste», sagte Henny, als sie die Tüte nahm.

«Hat sie dir Stoff geschenkt?», fragte Ida, als sie das Haus verließen und zur Alster gingen. «Guste ist so großzügig. Wenn sie uns nicht durchfütterte, kämen wir hinten und vorn nicht klar bei den paar Kröten, die Tian verdient. Den Friseur müsste ich mir dann verkneifen.»

«Er kann nichts für die hohe Steuer, die auf Kaffee liegt.»

«Ich kann es nun mal nicht leiden, wenn Männer erfolglos sind. Mein Vater war auch so ein Exemplar, da habe ich lange gebraucht, um zu erkennen, dass er geschäftlich eine Niete war. Nur in den Gründerjahren fiel ihm das Geld in den Schoß.»

«Das kannst du nicht vergleichen. Dein Vater ist immer ein Glücksritter gewesen.»

«Doch immerhin war er unterhaltsam», sagte Ida.

«Und mit Tian langweilst du dich?»

«Leider ja.»

Sie waren am Alsterufer angekommen und bogen nach links in Richtung Krugkoppelbrücke.

«Du bist undankbar», sagte Henny. «Du hast endlich die Liebe deines Lebens heiraten dürfen. Tian und du habt eine wundervolle Tochter. Ihr wohnt gut und trocken bei Guste. Denkst du bei all deinem Gejammer denn auch mal an Käthe und Rudi, die seit Jahren auseinandergerissen sind? Falls Rudi überhaupt noch lebt.»

«Du hast recht. Aber ich kann nicht aus meiner Haut, Tians Duldsamkeit macht mich umso gereizter, eines Tages werde ich noch mit seinem chinesischen Porzellan schmeißen.» Ida sah ihre Freundin von der Seite an. Seit dreiundzwanzig Jahren kannten sie einander, so verschieden waren sie, dass ihre Freundschaft sie beide immer wieder in Staunen versetzte. «Und ja, Henny. Ich denke viel an Käthe. Du bist dir sicher, dass sie es war in der Straßenbahn? Warum kommt sie dann nicht zu uns?»

Henny schwieg.

«Jetzt liegt das Geschenk für dich in der Johnsallee», sagte Ida. «Das hab ich ganz vergessen bei diesem jähen Aufbruch, und ich wollte dir doch auch zeigen, wie die Möbel jetzt stehen, wo der Schreibtisch nun oben bei uns ist.»

«Ist denn der Heimkehrer schon eingezogen?»

«Er kommt morgen. Bisher kennt ihn nur Guste.»

«Ich muss mich ein bisschen sputen, Ida. Willst du lieber umkehren und nach Hause gehen?»

«Ja», sagte Ida. «Ich setze mich aber noch in die U-Bahn und bring dir dein Geschenk in die Finkenau.»

«Das musst du nicht.»

«Ich möchte es aber.»

Jede von ihnen drehte sich noch mal um, nachdem sie sich verabschiedet hatten. «Henny? Ich liebe Tian. Noch immer.»

Henny nickte. «Ich hoffe es für ihn und dich», sagte sie.

Das Schloss machte Schwierigkeiten. Stüve hob die Holztür an und drehte den Schlüssel ein drittes Mal. Käthes Blick glitt über die Hütte, deren Bretter noch Spuren von Tannengrün zeigten. Zwei Fenster, die Scheiben blind. Auf dem Dach lagen Klumpen von Teerjackenstoff.

Willi Stüve drehte sich zu ihr um. «Dat wird schon, Deern», sagte er. «Die Laube is jedenfalls frei. Da kommt keiner mehr.»

Was konnte das anderes heißen, als dass die Menschen, die hierhergehört hatten, ausgelöscht waren? Käthe traute sich nicht zu fragen.

Endlich fasste der Schlüssel. Stüve stieß die Tür auf und trat ein.

«Immer hinein in die gute Stube», sagte er.

Das Erste, was Käthe wahrnahm, war der Kadaver einer Ratte. Wie war die in die Hütte gekommen?

Stüve hob die Ratte mit der Spitze seines Stiefels an und schob sie zur Tür hinaus Richtung Gesträuch, das am Rande des Gartens wuchs. Danach bohrte er die Stiefelspitze in das feuchte Gras, bis Erdklumpen daran kleben blieben.

«Ich guck mir mal den Boden an. Ob da ein Loch is. Dat kriegen wir alles hin. Sind ja noch zwei Wochen bis Karfreitag.»

Die Hütte war leer bis auf ein Kanapee und einen Tisch, auf dem eine Schüssel stand, deren blaue Emaille abgesprungen war. Wohl eine Waschschüssel. Links von der Tür die Regentonne, weiter weg das Klo.

«Nu hast du einen ersten Eindruck, und wir gehen jetzt erst mal zu Minchen und essen Abendbrot. Bille will auch noch kommen.»

Bille war Willis und Minchens Tochter, die bei Bauern in Altengamme ein Zimmer bewohnte und dort im Dorf bei einem Bäcker arbeitete. Billes Mann war im Krieg geblieben. Wie Rudi. Doch Bille war zwölf Jahre jünger als Käthe und schaute sich schon nach einem Neuen um.

Käthe hatte Willi und Minchen von Rudi erzählt, von der verlorenen Wohnung in Barmbek, aber über ihren Beruf, die Zeit im KZ und Annas Schicksal schwieg sie. Noch. So wie man zum Du gefunden hatte, würde ihr vielleicht auch anderes irgendwann über die Lippen kommen.

«Ich geh erst mal Hände waschen», sagte sie, «dann bin ich bei euch. Danke für die Hilfe, Willi.»

«Dafür nich», sagte Willi, «und kiek mal nich so traurig. Dat wird noch richtig fein in der Laube.»

Ida stand in der Küche und schälte Kartoffeln, als Guste mit Alex Kortenbach ins Souterrain kam. Sie sah den jungen Mann an, der nur einen kleinen Koffer trug, und fand ihn vertraut. Kannte sie denn diesen Heimkehrer, den Guste nun vorstellte, der ihr die Hand gab und sich leicht verbeugte?

Sie dachte noch darüber nach, als sie nach oben ging, Guste die Kartoffeln überlassend, die zu Bratheringen gegessen werden sollten.

Bei welcher Gelegenheit konnte sie ihm begegnet sein? Er war viel jünger als sie, und hatte Guste nicht gesagt, er sei schon 1934 ins Ausland gegangen?

Um sieben saßen sie am großen Tisch in der Küche. Tian. Guste. Ida. Florentinchen. Kortenbach. Momme und Ulla waren nicht zu Hause.

«Ich habe ein Klavier im Salon gesehen», sagte Alex Kortenbach. «Erlauben Sie mir, dass ich gelegentlich darauf spiele?»

Kaum einer spielte darauf, Ulla war das Instrument zu schlecht, sie zog die Klaviere in der Musikschule vor.

«Das würde uns allen große Freude bereiten», sagte Guste. «Falls Sie den ollen Klimperkasten bespielbar finden.»

Alessandro Garuti kehrte mit derselben *Viking* der British European Airways aus Berlin zurück, in der er auch auf dem Hinflug gesessen hatte. Die Stewardess begrüßte ihn wie einen alten Bekannten, doch ihr fiel auf, dass der ältere Herr in dem gutgeschnittenen grauen Zweireiher bedrückt wirkte. Ganz anders als zwei Tage zuvor.

An keiner Stelle hatte er etwas bewirken können. Er war weder zu Kotikow, dem sowjetischen Stadtkommandanten, vorgedrungen noch in die Nähe von Semjonow gekommen. Der einzige Militärangehörige, den er gesprochen hatte, trug die Schulterklappen eines Leutnants und saß in einem der vielen Vorzimmer. In bestem Deutsch war ihm bedeutet worden, dass Garuti die Strahlkraft eines ehemaligen Kulturattachés der italienischen Botschaft überschätze.

Die Hoffnung, Kontakt zu Rudi herzustellen, ihn nach Hause zu holen, hatte sich nicht erfüllt; er war naiv gewesen. Dennoch schob Garuti die Heimreise nach San Remo hinaus. Wer wusste denn, ob und wann er die Hamburger Freunde wiedersah?

Den Aufenthalt im vertrauten Hotel Reichshof hatte er um eine Woche verlängert, obwohl Theo und Klaus ihm herzlich ihre Gastfreundschaft angeboten hatten. Vielleicht würde er darauf eingehen und noch weitere Tage in der Körnerstraße anhängen. Nichts drängte ihn, die weite Heimreise nach San Remo anzutreten. Der Alfa Romeo stand gut vor Theos Haus, die Berlinetta war eine Attraktion in der Straße.

Abschiede fielen ihm schwerer als früher. Vielleicht eine Frage des Alters oder auch die Erfahrung, dass geliebte Menschen viel zu leicht verlorengingen.

Was die Klärung der Schicksale von Rudi, Käthe und Anna anging, waren die Tage in Deutschland weit hinter seinen Erwartungen zurückgeblieben. Henny hatte einen ersten erfolglosen Versuch unternommen, ihren einstigen Mann Ernst Lühr zu treffen, um ihn nach den Vorgängen des Januar 1945 zu befragen, die zur Verhaftung von Käthe und Anna geführt hatten. Garuti konnte sich gut vorstellen, dass die beiden Frauen einen Deserteur versteckt hatten, es passte zu ihnen, Hitler und seinen Krieg hatten sie von ganzem Herzen gehasst. Doch Lühr kniff.

Garuti verabschiedete sich freundlich von der britischen Stewardess, stieg die Gangway hinab und ging zur Halle des Flughafengebäudes. Hamburg-Fuhlsbüttel war der einzige zivile deutsche Flughafen, der an der Luftbrücke für die Berliner teilnahm. Vielleicht darum die große Betriebsamkeit.

Dem Taxichauffeur nannte er die Adresse in der Körnerstraße, Theo hatte den späten Klinikdienst und wartete zu Hause auf ihn.

Piano di battaglia, dachte Alessandro Garuti. Ein neuer Schlachtplan musste her, der alte war schlecht gewesen. Er hatte sich, seine Bedeutung und seine Beziehungen überschätzt.

Im Falle von Käthe war Klaus' Idee, eine Anzeige in die Zeitung zu setzen, noch die beste gewesen. Sie sollten das über einen längeren Zeitraum versuchen. Er wollte es gerne finanzieren.

Und was hatte ihm Berry, der britische Stadtkommandant Hamburgs, gesagt? Dass die zweihunderttausend Soldaten, die schätzungsweise noch in russischer Kriegsgefangenschaft waren, im Laufe dieses Jahres zurückkommen sollten?

Die Hoffnung nicht aufgeben, dachte Garuti, und weiter nach allen Halmen greifen. Was sonst?

Else hörte nur mit halbem Ohr zu, als der Sprecher die Verabschiedung des Grundgesetzes durch den Parlamentarischen Rat verkündete. Dabei kam die Stimme laut und klar aus dem neuen Grundig-Radio. Erst als dann Tanzmusik vom Unterhaltungsorchester des NWDR gespielt wurde, dachte Else, wie gut es doch gewesen war, sich von dem alten Volksempfänger zu trennen.

Beinah hätte sie das Klingeln überhört vor lauter Musik. Was spielten die denn da? Das klang jetzt aber amerikanisch.

«Hast du eben Nachrichten gehört?», fragte Klaus, der zur Tür hereinkam und Fliederzweige in der Hand hielt. «Zwölf Gegenstimmen. Aber dreiundfünfzig waren für das Grundgesetz.»

«Die zwölf kamen doch bestimmt von den Kommunisten», sagte Else.

«Waren auch Zentrumsleute dabei und die Bayern.»

«Wo hast du denn die Nachrichten gehört?»

«Deine Nachbarin unten hat ihren Apparat so laut gestellt, dass sie die ganze Straße beschallt.»

«Die Lüder'sche ist schwerhörig geworden», sagte Else zufrieden. Immer gut, wenn die anderen gebrechlicher waren als man selbst. Der Kontakt zu ihrer langjährigen Nachbarin ließ zu wünschen übrig, obwohl sie ihr leidtat, so allein, wie die olle Lüder dasaß, wo ihr einziger Sohn doch gefallen war. Ein richtiger Nazi, der Gustav. Dass sie zeitweise auch geglaubt hatte an die Hitlerei, wischte Else flink weg.

«Der ist aber schön», sagte sie und steckte ihre Nase in den weißen Flieder. «Und wie der duftet.»

«Ein Gruß aus dem Garten in der Körnerstraße. Für seine Mutter hat Theo auch welchen geschnitten.»

«Dann sag dem Doktor mal meinen herzlichen Dank», sagte Else. «Wie geht es denn bei euch? Nicht dass mir Henny auch noch in die Körnerstraße zieht. Deine Mutter gehört hierhin.»

Klaus hoffte sehr, Henny täte genau das, zu Theo ziehen. Seit Henny sich von seinem Vater getrennt hatte, glaubte seine Großmutter, die Tochter sei wieder in ihren Besitz übergegangen. Doch er schwieg. Diesen Kampf musste seine Mutter führen.

«Und der Italiener? Was lässt der von sich hören?»

Garuti war längst wieder in San Remo. Die Anzeigen in den Zeitungen hatten keine Resonanz gehabt. «In den Telefonaten macht er einen ziemlich resignierten Eindruck», sagte Klaus.

«Wahrscheinlich sind sie doch alle tot», sagte Else.

Nein. Das wollte Klaus nicht glauben.

«Kannst du morgen für mich einkaufen gehen? Ich spür wieder die Arthrose im Knie.» Wenn es nur nicht mit den Zipperlein losging.

«Ich denke, Mama macht die Einkäufe.»

«Die bringt mir immer so kleine Kartoffeln.»

Die Lüdersche war noch flott auf den Beinen. Das musste Else zugeben. Aber bei ihr waren die Ohren besser.

«Nenn mir einfach den gewünschten Durchmesser», sagte Klaus. Er war sehr geduldig mit seiner Großmutter.

«Das ist eine liebe Idee», sagte Lotte Unger und sah ihren Sohn liebevoll an. «Doch ich denke, es sollte Henny sein, die zu dir ins Haus zieht, nicht deine alte Mutter.»

Theo seufzte. «Es passen auch vier hinein», sagte er.

«Verpflanz mich mal nicht. Ich habe die längste Zeit meines Lebens in Duvenstedt verbracht. Lass mich hier sterben.»

«Im Juni wird erst einmal siebenundsiebzig geworden.»

«Das ist schon ganz schön alt. Doch ich hab ja nicht gesagt, dass sofort gestorben werden muss. Mach dir mal keine Sorgen. Jens Stevens guckt gut nach mir. Dein Vater wäre sehr zufrieden mit diesem Nachfolger. Die Praxis läuft wie lange nicht mehr.»

Und wenn Stevens eine Familie gründete? Dann wurde das alte Haus, das zu der Landarztpraxis gehörte, zu klein, und seine Mutter wäre dann vielleicht wirklich zu alt, um noch umzuziehen.

«Guck dir den Garten an.» Lotte machte eine weite Geste.

Sie saßen auf der kleinen Terrasse an diesem warmen Maitag, und eine Blütenpracht tat sich vor ihnen auf. Jahrzehntelang war das ein Nutzgarten gewesen, aus dem Lotte sie mit Salat, Obst und Gemüse versorgt und den Hunger der Notzeiten gelindert hatte. Ställe für Hasen hatte es gegeben. Nun waren nur noch die Hühner da.

«Da hab ich Goldlauch gepflanzt. Die Blüten lassen sich essen.»

Ganz konnte sie es nicht sein lassen. «Und da in der Ecke blüht bald der Bauernjasmin. Die Obstbäume bleiben alle stehen.»

«Das beruhigt mich.»

«Hab ich dir erzählt, dass Stevens das Haus vom alten Harms herrichtet? Hat ja lange leergestanden.»

Nein. Das hatte sie nicht erzählt. Auch diese Nachricht beruhigte ihn.

«Ich glaube, Stevens ist auf Freiersfüßen», sagte Lotte. «Fährt oft ins Holsteinische.»

«Doch er hält sich noch bedeckt?»

«Ich hab ihn morgen zu Erdbeerkuchen eingeladen. Da krieg ich die Neuigkeiten. Die Erdbeeren hab ich bei Prems auf dem Hof gekauft. Das erste Mal seit Jahren. Sonst hatten wir immer eigene.»

«Tut es dir doch leid, vieles ausgerissen zu haben?»

«Ach was. Waren schon zu alt, die Erdbeerpflanzen», sagte Lotte Unger. «Willst du noch ein Stück?»

Theo schüttelte den Kopf. «Ich nehme aber eines für Klaus mit.»

«Und sag Henny, wie gern du mit ihr leben würdest.»

«Das weiß sie doch», sagte Theo Unger.

Bille hatte gefragt, ob Käthe in der Bäckerei aushelfen könne, in der sie arbeitete, die Bäckersfrau fiele aus, gutes Geld sei zu verdienen. Käthe atmete auf. Die bisherigen Hilfsarbeiten reichten kaum zum Leben, gäbe es Stüves nicht.

Montag, der 9. Mai, als sie sich in Altengamme einfand, Bille an ihrer Seite, die schon lange als Verkäuferin in der Bäckerei tätig war. Alles ging gut. Käthe schob Brote über die Theke, Dänischen Plunder und Franzbrötchen. «Was fehlt denn Frau Banse?», fragte sie.

«Eigentlich soll das Kind erst im Juni geboren werden», sagte Bille. «Doch es will jetzt schon raus. Darum soll sie liegen.»

Käthe verkaufte ein Paderborner Brot, zwei Rundstücke und einen Windbeutel. «Hat sie Wehen?», fragte sie.

«Immer mal wieder», sagte Bille. «Auch Blutungen.»

Käthe packte zwei Kommissbrote ein und reichte sie über den Tresen. «Darf ich ihr mal guten Tag sagen?»

«Du bist doch hier nur Hilfsverkäuferin», sagte Bille. «Aber das machst du bestens, muss ich zugeben.»

Das fand auch der Bäcker und drückte Käthe am Abend einen ersten Abschlag auf den Lohn und eine Tüte mit Hanseaten in die Hand.

Die Kekse mit dem rosa und weißen Zuckerguss teilte Käthe nach dem Abendbrot zwischen den Stüves und sich auf.

«Bille bringt nie was aus der Bäckerei mit», sagte Minchen.

«Doch», widersprach Willi. «Brot. Nur keinen Süßkram.»

«Meine ich ja», sagte Minchen.

Die Blutungen bei Frau Banse könnten Zeichen einer vorzeitigen Plazentaablösung sein, dachte Käthe. Dann wäre Eile geboten. Aber vielleicht waren es auch nur Schmierblutungen.

Sie verabschiedete sich früh, um sechs Uhr morgens musste sie auf dem Weg in die Bäckerei sein.

Am vierten Tag war es, dass Bäcker Banse mit sorgenvollem Gesicht in den Laden stürzte. «Lauf mal zu Tetjen, Bille», sagte er. «Der Doktor soll man gleich kommen. Meine Frau hat starke Schmerzen.»

Doch Bille kehrte mit der Nachricht zurück, dass Dr. Tetjen irgendwo in den Vierlanden unterwegs sei.

«Lassen Sie mich nach oben zu Ihrer Frau gehen», sagte Käthe.

Bille schien geradezu beschämt ob ihrer Einmischung. Aber darüber setzte Käthe sich hinweg. «Bitte, Herr Banse», sagte sie. Er sah sehr erstaunt aus, doch er stieg mit ihr die steile Treppe in den ersten Stock hoch. «Ich bin Hebamme und habe jahrzehntelang an der Frauenklinik Finkenau gearbeitet», sagte Käthe.

«Und dann verkaufen Sie bei mir Brot? Ist Ihnen ein Kunstfehler unterlaufen?», fragte Banse.

«Nein. Das Kriegsgeschehen ist mir unterlaufen.»

Sie betraten das Schlafzimmer. Sanne Banse lag im Ehebett und stöhnte. Die Augen hatte sie geschlossen und öffnete sie auch dann nicht, als sie die fremde Stimme hörte.

Der Bäcker wurde ruhiger, als er sah, wie fachkundig Käthe die Hochschwangere untersuchte. «Das erste Kind?», fragte sie.

Banse bestätigte das. «Wenn nur der Doktor käme!»

Für einen Einlauf mit Seifenwasser war es zu spät. Auch für die Rasur. Käthe stand auf. «Gibt es hier oben ein Waschbecken?», fragte sie.

Durfte sie sich wirklich auf die Geburt einlassen? Nach all den Jahren und ohne Vorbereitung und Hilfsmittel?

«Ein komplettes Bad. Nebenan. Ganz neu», sagte Banse. «Die Bille macht schon Wasser heiß. In der Backstube. Saubere Tücher sind auch da. Glauben Sie denn, das Kind will schon kommen?»

«Sieht ganz so aus», sagte Käthe. Ihr standen kleine Schweißperlen auf der Stirn. Hoffentlich bemerkte Banse die nicht. Keine sterilen Tücher. Keine Handschuhe. Kein Stethoskop für die Herztöne des Kindes. Keine Klammern für die Nabelschnur. Nur eine Gummimatte lag auf dem Bettlaken.

Sie spürte, dass Banse anfing, ihr zu vertrauen. Wenn das doch auch seine Frau täte, die in diesem Moment die Augen aufschlug und angstvoll um sich blickte. Sie waren schon mitten in der Geburt.

«Oh Gott», schrie Sanne Banse. «Oh Gott.»

«Alkohol», sagte Käthe. «Haben Sie reinen Alkohol im Haus?» Sie fing Banses irritierten Blick auf. «Aus dem Medizinschrank», sagte sie. «Um zu desinfizieren.» Banse nickte und eilte aus dem Zimmer.

Die nächste Wehe ließ die Fruchtblase platzen. Das Fruchtwasser ergoss sich über das Bett. Keine Zeit, die Wäsche zu wechseln. Das Kind musste im Nassen geboren werden.

Banse kam mit einer Flasche Alkohol von Madaus wieder. Käthe rieb ihre Hände ein und tränkte eines der Tücher damit. Da kam auch schon die nächste große Wehe.

«Lieber tot», schrie Sanne Banse. «Lieber tot.»

Käthe war von der Ruhe überrascht, die sie nun erfasste. Sie konnte es noch. Sie, Käthe Odefey, würde dieses Kind auf die Welt holen.

«Versuchen Sie, sich auf die linke Seite zu drehen. Ziehen Sie das rechte Bein an.» Käthe sprach leise, doch Sanne Banse hörte sie und versuchte, den Anweisungen zu folgen. Käthe konnte nur hoffen, dass es dem Kind gutging. Hätte sie doch ein Stethoskop.

Die nächste Wehe kam schnell. Zu schnell. Sanne Banse hatte ihr kaum noch Kraft entgegenzusetzen. Das Schreien war zum Winseln geworden.

«Oh Gott», stöhnte jetzt auch Banse.

Käthe schob ihre Hand vor, um den Damm zu schützen, und spürte das Köpfchen. Die nächste Wehe. Sanne Banse hechelte.

Ein Aufschrei von Banse, als er das Köpfchen sah. «Alles gut, Sanne», sagte er. «Alles gut. Es kommt.»

Schleim und Blut auf dem Gesicht des Kindes. Doch es war rosig und nicht blau, wie es Käthe befürchtet hatte. Noch eine weitere Wehe, dann würden sie wissen, welches Geschlecht das Kind hatte.

«Da ist aber eine tüchtige Hebamme am Werke», hörte sie eine Stimme hinter sich. Der alte Dorfarzt.

Käthe drehte sich nicht um. Sie half gerade den kleinen Schultern. Nun rutschte der ganze Körper des Kindes nach.

«Ein Töchterchen», sagte Käthe. Sie drehte sich zu dem Arzt um. «Ich habe nichts für die Nabelschnur», sagte sie. «Auch keine Schale für die Plazenta. Gar nichts. Besser, dass Sie jetzt übernehmen, Dr. Tetjen. Ich versorge dann die Kleine.»

«So ein seutes Töchting», sagte Tetjen. «Banse, wo haben Sie denn die Hebamme so schnell hergehabt? Ein Glück, kann ich nur sagen.»

«Ich bin Ihnen unendlich dankbar, Käthe», sagte Banse. «Aber Brot werden Sie wohl nicht mehr bei mir verkaufen wollen.»

«Bitte lassen Sie mich das weiterhin tun», sagte Käthe.

«Wollen Sie denn nicht in Ihren Beruf zurück?», fragte Banse.

Tetjen hatte die Nabelschnur durchschnitten und band sie ab. Dann legte er Käthe das Kind zur ersten Versorgung in die Arme.

«Gleich kriegen Sie die Deern, Sanne», sagte er. «Wenn sie hübsch sauber ist. Habt ihr drei Frauen gut gemacht.» Er sah Käthe an. «Wenn wir hier fertig sind, würde ich gerne noch mit Ihnen reden.»

«Ich werde unten im Laden sein», sagte Käthe.

War es das Erlebnis der Geburt, das Käthe die Zunge löste?

«Warum haben Sie aufgehört, als Hebamme zu arbeiten?», hatte der alte Arzt gefragt. «An Ihrem Können kann es kaum liegen.»

«Ein geliebter Mann, der gefallen ist. Ein Verrat, der mich und meine Mutter ins KZ Neuengamme gebracht hat. Sie ist dort im letzten Moment gestorben, an dem Tag, als das Lager aufgelöst wurde und die Todesmärsche begannen.»

Sie standen vor der Tür des Bäckerladens. Mitten im schönsten Mai. Die Vögel sangen zum Abend. Hinter ihnen wischte Bille die Theke und die Glasfächer. Sie hörte nichts von dem Gespräch.

«Ich war ein Nazi», sagte Dr. Tetjen. «Kein großer, aber ein kleiner. Würden Sie sich dennoch von mir helfen lassen?»

Käthe hob den Kopf. «Wie soll das gehen?», fragte sie.

«Indem Sie eine Weile bei mir in der Praxis arbeiten statt beim Bäcker. Und dann vielleicht wieder zu Ihrem alten Arbeitgeber finden. Wir sollten in dieser Übergangszeit viel miteinander reden. Hoffentlich löst sich dann das, was uns alle so schrecklich beschwert. Hat der Verrat mit Ihrem Arbeitgeber zu tun?»

«Mit meiner Freundin seit Kinderzeiten. Sie arbeitet vermutlich noch immer in der Finkenau. Ihr Mann war der Denunziant.»

«Und Ihre Freundin selbst vielleicht unschuldig?»

Käthe biss sich auf die Lippen. Nein. Dieser Gedanke kam zu früh. All ihre Phantasien rankten um Hennys Idyll mit Ernst.

«Ich helfe noch beim Bäcker aus, bis Frau Banse wieder auf den Beinen ist», sagte sie.

«Aber Sie nehmen meinen Vorschlag an?»

Das Leben doch noch mal in die Hand nehmen. Rudi hätte es sicher so gewollt. «Ja», sagte Käthe. «Ich nehme Ihren Vorschlag an.»

Kittys neuer Helmut hieß Werner. Zwei Wochen hatte sie in ihrer Hütte gewohnt, um dann zu ihm zu ziehen. Aber Käthe war in der von Willi liebevoll sanierten Laube geblieben, deren Besitzer nicht mehr kommen würde.

Das Töchterchen der Banses war nun einen Tag alt, Käthe hatte an diesem Freitag ihre Arbeit in der Bäckerei oft unterbrochen, um in den ersten Stock zu steigen und nach Mutter und Kind zu sehen.

Um sieben saß sie im Bus zurück zur Laubenkolonie. Gut, dass es jetzt länger hell blieb. Dann konnte sie noch ein Stündchen bei Minchen und Willi im Garten sitzen.

«Du bist mir eine», sagte Willi Stüve, kaum dass sie den Garten betrat. «Keiner wusste, dass du eine Hebamme bist.»

«Und wie kommst *du* darauf?»

«Bille hat heute Mittag bei Minchen in der Mangelei angerufen.»

Da war Käthe gerade bei Frau Banse gewesen, hatte bei der kleinen Gesa nach dem Rest Nabelschnur geguckt und eine Wickellektion gegeben, während Bille allein in der Bäckerei blieb.

«Ist doch ein ehrbarer Beruf. Und du verhungerst hier beinah.» Willi schüttelte den Kopf. Sollte einer die Weiber begreifen.

«Ich hatte damit abgeschlossen», sagte Käthe.

Willi schwieg eine Weile. «Dumm tüch», sagte er schließlich. «Wat hast du denn noch für Geheimnisse, Deern?»

Käthe zuckte die Schultern. «Wo ist denn deine Frau?»

«Noch mal zur Mangelei.»

«Am Freitagabend? Um zu telefonieren?»

«'ne olle Zeitung suchen. Mit denen die Chefin Gummistiefel ausgestopft hat.»

Käthe setzte sich auf die Bank vor Stüves Laube, blinzelte in die Reste von Abendsonne hinein. «Dafür fährt sie eine halbe Stunde auf dem Fahrrad?», fragte sie.

«Fixe Idee», sagte Willi. «Willst du auch 'n Bier?»

Käthe nickte. «Der nächste Einkauf geht auf mich», sagte sie.

Willi ging in die Laube und kam mit zwei geöffneten Flaschen aus der Elbschlossbrauerei zurück. «Wat Besseres. Oder lieber 'ne Limo?»

Käthe schüttelte den Kopf. «Was denn für eine fixe Idee?»

«Minchen hat heute dat Papier aus den Stiefeln geholt. Standen ja schon ewig da und waren längst trocken. Liest sie sich büschen fest, und wat steht da? *Käthe. Rudi lebt.* Oder so.»

Käthe setzte die Flasche Bier ab, die sie schon an den Lippen hatte.

«Und?», fragte sie.

«Dein Mann hieß doch Rudi. Und du Käthe.»

«Heißen viele so.»

«Stand noch, dass man sich bei jemandem melden soll. Doch sie hat vergessen, wat dat für 'n Name war. Darum ist Minchen noch mal hin.»

«Ihr seid sehr liebe Menschen», sagte Käthe. «Aber ich glaube nicht, dass es was mit mir zu tun hat.»

«Weiß man's?», fragte Willi und trank sein Bier in einem Zug aus.

Theo winkte der Dogge zu. Er fing an, Goliath ins Herz zu schließen. Garuti hatte recht gehabt, der Hund lächelte, wenn er nicht gar grinste. Auf jeden Fall war er von heiterem Gemüt.

Jetzt wedelte Goliath, ließ sich auf das Gras vor den Rosen fallen und sah seinen Nachbarn gönnerhaft an.

«Hilf mir mal, Henny zu überreden», sagte Theo zur Dogge. Hatte sie genickt? Wahrscheinlich nicht. Gleich würde

Henny kommen an diesem herrlichen Sonntag. Mit ihnen auf der Terrasse sitzen. Die frühen Rosen riechen. Und er würde wieder mal dafür plädieren, dass sie zu ihm zieht. Zu ihm und Klaus. Mann und Frau im Gehäuse mit Sohn.

Wenn es auch nicht sein Sohn war. Ernst Lühr. Vater von Klaus. Theo Unger war ihm nie begegnet. «*Elusive*», würde Elisabeth den nennen. Lühr wich jeder Begegnung, jedem Gespräch aus. Theo glaubte, sich sicher zu sein, dass Lühr der Denunziant gewesen war.

Klaus war vor ihm an der Tür, als es klingelte.

«Oh Theo. Dein Garten im Mai ist ein Gedicht», sagte Henny. Das hörte sich gut an. Theo nahm ihre Hand und drückte einen Kuss darauf.

«Auf der Terrasse nur Kännchen», sagte Klaus und stellte die Kanne auf das Stövchen. Henny schnupperte. Echter Kaffee. «Habt ihr was vor mit mir?», fragte sie.

Klaus stellte die Frage, die Theo sich nicht zu fragen traute.

«Warum ziehst du nicht zu uns? Ist es die Sorge um Else?»

Henny schüttelte den Kopf. Sie entkäme gern den Ansprüchen ihrer Mutter, die sie noch immer bevormundete und völlig vergaß, dass Henny eine Frau von neunundvierzig Jahren war.

«Ist dir die Nähe zu mir zu groß?», fragte Theo. «Du könntest ein eigenes Zimmer hier im Haus haben.»

«Denkst du nicht, dass es in der Klinik Gerede geben wird, wenn die Hebamme zum leitenden Arzt zieht?»

«Achtest du noch auf Konventionen? Nach allem, was hinter uns liegt?» Theo war wahrhaftig überrascht.

«Die anderen tun es», sagte Henny.

«Teufel drauf», sagte Theo.

«Das kann es nicht sein, Mama. Du denkst nicht so.»

Henny blickte zu dem Hund hinüber, der sich in den Schatten des Ahorns gelegt hatte und die drei auf der Terrasse nicht aus den Augen ließ. «Ein langer Lauf aufeinander zu, den du und ich genommen haben», sagte sie und sah endlich Theo an.

«Zwei Ehen bei dir, eine Ehe bei mir», sagte er. «Und alles, weil Kurt Landmann mir literweise Helbings Kümmel gegen meine Erkältung eingeflößt hat.» Er wandte sich Klaus zu. «Darum bin ich auf Landmanns Sofa eingeschlafen, statt die Verabredung mit Henny einzuhalten.»

«Klaus kennt die Geschichte», sagte Henny.

«Und dann hast du an dem Tag Lud kennengelernt.»

«Du hast mich versetzt, und ich dachte, dass ich zu sehr nach den Sternen gegriffen hatte. Hebammenschülerin und Arzt.»

«Ich habe dich nicht versetzt. Ich lag im Koma.»

Klaus räusperte sich. «Erinnere ich mich richtig, dass das alles vor achtundzwanzig Jahren stattgefunden hat?»

«Ein alter Hut», sagte Henny. «Du hast völlig recht.»

«Klaus, holst du den Sekt aus dem Kühlschrank?»

«Dann gesteht euch in meiner Abwesenheit gefälligst eure Liebe und kommt mal in die Gänge», sagte Klaus und stand auf.

«Ich bitte dich, mich zu heiraten», sagte Theo, kaum dass Klaus ins Haus gegangen war.

«Das brauche ich nicht mehr», sagte Henny. «Heiraten.»

«Aber ich», sagte Theo.

Klaus kam mit drei Gläsern und einer Flasche Kupferberg Gold zurück.

«Ihr Jungs seid ganz schön fix.»

«Kurt wäre begeistert über die späte Fügung», sagte Theo.

«Noch ein guter Grund», sagte Henny.

Klaus löste die Goldfolie und den Drahtkorb des Verschlusses. Er tat es vorsichtig. Doch der Korken drängte mit einem lauten Knall heraus. Goliath sprang auf und fing an zu bellen.

«Fehlt nur noch Konfetti», sagte Klaus. Er war glücklich.

Alles weg. Keine Zeitungsknäuel. Wilhelmine Stüve war geknickt. Diese elende Vergesslichkeit. Nicht dass sie eine tüdelige Alte wurde.

Und Käthe? Gelang es ihr, die Gedanken daran zu verdrängen? Einen Tag lang. Zwei Tage. Doch am frühen Morgen des Montags, als sie in aller Herrgottsfrühe an der Haltestelle stand und auf den Bus wartete, da schossen ihr Namen durch den Kopf.

Henny. Else. Klaus. Lina. Theo. Frau Schröder aus dem ersten Stock ihres Hauses in der Barmbeker Bartholomäusstraße, die Rudi nach jener Bombennacht mit der Nachricht erlöst hatte, dass Käthe lebte und nicht unter den Trümmern des Hauses lag.

Nein. Sie hatten sich nicht geduzt. Warum sollte die Nachbarin einen solch persönlichen Aufruf verfassen?

Schwarzbrot. Paderborner. Klöben. Heidebrot. Die Namen waren ihr nicht länger im Kopf, die Leute drängten sich vor der Theke. Und zum Brot bitte die Neuigkeiten. Nach dem Kirchgang am Sonntag war die Nachricht durch das Dorf gelaufen.

Die Lütte vom Bäcker. Am Donnerstag geboren. Und die neue Verkäuferin hatte sie auf die Welt geholt. Getuschel. *Nur zur Aushilfe. Eigentlich ist sie Hebamme. Eine gute, sagt der Tetjen.*

«Bist ja jetzt 'ne Berühmtheit», sagte Bille, als sie am

Abend mit dem Saubermachen begannen. «Was hast du denn nu für Pläne?»

Bille hörte sich an, als vermute sie, Käthe ginge zum Film.

«Hier aushelfen, bis Frau Banse auf den Beinen ist.»

«Vati sagt was von einem Aufruf in der Zeitung. Da ging es um dich.»

«Das weiß Willi doch gar nicht.»

Als Käthe in ihrer resttannengrünen Hütte angekommen war, fing sie an, die Namen leise vor sich hin zu sprechen. Henny. Else. Klaus. Lina. Theo. Warum nicht Friedrich Campmann? Dort hatte Anna erst geputzt, um dann zur Köchin aufzusteigen. Doch der duzte auch nicht.

Käthe wusch sich das Gesicht und kämmte das Haar, bevor sie zu Stüves rüberging.

«Wat murmelst du denn da vor dich hin?», fragte Willi, der sich tief in die Erdbeeren beugte, um nach reifen zu gucken. «Minchen meint, wir könnten mal 'ne Erdbeerbowle machen», sagte er. «Sie hat schon 'ne Pulle Puffbrause gekauft. Ich tu da glatt noch Bier rein.»

«Mitten in der Woche?»

«Nächsten Sonntag», sagte Willi. «Bei uns wird übermorgen die Sickergrube geleert. Können wir da bei dir aufs Örtchen?»

«Klar», sagte Käthe.

«Minchen ist hinten im Radieschenbeet.»

«Dann sag ich ihr noch mal Tach.»

Minchen Stüve hockte mittendrin in Blättern und Erde. «Ich bring dir gleich Radieschen vorbei. Willst du auch von den Blättern? Kannst du dir Gemüse draus kochen. Gut, dat du dir Pütt un Pannen geholt hast aus der Laube von der Kitty.»

«Nehme ich gerne. Du kannst vom Laib Brot abhaben,

den mir der Bäcker mitgegeben hat. Wird sonst nur trocken.»

Henny. Else. Klaus. Lina. Theo. Sie sagte es schon hörbar. Ida? Nicht wahrscheinlich. Wenn Rudi lebte, dann hatte diese Nachricht einen von den anderen erreicht.

Wenn Rudi lebte. Da war es gedacht.

Garuti. Rudis Vater. Käthe spülte den Stieltopf, in den gleich die Radieschenblätter hineinsollten, in der Regentonne aus. Warum war sie nicht längst auf Garuti gekommen? Weil sie seit September 1943 nichts von ihm gehört hatte? Gab es ihn noch? Käthe rechnete nach. Er wäre jetzt einundsiebzig. So alt, wie ihr Vater gewesen wäre. Und Anna.

Die vor ihren Augen gestorben war. Von Hunger und Fieber erschöpft. Zu ausgezehrt für den Marsch in ein anderes Lager. Die Baracken waren schon geräumt gewesen. Ordentlich gefegt.

Kurz vor Kriegsende waren politische Gefangene aus Fuhlsbüttel nach Neuengamme verlegt worden und in drei Nächten an Schlachterhaken aufgehängt. Viele Frauen dabei. Das Letzte, das Anna mitbekam.

«Wenn Rudi lebte.» Da war es laut gesagt.

«Dat ich nich draufkomm», sagte Minchen, die mit einer kleinen offenen Holzkiste in der Tür stand. «Sach doch mal Namen.»

«Garuti», sagte Käthe.

«Nix Ausländisches.»

«Henny. Else. Klaus. Lina. Theo.»

Minchen schüttelte den Kopf. «Vielleicht Theo», sagte sie dann.

Klaus hockte vor dem Bücherregal in Theos Arbeitszimmer und sah Theos Sammlung von Reclamheften durch. Hegels

Wissenschaft der Logik in drei Bänden. Trauerspiele von Hebbel und Schiller. *Die Prärie von Jacinto*. Erzählung von Charles Sealsfield. Nie gehört. Lessings *Nathan der Weise* fehlte, den brauchte er aber für das Referat in Deutsch. Ob Lina ihn in der Buchhandlung vorrätig hielt? Dann würde er nachher noch mal in die Stadt fahren.

Er horchte nach der Klingel, seine Schwester hatte sich angesagt an ihrem dienstfreien Tag. «Ich weiß kaum noch was von dir», hatte Marike am Telefon gesagt.

Vielleicht wollte sie wissen, ob er schon einen Freund hatte. Von seiner Mutter vorgeschickt, die sich nicht zu fragen traute. Seinen Vater hatte er seit jenem Novembertag nicht mehr gesehen. Noch heute klang ihm die Stimme in den Ohren, die Verachtung darin, als Ernst Lühr *Einhundertfünfundsiebziger* sagte. Nein. Es war keine gute Idee gewesen, sich den Nachmittag seines sechzehnten Geburtstages auszusuchen, um den Eltern und Else zu gestehen, dass er einer war, der Jungen liebte.

Von Henny wusste er, dass Ernst gleich nach ihm das Haus verlassen hatte, nicht um den verzweifelten Sohn zu suchen, sondern aus lauter Wut und Abscheu. Abscheu vor Klaus.

Der Vater war nur noch einmal zurückgekehrt, um das persönliche Hab und Gut aus der großmütterlichen Wohnung in der Schubertstraße zu holen. An einem Tag, den er mit Henny verabredet hatte, die Abwesenheit des Sohnes war ausdrücklich verlangt.

Sein Vater lebte noch immer möbliert in der Lübecker Straße, nahe der Volksschule Angerstraße, in der er als Lehrer unterrichtete.

Ein Glücksfall für Klaus, dass Theo vorgeschlagen hatte, er könne bei ihm in der Körnerstraße leben. Seitdem gelang das Lernen mit Leichtigkeit. Die Kultur in Theos Haus, die vielen Gespräche gaben ihm Wind unter den Flügeln. Er traute sich zu schreiben, kleine literarische Versuche, ließ die Texte offen liegen. Als sie noch alle bei Else lebten, wäre das für ihn undenkbar gewesen, sich derart zu entblößen. Und doch hoffte er, dass es zur Versöhnung mit Ernst käme.

Keine Geständnisse mehr zur sexuellen Orientierung. Die Familie war eingeweiht, seine Schwester Marike und ihr Mann Thies. Tante Lina und deren Lebensgefährtin Louise. Kein anderer.

Klaus kam aus der Hocke hoch, nun hatte es aber geklingelt. Er lief die Treppe hinunter, öffnete Marike die Tür. Seine Schwester sah müde aus. Er nahm an, dass sie glücklich war mit Thies, doch die ersten Nachkriegsjahre waren nicht leicht gewesen für die beiden, Fuß zu fassen in der Klinik, im NWDR, der Tod von Thies' Eltern, die schon vor dem Krieg gesundheitlich angeschlagen gewesen waren.

«Sollen wir uns in den Salon setzen?», fragte Klaus. «Für den Garten ist es heute vielleicht zu kühl.»

«Lieber zu dir ins Zimmer», sagte Marike. «Da habe ich meinen Bruder in der Reinheit seiner bescheidenen Einrichtung.» Sie setzte sich auf den Stuhl vor seinem Schreibtisch, sah auf die Zettel. «Sieht nach Deutscharbeit aus», sagte sie.

«Vorbereitungen zu einem Referat über Lessings *Nathan*. Ihr habt ihn nicht vielleicht zu Hause stehen?»

«Eher nicht. Als Thies und ich Abitur machten, war der Persona non grata. Du bist ein leidenschaftlicher Schüler geworden, höre ich.»

«Was hörst du noch so alles?», fragte Klaus. Er ließ sich auf das Bett fallen. An der Einrichtung konnte man tatsächlich noch feilen, Theo hatte ihm längst angeboten, Möbel zu kaufen.

«Sagt dir eine Kellerbar in der Wohlwillstraße was?»

«Nein», sagte Klaus.

«Die Roxy Bar an der Reeperbahn?»

«Von der hab ich gehört. Marike, was soll das?»

«Vielleicht will ich meinen siebzehnjährigen Bruder beschützen.»

«Vor Schwulenbars? Woher kennst *du* die denn?»

«Thies hat sich ein bisschen umgehört.»

«Ich verkehre in keinen Bars und käme vermutlich auch gar nicht rein. Ich bin noch ganz in der Ästhetik verfangen, auch ein Aspekt des homosexuellen Mannes.» Hörte Marike die Ironie?

«Wir machen uns alle Sorgen.»

Wer alle? Theo und Henny. Thies und Marike. Lina und Louise. Die sich trafen und seine Zukunft bekakelten?

«Was hast du denn nach dem Abitur vor?»

«Ich werde mich für ein Volontariat beim NWDR bewerben, das wäre mir lieber als eine Zeitung.»

«Sprich mal mit Thies drüber.»

Klaus nickte. «Wie geht es denn dir, Schwesterlein?»

Marike seufzte. «Thies und ich fürchten, dass keine Kinder kommen werden. Seit vier Jahren verhüten wir nicht.»

«Fahrt doch mal in die Ferien», sagte Klaus.

«Ich fange an, mich mit der Kinderlosigkeit abzufinden. Ich habe vor, im August eine Ausbildung zur Fachärztin für Gynäkologie und Geburtshilfe zu beginnen.»

«Als Ersatz für ein Kind?»

«Vielleicht lässt sich das so betrachten.»

«In Theos Fußstapfen treten.»

«Und in die von Mama», sagte Marike.

«Das vergrößert mein schlechtes Gewissen, dass Mama auch von mir kein Enkelkind haben wird.»

«Darüber denkst du nach?»

«Viel mehr als über Schwulenlokale», sagte Klaus.

Henny hatte den zerstörten Mundsburger Damm stets ge-
mieden, in dessen Hausnummer 38 sie mit Ernst, Marike
und Klaus in vier großen hellen Zimmern im dritten Stock
gewohnt hatte, bis alles in einer Nacht in Scherben fiel.
Doch nun war sie auf dem Weg dahin.

Reste des Hauses standen noch, Schutt lag darin, aus
dem Schutt hatte sie Anfang August 1943 ihr angesengtes
Schmuckkästchen gerettet, eine der ersten Tischlerarbeiten
Luds.

«Gödecke ist wieder da», hatte Marike gesagt. Der Gold-
und Silberschmied, der schon vor dem Krieg Laden und
Werkstatt am Mundsburger Damm gehabt hatte. «Geh doch
mal gucken.»

Was gucken? Trauringe? Es lagen schon drei in Luds
Kästchen aus Kirschbaumholz. Im schwarzen Samtbeutel
vereint die Ringe von Lud und ihr. Lose daneben lag der
Ring aus der Ehe mit Ernst.

Henny blickte in das kleine Schaufenster von Gödecke.
Schmuck. Ein dreiarmiger Silberleuchter. Trauringe.

Theo heiraten. War das eine gute Idee? Sie hatte Marike
eingeweiht, doch Else wusste noch nichts. Die würde begeistert sein. Die Tochter wieder ehrbar und endlich ein
Doktor.

Henny hatte nie viel daran gelegen, von ihren bevorste-
henden Hochzeiten zu erzählen. Sie waren ihr übergestülpt
worden wie die von Else gestrickten Mützen in den Wintern
ihrer Kindheit. Alle hatten sie wie Kaffeehauben ausgesehen.

Einen schmalen Ring. Kein breites Band aus Gold, wie es

Ernst einst ausgesucht hatte. Da waren sie zu Karstadt in der Hamburger Straße gegangen. Heute standen auch dort nur noch Ruinen.

Die Korallenohrringe da in der Auslage. Die sahen aus wie Marikes. Damals hatten sie auf Marikes Nachttisch gelegen und waren drei Stockwerke gefallen, um im Schutt verlorenzugehen. Vielleicht galt ihnen der Hinweis auf Gödeckes wiedereröffnete Goldschmiede.

Marikes Geburtstag war erst im Juli, doch Henny trat ein, um die Korallenohrringe anzuzahlen. Trauringe sah sie sich keine an.

Vielleicht Theo. Käthe versuchte, weiterzumachen wie bisher. Brot zu verkaufen. Kuchen. Sanne Banse kam gut auf die Beine. Bald konnte Käthe in die Praxis zu Tetjen, ihm zur Hand gehen.

Hoffnung schöpfen? Das war doch nur der Frühling, der sie dusselig sein ließ. Rudi, lieber Rudi. Und wenn sie zu Theo Unger ginge? In die Körnerstraße? Theo hatte stets diskret gehandelt, sie könnte ihn bitten, Henny nichts zu sagen von ihrem Besuch.

Die vierundzwanzig Silberlöffel, die ihr Kurt Landmann vererbt hatte, lagen auch noch im kleinen Tresor der Körnerstraße hinter dem Ölporträt von Theos Schwiegermutter. Und Rudis Krawattennadel mit der Orientperle. Die könnten sie verkaufen, wenn Rudi käme und sie neu anfingen in einem eigenen Zuhause.

«Schluss», schrie Käthe. «Schluss. Schluss.»

«Hast du noch alle Tassen im Schrank?», fragte Bille. «Gut, dass wir gerade allein im Laden sind.»

«Entschuldige.»

«Ist es wegen dem, was meine Mutter in der Zeitung gelesen hat? Ich wäre auch aus dem Häuschen. *Bille. Hans lebt.* Aber ich weiß ja, dass er tot ist. Vom Ortsgruppenleiter persönlich. Der hat bei mir vor der Tür gestanden. Hat der Führer so gewollt. Das persönliche Überbringen.»

«Habt ihr eigentlich an Hitler geglaubt, du und dein Hans?»

«Am Anfang. Da war auch vieles besser geworden.»

Käthe hob die Schultern. Was wollte sie Bille jetzt noch bekehren?

«Ich würde hingehen.»

«Wohin gehen?»

«Minchen meint doch, dass da *Theo* gestanden hat. Oder kennst du keinen, der so heißt?»

«Doch», sagte Käthe.

Kortenbachs Hände auf den Klaviertasten. Das Klavier klang ganz gut, Ulla schien da besonders ungnädig zu sein, oder er war an schlechtere Instrumente gewöhnt. Alex spielte sich ein, in der Hoffnung auf ein Engagement bei den Engländern. Kasino. Tearoom.

Er hatte ein bisschen Geld aus Argentinien nach Hamburg gebracht, doch lange käme er nicht mehr damit aus. Nach der Diagnose des Arztes in Bahia Blanca hatte Alex erwartet, nur noch kurz zu leben.

Dünn war er geworden, seine Augen hatten gelegentlich einen Glanz, der von Fieber kommen könnte. Er maß keine Temperatur, doch er fror leicht. Die Anfälle von Müdigkeit hatte er ganz gut im Griff. Dennoch. Am Nachmittag zum Tee aufzuspielen, würde ihm leichter fallen, als sich die Nächte in einer Bar um die Ohren zu schlagen.

Vielleicht ein kleiner Gesang zum Klavierspiel. Das war in Argentinien an der weißen Bucht gut angekommen. Das gefiele vielleicht auch den Engländern. Seine eher leise Stimme hatte eine leichte Heiserkeit, es gab Zuhörer, die das lasziv fanden.

How much do I love you?
I'll tell you no lie
How deep is the ocean?
How high is the sky?

Der gute alte Song von Irving Berlin. Der kam immer an. Doch auch ein paar Lieder von Vera Lynn. Die liebten die Tommys. *The Forces' Sweetheart.*

Kortenbach stand auf, um den Stapel Noten durchzusehen, der auf dem Klavier lag.

There'll Be Blue Birds Over The White Cliffs Of Dover.

Das war alles, was sein Repertoire von Vera Lynn hergab. In Bahia Blanca hatte es einen Alten aus Kent gegeben, der das immer hören wollte. Ein sentimentales Lied, getragen zu spielen. Sollte er engagiert werden, käme er sicher an Klaviernoten.

Er hatte einen Zettel an das Schwarze Brett in der Musikhalle gesteckt, in seiner Kindheit hatte sie noch Laeiszhalle geheißen, nach dem jüdischen Reeder, der den Bau finanziert hatte. Dort war der britische Soldatensender BFN untergebracht. Guste hatte erlaubt, ihre Telefonnummer anzugeben, überhaupt war sie gut zu ihm. Stellte ihm Teller mit Butterbroten hin, wenn er mal wieder vergaß, an den Mahlzeiten teilzunehmen, und Becher mit Milch. Es tat ihm wohl. Als dürfe er noch mal ein behütetes Kind sein.

Alex Kortenbach drehte sich um, als die Tür zum Salon geöffnet wurde. Ida steckte ihren Kopf hinein. «Störe ich?»

«Nein», sagte er. «Für heute ist Schluss mit der Klavierstunde.»

«Oh, wie schade. Ich hätte so gern noch mal das Lied gehört, dass Sie zuletzt gespielt haben.»

How Deep Is The Ocean. Alex setzte sich auf den Schemel. Tat Ida den Gefallen und fing an zu spielen.

«Bitte singen Sie, Alex.»

«Nein», sagte er noch einmal. Er hatte nicht vor, sich auf einen Flirt einzulassen. Das konnte nur den Hausfrieden stören.

«Sie erinnern mich an einen Mann, den ich mal geliebt habe.»

Ida hatte Jef, den Klavierspieler aus der Kaminhalle des Hotels Vier Jahreszeiten, nicht geliebt. Obwohl sie das an den langweiligen Tagen gern glauben wollte. Was forderte sie hier heraus? Sie liebte Tian.

«Haben Sie schon Klavier gespielt, als Sie noch in Hamburg waren?»

«Meine Familie hatte ein altes Klavier von einer Nachbarin geerbt. Damit fing alles an.»

«Warum sind Sie weggegangen, Alex?»

«Warum sind Sie geblieben, Ida?»

«Weil meine Familie hier lebte.» Auch das war nicht ganz wahr. Es hatte nur den ungeliebten Campmann gegeben und Bunge, ihren wenig zuverlässigen Vater.

Alex Kortenbach lächelte freudlos. Seine Wunde. Die Familie, die er verlassen hatte. Dem Feuersturm ausgeliefert.

Der Mensch weiß sich zu quälen.

«Hier bist du, Ida», sagte Guste. «Ich brauche dringend jemanden, der mit mir den Spargel schält, den Ulla aus der Heide gebracht hat.»

«Da bin ich auch dabei», sagte Alex.

Eigentlich hatte Guste die beiden auseinandertreiben

wollen. Es war bei ihr nicht unbemerkt geblieben, dass Ida um Alex herumstrich.

«Dann kommt mal», sagte Guste. «Der viele schöne Spargel. Nur weil Ulla bisschen Klavier gespielt hat bei der Hochzeit in Hanstedt. Soll man nicht unterschätzen, die Magie der Musik.»

Nein. Die sollte man nicht unterschätzen.

Über den eigenen Schatten springen. Ließe sich das üben? Nein. Ein zu weiter Sprung wäre das. Ernst Lühr stand am Fenster und blickte zu den geräumten Grundstücken auf der Straßenseite gegenüber. Sein Sohn, ein warmer Bruder. Der Gedanke schmerzte noch immer.

Doch das Leben ohne familiäre Bindung tat auch weh. Ein einsames Leben außerhalb der Schule. Die Abende hier auf dem Zimmer. Gestern war er ins Kino gegangen. Allein. In die Kurbel am Berliner Tor. Keinen der Trümmerfilme, die das Fräulein Knef drehte, sondern einen mit Hans Moser. *Der Herr Kanzleirat.* Dessen Leben war auch völlig durcheinandergeraten. Dass sie so schnell geschieden worden waren, Henny und er.

Der alte Herr Kanzleirat träumt heute von der Heirat.

Das dumme Lied ging ihm nicht mehr aus dem Kopf. Dabei war er doch noch nicht alt. Im September wurde er einundfünfzig.

Ernst Lühr trat vom Fenster zurück und setzte sich an das schwarze Eichenmöbel mit den schweren Schnitzereien, das ihm als Schreibtisch diente. Wenn er da an den Schreibtisch aus hellem Buchenholz dachte, den sie 1931 zum Einzug in den Mundsburger Damm gekauft hatten.

All diese Verluste. Sie brachen ihm das Herz.

Die Deutschen neigten zum Selbstmitleid, hatte er gelesen. Ein Zeitungsartikel, von einem Briten verfasst, der behauptete, in der deutschen Seele vereinigten sich Sentimentalität und Gefühlskälte.

Lühr schüttelte den Kopf. Was ihnen nun alles nachgesagt wurde; der Unterlegene war immer der Idiot. *Hart wie Kruppstahl.* Warum kam ihm das jetzt in den Kopf? Nein. Er war weich. Zu weich.

Über den Schatten springen. Ernst Lühr nahm ein weißes Blatt zur Hand. Den Füller von Geha mit Goldfeder, den er sich gegönnt hatte. Besitz gab Trost. *Lieber Klaus* stand auf dem Blatt.

Was sollte er schreiben? Alles sei nicht so schlimm? Das war nicht wahr. Dass er verziehen habe? Nein.

Ernst Lühr nahm das Blatt und zerriss es. Eine Schmach, die Klaus ihm antat. Unverzeihlich. Warum sollte er den Bußgang antreten?

Er sprang auf und öffnete den zweitürigen Kleiderschrank, der schwarz gebeizt war wie alle Möbel im Zimmer. Entnahm ihm den hellen Hut. In der Küche saß seine Wirtin und kaute am Bleistift, schrieb wohl wieder an einer Einkaufsliste für die vielköpfige Familie, die es nicht mehr gab. Lühr ging vorbei, ohne zu grüßen.

Wenigstens eine eigene Wohnung. Wenn der Wiederaufbau endlich Tempo aufnahm.

Die warme Frühlingsluft wehte ihm im Rücken, trieb Ernst Lühr voran, erst zur Wartenau und dann das Lerchenfeld entlang zum Mundsburger Bahnhof. Er blieb vor dem Zeitungskiosk stehen und holte einen Zehn-Pfennig-Schein aus der Brieftasche, noch die alte schweinslederne, die er schon vor dem Krieg gehabt hatte. Eine einzelne Zigarette, die er dafür kaufte. Eigentlich rauchte er nicht.

Auf dem Weg zu den Ruinen Mundsburger Damm 38

drehte er die Zigarette in der rechten Hand, dass sie zu zerknicken drohte.

Das war sein Zuhause gewesen, und die zwölf Jahre, in denen er hier mit Henny und den Kindern gelebt hatte, waren die besten seines Lebens. Er blieb an der Ecke Immenhof stehen, tat, was er kaum je getan hatte, sprach einen fremden Menschen an.

Der Angesprochene kramte in den Hosentaschen und holte ein Feuerzeug hervor, die kleine Flamme entzündete die krumme Zigarette. Ernst Lühr rauchte ungeübt, zog zu tief ein, fing zu husten an. Er warf die Kippe erst weg, als er sich die Fingerkuppen verbrannte.

Ja. Er hätte gern vieles ungeschehen gemacht.

Als Erster ging der Bassbariton Willy Schneider über den Sender. «Nun vergesst mal alle Sorgen», sang er in Küchen und Wohnzimmer hinein.

Thies saß im Studio in der Rothenbaumchaussee und hörte mit. *Der Frohe Samstagnachmittag* hieß die Sendung des NWDR, die nach dem Krieg wiederaufgenommen worden war und deren Beliebtheit stetig wuchs. Ob es das Orchester von Hermann Hagestedt war oder die vier *Botze* aus Köln, eine lokale Truppe von Stimmungssängern, das Publikum liebte sie.

Doch Thies ahnte, dass es Ärger geben würde, wenn sie anfingen, Reklame einzubinden. Die Düfte von 4711. Zigaretten von Reemtsma. War das noch der hehre Gedanke eines freigeistigen unabhängigen Rundfunks, wie ihn Hugh Greene vertrat, als er den NWDR nach dem Vorbild der britischen BBC aufbaute?

Dabei hatten sie Edles im Sinn oder verkleideten es zumindest so. Die Sendung hieß *Wohnungsbaulotterie* und sollte dem Wiederaufbau dienen. Das konnte nur jeden freuen. Die Idee war im Kölner Funkhaus entstanden. Schon jetzt übersetzten Kritiker die Abkürzung NWDR mit *Neue Wege durch Reklame*.

Thies nahm die Kopfhörer ab, als Albert Vossen und seine Rhythmiker *Abends in der Taverne* spielten, eines der Lieder, die vom *Mädel in weiter Ferne* handelten. Landserromantik, die von den Sendern des Großdeutschen Rundfunks als Durchhalteparole an alle Fronten geschickt worden war. Er dachte mit Grausen an die *Weihnachtsringsendung*, ein Reigen aus NS-Propaganda und weihnachtlichem Brauchtum, der die Soldaten mit der Heimat hatte verbinden sollen.

Wo hatte er sich gesehen, als er aus der Kriegsgefangenschaft gekommen war und beim gerade gegründeten NWDR an die Tür klopfte? Als politischer Kommentator? Feuilletonist? Redakteur der Hauptabteilung Unterhaltungsmusik, der er nun war?

Er hatte vor allem an einem neuen Rundfunk mitarbeiten wollen, demokratisch, aufklärend, unabhängig, tolerant. Aber wurde der denn wirklich gefährdet durch die Reklame? Die Firmen zahlten Geld, um in erfolgreichen Sendeformaten namentlich genannt zu werden, das Geld ging an Hilfswerke und den Wiederaufbau.

«Willst du hier Wurzeln schlagen?»

Thies blickte zu Robert hoch, dem Tontechniker, der bis eben Dienst gehabt hatte. Er war genauso alt wie er. Siebenundzwanzig. Auch in Russland gewesen, er hatte dort ein Auge gelassen. Das Glasauge als Ersatz für sein rechtes Auge war von einem blassen Blau, dabei hatte Robert grüne Augen. «Sitzt gut, das Ding», hatte er zu Thies gesagt, als sie sich kennenlernten «und die Frauen finden den Farbunterschied süß.»

«Kommst du noch mit auf ein Bier?», fragte Robert, während er seine Jacke anzog.

«Gern ein anderes Mal. Wenn Marike Nachtdienst hat.»

«Wartet sie zu Hause auf dich?» Robert staunte immer wieder, dass Thies schon seit vier Jahren verheiratet war mit einer Frau, die er seit dem ersten gemeinsamen Schultag kannte. Für ihn lag es in weiter Ferne, sich festzulegen.

Thies blickte auf die Studiouhr. «Wir wollen in den Stadtpark und da irgendwo einkehren. Bisschen was ist ja stehen geblieben.»

«Dass sie das Uhlenhorster Fährhaus nicht retten», sagte Robert.

Endlos viel, das nicht gerettet worden war.

«Und dennoch haben wir Schwein gehabt.»

«Ja», sagte Thies, «du und ich haben Schwein gehabt.»

Lina und Louise packten die Kartons aus, stellten Bücher in Regale, richteten die Leseecke ein, die als Einzige eine elegante Holztäfelung aus hellem Eichenholz hatte, davor stand ein blausamtenes Ecksofa.

Keine Pulte. Die hatte Lina verweigert, sie wollte nicht auch noch in diesem neuen Leben von Lehrerpulten umgeben sein. Am Dienstag würde die Buchhandlung Landmann am Gänsemarkt eröffnet werden. Blieben noch zwei Tage für die Vorbereitungen.

«Ist ja schon stockdunkel», sagte Louise. «Wie spät haben wir's?»

«Gleich zehn. Eine Uhr fehlt uns auch noch.»

«Und eine andere Beleuchtung als die baumelnde Glühbirne. Nicht dass Momme noch mal Neonröhren anschleppt. Ich will etwas, das meinem Teint schmeichelt.»

«Wäre ganz gut, wenn man die Titel der Bücher erkennen

könnte», sagte Lina. «Lass uns Schluss machen für heute. Die Kartons mit dem Brockhaus kann Momme morgen auspacken.»

«Das Beste an dem Laden ist die Nähe zum L'Arronge.»

Lina gähnte. «Soll das heißen, du willst da noch einkehren?»

«Ich giere nach einem Opernteller. Vielleicht gibt es Aalhäppchen.»

«Lass uns lieber nach Hause fahren. Wenn dir nach Fett ist, mache ich uns Schmalzbrote.»

Schmalzbrote daheim war nicht das, was Louise zum Ausklang des Sonnabends ersehnte, doch sie setzte sich an das Steuer des Volkswagens, den ihr Vater mit ähnlichen Hintergedanken gekauft hatte wie damals Kurt Landmann, als er Louise den kleinen grünen Dixi mit dem offenen Verdeck schenkte: Sie sollte sich gelegentlich als Chauffeuse zur Verfügung stellen.

«Am Montag kommt der Tisch für die Kunstbände», sagte Louise, um die Stimmung zu heben. Einen Schwerpunkt auf die bildende Kunst zu legen, war Linas Lieblingsprojekt.

«Ich denke, dass wir mit der Zeit auch Radierungen und Lithographien anbieten werden», sagte Lina. Rudi blitzte auf in ihrem Kopf, seine Arbeiten für die Druckerei Friedländer, die es längst nicht mehr gab. Vorzügliche Werbe- und Kunstplakate, die Rudi gestaltet und gedruckt hatte. Ob er noch lebte? In einem russischen Kriegsgefangenenlager war der Mensch von rasend hoher Sterblichkeit.

«Eine Galerie wäre dir lieber als eine Buchhandlung», sagte Louise.

Lina lächelte im Dunkel des VWs. Die letzte große Chance, einem alten Traum nahezukommen. Sie war fünfzig geworden im Januar. Auch wenn Louise eine launige Ansprache auf die *Grand Old Schachtel* gehalten hatte, die voll im Leben stand, flog die Zeit auf einmal.

«Denkst du, dass es Käthe war, die in der Straßenbahn saß?»

«Wie kommst du jetzt darauf?»

«Ich dachte an Rudi und seine Arbeiten für Friedländer.»

Louise klappte den Winker raus und fuhr von der Lombardsbrücke links in die Straße An der Alster. Am Hotel Atlantic vorbei, das der britischen Besatzungsmacht noch immer als Quartier für ihre Offiziere diente. «Ich denke, dass es Käthe war», sagte sie. «Ist dir nie der Gedanke gekommen, dass Lühr Käthe und Anna ins KZ gebracht hat?»

«Doch», sagte Lina. «Henny hegt den gleichen Verdacht. Ernst hat damals mit Henny und Klaus bei Else gelebt. Er hatte nichts zu tun und Zeit genug, um zu Käthe und Anna hinüberzustarren. Da hat er den Deserteur entdeckt.»

Louise bog in den Schwanenwik ein, das war ein Umweg, doch erträglicher, als über den zerstörten Mundsburger Damm zu fahren.

«Du fährst heute in sehr großen Schleifen», sagte Lina.

«Du warst immer Hennys Vertraute.»

«Weißt du mehr als ich?», fragte Lina.

«Ich reime es mir zusammen. Lührs Abgang an dem Tag, als Klaus sich erklärte. Die schnelle Scheidung. Nur weil Klaus schwul ist?»

«Ernst Lühr war auch dein und mein Zusammenleben nicht geheuer», sagte Lina.

«Wo nur ansetzen auf der Suche nach Käthe?»

«Henny und Theo haben doch alles versucht. Wahrscheinlich ist sie gar nicht in Hamburg. Denk an die Zuzugsbeschränkungen. Nicht einmal die ehemals evakuierten Hamburger können so ohne weiteres zurück.»

«Das gilt nicht für die Verfolgten der Nazis.»

«Ich würde hier mal in die Eilenau abbiegen, sonst sind wir nachher in Berlin», sagte Lina.

«Da kann man ja endlich wieder hinfahren», sagte Louise.

«Ich werde noch mal mit Henny sprechen.» Lina hatte in den letzten Wochen viel zu wenig Zeit gehabt für ihre Schwägerin. Das Einrichten der neuen Buchhandlung, der Umzug dorthin. Schon längst hatte sie Henny fragen wollen, warum sie nicht zu Theo Unger zog. Überstürzen konnte man das doch diesmal nicht nennen.

«Gut, dass ich geistige Getränke vorrätig habe», sagte Louise, als sie das Auto vor dem Haus parkte, in dessen Dachgeschoss Lina und sie seit vielen Jahren lebten. Irgendwas ließe sich sicher zu einem Cocktail mixen, bevor sie an das Schmalz gingen.

Früher Sonntagmorgen, als Guste aus einem Traum erwachte, in dem Jacki unten am Klavier saß und *Ein Freund, ein guter Freund* spielte.

Sie setzte sich im Bett auf und lauschte, ob nicht doch Klänge zu hören waren, Alex Kortenbach war inzwischen der Einzige im Haus, der sich ans Klavier setzte.

Guste griff nach der kleinen Uhr auf ihrem Nachttisch. Kurz nach fünf, draußen setzte gerade die Dämmerung ein. Da spielte keiner Klavier, weder alte Schlager aus UFA-Filmen noch sonst was.

Jacki. Der war fünfzehn gewesen, als er im April 1933 vor ihrer Tür stand. In der Kostümschneiderei der Berliner Volksbühne hatte Jackis Mutter gehört, dass Guste Kimrath den Verfolgten und Geächteten die Tür ihrer Hamburger Pension öffnete.

Der Junge hatte Flugblätter verteilt, und die Staatspolizei

war ihm auf den Fersen. Im Zimmerchen unterm Dach der Hamburger Johnsallee hatten sie ihn, Gott sei Dank, nicht gesucht.

Warum träumte sie heute Nacht von ihm? War er in Not? Oder vielleicht doch tot? Anfang der vierziger Jahre hatte sie zuletzt von ihm gehört. Da war Jacki Soldat in Belgien gewesen. Guste hatte die Hoffnung noch nicht aufgegeben, er könne irgendwann wieder vor ihrer Tür stehen, jetzt, wo die Blockade vorbei war und die Straßen von und nach Berlin wieder offen. Jacki wäre heute einunddreißig, genauso alt wie Alex Kortenbach.

Dass dieser nicht jünger war, hatte sie überrascht. Doch so jugendlich Alex auch daherkam, etwas Dunkles lag auf ihm.

Guste stieg aus dem Bett, hatte keinen Zweck mehr, die Liegerei, machte nur nervös. Lieber in der Küche einen guten Kaffee kochen, dessen Bohnen Tian großzügig ins Haus trug. Sie zog den blumigen Morgenmantel an und ging barfuß ins Souterrain.

Fast war sie erschrocken, als sie Alex am Küchentisch sitzen sah. Ein Glas Wasser hatte er vor sich und eine große schwarze Kladde, in die er kritzelte. Noten. Das konnte sie erkennen.

«Wundert mich nicht, dass Sie oft müde sind, wenn Sie das Bett fliehen. Wollen Sie auch einen Kaffee?»

Alex schüttelte den Kopf. «Störe ich Sie?», fragte er.

«Überhaupt nicht. Ich würde nur gern mal mit Ihnen reden.»

«Ab Juni verdiene ich Geld. Ein Engagement im Four Seasons, dem britischen Club im Keller des Vier Jahreszeiten.»

«Warum sollte es um Geld gehen?», fragte Guste.

Das wäre ihm noch am angenehmsten gewesen.

Guste setzte den Wasserkessel auf den Gasherd und kippte den Kaffee aus der kleinen Schublade der Mühle in den Filter. Gut, dass sie am Abend auf Vorrat gemahlen hatte.

«Was ist los mit Ihnen, Alex?»

Kortenbach lächelte gequält. «Ich vermisse meine Familie.»

«Das verstehe ich gut. Doch da sitzt Ihnen noch was anderes quer.» Guste öffnete die Tür des alten Eisschranks, entnahm ihm eine Flasche Milch und den Kehdinger Apfelsaft, den sie für Florentine gekauft hatte, stellte beides zusammen mit einem Glas und der Kaffeetasse auf den Tisch.

«Ich tue mich schwerer mit meiner Vaterstadt, als ich dachte.»

«Warum sind Sie zurückgekommen?»

Alex hob die Schultern. «Heimweh?»

Guste wandte sich dem pfeifenden Wasserkessel zu.

«Haben Sie Kinder?», fragte Alex.

«Viele», sagte Guste. «Tian. Ida. Momme. Ulla. Florentinchen. Und das sind nur die, die noch hier im Haus sind. Heute habe ich von Jacki geträumt, der gehört dazu, auch wenn er nicht mehr hier wohnt.»

«Und ich bin auch eines der Kinder?»

Guste drehte sich um. «Das ist Ihnen zu nah?»

«Einerseits tut es mir gut.»

Guste goss das Kaffeepulver im Filter an. «Andererseits bin ich Ihnen zu neugierig.»

Alex Kortenbach schwieg.

«Behalten Sie Ihr Geheimnis, Alex. Doch langen Sie mehr zu beim Essen. Sie sind der Erste, der bei mir Gewicht verliert.»

Else drehte an den Knöpfen des Radios. Die Übertragung aus der Residenzstadt Bonn wollte sie nun doch gern hören. Um wie viel Uhr war denn das genau? Ihr Blick fiel auf die Zeitschrift, die auf dem Tisch lag. *Hör Zu hält fest, was im Äther verrauscht.*

Da war es doch. Der Präsident des Parlamentarischen Rats, der mit dem ganzen Tross das Grundgesetz ausgeheckt hatte, sprach. An den rheinischen Singsang von Adenauer würde man sich wohl gewöhnen müssen. Klaus sagte, dass Konrad Adenauer und Carlo Schmid kaum vorhatten, das Feld zu räumen, und ihre Aufgaben längst nicht mit dem Grundgesetz als erledigt betrachteten. Klaus wusste so was.

Sie setzte sich an den Küchentisch und fing an, die Kartoffeln zu pellen. Einen Kartoffelsalat mit Äpfeln und Mayonnaise wollte sie fürs Abendessen machen. War doch ein Festtag heute. Hoffentlich hatte Henny nicht schon wieder was anderes vor.

Der Alterspräsident des Rates, der Hamburger Adolph Schönfelder, war dran. Das freute einen doch, dass Hamburg auch mit der Nase dabei war. Adenauer und Schönfelder tauchten jetzt ihre Füllfedern in das Tintenfass, sagte der Sprecher, und dann hatten sie wieder einen Staat. Die Bundesrepublik Deutschland. Die drüben im Osten würden wohl bald nachziehen. Das musste man ja befürchten.

Die Würde des Menschen ist unantastbar. Sie zu achten und zu schützen ist Verpflichtung aller staatlichen Gewalt.

Na fein. Das nutzte Käthe und Anna nun auch nichts mehr.

Else stand auf. Vielleicht hatte sie noch ein Glas Essiggurken in der Speisekammer. Henny sprach davon, einen Kühlschrank zu kaufen. Konnte nur bedeuten, dass sie hier bei ihr wohnen bleiben wollte. Oder sollte das ein Abschiedsgeschenk sein? Irgendwas war da im Busche, doch sie wurde ja wie immer als Letzte eingeweiht.

Nun kam Orgelmusik. Der Organist des Bonner Münster spielte Johann Sebastian Bach. *Fantasie g-moll*, sagte der Sprecher. Sie verstand nicht so viel davon, lieber Operette.

Hatten alle ja gesagt zum Grundgesetz. Auch der Hamburger Senat mit dem Bürgermeister Max Brauer. Nur die Bayern hatten erst quergeschossen. Was wohl aus ihrem Galan Ferdinand Gotha geworden war, ob der noch lebte? Wenn, dann wohl in München. Sonst hätte er sich nach dem Krieg vielleicht doch mal blickenlassen.

Was einem alles widerfuhr im Leben. Als sie auf die Welt kam, war das Deutsche Reich sechs Jahre alt gewesen und Wilhelm der Erste der Kaiser. Dann hatte es die Weimarer gegeben und den Hitler. Nach Kriegsende waren sie die *Eingeborenen von Trizonesien* geworden, und jetzt entstand aus den drei westlichen Besatzungszonen die Bundesrepublik, und Bonn wurde die neue Hauptstadt. Und sie war nicht *ein Mal* in Berlin gewesen.

Eigentlich konnte sie sich leidtun. Das bisschen Ferien am Strand der Ostsee. Und mit Heinrich und der kleinen Henny zu den Burgen am Rhein. Wenigstens hatte sie den Felsen der Loreley gesehen.

Nun war Ende mit der Übertragung aus Bonn. Wer ihr jetzt nur das Gurkenglas öffnete? Der Deckel saß so was von fest. Vielleicht kam Klaus vorbei, wenn er Schulschluss hatte. Das tat er manchmal. Die Marike schaffte das nicht oft, sie hatte viel um die Ohren als Ärztin am Krankenhaus Eppendorf. Die Kerle dort machten es ihr nicht leicht, auch wenn die studierte Leute waren. Trotzdem Paschas.

Zwei Enkel. Das war doch schön. Und ein neues Grundgesetz, das mit dem Anbruch des nächsten Tages in Kraft trat. «Man muss zufrieden sein», sagte Else Godhusen laut in ihrer Küche.

Ein letztes Mal, dass Käthe die Fächer für Brot und Brötchen wischte, die Glasscheibe vor der Kuchenauslage blank rieb. Bille hielt sich an diesem Abend schmollend im Hintergrund.

«Kannst ja mal mittags zum Butterbrot in den Laden kommen», sagte sie. «Wirst doch wohl 'ne Mittagspause beim Doktor haben.»

«Klar», sagte Käthe. «Bille, dir hab ich das alles zu verdanken. Du warst es, die mich gefragt hat, ob ich hier aushelfen kann.»

«Hatte von Anfang an das Gefühl, du bist was Besseres.»

«Blödsinn», sagte Käthe, «mein Vater war Arbeiter auf der Werft, und meine Mutter hat geputzt, bis sie zur Köchin aufstieg.»

«Und deine Eltern sind tot?»

«Das weißt du doch», sagte Käthe und fühlte eine große Müdigkeit bei diesem Thema. Sie hatte den Bäcker gefragt, ob er ihr den 31. Mai als freien Tag gewährte, bevor sie bei Tetjen anfing. Er tat es gern, zahlte ihr die volle Zeit, legte sogar noch was drauf. Banses waren noch immer dankbar, dass Käthe die Geburtshelferin der kleinen Gesa gewesen war.

Eine gute halbe Stunde Busfahrt zwischen Moorfleeter Hauptdeich und Altengamme, jetzt, wo es langsam Sommer wurde, machte es ihr wenig aus. Sie verließ ihre Hütte in der Dämmerung und kehrte im Hellen zurück. Würde sie im Winter noch bei Tetjen arbeiten?

Morgen, dachte Käthe, als sie zu Stüves Laube ging. Morgen entschied sich, wie es weiterginge.

«Wat bist du so sauertöpfisch?», fragte Willi.

Nein. Sauertöpfisch war nicht das richtige Wort. Sie hatte Angst.

«Löpt doch gut. Beim Doktor bist du dicht dran an der Medizin.»

Käthe nahm die schon geöffnete Bierflasche entgegen, aus dem Kasten, den sie selbst herangeschleppt hatte.

«Könnt mir vorstellen, da is noch mehr to vertällen», sagte Willi.

«Vielleicht morgen», sagte Käthe.

Sie fuhr über Eppendorf nach Winterhude, nicht der direkte Weg, doch Käthe wollte keinen Blick auf Uhlenhorst werfen, und sei es auch nur durch das Fenster einer Straßenbahn.

Am Goldbekmarkt stieg sie aus. Eine Haltestelle zu früh. Ein kleiner Aufschub. Vielleicht würde sie bei Ungers in der Körnerstraße nur das Dienstmädchen antreffen, wenn es noch ein Dienstmädchen gab. Oder Elisabeth. Die Chance, Theo zu sehen, schätzte sie als gering ein an einem frühen Dienstagnachmittag. Sollte keiner da sein, ließe sie den vorbereiteten Brief da oder schöbe ihn unter der Tür durch.

Vielleicht wäre ihr das sogar am liebsten.

Im Vorgarten blühten Rosen. Die weißen Schneewittchen fielen ihr ein, die Theo Unger damals zur Beerdigung ihres Vaters geschnitten hatte, kaum Dornen an dieser Rosensorte.

Käthe stand vor dem Haus, sah hoch und glaubte, im ersten Stock ein Gesicht zu sehen. Ihr kam nicht in den Sinn, dass es Klaus sein könnte. Als sie ihn zum letzten Mal gesehen hatte, war er ein Kind von gerade dreizehn Jahren gewesen.

Klaus dagegen wusste sofort, wer da unten stand. Er lief die Treppe hinunter und war an der Haustür, bevor sie klingeln konnte.

«Käthe», sagte er. «Endlich! Wie haben wir auf dich gewartet.»

Es waren diese Worte, die Käthe in Tränen ausbrechen ließen. Keine Fremdheit. Nur der Junge, den sie doch vom ersten Augenblick seines Lebens an gekannt hatte und der sie nun willkommen hieß.

Er führte sie in den Garten, in dem schon die Dogge saß und die Besucherin gelassen betrachtete.

«Henny hat uns verraten», platzte es aus Käthe heraus.

«Nein», sagte Klaus. «Das ist nicht wahr. Henny hat nichts damit zu tun gehabt. Mein Vater hat euch denunziert. Meine Mutter hat es lange nicht wahrhaben wollen, Käthe, auch sie hat gelitten.»

«Anna ist tot.»

Klaus schwieg, bevor er sagte, dass Rudi lebte.

«Vielleicht», sagte Käthe.

«Vielleicht», sagte Klaus.

«Sag Henny nicht, dass ich gekommen bin. Sag es nur Theo.»

«Theo und Henny sind ein Paar.»

«Und dein Vater?»

«Sie sind geschieden. Theo und Elisabeth sind es auch.»

Alles anders, als Käthe gedacht hatte. «Leben Henny und du hier?»

«Erst einmal nur ich. Theo hat mir angeboten, bei ihm zu wohnen.» Klaus zögerte. «Weil es eng war bei Else.»

«Else. Die lebt also noch.» Käthe stand auf.

«Du willst uns doch nicht schon wieder verlassen?»

Käthe schüttelte den Kopf. «Ich komme in kleinen Schritten», sagte sie. «Anders kann ich nicht.»

«Lass es mich Henny sagen», bat Klaus. Auch er stand auf. Hatte seine Mutter nicht ihr Kommen für heute angekündigt? Könnte er doch Käthes Abschied verzögern, die Begegnung erzwingen. Wäre das gut?

Käthe sah zu dem Jungen hoch. «Lieber, kleiner Klaus», sagte sie.

«Und wo finde ich dich?», fragte er.

«In einer Laubenkolonie. Nahe der Halskestraße.»

«Geh nicht wieder aus unserem Leben», sagte Klaus und umarmte Käthe so sacht, als könne sie eine Umarmung verletzen.

Käthe ging an dem Trümmergrundstück Ecke Körnerstraße vorbei und in den Mühlenkamp hinein. *Ich komme in kleinen Schritten.* Das hatte sie gesagt. Würde sie denn wiederkommen? Die Söckchen rutschten ihr auf die staubigen Halbschuhe mit den Blockabsätzen, Käthe blieb stehen und zog sie hoch. Drüben auf der anderen Seite hielt die Straßenbahn, doch sie wandte sich zur Brücke. Die Alsterfähre nehmen. Draußen am Achterdeck stehen. Wind in den Haaren.

Sie lehnte sich über das Brückengeländer, sah in den Langenzug hinein. Trauerweiden, die sich tief ins Wasser neigten. Ein Kanu. Der Dampfer kam von der anderen Seite der Alster, noch Zeit, die Stufen zum Anlegesteg hinunterzugehen.

Henny, die nichts vom Verrat gewusst hatte. Durfte sie das glauben? Jemand trat an das Geländer, stellte sich an ihre Seite. Käthe hob den Kopf. Ein junger Kerl mit dunklen Locken. Zerknautschter Hemdkragen, der Anzug zu klein geworden. Er lächelte. Käthe nickte ihm zu und löste sich vom Geländer. Ob Rudi noch Locken hatte? Dunkle? Weiße?

Die Barkasse kam näher. Die *Aue* war es. Vorn stand der Schaffner, der Münzwechsler wippte vor seiner Brust. Käthe lief die Stufen hinab. Die Haare wehten jetzt schon, und sie hatte keine Klammer dabei. Auf einmal ein Feriengefühl. Oder nur die Erleichterung, einen ersten Schritt getan zu haben. Sie würde wiederkommen.

Henny hatte bei Hummelsteert eingekauft, Lebensmittel für Else, die sie in die Schubertstraße trug. Nur rasch die Einkaufstasche auf den Tisch in der Küche stellen, Else ließ sich beim Friseur Dauerwellen legen.

Eine Scheibe Nussnougat vom Block hatte Henny für Klaus besorgt, das aß er gerne. Obwohl es heute fast zu warm war für Nussnougat. Ein kurzer Blick in den Flurspiegel und noch mal mit dem Kamm durch das kurze Haar, das ganz ohne Dauerwellen wellig fiel. Das Kleid, das sie trug, hatte Else genäht aus dem Stoff, den sie von Guste geschenkt bekommen hatte. Pistaziengrün mit weißen Punkten, Glockenrock, kurze Ärmel. Keinen Bolero. Klaus gefiel es, wenn sie dieses Kleid trug. Theo auch. Henny fand das Kleid zu jung.

Sie entschied, zu Fuß in die Körnerstraße zu gehen. Das Wetter war schön an diesem letzten Tag im Mai, Klaus und sie konnten im Garten sitzen, die Dogge würde kommen und den Kopf auf ihren Schoß legen.

Henny ging über den Teil des Winterhuder Weges, der einmal den Namen Schillerstraße trug, Lud war dort zur Schule gegangen. Sie bog in den Mühlenkamp ein, ging zur Alsterseite hinüber. Über das Geländer beugen. Über das Wasser sehen, das in der Sonne glänzte.

Hatte sie noch ihr vergebliches Rufen vom Silvestertag im Ohr? Die Begegnung auf der Mundsburger Brücke, Käthe hinter dem Fenster der Straßenbahn, ihren eigenen Lauf über nasses Kopfsteinpflaster.

Käthe. Käthe. Käthe.

Käthe stand unten an der Anlegestelle und drehte sich um, blickte hoch. Die *Aue* legte ab. Henny war es, die nun die Stufen hinablief. Käthe löste sich aus der Erstarrung und fiel Henny in die Arme.

Kamen Rudi bei seiner Rückkehr aus Russland Erinnerungen an den September des Jahres 1940, als er aus
dem Konzentrationslager Stutthof bei Danzig entlassen
worden war? Nein. Er dachte nur an das Naheliegende, an
ein Bad hier im zentralen Heimkehrerlager Gronenfelde, an
die bevorstehende Entlausung, daran, seine Rubel in Mark
umzutauschen. Und er dachte an Käthe.

Kein Lebenszeichen von ihr. Von 1948 an waren Rot-
kreuzkarten im russischen Kriegsgefangenenlager verteilt
worden, Grüße aus der Heimat. Für ihn war nie eine dabei
gewesen. Doch es waren auch andere leer ausgegangen.

Bei der Erstaufnahme in der Hornkaserne hatte ihm die
Lagerpolizei die Fellkappe und die gesteppte Weste abge-
nommen, gesagt, es sei ja vorbei mit der Kälte. Hier im
Lager Gronenfelde erfuhr er dann von dem Brauch in der
Hornkaserne, sich zu bereichern an den Habseligkeiten der
Heimkehrenden.

Wir alle sind
um hundert Jahre älter
nur eine Stunde
hat's dazu gebraucht
Der Sommer überlässt
dem Herbst die Felder
Das Land, von Pflügen
aufgebrochen, raucht

Als er und die anderen in Degtjarsk in den Zug gesetzt worden waren und erfuhren, auf dem Wege nach Frankfurt/Oder zu sein, da war ihm das Gedicht von Anna Achmatowa in den Sinn gekommen. Das erste seit langer Zeit, die Gedichte waren ihm verlorengegangen. Gezeichnet hatte er stattdessen, mit Stückchen von Holzkohle, die ihm in die Finger kamen.

Ein paar von den Zeichnungen hatte er zusammengerollt, daran war die Lagerpolizei zum Glück nicht interessiert gewesen.

Und wenn er Käthe nicht wiederfände?

Zukunft. Wie sähe die aus? Ob ihn eine Druckerei beschäftigte mit seinen neunundvierzig Jahren? War die Lithographieanstalt Friedländer wieder ein Name, der Türen öffnete?

Und wenn Käthe nicht mehr lebte?

Mannigfaltige Möglichkeiten, ums Leben zu kommen. Von Bomben getroffen. Von Trümmern erschlagen. Verhungert. Erfroren.

Was wusste Rudi davon, dass Käthe und Anna ins KZ gekommen waren? Nichts. Im November 1944 war er in Gefangenschaft geraten, das ewige *Etapp, dawai* klang ihm noch in den Ohren, mit dem die Russen die Verzweifelten vorangetrieben hatten. Bis ins Kriegsgefangenenlager 313 in Degtjarsk im mittleren Ural. Kohle klopfen, auf den Knien in niedrigen Stollen, die Erfüllung der Arbeitsnorm war eine einzige Qual.

Bitte sei am Leben, Käthe. Lass uns noch ein paar Jahre haben.

Rudi wurde registriert in Gronenfelde. In der Kartei erfasst. Hielt schließlich den Entlassungsschein in den Händen.

Auf eingleisiger Strecke von Frankfurt/Oder ging es weiter an die Grenze der sowjetischen Besatzungszone. Ein letzter Versuch wurde unternommen, die nach Westen drängenden Heimkehrer für den östlichen Sozialismus zu gewinnen, zum Bleiben zu bewegen. Rudi war immun. Wie sie alle.

Von Heiligenstadt gingen sie zu Fuß in die britische Zone ins Land Hannover, das nun Niedersachsen hieß.

Vielleicht war es ein Fehler, sich zu entfernen. Doch er wollte in keinen Bus steigen, nicht in ein anderes Lager transportiert werden. Einfach loslaufen. Auf einem Heuwagen mitfahren. Oder ein Fahrrad auftreiben von dem Geld, das ihm der Umtausch der Rubel gebracht hatte. Endlich die Freiheit fühlen. Und Zeit zwischen sich und Hamburg legen. Zu groß die Angst zu erfahren, dass ihm Käthe verlorengegangen war.

In einem Dorf hinter Göttingen hatte er den alten Münzfernsprecher im Blick, der in dem Gasthaus an der Wand hing neben einer Blechreklame für Kathreiners Malzkaffee. Ein Gespräch zur Klinik Finkenau vermitteln lassen, zum Campmann'schen Haushalt, in dem vielleicht Anna noch als Köchin arbeitete. Nur zwei Telefonnummern hatte er im Kopf. Die eigene und die von Henny, Telefonapparate in Häusern, die es seit Juli 1943 nicht mehr gab.

Rudi wandte den Blick ab vom Fernsprecher. Er löffelte seine Suppe und bat um ein Bett für die Nacht, in dem er schlecht schlafen würde.

Die Heide. Die blühte doch noch in diesen Septembertagen. Bilder pflücken, das Lila des Heidekrauts, das flittrige Weiß der Birken. Damit die trostlosen Bilder der Gefangenschaft überdeckt wurden, die ihn in der Nacht heimsuchten.

Der Gastwirt stellte ihm einen Schnaps hin, nickte ihm

zu. «Geht aufs Haus», sagte er. Rudi traute sich, nach einem Weg durch die Heide zu fragen, der ihn nach Hamburg führte, und bekam eine dreißig Jahre alte Wanderkarte vorgelegt. Von 1919. Damals hatte er Käthe kennengelernt.

«Da werden Sie ein paar Tage laufen», sagte der Wirt.

Rudi hob die Schultern.

«Angst vor dem Ankommen», sagte der Wirt. «Die haben viele.»

Es geht eine helle Flöte. Das Lied summte ihm im Kopf. *Warten da drei rote Buchen, wollen auch den Tanz versuchen.* Das hatte er oft mit den Kindern der unteren Klassen gesungen. Damals in der Volksschule Bachstraße. Wusste kaum einer, dass der Verfasser des Liedes auch noch *Es zittern die morschen Knochen* gedichtet hatte. Wie hieß er noch mal?

Ein Nazilied. Längst geächtet von all den Neuveredelten. Ernst Lühr zog die Haut der Wangen zwischen die Zähne, kaute darauf herum. Käthe war zurückgekommen. Das hatte er von Else gehört, eine zufällige Begegnung beim Bäcker. Doch mehr hatte seine einstige Schwiegermutter nicht sagen wollen, schon gar nicht bei Mordhorst.

«Die Vergangenheit lässt man besser ruhen», hatte er gesagt. Doch vielleicht sollte er das Gespräch mit Henny suchen. Nicht dass er heute glaubte, damals falsch gehandelt zu haben. Was hatte Hitler gesagt? *Ein Soldat kann sterben. Ein Deserteur muss sterben.*

Er wollte nichts beschönigen. Vieles hatte man ja gar nicht gewusst. Doch altes Militärrecht ließ sich auch heute nicht einfach aushebeln.

Käthe war also zurück. Ihre Mutter wohl nicht. Doch wäre für die nicht ohnehin die Zeit gekommen? Else hatte ihn stehenlassen, als er das aussprach in der Bäckerei Mordhorst.

Er hatte vergessen, dass sie noch ein Jahr älter war als die Laboe'sche.

Ernst Lühr stand vor der Ladenzeile am Bahnhof Landwehr, dessen Kaffeemühlenarchitektur den Krieg ganz gut überstanden hatte. Nun starrte er schon eine Weile in das Schaufenster des Möbelladens hinein, sah die Schlafsofas kaum noch, die Fußwippen passend zum Polster der Sessel, die hochzukurbelnden Sofatische. Das Gespräch mit Henny suchen. Ahnte sie nicht längst die Wahrheit? Warum hätte sie sonst darauf drängen sollen, mit ihm zu reden? Es konnte doch nur darum gehen, ein Geständnis zu hören.

Waren sie und Käthe denn schon wieder die alte eingeschworene Gemeinschaft? Damals in der ehelichen Wohnung am Mundsburger Damm hatte er versucht, Käthe und ihren Mann fernzuhalten. Hennys Freundschaft zu den Kommunisten hatte ihm von Anfang an missfallen. Ob die davon kuriert waren? Vom Kommunismus? Von Käthes Mann hatte Else nichts erzählt. Vielleicht lebte der gar nicht mehr.

Lühr wandte seinen Blick vom Schaufenster ab. Was hätte er für das vollgestellte Zimmer in der Lübecker Straße auch kaufen wollen? Eine Fußwippe? Wenn es doch nur endlich was mit der eigenen Wohnung würde.

Tausend Halme zitternd stehen, hören sie die Flöte gehen. Hans Baumann hieß der Verfasser. Auch ein Volksschullehrer. Jetzt fiel es ihm wieder ein. In der Hitlerjugend war das Lied gern gesungen worden.

Er bog in die Angerstraße ein, steuerte unbewusst das Schulgebäude an, obwohl doch heute Sonntag war. Der schlimmste Tag der Woche. Sollte er sich auf die Treppe zum Haupteingang setzen? Noch verlorener wirken?

Ernst Lühr trat den Rückweg an. Ging durch die Reismühle zur Lübecker Straße zurück. Nicht mehr lange, dann würde dort in dem dunklen Zimmer sein dritter Winter beginnen. Doch noch war das Laub grün, wenn auch schon der Wind heftig in den Bäumen wehte.

«Wann kommt denn mal was Kleines?», hatte Else schon so oft gefragt. «Hoffentlich noch, bevor ich den Löffel abgebe.»

So lange hatten Thies und sie darauf gehofft, dass ein Kind käme, und nun geschah es, kaum dass sie ihre Facharztausbildung zur Ärztin für Frauenheilkunde und Geburtshilfe begonnen hatte.

Marike zweifelte nicht daran, dass sie schwanger war, als sie vor der Finkenau stand. In der eigenen Gynäkologie der Universitätsklinik hatte sie sich die Schwangerschaft nicht bestätigen lassen wollen.

Kein Termin bei Theo. Viel zu nah. Sie wusste, dass Theo zu Besuch bei seiner Mutter in Duvenstedt war und Henny sich mit Käthe traf. Der Arzt, bei dem sie einen Termin hatte, kannte keine Frau Utesch, wusste nicht, dass er Henny Lührs Tochter vor sich hatte. Er sah sie aufmerksam an, als sie nach der Untersuchung in das Sprechzimmer kam, und hoffte auf ihre Freude.

«Es stimmt also», sagte Marike.

«Ende des zweiten Monats», sagte Dr. Geerts.

«Mein Mann und ich wünschen uns Kinder.» Sie sagte es zögernd.

«Nur gerade zurzeit nicht? Ein verbreitetes Phänomen.» Geerts lächelte. «Selten, dass es passt.» Er blickte auf das Blatt mit den Daten, das vor ihm lag. «Sie sind siebenundzwanzig Jahre alt.»

«Eine späte Erstgebärende», sagte Marike.

«Warum denke ich die ganze Zeit, dass Sie eine Kollegin sind?»

«Noch bin ich nur praktische Ärztin. Ich habe gerade mit der Facharztausbildung angefangen.»

«Am Universitätsklinikum?»

Marike nickte.

«Das kriegen Sie hin. Das Kind und die Fachärztin», sagte Geerts. «Ich würde mich freuen, wenn Sie bei uns entbinden würden.»

Marike dachte an die werdende Großmutter, die noch nichts wusste. Henny als ihre Hebamme? «Ich denke drüber nach», sagte sie.

Bille hatte geguckt, als Käthe mit Henny die Bäckerei betrat. Das sah sie sofort, dass die beiden einander vertraut waren. Warum hatte Käthe immer getan, als sei sie der einsamste Mensch in Gottes Landschaft? Bisher hatte Bille nur von diesem Theo gewusst, der nach Käthe in der Zeitung gesucht hatte, und von Rudi, Käthes verschollenem Mann.

«Tüte uns mal zwei Franzbrötchen ein, Bille», sagte Käthe. «Wir wollen auf den Deich und uns da auf eine Bank setzen.»

«Das klingt aber nach 'ner langen Pause», sagte Bille. «Nicht dass du den ollen Tetjen verärgerst.»

«Alles geklärt.» Käthe legte die Münzen auf den Glastresen.

Bille blickte ihnen nach, als sie unter dem Klingeln der Ladentür davongingen. Beinah war sie eifersüchtig. Sah so nach bester Freundin aus.

Dass es das wieder tat, nach *bester Freundin* aussehen. Ein langer Weg mit Stolpersteinen, auf dem Käthe und Henny unterwegs waren. Nein. Es war nicht wie früher. Oft geschah es, dass ein Wort falsch war oder zu leicht dahergesprochen.

Wochen waren vergangen, ehe Käthe vom Verhörzimmer erzählte, in dem sie einen Augenblick allein gelassen worden war, nur Sekunden zwischen Fragen wie Peitschenhieben und tatsächlichen Schlägen. Als sie vom Schemel aufsprang und einen Blick auf das Schriftstück warf, das dort lag, und den Namen des Denunzianten las. Ernst Lühr.

«Wann hast du angefangen zu ahnen, dass es Ernst war, der uns verraten hat?», fragte Käthe.

«Als ich nach dem Krieg von Else hörte, dass er in jenem Januar oft am Fenster gestanden und zu euch hinübergestarrt hat.»

«Und du hast ihn nicht zur Rede gestellt?»

«Der Verdacht schien zu ungeheuerlich. Ich dachte, ich bilde mir das ein, weil ich das Leben mit ihm nicht mehr aushielt.»

«Du hast angefangen, dich an den ungeheuerlichen Gedanken zu gewöhnen.»

«Erst im November 1947 hat mir Else von dem Fernglas erzählt, das er aus dem Buffet genommen hatte.»

Ein Dialog, von dem sie im Kreise gedreht wurden. Einen Sommer lang. Nur wenn Theo und Klaus dabei waren, fanden sie aus diesem Karussell, das sie schwindlig werden ließ.

Zu vielem sah sich Käthe noch nicht in der Lage: in die Finkenau kommen. Die Laube aufgeben. Nähe ertrug sie nur in kleinen Dosen.

«Gibt es Hildegard Dunkhase noch?», fragte Käthe oben auf dem Deich. «Die alte Nazisse. Bringt sie weiterhin Kinder auf die Welt?»

«Sie hat sich nach der Kapitulation an der Heizung erhängt. Wollte nicht ohne den Führer leben.»

«Nach der Befreiung», sagte Käthe. «Oder siehst du das anders?»

«Nein», sagte Henny. «Das sehe ich nicht anders.»

Ziemlich viel Wind auf dem Deich, der ihnen die Haare zerzauste, ihre Münder waren klebrig von den Franzbrötchen.

«Wann darf ich denn mal in deine Hütte?», fragte Henny, als Käthe sie zur Bushaltestelle brachte.

«Bald», sagte Käthe.

«Willst du wirklich dort bleiben, wenn der Winter kommt?»

«Wo soll ich denn sonst hin?», fragte Käthe.

«Komm zu uns. Lina und Ida würden dich so gern sehen. Vielleicht bei Theo im Garten? Und dann finden wir auch eine andere Unterkunft für dich. In der Körnerstraße. Bei Guste.»

«Ich weiß nicht, ob ich das schon kann. Woanders wohnen. Lina und Ida. Lasst mir doch mehr Zeit. Ich bin in der Laube gut aufgehoben.»

«Wir wollen dich nicht bedrängen, doch die beiden wären sehr glücklich, dich in die Arme zu nehmen. Auch Louise.»

«Sie hat deinem Mann immer misstraut.»

«Er ist nicht mehr mein Mann.»

«Nein», sagte Käthe. «Doch all das ist geschehen und nicht mehr umzukehren, Henny.»

In dieser Nacht träumte Alessandro Garuti von einem Wiedersehen. Rudi war dabei und Therese, Rudis Mutter. Alle trugen große weiße Hüte und winkten damit, um dann die Gesichter in die Sonne zu halten. Eine Sonne, die so heiß schien in Hamburg, als wären sie auf Sizilien.

Garuti wachte auf in seinem Schlafzimmer in San Remo

und sah einen tiefblauen Septemberhimmel durch den Spalt der Vorhänge. Kaum aus dem Bett, meldete er ein Gespräch nach Hamburg an. Er hätte längst zu Käthe fahren wollen, seiner Schwiegertochter. Doch Theo hatte ihm signalisiert, dass er den Sommer abwarten solle. Käthe tat sich noch schwer mit Nähe, und sie waren einander nicht sehr vertraut.

Große weiße Hüte. Ein Symbol für den Tod? Ach was. Das war Geschwätz, wie es seiner Mutter gefallen hatte. Eine fromme Frau und doch anfällig für alle Arten von Geisterglauben.

Er öffnete die Zimmertür und lauschte in die Diele hinein. Valeria war schon da und hantierte in der Küche. Es roch nach Kaffee, sie hatte sicher *cornetti* mitgebracht, die knusprigen Hörnchen, die der Bäcker unten an der Hauptstraße buk.

Diesmal würde er nicht das Auto nehmen, die Fahrt nach Hamburg wurde ihm doch zu weit. Lediglich zum Bahnhof wollte er mit dem Alfa fahren und sich nach den Zugverbindungen erkundigen. San Remo–Basel. Dort umsteigen. Gleich mal ein Zimmer im Reichshof buchen.

«*Porca miseria*», kam es aus der Küche. Wenn Valeria fluchte, konnte das nur bedeuten, dass sie wieder die Milch hatte überkochen lassen. Garuti zog den Morgenmantel über, um in die Küche zu gehen und mit der Haushälterin einen ersten Milchkaffee zu trinken.

Als hätte ein Maler die vier Frauen nur auf die Leinwand getupft, ihre Gesichter nicht ausmalen wollen, alles im Ungefähren gelassen. War es denn wirklich wahr, dass sie hier im Garten der Körnerstraße standen, einander berühren konnten und sich kaum trauten, das zu tun?

Ida stand am Rand und fand Käthe kleiner und zarter, als sie die Freundin in Erinnerung hatte, die Kuchenrundungen fehlten. Lag es daran? Lina und sie waren immer einen Kopf größer gewesen als Henny und Käthe. «Du glaubst nicht, wie froh wir sind, dass du überlebt hast, und wie traurig, dass Anna es nicht getan hat», hatte Lina am Anfang dieses Nachmittags gesagt.

Ließ sich denn sagen, was sie fühlten?

Keine von ihnen hatte Schwierigkeiten, Wörter zu finden, Sätze zu bilden, und dennoch fühlten sie sich gerade wie Analphabetinnen. Das unglaubliche Gefühl, Käthe vor sich zu haben, nachdem sie angefangen hatten, sie für tot zu halten. Lebte Rudi denn noch?

Nur sie vier waren im Garten, doch Goliath lag im Gras und schien sich zugehörig zu fühlen.

Ein Tag, an den sie nicht mehr geglaubt hatten, wenn sie es auch kaum zugegeben hätten. Wie gut, ihn zu erleben.

Ein lautstarkes Stammtischgespräch im Amelinghausener Heidekrug, das Rudi an dem Abend mithörte und so von den Wahlen erfuhr, die im August stattgefunden hatten. Die ersten in der neuen Bundesrepublik, noch hatte er keine Zeitung gelesen, nicht einmal die Schlagzeilen im Vorübergehen. Er kapselte sich ab, ihm schien, nur so könne er die letzte Strecke des Weges bewältigen.

Rudi saß vor dem Teller Sülze mit Bratkartoffeln und hielt die Gabel in der Hand, als wisse er nicht, mit ihr umzugehen. Eine große Erschöpfung in ihm. Auf einmal wollte er nur noch nach Hause, wo immer er das fand im zerstörten Hamburg.

«Schmeckt es Ihnen nicht?», fragte die Serviererin.

Rudi sah auf. «Doch», sagte er. Wie sehr hatte er sich danach gesehnt, satt zu werden, und nun aß er den Teller kaum leer.

«Da lasst uns mal dem lieben Herrgott danken, dat die Kommunisten nur noch bei 5,7 Prozent sind», sagte einer am Stammtisch.

Noch sechzig Kilometer nach Hamburg. Zwanzig nach Lüneburg. Ihm ging nicht nur die Kraft aus, auch das Geld. Eine Eisenbahnkarte kostete weniger, als es Kost und Logis taten, selbst wenn er in Scheunen schlief. Eine Kammer unter dem Dach, in der er heute Nacht unterkam. Dann am Morgen zu Fuß weiter bis Lüneburg. Wie würde es sein, wenn der Zug über die Elbbrücken fuhr?

«Flüchtling sind Sie aber keiner?», fragte die Servererin, als sie den Teller abräumte. Die Männer am Stammtisch sahen zu ihnen rüber.

«Nein. Hamburg ist meine Heimatstadt.»

«Die nehmen aber nicht jeden zurück. Ist schon alles voll von denen aus dem Osten.»

Ein Alter vom Stammtisch sah ihn an. «Kriegsheimkehrer», sagte er. «Oder irre ich mich?»

«Sie irren sich nicht. Ich komme aus Russland.»

«Da werden Sie von Friedland aus zu Fuß nach Hause geschickt?»

«Ich wollte es so.» Rudi stand auf.

«Trinken Sie einen mit uns.»

«Danke. Doch ich bin todmüde. Morgen noch bis Lüneburg, dann steige ich in die Eisenbahn.»

Der Alte musterte ihn von Kopf bis Fuß, der Blick blieb an dem Rucksack hängen, aus der die Rolle mit den Zeichnungen ragte, dann an den Schuhen, die Rudi in der Hornkaserne im Tausch gegen seine Filzstiefel erhalten hatte. «Mit denen kommen Sie nicht mal mehr bis Lüneburg. Ich nehm Sie auf dem Trecker mit. Nach Deutsch Evern, dann fehlen nur noch ein paar Kilometer. Um acht hier vorm Haus.»

«Um acht Uhr», sagte Rudi. Fast hätte er strammgestanden.

Eigentlich hätte sie Ernst gern auf die Nase gebunden, dass Henny den Doktor heiratete. Doch Else war zu verdattert gewesen, auf einmal stand da ihr ehemaliger Schwiegersohn beim Bäcker. Diese Unverschämtheit, als er von Annas Tod hörte. Wie hatte sie sich nur so täuschen können in ihm, am Anfang war er doch ein Mensch gewesen, der in vielem ihre Meinung teilte. Durch und durch vernünftig, kein romantischer Wirrkopf wie Rudi, der die Gestapo am Hals hatte, kaum dass es die gab.

In den nächsten Tagen gingen Henny und Theo wohl endlich mal zum Standesamt, um das Aufgebot zu bestellen, wäre doch schön, wenn nicht erst im dunklen November geheiratet würde.

Im Oktober ließe sich das Jäckchenkleid noch tragen, und was wollte Henny denn überhaupt anziehen als Braut? Da musste die Brautmutter wohl mit der Nähmaschine ran. Sie hatte noch den schönen Pepitastoff, da könnte sie Samtpaspeln auf den Kragen nähen, aber vielleicht war das zu viel Schwarz für eine Hochzeit.

Else ging in die Speisekammer. Na. Hier lag der Pepitastoff wohl nicht herum. Irgendwie hatte sie einen Tüdel im Kopf. Ihr Hirn war auch ganz blutleer, weil sie kaum was im Magen hatte. Eine Hafersuppe kochen, das war mal eine Idee. Else nahm die blaue Tüte mit den Köllnflocken vom oberen Brett, wo sie die Nährmittel aufbewahrte.

Was war das denn für ein Lärm im Flur? Kam Henny schon? Hatte die sich nicht mit Marike treffen wollen?

«Setz dich mal hin, Mama», sagte Henny, als sie in die Küche trat.

«Was Schlimmes?», fragte Else.

«Du wirst Urgroßmutter.»

«Da hab ich drauf gewartet.»

«Wirkst aber gar nicht begeistert», sagte Henny.

«Ach, Kind. Das Leben ging so schnell.»

«Anders als Vater bist du dabei gewesen.»

«Ich hoffe, du machst es mir nicht zum Vorwurf», sagte Else. Sie spitzte die Lippen, als sei ihr was ganz Ungeniertes eingefallen. «Und du wirst Großmutter», sagte sie. Nicht nur sie allein wurde älter. Das war wenigstens ein Trost, wenn Henny auch immer dreiundzwanzig Jahre jünger bliebe. «Wann soll das Kleine denn kommen?»

«Anfang Mai», sagte Henny.

«Bis dahin bist du dann hoffentlich verheiratet. Kommt Käthe denn zu deiner Hochzeit? Dass sie sich nicht bei mir blickenlässt. Wird mir wohl keinen Vorwurf machen, dass Ernst Vaters Fernglas genommen hat, um zu spionieren.»

Henny sah zu der blauen Tüte, die vor ihrer Mutter auf dem Tisch stand. «Hattest du vor, dir eine Hafersuppe zu machen?»

«Du hast so eine Art, Fragen auszuweichen.»

Henny stand auf, griff nach den Haferflocken, gab gut geschätzte hundert Gramm davon mit Wasser in den Stieltopf und zündete die Gasflamme an. «Käthe hat das KZ ertragen, Anna sterben sehen, auf einem halbverrotteten Kahn überlebt.»

«Das Letzte hätte ja nicht sein müssen. Sie hätte zu uns kommen können», sagte Else.

«Immer in der Annahme, dass ich von Ernsts Verrat gewusst habe.»

«Wie konnte sie das nur denken?» Else klang vorwurfsvoll.

Henny rührte heftig im Topf herum. «Und dabei keine Hoffnung gehabt, dass Rudi lebt.»

«Lebt er denn? Wissen tut ihr das auch nicht.»

«Theo ist seit Juni dran, das Lager ausfindig zu machen. Allein im Ural gibt es zweihundertachtzig davon, und da soll Rudi ja sein.»

«Käthe war immer schon bockig.» Else Godhusen war aufgestanden, um an der Gardine herumzuzupfen. Hing alles nicht glatt.

Henny drehte sich um. Mit dem Stieltopf in der Hand. Konnte glatt zur Waffe werden, so ein Topf mit Hafersuppe. Sie stellte ihn zurück auf die Gasflamme. Noch nicht fertig, die Suppe. Als es so weit war, stellte Henny zwei Teller auf den Tisch und nahm die Kelle. «Komm, setz dich. Iss was», sagte sie.

Else war ganz zappelig geworden am Fenster hinter der Gardine, die doch nun ziemlich glatt hing. Zog sie auf einmal zur Seite.

«Was ist los?», fragte Henny.

«Rudi steht da unten», sagte ihre Mutter.

Henny verschüttete die Suppe, als sie aufsprang und zum Fenster lief. Der Mann da drüben in der Humboldtstraße vor dem Haus, in dem Anna und Käthe gewohnt hatten und einst auch Karl. Dünn war er. Gebeugt stand er da. Noch immer Locken, in denen mittlerweile viel Weiß war. Sie zerrte an dem Fensterflügel, der schon lange klemmte. Rief.

Rudi drehte sich um. Blickte hoch zu ihr. Kam hinüber zu dem Haus Ecke Schubertstraße. Langsam, seine Schritte. Sie ließen Henny Zeit, aus der Wohnung zu laufen, die Treppen hinunter, um Rudi erst einmal allein gegenüberzustehen. Ihn in die Arme zu nehmen.

Käthe kam an dem Abend spät aus Altengamme zurück. Viel los in der Praxis vom alten Tetjen, als hätten sich alle Bauern verabredet, die Finger in der Stalltür zu klemmen oder aus Apfelbäumen zu fallen.

Dunkel war es in der Laubensiedlung. Nur da und dort eine Laterne am Haken einer Bretterbude. Ihre Hütte lag abgelegener als die von Willi und Minchen. Sie beschloss, sich bei den beiden eine Funzel auszuleihen, um nicht durch die Landschaft zu stolpern.

Willi saß wohl auf der Bank vor der Hütte. Sie sah seine Zigarre in der Dunkelheit glühen. Eine zweite daneben, seit wann qualmte Minchen denn mit?

«Ich mach mal Licht. Die Deern soll ja keinen Schreck kriegen», hörte sie Willi sagen.

Der andere hustete. Also doch nicht Minchen. Vom Zigarrenrauchen verstand der unbekannte Mann wohl so wenig wie sie.

«Welch ein Glück, dass ich Sie gefunden habe, Willi», sagte der. Leise, die Stimme, etwas Vertrautes lag darin.

«Jung. Du sollst doch du sagen.» Willi schlurfte in die Hütte. Von innen fiel ein schwaches Licht auf den Vorplatz. Käthe erreichte es nicht.

«Hallo?», fragte Rudi. Etwas an der dunklen Stille hatte sich verändert. Ein Krächzen davorn neben dem Holunderbusch. Von keinem Vogel, das Krächzen. Rudi stand auf. Tat ein paar Schritte. «Käthe?», fragte er.

Ein heftiges Schluchzen in Käthe, als sie auf ihn zulief. In seine Arme hinein. Willi kam mit einer verbeulten Sturmlaterne heraus und warf einen Blick auf Mann und Frau, die fest umschlungen standen.

«Dann is ja gut», sagte er und hängte die Laterne an den Haken, um sich in die Hütte zurückzuziehen.

Ein verdorbener Magen, der ihn die Reise um ein paar Tage verschieben ließ. Valeria war untröstlich, die Sardinen hatten so frisch gerochen. Gut, dass er Theo noch kein Kommen angekündigt hatte.

Das Telefon läutete hartnäckig, er hätte sich längst einen zweiten Anschluss ins Schlafzimmer legen lassen sollen. Garuti sah auf den kleinen goldenen Wecker. Schon neun Uhr vorbei.

Er stand auf, doch als er den Apparat erreichte, der auf seinem Schreibtisch stand, schwieg das Telefon. Er sah den altmodischen Apparat mit der hohen Gabel tadelnd an und wollte sich gerade ins Schlafzimmer begeben, als das Läuten erneut einsetzte.

«*Pronto*», sprach er leicht gereizt in den Hörer hinein.

«*Signor Garuti? Una chiamata di Germania. Amburgo.*»

Und da hörte er schon Theos Stimme.

«Theo. *Che sorpresa.* Ist alles gut bei euch?»

«So gut wie schon lange nicht mehr», sagte Theo Unger.

Garutis Herz fing an zu klopfen. Hoffnungsvoll. Und da sprach Theo in Hamburg die Worte aus, die Garuti in San Remo alle Widrigkeiten seines Unwohlseins vergessen ließen.

«Alessandro. Dein Sohn ist zurückgekommen. Heil an Leib und Seele.»

Garuti schwieg. Schluckte Tränen hinunter. Suchte eine Antwort, die all das ausdrückte, was ihn aufwühlte.

«Bist du noch am Apparat? Ich habe schon am Nachmittag versucht, bei dir anzurufen. Dann kam ein Notfall in der Klinik dazwischen.»

«Oh, bin ich dankbar. Und glücklich. Hast du mit ihm gesprochen?»

«Nein. Doch Henny hat es getan, als sie ihn vor Käthes

Elternhaus stehen sah. Sie hat ihn zu der Laubensiedlung begleitet, in der Käthe lebt. Danach bat er darum, allein gelassen zu werden.»

«Dann werden sie sich gefunden haben?»

«Ganz sicher», sagte Theo.

«Ich wollte euch überraschen und hatte schon vor zwei Tagen nach Hamburg reisen wollen. Eine verdorbene Sardine hat das verhindert.»

«Kurier dich aus. Eine Vergiftung ist nicht ohne.» *In deinem Alter* hatte Theo noch hinzufügen wollen.

Garuti lächelte in den Hörer hinein. Erlauschte der alte Diplomat auch das Ungesagte? Ein Gedankenleser war er schon immer gewesen. «Ich bin zwei Jahre jünger als euer neuer Kanzler Adenauer», sagte Garuti.

«Ich werde Rudi von dir grüßen, sobald ich ihn zu fassen kriege.»

«Sag ihm, ich bin grenzenlos erleichtert. Sag ihm, dass ich ihn liebe.»

«Du kommst aber diesmal nicht mit dem Auto?»

«Nein. Ich nehme die Eisenbahn.»

«Bitte gib Bescheid.»

«Das werde ich tun. Ich denke, es wird die letzte Septemberwoche werden. Das ist nicht mehr lang.» Vielleicht würde Rudi mit Käthe am Bahnsteig stehen.

Garuti legte den Hörer auf und ließ sich in den Sessel fallen. «*A volte, Dio, stai ascoltando*», sagte er laut. Manchmal hörte Gott zu.

Heil an Leib und Seele. Rudi sei heiter gewesen auf dem Weg zu Käthes Hütte, hatte Henny gesagt. Doch an der Halskestraße, kurz vor dem Ziel, hätte er zu weinen angefangen.

Konnte Rudis Seele denn heil sein nach alldem, was ihm

widerfahren war? Das Grauen hatte nicht erst in Russland angefangen.

Theo blickte in den dunklen Garten hinein. Schade, dass Henny heute den späten Dienst hatte, er hätte gern jeden Augenblick ihrer Begegnung mit Rudi nachempfunden. Und wenn doch Klaus endlich käme. Klaus wurde im November achtzehn Jahre alt, noch schien er keinem Jungen besonders zugetan zu sein. Immer wenn es später wurde, dachte Theo, nun sei es so weit.

Ein Wintertag vor vielen Jahren fiel ihm ein, als er zu seinen Eltern nach Duvenstedt hinausgefahren war, um mit ihnen den Mandelstollen anzuschneiden. Die verhaltenen Reaktionen seines Vaters, seiner Mutter, als er von der Verlobung mit Elisabeth Liebreiz erzählte.

Kreist ihr darum, dass Elisabeth Jüdin ist?, hatte er schließlich gefragt.

An Lottes Antwort dachte er, wenn er sich um Klaus sorgte.

Man will doch nur, dass die eigenen Kinder ein leichtes Leben haben, die Juden hatten es immer schwer.

Die homosexuellen Männer nicht minder. Daran hatte sich auch mit dem Ende der Naziherrschaft nichts geändert. Sie waren Opfer, und sie blieben Opfer.

Die Würde des Menschen ist unantastbar.

Artikel 1 des neuen Grundgesetzes. Und doch durfte die Sittenpolizei Jagd auf Homosexuelle machen, rosa Listen führen, wie die Nazis in den KZs rosa Winkel an die Häftlingskleidung der Schwulen geheftet hatten.

Gelang es ihm da gerade, eine Sorge durch die nächste zu ersetzen?

Rudi lebte und hatte zu ihnen zurückgefunden, Käthe und Rudi waren wieder vereint. Wer hätte das denn zu hoffen gewagt? Und schon wuchs die Angst, dass Klaus Schlimmes angetan wurde? Der Junge in schweres Fahrwasser geriet.

Endlich mal Licht machen im Salon. Was saß er auch hier im Dunkeln herum. Er ging zu der wilhelminischen Anrichte aus Mahagoni, nahm ein Glas von dem Messingtablett, schenkte sich einen Kognak ein. Kurt Landmanns und sein Getränk.

Die Haustür. Klaus. Da kam er schon hinein. Ganz rosige Wangen hatte er. «Setz dich zu mir», sagte Theo. «Du kommst spät.»

Klaus lachte. «Wo, glaubst du, komme ich her?»

«Von einem Freund?» Viel Vorsicht in Theos Stimme.

Klaus lachte noch herzlicher. «Von Oma», sagte er. «Else und ich haben auf Rudis Rückkehr getrunken. Wann kriegen wir ihn zu sehen?»

«Ich denke, das sollten er und Käthe entscheiden», sagte Theo. «Die beiden müssen erst einmal miteinander das Leben abtasten.»

Willi war noch mal aus seiner Laube gekommen, doch keiner stand mehr davor. Er hatte eine Wolldecke und ein Kissen zu Käthes Hütte hinübergetragen und «liegen Plünnen vor der Tür» gerufen. Ein kleiner heller Schein fiel durch das Fenster. Käthes olle Petroleumlampe.

Käthe hatte eine kleine Weile später die Tür geöffnet und Decke und Kissen hineingeholt, um sich dann wieder zu Rudi auf die Pritsche zu legen. Es tat ihnen endlos gut, so eng beieinander zu sein.

Willi war da längst wieder in seiner Stube. Saß dort allein, Minchen schlief heute bei Bille, irgendwas hatten die Weiber zu bekakeln. Wenn sich doch mal wieder genügend

Leute einfinden würden, um *Schwarzer Peter* zu spielen. Ein bisschen angekokelt, das Kartenspiel, passte ja, er hatte es aus den Trümmern der Eimsbütteler Wohnung gerettet.

Willi langweilte sich und lief noch mal um die Hütte herum. Kalt war das geworden, ein voller Mond am klaren Himmel. Der alte Knabe da oben wusste, was sich gehörte. Ein Licht für die Liebenden.

«Ich hab gleich Zeit», sagte Lina. «Setz dich doch in die Leseecke.»

Henny streifte durch den Laden und blickte sich um. Seit einem Vierteljahr gab es Landmann am Gänsemarkt nun schon. Zu selten war sie hier, eigentlich nur, wenn sie ein Buch verschenken wollte.

Eine Gedichtsammlung von Günter Eich, die sie von einem der Tische nahm. Allein der Titel würde Rudi schon gefallen. *Abgelegene Gehöfte.* Sie ging zur Leseecke und betrachtete die beiden Zeichnungen, die neben den neuen Lampen mit den Schwanenhälsen hingen.

«Die Zeichnungen gefallen mir», sagte Henny, als Lina kam.

«Radierungen. Eine Hutnadel. Eine Schuhspange.»

«Von einem Künstler, den du förderst?»

«Nein. Joachim, Louises Vater, hat sie uns überlassen. Die Bilder haben im Kölner Haus gehangen.»

«Du hast viele Kunstbände auf den Tischen liegen.»

«Wenn die sich nur so gut verkaufen würden wie Cerams *Götter, Gräber und Gelehrte.*»

«Das liegt bei Theo auf dem Nachttisch.»

«Es ist auch endlich wieder ein gut gestaltetes Buch. Seit du eben gekommen bist, habe ich es viermal verkauft. Da spricht dann keiner mehr davon, dass der Autor ein einstiger Kriegsberichterstatter ist, der den Nazis einen Durchhalteroman geschrieben hat.»

«Nazis findest du noch überall. Wo sollten sie denn auch geblieben sein?»

«Nun das Heitere. Wann werden Theo und du denn heiraten?»

«Im November.»

«Im Wonnemonat», sagte Lina. Ein kleiner Spott in ihr.

Henny hörte ihn nicht. «Theo ist die Liebe meines Lebens», sagte sie und lauschte ihren Worten nach. Ja. Es stimmte.

«Und Lud?», fragte Luds Schwester.

«Ihn habe ich auch geliebt. Er war ein wunderbarer Junge. Kein Lückenbüßer, falls du das gerade denken solltest.» Henny deutete auf den Gedichtband. «Den schenke ich Rudi.»

«Rudi hat eigene Zeichnungen aus Russland mitgebracht.»

«Woher weißt du das?»

«Käthe war gestern hier und hat sie mir gezeigt.»

«Ich hab ihn seit dem Tag seiner Ankunft nicht mehr gesehen. Sind seine Zeichnungen gut?»

«Er ist ja erst vier Tage hier», sagte Lina. «Die Zeichnungen sind gut. Doch die nach Vergessen lechzenden Nachkriegsgemüter werden kaum Gefallen daran finden. Das ist mit den Gedichten von Günter Eich das Gleiche, du bist die Erste, die eines der Bücher kauft.»

«Du denkst, dass Rudis Zeichnungen sich nicht verkaufen lassen?»

«Es würde helfen, wenn er etwas weniger albtraumhafte Szenen zeichnen würde. Aber Käthe sagt, es geht ihm nicht ums Geld. In Theos Tresor liegen ja noch Rudis Nadel mit der Orientperle und die Silberlöffel, die Käthe von Kurt geerbt hat. Schätze, die sie veräußern könnten.»

«Worum geht es denn?»

«Dass ihm etwas glückt.»

«Ihm ist das Überleben geglückt», sagte Henny.

«Käthe hat eine Zeichnung hiergelassen. Willst du sie sehen?»

Henny folgte ihrer Schwägerin in das kleine Büro, das sich an den Laden anschloss. Rudis Zeichnung lag auf einem Tisch, zwei Ecken wurden von Büchern beschwert, damit sich das Blatt nicht wieder einrollen konnte. Eine Kohlezeichnung. Ein leckgeschlagener Kahn in heftigen Wassern, über dessen Reling Körper hingen. Tote Körper.

«Quälend», sagte Henny. «Sind alle Zeichnungen so?»

«Ja», sagte Lina. «Es ist ein weiter Weg zurück ins Leben.»

Florentine saß im Gebüsch des Gartens in der Johnsallee und sah zum Haus hinüber. Tian und Ida standen auf der Terrasse und sprachen, immer wirkten ihre Eltern so ernst, wenn sie ein Gespräch führten. Das Kind krauste die Stirn, als Alex auf die Terrasse trat. Florentine betete Alex an, doch er störte gerade die elterliche Traulichkeit.

Viel zu kalt, diese letzten Septembertage, darum war aus Gustes Gartenfest eine Geselligkeit im Salon geworden. Guste war nach Feiern gewesen, obwohl sie Rudi kaum kannte, doch er war dem Wahnsinn entrissen worden. Nur das zählte.

Der Entrissene fehlte, auch Käthe war nicht da. Sie zogen sich noch immer zurück. «Das haben die beiden jetzt dringend nötig», hatte sie Tante Henny sagen gehört.

«Florentine, du bist zu kalt angezogen», rief Ida, als sie ihre Tochter hinten im Garten entdeckte. Noch war Helligkeit im Himmel. Doch um sieben würde die Sonne untergehen, die Tage wurden viel zu schnell kürzer. «Komm ins Haus. Wir machen die Terrassentür zu.»

Alex Kortenbach stand abseits von Tian und Ida und atmete die kalte Abendluft tief ein. Er fühlte sich nicht gut heute, doch er hatte Guste versprochen, Klavier zu spielen.

Die Sonne war untergegangen, der Garten dunkel, als er sich an das alte Klavier aus der Pianofortefabrik Schimmel setzte, es stammte noch aus Gustes Jugend. Cole Porters *Night And Day* spielte er, begann dann mit den ersten Takten von Hoagy Carmichaels *Stardust*.

Er kam nicht weit. Alex fiel vom Hocker und lag vor dem Klavier auf dem Holzboden. Theo Unger kniete im nächsten Augenblick neben ihm.

«Nach nebenan aufs Sofa», hörte Alex Gustes Anweisung.

Tian und Unger halfen ihm hoch, hievten ihn ins Nachbarzimmer. Dann war er mit dem Doktor allein.

«Ich weiß alles», sagte Alex, als Unger ihn zu untersuchen begann.

«Was wissen Sie alles?»

«Dass ich bald sterben werde.»

«Wie kommen Sie darauf?»

«Der Arzt in Argentinien hat eine Leukämie festgestellt. Ich lebe schon länger, als er vorhergesagt hat. Nun geht es zu Ende.»

Sie schwiegen beide, als Henny ins Zimmer kam, den Notfallkoffer aus Theos Auto abstellte und sich gleich wieder zurückzog.

«Schauen wir mal», sagte Theo.

Alex Kortenbach lächelte und knöpfte das Hemd auf, als Theo Unger ihn darum bat. Der tastete die Lymphknoten ab, die Leber, die Milz, tat alles sorgsam und gewissenhaft.

«Ich bitte Sie, einen Spezialisten aufzusuchen, Alex. Ich bin keiner.»

«Es gibt keine Therapie dagegen.»

«Das hat der argentinische Arzt gesagt?»

«Ja», sagte Alex. «Er hat nur einen Versuch unternommen.»

«Darum sind Sie nach Hamburg zurückgekommen?»

«Heimat ist da, wo man sterben will.»

Theo stand auf. «Sie legen sich am besten in Ihr Bett, ich bringe Sie hin. Ich spritze Ihnen etwas zur Stabilisierung des Kreislaufs und werde nicht lockerlassen, bis Sie beim Spezialisten waren. Am besten gehen Sie ins Tropenkrankenhaus.»

«Warum das alles?»

«Weil ich eine Leukämie nicht für wahrscheinlich halte.»

«Bitte keine falschen Hoffnungen. Ich hab mich längst damit abgefunden», sagte Alex Kortenbach. Er versuchte aufzustehen und nahm Ungers Hand, die ihm dabei half.

Louise saß seit Stunden im Auktionshaus Carl F. Schlüter am Alsterufer, dabei hatte sie einen eher kurzen Besuch vorgehabt. Eine kleine Bar aus Kupfer ersteigern, die ihr im Katalog aufgefallen war, und dann nichts wie weg. Der Entwurf aus der Zeit des Bauhauses schien genau richtig fürs traute Heim in der Eilenau. Bauhaus klang immer gut in Linas Ohren, sie hatte nichts dagegen, sich vom klobigen Eichentisch zu trennen, auf dem bislang Flaschen, Gläser und der Cocktailshaker ihren Platz fanden.

Die Bar sollte als Achtes aufgerufen werden, vorher waren silberne Leuchter versteigert worden, einer war darunter, von dem sie den Eindruck nicht loswurde, ihn zu kennen. Sie tat es ab. Sahen doch alle ähnlich aus, diese Leuchter.

Dann kam ein Klavierschemel von 1860 und zwei Bilder, holländische Landschaften. Das nächste Bild wurde vom Auktionator salbungsvoll als Liebhaberobjekt angekündigt.

Dieses Bild, das Louise für einhundertsechzig Mark ersteigerte, ließ sie seitdem auf ihrem Stuhl kleben. *Der Tod* hieß das Gemälde von Okke Hermann, sie hatte es unter dem Namen *Die Frauen von Nidden* gekannt, als es noch in Kurts Wohnung hing.

Es war das einzige aus Kurt Landmanns Sammlung gewesen, das der Gestapo nach Kurts Freitod in die Hände gefallen war. Die anderen hatte er im Duvenstedter Haus von Theos Mutter untergestellt. Von den geretteten Bildern hingen zwei bei Lina und ihr, das dritte bei Theo. Das verbliebene Eigentum bis hin zur letzten Kuchengabel hatte die Gestapo zum Wohle des deutschen Volkes beschlagnahmt.

Louise wollte gar nicht wissen, wie viel jüdisches Eigentum sich in Hamburger Haushalten befand, in die es nicht gehörte. Doch sie blickte nun mit Argusaugen auf jede Teekanne und jeden Zuckertopf, der da vorn versteigert wurde.

Das Interesse an der Kupferbar hatte sie verloren. Wer wusste, wem die entrissen worden war?

Sie bezahlte das Bild, ließ es in dickes braunes Papier verpacken und mit einer Schnur versehen. Es war nicht sehr groß, es ließ sich auf den Rücksitz eines VWs legen.

Im letzten Herbst hatte sie in diesem VW noch ihren Vater chauffiert, nahezu täglich, als Joachim Steins Kräfte nachließen. Zwei kurze, zufriedene Jahre hatte er in Hamburg erlebt. Am vorletzten Tag des Oktobers war Jo in großer Gelassenheit nicht lange nach seinem dreiundachtzigsten Geburtstag gestorben, seine geliebte Louise und deren Lebensgefährtin Lina an den Händen haltend.

«Ich wette, der Silberleuchter war auch von Kurt», sagte Louise laut, als sie das Auktionshaus am Alsterufer verließ. Es war wärmer geworden und nieselte, der feine Regen, der auf den kalten Boden fiel, verwandelte sich gleich in Glätte. Fehlte noch, dass sie mit den *Frauen von Nidden* zu Fall kam, was waren das auch für unwinterliche Schuhe, die sie an den Füßen hatte.

Louise gelang es, sicher zum Auto zu kommen. Sie verstaute das Bild und stieg ein, entschied, nach Hause in die Eilenau zu fahren, die halbe Stunde bis Ladenschluss schafften Momme und Lina auch noch allein.

Lina würde ihren Augen kaum trauen, wenn sie das Bild sah. Kurt hatte es nicht für wertvoll gehalten, doch er musste damit eine Erinnerung an jene Oda verknüpft haben, deren Fotografie in Kurts Tagebuch aus dem Ersten Weltkrieg gelegen hatte, das Theo besaß.

Kurt Landmann. Ihre Mütter waren Freundinnen gewesen, Louise hatte ihn seit ihrer frühen Kindheit gekannt. Er fehlte ihr, der Tod ihres Vaters brachte auch den alten Schmerz zurück.

Was war das nur für ein schmuddeliges Wetter. Schlecht fürs Gemüt. Da sah auch alles, was den Krieg heil überstanden hatte, trostlos aus.

Louise stellte das Auto vorn an der Brücke ab, die Zeiten, in denen sie vor dem Haus in der Eilenau parken konnte, waren vorbei; statt der alten Frau Frahm lebten die Kinder von deren Cousine dort, die das Haus geerbt hatte. Die gute Frahm hatte testamentarisch bestimmt, dass Lina in ihrer Mansarde unkündbar war. Doch der Parkplatz war nun für den 170er-Mercedes reserviert.

In allen Fenstern war Licht, nur oben bei ihnen war das dreiflügelige Fenster noch dunkel. Louise stand vor dem zweistöckigen Haus und betrachtete die hellen Backsteine, den weißen Stuck. Über der Tür die Jahreszahl 1900. Ein Jahr jünger als Lina war das Haus.

All die Abschiede. Auch von der Zeit. Und sie stand hier im Dunkeln und hielt die *Frauen von Nidden* in den Händen.

Nur kleine Veränderungen nahm Henny vor im Haus in der Körnerstraße, das noch immer Elisabeths Handschrift trug. Die Zeichnungen von Rudi, die Theo erworben hatte, hingen elegant gerahmt über dem Sideboard, das die wilhelminische Anrichte mit den Löwenfüßen ersetzte.

An das andere Mobiliar würde sie nicht gehen, nicht einmal an die schweren, kostbaren Orientteppiche, obwohl sie geschädigt war von Elses Vorliebe für all die falschen Teppiche und die Fransen an ihnen. Nur das Schlafzimmer hatten sie neu eingerichtet. Wie hätte sie in Elisabeths Bett liegen können, an ihrer Frisierkommode sitzen? Es genügte, wenn sie von ihrem Tellerchen aß.

Viel Stacheldraht auf Rudis Bildern, doch auch Bäume, die hinter dem Stacheldraht behutsam blühten. Bäume, in denen Vögel sangen, wenn sie auch keiner sehen konnte und Rudi sie gar nicht gezeichnet hatte.

Keine Toten mehr.

Eine kleine Schar von Käufern, die auf ihn aufmerksam geworden war, Rudi arbeitete abends in einer Zeitungsdruckerei, doch er war nun ein Künstler geworden. Die Krawattennadel mit der Orientperle lag weiter in Theos Tresor, ein Schatz, den Rudi nicht hob, als sei das Schmuckstück ein Versprechen an die Zukunft, die er noch vor sich sehen wollte.

Henny ging hinüber in Klaus' Zimmer und blickte hinein, noch wohnte er bei ihnen, nach dem Abitur hatte ihr Sohn ein Volontariat beim NWDR begonnen, das ihm von Thies vermittelt worden war.

Überall Glück. Warum jubilierte sie nicht? Darüber, an Theos Seite zu leben. Als seine Frau. Darüber, dass es Katja gab, Marikes und Thies' Tochter. Darüber, dass Käthe zurückgekehrt war und Rudi.

Henny blieb stehen und tätschelte Goliaths Kopf. Der Hund war ihnen längst gefolgt. Aus dem Garten ins Haus.

Doch. Sie war glücklich. In den Minuten, in denen sich Glück messen ließ. Vielleicht hatte sie nur Angst davor, es könne wieder vergehen.

Robert war der Junge gleich aufgefallen, fest im Blick hatte er ihn mit seinem einen grünen Auge. Thies' Schwager hatte ein großes Talent für den Hörfunk. Wie Klaus die kleinen Wortbeiträge aus dem Ärmel schüttelte, und ins Mikrophon sprechen konnte er auch. Dabei war er gerade mal neunzehn Jahre alt.

«Wiederholen?», fragte Klaus.

Robert nahm die Kopfhörer ab und schüttelte den Kopf hinter seiner Glasscheibe. Gab Klaus ein Zeichen, aus dem Aufnahmeraum zu kommen. Ging nicht besser.

«Du bist ein Naturtalent», sagte Robert.

Klaus lächelte. Nein. Das war er nicht. Wie oft hatte er die eigenen Texte und Gedichte vor sich hingesprochen und sogar an eine Schauspielausbildung gedacht. Träume, die er sich erst erlaubte, seitdem er in der Körnerstraße lebte, so viel Luft zum Atmen dort. Und nun wohnte seit einem Jahr auch Henny bei ihnen und hieß Unger, das dritte Mal in ihrem Leben, dass seine Mutter den Namen gewechselt hatte.

«Thies ist zu Aufnahmen im oberen Tonstudio», sagte Robert. «Nicht das große Tanzorchester, kleines Ensemble, eine Combo, was Jazziges. Kannst nachher mal schnuppern.»

Eine Viertelstunde später betrat Klaus den Kontrollraum des Studios, Thies und der Tontechniker nickten ihm zu, beide blickten in den Aufnahmeraum. Klaus hörte eher, als dass er sah. Ein vertrautes Lied aus einem französischen Film, Yves Montand hatte es gesungen.

«*Les feuilles mortes*», sagte er. «Das ist schön.»

«Läuft hier unter *Autumn Leaves*», sagte der Tontechniker. «Passt besser zur neuen Jazz-Combo.»

Klaus trat an die große Glasscheibe. «Wer sitzt am Klavier?», fragte er.

«Kennst du ihn nicht über Theo?», fragte Thies.

Klaus schüttelte den Kopf.

«Er ist gut mit Theo bekannt. Alex Kortenbach. Er hat bislang bei den Engländern gespielt. Die Leute beim BFN haben einfach ein Händchen für Musiker.»

Die fünf im Aufnahmestudio beendeten das Lied. Der Mann am Klavier drehte sich zu Thies und dem Techniker um. Hob fragend die Schultern. Thies drückte den Knopf der Sprechanlage. «Alles bestens», sagte er. «Gehen wir was essen.» Thies stand auf und wandte sich Klaus zu. «Kommst du mit in die Kantine?»

Thies stellte Klaus als Stiefsohn von Theo vor. «Ich schätze Theo Unger sehr», sagte Alex Kortenbach.

Sie saßen nebeneinander am Kantinentisch. Kortenbach nahm eine kleine Silberdose aus der Tasche und holte zwei Tabletten hervor.

«Wirfst du wieder was ein?» Der Tontechniker grinste.

Alex sah Klaus an. «Eine chronische Krankheit», sagte er. «Dank Ihres Stiefvaters weiß ich, dass ich daran nicht sterben werde.»

«Sie wohnen bei Guste Kimrath», sagte Klaus in jäher Erkenntnis.

Alex nickte. «Gott sei Dank hat sie mich noch nicht satt.»

Klaus wusste nun, wer Alex war. Der junge Mann, in dessen Körper die Ärzte des Tropenkrankenhauses Arsen nachgewiesen hatten.

Im letzten November hatte Rudi zwei Zimmer in einer halben Ruine gefunden, Hofweg Ecke Uhlenhorster, ein Haus, das groß und prächtig gewesen war und nun aus einem Seitenflügel bestand, der vom ersten Stock aufwärts als bewohnbar galt. Parterre und Beletage waren ausgebrannt. Die andere Hälfte des Hauses existierte nicht mehr.

«Die Hütten sind heimeliger», sagte Käthe.

«Feinste Adresse, die wir je hatten», sagte Rudi.

Einen zweiten Winter in der Hütte hätte er nicht ausgehalten. Genug gefroren im Ural und anderswo.

Käthe hatte sich schweren Herzens getrennt von der Hüttensiedlung an der Halskestraße, dem Ort, an dem sie von Willi und Minchen zurück ins Leben geholt worden war.

«Wir behalten die Hütte als Sommersitz», sagte Rudi. «Sie lässt sich nicht winterfest machen. Wir müssten sie abreißen und neu bauen.»

Stüves Laube war stabiler und hatte einen Kanonenofen, dessen Rohr aus dem Fenster hing. «Nich fein, aber warm», sagte Willi.

Rudi hatte sich für die Zuversicht entschieden, die Dämonen zeichnete er weg. Er war fünfzig Jahre alt, Alessandro Garuti betonte, wie jung das doch sei. Sein Vater. Der sollte es wissen.

Dieses Gehäuse kannte Alessandro noch nicht. Nein. Rudi sagte nicht *Vater*. Die vielen vaterlosen Jahre ließen ihn ungeübt sein, obwohl er den alten Herrn liebte. Gelegentlich versuchte er sich an *papà*, doch das war eine Koserei, die ihn eher verlegen machte.

Es war fast gemütlich im zweiten Stock des Hauses, wenn erst die halbzerstörte Treppe erklommen war, in der Etage unter ihnen ein Geschwisterpaar, das schon vor dem Krieg hier gelebt hatte, ein Bruder, eine viel ältere Schwester. Käthe dachte an ihre kleinen Brüder, an ihren Vater Karl, an Anna. Flüchtig nur, anders hielt sie es nicht aus.

Die anderen zwei Zimmer ihrer Wohnung wurden von einem alten Mann und seiner Enkelin bewohnt. Eine Villa am Langenzug hatte ihm gehört, nicht weit von der Körner-straße, das Haus gab es nicht mehr. Das Kind ein Waisen-kind, die Eltern verlorengegangen.

«Ich bin kein ganz armer Mann», hatte Alessandro gesagt, als er von den neuen Wohnverhältnissen hörte. «Ihr könntet euch auch jetzt schon etwas Gutes leisten. Du weißt, dass du mein Erbe bist.» Der Gedanke war Rudi nicht gekommen auf seiner Suche nach einer Bleibe. Über Geld verfügen. Eine Vorstellung, die ihm nur schlecht gelang.

Ihre Fenster gingen zum Hofweg hinaus, lehnte man sich vor, dann sah man die Alster zwischen den winterkahlen Bäumen. Eine eigene Küche wäre schön, ein eigenes Klo. Käthe träumte von einem südwestlichen Balkon, wie sie ihn in der Bartholomäusstraße gehabt hatten, und von einer Ba-dewanne, in der sie Schaumbäder nehmen wollte.

Wie viel Lebenszeit blieb ihm noch? Zwanzig Jahre? Ales-sandro würde im Mai dreiundsiebzig werden und schien bei guter Gesundheit, doch er war in keinem Krieg gewesen und auch nicht im KZ.

Rudi kehrte in die Küche zurück, blickte in den Spiegel, der über dem Spülbecken hing. Eine zusätzliche Waschstel-le, wenn das kleine alte Bad am Ende des Flurs zu frequen-tiert war. Doch meistens rasierten er und der alte Everling sich hier nur.

Der Mann im Spiegel war nicht mehr jung, aber er sah auch nicht aus wie einer, der KZ, Krieg und Gefangenschaft überlebt hatte.

Das Haar noch immer voll, zwei tiefe Falten im glatten Gesicht, vielleicht ein wenig hohlwangig, er nahm einfach nicht zu. Käthe hatte wieder sanfte Rundungen, seit ihre Lust auf Kuchen zurückgekehrt war.

Er setzte sich an den Küchentisch, auf dem das *Hamburger*

Echo vom heutigen Sonnabend lag, warf einen Blick auf den Text zur geplanten Remilitarisierung, die von den meisten Deutschen abgelehnt wurde. Die Entscheidung, die Bundesrepublik in ein westliches Militärbündnis zu integrieren, war schon im Dezember gefallen. Hörte es denn nie auf?

Und als der nächste Krieg begann
da sagten die Frauen: Nein,
und schlossen Bruder, Sohn und Mann
fest in der Wohnung ein.

Das hatte Erich Kästner 1929 geschrieben. Rudi stand auf. Unruhe in ihm. Eine leere Wohnung tat auch nicht gut. Nicht mal zum Zeichnen hatte er Lust. Wo Käthe nur blieb? Sie war nach Altengamme gefahren zu Dr. Tetjen, ihm danken und sich verabschieden. Der alte Arzt hatte ihr eine Stelle bei einem niedergelassenen Frauenarzt vermittelt. In die Finkenau wollte Käthe nicht zurück, obwohl Theo Unger es ihr schon im Sommer 1949 angeboten hatte.

Rudi trat wieder ans Fenster, öffnete einen der zwei Flügel. Endlich. Da kam Käthe die Papenhuder Straße hinunter. Von der Haltestelle an der Brücke. Er ängstigte sich viel zu leicht.

In der Küche setzte er den Wasserkessel auf die Gasflamme, stellte Teller auf den Tisch, tat die Schweineohren aus der Tüte in eine Schale.

Das kleine Glück. Hoffentlich wurde ihnen noch viel davon beschert.

«Und wenn wir die Teppiche rauswerfen?», fragte Theo. Er machte sich am Sideboard zu schaffen. «Sie sind noch von Elisabeths Eltern.»

«Wie kommst du auf die Teppiche?»

«Seit einem Jahr bist du meine Frau, doch du wirkst, als

seiest du hier einquartiert worden. In das Haus einer anderen.»

«Es ist dein Haus.»

«Ich habe Elisabeth das Geld gegeben, das ihr Vater damals dafür bezahlt hat. Mehr wollte sie nicht haben.»

«Das meine ich nicht», sagte Henny. «Die Kultur in diesem Haus, die Klaus und mir so guttut, das bist du.»

«Lass uns üben zu sagen: *Das ist unser Haus*», sagte Theo. Er nahm die Zange, gab zwei Eisstücke in das Glas und füllte es mit weißem Martini auf. Sich selbst schenkte er einen Kognak ein, nahm die Gläser, reichte Henny den Martini und setzte sich in den geliebten Ledersessel. «Auf den verzichte ich nicht. Alles andere krempeln wir um.»

«Ich will gar nichts umkrempeln.»

«Warum kommst du denn hier nicht an?»

«Du zweifelst doch nicht an meiner Liebe zu dir?»

«Sagen wir, ich sorge mich ein bisschen.»

«Theo, ich habe Lud geliebt, doch heute kommt es mir vor, als seien wir Kinder gewesen. Du bist die Liebe meines Lebens.»

«Der Vater deines Sohnes ist ganz herausgefallen?»

«Ja», sagte Henny.

Theo stand auf und ging hinüber zum Sofa, Leder und Chrom, das hatte noch nie zu den Orientteppichen gepasst. Er setzte sich neben Henny und legte den Arm um sie. «Klaus hat mir erzählt, dass Thies ihn als meinen Stiefsohn vorgestellt hat. Das macht mich froh.»

«Wem vorgestellt?»

«Alex Kortenbach. Im Aufnahmestudio des NWDR.»

«Geht es Kortenbach gut?»

«Das Arsen im Körper wird sich kaum abbauen, doch die Borreliose hat er einigermaßen im Griff.»

Henny legte ihren Kopf an Theos Schulter. «Vielleicht sollten wir die Teppiche wirklich rausschmeißen», sagte sie.

«Und richtig heiraten», sagte Theo.

«Haben wir das nicht?»

«Lass es uns noch mal in der Kirche tun. Und anschließend groß feiern. In einer hellen und heiteren Jahreszeit.»

«Auf unsere alten Tage?», fragte Henny.

«Wir waren auf langen Umwegen unterwegs», sagte Theo.

Florentine nullte zum ersten Mal und wünschte sich zu ihrem zehnten Geburtstag, von Alex ausgeführt zu werden. Ins neue Funk-Eck zu Konditor Besch in der Rothenbaumchaussee.

«Ich fühle mich geehrt», sagte Alex.

Florentine hatte längst kundgetan, Alex heiraten zu wollen. «Mami nehmen wir aber nicht mit ins Funk-Eck», sagte sie.

«Was ist überhaupt mit dir, Alex?», fragte Guste. «Keine Frau? Die lieben doch Männer, die Klavier spielen können. Ich denke, die legen sich einfach so auf deinen Flügel.» Sie biss den Faden durch, mit dem sie gerade einen Knopf angenäht hatte, und blickte zu Momme. «Und du? Dein Treppenantrag ist auch bald zwei Jahre her. Dass Ulla das mitmacht. Sodom und Gomorrha unter meinem Dach.»

«Wie bei dir und dem ollen Bunge.» Momme grinste. «Ich verspreche, dass es noch dieses Jahr erledigt wird.»

«Ich spiele selten auf einem Flügel. Wenn *du* mich aber nehmen würdest, Guste ...» Alex lachte. All die Leichtigkeit, die er gewonnen hatte im letzten Jahr. Er staunte noch immer.

«Ich will dich nicht in Verlegenheit bringen und *ja* sagen», sagte Guste.

Von oben rief Ida nach Florentine. Samstagabend, und Tian war noch immer im Kontor. Guste machte sich Sorgen. All diese Normalität tat Tian und Ida nicht gut, die brauchten das Drama.

«Dann troll dich mal», sagte Guste zur maulenden Florentine. Da konnte sie sich ja nun das Festkleid vornehmen, dass die junge Dame zum Geburtstag bekam. «Wenn sie das im Funk-Eck trägt, musst du Frack und Orden anlegen», sagte sie zu Alex.

Huch. War das glatt geworden. Fast hätte sie sich auf die Nase gelegt, dabei hatte sie doch die Stiefel aus Seehundfell an, die sie schon zwanzig Jahre besaß. Schöne Stücke mit vernünftigen Sohlen.

Eigentlich hatte Else vorgehabt, zu Fuß in die Hartwicusstraße zu gehen, doch nun schlitterte sie nur zur Haltestelle der Straßenbahn, sonst käme sie nie bei Katja an, jedenfalls nicht mit heilen Knochen.

Hatte sie ihrer Enkelin doch gleich gesagt, dass sie sich das mit der Kinderfrau sparen konnten, die war nicht zuverlässig, die Frau.

Da musste sie eben ran, die Großmutter des Kindes war ja genauso beschäftigt wie Marike. Früher waren die Frauen doch mehr im Haus geblieben und hatten sich um die Familie gekümmert.

«Ich muss mich um das Urenkelchen kümmern», sagte sie zu der Schaffnerin, die ihr die Fahrkarte aushändigte. «Ist gerade acht Monate alt geworden.» Durfte man ruhig wissen, dass Else Godhusen gebraucht wurde, ging einfach nicht ohne sie.

Da war ja auch schon das Ende der Papenhuder Straße und die Haltestelle an der Brücke.

Else hielt den Finger lange auf dem Klingelknopf. Nanu. So weitläufig war die Wohnung von Thies und Marike doch nicht. Na endlich. Nun noch die vielen Treppen hoch, was sie so alles auf sich nahm mit ihren bald vierundsiebzig Jahren. Sie japste sich in den vierten Stock und sah in das erstaunte Gesicht ihrer Enkelin, die Katja auf dem Arm trug.

«Oma. Du wagst dich bei diesem Wetter auf die Straße?»

«Muss ich doch. Wo dich deine Kinderfrau versetzt hat.»

«Komm erst mal rein. Du bist ja ganz außer Atem.»

Else legte Mantel und Hut ab und folgte Marike in die Küche. Da saß auch der Thies. «Nun könnt ihr los», sagte Else. «Gib mir mal her.»

Den Blick, den sich die Eltern des Kindes zuwarfen, sah sie nicht.

«Du hättest nicht losgemusst, Oma. Ich hab dir doch am Telefon gesagt, dass Thies heute zu Hause arbeitet und Katja hütet.»

«Männer können das nicht», sagte Else und schnappte sich das Kind.

«Thies ist heute nicht da», sagte der Tontechniker. «Kannst trotzdem reinkommen. Du magst doch unsere Jazz-Combo.»

Klaus nickte den Musikern hinter der großen Glasscheibe zu. Sein Blick suchte den von Kortenbach, der sich gerade über Notenblätter beugte.

«Nehmt ihr heute wieder was auf?»

«Die Jungs probieren noch an der *Moonlight Serenade* herum. Für die hat Glenn Miller ein ganzes Orchester gebraucht, das ist nix für eine fünfköpfige Combo. Sollten bei *Tea for Two* bleiben. Kennst du das?»

Klaus schüttelte den Kopf.

«Nettes kleines Lied. Wollen sie auch aufnehmen.»

Alex Kortenbach hob den Blick von den Noten und sah hinüber zum Kontrollraum. Er entdeckte Klaus, lächelte, hob grüßend die Hand. Der Techniker drückte auf den Sprecherknopf. «Vielleicht zieht ihr doch *Tea for Two* vor», sagte er. Alex nickte.

«Ich geh wieder», sagte Klaus. «Hab einen Text von Alfred Andersch einzulesen. Den muss ich noch mal durchgehen.»

«Ist das nicht die Abteilung Kulturelles Wort?»

«Doch. Ich darf zwischen den Abteilungen wandern.» Klaus warf einen letzten Blick durch die Glasscheibe und verließ den Kontrollraum.

Alessandro Garuti steuerte den Alfa vom Corso degli Inglesi hinunter in die Stadt. Den Notar in der Via Matteotti aufsuchen, um noch einmal das Testament durchzugehen, das er dort hinterlegt hatte. Leichtsinnig, es nicht längst getan zu haben. Auch wenn ihm der Alfa Romeo gerade deutlich altersschwacher erschien, als er sich selbst fühlte. Vielleicht doch noch mal ein Auto kaufen. Den neuen Alfa 1900 mit vier Türen, kein Zweitürer wie seine alte Berlinetta, schließlich war die Familie größer geworden.

Amadeo, sein älterer Bruder, hatte das elterliche Landgut nun in die Hände seiner Töchter gelegt. Da sollte es auch bleiben. Er selbst war vor Jahren mit einer Summe ausbezahlt worden, die vielleicht zu gering gewesen war, doch er würde keine weiteren Ansprüche erheben. Das kleine Vermögen, das er im Laufe der Zeit angesammelt hatte, ginge dann an seinen Sohn Rudi.

Garuti fand einen Parkplatz fast vor der Tür, gleich neben dem Notariat lag das Ristorante Rendez-Vous. Vielleicht sollte er sich nachher ein Mittagessen dort gönnen, das Glas heben, auf die kluge Vorsorge trinken. Wie schade, dass er das nicht in großer Runde tun konnte, mit Sohn und Schwiegertochter und Theo, Henny und Klaus.

Vor ein paar Nächten war ihm die Idee gekommen, sich eine kleine Dependance in Hamburg zuzulegen. Was saß er das ganze Jahr in San Remo, er sollte viel öfter bei seinen Lieben sein.

Wenn er wieder im Corso degli Inglesi war, würde er Theo anrufen, von der Idee erzählen. Ihm wollte er gern anvertrauen, nach einer kleinen Immobilie Ausschau zu halten. Rudi hatte ja eher eine Neigung zu bizarren Quartieren.

Es war sehr zu bedauern, dassThereses Schwester damals ihre Hand auf den Jungen gelegt hatte, ihn, den Vater, im Ungewissen lassend, das Kind vorenthaltend. Er hätte Rudi ganz andere Möglichkeiten eröffnen können. Was wäre seinem Sohn alles erspart geblieben?

«*Troppo tardi*», sagte Garuti, als er in den Vorraum des Notariats trat. Die Sekretärin sah ihn erstaunt an. Wofür war es zu spät? «*Un' altra storia*», sagte Alessandro Garuti. Das war eine andere Geschichte.

Campmann kaufte den Ceram ein viertes Mal. Er verschenkte ihn gern, ein Mann mit vernünftigen Ansichten, der Autor. Er legte die zwölf Mark neben die Kasse der Buchhandlung Landmann und dachte, dass es Zeit sei, ein lobendes Wort zu sagen über die kultivierte Atmosphäre im Laden, aber auch ein paar Anregungen zur Verbesserung zu geben. Immerhin konnte er sich schon fast als Stammkunden betrachten, da stand ihm das zu.

Vielleicht ein bisschen viel Asphaltliteratur, die hier auf den Tischen lag, und dann die Kohlezeichnungen dieses

Künstlers Rudi Odefey, die kaum froh stimmten. Warum dachte er bei dem Namen an seine Köchin Anna Laboe? Wo die bloß abgeblieben war? Er vermisste sie wirklich, eine gute Köchin. Hatte auch durchaus was im Kopf gehabt.

Er blickte sich suchend um. Vielleicht noch ein kleines Geschenk für Anette, die ihn ab und zu in ihr Bett ließ. Ein herbes Geschöpf, die Tochter des Rittmeisters. Oder war der Vater Ritterkreuzträger gewesen? Er ärgerte sie gern damit, das zu verwechseln. Das Gut in Ostpreußen war jedenfalls perdu, nun war sie seine Sekretärin.

Als sie zu ihm kam, hatte er kurz daran gedacht, Fräulein von Mach zu seiner zweiten Ehefrau zu machen, doch er vermisste das Herz bei ihr. Wie es wohl Ida ging? Vielleicht hatten Ida und er gar nicht so schlecht zueinandergepasst. Hätte sie ihn nur geliebt.

«Die Kalender könnten ruhig noch deutlicher reduziert sein», sagte Campmann. «Der Januar ist doch nahezu vorbei.»

Louise sah den teuer gekleideten Herrn amüsiert an. «Ich schenke Ihnen einen Kalender. Suchen Sie ihn sich aus.»

Friedrich Campmann wählte *Heimische Vögel*. Am Ausgang fiel ihm ein, woher er den Namen Odefey kannte. Die Tochter seiner Köchin hatte so geheißen. Käthe Odefey. Er hielt inne, dachte daran zu fragen. Doch er ließ es sein und ging aus dem Laden.

Zwei Mittagessen in der Kantine, ein erster Spaziergang. Alex Kortenbach und Klaus standen auf der Krugkoppelbrücke und blickten über die Alster bis hin zum Jungfernstieg.

«Ich habe mit Frauen geschlafen», sagte Alex. «Ich bin nicht schwul.»

Klaus schwieg und versuchte, den Nebel einzufangen, der über der Alster und seinen Gedanken hing.

«Du bist noch nicht mal volljährig.»

«Was hat das damit zu tun?», fragte Klaus.

«Dass sie uns ins Gefängnis werfen», sagte Alex. «Ach, vergiss es. Nur ein Ausweichmanöver.»

«Lass uns versuchen, Freunde zu sein. Da ist es noch endlos weit bis zu einer Liebesbeziehung.»

«Du giltst als großes Nachwuchstalent beim NWDR.»

«Du auch», sagte Klaus.

«Nachwuchstalent. Ich bin dreiunddreißig.»

«Ich habe dich für viel jünger gehalten.»

«Das tun alle», sagte Alex. «Vielleicht bin ich dir ja zu alt.»

Klaus grinste. «Du gefällst mir trotzdem.»

«Hast du keine Angst, deiner Karriere zu schaden, wenn du bekennst, homosexuell zu sein?», fragte Alex.

«Ich habe nicht vor, es an die große Glocke zu hängen.»

«An der zieht dann schon ein anderer.»

«Nimm es als Probelauf», sagte Klaus. «Für dich und mich.»

«Ich habe mit Frauen geschlafen», sagte Alex zum zweiten Mal.

Erst als sie die Körnerstraße erreicht hatten, den Garten, der verlassen dalag in der winterlichen Kälte, nicht einmal die Dogge draußen, umarmten sie sich. «Ich wollte dich nicht erschrecken», sagte Klaus.

«Es ist das erste Mal, dass mein Herz bei einem Mann zu klopfen anfängt», sagte Alex Kortenbach. Er klang verlegen.

Klaus lächelte. «Schon gut», sagte er.

Der Mann, der am Geländer lehnte, das die Böschung des Eilbekkanals umgab, sah zum Haus hinüber. Lina hatte ihn bemerkt, als sie den Vorhang aus schwerem Leinen aufzog, um die Sonne einzulassen.

Er kam ihr bekannt vor. Ein Mann in ihrem Alter. Elegant, wenn auch in einer Eleganz von gestern. Als sie einen zweiten Blick hinunterwarf, war er gerade an der Eisenpforte des Vorgartens und öffnete sie.

Lina ging in die Diele in Erwartung, die Türglocke läuten zu hören, doch das geschah nicht. Hatte er nicht sie gemeint? Oder Louise? Sie trat zurück ans Fenster und öffnete die drei Flügel, zog einen Stuhl in die Sonne, bereit, den freien Tag zu genießen, Louise und Momme waren im Laden. Lina hatte sich gerade gesetzt, da läutete es.

Sie stand in der weiß lackierten Wohnungstür und hörte ihn die Treppe hochkommen. Auf den letzten Stufen blieb er stehen. «Lina», sagte er, «so schön, dich anzutreffen.»

Lina sah in das Gesicht und erkannte endlich die Züge des Mannes darin, der er vor einundzwanzig Jahren gewesen war. «Tom», sagte er da schon. «Erinnerst du dich? Eine Rheinfahrt. Hotel Krone. Die Kutsche zum Drachenfels. Louise und du. Hugh und ich.»

«Ich erinnere mich an einen jungen Mann, der längst nicht so gut Deutsch sprach, wie du es tust», sagte Lina. «Komm herein.»

«Ich bin für die British Army in Köln. Seit drei Jahren. Als Berater im Verlagswesen. Nicht als Soldat.»

«Und da meldest du dich erst jetzt? Du hast doch unsere Adresse.»

«Louise und du, ihr seid noch immer zusammen?»

«Ja. Und du und Hugh?»

«Er ist tot. Schon seit 1946.»

«Das tut mir leid», sagte Lina. Sie zog einen zweiten Stuhl in den großen Flecken Sonne am Fenster. «Es ist wohl noch zu früh für den Rheinwein in unserem Kühlschrank?»

Tom schob die gestärkte Manschette zurück und blickte auf seine Armbanduhr. «Elf Uhr dreißig», sagte er, «das ist erlaubt.» Er lächelte.

Lina nahm zwei Gläser aus der Vitrine und ging in die Küche. «Ein Schloss Vollrads», sagte sie. «Den haben wir damals in Königswinter getrunken. Erinnerst du dich?»

Tom hob bedauernd die Schultern.

Lina reichte ihm das Glas und setzte sich. «Auf das Wiedersehen», sagte sie, «warum hat es denn so lange gedauert damit?»

«Das lag an der Last», sagte Tom. *«Hugh's and my burden.»* Wiederholte er es auf Englisch, um es besonders hervorzuheben?

«Welche Last, Tom?» Lina hob ihr Glas und trank ihm zu.

«Du weißt, dass Hugh und ich einen kleinen Verlag hatten. Doch kennengelernt haben wir uns in einem Fliegerclub. Gleich nach der Universität. Fliegen war eine Leidenschaft. Als wir dich und Louise kennenlernten, war das Vergangenheit. Unser Geld ging in den Verlag, bis wir keines mehr hatten.»

Lina sah ihn fragend an.

«Du denkst, was will mir Tom erzählen?»

«Das denke ich», sagte Lina.

«Hugh und ich gehörten zu den älteren Piloten der Royal Airforce. Über vierzig. Die meisten waren junge Kerle von Anfang zwanzig. Wir haben Bomben geworfen. Köln. Essen. Dortmund. Auch auf Hamburg.»

Lina atmete tief durch. «Louises Mutter ist in Köln bei einem Bombenangriff getötet worden», sagte sie.

«Hugh hatte nur noch *nightmares*. Er ist nicht fertiggeworden damit.»

«Hat er sich das Leben genommen?»

«Ja», sagte Tom.

«Oh Tom. Ihr wart solche Freigeister. Philanthropen. Wie konntet ihr da Bomberpiloten werden?»

«*In times of war*», sagte Tom.

«Ich käme nicht auf die Idee, nach dem Warum zu fragen, wenn ihr an der Invasion der Normandie teilgenommen hättet. Aber Bomben werfen, Bomben auf Frauen und Kinder.»

«Auf Menschen wie Louises Mutter», sagte Tom. «Darum fiel es schwer zu kommen. Weil es *nicht* Omaha Beach war, wo die *boys* in die Kugeln hineingelaufen sind. Wir haben den Tod aus dem Himmel zu euch geschickt.»

«Da oben am Himmel war es auch nicht sicher», sagte Lina. Sie stand auf. «Du hattest Glück, mich anzutreffen. Ich bin sonst im Laden, Louise und ich haben eine Buchhandlung, gemeinsam mit einem Freund. Da fahren du und ich jetzt hin. Hast du ein Auto?»

Tom war ebenfalls aufgestanden, irritiert von dem jähen Aufbruch. «Es steht an dem See auf der anderen Seite der Brücke», sagte er.

«Verzeih, dass ich es so eilig habe, mit dir dorthin zu fahren. Ich will es hinter uns bringen, dass du Louise davon erzählst.»

«*To pronounce absolution?*»

«Ich habe nicht vergessen, dass Hitler angefangen hat mit den Bomben», sagte Lina.

«*It's okay.* Ich verstehe dich.»

«Ich wünsche uns sehr, dass es gelingt, unsere Freundschaft wiederaufzunehmen. *In times of peace.*»

Sie gingen zum Kuhmühlenteich. Das Auto, das dort stand, war eine neue Ausgabe des Triumph Roadster, den er und Hugh 1930 gefahren hatten. Damals am Rhein.

«Wie lange wirst du in Hamburg sein?»

«Das Zimmer habe ich für zwei Nächte. Hotel Prem.»

«Dann gibt es heute Abend ein Essen bei uns. Und vorab mixt Louise Cocktails aus dem Buch, das Hugh und du uns geschenkt habt.»

«*Harry Craddocks Savoy Cocktail Book*», sagte Tom.

«Zu Weihnachten 1937.»

«*When the world was young.*»

«Gut, dass du gekommen bist», sagte Lina.

Theo hatte von Anfang an den Eindruck gehabt, dass die Frau unter Drogen stand, er vermutete einen Missbrauch von Pervitin. Das Medikament war noch Anfang der vierziger Jahre ohne Rezept erhältlich gewesen, große Mengen davon waren an die Front geschickt worden, um die kämpfende Truppe aufzuputschen. *Panzerschokolade* hatten sie diese Tabletten genannt.

«Bitte sagen Sie mir, ob Sie Pervitin oder ein anderes Aufputschmittel nehmen», sagte er, nachdem er seine Patientin untersucht hatte. «Eine Geburt ist eine große Strapaze für Mutter und Kind, es könnte zu Komplikationen kommen bis hin zu einem Herzstillstand.»

Sie rang mit sich, das sah er. «Habe ich das Kind schon

geschädigt?», fragte sie schließlich. «Ich bin doch nicht mehr die Jüngste.»

Theo sah auf die Karte. Neununddreißig Jahre alt. Es war ihre vierte Geburt. «Die Herztöne Ihres Kindes zeigen keine Auffälligkeiten. *Ihre* Atmung ist beschleunigt, der Puls erhöht, die Pupillen erweitert.»

«Die Röhrchen lagen bei uns rum, wenn mein Mann auf Heimaturlaub war. Anfangs habe ich sie gegen die Angst genommen, dann, um den Hunger zu unterdrücken.»

«Wer stellt Ihnen denn heute die Rezepte aus?»

«Unser Hausarzt. Gegen meine dauernde Müdigkeit.»

«Die wird eine Folge der jahrelangen Einnahme sein.»

«Und wenn ich gleich damit aufhöre?»

«Dann werden Sie Entzugserscheinungen haben. Zittern. Schwitzen. Herzrasen. Doch das lässt nach ein bis zwei Wochen nach.»

«Das kann ich doch noch schaffen bis zur Geburt.»

Theo sah seine Patientin an. Sie wirkte älter, als sie war, eine abgekämpfte Frau. Warum hatten sie es nicht bei drei Söhnen belassen können? Ihr Mann wünsche sich so sehr eine Tochter, hatte sie gesagt. Die könne nicht in den Krieg geschickt werden.

«Das schaffen Sie», sagte er. «Der Geburtstermin ist ja erst Ende Juni.»

«Hoffentlich geht alles gut.»

«Ich helfe Ihnen dabei. Bis zur Geburt kommen Sie bitte wenigstens einmal in der Woche in meine private Ambulanz.»

«Das kann ich nicht bezahlen.»

«Da machen Sie sich keine Sorgen», sagte Theo. «Das eine und andere gibt es auch mal kostenlos.» Er begleitete sie zur Tür.

«Ich danke Ihnen, Herr Doktor», sagte sie. «Hoffentlich lohnt sich die Mühe, und es wird ein Mädchen.»

Theo spähte durch den Türspalt in den Kreißsaal. «Ist noch nicht genügend geöffnet, der Muttermund», hörte er Gisela Suhrs Stimme. Sie war allein mit der Gebärenden. «Ihre Frau ist im Labor», sagte Gisela.

Sie hatten immer einen vertrauten Ton gepflegt, schon zu Landmanns Zeiten. Der damalige Kollege Aldenhoven hatte gern darüber gelästert, dass Unger sich duzte mit den Hebammen Henny Lühr und Käthe Odefey. Der Kollege war ein Mann gewesen, der an Hierarchien glaubte. Theo tat das nicht, doch es war noch immer ungewohnt, wenn hier von seiner Frau gesprochen wurde, der leitende Direktor hatte schon weniger Privatheit angemahnt.

Theo hatte noch Zeit bis zur Pensionsgrenze, im September würde er neunundfünfzig werden. War es zu spät, sich mit einer eigenen Praxis niederzulassen und den Klinikbetrieb aufzugeben?

Selten hatte er die Chance gehabt, eine Patientin durch die Jahre zu begleiten. Sie kamen noch einmal zu ihm, zu einer weiteren Geburt, einer Komplikation wegen, eine Krankheit. Danach entließ er sie zu ihrem Hausarzt, ihrem Gynäkologen.

Doch für eine eigene Praxis brauchte man Räumlichkeiten, nicht einfach in diesen Zeiten. Das Haus in der Körnerstraße bot kaum genügend Platz, jetzt, wo sie oft zu viert waren.

Das Leben fühlte sich stabiler an mit Henny an seiner Seite. Vielleicht durfte er auch beruflich noch was Neues wagen. Er würde mit Henny darüber sprechen, wenn die Hochzeit gefeiert war.

Auch für Alessandro hatte er noch keine kleine Immobilie gefunden. Der Aufbau der Stadt ging doch nur langsam voran, in der Hamburger Straße waren die Trümmer noch immer nicht geräumt. «Gern modern», hatte Garuti gesagt. «Jugendstilvilla habe ich hier in San Remo.» Alle wollten etwas Neues.

Keine Henny im Labor. Er fand sie im Schwesternzimmer vor ihrem Spind stehend, mit einer runden Schachtel in der Hand.

«Vielleicht bringe ich den zurück», sagte sie.

«Wen bringst du zurück?»

«Den Hut hier in der Schachtel.»

«Darf ich gucken?»

«Da wir schon verheiratet sind, wird es wohl kein Unglück bringen, wenn du den Hut der Braut siehst.»

Theo lächelte. Henny war erst skeptisch gewesen, was die kirchliche Trauung anging. Und nun war sie so aufgeregt, als seien sie noch jung und ganz am Anfang.

«Das ist ein Hut?», fragte Theo, als er in die Schachtel guckte.

«Für was hältst du es?»

«In seinem zarten Grün für einen halbierten jungen Wirsing.»

Henny seufzte. «Also keinen Hut aufsetzen», sagte sie.

«Dein Haar ist noch immer so schön wie damals im Frühjahr 1919, als ich dich zum ersten Mal sah. Golden.»

«Damit kannst du dich bei Else einschmeicheln. Die hat das auch immer behauptet.»

«Vielleicht ein Blumenkranz?», fragte Theo.

«Auf dem Kopf? Klee? Gänseblumen?»

«Ich dachte an Rosen. Aus unserem Garten.»

Gott sei Dank war es nur Gisela, die sie beim Küssen antraf.

Tian war vom Kontor über den Rödingsmarkt zum Millerntor gegangen und nach St. Pauli bis in die Schmuckstraße. Er hatte mit eigenen Augen sehen wollen, was aus seiner alten Heimat geworden war, die trostlose Verlassenheit des einstigen Chinesenviertels traf ihn tief.

Florentines Fragen nach den väterlichen Großeltern, ihr Interesse hatte Tian gutgetan. «Ich werde dir alles zeigen», hatte er gesagt und von Ling, seiner Schwester, erzählt. Doch nun war er erleichtert, dass sie ihn nicht begleitete. Die Welt der nahezu heilen Johnsallee, in der seine Tochter aufwuchs, war so behütet. Wurde ihm diese Welt fremd?

Nein. Er fühlte sich wohl bei Guste. Mochte Momme, Ulla und Alex gern. Nur mit Ida schien er in einer Sackgasse zu sein. Er liebte sie noch immer, doch ließ sich das von ihren Gefühlen für ihn auch sagen?

Tian überquerte die Reeperbahn und ging die Davidstraße hinunter zum Hafen. Die Schiffe, denen er an diesem Abend nachsah, fuhren nach Teufelsbrück und ins Alte Land. Keine Pötte, die in weite Welten führten. Nach Costa Rica und anderswo.

Ihm war nicht entgangen, dass Frau und Tochter Alex Kortenbach anschmachteten. Auch nicht, dass Kortenbach freundlich, doch völlig unempfänglich war. Was war Alex' Geheimnis?

Vielleicht sollte er das Gespräch mit ihm suchen.

Tian blieb stehen und zog die Taschenuhr aus seinem Jackett, blickte auf das Zifferblatt. Schon nach acht Uhr. Florentine und Ida würden auf ihn warten. Die goldene Uhr von A. Lange & Söhne Glashütte hatte Idas Vater Carl Christian Bunge gehört, seinem Schwiegervater.

«Nun soll sie bei dir sein», hatte Ida nach Bunges Tod im

Mai 1945 gesagt. So lange gehörten Ida und er schon zueinander. *Er* wollte daran nichts ändern. Niemals.

Theo klopfte an Klaus' Zimmertür, die nur angelehnt war. Klaus wurde erst in einer Viertelstunde erwartet, doch Alex saß am Schreibtisch und kritzelte Notenblätter voll.

«Dein Gang war unsicher heute Morgen. Vielleicht sollte die Dosis erhöht werden. Sprich mal mit deinem Arzt.»

Alex hatte den Kopf gehoben und sah Theo fragend an.

«Ich habe gerade aus dem oberen Flurfenster gesehen, als du gingst.»

«Gelegentlich habe ich Schwierigkeiten», sagte Alex. «Denkst du, die neurologischen Störungen nehmen zu?»

«Nicht dramatisch», sagte Theo. «Du nimmst ja deine Medikamente diszipliniert.»

Einen Moment lang dachte Alex darüber nach, was denn *dramatisch* wäre. Doch er zögerte zu fragen. «Danke, dass ihr mir die Nächte bei Klaus erlaubt», sagte er stattdessen. «Dieser geschützte Ort, den ihr uns bietet, bedeutet Klaus und mir enorm viel.»

«Hier seid ihr gut aufgehoben. Ich nehme an, Guste hätte auch nichts dagegen, sie ist der toleranteste Mensch auf Gottes Erden. Doch bei ihr gehen mehr Leute ein und aus.»

«Und Florentine würde mir eine Eifersuchtsszene hinlegen.»

«Ich habe den Eindruck, dass Florentine großen Wert auf Optik legt, und du bist ein sehr gut aussehender Mann.»

«Vorher habe ich mich ab und zu in Frauen verliebt. Doch noch nie war ein Gefühl so tief wie das für Klaus. Ich liebe alles an ihm. Seine Einfühlsamkeit, seinen Humor, wie er mich zu nehmen versteht. Fällt es Henny und dir schwer, uns als Paar zu erleben?»

«Im Gegenteil. Klaus hat schon früh offenbart, dass er sich zu Jungen hingezogen fühlt. Da können wir uns keinen besseren Partner für ihn wünschen, als du es bist. Nur nach außen seid bitte vorsichtig. Es ist noch immer strafbar, daran hat auch unser schönes neues Grundgesetz nichts geändert.»

«Ich denke, man merkt weder Klaus noch mir etwas an. Doch wir sind vorsichtig und werden es auch weiterhin sein.»

«Gut», sagte Theo. «Ach, Alex, es wäre schön, wenn du auf unserem Fest Klavier spielen könntest.»

«Das wäre mir ein großes Vergnügen. Doch woher nehmen wir das Klavier? Vielleicht haben deine Nachbarn nicht nur einen Hund auszuleihen. Wollen wir fragen?»

«Vielleicht lohnt sich die Anschaffung», sagte Theo. «Bei Trübger in der Schanzenstraße habe ich einige gesehen, die in Frage kämen. Lass uns doch mal hinfahren, und du guckst sie dir an.»

«Du hast dich also schon fast entschieden.»

«Ein Klavier habe ich mir immer gewünscht.» Theo lachte. «Und endlich haben wir jemanden, der darauf spielen kann.»

«Konnte deine erste Frau das nicht?»

«Du meinst, das gehört ganz selbstverständlich zu den Fähigkeiten einer Tochter aus wohlhabendem Haus?»

«Ja», sagte Alex.

«Elisabeth konnte spielen. Doch den Flügel aus ihrem Elternhaus hat sie nicht haben wollen. Er ist verkauft worden.»

«Musst du am Sonnabend in die Klinik?»

«Nein. Hättest du dann Zeit?»

Alex nickte. «Ich freue mich darauf, bei Trübger war ich schon als kleiner Junge und hab Filze gekauft.»

«Warst du der Erste in deiner Familie, der Klavier gespielt hat?»

«Mein Vater hatte ein Akkordeon. Darauf war er virtuos. Aber an das Klavier, das wir von einer Nachbarin erbten, ist er nicht gegangen. Das blieb mir überlassen. Ein altes Klavier, doch es klang ganz gut.»

Auf einmal sah er sehr müde aus. «Alles mit ihnen verbrannt», sagte er. «Dass ich meinen vorhergesagten Tod einfach hingenommen habe, hat wahrscheinlich auch mit den Schuldgefühlen zu tun. Von ihnen weggegangen zu sein.»

«Du wärst sonst als Soldat in den Krieg gezogen oder mit all deinen Lieben ums Leben gekommen.»

«Vielleicht hätte ich einen Fluchtweg gefunden. Eine Frau ist aus dem Keller entkommen, sie hat sich ins Feuer gestürzt und überlebt, obwohl die Gärtnerstraße in Flammen stand.»

«Woher weißt du das?»

«Von unserer alten Briefträgerin. Ich hatte ja in all den Jahren Kontakt mit meiner Familie, auch wenn die Post oft verlorenging. Der letzte Brief erreichte mich im August 1943, darin stand, dass sie im Juli gemeinsam Geburtstag feiern wollten, auch mein Schwager wollte kommen. Bis Oktober habe ich mir keine Sorgen gemacht. Dann erfuhr ich von den Angriffen und schrieb allen Nachbarn, an deren Namen ich mich erinnerte. Erst nach dem Krieg kam Post von der Briefträgerin, die für uns zuständig war.»

«Hast du sie bei deiner Rückkehr aufgesucht?»

«Ich habe sie nirgends gefunden.»

Sie hörten Klaus auf der Treppe und drehten sich zur Tür.

«Ernste Gespräche?», fragte Klaus, als er in ihre Gesichter sah.

«Die Geschichte meiner Familie und meine Schuldgefühle. Du kennst das alles schon.»

«Hör auf, dich zu quälen», sagte Klaus sanft.

«Ab und zu kommt es noch wieder», sagte Alex. «Doch es wird besser werden.»

Dass *sie* das Kleid nicht nähen konnte, war schon ein herber Schlag, den Henny allerdings ziemlich leicht zu nehmen schien. Nun hatte Guste den schönen Stoff unter ihren Händen und Else eine Ledermanschette ums Handgelenk.

Die Stauchung hielt sich hartnäckig, dabei war sie nur über die Teppichkante gestolpert und hatte sich beim Sturz abgestützt.

«Guste Kimrath näht sehr gut», hatte Henny gesagt. «Du wirst zufrieden sein.» Ihre Tochter wusste zu trösten, Else schüttelte den Kopf. Weißer Seidengeorgette mit blassrosa und lindgrünen Blüten. Noch immer nicht leicht zu kriegen, so ein Stoff. Theos Mutter hatte ihn im Schrank liegen gehabt. Aber wie neu.

Bei Hennys erster und zweiter Hochzeit war alles in ihren Händen gewesen, auch das Pepitakostüm fürs Standesamt im vorletzten November hatte sie noch genäht. Else hob ihre Hand und sah die Ledermanschette vorwurfsvoll an.

Auf einmal zum alten Eisen zu gehören, das tat weh. Und was würde *sie* denn überhaupt anziehen? Kirchlich, das hatte doch noch eine ganz andere Festlichkeit. Das weiße Jäckchenkleid ging gar nicht, auch wenn Henny nicht in Weiß vor dem Altar stand. Als sie den Lud in St. Gertrud heiratete, hatte Henny einen weißen Schleier gehabt, obwohl sie schon schwanger gewesen war. Mit Ernst dann nur noch standesamtlich.

Hatte auch kein Segen drauf gelegen, auf dieser Ehe.

Außer Klaus. Der war ein wirklicher Schatz, auch wenn er sich in den Kopf gesetzt hatte, vom anderen Ufer zu sein. Vielleicht verging das noch.

Else horchte. Hatte sie da einen Schlüssel gehört? Doch Henny klingelte jetzt immer, seit sie in der Körnerstraße lebte.

Vierundsiebzig. Seit April. Sie hielt sich wacker, nur diese dumme verstauchte Hand. Und das viele Alleinsein. Elses Blick fiel auf den Zettel, den Henny aus der Kirche mitgebracht hatte. Einladung zum geselligen Beisammensein. Vielleicht sollte sie doch mal so einen Altenkreis besuchen, auch wenn da viel zu viele Alte waren.

Aber man selbst war ja auch keine siebzig mehr. Was ein Leben alles mit sich brachte, dabei gab es sicher aufregendere als ihres.

Ach, Heinrich, dachte sie. Andere Männer hatte es nicht gegeben in ihrem Leben, dieser Ferdinand Gotha verdiente kaum, mitgezählt zu werden. Heinrich, warum bist du im August 1914 bloß in diesen Krieg gezogen? Henny erst vierzehn Jahre alt und schon vaterlos.

Else stand auf. Zeit für einen Weinbrand. Der machte die Gedanken weich. Sollte ihr Henny bloß nicht kommen mit zu viel Alkohol.

Sie stand vorn in der Reihe, dann kam Henny, gefolgt von Marike, und das vorläufig letzte Glied war Katja. Wie gut, dass es weiterging.

«Wo ist eigentlich Alex, wenn er nicht hier ist?», fragte Ida.

Guste sah von ihrer Nähmaschine auf. Ida umschwirrte sie wie eine gereizte Hummel. «Diese Frage willst du mir nicht ernsthaft stellen», sagte sie. «Er ist ein erwachsener Mann.»

«Glaubst du, er hat eine Freundin?»

Guste knurrte. Glaubte Ida, sie gäbe was preis? «Geh einfach davon aus, dass er im Funkhaus ist.»

«Nachts?», fragte Ida.

«Alex will nichts von dir, kümmere dich mal um deinen Mann.»

Ida ließ sich seufzend in einen der Sessel fallen. «Ich weiß, dass ich mich unmöglich benehme», sagte sie, «doch ich fürchte, ich habe mich in Alex verguckt.»

«Das tu dir gleich mal aus dem Kopf, da sprechen viele Gründe gegen. Denk nur, wie lange du um die Liebe zu Tian gebangt hast.»

«Er hat sich verändert. Starrt stundenlang still vor sich hin. Sorgt sich dauernd um die Geschäfte im Kontor. Trauert noch immer um Ling.»

«Das, was ihn am allermeisten bedrückt, ist die Angst, deine Liebe verloren zu haben.»

«Er hat meine Liebe nicht verloren.»

«Dann zeig ihm das.» Guste fädelte in großer Geduld das hellrosa Garn erneut ein. Die Nähmaschine hatte sich auch verändert.

«Das Kleid für Henny wird wunderschön», sagte Ida. «Ich weiß gar nicht, was ich anziehen soll.»

«Das hellblaue Kleid, das ich dir geschneidert habe.»

«Du hältst mich noch immer für Bunges verwöhntes Töchterlein.»

«Nicht noch immer, Ida, aber inzwischen wieder.»

«Das Kleid ginge. Einen kleinen Hut dazu.»

«Bei Stegmann hatten sie schöne. Die haben jetzt viel Krimskrams, nicht mehr nur Kurzwaren», sagte Guste.

«Wenn Alex spielt, dann krieg ich Gänsehaut.»

«Schluss damit», sagte Guste. «Sonst muss ich dem

armen Alex sagen, dass er hier nicht mehr Klavier spielen kann.»

Der Duft von Trübger. Bildete Alex ihn sich ein? Eine Erinnerung an seine Kindheit, der zehnjährige Junge, der hier in die Schanzenstraße kam, um Filze für das namenlose Instrument zu kaufen, das ihnen die alte Nachbarin vererbt hatte. Sein Klavierlehrer hatte das Pianohaus Trübger empfohlen.

Alex ging von Klavier zu Klavier, hob Deckel, schlug Tasten an, er schien in einer vergangenen Welt zu sein an diesem Sonnabendmittag. Theo sah ihm zu und war gerührt.

Ein Klavier von der Leipziger Pianofortefabrik Blüthner aus dem Jahr 1928, an das Alex sich dann setzte und zu spielen begann. Schwarz, matt lackiert. Er war sehr angetan von dem Klang und Herr Trübger von Alex' Spiel, eine der *Toccaten* von Johann Sebastian Bach und *Tea for Two*. Alex hatte die Aufmerksamkeit aller Kunden und ihren Applaus.

«Ist das der Blüthner, von dem du gesprochen hast?»

«Ja», sagte Theo. «Ich werde ihn kaufen.»

Das Klavier sollte bereits am Montag geliefert werden, dann konnte es sich ausreichend akklimatisieren vor dem 23. Juni.

«Du bist sicher, dass du immer schon ein Klavier haben wolltest?», fragte Alex, als sie wieder auf der Schanzenstraße standen. «Es war doch ziemlich teuer.»

«Jede einzelne Mark wert», sagte Theo. Er fühlte sich auf einmal so leicht und glücklich, dass er hätte tanzen können. «Alex, ich denke, du wirst eine große Karriere machen.»

«Als Einspieler in Pianohäusern?» Alex lachte.

«Wie steht es beim Sender?»

«Ich bin einer von fünf in der Combo und gelegentlich als

Musiker des Großen Unterhaltungsorchesters gefragt. Als freier Mitarbeiter.»

«Da sehe ich noch ganz anderes in meiner Glaskugel.»

«Du glaubst, dass ich gesund genug bin für die Aktionen in deiner Glaskugel?», fragte Alex.

«Aber ja», sagte Theo. Hatte er gezögert mit seiner Antwort?

Alex glaubte, ein Zögern gehört zu haben, doch er traute sich auch diesmal nicht nachzufragen.

Eine Bedenkzeit, um die Käthe gebeten hatte. Trauzeugin sein, Hennys Trauzeugin. Nachts träumte sie von Anna, ihrer Mutter.

Nein. Henny hatte sich nicht schuldig gemacht an deren Tod.

Käthe fuhr zu Willi hinaus in die Laube an der Halskestraße.

«Wie geht es dir denn bei dem neuen Doktor?», fragte Willi.

«Gut. Eine große Praxis. Er plant viele Neuerungen.»

«Und du mittenmang dabei. Da ist doch richtig was draus geworden. Wenn ich dich noch vor dem Kutter sehe.»

Käthe erzählte Willi von dem, was sie für ein Dilemma hielt. Dass da noch immer ein Hauch von Vorwurf war, Henny gegenüber.

«Nu machst du Sippenhaft», sagte Willi. «Wie die Nazis.»

Käthe fand, dass er recht hatte. Sie würde Hennys Wunsch erfüllen.

Theo fragte Rudi. «Die Flucht auf die andere Seite der Förde», sagte Rudi. «Weißt du noch? Landmann und du habt mir das Leben gerettet, als die Gestapo hinter mir her war.»

Theo nickte. «Ja», sagte er. «Deine Jahre in Dänemark. Getrennt von Käthe. Dann das KZ Stutthof.»

«Hier bin ich und kann dein Trauzeuge sein.»

«Rudi, verkauf die Orientperle. Ihr könnt euch Schönes leisten. Alessandro wünscht sich das auch.»

«Ich werde es bald tun. Doch noch geht es uns gut mit dem alten Everling und seiner kleinen Ruth.»

«Bist du eigentlich Kirchenmitglied? Der Pastor hat danach gefragt.»

«Konfirmiert in St. Gertrud. Das verdanke ich Grit. Vielleicht habe ich nur versäumt auszutreten. Käthe ist übrigens auch noch drin.»

«Henny hat sie gebeten, ihre Trauzeugin zu sein.»

«Das wusste ich noch nicht. Sie ist heute schon früh zu Willi gefahren.»

«Ihr habt jetzt viele freie Sonntage», sagte Theo.

«Das kann sich wieder ändern. Die Praxis, in der sie arbeitet, wird vielleicht auch sonntägliche Notdienste anbieten.»

«Sie machen den Kliniken Konkurrenz.» Theo klang nachdenklich.

Der neue flaschengrüne Alfa ließ Garuti noch einmal zu einem leidenschaftlichen Autofahrer werden.

Er nahm die Strecke über den Gotthardpass, der schon frei war an diesem Junitag, und fuhr über Basel, Baden-Baden und Köln nach Hamburg. Die nagelneuen Reifen von Pirelli liefen satt über die Straßen, fast fühlte sich Garuti wie fünfzig, so stieg ihm die Rasanz ins Blut.

Im Reichshof wartete ein Zimmer auf ihn, um die kleine Immobilie würde er sich kümmern, wenn die Hochzeit gefeiert war, und mit Rudi wollte er über dessen Wohnverhältnisse sprechen. Welch Reichtum in seinem Leben durch die Familie und die Freunde in Hamburg.

Theo hätte den Cut anziehen können, den er bei seiner ersten Hochzeit getragen hatte. Der *morning suit* von Ladage und Oelke, der damals für den einunddreißigjährigen Arzt maßgeschneidert worden war, passte noch immer perfekt.

Doch er würde im Schrank hängen bleiben wie schon seit Jahren.

Einen Dreiteiler aus silbergrauem Kammgarn hatte Theo schneidern lassen, auch bei Ladage. All diese luxuriösen Gedanken, die man sich wieder machte. Von dem altersschwachen Mercedes wollte er sich trennen, Alessandro hatte ihm vom neuen Auto vorgeschwärmt.

Ab und zu blitzte in ihm noch immer der Gedanke auf, dass all dieser Hedonismus fragwürdig sei, wenn man an das dachte, was noch nicht lange her war. All diese Tode. Doch dann hörte er Landmann lachen. Das Leben genießen? *Unbedingt*, würde der alte Freund sagen.

Am Vormittag des 23. Juni gingen Henny und Theo in den Garten und schnitten die hellrosa Pfingstrosen, die spät aufgeblüht waren. Theo brachte die Rosen zur Blumenbinderin, um das kleine Bouquet und den Brautkranz später abzuholen.

Auch der Alfa war mit Blumen geschmückt, als Alessandro Garuti um halb vier in der Körnerstraße vorfuhr. Henny und Theo setzten sich in den Fond des Viertürers, Klaus nahm vorn Platz.

Mendelssohns *Hochzeitsmarsch*, den der Organist spielte, als Henny und Theo in St. Gertrud einzogen, Theo wollte das ganze Programm. Der Innenraum der Kirche war heller geworden durch das einfache Glas, das alte bunte in den hohen Fenstern hatte der Krieg zerstört.

Da standen sie alle in den Bänken, drehten sich um, sahen das Hochzeitspaar an. Else. Marike. Thies mit Katja auf dem Arm. Klaus. Lotte Unger. Lina und Louise. Alessandro. Ida, Tian, Florentine. Alle Freunde aus der Johnsallee. In der ersten Bank die Trauzeugen Käthe und Rudi, die zu ihnen traten.

«Ja. Mit Gottes Hilfe», sagte Theo.

«Ja. Mit Gottes Hilfe», sagte Henny.

In guten wie in bösen Tagen. Die kannten sie, gute, böse.

Vor der Kirche, deren Backsteinmauern noch Spuren des Krieges zeigten, junge Bäume, die neu gepflanzt worden waren. Der Fotograf. Die Gratulanten. Alles unter dem blauen Himmel eines herrlichen Sommertages. Es war geglückt.

Momme fing den Brautstrauß auf. Er las in Gustes Augen, dass dies ein eindeutiges Zeichen sei, und reichte den Strauß an Ulla weiter.

In der Körnerstraße wartete der Sekt in silbernen Kübeln, waren die Speisen aus dem Mühlenkamper Fährhaus aufgetragen, zwanzig frohe Menschen, die sich an die lange Tafel im Garten setzten, vor der schon Goliath saß.

Dann ging Alex zum Klavier, das vor die offenen Terrassentüren gerückt worden war. Er verneigte sich vor Henny und Theo, fing zu spielen an, sang:

How much do I love you?
I'll tell you no lie
How deep is the ocean?
How high is the sky?

Alex vermied, den Blick von Klaus einzufangen. Er flirtete Marike an, Käthe, Lina, Louise. Er sah, dass Ida ihn nicht aus den Augen ließ.

How far would I travel
To be where you are?
How far is the journey
From here to a star?

Erst als die Dämmerung einsetzte, verließ Alex seinen Platz am Klavier und setzte sich zu den Freunden. Die Sonne war schon längst untergegangen, als Ida von Tian gedrängt wurde, in die Johnsallee zurückzukehren, zu lange der Tag für Florentine. Sie begehrten beide auf. Mutter und Tochter.

Am Ende des Abends saßen nur noch Henny und Theo, Klaus und Alex im dunklen Garten, tranken den Wein, den Theo noch aus dem Keller geholt hatte. Eine Trockenbeerenauslese vom Weingut Robert Weil aus dem Rheingau.

«Alessandro hat mich beim Abschied gefragt, ob ihr ein Paar seid», sagte Theo.

Alex erschrak. «Sind wir denn so auffällig?», fragte er.

«Auffällig für die Eingeweihten war nur, dass du Klaus nicht angesehen hast, als du spieltest.»

«Es sind ja meist die Frauen, die vom Pianisten angesungen werden», sagte Henny und lachte. «Habt ihr Ida beobachtet?»

«Sie macht mir Sorgen», sagte Alex. «In der Johnsallee vermeide ich es, mit ihr allein zu sein.»

«Alessandro sollte dir keine Sorgen machen», sagte Theo. «Der hat den gleichen Röntgenblick wie Guste und die Diskretion im Blut.»

«Vielleicht verbringst du einfach noch mehr Zeit hier», sagte Klaus. Er stand auf und hob das Glas. «Auf meine Mutter und meinen Stiefvater», sagte er. «Ich bin sehr glücklich.» Er wandte sich Alex zu. «Spielst du noch ein Lied für uns?»

Alex setzte sich ans Klavier. Spielte ein Lied, dass er in den Kasinos der Engländer gespielt hatte.

Whenever it's early twilight
I watch 'til a star breaks through
Funny, it's not a star I see
It's always you

Diesmal war es nur Klaus, den er ansah, während das Hochzeitspaar in zärtlicher Umarmung auf der Terrasse tanzte. Das taten Henny und Theo noch, als das Klavierspiel schon verklungen war und eine stille Nacht sie umgab.

Am Sonntagnachmittag saß Alex an dem schlichten Tisch, der Bunges schweren Schreibtisch aus Eiche ersetzt hatte, als es an der Tür klopfte. «Komm rein», sagte er in Erwartung von Guste oder Florentine. Er war erstaunt, als Tian eintrat.

«Hast du Zeit für ein kleines Gespräch?»

«Klar», sagte Alex. Er stand auf und holte den zweiten Stuhl.

Tian setzte sich und sah verlegen aus. «Du hast vermutlich bemerkt, dass Ida und ich nicht gerade in einer Glanzzeit unseres Zusammenseins sind.»

«Guste hat mir ein bisschen was von eurer Geschichte erzählt, dass eure Beziehung immer am besten lief, wenn sie von irgendeiner Seite bedroht wurde.» Alex schwieg kurz, bevor er neu ansetzte. «Sieht so aus, als ob sich Ida langweilt ohne Drama.»

«*Ich* langweile sie», sagte Tian.

«All das, was ihr nicht glückt, schiebt sie dir in die Schuhe. Ob es die eigene Unlust ist oder ihre Schwierigkeiten mit Florentine.»

«Du siehst sie sehr kritisch.»

Alex hob die Schultern. «Ich gehe Ida eher aus dem Weg. Doch das heißt nicht, dass ich sie nicht mag.»

«Gestern auf dem Fest, als du Klavier gespielt hast, da fiel es mir wieder auf, wie sie dich ansieht.»

«Ach, Tian», sagte Alex. «Genau darum geh ich ihr aus dem Weg. Doch du kannst unbesorgt sein, ich breche in keine Beziehungen ein.»

«Ida fordert es heraus. Ihr ist egal, ob du zwanzig Jahre jünger bist.»

«Nicht ganz zwanzig. Ich vertraue dir ein Geheimnis an. Damit du aufhörst zu fürchten, ich könnte was mit deiner Frau anfangen.»

Tian sah auf in Erwartung irgendeines kleinen Trostes.

«Ich liebe Klaus, Hennys Sohn. Er und ich sind seit April ein Paar. Kein ganz ungefährliches Geheimnis.»

«Klaus und du? Da wäre ich nicht im Traum draufgekommen, ich habe euch doch gestern nebeneinander an der Tafel sitzen sehen.»

«Hätten wir uns als Liebespaar zu erkennen geben sollen?»

Tian schüttelte den Kopf. «Ich kenne mich aus mit verbotener Liebe. Du kannst dich auf meine Verschwiegenheit verlassen.»

Alex nickte. «Vielleicht fällt uns was für Ida ein, dass sie was zu tun bekommt. Florentine füllt sie nicht aus, die ist dauernd bei Guste, und die Buchhaltung in deinem Kontor wäre kaum glamourös genug.»

«Ida hat sich schon in ihrer ersten Ehe gelangweilt. Damals dachte ich, es läge an mangelnder Liebe für Friedrich Campmann und alles wäre anders, wenn sie und ich erst einmal zusammenkämen.» Tian stand auf. «Ich verbringe mein Leben im Kampf um Idas Liebe.» Er seufzte. «Was ich dich noch fragen wollte, Alex, das Arsen in deinem Körper, hat jemand versucht, dich zu töten?»

«Dann wäre das Arsen höher dosiert gewesen. Es war ein erster und letzter Versuch, die Leukämie zu behandeln, die ich nicht hatte. Der Arzt in Argentinien glaubte, ihr mit Gift beikommen zu können.»

«Hat es Auswirkungen?»

«Gesünder bin ich dadurch nicht, doch die viel zu spät behandelte Borreliose ist es, die mir Probleme macht.»

«Ich danke dir für deine Offenheit.»

«Du warst auch sehr offen», sagte Alex.

«Es hat gutgetan, mit dir zu reden. Können wir das fortsetzen? Was hältst du von einer Männerfreundschaft?»

«Viel», sagte Alex. Er lächelte. Froh ob all der Freundschaften in seinem Leben.

«Ich beneide dich um deine Hochzeit», sagte Ida, als sie sich auf dem Jungfernstieg vor dem Alsterhaus trafen. «Ich hätte keine Lust, das Jawort zu erneuern, doch der Hokuspokus drumrum gefällt mir.»

«Läuft es noch immer nicht besser bei dir und Tian? Er hat mir leidgetan am Sonnabend. Du hast ihn links liegen gelassen und dafür Alex angeschmachtet.»

Ida nahm die Hand von der Tür des Kaufhauses. «Ich sollte dir lieber das Herz ausschütten, statt Kleiderstoffe zu kaufen.»

«Dann lass uns einen Spaziergang machen», sagte Henny. «Einmal Lombardsbrücke und zurück.»

Sie überquerten den Jungfernstieg an der Ampel vor dem Streit's und lenkten ihre Schritte in den Neuen Jungfernstieg am Hotel Vier Jahreszeiten vorbei. «Hier habe ich mich in Jef verliebt», sagte Ida.

«Das ist Jahrzehnte her», sagte Henny.

«Vielleicht kann ich nicht anders, wenn ein gut aussehender Mann Klavier spielt und dazu sentimentale Lieder singt.»

«Du hast dich also in Alex verliebt.»

«Verliebt ist vielleicht untertrieben», sagte Ida.

Eine Sekunde lang war Henny in Gefahr, Ida die Augen zu öffnen. Doch das durfte sie Klaus und Alex nicht antun. Nicht einmal mit Käthe hatte sie über die Beziehung der beiden gesprochen, obwohl sie keine Zweifel an deren Diskretion hatte. Für eine Ida, die zurückgewiesen worden war, legte sie die Hand nicht ins Feuer.

«Und an Tian denkst du dabei nicht?» Hatte Henny ein Déjà-vu? Damals als Ida ein Verhältnis mit Jef anfing, hatte sie auch für Tian geworben. «Und Florentine? Ganz abgesehen davon, dass du viel älter bist als er.»

«Ich bin neunundvierzig.»

«Eben», sagte Henny.

«Erst neunundvierzig, und die sieht man mir nicht an.»

«Alex ist dreiunddreißig, die ihm noch weniger anzusehen sind.»

Sie waren auf der Lombardsbrücke angekommen und guckten auf die kleine Alster zum Jungfernstieg hinüber. In was für einen Dialog waren sie hineingeraten? Wären sie doch in die Stoffabteilung des Alsterhauses gegangen, Ida hatte sich in den Kopf gesetzt, einen weißen Seidengeorgette zu finden mit blassrosa und lindgrünen Blüten, ein Abbild des Stoffes, aus dem Hennys Hochzeitskleid genäht war.

Sie gingen über die Brücke und bogen in den Alsterdamm ein, der vor vier Jahren nach dem Reeder Ballin benannt worden war. Vorbei am Gebäude der Hapag, an der Ecke war das Kaffeehaus Vaterland gewesen. Henny musste an den

Nachmittag im Jahr 1919 denken, als ihr Käthe dort Rudi vorgestellt hatte.

«Versprich mir etwas. Versprich es mir in die Hand. Lass Alex in Frieden. Schlag ihn dir aus dem Kopf.»

«Das kann ich nicht», sagte Ida. «Doch sollte es dich trösten, ich komme keinen Schritt voran bei ihm. Er lächelt freundlich und tut, als ob er nicht mal merke, dass ich ihm mein Herz zu Füßen lege.»

Ein leichter Seufzer, den Henny tat. Kein Aufatmen. Alex würde es hoffentlich gelingen, Idas Avancen wegzulächeln. «Lass uns nach Seidengeorgette gucken», sagte sie oben am Jungfernstieg.

Schweiß auf ihrer Stirn, ein viel zu schneller Puls. Theo sorgte sich um seine Patientin. Sie hatte doch den Entzug gemacht, warum diese Schwierigkeiten?

«Blutdruck fällt weiter», sagte Geerts.

Warum wirkten die Maßnahmen zur Stabilisierung des Kreislaufes nicht?

Welch ein Zynismus des Schicksals, wenn sie nun sterben würde, nur weil sie eine Tochter auf die Welt bringen wollte nach drei Söhnen. Theo dachte an all die Zynismen, die er erlebt hatte. *Kurt, guck mir mal über die Schulter*, dachte er. *Ist verdammt schwierig hier.*

«Atmung ruhiger», sagte Gisela. «Sie fängt sich.» Endlich.

Auch Theo atmete durch. Sie würde es schaffen. Leben und Tod. Das waren die Konstanten in seinem Dasein. Wie lange hielt er das noch aus?

Das Köpfchen kam, das Kind drängte hinaus. Ein Junge? Ein Mädchen? Bitte schnell, dachte Theo. Dramen fielen ihm zunehmend schwerer. Einmal muss es vorbei sein. Das war doch eine Zeile aus *La Paloma*. Ein Mädchen, das er in den Händen hielt.

Theo sah seine Patientin an. «Ein Mädchen.»

Farbe kehrte zurück in das Gesicht der erschöpften Frau. Sie lächelte.

Als er den Kreißsaal verließ, sprang der Vater einer Tochter von der Bank auf.

«Es ist ein Mädchen», sagte Theo Unger. «Doch es war sehr schwer für Ihre Frau. Bitte keine weiteren Töchter oder Söhne.»

Der Mann nickte und lachte. «Danke, Herr Doktor», sagte er und setzte an, ihn zu umarmen. Konnte er ihm denn böse sein?

Theo ging den Flur entlang. Viele tausend Schritte waren es schon gewesen. Auf diesem Flur hatten sich an ihrem ersten Tag die jungen Hebammenschülerinnen versammelt, Henny und Käthe unter ihnen. Hier hatte die Freundschaft zu Kurt Landmann angefangen, als der sich erzürnte über die Selbstgerechtigkeit eines Mannes, dessen Frau nach der achten Geburt gestorben war.

Theo stellte sich an eines der hohen Fenster und sah hinaus. Ein Abschied würde ihm schwerfallen. Doch vielleicht war es an der Zeit.

Keiner, der an diesem kalten Februartag Radio hörte, hätte gedacht, dass der Mann am Mikrophon erst einundzwanzig Jahre alt war. Sonor, die Stimme, eine Spur von Rauch darin, Klaus hatte die Ausbildung zum Sprecher genutzt, die ihm vom NWDR angeboten worden war.

Seit Januar hatte er eine eigene Sendung am Freitagabend, die einschlug, wie Klaus' Schwager Thies, mittlerweile stellvertretender Leiter der musikalischen Unterhaltung, sagte. Thies schüttelte noch immer den Kopf vor lauter Staunen über Marikes kleinen Bruder.

Nach der Dämmerung wurde ab zweiundzwanzig Uhr auf UKW Nord gesendet, ein leichter Jazz, viele amerikanische Songs, Lieder, um sie mit einem Glas Scotch in der Hand zu hören. Ein neues Lebensgefühl, musikalisch war es von den Soldatensendern BFN der Briten und AFN der Amerikaner vorbereitet worden. In den bald zwei Jahren mit Alex hatte Klaus sich ein großes Wissen über die Komponisten und Texter des *American Songbook* angeeignet. Alex hatte vieles aus diesem Kanon für die Combo arrangiert, die nun Alex Kortenbach Quintett hieß.

Bislang war es ihnen gelungen zu verheimlichen, dass sie ein Paar waren. Klaus lebte in der Körnerstraße, Alex weiter bei Guste in der Johnsallee. Doch die Abende, an denen sie nicht im Sender waren, verbrachten sie im Haus von Henny und Theo, Alex oft am Klavier und Klaus oben an der Olivetti, die ihm Garuti aus San Remo mitgebracht hatte.

Klaus legte nicht nur Platten auf, für die Hauptabteilung Kulturelles Wort stellte er Literatur vor. Alfred Anderschs *Kirschen der Freiheit*. Heinrich Bölls *Wo warst du, Adam?*. Und er schrieb eigene Texte auf seiner italienischen Schreibmaschine.

«Ich weiß», hatte er zu Alex gesagt. «Ich sollte mich mal entscheiden.»

«Warum? Du bist jung genug, um dich auszuprobieren.»

Klaus sah auf die Uhr im Aufnahmeraum, noch eine Viertelstunde. Unten in der Empfangshalle würde er auf Alex treffen, der dann aus dem kleinen Probenraum kam, eine scheinbar zufällige Begegnung, die sie nutzten, um eine neue Produktion anzusprechen und plaudernd aus dem Funkhaus zu gehen. All die Strategien, die nötig waren, damit nur keiner auf die Idee käme, sie könnten ein Paar sein.

Ein Zettel wurde ihm ins Studio gereicht, als gerade Frank Sinatra in einer Aufnahme von 1946 zu hören war. *Someone To Watch Over Me.*

Der Kommentar eines Hörers vermutlich, der beim Pförtner angerufen hatte. Das kam häufiger vor. Klaus legte den Zettel zur Seite, um den nächsten Titel anzukündigen: George Gershwins *The Man I love*, von Ella Fitzgerald gesungen. Eine sehr persönliche Auswahl, die er heute getroffen hatte.

He'll look at me and smile I'll understand, sang Ella, als er den Zettel nahm und las. Einen Druck auf der Brust, den Klaus spürte. Damit hatte er nicht gerechnet, er wäre kaum auf den Gedanken gekommen, dass seine Sendung auch von Ernst gehört wurde. Seit so vielen Jahren schon hatten sie keinen Kontakt.

Ich warte beim Pförtner auf dich. Vater.

Hatte er eine Chance, Alex zu erreichen? Nein. Selbst wenn er an ein Telefon käme, im Probenraum gab es keinen Apparat. Doch er war noch auf Sendung. Klaus guckte auf seinen Moderationstext, sich jetzt nur nicht verhaspeln. Ein paar launige Worte zum kalten Wetter da draußen, dann überleiten zu Armstrongs *Baby, It's Cold Outside*, das der im Duett mit Velma Middleton sang, und dann die Sendung am nächsten Freitag ankündigen, in der er *Frankie's little sister*, die deutsche Jazzsängerin Inge Brandenburg, vorstellen wollte.

Der Tontechniker sah ihm verblüfft nach, als er ohne ein Wort aus dem Kontrollraum ging und gerade noch den Regenmantel griff.

Klaus traute seinem Vater durchaus zu, die richtigen Schlüsse zu ziehen, wenn sie da unten im Empfang alle drei aufeinandertrafen. Alex bloß nicht der Gefahr aussetzen, dass Ernst etwas Beleidigendes sagte.

Zwei Treppen hoch. Am Türknopf des Probenraumes drehen, die Tür war schon verschlossen. Alex nahm immer die Treppe, das gehörte zu seinem Programm zum Erhalt der Beweglichkeit.

Vielleicht hatte er noch in einem der Büros zu tun gehabt und nähme einen anderen Weg. Klaus entschloss sich, Tempo aus dem eigenen Tun zu nehmen und langsam die Treppen hinunterzusteigen, die zur Empfangshalle führten.

Die letzten Klänge von *Baby, It's Cold Outside*, der Pförtner hörte oft das Programm von UKW Nord in seiner Loge. Ernst stand allein in der Halle und wandte der Treppe den Rücken zu. Nass geregnet, der beige Popelinemantel, den sein Vater trug. War er so eilig aus dem Haus gelaufen, dass er vergessen hatte, einen Schirm mitzunehmen? Das passte eigentlich nicht zu ihm. Ernst Lühr drehte sich um und sah zu Klaus, der hinter sich die Schritte von Alex hörte.

«Da staunst du, nicht wahr?», sagte Ernst.

Klaus blieb an der Treppe stehen, zögerte noch, bis Alex an ihm vorüber war, doch Alex schien die Situation erkannt zu haben. Ein flüchtiger Gruß unter Kollegen, und schon strebte er dem Ausgang zu, um in der nasskalten Dunkelheit zu verschwinden.

«Ich habe deine Sendung gehört. Viel Negermusik, die du auflegst.»

«Bist du gekommen, um mich anzugreifen?»

Sein Vater sah irritiert aus. «Wieso fühlst du dich da angegriffen? Ich wollte gerade sagen, dass du ein guter Sprecher bist. Sehr männlich, deine Stimme. Darf ich hoffen, dass du dich inzwischen dem weiblichen Geschlecht widmest?»

Klaus blickte zur Loge, doch der Pförtner stand abgewandt und telefonierte. Nebenbei lief noch immer das Radio. «Wie geht es dir?», fragte er seinen Vater. Ernst hatte sich nicht sehr verändert, nur die schmale Brille mit dem Metallrahmen, die er nun trug, fiel auf.

«Dass du dich mal dafür interessierst», sagte Ernst.

«Hast *du* dich für mich interessiert?»

Es fing schlecht an. Warum gelang es ihm nicht, einen maßvollen Ton zu finden? Er kannte doch Ernst und dessen Polemik ihm gegenüber.

«Ich würde gern deine Freundin kennenlernen», sagte Ernst.

Klaus atmete durch. Er sah aus dem Augenwinkel, dass sie jetzt die Aufmerksamkeit des Pförtners hatten, der eine kleine Verbeugung in seine Richtung machte.

«Ich kann Ihnen einen Schirm leihen, Herr Lühr», sagte der Pförtner.

Klaus nahm dankend den großen altmodischen Herrenschirm, um mit seinem Vater endlich außer Hörweite zu kommen. Er hielt den Schirm über ihre beiden Köpfe, als er zur U-Bahn-Station Hallerstraße ging.

«Du hast also kein Auto. Ich hätte gedacht, du verdienst gut.»

«Du hast die Absicht, mich zu begleiten?», fragte Klaus. Er hatte nicht vorgehabt, so gereizt zu klingen.

«Dir liegt also nichts am Kontakt zu mir?»

«Du und ich haben uns im November vor fünf Jahren das letzte Mal gesehen, weil *du* den Kontakt abgebrochen hast. Ich habe lange darauf gehofft, dass du dich entschuldigst für die Ungeheuerlichkeiten, die du damals gesagt hast.»

Sie hatten die Station der U-Bahn erreicht. Ernst blieb stehen.

«Was *ich* hoffe, ist, dass du diesen widerwärtigen Lebenswandel hinter dir gelassen hast», sagte er.

Klaus ließ seinen Vater stehen und lief eilig die Stufen zur U-Bahn hinunter. Als sie einfuhr und er in den Waggon stieg, ließ das heftige Herzklopfen allmählich nach.

Noch Licht im Salon. Es leuchtete in den Vorgarten hinein, ein Hort der Geborgenheit, dieses Haus. Henny und Theo saßen da und sahen ihm sorgenvoll entgegen. Kein Alex.

«Alex hat angerufen», sagte Henny. «Er ist in die Johnsallee gegangen. Stimmt seine Vermutung, dass du deinem Vater begegnet bist?»

«Ernst stand unten beim Pförtner. Während der Sendung hatte er mir einen Zettel hineinreichen lassen, dass er auf mich wartet.»

«Was wollte er von dir?», fragte Theo.

«Er hat mich ein bisschen gelobt, weil meine Stimme

männlich klinge, und sich schließlich zu der Frage vorgetastet, ob ich meinen widerwärtigen Lebenswandel hinter mir gelassen hätte.»

Henny seufzte. «Es tut mir leid», sagte sie.

«Du kannst nichts dafür, dass er sich zu einem solchen Menschen entwickelt hat», sagte Klaus.

Henny dachte an den jungen Lehrer, der ihr damals den Hof gemacht hatte und der dann schließlich ihr zweiter Ehemann geworden war.

Konservativ war Ernst immer gewesen, auch pedantisch, Käthe hatte er von Anfang an nicht leiden können. Dennoch. Ernst Lühr hatte durchaus liebenswerte Züge gehabt. Hatten ihn die Nazis so verändert? Der Verlust der Wohnung am Mundsburger Damm mit allem Hab und Gut?

Wie hatte aus ihm ein Denunziant werden können?

«Er ist ja nicht einmal die Ausnahme mit dieser Denkart», sagte Klaus. «Ihr seid die Ausnahme, ihr und jemand wie Guste, die war immer schon anders. Alex und ich bewegen uns in einem aufgeschlossenen Kreis, Journalisten, Künstler, dennoch käme es zu einem Getuschel und Getratsche, wenn wir uns bekennen würden.»

«Würde euch einer anzeigen?», fragte Theo.

Klaus schüttelte den Kopf. «Das denke ich nicht.»

«Und Ernst? Wenn er was wüsste?»

«Er weiß nichts», sagte Klaus. «Darum hab ich ja alles getan, um eine Begegnung zwischen Alex, mir und ihm zu verhindern. Er hätte Alex gesehen und es gewittert.»

«Wir haben deine Sendung gehört. Sie war wieder wunderbar.» Theo stand auf. «Noch einen Schlaftrunk?», fragte er.

«Ich schlafe auch ohne», sagte Henny. «Und lass euch jetzt allein. In gut sechs Stunden stehe ich im Kreißsaal.»

Im Herbst letzten Jahres hatte Theo mit dem Direktor der Klinik gesprochen und darum gebeten, nur noch an drei Tagen in der Woche Dienst zu haben. Nein. Die Kräfte ließen nicht nach, ganz im Gegenteil, doch er brauchte Besinnung, um Neues zu beginnen.

Seit dem 1. Februar arbeitete er nur noch die ersten Tage der Woche. Donnerstag, Freitag, Samstag, Sonntag gehörten ihm, es sei denn, es war Not am Mann. Ein behutsamer Ausstieg, der eigentlich schon früher hätte stattfinden sollen. Doch die Ankunft neuer Kollegen hatte sich verzögert, im November waren sie endlich gekommen. Tüchtige junge Leute, von denen sich einer vor allem auf die onkologische Gynäkologie konzentrierte, ein Gebiet, das immer größeren Raum einnahm.

Er hatte Marike eine der Stellen angeboten, doch die junge Frauenärztin hatte es nach ihrer Facharztausbildung vorgezogen, in einer niedergelassenen Praxis zu arbeiten und sich die Arbeit dort mit einem anderen Arzt zu teilen. Das war leichter zu vereinbaren mit Marikes und Thies' Familienleben.

«Komm zu uns», hatte Käthe zu Theo gesagt. «Mein Chef empfängt dich mit offenen Armen.»

Die Praxis, in der Käthe arbeitete, war spezialisiert auf Geburtsvorbereitung und postnatale Betreuung, ein Konzept, das von den Amerikanern abgeguckt war. Doch Theo hatte nicht vor, neben Professor Sandelmann zu arbeiten. Der Kollege war ein guter Arzt, galt aber als schwierige Persönlichkeit mit einem Machtanspruch, das musste er am Ende seines Berufslebens nicht mehr haben. Erstaunlich genug, dass es die widerspenstige Käthe seit zwei Jahren bei Sandelmann aushielt.

Ein viel freundlicherer Tag als der gestrige, Theo wollte ihn für einen Spaziergang nutzen. Erst einmal die paar Schritte zur Marienterrasse gehen und nach Garutis Wohnung sehen, in einem Haus, das im vorigen Jahr fertiggestellt worden war, und dann zu Rudi.

Theo stieg die eine Treppe ins Hochparterre hinauf und schloss die Tür auf. Drei Zimmer. Zu groß, um eine Dependance zu sein. Theo hatte von Anfang an die Ahnung gehabt, dass Garuti die Wohnung weniger für sich als für Rudi und Käthe gemietet hatte, die noch immer in ihrer halben Ruine am Hofweg lebten. Hatte Alessandro nicht etwas von gutem Licht für einen Zeichner gemurmelt bei der Besichtigung, zu der Theo ihn begleitet hatte?

Alles roch neu. Das Holz. Die Farben. Ein helles Hochparterre, nur der Kamin war mit schwarz glänzenden Kacheln verkleidet. Noch waren die Zimmer leer, im Frühling sollten sie eingerichtet werden, wenn Garuti aus dem sanften italienischen Winter nach Hamburg kam, um die sommerlichen Monate hier zu verbringen.

Theo verließ die Wohnung, um den Hofweg entlang zu Rudi zu gehen. «Bitte hol die Orientperle aus dem Tresor und zwing sie meinem Sohn auf», hatte Alessandro Garuti bei ihrem letzten Telefonat gesagt. «Er soll sie endlich verkaufen und sich das Leben leichter machen. Auf was will er warten?»

Vielleicht war das weniger leichte Leben Rudis Weg, die Erlebnisse in KZ, Krieg, Gefangenschaft zu verarbeiten. In diesem halbzerstörten Haus zu sitzen mit Käthe, sich um einen alten Mann zu kümmern, der alles verloren hatte, um dessen acht Jahre alte Enkelin und dabei diese seltsam berückenden Bilder zu zeichnen.

Die kleine Ruth kam gerade aus der Schule und erreichte

gleichzeitig mit Theo das Haus an der Ecke von Hofweg und Uhlenhorster Weg. Ihr Lederranzen, aus dem Lappen und Schwämmchen heraushingen, wippte auf ihrem Rücken, als sie zu Rudi in den zweiten Stock stiegen.

«Opa geht es nicht gut», sagte Ruth.

Theo hielt sich am Geländer fest, sofern vorhanden, der Treppe war kaum zu vertrauen. «Was fehlt deinem Opa?», fragte er.

«Er ist krank geworden, weil er immer traurig ist», sagte das Kind.

Rudi hatte Milchreis gekocht, Apfelkompott zubereitet, er wäre ein guter Vater geworden. Vier Teller stellte er auf den Küchentisch. Doch Everling wollte nichts essen. Er sah ihnen nur zu.

Wirkte er erleichtert, als Ruth erklärte, sie wolle noch rotes und grünes Krepppapier kaufen, um eine Tulpe zu sein beim Kinderfasching in der Schule? Everling ging aus der Küche und kehrte mit einer Mark und einem Umschlag zurück.

«Ich will die Gelegenheit beim Schopfe packen», sagte er, als die Tür hinter Ruth ins Schloss gefallen war, und entnahm dem Umschlag ein Papier. «Ich bitte Sie beide, dieses Testament zu bezeugen. Ruth ist meine Erbin. Es geht einzig um das Grundstück am Langenzug, das nun frei geräumt ist von den Trümmern.»

«Sie denken doch nicht ans Sterben?», fragte Rudi.

«Ich fürchte, der Tod lässt sich nicht davon abhalten, dass ich noch ein Kind aufzuziehen habe.»

«Sie sind in ärztlicher Behandlung, Herr Everling?», fragte Theo.

«Ja, Herr Doktor», sagte der alte Mann beinah nachsichtig.

«Und was soll aus Ruth werden?», fragte Rudi.

Everling sah aus dem Küchenfenster und schwieg.

«Gibt es noch Verwandte?», fragte Theo.

Der alte Mann schüttelte den Kopf. «Der Tod meines Sohnes ist erst Ende letzten Jahres bestätigt worden, er wurde seit Oktober 1944 in Russland vermisst. Ruths Mutter ist 1948 an einer Lungenentzündung gestorben. Sonst gibt es keinen mehr von uns.»

Rudi hatte das Schüsselchen mit dem Zimtzucker zu sich herangezogen und starrte düster hinein.

«Ich hätte schon längst darüber sprechen sollen», sagte Everling. «Von meiner großen Hoffnung, dass Ruth bei Ihnen und Käthe bleiben darf.» Er sah Rudi an.

Rudis Blick löste sich vom Zimtzucker. «Käthe und ich haben Ruth sehr lieb», sagte er leise.

«Ich weiß. Sonst würde ich sie Ihnen nicht anvertrauen wollen. Ich bitte Sie, mit Ihrer Frau darüber zu sprechen.»

«Das Jugendamt könnte Einwände haben», sagte Theo. Ihm gefiel gar nicht, dass er hier dauernd die Stimme der Vernunft gab.

«Falls Sie einverstanden sein sollten, werde ich beim Jugendamt vorstellig werden und erklären, dass ich Ihnen die Vormundschaft anvertrauen will, und es auch schriftlich hinterlegen.»

«Ich muss mit Käthe sprechen», sagte Rudi.

Die Wohnungstür wurde aufgeschlossen, Ruth kam herein. «Ich kann nur eine rosa Tulpe sein», sagte sie. «Rotes Papier gab es nicht mehr.»

Rudi drehte sich um und sah Ruth an, die mit ihren zwei Rollen Krepppapier in der Küche stand. Wenn Käthe nur einverstanden wäre. Er hoffte es von ganzem Herzen.

Ida nahm die junge Frau in Augenschein, eine neue Kandidatin, die darauf hoffte, in die Kartei der Mannequin-Agentur aufgenommen zu werden. Seitdem die dunkelhaarige Susanne Erichsen als Botschafterin der deutschen Mode die Vereinigten Staaten von Amerika bereiste und zum *Fräuleinwunder* erklärt worden war, gaben sich die Frauen bei ihnen die Klinke in die Hand, um die neueste Couture der Hamburger Modehäuser vorzuführen.

Diese hier war ein wenig zu eckig, um als Mannequin vermittelt zu werden, das sah Ida gleich, doch sie führte die hoffnungsfrohe Frau in das Allerheiligste zu Sybille Romanow, die nie einen Zarenpalast von innen oder außen gesehen hatte. Sie stammte aus Mecklenburg, auch wenn sie ihren Namen aussprach, als hieße sie Romanoff und sei eine weitere verlorengegangene Tochter von Zar Nikolaus.

Ida schloss die Tür und ging in den Saal mit dem Laufsteg, in dem die Kurse für angehende Mannequins gegeben wurden. Eine *Schule der Dame* war angeschlossen, die Romanow ließ nichts aus. Ida lief einmal über den Laufsteg, legte die Hände auf die Hüften, ließ diese leicht schwingen, lächelte in ein imaginäres Publikum hinein – das gönnte sie sich ab und zu, bevor sie an ihren Schreibtisch zurückkehrte.

Sie liebte ihre Tätigkeit, allein dass es Alex gewesen war, der sie ihr verschafft hatte, ließ sie vom ersten Augenblick an begeistert sein. Dabei war Alex von Klaus angeregt worden, der in einem Hörfunkbeitrag über Sybille Romanow berichtet hatte. Doch das wusste Ida nicht. Gelegentlich versuchte sie noch, mit Alex zu flirten, der in aller Freundlichkeit nach wie vor nicht darauf einging, aber es war eher ein Spiel geworden, das auch Tian nicht länger zu beunruhigen schien.

Vorn im Empfangsraum, in dem Ida arbeitete, hingen

gerahmt die Titelseiten der Modejournale, auf denen die Stars der Agentur Romanow abgebildet waren, darunter eine Miss Germany, die im Kurhaus zu Baden-Baden gekürt worden war. Seit September 1949 fanden diese nationalen Schönheitswettbewerbe wieder statt, die Nazis hatten nur Ernte-, Heide-, und Weinköniginnen gekürt.

Die Tür zum Allerheiligsten fiel laut zu. Das Gespräch schien nicht gut gelaufen zu sein. Die Romanow war bekannt für ihre herben Worte, wenn sie Gesicht oder Figur einer Bewerberin nicht guthieß.

«Sie hätten in der Branche arbeiten sollen», hatte sie zu Ida gesagt. «Sie sehen noch immer fabelhaft aus. Ich kann mir vorstellen, wie sie vor dreißig Jahren ausgesehen haben müssen.» Seitdem verzieh Ida ihr vieles.

Ein Auge auf Idas Tochter hatte die Romanow auch schon geworfen, Florentines exotische Schönheit elektrisierte sie geradezu, doch da legte Tian sein Veto ein. Florentine war zwölf geworden im Januar, sie ging auf die Höhere Schule in der Bogenstraße, mannigfaltige Möglichkeiten für das Kind. Eine Karriere als Mannequin oder Fotomodell sah er kaum als erste Wahl. Anders als Florentine, die kein Zweifel plagte, eines Tages auf dem Titelblatt nicht nur der *Constanze*, sondern auch der *Vogue* abgebildet zu sein.

«Sieht selbst aus wie ein Kaltblüter und sagt, ich sei kein Rassepferd», zischte die junge Frau, bevor sie die Agentur verließ.

Sie hatte recht, Sybille Romanow fiel durch ihr eigenes Raster. Ihr Gesicht war großflächig, die Nase breit, der Körper eher schwerknochig.

Vielleicht umgab sie sich darum so gern mit schönen Menschen.

«Idalein, seien Sie süß, gehen Sie zum Kiosk und kaufen

Sie die neue *Constanze* und die *Bild*», flötete die Romanow aus der Ferne des Flurs.

Nichts lieber als das, Ida hatte schon den Mohairmantel mit dem großen Schalkragen an, den Tian ihr zu Weihnachten geschenkt hatte.

Unten auf der Straße fiel sie in den Mannequinschritt. Sie lief am Modehaus Fahning vorbei, das einmal das der Gebrüder Hirschfeld gewesen war, nach der Pogromnacht 1938 zerstört, zwangsenteignet und an Franz Fahning verkauft, den Prokuristen der Firma. Hirschfeld war nicht aus dem KZ Buchenwald zurückgekehrt, sein Sohn in Neuengamme erschlagen worden.

Käthe hatte es ihr erzählt, Käthe, die hier am Neuen Wall im prachtvollen Hildebrand Haus in ihrer feinen Frauenarztpraxis arbeitete.

Nein. Käthe war keine Kommunistin mehr. Die exklusive Praxis des Professors Sandelmann lastete nicht länger auf Käthes Gewissen, auch wenn sie noch immer in dem halbzerstörten Haus am Hofweg lebte.

Ida kaufte die *Constanze* und die *Bild* vorn am Jungfernstieg.

Noch mal kurz in die Schaufenster von Brahmfeld und Gutruf blicken, wo die Juwelen funkelten, und dann in die Agentur zurück und ein Gläschen Sekt trinken. Das gab es stets zur Zeitung.

«Du wolltest immer Kinder haben», sagte Käthe.

«Du nicht?»

«Doch. Ist es nicht zu spät?»

«Nein», sagte Rudi. «Kein Kinderwunsch, um den es geht, sondern um einen kleinen Menschen, der Hilfe braucht.»

Käthe nickte. «Sag Everling, dass wir uns verantwortlich

fühlen für Ruth und sie als unser Kind betrachten», sagte sie.

«Wir beide sollten es ihm sagen», sagte Rudi.

Sie standen da wie Hänsel und Gretel, als der alte Mann in die Küche kam, um ein Glas Wasser zu holen. Wie Hänsel und Gretel in der Oper von Humperdinck. Nicht im dunklen Wald, in ihrer dunklen Küche.

«Wir wären glücklich, wenn wir Ruth großziehen dürften», sagte Käthe.

Der alte Mann fing zu weinen an. «Danke», sagte er.

Theo hatte sich seit langem gefürchtet vor diesem Anruf. Als er kam, stand er im Salon und guckte in seinen Garten.

«Ich komme», sagte er zu Jens Stevens. «Sagen Sie es ihr.»

Er stieg in den neuen Borgward Hansa, um nach Duvenstedt hinauszufahren und seiner Mutter beim Sterben zu helfen.

«Alles gut», sagte Lotte und griff nach seiner Hand. «Es ist einfach Zeit. Ich bin froh, dass du Henny hast, und versuch, dich mit deinem Bruder zu versöhnen.»

Claas. Sie hatten seit Jahren keinen Kontakt mehr gehabt. «Hast du ihn benachrichtigen lassen?», fragte er.

«Ja», sagte Lotte Unger. «Jens wird sich um die Hühner kümmern. Er und seine Frau nehmen sie rüber ins Haus vom alten Harms.»

Claas war noch nicht da, als Lotte kurz nach Mitternacht starb. Doch Henny und Klaus waren eingetroffen und saßen neben ihm, Theo war sehr dankbar dafür.

«Eines Menschen Zeit», sagte er. «Es ist alles so kurz.»

«Ich liebe dich», sagte Henny.

Als es heller wurde, gegen halb acht am Morgen, ging Theo in den Garten seiner Mutter, der ihnen in Notzeiten Nahrung gegeben hatte. Einzig die Christrosen standen in Blüte an diesem Februartag.

Henny hatte die Tote gewaschen und sie angekleidet. Ihr das Kleid angezogen, das Theos Mutter an Hennys und Theos Hochzeit getragen hatte. Kerzen angezündet. Theo tat den Strauß Christrosen in eine Glasvase und stellte sie neben Lotte. Klaus hatte Tee aufgebrüht und trug das Tablett mit den Steinguttassen und dem Zuckertopf herein. Sie saßen alle drei an Lottes Bett, als Jens Stevens eintrat.

«Sie hat es geschafft», sagte er und verneigte sich vor Lotte.

«Ein sanfter Tod», sagte Theo leise.

«Ich habe einen Zettel an die Tür gehängt. Dass die Praxis heute geschlossen bleibt», sagte Stevens. «Die Menschen werden trauern, Ihre Mutter wurde sehr geschätzt, wenn nicht gar geliebt.»

«Sie hat ihr ganzes Leben in Duvenstedt verbracht», sagte Theo.

Er blieb am Bett seiner Mutter sitzen, als Henny und Klaus aufbrachen und von Jens Stevens nach Hause gefahren wurden.

Sechzig Jahre hatte er sie haben dürfen. Zwanzig war sie gewesen, als Theo ihr als erster Sohn geboren wurde, in diesem Haus, in dem sein Vater gerade eine Landarztpraxis eröffnet hatte.

Theo stand auf, als er ein Auto hörte, das nicht Stevens' Taunus war, sondern ein Diesel. Er trat ans Fenster und sah seinen Bruder Claas aussteigen. Er hoffte sehr, dass sie brüderlich miteinander umgehen konnten, das hatte Lotte verdient.

Er stieg die Treppe hinunter und öffnete die Haustür. Claas nickte ihm beiläufig zu, als hätten sie sich nicht vor Jahren zuletzt gesehen. «Ist sie oben in ihrem Schlafzimmer?», fragte er und schickte sich an hochzusteigen. «Ich hoffe, sie ist noch ansprechbar.»

«Mutter ist kurz nach Mitternacht gestorben», sagte Theo.

«Dann hat dieser Arzt mich zu spät informiert. Du hast vermutlich bei ihr gesessen und ihre Hand gehalten?»

«Ach, Claas. Was soll diese Eifersucht? Mutter bat mich darum, dass wir uns versöhnen.»

Claas blieb stehen. «Mein großer Bruder, der ewige Freigeist», sagte er. Keine Freundlichkeit in seiner Stimme.

«Du hast dich mit deiner SS-Reiterstandarte buchstäblich aufs falsche Pferd gesetzt», sagte Theo.

«Dich hat deine jüdische Ehefrau verlassen, eines Tommys wegen.»

«Du hast sicher gehört, dass ich wieder verheiratet bin?»

Claas Unger nickte.

«Lass uns Frieden schließen, bevor wir zu Mutter hochgehen, wenigstens einen kleinen.» Theo hielt ihm die Hand hin.

Claas zögerte. Doch dann reichte er Theo die Hand.

«Sie sollten den Baumkuchen probieren, der ist eine der Spezialitäten von Paul L'Arronge», sagte der Produzent der Polydor.

Doch Alex wollte keinen Baumkuchen, er war zu nervös, um etwas zu essen, und trank nur Tee. Vor Monaten hatte er der Hamburger Schallplattenfirma einige Kompositionen geschickt; dass er nun ein Angebot für Aufnahmen mit dem eigenen Material bekam, hatte er nicht mehr erwartet. Der kleine Mann mit der Halbglatze lächelte ihn väterlich an. Vermutlich hielt er ihn für höchstens Ende zwanzig.

«Uns haben Ihre Lieder gefallen, auch das, was Sie mit Ihrem Quintett im NWDR machen, doch ich hatte noch keinen optischen Eindruck von Ihnen. Sie werden der Liebling der Frauen sein.»

Alex wurde derart verlegen, dass er eine naive Frage stellte. Er war ein Musiker, spielte im Studio, wo sollten ihn die Frauen sehen?

Herr Luppich von der Polydor lachte herzlich. «Auf den Plattenhüllen. Den Bühnen. Und denken Sie an das neue Medium Fernsehen.» Er gab dem Kellner ein Zeichen. «Vielleicht jetzt einen Kognak?»

Alex trank kaum, er nahm zu viele Medikamente. Doch diesmal stimmte er zu. War das die Zukunft, die Theo einst für ihn in der Glaskugel gesehen hatte?

Der Kognak kam, Luppich hob den Schwenker. «Auf eine erfolgreiche Zusammenarbeit, Herr Kortenbach», sagte er. «Ich bitte Sie, in den nächsten Tagen in mein Büro zu kommen.» Er holte seine Brieftasche hervor und entnahm ihr eine Visitenkarte.

Was würde Klaus sagen, wenn aus Alex der Liebling der Frauen würde? Eigentlich hatten ihm Idas Avancen schon genügt.

Alex erzählte erst einmal nichts von dem Gespräch mit Luppich, als er in die Körnerstraße kam. Er erfuhr erst jetzt, dass Lotte Unger gestorben war, kaum der Augenblick, um sich als künftiger Frauenschwarm vorzustellen. Er umarmte Theo, der am hinteren Fenster des Salons stand und in den Garten blickte.

«Ich habe ja gemerkt, dass ihre Kraft nachließ, und glaubte mich gefasst», sagte Theo. «Doch wenn es tatsächlich eintritt, trifft es einen mit Macht.»

Er drehte sich um. «Wem erzähle ich das, du hast deine ganze Familie verloren.» Theo trat an das Sideboard. «Trinkst du etwas?», fragte er.

«Ein Sodawasser», sagte Alex, «ich habe im L'Arronge schon einen Kognak getrunken.»

«Das tust du selten. Ein besonderer Anlass?»

«Mir ist ein Schallplattenvertrag angeboten worden.»

Klaus kam in den Salon, eine Schale Erdnüsse in der Hand. «Das ist ja großartig. Erzähle.»

«Ich gratuliere dir», sagte Theo. «Hab ich nicht gesagt, dass du eine große Karriere machen wirst?»

«Noch ist es nur ein Angebot, in dieser Branche ist man schnell überschwänglich.» Alex nahm sein Wasserglas. «Lass uns auf Lotte trinken. Sie hat dir all ihre Klugheit und Wärme und ihren freien Geist in die Wiege gelegt, Theo.»

Theo dachte, dass das Wort Freigeist bei Claas wie ein Schimpfwort geklungen hatte. Doch er erwähnte es nicht. «Ein großes Glück, dass ich spät im Leben zu zwei Söhnen wie euch gekommen bin», sagte er. «Das hat auch meine Mutter so gesehen.»

Henny war zu Else in die Schubertstraße gegangen. Sie sollte sich öfter bei ihr blickenlassen, wie schnell konnte es zu Ende sein, auch wenn ihre Mutter, fünf Jahre jünger als Lotte Unger, noch immer ganz gut beieinander war.

«Zieht mir auch schon ziemlich in der Brust. Oder war es nicht das Herz bei Lotte?»

«Ich reib dich mal mit Franzbranntwein ein», sagte Henny. «Vielleicht sind deine Schultern verspannt.»

«Wüsste nicht, wovon. Hab doch nichts zu tun. Deine

Tochter lässt die Kleine ja auch lieber bei einer Kinderfrau. Fremde Leute, die das eigen Fleisch und Blut aufziehen.» Else schüttelte den Kopf.

«Das könntest du auch nicht mehr schaffen, Mama. Ein bald drei Jahre altes Kind, das seine Händchen überall drinhat.»

«Will Marike denn noch ein zweites?»

«Wollen schon. Doch bisher hat es nicht geklappt. Sie ist ja auch sehr eingespannt in der Praxis.»

«Dass die jungen Frauen jetzt immer beides haben müssen.»

«War das bei mir nicht auch so?», fragte Henny.

«Das ist wohl eher über dich gekommen», sagte ihre Mutter. «Allein schon durch Luds Tod.»

Henny öffnete das Küchenbuffet und nahm den Franzbranntwein heraus. Der stand seit Jahrzehnten an der gleichen Stelle neben der Essigessenz. «Dann zieh mal Jacke und Bluse aus», sagte sie.

«Den Büstenhalter aber nicht.»

«Seit wann bist du so genierlich?»

«Na. Schöner wird man nicht.»

Henny dachte an Lotte, der sie heute am frühen Morgen das Nachthemd ausgezogen hatte, um sie zu waschen und ihr dann das beste Kleid anzuziehen. Sie hatte Lottes Körper schön gefunden. Am Nachmittag war Lotte in den Sarg gelegt worden, Theo hatte sie nicht aufbahren wollen, wie es früher im Dorf üblich gewesen war.

«Was ist denn das für ein Panzer, den du da anhast? Der ist wahrscheinlich verantwortlich für das Ziehen in der Brust.»

«Ist noch ein alter. Das Fabrikat heißt Jugendglück.»

«Ach, du liebe Güte», sagte Henny. «Lang werde ich

heute nicht bleiben, Mama. Noch eine schöne Massage, und dann gehe ich nach Hause. Ich will Theo nicht zu lange allein lassen.»

«Das war ja wieder ein kurzer Besuch.»

«Vielleicht magst du am Sonntag zum Mittagessen kommen.»

«Aber dann mal wieder Rindsrouladen», sagte ihre Mutter. «Die kannst du ganz gut. Au. Kind, was hast du nur für eine Kraft in den Händen. Die halte ich ja nicht aus, diese Schinderei.»

Henny ließ ab von ihrer Mutter. Ein Kuss, den sie ihr gab, bevor sie die Wohnung in der Schubertstraße verließ. Theo, lieber Theo.

Gustav Everling erlebte eine stabile Phase, fast schöpfte er Hoffnung, noch lange genug auf der Welt zu sein, um Ruth großzuziehen. Groß genug. Er ging in die Schule, als Fasching gefeiert wurde, und sah sie in ihrem Krepppapier als rosa Tulpe.

Er war mit ihr auf dem Spielplatz und saß auf dem anderen Ende der Wippe und ahnte den Frühling. Sein Herz schien sich erholt zu haben.

Er versprach Ruth, mit ihr im März auf den Frühlingsdom zu gehen und Zuckerwatte zu kaufen. Vielleicht auch ins Hippodrom, da konnte sie auf einem der Ponys reiten. Er war siebenundsiebzig Jahre alt. Warum nicht noch älter werden?

Allein das Wissen, dass Käthe und Rudi im Hintergrund standen, sich bereithielten, ließ ihn erstarken.

Alex stieg die drei Stufen der breiten Treppe hoch, die ihn zu dem eleganten neuen Gebäude der Polydor in der Alten

Rabenstraße führte, nur ein paar Schritte weit von der Johnsallee entfernt.

Er nannte dem Portier seinen Namen und fand den Weg vorbei an einer Galerie großer, hochformatiger Schwarz-Weiß-Fotos von den Künstlern des Hauses. Lale Andersen. Bully Buhlan. René Carol. Rudi Schurike. Evelyn Künneke. Gerhard Wendland. Friedel Hensch und die Cyprys. Helmut Zacharias. Der Gedanke, eines Tages könne sein Bild dort hängen, verursachte ihm Unbehagen.

Vielleicht sollte er doch in der geschützten Umgebung eines Aufnahmestudios bleiben, er war kein *showman*, ein Begriff, der aus Amerika herüberschwappte. Barg die Öffentlichkeit nicht auch große Gefahren? Dass seine Liebe zu einem Mann bekannt wurde? Eines Tages Spekulationen über seine Krankheit aufkamen?

Drei Herren, die ihn empfingen im Büro des Geschäftsführers, Luppich kam ihm entgegen und begrüßte ihn freudig. Zigaretten wurden angeboten, auch Kognak. Er lehnte beides höflich ab.

«Luppich, Sie haben nicht zu viel versprochen», sagte einer der drei, der sich als Geschäftsführer vorgestellt hatte.

Bezog sich das wieder auf sein Aussehen? Er hatte nie groß darüber nachgedacht, doch hier schien es eine herausragende Rolle zu spielen.

«Wir werden die Herzen zum Schmelzen bringen», sagte da der dritte der Herren. «Da müssen nur noch mehr Geigen in die Lieder rein.»

Alex bat um Bedenkzeit, als sie ihm den fertigen Vertrag für eine erste Langspielplatte vorlegten. Die Herren waren irritiert, sie kannten es eher, dass ihnen der Kugelschreiber aus der Hand gerissen wurde.

«Er scheint ein Sensibelchen zu sein», sagte der Geschäftsführer, nachdem Alex gegangen war. «Aber mit ihm lässt sich ein fulminantes Paket schnüren. Er am Klavier und dann diese jazzige Stimme, das funktioniert bei Kortenbachs Aussehen auch im Fernsehen und auf der Leinwand. Ein paar seiner Kompositionen sollten wir allerdings durch Material von unseren bewährten Leuten ersetzen.»

«Wäre sehr zu bedauern, wenn er abspränge», warnte Luppich.

Da stand Alex schon am Anleger der Alten Rabenstraße und blickte auf die graue Alster. Er würde mit Klaus darüber sprechen und mit Theo. Vieles, dass es zu erwägen gab.

Finalmente», sagte Garuti, als das Sofa ins Hochparterre getragen wurde. Sechs Wochen hatte er darauf gewartet, in Italien wäre das kaum schneller gegangen, doch Garuti war ungeduldig. Endlich das Einrichten der Wohnung vollenden.

Er spürte eine gewisse Irritation bei Rudi und Käthe, dass er immer wieder ihren Rat einholte, sie Stoffproben beurteilen ließ, stundenlang über das Für und Wider von Teppichen diskutierte. Sein Sohn und seine Schwiegertochter staunten über diesen Hang zur Perfektion.

Das eckige Sofa hatte schwarzweiße Karos. Sehr modern. Dazu vier Lampen mit Tüten in Weiß und einem leuchtenden Rot.

«Dafür, dass ihr schon so lange darüber redet, ist es noch ziemlich untermöbliert hier», sagte Theo, als er das Sofa betrachten kam.

«Es fehlt noch ein Esstisch aus hellem Birnbaumholz mit passenden Stühlen», sagte Alessandro Garuti. «Wir fanden erst lange keinen Termin, um einen auszusuchen.»

Theo nahm auf dem neuen Sofa Platz. «Warum ist es so wichtig, dass dein Sohn und Käthe jedes einzelne Möbel abnicken?»

«Du ahnst es doch schon lange, *mio amico*.»

«Ich hoffe, dein Plan geht auf, Alessandro. Die beiden haben ihren eigenen Kopf.»

«Manchmal fürchte ich, dass Rudi dazu neigt, sich zu quälen. Warum leben sie noch immer in diesem maroden Haus?»

«Ich denke, sie hängen sehr an Ruth und dem alten Everling.»

«Das können sie auch hier an einem Tisch aus *legno di pera*.»

«Und du schläfst derweil auf einem Klappsofa im kleinen Zimmer?» Theo schüttelte den Kopf.

«Nur eine Zwischenlösung, denn ihr Bett müssen sie sich schon selber aussuchen. Aber ich gebe zu, dass ich Sehnsucht nach dem Komfort des Reichshofes habe.»

«Als du mir zum ersten Mal von der Dependance erzähltest, hattest du da schon diesen Plan?»

«Nein. Erst als ich ihre jetzige Behausung sah, dachte ich daran zu versuchen, sie zu ihrem Glück zu zwingen. Falls es gelingt, sehe ich mich nach einer kleinen Dependance um.»

«Du weißt, dass sie eines Tages Ruths Pflegeeltern sein werden.»

«Ein weiterer Grund, hier zu wohnen.»

Theo stand auf und trat durch die offenen Türen auf den großen Balkon mit der schwungvollen Brüstung hinaus. Er drehte sich zu Garuti um. «Kommst du mit in unseren Garten? Klaus kocht was.»

«Gern», sagte Garuti. «Kannst du dich erinnern, an unser erstes gemeinsames Essen? Elisabeth, du und ich, Käthes Mutter hatte gekocht. Im Juli vor dreizehn Jahren.»

«Und meine Mutter hatte das Huhn beigesteuert und viele andere Zutaten. Du hast gestaunt, dass in ihrem Garten Rosmarin wuchs.»

«Wir haben schon vieles miteinander erlebt.»

Sie gingen hinein, und Garuti schloss die Balkontüren.

«Käthe und Rudi sind heute bei ihren Freunden in der Laubenkolonie.» Er zog einen Zettel aus der Tasche seines sommerlichen Jacketts. «Hast du schon mal von Suur Supp mit Klüten gehört? Die wird da serviert.»

«Saure Suppe mit Mehlklößchen ist eine alte Hamburger Spezialität. Hast du dir das aufgeschrieben?»

«Ich habe Rudi gebeten, es zu notieren», sagte Garuti. «Meine Kenntnis der deutschen Sprache lässt sich noch immer erweitern.»

«Hat Käthe jüngst mal was von ihrer Arbeit in der Praxis erzählt?»

«Ah, diese *discrepanza*. Sie will nicht gut wohnen, aber arbeitet in der vornehmen Praxis des *Professore* Sandelmann.»

«Die Praxis hat vor allem medizinisch einen guten Ruf», sagte Theo. «Doch ich verstehe, was du meinst.»

Rudi riss ein paar Brennnesseln aus, die vor ihrer Sommerhütte standen, sie waren zu selten hier gewesen im Mai und Juni, dabei war auch Ruth gern in Moorfleet. Die Brennnesseln könnte Minchen noch in ihre Suppe tun, er hatte die Suur Supp als reine Resteverwertung in Erinnerung, doch er nahm an, dass sie bei Minchen besser schmeckte.

Käthe war drüben bei den beiden, Rudi ganz dankbar, eine kurze Zeit für sich zu haben. Er hatte längst durchschaut, was sein Vater mit der Wohnung in der Marienterrasse vorhatte, und ihn rührte sehr zu sehen, wie viel Alessandro daran lag, ihnen das Leben angenehm zu gestalten. Vielleicht hätte Käthe allein längst zugestimmt, die Badewanne inmitten all der glänzenden weißen Kacheln war ihr ein Sehnsuchtsort.

Rudi machte diese Normalität der Nachkriegsjahre zu schaffen, alle taten, als sei nichts gewesen. Was war nicht alles längst wieder käuflich zu erwerben, kein Wunder, dass viele zum Vergessen neigten.

Ein Einzelschicksal war seines wahrlich nicht, Verfolgung, Krieg, eine lange Gefangenschaft. Wie gelang das den anderen, diese Bilder aus ihren Köpfen, aus ihren Träumen zu vertreiben? Konnte es tatsächlich durch Konsum gelingen?

Er fegte die Hütte aus und ließ Fenster und Tür offen stehen, um die Sommerluft einzulassen. Die Ausstattung war noch immer spärlich, sie übernachteten selten hier, an diesem Sonnabend wollten sie es tun, die Suppe würde sicher von vielen Bieren und Schnäpsen begleitet, wie er das bei Stüves kannte.

Willi und Minchen versuchten gar nicht, anders zu wohnen, vielleicht was Neues in ihrem alten Stadtteil Eimsbüttel zu finden, ihnen gefiel es hier draußen. Die Behörden duldeten das dauerhafte Wohnen in den Lauben, solange Wohnungen fehlten und der Wiederaufbau nur langsam voranging. In der Hamburger Straße um die Karstadtruine herum waren erst kürzlich die Trümmer geräumt worden.

Rudi entfernte noch ein Spinnennetz, bevor er die Tür hinter sich zuzog und zur beinah komfortablen Laube der Freunde hinüberging.

«Minchen hat einen ordentlichen Schinkenknochen für die Brühe ausgekocht», sagte Willi voller Vorfreude, als der Topf mit der Suppe auf den Tisch kam. «Nu gebt mal eure Teller her. Wir warten nicht noch länger auf Bille, die ist sicher wieder bei ihrem Galan.»

Im September würde es vier Jahre her sein, dass er aus Russland zurückgekehrt war, dachte Rudi. Zeit, endgültig anzukommen.

Dieser Montag fing an wie viele andere Tage in der Praxis am Neuen Wall. Käthe hatte sich verspätet, Lore, die Sprechstundenhilfe, stand hinter dem Tresen, eine Patientin saß im Wartezimmer.

«Ich dachte, er sei längst da», sagte Lore. «Doch gesehen habe ich ihn noch nicht, und die Tür ist zu.»

Käthe ging zur Tür und klopfte. «Professor Sandelmann?»

Lore sah auf die große Uhr im Vorzimmer. «Der Termin war vor einer Viertelstunde. Die Patientin hat schon nachgefragt.»

Käthe drückte die Klinke. Bat darum, eingelassen zu werden. «Da stimmt was nicht» sagte sie. «Abgeschlossen ist die Tür nicht, da ist irgendein Widerstand.»

«Er wird sie ja wohl nicht zuhalten», sagte Lore.

Käthe stemmte die Schulter gegen die Tür. «Hilf mal», sagte sie.

Die Frau aus dem Wartezimmer war aufgestanden und sah nun Käthe zu, ein kleiner Spalt in der Tür, der sich da gerade auftat.

Ein Schrei von Lore, als der Spalt breiter wurde. Sandelmann lag hinter der Tür, sein schwerer Körper war es, der sie blockierte.

Zu dritt gelang es ihnen, Käthe Einlass zu verschaffen. Sie kniete sich neben Sandelmann, suchte seinen Puls, fand keinen. Alles deutete auf einen Herzanfall hin, das fahle Gesicht, die blauen Lippen.

Sie knöpfte seinen Kittel auf, das Hemd, begann mit der Herzmassage. «Lauf mal nach nebenan», rief sie Lore zu.

Minuten später war er mit seinem Notfallkoffer da, der Arzt aus der Praxis für Innere Medizin, die sich auf derselben Etage befand. Als er aufstand, erklärte er Professor Sandelmann für tot.

Die Patientin wurde weggeschickt, Käthe und Lore blieben wie betäubt stehen. «Er kann da nicht liegen bleiben», sagte der Internist. Gemeinsam hoben sie ihn auf die Untersuchungsliege.

«Wir müssen Frau Sandelmann verständigen», sagte Käthe. Sie fing an zu zittern, der Schock kam erst jetzt. Sie nahm das Glas Wasser, doch die Tablette zur Beruhigung, die der Arzt ihr ebenfalls anbot, lehnte sie ab.

Es hatte genügend Differenzen gegeben zwischen ihr und dem Professor. Doch Käthe war geblieben, weil sie seine hohe Kompetenz zu schätzen wusste, er hatte in ihr eine gute Hebamme erkannt und einen anständigen Lohn gezahlt.

«Jetzt sind du und ich arbeitslos», sagte Lore, der ähnliche Gedanken durch den Kopf gingen.

Käthe atmete tief durch, als sie den Hörer vom Telefon nahm.

Eine Angestellte nahm den Anruf entgegen, die Frau des Hauses war nicht da. Nur ein Aufschub. Käthe bat um einen Rückruf wegen einer dringenden Angelegenheit in der Praxis.

Eine natürliche Todesursache. Keine Fremdeinwirkung. Doch es kam ihnen vor, als ob sie an einem Tatort ausharrten. Zweimal klingelte das Telefon, Termine beim Herrn Professor wurden erbeten.

Beim dritten Mal war es seine Frau, die zurückrief.

Theo kam sich vor wie ein Leichenfledderer, als er zwei Tage nach der Beerdigung mit Sandelmanns Frau sprach, vortrug, dass er daran interessiert sei, die Praxis zu übernehmen. Doch sie schien ihn nicht pietätlos zu finden, er hörte Erleichterung heraus.

«Du willst meinen Arbeitsplatz retten», hatte Käthe gesagt.

Doch das war es nicht allein. Er suchte nach einer Herausforderung in diesen friedlichen Zeiten, hatte sich in den Fachzeitschriften über die amerikanischen Studien informiert und noch deutlicher als zuvor verstanden, wie wichtig die vorgeburtliche Betreuung für Mutter und Kind war. Kurt Landmann hatte damals schon Wert darauf gelegt.

«Du wirst genauso viel arbeiten wie früher in der Klinik», sagte Henny.

«Nicht an den Wochenenden. Von den sonntäglichen Notdiensten habe sich Sandelmann schnell wieder verabschiedet, sagt Käthe.»

«Nun arbeitet ihr wieder zusammen.»

Ja. Das hatten sie viele Jahre getan bis zu dem schrecklichen Januartag 1945, als Käthe in der Finkenau verhaftet und von der Gestapo abgeführt worden war nach Ernst Lührs Denunziation. Fast hätten sie Theo auch mitgenommen, als er sich vor Käthe stellte, zu verhindern versuchte, dass die Gestapoleute sie mitnahmen. Henny hatte im Kreißsaal gestanden und nichts von den Vorgängen geahnt.

«Vielleicht willst du ja zu mir in die Praxis kommen.»

«Du brauchst da keine zwei Hebammen. Vielleicht gehe ich zu Lina in die Buchhandlung. Dann habe ich auch am Sonntag frei.»

Ein Scherz. Sie hatte keine Ahnung vom Buchhandel. Aber Landmann am Gänsemarkt lief so gut, dass sie noch Leute einstellen könnten. All diese neuen Wege hätten Kurt Landmann sehr gefallen.

Louise lächelte Tian zu, als er den Bildband mit den Fotografien von Erwin Blumenfeld bezahlte. Blumenfeld, einstiger Berliner, führender Modefotograf, der nun in New York lebte. Viele Titel der *Vogue* hatte er fotografiert, dieses Geschenk zu Idas Geburtstag im August würde auch Florentine erfreuen.

«Du siehst entspannt aus», sagte Louise. «Liegt es daran, dass Adenauer verspricht, die Kaffeesteuer zu senken?»

«Gerade rechtzeitig zur Bundestagswahl», sagte Tian. «Da werden ihm die Kreuzchen der Kaffeetrinker sicher sein.»

«Hauptsache, dein Laden läuft wieder.»

Doch es waren nicht nur die guten Aussichten für das Kaffeekontor, die Tian entspannten. Es lief auch wieder besser bei ihm und Ida, seit sie in der Agentur von Sybille Romanow arbeitete.

Das war Idas Welt, sie hatte doch immer schon den Glanz geliebt. Fotografen und Modelle und die Filmleute aus den Wandsbeker Studios kamen in die Agentur, beugten sich mit Ida über Leuchttische und betrachteten Dias der Mannequins, verbreiteten ihr Fluidum und hüllten Ida gern mit darin ein.

Doch auch auf ihn fiel ein heller Schein, seit er Ida zu einer Premiere in das Passage-Kino begleitet hatte, zu der sie eingeladen worden war. Das elfenbeinfarbene Telefon, das auf Idas Schreibtisch in der Agentur stand, klingelte oft am folgenden Tag, und sie hörte erstaunt, dass ihr zu Tian gratuliert wurde, ihrem attraktiven und exotischen Mann. Es hatte ihn überrascht, dass sie ihm freudig davon erzählte.

Tian ging vom Gänsemarkt die paar Schritte zur Dammtorstraße, wo er das Auto vor dem Bühnenhaus der Oper geparkt hatte. Er legte die Papiertüte mit dem Bildband auf den Rücksitz und stieg gerade ein, als er Alex sah, der die Schwan Apotheke betrat.

Sollte er ihm anbieten, ihn in die Johnsallee mitzunehmen? Tian entschied, auf Alex zu warten.

Alex kam ihm wenig standfest vor. Ob das einer der Gründe war, warum er nicht der neue Star der Polydor hatte werden wollen?

Vielleicht scheute er auch nur das Scheinwerferlicht. Anders als Ida, Tian lächelte. Sie ahnte nichts von Alex' sexueller Ambivalenz, er schaute ihren Flirtversuchen leichten Herzens zu.

Alex kam aus der Apotheke und bog in die Kleine Theaterstraße ein. Tian drückte den Knopf des Anlassers und fuhr los. Er sollte Alex mal zum Essen einladen als Dank für die geniale Idee, Ida der Agentur Romanow zu empfehlen.

Seit der Begegnung im Februar hatte es keine neuen Kontaktversuche von Ernst gegeben. Klaus konnte kaum fassen, dass *ihn* ein schlechtes Gewissen plagte, wenn er an den Abend dachte.

«Er ist doch nur ein armer Teufel», hatte Alex gesagt.

Alex wusste nichts von der Denunziation, die Ernst an Käthe und ihrer Mutter begangen hatte. Klaus hatte keine Geheimnisse vor Alex, doch davon zu erzählen, scheute er sich aus Scham über seinen Vater.

Klaus hatte keine große Lust, auf Sendung zu gehen. Ein herrlicher Sommertag, dieser 17. Juli, da waren die Leute an Alster und Elbe oder im Stadtpark, statt Radio zu hören. Alex hatte heute einen freien Abend nach all den Proben für das Konzert, Klaus hoffte, ihn später im Garten der Körnerstraße vorzufinden.

17. Juli. Auf den Tag vier Wochen war nun der Aufstand in der DDR her. Ein Déjà-vu, diese Kriegsszenen, Schlachten in

den Straßen, Panzer, und dennoch schien es ihm weit weg zu sein. Erst als er die Namen der Toten las, hatte sich das geändert. Allein in Ostberlin waren es vierzehn gewesen, darunter Schüler und Lehrlinge.

Er war kein sehr politischer Mensch, vielleicht kam er da nach seiner Mutter, Henny hatte versucht, sich aus den Zeitläufen herauszuhalten, anders als Theo. Doch auch ihr war das nicht gelungen.

Klaus nickte grüßend zur Loge hin. Derselbe Portier, der den Zettel seines Vaters entgegengenommen hatte an dem Abend im Februar.

«Heute wieder *Nach der Dämmerung*, Herr Lühr? Ich bin dabei.»

Da war ihm ja ein Hörer sicher. Instrumentale Aufnahmen, die er heute im Programm hatte. Kurt Edelhagen. Den Belgier Toots Thielemans mit seiner Mundharmonika. Das Alex Kortenbach Quintett. Aber auch einen kleinen Gesang von Ella Fitzgerald.

Er trat in den Kontrollraum und begrüßte Robert, der eingesprungen war als Tontechniker, einige Schallplatten hatte er aufzulegen, die Aufnahmen vom Quintett waren aus den Studios des NWDR.

«Schauen wir mal, ob die Mücken unsere Hörer aus dem Grünen und an die Radiogeräte treiben», sagte Robert und grinste. «Und du fängst ganz der Jahreszeit entsprechend mit Ellas *Summertime* an?» Er blickte auf den Programmzettel, den Klaus für ihn vorbereitet hatte.

Der Produzent der Polydor hatte kaum glauben können, dass Alex eine Karriere als Plattenstar ausschlug. Klaus war einer der Fürsprecher des Vertrages gewesen, allein schon aus Sorge, Alex könne denken, er sei eifersüchtig. Das wäre er wohl geworden, wenn Alex tatsächlich ausgezogen wäre, die Herzen der Frauen zu brechen. Doch den größten Einfluss auf Alex' Entscheidung hatte Theo gehabt.

Theo glaubte nach wie vor, dass Alex noch eine andere Karriere vor sich hatte als die, der Leiter und Namensgeber des Quintetts zu sein. Doch ein Satz, den Alex aus dem Gespräch mit den Plattenbossen wiedergab, hatte ihn irritiert.

Wir werden die Herzen zum Schmelzen bringen.

Das Schmelzen der Herzen traute Theo ihm durchaus zu, doch er zweifelte daran, dass Alex damit sein Glück finden würde.

«Wir werden die Herzen zum Schmelzen bringen», sagte Klaus, als er im Aufnahmeraum saß. Ein kleiner Mikrophontest.

«Wohl zu lange in der Sonne gewesen», sagte Robert.

Zweiundzwanzig Uhr. Jetzt waren sie auf Sendung.

Summertime and the livin' is easy wehte es zum Balkon hin, auf dem Thies und Marike saßen, Katja schlief in ihrem Bettchen. Noch immer waren viele Leute unterwegs, die durch die Hartwicusstraße zur Alster schlenderten. «Klaus ist dran», sagte Thies. «Ich stell das Radio an.»

«Dann wird Katja wach», sagte Marike.

Thies seufzte. Da konnte er nur hoffen, dass die Nachbarn nebenan noch ein wenig weiter hörten. Er hatte heute so viel Lonny Kellner und Bully Buhlan um die Ohren gehabt, dass er sich gern bei ein bisschen Jazz erholt hätte. Dabei war Buhlan ein Künstler, den er schätzte. Am Anfang von dessen Karriere war das Repertoire dem von Alex gar nicht unähnlich gewesen.

Your daddy's rich and your ma is good lookin'
So hush, little baby, don't you cry
Oh don't you cry.

Wäre Alex ein Schlagersänger geworden wie Bully Buhlan, wenn er den Vertrag bei der Polydor unterschrieben hätte?

Marike lauschte in das Zimmer hinein. «Jetzt ist sie wach», sagte sie und stand auf. Wenn sie sich zu Katja legte, schliefe Marike als Erste.

Das Radio der Nachbarn war still geworden. Thies saß noch eine Weile draußen und blickte in den Sternenhimmel. Das Familienleben war vor allem für Marike anstrengend, sich aufzuteilen zwischen Praxis und zu Hause. Ob sie wirklich noch ein weiteres Kind haben sollten? Er folgte seiner Frau und fand sie und Katja schlafend vor.

Alex saß im Rabenkeller bei Heinsohn. Er war der einzige Gast in der Kneipe an diesem Sommerabend.

«*I've got the blues*», hatte damals in Argentinien der alte Engländer gesagt, wenn ihm was auf der Seele lag. Den hatte er heute auch, den Blues. Auf der Dammtorstraße war ihm so schwach geworden, dass er es knapp in die Apotheke geschafft, um ein Glas Wasser gebeten und die Tabletten geschluckt hatte, die ihm meist schnell halfen.

Manchmal beschlich Alex der Gedanke, dass Theo ihm nicht nur abgeraten hatte, weil er den Schallplattenleuten misstraute. Verschwieg er da etwas, um ihn zu schonen? Nein. Das passte nicht zu Theo, man konnte ihm vertrauen.

«Stört es Sie, wenn ich das Radio anschalte?», fragte die Frau hinter dem Tresen.

Alex schüttelte den Kopf. Klaus' Stimme, die da in die Kneipe kam. Hätte er sich im Januar vor zwei Jahren denn vorstellen können, diesen jungen Mann so zu lieben? Klaus sagte Toots Thielemans an, und dann kam Thielemans grandioses Spiel auf der Mundharmonika.

«Noch ein Alsterwasser?»

«Nein, vielen Dank», sagte Alex. Er hörte die Musik zu Ende und Klaus' nächste Ansage. Dann stand er auf und ging zum Tresen, um zu zahlen.

Nach der Dämmerung. Ernst Lühr hatte noch keine Sendung verpasst, es war nicht seine Musik, doch sein Sohn. Es schmerzte ihn, sich aus Klaus' Leben katapultiert zu haben, und dennoch gelang ihm keine Annäherung. Alles wurde nur schlimmer.

Das Alex Kortenbach Quintett wurde von Klaus angesagt. Ohne Gesang, gut. Die Stimme dieser Ella Fitzgerald machte ihn nervös, sie wirkte auf eine unangenehme Weise sexuell. Da gefiel es ihm besser, wenn fünf Männer ihre Musikinstrumente anständig beherrschten.

Er erhob sich, um noch ein Bier aus der kleinen Küche zu holen. Eigene vier Wände, endlich, wenn es auch nur dreißig Quadratmeter waren, auf denen er hier in der Reismühle wohnte, gleich um die Ecke seines möblierten Zimmers in der Lübecker Straße. Sein Sohn war ja mittlerweile Besseres gewohnt, ein Haus in der Körnerstraße.

Lühr kehrte auf den Balkon zurück und hörte Klaus' Abschiedsworte für diesen Abend. Er blieb noch lange am Geländer stehen und blickte auf die Baracken im dunklen Hinterhof.

Das erste Mal, das Theo die Praxis betrat, in der Professor Sandelmann gestorben war, nur Käthe war an seiner Seite, als er durch Sprechzimmer und Behandlungszimmer ging und in das Zimmer für kleine ambulante Operationen sah.

«Wirst du die Praxis kaufen?», fragte Käthe.

«Das kann ich mir gar nicht leisten. Es ist auch in Frau

Sandelmanns Interesse, dass ich sie erst einmal als angestellter Arzt weiterführe.»

«Verschlechterst du dich da nicht?»

«Verglichen mit meinem letzten Gehalt als vollbeschäftigter leitender Arzt schon», sagte Theo. «Doch ich will was Neues wagen.»

«Ich hätte nie geglaubt, dass wir noch einmal zusammenarbeiten werden», sagte Käthe.

«In den Jahren, in denen du dich von uns ferngehalten hast, glaubtest du wohl an gar kein Leben mehr.»

«Das stimmt», sagte Käthe. «Stüves haben mich gerettet.»

Theo hätte gerne gefragt, wie sie denn nur hatte glauben können, dass ihre Kindheitsfreundin von der Denunziation gewusst haben könnte. Doch er tat es nicht. Er war froh, dass diese alten Wunden verheilt schienen.

«Stichwort Neues», sagte er, als sie sich in das Sprechzimmer setzten. «Alessandro wäre glücklich, wenn ihr in die Wohnung ziehen würdet. Er denkt doch bei jeder Gardinenstange, ob sie euch gefallen könnte.»

Käthe nickte. «Ich weiß», sagte sie. «Und Rudi weiß es auch.»

«Ist es wegen Everling und seiner Enkelin, dass ihr zögert?»

«Nicht so sehr», sagte Käthe. «Everling geht es besser, er kann sich um die Kleine kümmern.» Sie stand auf, stellte sich ans Fenster und sah hinaus auf den Neuen Wall ein Stockwerk unter ihr. Zwei junge Frauen stöckelten drüben auf der anderen Seite, ihre leichten Sommerkleider schwangen mit ihren Schritten. «Rudi hat Angst vor dem Vergessen», sagte sie. «Dass sich das Schöne und Glatte über die Erinnerung legt und all die Toten zudeckt.»

«Und du, Käthe? Denkst du, Anna wäre dir böse, wenn du einen Balkon und eine Badewanne hättest?»

Käthe drehte sich um. «Nein», sagte sie. «Das denke ich nicht, und ich grüble auch nicht mehr darüber nach, ob ich meine Ideale verrate, obwohl ich keine Ahnung habe, wen ich im September wählen soll.»

«Einen Sozialdemokraten», sagte Theo.

«Ja. Wenn es Kurt Schumacher gewesen wäre, der ist durch so viele KZs gegangen wie Rudi.»

«Nimmst du Erich Ollenhauer übel, dass er die Nazis in London überlebt hat? Dem war eine lange Flucht vorausgegangen.»

Käthe hob die Schultern. «Ich nehme nur übel, dass so viele ehemalige Mitglieder der NSDAP im Bundestag sitzen.»

Theo sah sie an, die Frau, die er seit 1919 kannte. Noch immer eine wilde Käthe. «Du hast sehr viel vom eigenen Glück eingesetzt in den Nazijahren», sagte er. «Mach es dir mal leichter.»

Euer Alex stand in der Anzeige zum Gedenken an seine Familie, die Alex Kortenbach in das *Abendblatt* vom 25. Juli hatte setzen lassen.

Er nannte ihre Namen, ihre Geburtsdaten. Sechs geliebte Menschen. Mutter. Vater. Schwester. Schwager. Die kleinen Nichten. Zehn Jahre war es her, dass sie alle in der ersten der drei großen Bombennächte des Juli 1943 umgekommen waren. Alex ließ die Zeitung auf dem Tisch liegen, wo auch die Fotografien lagen, die sie ihm nach Argentinien geschickt hatten, und stieg hoch ins Erdgeschoss, hielt sich dabei am Handlauf fest.

Er sollte was an seiner Wohnsituation ändern, nicht länger möbliert leben mit fünfunddreißig Jahren, sosehr er die

Menschen im Haus in der Johnsallee mochte. Dass er noch immer im Souterrainzimmer bei Guste wohnte, lag auch daran, dass er einen zweiten Ort bei Klaus in der Körnerstraße hatte. In diesem geschützten Haus machten Theo und Henny es ihnen möglich, als Paar zu leben.

Dennoch. Ecke Schwanenwik und Uhlenhorster Weg war ein neuer Bau geplant, kleine Wohnungen mit Alsterblick, vielleicht wäre das was, den Baukostenzuschuss konnte er sich inzwischen leisten, auch ohne ein Plattenstar der Polydor zu sein.

Er hatte es nie bereut, vor fünf Monaten nein gesagt zu haben, doch er hoffte, dass ihm noch mehr gelänge als die Aufnahmen im Studio des NWDR, das Spielen im Quintett.

Guste hatte ihm seine Post auf den Tresen gelegt, der einmal der Empfang für die Pensionsgäste gewesen war. Ein Brief von der GEMA. Er war im Frühling eingetreten, hatte seine Kompositionen angemeldet und im Juni mit einer ersten Auszahlung der Tantiemen gerechnet, die sich offensichtlich verspätet hatte.

Alex öffnete den Brief und stieß einen leisen Pfiff aus. Die Summe war deutlich höher als von ihm erwartet. Er steckte den Brief in die Tasche seines Jacketts und verließ das Haus, um zum Funkhaus in die Rothenbaumchaussee zu gehen. Er war schon immer ein Fußgänger, ihm käme kaum in den Sinn, ein Auto zu kaufen, sollte auch die nächste Vierteljahresauszahlung der GEMA in dieser Größenordnung sein.

Doch als er auf die Johnsallee hinaustrat, dachte er, dass es vielleicht nicht nur ein Zimmer sein müsste, in das er zog. Zwei Zimmer mit Blick auf die Alster. Ein eigenes Klavier bei Trübger kaufen.

Wer hätte das gedacht, als er nach Hamburg zurückgekehrt war, im Ledigenheim wohnte, ans Sterben als einzige

Möglichkeit glaubte. Euer Alex, dachte er, euer Alex hat viel Glück gehabt in diesen letzten vier Jahren. Wären sie doch alle sechs da, um daran teilzuhaben.

Ein verhangener Tag, dieser vorletzte im Juli, wenn auch schwül. Käthe und er hatten vorgehabt, am kommenden Sonntag einen Ausflug an den Timmendorfer Strand zu machen, gemeinsam mit Ruth, doch das Wetter schien nicht mitzuspielen. Die Vorhersage kündigte Regen an.

Er traf den alten Everling in der Küche, Johannisbeeren von den Rispen zupfend, die Ruth dann morgen mit dick Zucker essen würde.

«Nehmen Sie einen Schirm mit, Rudi, wenn Sie nachher zur Druckerei gehen. Sieht nach Regen aus.»

«Müssen Sie noch aus dem Haus?»

«Vielleicht ein paar kleine Einkäufe machen.»

Rudi setzte sich an den Küchentisch, um einen Briefumschlag zu adressieren, eine Marke draufzukleben. Die Antwort an eine Galerie, die sich für seine Zeichnungen interessierte, sie ausstellen wollte. Es wäre gut, wenn das ins Laufen käme, er würde gern die Arbeit in der Druckerei aufgeben, zu wenige Abende, die Käthe und er gemeinsam verbringen konnten.

Er dachte auch daran, die Orientperle zu verkaufen, vielleicht im Herbst. Alessandro hatte vorgeschlagen, das in die Hand zu nehmen, sein Vater war so viel erfahrener in diesen Dingen und hatte immer ein großes Leben gelebt.

«Mögen Sie ein Schüsselchen mit Beeren, Rudi?»

«Gern. Nur ein ganz klein wenig Zucker.»

Everling stellte ihm die Schüssel hin, legte einen Löffel dazu und setzte sich. «Darf ich Sie und Käthe am Sonntag in unser Mühlenkamper Fährhaus einladen? Meine Frau und ich haben dort oft gegessen, das waren ja nur ein paar Schritte von unserem Haus am Langenzug.»

«Ihre Frau ist wann gestorben?»

«1936. Viel zu früh. Doch ihr ist einiges erspart geblieben.»

«Die Einladung nehme ich auch in Käthes Namen mit Freuden an, Herr Everling. Das ist eine schöne Idee.»

«Und noch etwas. Wo wir doch fast eine Familie sind, bitte ich darum, mit dem Siezen aufzuhören.»

Rudi lächelte. «Einverstanden, Gustav», sagte er. «Nun muss ich aber los.» Er stand auf und umarmte den alten Everling.

Ein gelbliches Licht mischte sich in das Grau des Tages, von der anderen Seite der Alster ein Grollen im Himmel, als Rudi aus dem Haus ging. Warum kehrte er um an der Haltestelle der Straßenbahn?

Der Brief, der noch auf dem Küchentisch lag? Der Schirm, den er vergessen hatte? Rudi war ohnehin schon zu spät dran, um noch pünktlich in der Druckerei anzukommen.

Nein. Er habe keine Ahnungen gehabt, würde er später sagen.

Er fand Gustav Everling am Fuße der Treppe, eine herausgerissene Strebe des hölzernen Geländers lag neben ihm.

Es dauerte nicht lange, bis ein Nachbar die Feuerwache Barmbek in der Bachstraße alarmiert hatte. Bis der Rettungswagen heranraste. Rudi, der neben dem alten Mann saß und dessen Hand hielt, kam es wie eine ganze Ewigkeit vor.

Er wusste, dass Gustav Everling tot war. Sich das Genick gebrochen hatte auf der verdammten Treppe. Er hatte zu viele Tote gesehen, um es nicht zu wissen. Rudi war nur dankbar, dass Ruth an diesem Tag an einem Ausflug teilnahm und nicht zu Hause übernachten würde.

Als Käthe spät nach Hause kam an diesem Abend, war ein Mann dabei, die Treppe notdürftig zu flicken. Rudi fand sie in der dunklen Küche vor. Leise und ohne Tränen erzählte er ihr, was geschehen war.

Am nächsten Tag in aller Frühe losfahren, das Kind vom Ausflug in den Sachsenwald abholen. Es mit weiten Armen auffangen.

«Lass uns in die Wohnung ziehen, die dein Vater vorbereitet hat.»

«Ja», sagte Rudi. «Hier will ich nicht bleiben.»

Ist noch so viel Süßkram da», sagte Else Godhusen. «Geburtstagstorte und dann die ganzen Ostereier.»

«Das kriegst du schon aufgegessen», sagte Henny.

«Nicht dass ich nachher noch Zucker bekomme.»

«Mama, du wirst uralt werden.»

«Das sagst du so.» Else steckte ein Marzipanei in den Mund. «Weißt du noch, wie Rudi da unten stand? Nach dem Krieg?»

Henny trat an das Fenster. Oh ja. Das wusste sie noch. Rudi, der aus der Gefangenschaft heimkehrte und vor dem Haus stand, in dem Käthe und ihre Familie gelebt hatten. «Drüben zieht jemand aus», sagte sie.

Else trat heran und blickte ihr über die Schulter. «Das ist bei den Laboes», sagte sie.

Nein. Diese Wohnung war schon lange nicht mehr die von Käthes Eltern. Noch kurz vor Kriegsende waren Flüchtlinge aus dem Osten dort eingezogen, danach eine ausgebombte Hamburger Familie, die nun offensichtlich auszog.

Doch zwei Möbelstücke, die abseits von den anderen Möbeln am Straßenrand standen, kamen Henny bekannt vor. Ein verschlissenes Kanapee und ein Küchenbuffet, bei dem der weiße Lack abblätterte.

Ein Umzugswagen der Spedition Lüth fuhr vor. Henny ging in den Flur, zog ihre Jacke an, nahm ihre Tasche.

«Gehst du schon?», fragte Else.

«Ich will Annas Buffet», sagte Henny. «Sieht ganz so aus, als ob es auf die Müllabfuhr wartet.»

Else blieb am Fenster stehen und sah ihre Tochter unten verhandeln.

Es war, wie Henny erwartet hatte, Buffet und Kanapee standen für den Entrümpler bereit, dessen Kleinlaster auch schon um die Ecke bog. Sie dachte nicht lange darüber nach, ob Käthe das Buffet überhaupt wollte. Wenn nicht, dann würde sie es nehmen. Da war der Wunsch in ihr, etwas zu retten von Annas und Karls bescheidenem Besitz.

Henny blickte hoch zu ihrer kopfschüttelnden Mutter am Fenster, als sie dem Entrümpler einen Geldschein gab, zur Schubertstraße hinüberzeigte, dem Eckhaus, in dem sie selbst so lange gelebt hatte.

Das Küchenbuffet wurde in Elses Keller getragen, in dem sonst nicht viel stand. Else verwahrte ihr Gerümpel auf dem Dachboden.

«Hast du noch Geld gegeben für das olle Ding?», fragte sie, als Henny zur Tür hineinkam.

«Nur einen kleinen Schein als Entschädigung und fürs Schleppen. Es ist noch ganz schön, nur neu lackiert muss es werden.»

«Wird wohl noch im Keller stehen, wenn ich tot bin und ihr bei mir die Wohnung auflösen müsst.»

«Jetzt bist du vorgestern erst einmal achtundsiebzig geworden und bei guter Gesundheit.»

«Käthe wird das Buffet bestimmt nicht haben wollen.»

«Dann nehme ich es.»

«Da wird Theo aber begeistert sein», sagte Else.

Doch es war Rudi, der als Erster von der Rettung des Laboe'schen Buffets erfuhr und tatsächlich begeistert war. Er kam vorbei, kaum dass Henny angerufen hatte, er wollte wieder zu Hause sein, wenn Ruth aus der Schule kam. Es waren ihre ersten Tage auf dem Gymnasium.

Er zog kleine und große Schubladen auf, als sie im Keller vor dem Buffet standen, öffnete die Türen, klopfte auf die Bretter. «Ich werde es tomatenrot lackieren», sagte er. «Vielleicht darf ich das hier tun.»

«Willst du nicht erst einmal Käthe fragen?»

«Nein», sagte Rudi. «Das entscheide ich ganz allein.» Er lachte. «Den Schrank werde ich Ruth ins Zimmer stellen. Da hat sie Platz für all ihre Schulbücher und die Malutensilien. Sie wird sich freuen.»

«Du bist ein leidenschaftlicher Vater geworden.»

«Ein spätes Glück. Es hat ja nicht geklappt mit eigenen Kindern.»

Henny schwieg. Warum sollte er jetzt noch erfahren, dass Käthe ganz früh in ihrer Liebe zu Rudi eine verpfuschte Abtreibung gehabt und keine Kinder mehr hatte kriegen können?

«Ich danke dir, dass du das Küchenbuffet gerettet hast», sagte Rudi. «Dann sag ich mal Else guten Tag und frage, ob ich es in ihrem Keller lackieren darf.»

«Das wird sie gern erlauben. Vor allem, wenn du anschließend bei ihr Kaffee trinkst und Süßkram isst.»

«Dann lass uns mal hochgehen», sagte Rudi.

Es war ein Ritual geworden von Tian und Alex. Im Herbst 1953 hatten sie angefangen, sich einmal im Monat in der Kaminhalle des Vier Jahreszeiten zu treffen. Sie luden sich abwechselnd ein, tranken meist Tee, aßen kleine Sandwiches dazu und lauschten gelegentlich dem Klavierspieler, der in der Ecke am Flügel saß.

Sie redeten sich vieles von der Seele und hatten lange

nicht geahnt, dass das so gut miteinander ging. Tian und Alex zogen die Blicke auf sich, der elegante Chinese in seinen Fünfzigern, der viel jüngere Mann, zu dem die Frauen immer wieder guckten, doch die beiden merkten es kaum. Heute war es ein Herr, der auf sie aufmerksam geworden war.

Alex fing seinen Blick auf, als Tian Tee nachschenkte. Er war erstaunt, dass der Herr sich erhob und an ihren Tisch trat.

«Verzeihen Sie die Störung, doch Sie sind Alex Kortenbach, nicht wahr? Ich habe Ihr Foto im *Jazz Podium* gesehen. Darf ich mich einen Augenblick zu Ihnen setzen?» Er blickte zu Alex, dann zu Tian, die beide nickten. Der Herr sah nicht aus wie ein aufdringlicher Verehrer.

«Ich heiße George Rathman und produziere Filme. Für die Real-Film hier in Hamburg und für andere. Eines der nächsten Projekte ist ein Film über den amerikanischen Schriftsteller Thomas Wolfe. Ihre Musik würde gut dazu passen, Herr Kortenbach.»

«Sie sind Engländer, Herr Rathman?», fragte Alex. Er sprach den Namen englisch aus, wie es Rathman getan hatte.

Rathman lächelte. «Ich habe nur das zweite *n* verloren in den Jahren des Exils», sagte er. «Und dafür ein *e* an meinem Vornamen gewonnen.»

Alex nickte. «Ich habe von 1935 bis nach dem Krieg in Argentinien gelebt», sagte er.

«Aber Sie sind nicht jüdischer Abstammung?»

«Nein. Ich wollte nur nichts mit den Nazis zu tun haben.»

«Ich denke, dass Sie und ich gut zusammenarbeiten könnten, und würde Ihnen gern in den nächsten Tagen unser Projekt vorstellen.»

«Es interessiert mich sehr», sagte Alex und stand genau wie Tian auf, als Rathman sich verabschiedete, eine Visitenkarte auf den Tisch legte und nochmals um Entschuldigung für die Störung bat.

«Nun trinke ausnahmsweise ein Glas Sekt mit mir», sagte Tian, als George Rathman die Kaminhalle verließ.

«Es hört sich gut an, was er da erzählt», sagte Alex.

«Ich glaube auch nicht, dass er viele Geigen will, es geht ihm wohl wirklich um deine Kompositionen und dein Klavierspiel.»

«Vor allem scheine ich dabei vor keine Kamera zu müssen.»

«Du wirst auch so schon erkannt.» Tian lachte.

«Nur ein kleiner Artikel in einer Zeitschrift für Jazzliebhaber.»

Tian gab dem Ober ein Zeichen, um zwei Gläser Matheus Müller aus Eltville zu bestellen.

Das Souterrainzimmer stand leer, seit Alex im vergangenen Herbst ausgezogen war. Guste hoffte darauf, dass ihr ein neuer Vogel hineinflog, das Haus verwaiste geradezu, nachdem Ulla nicht länger auf die Einlösung des Eheversprechens gewartet, sondern sich mit einem Cellisten liiert hatte.

«Na, du alter Hagestolz», sagte Guste, als Momme in die Küche kam. «Du siehst verdrießlich aus.»

«Ulla kriegt ein Kind von ihrem Heini. Ich dachte, er könne gerade mal eben den Bogen halten.»

«Ach, Momme. Warum habt ihr nicht längst geheiratet, Ulla wäre eine gute Frau für dich gewesen.»

«Warum hast *du* nie geheiratet, Guste?»

«War keiner da», sagte Guste und machte sich mit dem

Messer über die Kartoffeln her. Auch wenn sie heute nur zu dritt beim Abendessen sein würden, gepellt werden wollten sie doch.

«Und Bunge?»

«Der war eher Kind im Hause.»

«Ihr habt doch ein Liebesleben gehabt.»

Guste wurde nicht rot, sie hatte immer ein gut durchblutetes Gesicht.

«Du willst nur von deiner eigenen Misere ablenken», sagte sie.

«Werden das Bratkartoffeln?», fragte Momme, als er sah, dass Guste das Zeitungspapier um die Schalen packte. «Das sind aber wenige.»

«Für dich, mich und Florentine wird es wohl reichen. Ida und Tian sind auf einem Empfang.»

«Ich esse keine Bratkartoffeln», sagte Florentine, die in der Küchentür erschien. «Das schadet nur meiner Figur.» Sie war vierzehn geworden im Januar und füllte noch immer keine Dekolletés, doch ihr Gesicht und das Knabenhafte ihres langen Körpers ließen Augen aufleuchten. Vor allem die von Sybille Romanow.

«Dann lutsch an einem Salatblatt», sagte Guste. Sie holte das große Holzbrett hervor, um die Kartoffeln in Scheiben zu schneiden.

«Ich fühle mich in die Ecke gestellt», sagte Momme. «Tian ein Lebemann, Alex ein umjubelter Musiker, Florentine eine Schönheit.»

«Und Ulla Mutter», sagte Guste. Sie schonte keinen. Auch sich nicht. Sie fing an, vier Zwiebeln zu schälen, hackte drauflos und weinte ein bisschen dabei.

Zwei große Zimmer und eine Dachterrasse, auf der Alex stand an diesem Frühlingsabend. Er blickte auf die Alster und sah der Sonne beim Untergehen zu. Gegen halb acht wollte Klaus kommen, dann hatte der Himmel noch einen Rest Rot. Sie würden eine Kleinigkeit essen, ein Glas Wein trinken, und er würde Klavier spielen. Dann darüber sprechen, dass auch die zweite Begegnung mit George Rathman sehr angenehm gewesen war und Alex als Komponist so gut wie engagiert.

Das Glück, dachte Alex.

Vielleicht vergaß er dann, dass er sich den ganzen Tag an den Möbeln entlanggehangelt hatte. Theo stand im Gespräch mit einem alten Studienkollegen, der auf neurologische Erkrankungen spezialisiert war.

«Schick ihn mir», hatte der Studienkollege gesagt.

«Immer gut, noch eine Meinung einzuholen», sagte Theo.

Glaubte Theo nicht länger daran, dass die verschleppte Borreliose schuld an den Schüben hatte, deren Symptome kamen und gingen?

Ein kurzes Klingeln, dann hörte er den Schlüssel im Schloss. Üppiges Rot am Himmel, Klaus kam früh.

«Ich hab Krabbensalat von Michelsen mitgebracht.» Klaus sah Alex zu, der von der Terrasse in die Diele kam. «Wann bist du bei dem Arzt, den Theo kontaktiert hat?», fragte er.

«Vielleicht ist es nur heute so», sagte Alex. «Verdirb uns nicht den Abend, Klaus, pack lieber den Krabbensalat aus.»

Er nahm die Glasschalen aus dem Sideboard und ging in die Küche. Holte die geöffnete Flasche Silvaner aus dem Kühlschrank, die Karaffe Wasser, stellte Gläser auf das Tablett. Legte das Besteck dazu.

Auf dem Tisch im Zimmer nebenan lagen schon die Sets

aus safranfarbenem Leinen, die passenden Servietten. «Trag du lieber das Tablett rein», sagte Alex zu Klaus, der gerade dabei war, die Stange Weißbrot aufzuschneiden. «Ich schaff das heute nicht.»

«Die Schübe haben nie einen Schaden hinterlassen», sagte Klaus. Er trug das Tablett in das Zimmer, das Wohn- und Arbeitszimmer war, und kam in die Küche zurück.

Alex ging hinüber und schenkte den Wein ein. Ein volles Glas für Klaus, ein halbgefülltes für sich. Seinen Wein goss er mit Wasser auf. Nur nichts riskieren, wo er ohnehin schon schwankte.

Er drehte sich zur noch offenen Terrassentür um, trat hinaus und schaute in den nun dunklen Himmel. Eine schmale Sichel Mond.

Klaus kam auf die Terrasse und legte ihm die Hand auf die Schulter.

«Was immer kommt», sagte er. «Du und ich kriegen es hin.»

«Hoffentlich wird es nicht so schlimm», sagte Alex. «Dafür, dass ich vor sechs Jahren schon mit dem Leben abgeschlossen hatte, hänge ich doch sehr an meiner Unversehrtheit.»

«Seid ihr jetzt meine Eltern?», hatte Ruth gefragt, als sie ihren Großvater zu Grabe getragen hatten.

Ja. Sie waren jetzt ihre Eltern. Seit eindreiviertel Jahren. Für Rudi war es ein Segen, Ruth rollte den großen Stein von ihm, der ihn in all den Jahren seit Kriegsende beschwert hatte. Für ein Kind verantwortlich zu sein, veränderte alles. Die guten Seiten des Lebens hatten Sinn, nichts war illoyal daran, eine helle Zukunft zu wagen.

An diesem Tag war sie tomatenrot, und Annas altes Küchenbuffet wurde von ihm und Klaus aus dem Keller geholt, auf das Tempo-Dreirad geladen, das Rudi sich in der Druckerei ausgeliehen hatte, und von Klaus in die Marienterrasse gefahren. Rudi hatte es vor vielen Jahren schon einmal getragen, zu Käthes Eltern, auf der anderen Seite des Buffets war Hans Fahnenstich gewesen.

Rudi hörte gar nicht auf, durch die Wohnung zu wandern an diesem Vormittag. Die hellen modernen Möbel, die sie mit Alessandro ausgesucht hatten, das Sofa mit den Karos, die Tütenlampen in Weiß und Rot. Die gerahmten Porträts von Käthe und Ruth, die er gezeichnet hatte.

Seine Karriere als Künstler war keine große geworden, obwohl Lina nach wie vor Zeichnungen von ihm verkaufte, auch Ausstellungen hatte er. Nicht länger nur Aufarbeitung, das Zeichnen, es vergnügte ihn.

Doch ihnen blieb genügend zum Leben, auch wenn er die Abende und Nächte nicht mehr in der Druckerei verbrachte, nur noch gelegentlich in der Spätschicht als Setzer aushalf. Dazu kam Käthes Lohn in der Praxis.

In Theos Tresor lag keine Orientperle mehr.

Sein Glückspfand war weitergewandert, Alessandro hatte es kurz und schmerzlos gemacht und die Perle an einen Juwelier verkauft. Danach war er nebenan in die prächtige Marmorhalle der Dresdner Bank am Jungfernstieg gegangen, hatte Rudis Vollmacht vorgelegt und für seinen Sohn ein zweites Konto eröffnet. Zehntausend Mark. Davon hätte Rudi zwei VWs kaufen können, hätte er zwei VWs haben wollen.

«Lasst es nicht auf dem Konto liegen», hatte sein Vater gesagt. «Gönnt euch was. Du wirst noch ein bisschen von mir erben, *mio figlio*.»

Selten, dass sie an das Geld gingen. Es reichte auch so

für die Miete. Noch immer neigten Käthe und er nicht zu Luxuskäufen. Alles, was teuer war in ihrer Wohnung, hatte Alessandro gekauft.

War Rudi je von ganzem Herzen Kommunist gewesen? Nein. Nur ein Gegner der Nazis. An Stalins Todestag im März 1953 hatte er eine Kerze angezündet. Aus Dankbarkeit, dass dieser Tyrann nicht mehr auf Erden weilte. Diese verschlungenen Wege durch das Jahrhundert.

Was würde er Ruth vermitteln können? Die Menschen zu lieben?

Er ging in die Küche und setzte Wasser für die Nudeln auf, öffnete eine Büchse Tomatenmark. Das passte doch zum Buffet in Ruths Zimmer.

Gleich würde das Kind kommen. Auf dem Fahrrad vom Lerchenfeld, wo einst Lina Lehrerin gewesen war. Das zerstörte Haupthaus der Oberschule für Mädchen wurde gerade wiederaufgebaut.

Ein Lächeln in Rudis Gesicht, als es an der Tür klingelte.

«Weißt du, was diese Gespräche kosten?», fragte Louise. Sie saß auf dem Sofa, dessen neues Korallenrot nicht ganz den Ton des vorherigen Bezuges traf, hatte die Beine übereinandergeschlagen und betrachtete die verrutschte Naht ihrer Nylons.

«Es war Tom, der angerufen hat. Seit wann sorgst *du* dich um Geld?»

«Nebbich Geld. Ich fange nur an, eifersüchtig zu werden. Was ist das mit dir und Tom und euren elend langen Telefongesprächen?»

«Eine wiederbelebte Freundschaft», sagte Lina. Sie ließ sich neben Louise auf das Sofa fallen. «Und was ist das in deinem Glas?»

«Ein leicht variierter Manhattan. Wir hatten keinen roten Wermut mehr, ich habe Orangenbitter genommen. Willst du auch einen?»

Louise stand auf, als Lina nickte, und ging zu der Bar, die noch immer der Eichentisch war, nachdem das kupferne Teil des Auktionshauses Schlüter von Louise verworfen worden war.

Sie nahm die Zange, angelte die letzten Eiswürfel aus dem Eimerchen, gab den Bourbon in den Shaker, ein paar Tropfen Angostura dazu, den Orangenbitterlikör, und schüttelte.

«Nicht dass du auf deine alten Tage noch anfängst, Männer zu lieben», sagte sie und goss das Ergebnis ihrer Schüttelei in ein Glas.

«Tom hat einen Neffen», sagte Lina und ging gar nicht auf die Stichelei ein. «Sechsundzwanzig Jahre alt. Er ist gelernter Buchhändler und würde gerne nach Hamburg kommen.»

«Spricht er Deutsch?»

«Er lebt seit drei Jahren bei Tom in Köln.»

«Wir können dringend Hilfe brauchen.»

«Eben», sagte Lina.

«Lass ihn kommen. Vielleicht bin ich auch nicht unempfänglich.»

Lina lächelte. Eine kleine Provokation. Sie waren ein altes Paar.

«Ein sympathischer Mann», sagte Theos Studienkollege.

«Ja, das ist er. Meine Frau und ich schätzen ihn sehr», sagte Theo.

«Er hat noch immer Borrelien im Blut, mehr als meine Patienten mit multipler Sklerose. Doch ich halte es für unwahrscheinlich, dass er MS hat. Ich bin eher davon überzeugt, dass alles von der alten Infektion kommt und der dadurch entstandenen Schädigung der Nervenzellen. Das Arsen in seinem Körper ist auch nicht hilfreich. Ich denke, er wird mit diesen Schüben leben müssen.»

«Werden sie schlimmer werden?»

«Das kann ich nicht verlässlich voraussagen, Theo. Das solltest du doch wissen, als alter Mediziner.»

Ja. Das wusste Theo Unger.

«Du hattest vermutet, ich hätte MS», sagte Alex an diesem Abend.

«Mir war wichtig, es auszuschließen.»

«Theo, bitte hab keine Geheimnisse vor mir. Ich phantasiere ohnehin schon viel zu viel hinein.»

«Gehörte MS zu diesen Phantasien?»

«Gut zu wissen, dass ich keine habe.»

«Lambrecht empfiehlt ein neues Medikament», sagte Theo.

«Nimm den mit dem Entenschnabel», sagte Klaus.

«Ist er für Ihren Vater? Wie groß ist denn der alte Herr?», fragte die freundliche Dame von Langhagen und Harnisch.

«Genauso groß wie ich», sagte Alex.

«Guck mal, der gefällt mir auch. Ein Windhundkopf. Oder?», sagte Klaus. Vielleicht ließ sich das hier heiter gestalten, Alex fiel dieser Schritt schwer genug.

Alex wählte einen aus Ebenholz mit schlichtem Silbergriff. Sie verließen das Geschäft am Jungfernstieg.

Zwei Freunde kaufen einen Stock, Klaus trug ihn nach Hause. Es ging Alex besser, doch es erleichterte ihn, den Kauf hinter sich zu haben. Er hoffte, dass der Stock nicht zum Einsatz käme.

Else las gerade in der *Klugen Hausfrau*, als es klingelte. Sie erhob sich ein bisschen mühsam, um zur Tür zu gehen. Hoffentlich standen nicht die Zeugen Jehovas davor mit ihren Traktätchen oder der Messerschleifer, sie brauchte beide nicht. Nur einen Spalt öffnen, dann konnte sie die Tür leichter zudrücken. «Das ist aber ein seltener Besuch», sagte sie, als Marike die Treppe hochkam.

«Ich dachte, ich komme mal vorbei, Oma. Kann ich dir vielleicht was bei Hummelsteert einkaufen? Oder wollen wir einfach ein bisschen klönen?»

«Klönen», sagte Else. «Ich hab alles im Haus. Deine Mutter hat gestern eingekauft.»

Marike setzte sich lieber an den Küchentisch, als in Elses gute Stube zu gehen. Die wirkte, als hinge da eine Museumskordel vor der Tür.

«Lass dich ansehen, Kind», sagte Else. «Wie siehst du denn aus?»

«Ich hab mir die Haare kürzer schneiden lassen.»

«Aber der Pony. Dass du deine schöne Stirn versteckst. Die Haare auf der Haut. Das gibt nur Pickel.»

«Da kommt schon Luft dran», sagte Marike. Sie erinnerte sich noch gut an die paar Mitesser während ihrer Pubertät, die Else mit Kamillendampfbädern und anschließendem Ausquetschen bekämpft hatte. Wenn es weh tat, hatte ihre Großmutter das einen *gesunden Schmerz* genannt, nachher sah die Haut schlimmer aus als vorher.

«Wieso bist du nicht in der Praxis?», fragte Else. Sie kramte im Küchenschrank herum und fand Kekse, die sie auf einen Teller legte. Nahm den Apfelsaft aus dem Kühlschrank und füllte zwei Gläser.

«Mittwochnachmittag ist die Praxis doch zu, Oma.»

«Und da bist du nicht bei deinem Kind?»

«Katja ist mit ihrer Kinderfrau in Planten un Blomen unterwegs, da gibt es einen großen Spielplatz.»

Marike sah ihrer Großmutter an der Nasenspitze an, dass sie das missbilligte, eine Mutter hatte bei ihrem Kind zu sein. Dauernd. Else säße gern heute noch der fünfundfünfzigjährigen Henny auf der Pelle.

«Ihr jungen Leute müsst wissen, was ihr tut.» Else setzte sich und legte die gefalteten Hände auf den Tisch. «Und ein Geschwisterchen für Katja? Die wird nun auch schon fünf im Mai. Oder denkst du nur an deine Karriere?»

Warum hatte sie nicht einfach einen Spaziergang um die Alster gemacht? Henny in der Finkenau besucht? Auf einen Kaffee bei Käthe vorbeigeschaut? Marike fing an zu bereuen, dass sie in die Schubertstraße gegangen war.

«Wir führen zu zweit eine Praxis, Oma. Mein Kollege und ich machen unsere Arbeit gut und sind inzwischen ein eingespieltes Team, doch eine Karriere nenne ich das noch nicht.» Sollte sie ihre Großmutter provozieren und ihr sagen, dass unter ihren Patientinnen viele Prostituierte aus dem nahen St. Georg waren?

«Du klingst schon wie deine Mutter. Henny kriegt auch gleich so einen gekränkten Ton. Der kann man nichts sagen.»

Marike nahm einen Keks, dann hatte sie genügend Krümel im Mund, um die Antwort nicht zu geben, die ihr auf der Zunge lag.

«Von deinem Bruder kommen ja auch keine Kinder mehr. Sieht so aus, als ob Klaus bei dem jungen Mann kleben bleibt.» Else schüttelte den Kopf, das gefiel ihr alles nicht.

«Erzähl mir mal von Mamas Kindheit», sagte Marike. «Und von Opa.» Damit war sie auf der sicheren Seite. So kriegte man noch eine Stunde friedlich rum, wenn Else die Erinnerungen ausbreitete.

«Die Lütte ist doch ein Schatz», sagte Willi.

Ja. Ruth war ein Schatz. Dennoch sehnte sich Käthe gelegentlich auch nach Zweisamkeit zurück, Rudi und sie hatten einander so lange entbehrt.

Ihre Kinderlosigkeit war Erleichterung gewesen in jenen Jahren, doch Nazis und Krieg waren vorbei, keine Gestapo vor der Tür, kein Gerenne in den Bunker, und Rudi war glücklich, endlich ein Kind zu haben. Ruth nahm viel Raum in seinem Leben ein.

«Bisschen eifersüchtig scheinst du mir auf die Lütte zu sein. Is ja fast so, als wäre zu Rudi noch 'ne Frau eingezogen.» Willi grinste.

«Du hättest Seelenklempner werden sollen, statt Rohre zu verlegen.»

«Da hast du recht. Hätte was Höheres aus mir werden können.»

Käthe kam nicht nur mit Flieder aus Stüves Garten zurück an diesem Samstagnachmittag, bei Willi zu sitzen, seine Kommentare zu hören, hatte ihr wie immer geholfen, mit sich ins Reine zu kommen.

Sie bog in die Marienterrasse ein und winkte Rudi zu, der auf dem Balkon stand und die Stiefmütterchen goss, Blumenkästen hatten sie zuletzt in der Bartholomäusstraße gehabt. Ein ferner Tag fiel ihr ein, als sie Stiefmütterchen gepflanzt hatte, in Lila und Weiß, Rudi war mit einer Tüte Krokanteier gekommen, und sie hatten sich am helllichten Mittag vor dem Kachelofen geliebt.

«Wo ist Ruth?», fragte sie, kaum dass sie eingetreten war.

«Bei Theo und Henny im Garten, um mit dem Hund zu spielen. Henny sagt, sie könne gern noch zum Abendbrot bleiben.»

Käthe ging ins Bad und wusch sich die Hände. Sah in den Spiegel. Sechsundzwanzig war sie nicht mehr, doch leuchten konnte sie noch immer. Sie knöpfte ihre Bluse auf.

«Oh, du liebe Sünde», sagte sie, als Rudi ins Bad kam, und streifte sich einen Träger ihres Hemdes über die Schulter. «Auch ohne Krokanteier.»

Rudi sah erstaunt aus. «Oh du liebe Erinnerung», sagte er dann. «Du meinst, wir haben sturmfreie Bude?» Er lachte, als Käthe anfing, ihn auszuziehen.

«Du bist noch immer mein hübscher Rudi», sagte sie.

«Und du meine schöne Käthe.»

Kein weißer Kachelofen diesmal, ein schwarz gekachelter Kamin, vor dem sie sich liebten. Auf einem Plaid aus Mohair.

«Nun könnten wir uns auch ein Eisbärfell leisten», sagte Rudi.

«Der Pony steht dir enorm», sagte Klaus zu seiner großen Schwester. «Eine blonde Juliette Gréco.»

«Oma findet, dass ich *meine schöne Stirn* verstecke.»

«Else ist nicht kompetent in diesen Fragen.» Klaus lachte. Er nahm seine Nichte auf den Arm und machte mit ihr ein paar Tanzschritte. «Wir werden es uns nett machen, meine Süße», sagte er.

An diesem Samstag würde Katja bei ihnen im Schwanenwik schlafen, während Marike und Thies bei Thies' Abteilungsleiter eingeladen waren.

Marike trat auf die Terrasse. «Pass mir auf, dass Katja hier nicht klettert», sagte sie. «Eure Wohnung ist wirklich wunderschön.»

«Eigentlich ist es eher Alex' Wohnung, in der ich viel Zeit verbringe.»

«Fällt es den Nachbarn nicht auf, dass da zwei Männer leben?»

«Alex lebt hier unterm Dach angenehm isoliert, da kriegen die Nachbarn nicht viel mit. Es steht nur sein Name an der Klingel und am Briefkasten. Ich wohne offiziell in der Körnerstraße.»

«Bitte passt gut auf euch auf.» Marike strich ihrem kleinen Bruder, der gut einen Kopf größer war als sie, eine Haarsträhne aus der Stirn.

«Klar», sagte Klaus.

«Und du bist sicher, dass wir Katja nicht abholen sollen, wenn wir heute Abend nach Hause kommen?»

«Und ob», sagte Klaus.

«Und ob», echote Katja, die auf den Klavierhocker geklettert war. «Alex kann mit mir wieder Klavier spielen.» *Alle meine Entchen*, was da unter ihren kleinen Fingern entstand.

«*Onkel* Alex», sagte Marike.

Klaus grinste. «Es kommt nicht in Frage, dass ihr das schlafende Kind durch die Straßen tragt.»

«Wäre ja nicht weit.» Marikes Blick wanderte durch das Zimmer. Das safrangelbe moderne Sofa. Der alte Eichenholztisch. Die Freischwinger aus Chrom und hellem Peddigrohr, die um den Tisch standen. Viel Licht in diesem Raum. «Gehört der Alex?», fragte sie und sah zur Anrichte hinüber, an der der schwarze Stock mit dem silbernen Handgriff elegant lehnte. «Ich wusste nicht, dass er einen braucht.»

«Sagen wir, er hat ihn in der Hinterhand.»

«War das Theos Idee?»

Klaus schüttelte den Kopf. «Alex hatte eine gesundheitliche Krise, doch die ist schon vorbei. Setz dich und trinke ein Glas mit mir, ehe du rübergehst und dich aufrüschst.»

Marike setzte sich und nahm das Glas Wein entgegen.

«Nichts mit Aufrüschen, das kleine Schwarze wird genügen. Ich fürchte, es ist eher ein Arbeitsessen mit Damen. Werner Baecker ist dabei.»

«Was macht der Leiter vom *Echo des Tages* bei euch? Thies gehört doch zur Unterhaltungstruppe.»

«Baecker hat in einer Bar auf St. Pauli einen Sänger entdeckt. Der ist heute Abend auch dabei. Thies brütet was aus, einen europäischen Liederwettbewerb, mit der die Eurovision im kommenden Jahr starten will. Die Frankfurter Radiofritzen sind auch im Boot.» Marike schnippte mit den Fingern. «Freddy Quinn heißt der Sänger.»

Klaus hob die Schultern. Er kannte ihn nicht.

«Du bist eben für die internationale Musik zuständig.»

«Ich lege auch deutsche Künstler auf.»

«Du hast ja Negerküsse», kam Katjas Stimme aus der Küche.

«Nimm dir. Die hat Onkel Alex für dich gekauft.» Er lächelte zu seiner Schwester hinüber. Da kam es schon.

«Aber nur einen», sagte Marike.

Die Familienähnlichkeit mit Tom war deutlich erkennbar. Rick Binfield hatte das gleiche dichte und widerspenstige Haar, wenn sich auch bei seinem Onkel längst weiße Fäden ins Braun mischten.

Rick hatte seinen Beruf als Buchhändler in zwei bedeutenden Häusern gelernt, bei Hatchards am Londoner Piccadilly und der Lengfeld'schen Buchhandlung in Köln.

Landmann am Gänsemarkt nahm ihn mit offenen Armen auf.

«Warum Hamburg und nicht länger Köln?», fragte Momme ihn.

«Weil hier Wally ist», sagte Rick.

Wally hieß eigentlich Waltraud und war eine junge Schauspielerin, die in Ida Ehres Kammerspielen ein Engagement hatte. Sie schneite gleich zur ersten Mittagspause von Rick in die Buchhandlung, ein schmales Mädchen mit hoch aufgetürmten roten Haaren, in engen Hosen und schwarzem Rollkragenpullover. Weil Rick noch beschäftigt war, machte sie sich über den Tisch mit den Kunstbänden her und stand vor Rudis Zeichnungen.

«Das erinnert mich an Otto Pankok. Schwarz-Weiß-Grau.»

Lina horchte auf. «Du kennst Pankok?»

«Mein Bruder studiert bei ihm an der Kunstakademie in Düsseldorf.»

«Der Künstler heißt Rudolf Odefey.»

«Nie gehört», sagte Wally. «Aber die Zeichnungen gefallen mir. Hat er Ausstellungen? Vielleicht kann man mal was im Rheinland machen.»

Lina sah sehr elektrisiert aus. «Ich würde dich und Rick gern ins L'Arronge einladen», sagte sie. «Zum Einstand. Dann lernt ihr das auch gleich mal kennen, Louise und Momme schmeißen den Laden schon.»

Einen langen Blick, den Louise und Momme austauschten, als die drei die Buchhandlung verließen.

«Lass uns gelassen bleiben», sagte Momme.

«Lina hat sich verändert», sagte Louise. «Allein dass sie Wally gleich duzt. Ich hatte schon vermutet, sie hätte was mit Tom angefangen. Das bestreitet sie heftig.»

«Wann war er denn das letzte Mal hier? Das ist ewig her.»

«Sie führen lange Telefongespräche.»

«Ich glaube auch, dass sie einen zweiten Frühling hat, aber da geht es nicht um einen Mann oder eine andere Frau. Lina flirtet mit einem Lebensgefühl.»

«Vielleicht hast du recht, sie war immer die bravere von uns beiden, die abends nicht mehr ins L'Arronge wollte, sondern lieber aufs Sofa.»

«Und was tun wir uns Gutes?», fragte Momme.

«Ich lauf mal um die Ecke zu Michelsen», sagte Louise, «ein paar kleine Schweinereien holen.»

Er hatte keine weiteren Wohnungen besichtigen wollen, nachdem sich die *famiglia* endlich für die Marienterrasse entschieden hatte, aus Garutis kleiner Dependance waren sechzig Quadratmeter im obersten Stock des Hotel Reichshof geworden, das bot den Komfort, bedient zu werden, ohne eigenes Personal einzustellen.

Ein paar Schritte nur zur Alster. Wenn das Wetter es erlaubte, spazierte er in die Marienterrasse oder die Körnerstraße, ein langer Spaziergang für einen Mann, der im Mai siebenundsiebzig Jahre alt werden würde, aber er war noch gut zu Fuß. Mochte das eine Weile so bleiben.

Die Suite hatte er im Sommer 1953 für zwei Jahre gemietet, in seinem Alter sollte man nicht zu übermütig sein, doch nun bat er den Direktor, den Vertrag für die Monate von April bis Oktober um weitere zwei Jahre zu verlängern. In den winterlichen Monaten gab Garuti San Remo den Vorzug, auch dort wollte er Freundschaften nicht vernachlässigen.

Ein sonniger Tag, Henny hatte heute keinen Dienst in der Klinik und in den Garten der Körnerstraße eingeladen, Rudi und die *bambina* sollten auch da sein. Garuti schreckte zusammen, als das Cabrio an der Ampel hielt und Caterina Valente *Ganz Paris träumt von der Liebe* schmetterte. Er gewöhnte sich schwer daran, dass Musik aus Autos kam. Dabei war er nicht abgeneigt, ein solches Radio in seinen Alfa einbauen zu lassen, *O sole mio* von Beniamino Gigli gesungen und dann an der Küste entlang, von San Remo nach Ventimiglia.

Er hatte das Auto diesmal in der Garage des Hauses am Corso degli Inglesi stehen lassen. Die ganze Strecke nach Hamburg allein zu fahren, traute er sich nicht mehr zu.

An der Bellevue bog er rechts in die Körnerstraße ein und war in Vorfreude, als er das vertraute Haus sah. Rudi saß im Garten und kam ihm entgegen, Ruth lief in seine Arme, war er nicht ein wenig ihr Großvater? Wie gut tat ihm zu sehen, dass Rudi darüber glücklich war; auch sein Sohn erlebte ein spätes Vaterglück.

«Der erste Erdbeerkuchen des Jahres», sagte Henny, als sie das Tablett auf den Tisch stellte. «Nach dem Rezept von Theos Mutter.»

Als sie den Kuchen gegessen hatten, Ruth und die Dogge im Gras lagen und sich sonnten, sagte Rudi: «Dich bedrückt doch was, Henny. Ich nehme mal an, es ist nicht die Wiederbewaffnung, die unserer Republik ins Haus steht.»

«Uns ist gestern ein Kind bei der Geburt gestorben», sagte Henny «Es ist noch immer wie beim ersten Mal, man kriegt das Bild nicht aus dem Kopf. Lässt jede Sekunde vor den Augen ablaufen, um den Fehler zu finden.» Der Kleine war ihnen an der Nabelschnur erstickt.

Könnte man sich an den Tod gewöhnen? Rudi hatte das mal geglaubt. Doch das tat er schon lang nicht mehr.

Er und Garuti schauten vor sich hin und schwiegen.

«Ich wollte euch nicht betrüben», sagte Henny. Sie stand auf, stellte das Geschirr aufs Tablett und trug es ins Haus.

«Nicht alles ist schlecht an der Wiederbewaffnung», durchbrach Garuti irgendwann das Schweigen. «Die Pariser Verträge werden eurem Land die Souveränität zurückgeben.»

«Und wenn die Verträge unterschrieben sind, kommt die Nato und will, dass Deutschland Panzer kauft. Dem Verteidigungsminister sollten die Krücken der Kriegsversehrten um die Ohren gehauen werden.»

Er hat den Krieg durchlitten, dachte Garuti. Neun Jahre Russland.

Rudi sah zu Ruth, die Goliaths Ohren kraulte, Wonnelaute, die der Hund von sich gab. «Ich kann nicht anders, Alessandro», sagte er. «Soldaten zu rekrutieren, eine Armee aufzustellen, das ist Unrecht.»

Alex saß auf der Dachterrasse, als Klaus kam. «Augen zu und Hand auf», sagte Klaus.

Alex schloss die Augen. Etwas Flaches, das Klaus ihm auf die Hand legte «Eine Postkarte?», fragte er.

«Von der Behörde für Inneres der Freien und Hansestadt Hamburg.»

Für einen Augenblick fürchtete Alex, dass eine Anzeige gegen sie vorlag. Sittenpolizei? Paragraph 175 des Strafgesetzbuches?

Dann blickte er hin und sah den grauen Lappen. «Du hast den Führerschein gemacht? Ich hatte keine Ahnung, dass du Fahrstunden nimmst.»

«Nur zehn habe ich gebraucht.» Klaus klang, als habe er ein Wildpferd eingefangen und gezähmt. «Vielleicht könnten du und ich gemeinsam das Coupé von Karmann-Ghia finanzieren.»

«Das könnten wir», sagte Alex. Er hatte kein Auto gewollt, sich immer nur als Fußgänger gesehen. Er sprach nicht aus, was ihm durch den Kopf ging, und auch Klaus verschwieg, dass sein Gedanke gewesen war, Alex' Mobilität zu sichern. An den schlechten Tagen.

Guste hatte vor allem Stille gekannt, die auf Ida und Tian lastete, Stille, die aus Idas Langeweile entstanden war, aus Tians Traurigkeit. Hatte es je einen lauten Krach zwischen den beiden gegeben? Dass da oben die Tassen flogen, ließ sie fassungslos sein. Sie stand am Fuß der Treppe und schüttelte den Kopf.

«Ich dachte, die hätten jetzt immer Honeymoon», sagte Momme. «Ist es dein Porzellan?»

«Papis chinesische Schalen», sagte Florentine, die hinter Momme auf der Treppe stand. Ein übergroßes weißes Kuvert, das Florentine in den Händen hielt. «Vor allem Mami schmeißt damit.»

«Und warum das Spektakel?», fragte Guste.

«Deswegen», sagte Florentine. «Wollt ihr mal sehen?»

Momme atmete hörbar aus, als er die Kontaktbögen betrachtete, die Florentine auf den Küchentisch gelegt hatte. Vier Bögen mit je zwölf kleinen Bildern, die eine Schönheit zeigten, die gerade erst vierzehn Jahre alt war, doch Florentine sah darauf aus wie zwanzig.

«Wer hat die Fotos gemacht?», fragte Guste.

«Ein toller Fotograf, mit dem Sybille arbeitet.»

«Und Ida hat den Segen gegeben», sagte Guste. «Dann weiß ich, warum oben die Tassen fliegen. Sie hatte Tian versprochen, Florentine keine Fotos zu erlauben, bis das Kind achtzehn ist.»

«Ein völlig unrealistisches Versprechen», sagte Momme. «Tian hätte wissen müssen, dass es nicht zu halten war.»

«Und nun will Sybille die Bilder an die *Vogue* schicken und an *Harper's*. Die *Constanze* sei zu brav», sagte Florentine.

«Das glaube ich», sagte Guste. «Die werden sich hüten, ein Kind auf das Titelblatt zu tun. Und was ist, wenn die anderen anbeißen? Dann schmeißt du die Schule und reist nach Paris und New York?»

«Das hat Papi auch gefragt. Er will es verbieten.»

«Gott oh Gott», sagte Guste und horchte nach oben. Schien kein Porzellan mehr da zu sein.

«Soll ich mich als Vermittler versuchen?», fragte Momme. «Ist so still. Haben die sich erschlagen?»

«Ich guck mal», sagte Florentine und klang gelassen.

Nicht lange, bis sie wieder zu Guste und Momme ins Parterre kam. «Die Schlafzimmertür ist zu. Ich glaube, sie machen Liebe.»

Florentine war ohne Zweifel weit für ihre vierzehn Jahre.

«Höre auf deine alte Guste und warte noch mit den Fotos und der großen Karriere. Egal, was Sybille oder Mami sagen.»

«Nicht dass es dann zu spät ist.»

Nein. Nicht zu spät. Auch Momme riet zur Geduld.

«Höchstens zwei Jahre», sagte Florentine. «Dann bin ich sechzehn.»

Hatten sie nicht immer das Drama gebraucht? Ida lag erschöpft in Tians Armen. «Verzeihst du mir, dass ich deine Schalen zerbrochen habe?»

«Eine habe *ich* dir vor die Füße geschmissen.»

«Nun sind alle kaputt. Ich weiß, dass sie dir was bedeutet haben.»

«Hab ich dir jemals etwas nicht verziehen?»

«Du hast dich einmal sehr lange von mir ferngehalten, als ich zögerte, mich von Campmann zu trennen.»

«Das war etwas anderes.»

«Und Florentine?», fragte Ida. «Wir haben nun einmal ein sehr schönes Kind, dessen Traum es ist, auf den Titelbildern zu sein.»

«Die Betonung liegt auf Kind. In vier Jahren ist sie noch schöner und hat einen Schulabschluss.»

Ida schwieg. «Florentine wird schrecklich enttäuscht sein», sagte sie schließlich. «Und Sybille auch. Der Fotograf war teuer.»

«Ich kaufe ihr diese Fotos ab.»

«Um sie dann unter Verschluss zu halten?»

«Genau.»

«Eigentlich liebe ich das, wenn du energisch bist», sagte Ida.

Else sah misstrauisch auf den Karton, den Klaus heranschleppte.

«Was ist denn das?», fragte sie.

«Ein Papageienkäfig», sagte Klaus.

Im Karton war ein Fernsehgerät, Klaus hielt nicht wirklich was von dem neuen Medium. Sollten die sich austoben im Hochbunker am Heiligengeistfeld mit ihrem Ersten Deutschen Fernsehen und Irene Koss und Hilde Nocker, die jungen Ansagerinnen, lieb lächeln. Sollte Clemens Wilmenrod in seiner Kochsendung den Toast Hawaii erfinden und Peter Frankenfeld in großkarierter Jacke als Spielleiter von *1:0 für Sie* fliegende Untertassen ins Publikum zischen lassen, für ihn ging nichts über den Hörfunk. Alles andere war nur Revue mit großer Treppe.

«Ist da auch die *Familie Schölermann* drin?», fragte Else, nachdem das Gerät ausgepackt worden war und Klaus die Antenne angeschlossen und ihr die wenigen Knöpfe erklärt hatte.

«Was weißt du von *Familie Schölermann?*», fragte ihr Enkel.

«Das hab ich doch alles in der *Hör Zu* gelesen», sagte Else. «Und die Lüder'sche kennt die auch. Die hat ein Gerät auf Raten gekauft.»

Die Petroleumlampe, um die sich alle sammelten, das sollte doch laut Proklamation seines obersten Chefs Adolf Grimme der Hörfunk sein und nicht *Familie Schölermann.* Na. Grimme ging ohnehin in Pension am Ende des Jahres, wenn der NWDR zu NDR und WDR werden würde.

Das konnte noch spannend werden zwischen Hamburg und Köln.

«Ein schönes Gerät», sagte Else. «Die haben doch in der *Hör Zu* die Werbung: *Wir sind so gern daheim.* Das bin ich auch.»

«Na fein», sagte Klaus. Henny schien mit der Idee, ihrer Mutter einen Fernseher zu schenken, ins Schwarze getroffen zu haben. «Dann kannst du uns nun immer erzählen, wer alles in dem Kasten drin ist.»

«Habt ihr keinen in der Körnerstraße?»

Klaus schüttelte den Kopf. Die Gespräche mit Theo und Henny, die er und Alex führten, waren ihm viel mehr wert.

«Bist du noch immer mit dem jungen Mann zusammen?»

Klaus sah seine Großmutter an. Darüber sprach sie hoffentlich nicht mit der Lüder'schen?

«Alex und ich sind nur gute Freunde», sagte er. «Nicht das, was du denkst.»

Verzeih mir, Alex, dachte er, als er später vor dem Haus in der Schubertstraße stand und seiner Großmutter winkte. *Verzeih mir den Verrat.* Aber die olle Lüder'sche ging ihre Liebe gar nichts an.

Wie früh es wieder dunkel wurde, vor allem an einem verregneten Tag wie diesem. Klaus klappte den Regenschirm zu, nachdem er ihn gründlich ausgeschüttelt hatte. Er fuhr mit dem Aufzug in den vierten Stock, stieg die letzte Treppe in den fünften hoch und klingelte wie immer kurz, bevor er die Tür mit seinem Schlüssel aufschloss.

Nur ein Licht an. Das am Klavier, an dem Alex saß. Um ihn herum auf dem Teppichboden Notenblätter, die er beschrieben hatte. Alex blickte auf. «Schön, dass du da bist. Ich spiele dir gleich was vor.»

«Wie war es mit George Rathman? Ich habe extra getrödelt, damit ich euch nicht in die Vorführung platze.»

«Gut. Montag bin ich im Studio und schaue mir erste Muster an.»

«Und was sagt er zu *deinen* ersten Mustern?»

«Sie gefallen ihm sehr. Ich bin erleichtert.»

«Du bist ein talentierter Komponist.»

«Dessen erste Filmmusik das ist. Du hättest kommen können. Ich habe ihm erzählt, dass ich mit einem Mann lebe.»

«Ist das nicht leichtsinnig? Du bist doch sonst so vorsichtig.»

«Nicht bei George.»

«Liebt er auch Männer?»

«Nein. Er lebt mit einer Frau. Aber er ist sehr *open minded*.»

Klaus schaltete die beiden Lampen am Sofa an. Dann ging

er zum Barwagen und gab zwei Finger breit Whisky in einen Tumbler. Kein Eis. Er mochte den Black & White am liebsten so. «Möchtest du auch einen?»

Alex schüttelte den Kopf.

«Du hast kaum Beschwerden in letzter Zeit.»

«Das soll auch bitte so bleiben. Lieber keine harten Getränke. Hörst du mal?»

He'll build a little home
Just meant for two
From which I'd never roam
Who would, would you?

Klaus lächelte. «Das ist aber Gershwin. Nicht Kortenbach.»

«Mir war gerade danach, dir das mitzuteilen.»

«Ich liebe dich auch», sagte Klaus und ging zum Klavier. «Gibt es schon einen Titel für den Film?»

«George will ihn nach einer Erzählung von Wolfe nennen. *Vom Tod zum Morgen.* Ich finde das düster.»

«Das ist es auch. *Schau heimwärts, Engel* kann man nicht nehmen?»

«Dann denken alle, es sei die Romanverfilmung.»

«Dass Hollywood den Stoff nicht längst verfilmt hat. Bitte spiel mir was vor. Ich hampele auch nicht länger rum, sondern setze mich aufs Sofa.»

Klaus lehnte sich zurück und schloss die Augen. Lauschte. Eine halbe Stunde lang. «Das ist richtig gut», sagte er, als Alex aufgehört hatte zu spielen. «Wenn ich das höre, sehe ich Thomas Wolfe in New York. In Berlin.

«Nicht in Asheville, North Carolina?»

Klaus lachte. «Davon habe ich keine Vorstellung, noch viel weniger als von New York.»

«In seiner Heimatstadt gab es Leute, die ihn lynchen

wollten, sollte er sich noch mal dahin wagen. Er galt als Nestbeschmutzer. *Christus hatte seinen Judas, Asheville hat Thomas Wolfe*, sollen einige gesagt haben.»

«Fürchterlich.» Klaus stand auf. «Ich geh mal in die Küche und mache uns Omeletts. Was meinst du?»

Alex spielte noch einmal die eine Strophe aus Gershwins *The Man I love*.

Das war seine Antwort.

Paco Ortega Pérez ging in die Buchhandlung Landmann, weil er ein Dichter war. Zu Menschen mit Büchern hatte er Vertrauen, er brauchte dringend jemanden, der ihn gut behandelte. Seit Tagen streifte er durch die kalte Stadt ohne einen Pfennig in der Tasche.

Die drei in der Buchhandlung verstanden kaum, was Paco von ihnen wollte. Momme betrachtete die dünne, abgerissene Gestalt des jungen Mannes, griff zum Telefon und rief Tian im Kontor an. «Ein Notfall», sagte er. «Dein Spanisch wird gebraucht. Könntest du kommen?»

Tian zog sich mit Paco in die Leseecke zurück und hörte zu. Erfuhr, dass der junge Spanier vor der *Defensa Interior*, der Geheimpolizei des faschistischen Diktators Franco, geflohen war, weil sie ihn für einen Anarchisten hielten, der Gedichte wegen, die er geschrieben hatte.

In einem Lastwagen voller Apfelsinen hatte er es von Valencia nach Hamburg geschafft.

Vertrauten sie ihm? Ja. Sagten alle vier. «Guste», sagte Momme. «Den Übersetzer haben wir ja dann im Haus.»

Momme rief Guste an, Guste war begeistert. «Na was für 'n Glück, dass Tian drei Jahre in Costa Rica war», sagte sie. Und Alex erst. Vierzehn Jahre Argentinien. Eine Spanisch sprechende Kolonie.

Paco kriegte das Souterrainzimmer. Er konnte sein Glück kaum fassen. Menschen mit Büchern, er hatte es geahnt.

«Ich schwänze den Nachmittag im Kontor», sagte Tian.

«Gib dir frei. Du bist der Chef.» Guste hatte schon Töpfe auf dem Herd stehen in der Küche im Souterrain. «Nu muss aber rasch Deutsch gelernt werden», sagte sie zu Paco. «Sonst geht's mit Tians Kaffeekontor bergab, wenn er nur hier hockt.»

Paco hörte der Übersetzung zu und nickte eifrig. Dann verschlang er die erste warme Mahlzeit seit Tagen.

Theo hatte Karten fürs Schauspielhaus ergattert, Schillers *Wallenstein*. Die Karten waren so begehrt, dass einem der Tag nahezu diktiert wurde an der Kasse.

In Hamburg hatten sie einen neuen Intendanten bekommen, dem es schon in der ersten Spielzeit zu gelingen schien, den Hamburgern Theaterherzen einzusetzen: Gustaf Gründgens.

«Führen wir unsere Söhne aus», hatte Theo zu Henny gesagt. Das sagte er gern. Söhne. Doch die beiden konnten nicht an dem Tag, der eine hatte Sendung, der andere spielte mit seinem Quintett in Hannover.

Käthe hatte wenig Lust auf *Wallensteins Tod*. «Soll ich mich teuer langweilen?», fragte sie den enttäuschten Rudi, dem es in einem ganzen Leben nicht gelungen war, ihr die Liebe zu den Wörtern zu vermitteln. All die Gedichte, die er seiner Käthe aufgesagt hatte.

«Nehmt deinen Vater mit, ihr liebt beide das Gequatsche», sagte Käthe und meinte es nicht so, wie es klang.

Es war Alessandros letzter Abend in dieser Saison. Am folgenden Tag würde er erst nach Frankfurt und dann nach Genua fliegen, bis April nicht bei ihnen sein. Nach dem

Theater hatte er sie alle in die Bar des Reichshofes eingeladen, auch seine Schwiegertochter Käthe.

Rudi sprach schon den Prolog mit. Traf der nicht auch auf Gründgens zu, der den Wallenstein spielte?

Von der Parteien Gunst und Hass verwirrt,

Schwankt sein Charakterbild in der Geschichte

Garuti sah seinen Sohn von der Seite an. Mit gerötetem Gesicht und leuchtenden Augen saß Rudi da und blickte auf die Bühne des Schauspielhauses. Er hatte ins Leben zurückgefunden. *Grazie dio.*

Warum kam ihr Gründgens Prolog ausgerechnet in den Sinn, als sie am anderen Tag im Kreißsaal stand? *Wir sind die Alten noch, die sich vor euch mit warmem Trieb und Eifer ausgebildet.*

«Das wird ein *Sternengucker*», sagte Henny, nachdem sie die Gebärende untersucht hatte. «Köpfchen normal groß.» Sie fing den bangen Blick der jungen Frau auf. «Alles gut. Das können wir.»

Viele Sternengucker hatte es schon gegeben in Hennys Jahren als Hebamme, Kinder in der hinteren Hinterhauptlage, die während der Geburt nicht auf das Kreißbett guckten, sondern mit dem Gesichtchen nach oben lagen. Wäre statt der hohen Decke des Kreißsaals ein klarer Nachthimmel über ihnen gewesen, hätte ihr erster Blick ins Leben den Sternen gegolten.

«Saugglocke bereitlegen», sagte Dr. Beseler. Er griff gerne zur Saugglocke, die das Köpfchen des Kindes für die ersten Tage leicht deformierte, weil sie zur einer Schwellung unter der Kopfhaut führte.

Seit zwei Jahren war der Arzt nun da, doch einen guten Ton hatte er bisher nicht gefunden. Noch immer unter-

schätzte er die Souveränität der Hebammen an der Finkenau.

«Vielleicht schaffen wir es ohne», sagte Henny. «Mit der
Eigenkraft von Mutter, Kind und Wehen. Das innere Becken
scheint mir groß genug.»

«Das werden wir sehen, Frau Dr. Unger», sagte Beseler.

Henny seufzte. Seit fast zwei Jahren war Theo schon nicht
mehr in der Klinik tätig, und noch immer liebte Beseler An-
spielungen, die herablassend klangen.

Doch sie war es, die recht behielt. Die Austreibungs-
phase war nur leicht verlängert, in dem Augenblick, als das
Köpfchen da war, wurde es eine ganz normale Geburt. Kein
Scheidenriss, nur der Damm ein klein wenig gerissen. Das
konnte Beseler nähen.

Henny nabelte ab und legte dem kleinen Jungen ein blaues Bändchen mit dem Namen um das Handgelenk. Badete
ihn. Gab je einen Tropfen Silbernitrat in die Augen. Höllen-
steinlösung hatten sie es früher genannt, um im Falle einer
mütterlichen Gonorrhö die Infektion zu vermeiden.

Erst dann wog sie den Kleinen, maß Körperlänge und
Kopfumfang und prüfte die Reifezeichen.

«Die Erstuntersuchung wird von mir durchgeführt»,
sagte Beseler.

«Aber ja, Herr Doktor», sagte Henny. In anderen Jahren
hatten sie nicht nur souveräne Hebammen, sondern auch
souveräne Ärzte gehabt.

Am liebsten arbeitete sie mit Dr. Geerts, der hatte noch
bei Kurt Landmann gelernt. Was waren sie für ein gutes
Team gewesen. Theo, Kurt, Käthe, Geerts und sie selbst. Ein
zweiter Seufzer.

«Seufzen Sie hier nicht herum, Frau Unger.»

Henny ignorierte ihn und legte der jungen Frau das Kind

in die Arme. Sie würde den beiden Zeit lassen, sich aneinander zu gewöhnen, bevor sie daran ging, die Mutter zu versorgen.

Theo Unger schwieg hinter dem schweren Schreibtisch aus schwarzer Mooreiche, der aus Professor Sandelmanns Nachlass stammte. Er sah die Frau an, der er gerade eine Schwangerschaft bestätigt hatte und die nur Sekunden brauchte, um zu bitten, das Kind abzutreiben.

«Warum?», fragte Theo. «Sie sind gesund, einunddreißig Jahre alt, verheiratet und scheinen doch in guten Verhältnissen zu leben. Das wäre Ihr erstes Kind.»

«Nicht von meinem Mann, das Kind», kam die knappe Antwort.

Nicht das erste Kuckuckskind, dachte Theo. «Ich habe mein Leben als Geburtshelfer verbracht», sagte er. «Ich breche keine Schwangerschaft ab, wenn nicht ein sehr guter Grund dafür vorliegt.»

«Ist es kein sehr guter Grund, wenn der Vater des Kindes eine andere Hautfarbe hat?»

«Nein», sagte Theo. «Ich gehe davon aus, dass es sich nicht um eine Vergewaltigung handelte.»

«Lou ist mein Liebhaber. Er ist Engländer, stammt aber aus Trinidad.»

«Vielleicht finden Sie ein neues Glück mit ihm in England», sagte Theo.

«Es sind sicher nicht alle Ärzte so hehr und spießig wie Sie.»

Warum begleitete er sie nicht einfach zur Tür? Stattdessen wünschte er, Henny wäre hier und spräche mit der Patientin. Sie wäre in dem Fall hilfreicher als Käthe, die ihm gestanden hatte, nach dem Krieg in einer Praxis gearbeitet zu haben, in der illegale Abtreibungen vorgenommen worden waren. Er fürchtete, Käthes Moral hatte in dieser Frage gelitten.

«Klären Sie das mit Ihrem Mann und mit dem Vater des Kindes», sagte er. «Ich kann und darf Ihnen da nicht helfen.»

«Das lässt sich nicht klären.»

«Es tut mir leid, doch es ist nicht meine Aufgabe als Arzt, dieses Problem für Sie zu lösen, in dem ich einen Abbruch durchführe, für den es keine Indikation gibt.»

Theo stand auf und nahm den grauen Persianermantel, den sie über die Liege geworfen hatte. Er hielt ihn ihr hin. «Sollten Sie sich für das Kind entscheiden, dann stehe ich Ihnen gern zur Seite.»

«Sie sind einer dieser Heuchler», sagte sie und ging zur Tür.

«Bin ich einer dieser Heuchler?», fragte er Henny, als sie am Abend im Salon saßen. «Ganz abgesehen davon, dass ich mich strafbar machen und die Praxis geschlossen werden könnte?»

«Ich kann mich nicht erinnern, dass je eine Frau in die Finkenau gekommen ist und einen Abbruch gefordert hat», sagte Henny.

«In all den Jahrzehnten bin *ich* damit nicht konfrontiert worden.»

«Es ist ein schwieriges Thema», sagte Henny.

«Hast du je an eine Abtreibung gedacht?»

«Gedacht schon. Als ich so schrecklich schnell von Lud schwanger wurde. Doch es war keine ernsthafte Option.»

«Warum hat Käthe keine Kinder?», fragte Theo.

«Weißt du das nicht?»

«Weil die Zeiten schwierig waren?»

«Käthe ist schwanger geworden, kaum dass sie mit Rudi schlief. Eine verpfuschte Abtreibung. Sie konnte keine Kinder mehr kriegen.»

«Oh Gott», sagte Theo. «Was hat Rudi dazu gesagt? Der hätte sie doch sicher liebend gern vom Fleck weg geheiratet.»

«Er weiß es bis heute nicht.»

Theo stand auf und trat an das Sideboard, auf dem die Flaschen standen. «Du hast recht. Ein schwieriges Thema. Die aufrechten Ärzte arbeiten den Engelmachern zu.»

«Hast du je bereut, keine eigenen Kinder zu haben?»

Theo drehte sich zu ihr um. «Klaus ist für mich längst mein Sohn, da bin ich anmaßend. Und ich habe auch angefangen, Alex als Sohn zu sehen, immerhin bin ich fünfundzwanzig Jahre älter als er, eine Generation. Ich wünschte, sie wären wieder öfter hier und Alex würde ein wenig Lärm auf dem Klavier machen.»

«Laden wir sie doch für Samstag ein.»

«Das ist eine gute Idee. Trinkst du einen Port mit mir?»

«Gern», sagte Henny. «Theo, es ist so anders geworden in der Klinik. Ich weiß nicht, ob ich das noch zehn Jahre durchhalte.»

«Du musst nicht arbeiten.» Er reichte ihr das Glas Port und setzte sich zurück in seinen Ledersessel. «Ich verdiene genug für uns beide.»

«Ich will arbeiten. Nur nicht mehr mit Dr. Beseler.»

«Dann müssen wir uns was überlegen.»

Tian und Alex unterrichteten Paco abwechselnd in Deutsch. Er lernte schnell und konnte bald alles in Worte fassen, was Guste kochte.

Rudi hatte versprochen, den Unterricht zu übernehmen,

sobald Paco die Sprache genügend beherrschte, um deutsche Gedichte zu lernen.

Wie brachte man einem Dichter die fremde Sprache besser näher als durch die Sprache der Gedichte? Das war Rudis Idee gewesen, die von allen freudig aufgenommen worden war.

Über allen Gipfeln
Ist Ruh,
In allen Wipfeln
Spürest du
Kaum einen Hauch;
Die Vögelein schweigen im Walde.
Warte nur, balde
Ruhest du auch.

Paco sprach es Rudi nach, und es klang gar nicht viel anders. Die Sprache der Gedichte war nicht verlorengegangen, welcher Diktator auch immer versucht hatte, sie zu zerstören.

Eine Weile her, dass Theo draußen in Duvenstedt gewesen war. Als er an dem Sonntag durch das Dorf fuhr, das seit langem zu Hamburg gehörte, sah er viel Veränderung. Er hoffte, dass Jens Stevens *nicht* die Absicht hatte, die schwere Eichentür der alten Landarztpraxis durch eine neue mit Schmiedeeisen und Riffelglas zu ersetzen.

Noch war Stevens, der die Praxis von Theos Vater weiterführte, nur Mieter im Haus, das Theo und seinem Bruder Claas gehörte. Doch Jens Stevens hatte um die Option gebeten, es zu kaufen. Er war dabei, eine hochmoderne Praxis aufzubauen und die oberen Räume, in denen Ungers über viele Jahrzehnte gewohnt hatten, mit einzubeziehen.

Nebel lag über dem Garten von Lotte, als Theo den Wagen längs des Lattenzaunes parkte. Auch das Haus an der Körnerstraße war vom Nebel verhüllt gewesen, als er und Henny zu Hause aufgebrochen waren. Er hatte sie an der Finkenau abgesetzt.

Licht im Sprechzimmer der Praxis. Theo klingelte und hörte Stevens' Schritte auf den knarrenden Holzdielen. «Willkommen», sagte Stevens. «Ich habe gerade Kaffee gekocht. Er steht oben auf dem Stövchen.»

Sie stiegen die Treppe hoch und betraten das kleine Zimmer, das Lotte Unger in ihren letzten Lebensjahren als Wohnstube genutzt hatte. Noch spürte Theo den Geist seiner Mutter darin. Ihr Schlafzimmer war schon in ein Labor umgewandelt.

«Ich wäre dankbar, eine Weile Mieter zu bleiben und noch nicht zu kaufen, die Kosten für die Ausstattung der Praxis sind doch sehr hoch.»

«Lassen Sie sich Zeit, Jens. Weder meinem Bruder noch mir liegt daran, das Haus bald zu verkaufen.»

Stevens schenkte Kaffee ein, schob das Kännchen mit der Milch und die Zuckerdose zu Theo. Das Service mit dem Zwiebelmuster, das seine Eltern in den zwanziger Jahren gekauft hatten.

«Vieles von Ihrer Mutter ist noch hier.»

«Wenn es Ihnen im Wege ist, holen wir es ab.»

«Nein. Ich lebe gerne mit all den Dingen. Wenn ich denke, dass Ihre Eltern hier 1892 eingezogen sind.»

«Da war das Haus neu», sagte Theo.

«Jetzt atmet es Geschichte. Ich werde behutsam sein mit den Veränderungen. Im Dorf schwappt eine Erneuerungswelle, die vor allem Türen und Fenster erfasst hat.»

«Ja. Das ist mir aufgefallen.»

«Außerhalb der Praxismodernisierung wird alles so bleiben, und was geändert werden muss, spreche ich selbstverständlich mit Ihnen ab.»

«Ich habe volles Vertrauen zu Ihnen, Jens. Darf ich nachher noch mal durchs Haus gehen?»

«Es ist Ihr Haus», sagte Jens Stevens.

Theo fing im Zimmer unterm Dach an, das sich Claas und er als Kinder geteilt hatten. Die gerahmten Urkunden von Reiterturnieren, an denen sein Bruder teilgenommen hatte, fehlten. Vermutlich hatte Claas sie mitgenommen, nur noch die hellen Stellen an den Tapeten erinnerten daran. Seine Eltern hatten nie etwas verändert, seit ihre Söhne ausgezogen waren.

Theo setzte sich auf sein altes Bett, in dem auch Kurt Landmann geschlafen hatte in dessen Zeit als Landarzt.

Auf dem Nachttisch lag James Coopers *Lederstrumpf*. Hatte es Claas vom Bücherbrett genommen? Oder Landmann, und es lag seit 1938 hier neben dem Bett? Theo stand auf und verließ das Zimmer.

Den anderen Räumen widmete er nicht mehr viel Zeit, nur im Garten hielt er sich länger auf, strich um die kahlen Obstbäume.

Jens Stevens wartete im Sprechzimmer auf ihn.

«Wenn der Umbau oben im Januar losgeht, melde ich mich», sagte er.

Es würde nicht das letzte Mal sein, dass Theo auf der Landstraße von Duvenstedt zurück in die Stadt fuhr, doch fast kam es ihm so vor.

Das rote Ahornblatt fiel ganz sachte und legte sich auf Alex' dunkles Haar. «Das bringt Glück», sagte Klaus. «Von fallenden Blättern berührt zu werden. *Falling Leaves*. Das habt ihr im Studio gespielt, als ich dich zum ersten Mal gesehen habe.»

Alex bückte sich nach dem Blatt, das auf den Boden gefallen war, und hob es auf. «Das nehmen wir mit», sagte er.

«Steig ein», sagte Klaus. «Die Tür ist offen.»

Einen langen Herbstspaziergang, den sie gemacht hatten an der Elbe bei Teufelsbrück und im Jenischpark.

Klaus drehte den Zündschlüssel und startete den cremefarbenen Karmann-Ghia. Die Elbchaussee fuhren sie entlang unter bunten Bäumen. Ein sonniger Tag.

«Ich bin so froh, dass es dir gutgeht. Dieses Medikament, das Dr. Lambrecht empfohlen hat, ist wirklich ein Treffer.»

«Ich fürchte, dass es nicht immer so bleiben wird. Irgendwann wird die Wirkung des Medikaments nachlassen.»

Klaus wandte den Blick von der Straße ab und sah zu Alex hinüber. «Du alte Unke», sagte er. «Immer ist nur meine Liebe zu dir.»

Guste drehte das Kuvert mit der belgischen Briefmarke um, sie kannte keine Ghislaine Horenbout. Vielleicht jemand, der von der Pension gehört hatte und nicht wusste, dass Guste die nicht länger betrieb?

Sie legte den Brief auf den Küchentisch und vergaß ihn, weil der Reis drohte überzukochen und sie den Topf mit den Königsberger Klopsen aus dem Kühlschrank nehmen musste, um ihn auf den Herd zu stellen.

Paco kam in die Küche und bat sie um Hilfe beim Ausfüllen eines Formulars der Ausländerbehörde. Guste genügte ein kurzer Blick. «Zeig das Tian», sagte sie und rollte mit den Augen.

Florentine kam aus der Schule, und Guste deckte den Tisch, legte den Brief beiseite. Erst am Nachmittag fiel er ihr wieder ein, als die Klopse und der Reis längst gegessen waren und das Geschirr abgespült. Sie nahm ihn mit in ihr Gartenzimmer und holte die Brille hervor.

Kein Flämisch. Kein Französisch. Ein ganz gutes Deutsch, in dem der Brief geschrieben war. Ghislaine Horenbout bat um Entschuldigung, erst jetzt, nach zehn Jahren, von sich hören zu lassen, doch sie habe Gustes Adresse gerade erst in einem alten Buch gefunden, das sie noch von Jacki besaß. Er habe oft gesprochen von seiner Guste in Hamburg.

Guste blickte vom Brief hoch in eine Ferne, die nur ihr eigener Garten war. Wusste sie es nicht schon, ohne weiterzulesen?

Ich habe keinen Tag mit ihm bereut. Auch wenn man mir das Leben nach dem Krieg sehr schwer gemacht hat, weil ich einen deutschen Soldaten liebhatte.

Er ist tot, dachte Guste, Jacki ist tot.

In der letzten großen Offensive an der Westfront, schrieb Ghislaine Horenbout, im Winter 1944/45.

«Die Ardennenschlacht», sagte Guste laut. Sie ließ den Brief sinken.

Die Neujahrstelefonate waren eine Tradition, seit Elisabeth nach England gegangen war. Meist war es Theo gewesen, der in den ersten Tagen des Januars in Bristol anrief. Diesmal kam ihm Elisabeth zuvor.

«Ich werde ein paar Tage in Hamburg sein», sagte sie. «Darf ich dich in deiner Praxis besuchen?»

«Du bist auch in der Körnerstraße willkommen.»

«Nein. Ich will kein Wiedersehen mit dem Haus.»

«Wie geht es bei euch in Bristol?»

«Oh. David und Jack geht es gut.»

Jack, der Foxterrier. Theo lächelte, als er auflegte. Er ging zum Fenster und winkte der Dogge zu, die in dem bisschen Schnee herumsprang.

«Elisabeth kommt für ein paar Tage nach Hamburg», sagte er zu Henny, die in den Salon kam.

«Dann laden wir sie zum Essen ein», sagte Henny.

«Sie will kein Wiedersehen mit dem Haus.» Theo schüttelte den Kopf, als er das wiedergab.

Theo war dankbar, dass nur die Sprechstundenhilfe Lore da war, die Elisabeth nicht kannte, als seine einstige Frau zwei Tage später in die Praxis kam. Sie sprachen über die Lage in Ungarn nach dem Einmarsch der Russen im vergangenen November, über Adenauer und Gründgens, bis Elisabeth endlich zum Thema fand.

«Ich bitte dich, mir eine Diagnose zu bestätigen», sagte sie.

«Was für eine Diagnose?»

«Du wirst es sehen.»

«Elisabeth, ich untersuche nicht die Frau, mit der ich vierundzwanzig Jahre verheiratet war. Das ist für keinen von uns beiden gut.»

«Ich habe nicht vor, mich auf deinen Stuhl zu legen. Du warst immer ein guter Diagnostiker und sollst nur etwas lesen und mir sagen, was du davon hältst.» Elisabeth nahm die große Ledertasche auf den Schoß und holte einen Umschlag hervor. «Ich gehe ins Wartezimmer, während du liest», sagte sie.

«Lass dir von Lore einen Kaffee machen.»

Er las lange an den vier Seiten. Am Ende trat er ans Fenster und sah hinaus auf den Neuen Wall. Die Ovarien waren der jungen Elisabeth damals in der Finkenau von Landmann entfernt worden, und nun das?

Theo ging hinaus ins Wartezimmer, in dem nur Elisabeth saß.

«Kommst du?», fragte er und nahm ihre Hand.

«Es sieht also schlecht aus», sagte Elisabeth.

«Weil ich deine Hand nehme?»

«Das Schicksal ist nicht fair», sagte sie, als sie wieder in seinem Sprechzimmer saßen.

«Nein. Das war es noch nie. Lass dich operieren. Unbedingt. In London am St. Mary's Hospital gibt es einen guten Mann, der auf Vaginaltumore spezialisiert ist. Du musst nicht daran sterben.»

«Ich war zwanzig, als ich geradezu leer geräumt wurde. Eigentlich hatte ich geglaubt, mir könne da nichts passieren.»

«Die Leistenlymphknoten sind völlig frei», sagte Theo. «Du hast gute Chancen, geheilt zu werden.»

Elisabeth suchte in seinem Gesicht, doch sie sah nur einen lächelnden Theo. «Glaube mir», sagte er. «Aber lass dich bald operieren.»

«Kannst du es nicht tun?»

«Nein. Ich habe dich damals nicht operiert und tue es heute nicht.»

Sie stand auf.

«Elisabeth? Wollen wir auf das Glück im neuen Jahr anstoßen?»

«Du meinst, ich habe noch Grund dazu?»

Theo nickte. «Ich lade dich ins Vier Jahreszeiten ein.»

«Hast du den Text denn genügend verstanden?»

«Ich habe mich der Sprache ausgiebig gewidmet. Allein schon um die englischsprachigen Fachzeitschriften zu lesen.»

Elisabeth nickte. Sie hakte sich bei ihm ein, als sie die Praxis verließen und vom Neuen Wall in den Jungfernstieg bogen.

«Ich bitte dich um eines», sagte Theo auf den roten Teppichstufen des Vier Jahreszeiten. «Halte mich auf dem Laufenden.»

Klaus hatte zwei große Papiertüten von Michelsen in der Hand, als er aus dem Aufzug kam und Alex auf der Treppe zum fünften Stock sitzen sah.

«Alex.» Klaus merkte selbst, wie alarmiert er klang. «Hast du den Schlüssel vergessen?»

Alex schüttelte den Kopf.

«Ist dir schlecht geworden?»

«Ich habe keinen Schritt mehr geschafft.»

Klaus stellte die Tüten ab. Half ihm auf. Alex legte den Arm um seine Schultern und stieg den letzten Teil der Treppe hoch. Er ließ den Mantel fallen, bevor er sich aufs Bett legte, Klaus ging zum Telefon. Eine Viertelstunde später war Theo da.

«Eine elende Schwäche in den Beinen. Von einem Augenblick auf den anderen», sagte Alex, als Theo ihm den Puls fühlte, den Blutdruck maß.

«Ist dir das in letzter Zeit schon mal passiert?»

«Nein. Obwohl es mir nicht mehr so gutgeht wie im letzten Jahr.»

«Vielleicht nur der Kreislauf, dein Blutdruck ist sehr niedrig.»

«Bald ist die Premiere», sagte Alex. «Zu viele Leute aus der Branche werden da sein. Ich will keine Gerüchte über mein Befinden, mein Leben als Filmkomponist fängt gerade erst an.»

«Nimm deinen Ebenholzstock, und es sieht nach dem aus, was es ist, eine leichte und temporäre Gehbehinderung, mit der sich bestens komponieren lässt.»

«Ist es das noch? Eine temporäre Gehbehinderung?»

«Ich begleite dich morgen zu Lambrecht. Er kann sicher noch mal an der Medikamentierung tüfteln.»

«Mein Albtraum ist, dass ich eines Tages die Klavierpedale nicht mehr bedienen kann.»

«Das wird nicht geschehen, Alex. Genieße die Premiere. Henny und ich freuen uns darauf, deine Musik zu hören, den Namen Alex Kortenbach im Vorspann auf der Leinwand zu sehen. Marike und Thies werden auch dabei sein. Du hast genügend familiäre Unterstützung.»

Sie drehten sich zu Klaus um, der mit einem Tablett zur Tür hereinkam, Teetassen darauf und ein Teller mit Sandwiches. «Könnte es sein, dass du heute noch nichts gegessen hast?», fragte er.

Klaus hoffte auf eine einfache Lösung.

Das Streit's, das am Nikolaustag des letzten Jahres als Kino eröffnet worden war, leuchtete. Der Festsaal des einstigen Hotels war zu einem Filmtheater geworden, dem schönsten in Hamburg.

Ein letzter Tropfen Glück war nun der Titel des Films. Viel besser, als ihn nach Thomas Wolfes Erzählung *Vom Tod zum Morgen* zu benennen, doch vielleicht ein wenig theatralisch, fand Alex.

Luppich kam auf ihn zu, kaum dass Alex aus dem Kinosaal trat. «Ich gratuliere zu dieser großartigen Musik, Herr Kortenbach.»

«Ich danke Ihnen, Herr Luppich.»

Luppichs Blick streifte den Stock. «Eine Kriegsverwundung», sagte Alex. «Gelegentlich macht sie Ärger.»

Luppich nickte. «Ihr jungen Männer habt eure Knochen hingehalten.»

Alex war in keinem Krieg gewesen, doch er staunte über diese euphemistische Äußerung. Er sah hinüber zu Theo und Henny, Thies und Marike, die mit Klaus an der Bar standen und die Szene beobachteten.

«Freunde von Ihnen?»

«Ja», sagte Alex.

«Und der junge Mann, der Sie nicht aus den Augen lässt?»

«Ein Kollege vom NDR. Klaus Lühr.»

«Der von *Nach der Dämmerung*?»

«Genau», sagte Alex. Er fand, dass Luppich zu neugierig war.

«Eine gute Sendung. Viel mehr Ihre Musik. Ich habe sehr

bedauert, dass es zu keiner Zusammenarbeit mit Ihnen gekommen ist. Doch ich halte Sie auf, ich sehe, Herr Rathman will etwas von Ihnen.»

Tatsächlich gaben George Rathman und der Regisseur Zeichen. Alex ging zu ihnen hinüber, ein Mann im dunklen Flanellanzug, der von einer Kriegsverwundung leicht im Gehen behindert wurde.

Vielleicht könnte sich das als Legende eignen. Nur wenige wussten, dass er während des Krieges in Argentinien gelebt hatte und ihm die Schlachtfelder erspart geblieben waren.

George war einer von ihnen, doch zu ihm hatte Alex großes Vertrauen. «Wir haben gerade gesagt, wie gerne wir mit dir arbeiten», sagte George. «Und wir wollen es weiterhin tun. In den nächsten Tagen erzähle ich dir vom neuen Projekt.»

«Das würde mich freuen. Ich habe das Gefühl, angekommen zu sein», sagte Alex. Sein Quintett lag ihm noch immer am Herzen, aber er hatte vor, sich ins Studio zurückzuziehen. Keine öffentlichen Konzerte. Sollte er den Stock nun öfter brauchen, lag es nicht in seiner Absicht, damit über die Bühne zu stolpern, ehe er das rettende Klavier erreichte.

«Lass uns zu deinen Leuten rübergehen und Sekt trinken», sagte George, als der Regisseur in ein Gespräch gezogen wurde. «Wer war denn der Kleine mit der Halbglatze, der dich angesprochen hat?»

«Ein Schallplattenproduzent, der mich bei der Polydor unterbringen wollte. Es ist zu keiner Zusammenarbeit gekommen, weil wir unterschiedliche Vorstellungen hatten.»

«Wir sind sehr stolz auf dich», sagte Thies, als sie an die Bar traten.

«Ich danke euch», sagte Alex. «Das eben war übrigens Luppich.»

«Ach, der war das», sagte Klaus. «Er hat mich anvisiert.»

«Ja. Lass uns vorsichtig sein. Er hat nach dir gefragt», sagte Alex.

Theo warf einen Blick zu George Rathman und war irritiert von der Offenheit, mit der Alex sprach.

«George ist eingeweiht», sagte Alex.

All diese Verrenkungen.

«Vielleicht könnt ihr mit dem Quintett was draus machen», hatte Thies gesagt. «Es ist eigentlich eine schöne Nummer, doch wenn Schwarz sie eher spricht als singt, dann klingt das wie die *Seeräuberjenny*.»

Im Wartesaal zum großen Glück war das deutsche Lied für den Grand Prix de la Chanson gewesen, der im Mai in Lugano stattgefunden hatte. Einige sahen es als eine Proklamation, diesen Beitrag zu schicken, der Autor und Interpret Walter Andreas Schwarz war ein Intellektueller mit jüdischen Wurzeln.

Den Grand Prix hatte dann die Schweizerin Lys Assia gewonnen, die übrigen Platzierungen waren nicht bekannt gegeben worden, Thies war ganz dankbar dafür. In diesem Jahr würden sie was Gefälligeres ins Rennen schicken.

Alex hatte für die Aufnahme einen sechsten Musiker hinzugeholt, einen Geiger, dessen Saiten leicht verkratzt klangen. Das Ergebnis war von großer Eindringlichkeit, Klaus brachte es an diesem Freitagabend als Abschluss der Sendung und lauschte den letzten Klängen, ehe er das Licht im Studio ausschaltete und sich vom Tontechniker verabschiedete.

Marike, Thies und die Kleine waren zum Essen in der Körnerstraße, er hoffte, sie noch anzutreffen, seine Schwester und sein Schwager waren Nachteulen, und Katja schlief sicher längst auf dem Sofa. Er wollte gerade das Funkhaus verlassen, als ihn der Pförtner ansprach.

«Herr Lühr, Ihr Bewunderer war wieder da.»

Klaus blieb stehen. «Bewunderer?»

«Der ältere Herr mit der Metallbrille. Er ist fast jeden Freitag da, wenn Sie mit *Nach der Dämmerung* auf Sendung sind. Kurz nach elf geht er dann. Hat er Sie noch nie draußen angesprochen?»

Klaus schüttelte den Kopf. «Und sagt er was zu Ihnen?»

«Wir grüßen uns. Sonst nichts.»

Ein frostiger Nebel, der Klaus draußen erwartete, vielleicht musste er die Windschutzscheibe frei kratzen, er schlug den Kragen des Mantels hoch und beschleunigte seine Schritte. Der Karmann-Ghia stand in der Hansastraße, Klaus drehte sich um, ob er irgendwo seinen Vater sah.

Als er am Auto ankam, hörte er hinter sich Schritte, die langsam näher kamen. Nein. Nur ein Mann, der seinen Hund ausführte.

Es konnte doch nur Ernst sein, der ältere Herr. Belauerte er ihn auch an anderen Plätzen? Stand er am Schwanenwik hinter einem Baum? Auf der Körnerstraße? Klaus zog die Brauen hoch.

Sein Vater war schon einmal zum Denunzianten geworden, würde er es wieder werden, wenn er Klaus zu oft mit Alex sähe? Sie wegen Verstoßes gegen den Paragraphen 175 anzeigen?

Kein Eis auf der Windschutzscheibe. Er stieg ein und schaltete die Scheinwerfer an. Startete den Motor. Legte den Gang ein.

Als er in die Rothenbaumchaussee bog, sah er Ernst am Straßenrand stehen, Klaus drückte ein bisschen tiefer auf das Gas und fuhr an ihm vorbei. Den Schwanenwik im Auge behalten, in die Körnerstraße würde Ernst sich wohl nicht wagen, da könnte er auf Henny und Theo treffen.

Guste sah Paco an und dachte an Jacki. All diese Kinder, die man großgezogen hatte, und dann blieben sie im Krieg.

Nicht undankbar sein, dachte sie, Momme ist zurückgekommen und Rudi. Tian und Ida hatten die Nazis überstanden. Doch Tians sanfte Schwester Ling war im Keller des Hauses am Grindelhof verbrannt.

Paco war gerettet worden vor Francos Schergen.

Nun war er bereits über ein Jahr hier, sprach die Sprache, besaß eine Aufenthaltsgenehmigung, Rudi hatte ihm Arbeit verschafft, nicht gerade Korrektur lesen oder Seiten setzen, aber Paco konnte sich auch anders in der Druckerei nützlich machen.

Wie vielen Müttern hatte Guste schon zugesichert, dass deren Söhne gut aufgehoben seien bei ihr? Angefangen hatte es mit der Blutnacht von Jekaterinburg, da waren 1918 die russischen Emigranten in ihre noch ganz neue Pension an der Johnsallee gekommen.

Man musste helfen. Anders ließ sich das nicht ausdrücken.

Auch Jackis Mutter hatte sie im April 1933 versprochen, gut auf ihren Sohn achtzugeben. Ob die noch lebte? Gustes Briefe nach Berlin waren unbeantwortet geblieben.

«Ich liebe Kartoffeln», sagte Paco, der gerade mit ihr einen großen Topf voll geschält hatte.

Aß man in Spanien viele Kartoffeln?

«Momme liebt auch Kartoffeln», sagte Paco.

War das Teil eines Sprachkursus? Ich liebe Kartoffeln. Du liebst Kartoffeln. Er/sie/es liebt Kartoffeln.

Nun wurde sie im Juni siebzig. Viel Leben.

«Ganz schön kalt», sagte Willi. «Die Knochen werden nich jünger. Wollen wir uns mal umsehen in der alten Gegend? Um unsere Mansteinstraße rum, Minchen? Hab Eimsbüttel immer gerngehabt.»

«Wir haben es hier doch gut», sagte Minchen. «All das Gemüse und die Blumen und die frische Luft.»

«Nich im Januar.»

«Ich möcht hierbleiben», sagte Minchen. «Nimm dir mal die dicke Strickjacke. Dann frierst du nich mehr.»

Entscheidungen, die der Mensch trifft.

Tian nahm ein Gurkensandwich von der Etagere. «Alex, wenn ich dich bitte, Florentine zu einem Fototermin zu begleiten, würdest du mir den Gefallen tun? Meine Tochter will nur dich als Aufpasser.»

«Fototermin? Du hattest doch gesagt, dass sie erst mit achtzehn in die große weite Welt der Mode einsteigen darf. Sie ist gerade sechzehn.»

Tian seufzte. «Ich werde zwischen dem Stein Florentine und dem Stein Ida zermahlen», sagte er und blickte in den Kamin der Kaminhalle des Vier Jahreszeiten. «Die Verabredung ist, das Abitur zu machen.»

«Will sie von einem Mann mit Stock begleitet werden? Sie ist in optischen Fragen doch sehr streng.»

«Florentine ist vernarrt in dich. Immer.»

«Der Auftritt mit ihrem exotischen Vater wäre doch glanzvoller.»

Tian lachte. «Der allerdings als sehr finsterer Chinese auftreten würde angesichts der Raubtiere, die seine Tochter fressen wollen.»

«Wenn *du* es willst, dann begleite ich sie», sagte Alex. «Was ist das denn für ein Fototermin?»

«Für die *Madame*. Die Redaktion sitzt in München, doch einer ihrer Fotografen möchte gern Probeaufnahmen in seinem Studio machen. Das ist hier um die Ecke in den Colonnaden.»

«Wann?»

«In der kommenden Woche. Ein genauer Termin ist noch nicht festgelegt. Hast du überhaupt Zeit?»

«Nur am Mittwoch und am Freitag. An den anderen Tagen bin ich im Studio.»

«Sollte es nicht passen, dann kommt der finstere Chinese mit», sagte Tian. «Oder es finden keine Aufnahmen statt.»

«Du bist streng mit deiner Tochter.»

«Eigentlich ist Ida die strengere, doch was den Modefirlefanz angeht, gibt sie gern nach.»

«Florentine ist wirklich ein sehr schönes Mädchen.»

Tian nickte. Er nahm ein weiteres Sandwich. «Eine Tochter mit Stupsnase und Sommersprossen wäre vermutlich unanstrengender.»

Alex lachte. «Dafür hat das falsche Paar zueinandergefunden», sagte er. «Ich nehme an, unter Idas weiblichen Vorfahren gab es nur kühle blonde Göttinnen.»

Ein klarer, kalter Tag war der Mittwoch, an dem die Aufnahmen stattfanden. «Schade, dass du nicht Auto fahren kannst», sagte Florentine. «Ich wäre gern mit dem Karmann-Ghia vorgefahren. Obwohl ein Mercedes Cabrio noch besser wäre.»

Guste schüttelte den Kopf, als sie das hörte.

Alex war in die Johnsallee gekommen, um Florentine abzuholen. Ein guter Tag, an dem er sicher auf seinen Beinen stand, sie waren selten geworden, diese Tage. «Wir haben genügend Zeit und werden einen Spaziergang in die Colonnaden machen», sagte er.

«Dann kriege ich rote Augen vom Wind. Das ist nicht gut für die Fotos», sagte Florentine.

«Der einzige Wind ist der, den *du* machst», sagte Guste.

Alex hatte sich das Atelier eines Modefotografen, der für große Magazine arbeitete, großartiger vorgestellt. Das Gebäude im Hinterhof kam ihm behelfsmäßig vor, wenn auch mit hohen Decken.

«Florentine Yan?», fragte die Assistentin. «Schön, dass du da bist, Florentine. Sie sind der Vater?»

«Nein. Mein Name ist Alex Kortenbach. Ein Freund der Familie.»

Die Assistentin sah auf. «Der Musiker?»

Alex sah zu Florentine, die es sicher nicht schätzte, dass ihr die Aufmerksamkeit entzogen wurde, doch er las Besitzerstolz in ihrem Blick. «Ja», sagte er. «Ich bin Musiker.»

«Ich höre Ihre Sendung immer.»

Alex hatte keine eigene Sendung. Vermutlich meinte sie die von Klaus, in der oft Aufnahmen des Quintetts gespielt wurden.

«Carl wird gleich da sein.» Die Assistentin wandte sich Florentine zu. «Erst einmal will er dein Gesicht pur. Nachher schminke ich dich noch. Vielleicht müssen wir was mit deinen Augenbrauen machen.»

Was war falsch an Florentines Augenbrauen?

Carl erwies sich als großer, freundlicher Mann in Jeans, der vermutlich in Alex' Alter war. «Idas schöne Tochter», sagte er zu Florentine. «Ich kenne deine Mutter aus der Agentur.»

Idas Anteil an diesem Termin schien deutlich höher zu sein, als sie Tian erzählt hatte, dachte Alex.

«Ich hatte angenommen, heute Idas Mann kennenzulernen.»

«Es tut mir leid, Sie zu enttäuschen.» Alex lächelte.

«Ich wollte Alex dabeihaben, Papi ist zu streng», sagte Florentine.

Alex zog sich mit einer Tasse Kaffee in das kleine Besucherzimmer zurück und las in der *Film und Frau*, die dort auslag. Homestorys. Curd Jürgens. Heinz Rühmann. Ruth Leuwerik. Die Abendgarderobe für den Herrn. Frack. Smoking. Dinnerjackett. Da war er im dunkelgrauen Flanell mit weißem Hemd und Seidenstrickkrawatte deutlich *underdressed* gewesen bei der Filmpremiere.

Er hatte sich durch alle vorhandenen Ausgaben von *Film und Frau* gearbeitet, als der Fotograf und Florentine kamen. Florentine schien ihm unverändert, auch die Augenbrauen noch die alten.

«Ich bespreche dann alles mit Ida», sagte der Fotograf.

Sollte Alex bitten, den Vater des Kindes einzubeziehen? Er ließ es sein. Das mussten Tian und Ida miteinander klären.

«Ich würde auch Sie gern fotografieren», sagte Carl. «Sie haben diese lässige Eleganz, die sehr angesagt ist.»

Alex sah erstaunt an sich herunter. Ein Pullover aus Lambswool, den er über das Hemd gezogen hatte, die ausgebeulten hellgrauen Flanellhosen. Schlichte schwarze Schnürschuhe.

«Ihre ganze Ausstrahlung», sagte Carl.

«Sie schmeicheln mir. Doch ich will ganz sicher nicht fotografiert werden.» Er sagte es in aller Liebenswürdigkeit.

Sie war auf die Leiter gestiegen, hatte nicht warten wollen, bis Thies spät am Abend kam, um die Glühbirne im Flur auszutauschen.

Sagte sie ihren Patientinnen nicht immer, eine besondere Schonung sei kaum nötig? Nur keine schweren Lasten schleppen.

Das Licht leuchtete wieder, Katja mochte es nicht, wenn es dunkel war im langen Flur, das Kind schlief schon, aber es kam vor, dass es in der Nacht aufwachte.

Zuerst spürte Marike die Wärme zwischen ihren Beinen, dann das Laufen des Blutes. Ins Bad gehen, sich ausziehen, doch sie nahm nur ein Handtuch und ging als Erstes zum Telefon, wählte die Nummer in der Körnerstraße.

«Mama, kannst du kommen?», fragte sie, als Henny sich meldete. «Es tut mir leid, dass du es so erfährst. Ich bin schwanger. Ich war es bis eben.» Marike fing an zu weinen.

Nur fünfzehn Minuten zwischen Marikes Anruf und Hennys Eintreffen in der Hartwicusstraße.

«Du solltest dich hinlegen», sagte Henny, Marike hatte geduscht und trug eine halblange Hose, ein Hemd von Thies.

Marike schüttelte den Kopf. «Das hilft nicht mehr. Zu viel Blut. Ich war noch am Anfang. Die achte Woche.» Doch ein Verlust. Leicht kamen die Kinder bei ihr nicht.

«Leg mal die Beine hoch», sagte Henny. «Habt ihr Rotwein im Haus?» Das alte Rezept von Lotte, ihrer Schwiegermutter.

Marike lächelte. «Allein, dich hierzuhaben und Rotwein mit Ei zu trinken, ist schon Trost», sagte sie.

«Warum hast du mir nicht erzählt, dass du schwanger bist?»

«Ich wollte erst einmal in den dritten Monat kommen, Mama.»

«Hattest du denn schon mal eine Fehlgeburt?»

«Voriges Jahr. Da aber schon nach sechs Wochen.»

Dass Marike es so schwer hatte mit dem Kinderkriegen. Henny war schwanger geworden, kaum dass sie mit Lud oder Ernst geschlafen hatte, Schwangerschaften, die völlig unproblematisch verliefen. Einundzwanzig war sie gewesen, als sich Marike ankündigte.

Henny ging in die Küche und nahm ein leeres Gurkenglas, um darin Rotwein, Eigelb und Zucker zu schütteln. Eine große Portion für zwei Gläser, die eher Vasen waren. Marike lag auf dem Sofa, als sie ins Wohnzimmer kam. Sanftes Licht, nur die Stehlampe war angeschaltet. Henny setzte sich zu Marikes Füßen. «Mein kleines Mädchen», sagte sie. «Vielleicht bist du zu tüchtig. Arbeitest zu viel.»

Marike schüttelte den Kopf. «Frauen sind in ganz anderen Zeiten schwanger geworden. Haben ihre Kinder im Krieg und auf der Flucht bekommen.» Sie horchte in die Wohnung hinein, hatte gedacht, die Tür zu hören. «Thies nimmt an Aufnahmen mit Dizzy Gillespie teil. Seine Anwesenheit ist nicht dringend notwendig, doch er will dabei sein, wenn einer der großen Jazzmusiker im Haus ist.»

«Klaus hat mir davon erzählt», sagte Henny.

«Thies wird auch traurig sein. Er hätte gern ein zweites Kind.»

«Noch hast du Zeit.»

Das Telefon läutete. Henny stand auf. «Vielleicht Theo», sagte sie. «Ich hab ihm einen Zettel hingelegt.» Sie ging zu dem Apparat, der im Flur stand. Marike hörte sie sprechen, es war wohl Theo. Henny steckte ihren Kopf ins Wohnzimmer. «Er fragt, ob er kommen soll. Dir was für den Kreislauf geben.»

«Nein», sagte Marike. «Mir geht es gut, bin nur schläfrig.

Bleibst du noch, Mama? Bis Thies kommt? Die gehen sicher noch was trinken.»

Henny ging zum Telefon zurück. Sprach mit Theo. Legte den Hörer auf. «Selbstverständlich bleibe ich», sagte sie dann zu Marike. «Theo holt mich auch um drei Uhr morgens noch ab.»

Doch als Thies dann kurz nach vier Uhr kam, seine schlafende Frau vorfand, Henny danebensitzend, die traurige Nachricht hörte und seine Marike in die Arme nahm, entschied sie, in die Straßenbahn der Linie 18 zu steigen, die nun schon fuhr.

«Hast du mir überhaupt zugehört?», fragte Else und klang vorwurfsvoll. «Ich hab gerade erzählt, was Evchen zu ihrer Mutter gesagt hat. Das war ganz schön frech. Hätte ich mir von dir nicht gefallen lassen.»

«Wer ist Evchen?», fragte Henny. Sie nahm gerade die Apfelsinen aus der Tüte, um sie in die Schale aus Pressglas zu legen, die es schon seit ihrer Kindheit gab. «Damit du genügend Vitamin C bekommst in der kalten Jahreszeit», sagte sie.

Die Tannenzweige in der Vase nadelten sehr. Ihre Mutter fing an, nachlässig zu werden.

«Die Tochter von den *Schölermanns*», sagte Else.

Henny trug die Vase in die Küche. «Tut mir leid, Mama. Ich bin da nicht so drin.»

«Du kannst sie ja gar nicht gucken ohne Fernsehgerät.»

«Marike und Thies haben eines angeschafft.»

«Guckst du denn da?»

Nein. Wenn sie bei ihrer Tochter war, hatten sie anderes im Sinn, als sich vor den Fernseher zu setzen.

«Kommt denn da noch mal ein Geschwisterchen für Katja?», fragte Else. «Deine Tochter wird in diesem Jahr auch schon fünfunddreißig.»

Henny verschwieg ihr, dass Marike schwanger gewesen war. Else würde nur wieder damit anfangen, dass Frauen nicht arbeiten gehen sollten, sondern zu Hause bleiben.

«Wir müssen auch mal über *meinen* Geburtstag reden. Achtzig ist schon ein Grund für was Größeres. Nicht nur Kaffee und Kuchen bei mir in der Wohnstube.»

All diese runden und halbrunden Geburtstage in diesem Jahr. Theo wurde fünfundsechzig. Im September, wenn Alex vierzig wurde.

«Im April kann das Wetter schon warm genug sein, um bei uns im Garten zu feiern», sagte Henny.

«Lieber würde ich mal anständig ausgeführt werden.»

«Wir könnten ins Mühlenkamper Fährhaus gehen.»

«Ich ging doch gern noch mal zu Cölln's in die Austerstuben. Da haben dein Vater und ich Suppe mit Goldblättchen drin gegessen.»

Vor dem ersten der Kriege. Henny kannte die Geschichte zur Genüge.

«Dann machen wir das, Mama.»

«Die Kinder sollen auch dabei sein, nicht nur Theo und du. Klaus soll aber ohne seinen jungen Mann kommen.»

«Wenn du Alex begegnest, stellst du jedes Mal fest, wie nett du ihn findest», sagte Henny. Herr, gib mir Geduld, dachte sie.

«Bei euch. Aber in der Öffentlichkeit gehört sich das nicht.»

«Sie werden bei Cölln's wohl kaum übereinander herfallen.» Vorbei mit der Geduld, Hennys Stimme hatte eine höhere Tonlage erreicht. «Bisher ist auch noch keinem aufgefallen, dass die beiden ein Paar sind.»

«Man darf doch wohl mal andere Ansichten haben. Der Klaus hat damals gesagt, dass sie nur gute Freunde sind. Dann war das gelogen, hab ich mir aber schon gedacht.»

Henny stellte die gespülte Vase in den Schrank. «Ich nehme dir noch den Abfall mit runter», sagte sie.

«Nu bist du beleidigt. Aber das ging immer schon schnell bei dir.»

«Morgen soll es Glatteis geben. Geh mal lieber nicht aus dem Haus, Mama.» Ein flüchtiger Kuss, mit dem Henny sich verabschiedete.

Else stand am Fenster und sah ihr nach. Sie winkte nicht.

Ein Dienstag, an dem Elisabeth im Londoner St. Mary's Hospital operiert wurde. Theo war um fünf Uhr am Morgen mit Henny aufgestanden und hatte ihr angeboten, sie zur frühen Schicht in die Finkenau zu fahren, die sie mit Geerts teilte, Henny arbeitete nur noch mit ihm im Kreißsaal. Vor allem schulte sie nun die angehenden Hebammen.

«Lass dir Zeit, diesen Tag zu beginnen. Trink in Ruhe deinen Kaffee», hatte Henny gesagt. «Ich weiß, dass deine Gedanken bei ihr sind.»

«Sie und ich sind eine lange Strecke Leben gemeinsam gegangen.» Theo hatte Henny umarmt.

Er nahm seine Kaffeetasse aus der Küche hoch in den ersten Stock und hörte Klaus auf der Olivetti tippen. Theo klopfte an die Tür.

«Komm rein», sagte Klaus.

«Schreibst du an einer Moderation?»

«An einer Kurzgeschichte. Ich habe schlecht geschlafen, weil mir ein Thema nicht aus dem Kopf ging. Setz dich.» Klaus räumte Manuskripte vom Korbsessel, der am Fenster stand. «Ich hol mir auch einen Kaffee. Ist noch einer in der Kanne?»

Theo nickte. «Unter der Kaffeehaube.» Er sah sich im Zimmer um, das Elisabeth vor vielen Jahren als Kinderzimmer eingerichtet hatte für ein Pflegekind, das nicht kam.

Klaus kehrte mit einem Kaffeebecher zurück. «Deine erste Frau wird heute operiert, nicht wahr?»

«Hat Henny dir das erzählt?»

Klaus nickte. «Ist dir Elisabeth noch sehr nahe?»

«Ich liebe deine Mutter seit dem Tag, als sie in die Finkenau kam, doch ich fühle mich für Elisabeth noch immer verantwortlich. Auch sie habe ich geliebt in den Zeiten, in denen sich Henny anderen Männern zuwandte.»

«Ohne dich hätte Elisabeth die Nazis wahrscheinlich nicht überlebt.»

«Vielleicht wäre sie ohne mich früh emigriert. Ihre Mutter lebte ja schon seit Anfang der dreißiger Jahre in Bristol.»

«Theo, ich bin so dankbar, dass Henny und du nach all diesen Irrungen zueinandergefunden habt.»

«Elisabeth war keine Irrung. Auch der erste Mann deiner Mutter nicht.»

«Aber Ernst war eine.»

«Sei nicht so bitter über deinen Vater. Das tut dir nicht gut.»

«Er kommt ins Funkhaus. Fast jeden Freitag.»

«Ihr habt Kontakt?»

Klaus umfasste den Kaffeebecher mit beiden Händen und nahm einen Schluck. «Nein», sagte er. «Ernst hört sich *Nach der Dämmerung* unten am Empfang an, und kurz nach elf geht er wieder. Bevor ich runterkomme.»

«Woher weißt du das?»

«Vom Pförtner. Er ist ein Anhänger meiner Sendung.»

«Dein Vater offensichtlich auch.»

«Er belauert mich. Aus dem Hinterhalt.»

«Vielleicht versucht er, eine Nähe zu schaffen.»

«Ich habe Angst, dass er mich mit Alex sieht, seine Schlüsse daraus zieht und uns anzeigt.»

«Weil er schon einmal ein Denunziant war?»

«Ja», sagte Klaus. «Und weil er unsere Liebe widerwärtig findet.»

Theo stand auf. «Es wäre wohl ein schlechter Gedanke, wenn ich mich als Vermittler versuchen würde?»

«Ein ganz schlechter. Du bist für ihn auch nur ein Feind.»

Theo seufzte. «Ich mache mich mal fertig. Um halb acht hole ich Käthe ab, um mit ihr in die Praxis zu fahren.»

«Wirst du erfahren, wie es in London gelaufen ist?»

«David Bernard hat versprochen, mich am Nachmittag anzurufen.» Theo blickte auf die Uhr an seinem Handgelenk. «In einer halben Stunde liegt sie unterm Messer.»

Um kurz vor vier stellte Käthe das Gespräch zu ihm ins Sprechzimmer durch, die letzte Patientin war gerade gegangen.

«Es ist gut gelaufen, und die Ärzte sind zuversichtlich», sagte David Bernard mit dem leichten englischen Akzent, den sich der ehemalige Bremer schon vor Jahren angewöhnt hatte.

«Ich bin sehr erleichtert», sagte Theo. «Grüße sie bitte von mir.»

«Danke, dass du sie gedrängt hast zu dieser Operation», sagte David. «Ich denke, das war ausschlaggebend für Elisabeths Entscheidung.»

Rudi erkannte Campmann nicht, er war ihm nie begegnet. Er begrüßte ihn und die deutlich jüngere Frau an seiner Seite daher unbefangen, freute sich über jeden Gast, der zur Ausstellungseröffnung seiner Zeichnungen kam.

Eine Einladung ins Rheinland, die Wally einst in Aussicht gestellt hatte, war nie gekommen, nun stand Rudi in den Räumen der alten Pöseldorfer Villa mit ihrem prächtigen Garten, die das Privathaus der Galeristin war, und begrüßte alle Gäste, die ihrer Einladung gefolgt waren. Er hatte keine Angst mehr vor der Welt der schönen Bilder.

Die Einladungskarte war Fräulein von Mach auf den Sekretariatstisch geflattert, Campmann hätte sich kaum dafür interessiert, wäre ihm nicht erneut der Name Odefey aufgefallen.

Die kommunistische Tochter seiner Köchin Anna hieß Odefey.

War der ausstellende Künstler nicht auch Kommunist gewesen? Und ganz offensichtlich Überlebender der russischen Kriegsgefangenschaft. Er erinnerte sich dunkel an die depressiven Zeichnungen, die er bei Landmann am Gänsemarkt gesehen hatte, ihretwegen kam er nicht.

Vielmehr hatte Campmann die Querverbindungen erkannt und hoffte, seine einstige Gattin Ida wiederzusehen.

Anette von Mach bemerkte gleich die Veränderung in

ihm, in seinem Körper, der sich straffte, als er Ida sah. Ein Männchen auf der Balz.

Ida war vor allem erstaunt. Sie stand zwischen ihrem Mann und ihrer schönen Tochter und ließ ihn auf sich zukommen. Campmann. Guck an.

«Wie schön, dich zu sehen, Friedrich.» Ida hatte wirklich nichts dagegen, sie wusste, dass sie an diesem Nachmittag eine glanzvolle Erscheinung abgab zwischen Tian und Florentine.

«Darf ich dir Anette von Mach vorstellen?» Das herbe Fräulein von Mach begleitete ihn, weil keine andere zur Verfügung gestanden hatte. Die Dame, mit der er in den vergangenen Monaten den Beischlaf ausgeführt hatte, war ihm abhandengekommen. Ihm blieb unklar, warum Anette bereit gewesen war, ihn hierher zu begleiten, sie hatte sich sicher einmal mehr erhofft.

«Geht es dir gut, Ida?», fragte er.

«Oh ja.»

«Ein schönes Kind hast du. Dein Mann ist auch sehr elegant», sagte Campmann, als sie ein wenig abseits standen.

«Es ehrt dich, dass du das sagst, Friedrich.»

«Vielleicht können wir uns mal auf ein Glas im Vier Jahreszeiten treffen? Du hast dort große Auftritte gehabt.»

«Das ist lange her.»

«Die Herrschaften der Hamburger Gesellschaft waren begeistert.» Er sah mit Freuden, dass Anette neben ihm unruhig wurde. Sollte sie nur.

«Hast du dir die Zeichnungen schon angesehen?»

«Nein», sagte Friedrich Campmann und ließ die Augen nicht von Ida.

«Sie sind wirklich gut.»

266

«Was ist denn aus Anna Laboe geworden?», fragte Campmann.

«Sie ist tot. In Neuengamme gestorben, kurz bevor es vorbei war.»

«Das tut mir leid.» Es tat ihm wirklich leid. «Anette, gucken Sie doch schon mal die Zeichnungen an», sagte er und sah, dass sie sich gerade mal zwei Schritte von ihnen entfernte.

«Ida, ich glaube, wir haben unsere Chance verpasst.»

«Ganz offensichtlich», sagte Ida.

«Ich mache den Kotau. Das passt zu deinem chinesischen Umfeld.»

«Zu spät, Campmann», sagte Ida. «Viel zu spät.»

Friedrich Campmann wandte sich Fräulein von Mach zu, die noch in Hörweite war. «Lassen Sie uns die Zeichnungen betrachten, Anette», sagte er. «Sie scheinen doch einige Bewunderer zu finden.»

Er nahm Idas Hand und beugte sich zu einem vollendeten Handkuss vor. Allein schon, um Anette von Mach zu ärgern.

Der alte Herr, der diese Szene beobachtete, hatte in seinem Leben schon viele Handküsse verteilt, eine Geste, die ihm noch immer gefiel.

Ihm sagte ohnehin vieles zu an diesem Sonntagnachmittag.

Una bella figura, die sein Sohn machte, der erste tadellos geschnittene Anzug, in dem er ihn sah. Da ließ sich darüber hinwegsehen, dass Rudi auf eine Krawatte verzichtete und die obersten Knöpfe seines Hemdes geöffnet waren. Eine weiße Strähne, die seinem Sohn in die Stirn fiel, als sei sie gefärbt im sonst eher noch dunklen Haar mit den vielen weißen Fäden. Er sah gut aus, der Junge. Auch seine Zeichnungen fanden Zuspruch, an einigen steckten schon kleine *Verkauft*-Karten.

Alessandro Garuti wandte sich Käthe zu, die mit zwei Gläsern Sekt gekommen war. Eine laszive Attraktivität, die seine Schwiegertochter nach wie vor hatte, auch wenn gelegentlich etwas falsch geknöpft war oder anderweitig verrutscht. Er verstand sehr gut, dass Rudi noch immer hingerissen war von ihr.

Theo fand Alex an einer der gusseisernen Säulen des Wintergartens lehnend. «Du stehst hier allein?»

«Die Familie ist im Garten, Henny ist dabei, ein Blumenkränzchen für Katja zu flechten. Ich möchte mir noch mal die Zeichnungen anschauen, magst du mir deinen Arm anbieten? Ich will es nicht bei Klaus tun.»

«Wo ist denn dein Stock?»

«Bis eben war das einer der guten Tage. Klaus und ich sind auch getrennt gekommen, ich habe den Alsterdampfer genommen.»

«Der Stock ist einfach ein Utensil, du bist doch sonst so souverän.»

«Bin ich das?», fragte Alex.

Er hakte sich bei Theo ein, als sie den Gang durch die Galerie machten und sich Zeit für die Zeichnungen nahmen.

«Soll ich dich nach Hause bringen?»

«Vielleicht wäre es besser. Tut mir leid, Theo, dass ich dir diese Mühe mache. Ich habe wirklich gedacht, ich käme heute ohne aus.»

«Dann legen wir einen französischen Abschied hin», sagte Theo. Er hatte vor, nachher zurückzukommen, seine kurze Abwesenheit würde nicht weiter auffallen.

Als sie die Galerie verließen, sah ihnen Campmann nach.

Das war doch dieser Musiker, er schien ein Schützling von Dr. Unger zu sein, der nun tatsächlich mit Idas Hebamme verheiratet war. Wer hätte geglaubt, dass sie einmal gesellschaftlich so aufsteigen würde?

«Ein gut aussehender Mann», sagte Fräulein von Mach neben ihm. «Ich schätze, er ist mein Jahrgang.»

War sie nicht auch schon über dreißig? Campmann meinte, sich daran zu erinnern. «Dann machen Sie ihm das nächste Mal doch Avancen, Anette», sagte er. «Jugend unter sich.»

Theo war wiedergekommen und Klaus gegangen, um zu Alex zu fahren. Die meisten der Gäste hatten Galerie und Garten verlassen, nur Ungers waren noch da, Marike und Thies mit Katja, Käthe und Garuti. Sie saßen im Wintergarten mit der Galeristin zusammen, die entzückt über den Erfolg des Künstlers war.

Der stand mit Ruth im Garten, pflückte zwei der kleinen Zieräpfel vom Baum, die rot leuchteten in der Dämmerung, reichte dem Mädchen einen und biss in den anderen.

Die Zwölfjährige war ein ernstes Kind, die Verluste in den ersten acht Jahren ihres Lebens hatten mit Leichtigkeit genommen, vielleicht verstanden sie sich gerade darum so gut, Rudi und sie.

Er hatte den Tag genossen, die schöne Umgebung, die Anerkennung, doch gelegentlich stieg noch immer in ihm das Gefühl auf, sich zu viel vom Glück zu nehmen, als sei das ein Klumpen, der stetig kleiner wurde, bis er eines Tages aufgebraucht war, und dann gab es nichts mehr.

Klaus hatte Alex auf dem safrangelben Sofa vorgefunden, Notenpapier auf dem kleinen Tisch neben ihm, doch das lag noch jungfräulich. «Du hättest noch bleiben können», sagte Alex.

«Ich hab mir Sorgen gemacht.»

«Hast du es nicht satt?»

«Satt?»

«Das Auf und Ab mit mir.»

«Du meinst Stock oder nicht Stock?»

«Kannst du verstehen, dass ich dankbar bin für jeden Tag ohne?»

«Das kann ich verstehen», sagte Klaus. Er setzte sich neben ihn und streckte genau wie Alex die langen Beine aus.

«Alles ist kompliziert», sagte Alex. «Dass ich mich nicht bei dir einhake aus Angst vor Getratsche. Dass ich allein zu Rudis Ausstellung komme, damit nur keiner denkt, wir hätten den Sonntagmorgen miteinander verbracht.»

«Vielleicht machen wir es auch kompliziert.»

Alex schüttelte den Kopf. «Du hast um meinetwillen nicht am achtzigsten Geburtstag deiner Großmutter teilgenommen.»

«Ich hatte an dem Abend Sendung.»

«Ein Vorwand. Du hättest tauschen können.»

«Ich hab Else ja hochleben lassen, nur keine Goldblättchensuppe bei Cölln's gegessen. Dass ich ihrer Engstirnigkeit nachgebe, das wäre zu viel verlangt.»

«Dennoch mute ich dir einiges zu.»

«Nun komm aus deinem Jammertal. Du vergisst, dass ich es war, der *dich* erobert hat. Vielleicht wärst du längst mit einer Frau zusammen und hättest ein Liebesleben, bei dem du nicht dauernd auf der Hut sein müsstest, ob man dich dabei ertappt.»

«Lass das, Klaus. Ich liebe dich. Keine und keinen sonst.»

«Ob wir je in liberaleren Zeiten leben werden?»

Alex seufzte. «Adenauer wird die Wahlen zum dritten Mal gewinnen», sagte er. «Wahrscheinlich haushoch. Die Leute wollen genau das, was er auf die Plakate schreiben lässt: keine Experimente. Wirst du Ollenhauer wählen?»

«Wen sonst?»

«Brandt gefällt mir.»

«Der steht ja nur als Berliner Bürgermeister zur Verfügung. Aber wer weiß, was noch wird aus Willy Brandt? Der traut sich was.»

«Stell dir vor, du und ich könnten Hand in Hand an der Alster entlangspazieren», sagte Alex. «Und keiner hätte was dagegen.»

«Träum weiter», sagte Klaus. Er stand auf. «Hast du in der Galerie was getrunken? Wenn nicht, würde ich gern ein Glas Wein mit dir trinken.»

«Außer Kaffee und Wasser noch nichts.»

Klaus nahm das Notenpapier vom Tischchen und legte es auf das Klavier. «Kommst du voran mit der Musik für George?»

«Nein. Spielfilm ist zu groß für mich.»

«Wir sind heute aber wirklich gut drauf», sagte Klaus. «Der Thomas Wolfe hatte auch neunzig Minuten.»

«Da konnte ich am Text entlangkomponieren.»

Klaus ging in die Küche und kehrte mit zwei Gläsern und einer schon geöffneten Flasche Riesling zurück. Er stellte die Gläser aufs Tischchen und goss ein. «Dein strahlender Optimismus hat aber nichts mit deinem vierzigsten Geburtstag zu tun?»

«Theo hat gefragt, ob wir unsere Geburtstage Ende September gemeinsam feiern wollen. Bei gutem Wetter im Garten.»

«Das wäre doch klasse.»

«Ja. Und vor allem unverfänglich. Mit meinem Vierzigsten hat die ganze Malaise nichts zu tun, obwohl der Mann meines Herzens im November erst sechsundzwanzig wird.»

«Jetzt siehst du immerhin schon so aus, als ob du die dreißig hinter dir hättest», sagte Klaus. «Allmählich nähern wir uns an.»

Die Etage über der Buchhandlung wurde frei, Momme schlug vor, sie zusätzlich zu mieten. Vergrößerte Heymann sich nicht auch? Momme hatte immer schon vom Eppendorfer Buchhändler gelernt.

Lina könnte eine größere Kunstecke einrichten, sie würden sich nicht länger im Weg stehen, was vorkam, seit sie zu viert waren, Rick Binfield war in Hamburg geblieben, obwohl Wally nun am Schauspielhaus in Bochum spielte. Heute hier, morgen dort, doch Rick gefiel es bei Landmann am Gänsemarkt.

«Und wie willst du die Etagen verbinden?», fragte Louise. «Die verehrte Kundschaft übers Treppenhaus hochschicken?»

«Das werden größere Umbauarbeiten werden», sagte Momme und strahlte, als freue er sich auf Staub und Schutt.

«Aber erst nach dem Weihnachtsgeschäft. Wie lange, glaubst du, müssen wir schließen?»

«Das besprechen wir mit dem Architekten.»

«Können wir uns das denn alles leisten?», fragte Lina.

«Gute Rücklagen und die Begeisterung unserer Hausbank werden es möglich machen», sagte Momme.

«Du bist ja außer Rand und Band», sagte Louise und fing einen Blick von Rick auf.

«Er brütet darüber, seit seine alte Freundin hier war», sagte Rick, als Momme zur Tür hinausgestürmt war, um in den fünften Stock zu steigen, in dem der Vermieter residierte. «Aber ich denke, die Idee, zu expandieren, ist nicht schlecht.»

«Ulla war hier?» Louise sah ihn erstaunt an.

«Genau. Ulla. Das war ihr Name. Ich hab sie zu ihm ins Büro gebracht, sie hatte einen *toddler* dabei.»

«Einen was?», fragte Louise.

«Ein kleines Kind.»

«Verstehe, Momme braucht ein Baby», sagte Louise und nickte.

Ida sah das Foto als Erste. Der große, braune Umschlag mit zwei Exemplaren der Zeitschrift *Madame* lag auf ihrem Schreibtisch in der Agentur Romanow und wurde so eilig geöffnet, dass er zerrissen zwischen der Korrespondenz liegen blieb.

War *das* ihr Kind?

Das lackschwarze kinnlange Haar. Die großen Augen, die den Zuschnitt und die Farbe von Idas blauen Augen hatten, wenn auch dunkler, und dennoch lag eine geheimnisvolle Fremdheit in diesem vertrauten Gesicht.

Florentine trug einen schwarzen Pelz auf dem ganzseitigen Foto, es sah aus, als sei ihr langer schmaler Körper darunter nackt. Ida wusste, dass es nicht so war, diesmal hatte sie Florentine zum Fotografen begleitet.

Carl hatte sie schließlich aus dem Studio geschickt, weil Ida ihm zu viel reinredete, doch um Nacktsein war es dabei nicht gegangen, Florentine hatte ein Trikot unter dem Pelz getragen. Endlos scheinende Zeit, die Ida im kleinen Besucherzimmer mit der *Film und Frau* verbrachte.

«Idalein. Was haben Sie da? Oh, die *Madame*.» Sybille Romanow beugte sich über das Bild, als sei sie stark kurzsichtig. «Formidabel. Einfach formidabel. Nun werden sie alle kommen. *Vogue. Harper's.*»

«Und abgewiesen werden. Mein Mann wird es nicht erlauben. Florentine ist erst sechzehn.»

«Das ist bekannt.» Die Romanow klang gereizt. «Er wird dem Kind nicht die Karriere kaputt machen.»

«Er wird es erst nach dem Schulabschluss zulassen.»

«Jetzt ist sie auf dem Höhepunkt.» Das Gesicht der Romanow hatte etwas Hungriges, als sie *Jetzt* sagte. «Viel Geld, dass sie verdienen kann.» Für uns alle, hatte sie hinzufügen wollen. Doch sie tat es nicht.

Der erste Sonnabend im September, als Theo Unger allein zum Friedhof fuhr, der idyllisch zwischen dem Duvenstedter Brook und dem Wohldorfer Wald gelegen war. Er stand vor dem Grab seiner Eltern, las Lottes Namen, las den eigenen Namen mit den Lebensdaten des Vaters.

Theo trug die Vase zum Brunnen, füllte sie mit Wasser, tat die Dahlien aus dem Garten seiner Mutter hinein, drückte die Vase fest in die Erde, zupfte Gräser, stellte ein neues Grablicht in die Laterne aus Bronze.

«Euer erstes Kind wird fünfundsechzig, ihr Lieben. Und auch Mutters Tod hat nichts geändert an der Sprachlosigkeit zwischen Claas und mir. Es tut mir sehr leid», sagte Theo in den Septembertag hinein. Als er zum Auto zurückging, fühlte er sich fast verwaist.

Er war nur im Garten der alten Landarztpraxis gewesen. Von außen wirkte das Haus kaum verändert, doch Theo wusste, dass es nun eine hochmoderne Praxis barg. Stevens anrufen, dachte er, als er wieder ins Auto stieg, ihm sagen, dass ich Lottes letzte Dahlien geschnitten habe, die tiefroten.

Es ging so schnell, das Leben.

Henny und Käthe waren da gerade unterwegs nach Moorfleet, um den Sonnabend in der Gartenlaube zu verbringen, vielleicht würden sie dort auch übernachten. Willi und Minchen wollten ein Kartoffelfeuer machen und Würstchen auf den Rost legen. Und wenn sie dann Willis ganzen Kümmel getrunken hatten, fuhr vermutlich kein Bus mehr.

«Ich werde erst einmal ausfegen müssen», sagte Käthe. «Wir nutzen die Hütte zu selten, seit wir den Balkon haben und es nur ein paar Schritte weit zu euch in den Garten sind.»

Ein paar Schritte weiter als in ihrer Kindheit, da hatten sie nur sechs bis acht große Sprünge machen müssen, um zum Haus der anderen zu gelangen. Käthe hatte die wilderen gewagt. Henny sah zu ihrer Freundin, die neben ihr saß, während der Bus sich der Halskestraße näherte.

Beide wirkten sie jünger, als sie waren. Die eine mit schwarzem Haar, die andere blond, Käthe half nach wie Henny, kein weißes Haar kam ihnen in die ziemlich kurzgeschnittene Wellenfrisur. Ihre Taillen waren noch schmal genug für die breiten Gürtel ihrer weiten Röcke.

«Die vielen Jahre, die wir verloren haben», hatte Käthe gesagt. «Da müssen wir lange jung bleiben.»

Willi hatte die Hütte schon ausgefegt, die Kissen und Decken in die Sonne gelegt. Er freute sich auf die Deerns. Wenn er daran dachte, wie es damals angefangen hatte, Käthe, die nicht zurückkehren wollte, weil sie glaubte, ihre Henny habe vom Verrat gewusst. Gar nicht gut, so voreilig mit den Gedanken zu sein, das hatte er im Leben erfahren.

Er sah die beiden den Weg entlangkommen, als er gerade die Hütte abschloss. Seute Deerns. Sie schienen ja heute auch Glück mit dem Wetter zu haben, Willi freute sich. Dann mal einen dicken Schmatz für die Käthe, die Henny kannte er ja nicht so gut.

«Kommt rüber, wenn ihr das Zeugs verstaut habt. Vielleicht wollt ihr auch erst mal allein klönen.»

«Henny und ich spazieren ein bisschen übers Gelände», sagte Käthe. «Und dann kommen wir zu euch. Hab auch noch zwei Flaschen Wein von Rudi im Gepäck. Ist jemand in der Hütte von Kitty?»

«Nee. Die verfällt», sagte Willi. «Sind aber noch Äppel am Baum hinter der Hütte. Die könnt ihr pflücken. Steht ein Korb von uns.»

Henny wäre auch hochgeklettert, aber Käthe saß schon im Baum, da löste Henny noch die Riemchen ihrer Sandaletten. Käthe hatte ihre einfach von den nackten Füßen gestreift.

«Reich mir mal den Korb an», sagte Käthe. «Viele sind es nicht mehr.»

«Hat Rudi den Rummel am Sonntag gut verkraftet?»

«Er ist ganz verlegen über den Erfolg. Guck mal. Hier hab ich einen besonders schönen. In den beiß mal rein.»

Henny fing den roten Apfel. «Reiß dir nicht das Kleid auf», sagte sie. «Die Rinde ist ganz schön rau.»

«Hoffentlich haben wir so schönes Wetter, wenn wir bei euch feiern.»

«Den Salon werden wir auf jeden Fall mit einbeziehen.»

«Alex wird tatsächlich schon vierzig?»

«Der junge Dr. Unger fünfundsechzig.» Henny lachte.

«Nimm mal den Korb an», sagte Käthe. «Ich bin froh, dass Theo mit der Praxis weitermacht.» Sie kletterte hinunter, sprang von einem der unteren Äste und ging auf die Hütte zu, deren Tür lose in den Angeln hing. «Hier bin ich eingezogen, als der Kahn in der Dove Elbe schon halb abgesoffen war. Und dann kam Kitty und wollte die Hütte wieder, und Willi hat die andere für mich gefunden.»

«Ach, Käthe. Wie viel Zeit haben wir miteinander verpasst.»

«Vielleicht war das nötig. All die Trauer um Anna.» Sie ging auf Henny zu. «Komm mal her. Ich will dich drücken, meine olle Henny.»

«Na, das is ja 'ne Liebe.» Willi, der über die Wiese kam, war zu Tränen gerührt. «Wollte nur mal gucken, ob ihr nich vom Baum gefallen seid. Der *Ackersegen* liegt schon in der Asche vom Kartoffelfeuer und gart. Alles eigene Ernte. Gibt ein Fässchen Salzbutter dazu.»

Willi Stüve war der König der einfachen Freuden.

«Nein», sagte Tian. Wenn Florentine jetzt die Schule schmiss, dann stünde sie ohne Abschluss da. Ihm war egal, ob die Romanow schon Dollarzeichen in den Augen hatte.

Florentines Auftritte vor den Kameras der Modefotografen waren von seiner Zustimmung abhängig, doch es machte ihn kaum froh, dass es darüber zu einem Zerwürfnis mit Frau und Tochter kam.

«Was soll ich tun, Guste?», fragte er.

Guste war gegen das ganze Geglitzer. Wie schnell war es vorbei, und dann blieben nur die kaputten Reste der Rakete auf der Erde liegen.

Einen Kompromiss finden. Aber wie konnte der aussehen?

«Und wenn Florentine es nur in den Ferien macht?», fragte Guste.

Das würde die Modefritzen nicht freuen. Egal, dachte Tian. Er trug den Kompromiss vor. Die nächsten Ferien würden die Kartoffelferien im Oktober sein. Die *Madame* buchte Florentine zum zweiten Mal.

«Und was wollte Ulla von dir?», fragte Louise, als sie zu Momme ins Büro kam, der dasaß und zum hundertsten Mal die Kalkulation für den Umbau durchging.

«Mir das Kind zeigen und mich quälen», sagte Momme. «Weil ich es vermasselt habe mit ihr.»

«Und? Ist Ulla das Quälen gelungen?»

«Der Kleine ist ein Wonneproppen. Hätte meiner sein können.»

«Aber wir expandieren nicht nur, um dir darüber hinwegzuhelfen?»

«Das tun wir, weil ich die Zeichen der Zeit erkannt habe.»

«In deinem privaten Leben wohl kaum», sagte Louise. Sie stand Guste in nichts nach, was die offenherzigen Worte anging.

Die Romanow war nach Berlin geflogen, um Heinz Oestergaard in seiner Villa im Grunewald zu treffen und dem Modeschöpfer ihre Mannequins ans Herz zu legen. Sie hatte auch eine Fotomappe von Florentine mitgenommen.

Eine Gelegenheit für Ida, Käthe einzuladen, in der Mittagspause die heiligen Hallen der Agentur zu besichtigen. Sie verbrachten immer mal wieder die Pausen miteinander, obwohl es in der Praxis nicht einfach war, deren Zeitpunkt genau vorherzusagen. Das letzte Mal hatte ihr Käthe das herrliche Jugendstilhaus gezeigt, in dem sie arbeitete, nun wollte Ida Glanz ausbreiten.

Einmal über den Laufsteg gehen, Ida machte es einer kopfschüttelnden Käthe vor.

«Wenn du dir die Lippen schminken würdest, sähest du aus wie die Monroe», sagte Ida. «Nur in dunkel.»

«Ganz abgesehen davon, dass die Jahrzehnte jünger ist», sagte Käthe. Doch irgendwie gefiel ihr der Vergleich. Als Ida ins Büro zum klingelnden Telefon ging, lief sie auch mal über den Steg und grinste dabei in ein imaginäres Publikum. Wenn Rudi sie jetzt sähe oder Alessandro. Dem könnte das noch gefallen. Sie stieg rasch wieder runter, nicht dass Ida das rumerzählte. Das wäre ihr doch ein wenig peinlich.

«Ich hab Sekt im Kühlschrank», rief Ida.

Käthe ging zu ihr nach vorn. «Nicht für mich. Um zwei Uhr kommt die nächste Patientin.»

«Läuft gut mit der Praxis, oder? Ich sage dir, eine Adresse am Neuen Wall ist wieder eine Goldgrube.»

«Vor allem für die Witwe von Professor Sandelmann, Theo kriegt ja nur ein Gehalt. Ich hoffe, die hat nicht eines Tages vor zu verkaufen. Das Geld hätte Theo nicht, selbst wenn er sich mit seinem Bruder über das Haus in Duvenstedt einigt.»

«Will er denn noch lange arbeiten?»

«In den Ruhestand gehen will er erst, wenn Henny aufhört.»

«Das ist ja noch eine Weile», sagte Ida. «Noch stecken wir vier voll im Beruf.» Sie sagte es mit großer Befriedigung. Wer hätte gedacht, dass sie einmal eine Frau mit monatlicher Gehaltstüte sein würde?

Rudi schrieb ein Gedicht von Mascha Kaléko für Ruth auf. In der schönsten Kalligraphie, die er einst als Lithograph in der Druckerei Friedländer gelernt hatte.

Die Nacht
In der
Das Fürchten
Wohnt
Hat auch
Die Sterne

Und den

Mond

Das Kind schlief oft schlecht. Hatte Angst im Dunkeln. Im Oktober würde Ruth dreizehn werden, ein großes Kind. Doch hatte er nicht auch Albträume? Dennoch sorgte sich Rudi.

Vor einigen Tagen hatte er mit Theo darüber gesprochen, als er Käthe aus der Praxis abholte. «Weißt du was von den Bildern, die Ruth vor Augen hat und die in ihre Träume dringen könnten?», fragte Theo.

«Als das Haus am Langenzug zerstört wurde, war sie noch nicht auf der Welt. Ihr Vater war lange in Russland vermisst, bevor die Todesnachricht kam. Sie wird die Sorge des Großvaters um den Sohn empfunden haben.»

«Und der Tod der Mutter? Frag sie danach, Ruth ist alt genug.»

«Sie war vier, als die starb.»

«Vielleicht will Ruth mal wieder Goliath besuchen und vor lauter Hund ein bisschen ins Erzählen kommen mit dir und mir. Auch als Frauenarzt lernt man was von der Psychologie.»

Rudi rahmte das Blatt mit Mascha Kalékos Gedicht und ging mit Hammer und Nagel ins Kinderzimmer. «Wo willst du es hängen haben?», fragte er

«Dass ich es vom Bett aus gut sehen kann, wenn ich aufwache.»

«Die Taschenlampe hast du immer unter deinem Kopfkissen?»

«Ja», sagte Ruth.

«Lass uns mal demnächst in der Körnerstraße vorbeigucken. Goliath hat nach dir gefragt.»

Ruth sah ihren Ziehvater an, liebevoller Spott in ihren Augen.

Sonntag, der 15. September, Theos Geburtstag, tiefblauer Himmel und Sonnenschein. Hoffentlich verausgabte sich der September nicht zu sehr und bewahrte sich einen Vorrat für das Fest in vierzehn Tagen.

Henny hatte Kerzen auf den Gabentisch gestellt, die stark duftenden Teerosen im Garten geschnitten und in eine Vase gefüllt. Eine Torte stand im Kühlschrank, Uteschs und Else wurden zum Kaffee erwartet.

Ihren Alsterspaziergang begannen sie vom Wahllokal aus, gingen zur Schönen Aussicht und hoch bis zur Neuen Lombardsbrücke, die es nun auch schon vier Jahre gab, der Trümmerschutt des angrenzenden St. Georgs war in ihr verbaut.

«Wollen wir den großen Bogen machen und auf der anderen Seite zurückgehen?», fragte Theo.

«Lass uns zum Schwanenwik und auf einen Sprung zu Alex und Klaus hoch, dann haben wir sie heute auch gesehen. Die Armen. Den halben Tag und den Abend im Funkhaus verbringen bei diesem Wetter.»

«Du und ich haben solche Tage oft genug im Kreißsaal verbracht», sagte Theo.

Ein Überraschungsbesuch war das wohl nicht, Theo sah die lächelnde Henny an, als Klaus den Sekt aus dem Kühler nahm, den Korken löste, die vier Kelche aus Kristall füllte, die auf einem Tablett bereitstanden. *Viel Glück und viel Segen* spielte Alex auf dem Klavier.

Theo freute sich. Freute sich über Sekt und Ständchen. Die Karten für Gründgens' *Faust* im Schauspielhaus. Freute sich, so geliebt zu werden.

«Hast du dir das gut überlegt?», fragte Guste.

Paco nickte. Sein Vater war krank. Er wollte nach Hause. «Wenn du ihn noch lebend sehen willst, dann komm schnell», hatte Pacos Mutter am Telefon gesagt. Und Francos Schergen? Die *Defensa Interior*?

Guste sah ihn sorgenvoll an. Doch Paco hoffte, dass der kleine Fisch ein noch kleinerer geworden war und ihnen durch das Netz schlüpfte, er wollte zu seinem Vater. Zwei Jahre lang war er schon fern von Valencia.

Ein großer Koffer, den er nun packte, statt des kleinen Rucksacks, mit dem er gekommen war, Geschenke für die Familie darin, Eingelegtes und Eingekochtes von Guste. Der Koffer hatte dem alten Bunge gehört, Ida gab ihn gerne an Paco. Wie hatte sie sich doch angestellt, als der Schreibtisch ihres Vaters im Souterrainzimmer bleiben sollte, in das Alex damals eingezogen war.

«Kommst du wieder?», fragte Guste.

Paco beteuerte es. Doch Guste ahnte, dass es dann höchstens ein Besuch werden würde. Wieder einer, der ausflog.

Sie standen vor dem Haus in der Johnsallee, als Tian den Koffer ins neue Auto lud, um Paco zum Bahnhof zu bringen. Guste, Ida, Florentine.

Als Guste allein in das leere Souterrainzimmer ging, sah sie das Büchlein auf dem Tisch liegen. *Der Spanische Rosenstock.* Sie schlug es auf und fand Pacos Widmung darin.

Für Guste. Der ich viel verdanke. Nicht nur die guten Kartoffeln.

Er hatte den Rosenstock als Pfand dagelassen. Wie Leander es getan hatte in der Novelle von Werner Bergengruen. Guste setzte sich. Nun nicht noch eine Tränensuse werden mit siebzig, dachte sie.

Sie stiegen die Treppe zu den Kapitänshäusern hoch und nahmen den oberen gepflasterten Weg, der Sand am Strand von Övelgönne war ein zu schwieriges Terrain für Alex. Beim Bäcker kehrten sie zum Essen ein, die Gastwirtschaft gab es seit 1733. Dagegen war man doch mit vierzig noch jung.

Das Wetter war ordentlich, wenn auch nicht t'om Eierleggen, wie Käthes Vater Karl gesagt hätte. Sie saßen auf der Terrasse des Lokals, sahen den Schiffen auf der Elbe zu, aßen Finkenwerder Scholle und tranken ein Glas Wein.

«Ich freue mich auf deine nächsten vierzig Jahre», sagte Klaus.

Alex lächelte und griff über den Tisch nach Klaus' Hand, doch sie fuhren auseinander, als sich der Kellner mit der Rechnung näherte.

«Was erwartet uns gleich in der Körnerstraße?»

«Möbelrücken», sagte Klaus. «Das Klavier bewegen.»

Das kalte Buffet war im Mühlenkamper Fährhaus bestellt, Kartoffeln schälen mussten sie nicht.

«Gestern hatte ich Fly Me To The Moon in der Sendung, meinen augenblicklichen Lieblingstitel. Spielst du ihn morgen?»

«Und wenn ich dann die anderen anlächele, wirst du wissen, dass ich ihn für dich spiele.»

«Also wie gehabt», sagte Klaus.

Welch ein großzügiger Geist war Rudi doch immer gewesen, er hatte ihr Tun unterstützt, selbst wenn es seinen eigenen Wünschen widersprach.

Doch heute schien Käthe die Grenzen dieser Großzügigkeit mit einem roten Lippenstift von Helena Rubinstein erreicht zu haben.

«Zu dick aufgetragen», sagte er. «Das sieht aus, als ob du blutest.»

Käthe presste die Lippen auf ein Tempotaschentuch und präsentierte ihm das abgeschwächte Rot. «Besser?»

«Ich hab dich ein einziges Mal mit geschminkten Lippen gesehen, da hattest du dich als Zigeunerin verkleidet, und wir gingen mit Henny in den Lüb'schen Baum.»

«Dass du dich daran erinnerst», sagte Käthe.

«Dein Mund ist schön ohne Lippenstift.»

«Warum regt dich das so auf, Rudi?»

Er hob die Schultern. Warum regte ihn ein Lippenstift auf? Weil dessen Rot die orangefarbenen Rosen in ihrem Kleid störte? Er ihn auf dem weißen Hemd haben würde, wenn Käthe beim Tanzen ihren Kopf an seine Schulter legte? «Du siehst so verändert aus damit», sagte er.

Käthe blickte in den Spiegel. Suchte sie nach dem Effekt, den Ida ihr in den Kopf gesetzt hatte? «Ziehst du den Anzug an?», fragte sie.

«Ja. Ich will Alessandro nicht enttäuschen.»

«Du gefällst dir doch auch in dem Anzug.»

«Und finde mich ganz schön oberflächlich dabei.»

«Schluss jetzt, Odefey. Wer hat denn schon vor dreißig Jahren den teuren Wein bei Gröhl gekauft?»

«Du hast recht», sagte er. «Mal dich ruhig an.»

Lange schwarze Hosen, die Louise trug. Damit gewann sie vermutlich den Blumentopf in Extravaganz zwischen all den femininen Kleidern, doch hatte sie nicht schon Hosen getragen, als sie Lina kennenlernte?

«Ist dir das nicht zu kühl mit dem ärmellosen Rollkragen-pulli?»

«Dazu trage ich ja achtreihige Perlen, wenn auch keine echten.»

«Zieh lieber noch eine Jacke drüber.»

«Dann mache ich mir meinen Look kaputt.»

«Den von Audrey Hepburn?»

«Genau», sagte Louise und betrachtete ihre Oberarme. Nichts zu kritisieren daran. «Wann sollen wir denn überhaupt da sein?»

«Zur Teatime», sagte Lina. «Um fünf.»

«Das heißt keine alkoholischen Getränke?»

«Theo hat Wein für hundert Leute eingekauft.»

«So viele sind wir aber nicht?»

«Höchstens vierzig.»

«Das klingt beruhigend», sagte Louise und lächelte Lina an. «Frau mit den lila Augen, dieses austerngraue Kostüm steht dir gut.»

Es lief alles darauf hinaus, dass sie viel zu spät kommen würden, weil die Kleiderfrage mit Florentine kaum zu klären war. «Wenn das nicht bald klappt, kommst du im Bademantel mit», sagte Guste.

Doch sie sahen alle blendend aus, als sie endlich in den schwarzen Opel Kapitän mit den Heckflossen stiegen, Guste vielleicht ein bisschen großblumig, aber das war sie immer schon gewesen.

«Hilfst du mir mal mit den Manschettenknöpfen?», sagte Theo. «Henny hat noch unten zu tun.»

Klaus half ihm beim Einstecken der Knöpfe. Goldene Anker, die sich im Knopfloch leicht verhakten.

«Danke. Du hast den obersten Hemdenknopf noch auf und die Krawatte zu locker», sagte Theo.

Klaus grinste. «Das habe ich Frank Sinatra abgeguckt», sagte er.

«Den Alex gerade spielt?»

Klaus lauschte. *I've Got You Under My Skin.* Das sang Sinatra auch. Er schaute Henny an, die nach oben kam. Sie sah sehr schön aus in dem enganliegenden, wadenlangen Kleid, er mochte das fast noch lieber an ihr als die schwingenden Röcke.

«Die Leute vom Mühlenkamper Fährhaus haben alles aufgebaut», sagte sie. «Ich habe Alex noch mal darauf aufmerksam gemacht, dass es auch sein Fest sei, aber er sagt, er fühle sich sehr wohl hinter seinem Klavier.»

Theo zog das Jackett an. «Nun können die Gäste kommen», sagte er und stieg die Treppe hinunter.

Die Fahrten mit dem Volkswagen nahmen manische Züge an. Um vier Uhr morgens stand er auf, stieg in das Auto, das vor dem Haus in der Reismühle stand, fuhr in die Rothenbaumchaussee zum NDR, seit sein Sohn dort gelegentlich den Frühdienst im Kulturprogramm übernahm. An den anderen Tagen fuhr er zur Körnerstraße, und als er die Fährte endlich aufgenommen hatte, in den Schwanenwik.

Um halb acht kam er in die Schule, erschöpft, einmal schlief er ein, als die sechste Klasse einen Aufsatz schrieb. Oft kam ihm die Bachstraße in den Sinn, seine erste Station als Lehrer, begeistert war er gewesen.

Wann hatte es angefangen, so falsch zu laufen in seinem Leben? Im Juli 1943, als sein Zuhause zerstört wurde? Im Januar 1945? Da war er zur Gestapo gegangen, hatte Anna und Käthe Laboe angezeigt.

War das die Strafe? Dass er ohne Frau lebte? Dass sein Sohn schwul war?

Ernst Lühr wischte die Scheibe mit dem Ledertuch, immer wieder beschlug sein Atem sie an diesem eiskalten Morgen. Manisch. Und masochistisch, er könnte noch im warmen Bett liegen, er hatte heute erst zur zweiten Stunde Unterricht. Nun saß er im Auto und ließ nicht einmal den Motor laufen, um niemanden aufmerksam zu machen.

Die zwanzig Fahrstunden hatte er sich gegönnt und dann auch das Auto. Seit Jahren lebte er viel zu bescheiden.

Lange hatte es gedauert, bis ihm die Verfolgung in den Schwanenwik gelungen war. Er glaubte nicht, dass ihn Klaus jemals bemerkt hatte, dennoch war er immer abgehängt worden, von einer roten Ampel, vom plötzlichen Abbiegen des cremefarbenen Karmann-Ghias, Klaus war der versiertere Fahrer. Vor ein paar Tagen dann hatte er ihm bis in den Schwanenwik folgen können, wo Klaus den Blinker setzte und einparkte. Ernst Lühr war vorbeigefahren, um kurz darauf anzuhalten und im Rückspiegel zu beobachten, in welchen Hauseingang sein Sohn ging.

Erst am folgenden Nachmittag war er zur Alster spaziert, hatte ganz nebenbei das Klingelbrett betrachtet, der Name auf dem obersten Schild fiel ihm auf, das Quintett hieß so, das Klaus in seiner Sendung spielte. Lag sein Sohn mit dessen Namensgeber im Bett?

Er nahm die *Hör Zu* vom Beifahrersitz, blickte auf die Seiten des Hörfunkprogramms, die Sendungen von Klaus hatte er mit dem roten Stift gekennzeichnet, den er auch für die Heftkorrekturen benutzte.

Die Haustür des blassgelben Klinkerhauses wurde geöffnet. Ernst Lühr senkte den Kopf, als studiere er die Senderskala des Autoradios, doch er versuchte, aus dem Augenwinkel wahrzunehmen, was sich da am Haus tat. Ein Paar stand dort, Mann und Frau mit Koffer. Im Spiegel sah er das Taxi, das hinter ihm hielt.

Wenn es Klaus und sein Liebhaber gewesen wären, hätten sie ihn dann gesehen? Wollte er das nicht sogar?

Um Viertel vor acht hatten sechs weitere Leute das Haus verlassen, Klaus und dieser Mann schienen keine Frühaufsteher zu sein, wenn sein Sohn nicht gerade Sendung hatte.

Ernst Lühr ließ den Motor an, um zur Schule zu fahren.

Else ächzte, als sie sich aus dem Sessel stemmte, um zur Tür zu gehen. Man war keine achtzig mehr, die Knochen taten arg weh. Ein Glück, dass sie den Fernseher hatte, da kamen alle zu ihr nach Hause.

Den Peter Frankenfeld sah sie gern, den hatte sie früher schon im Radio gehört. Die *Schölermanns* fingen an, langweilig zu sein, gab aber neue Sendungen, *Samstagnachmittag zu Hause* gefiel ihr gut, die Gäste und die kluge Lassie. Ein Collie war das, stand in der *Hör Zu*.

«Entschuldige, dass es so lang gedauert hat», sagte Else, als sie Klaus einließ. «Deine Großmutter fängt an, alt zu werden, Henny will das gar nicht einsehen, die denkt, das geht alles noch. Guck mal auf den Zettel, ob du klarkommst.»

Klaus las Elses Einkaufszettel. «Seit wann isst du denn Suppen aus der Tüte?», fragte er. War er sonst nicht angewiesen worden, ein ordentliches Suppengrün zu kaufen, vor allem eine große Sellerieknolle?

«Der Fridolin von Maggi ist so nett», sagte Else.

«Zwei Flaschen Scharlachberg?»

«Der tut mir gut. Sag aber Henny nichts.»

Klaus hatte längst mit Theo und Henny über die Trinkgewohnheiten seiner Großmutter gesprochen. «Sie hat schon immer gern ins Glas geschaut», hatte Henny gesagt. Nun wurde Else bald zweiundachtzig, große Schäden schien ihr der Alkohol nicht zuzufügen.

«Soll ich nicht noch was Frisches einkaufen?»

«Stehen doch zwei Büchsen Erbsen und Möhren auf dem Zettel.»

«Ich guck mal, was ich noch an Zutaten finde, die nicht viel Arbeit machen. Vielleicht einen Blumenkohl, da kannst du dir eine Bechamel machen.»

«Du meinst eine holländische Soße? Das ist mir zu viel Gewusel.»

«Oma. Ich geh mal los, hab heute Abend noch Sendung.»

«Ich kenne sonst keinen Mann, der kochen kann.»

«Rudi kocht auch.» Gleich das mal loswerden, bevor Else sagte, das Kochen habe mit seiner sexuellen Orientierung zu tun.

«Käthe kann ja nicht kochen», sagte Else.

Als Klaus eine halbe Stunde später die Tüten von *Spar* zu Else trug, glaubte er das erste Mal seit langer Zeit wieder beobachtet zu werden. Er drehte sich um, aber kein Ernst lauerte hinter der Litfaßsäule.

Sein Vater schien ihn nicht länger im Visier zu haben. Seit einem Jahr hörte sich der Pförtner *Nach der Dämmerung* allein an. Vielleicht war es Ernst doch zu langweilig geworden.

Klaus nahm an diesem Freitagabend einen Titel von Buddy Holly ins Programm, auch auf die Gefahr hin, dass den Freunden des sanften Jazz die Ohren abfielen vom Rock'n'Roll. Doch es war eine Geste der Verehrung für den zweiundzwanzigjährigen Amerikaner, dessen Flugzeug am Dienstag über einem Kornfeld im Mittleren Westen abgestürzt war.

Er sagte Hollys *Peggy Sue* schon früh an, dann blieben genügend Lieder, die sein Publikum friedlich stimmten. Eine ältere Aufnahme von *Fly Me To The Moon*, mit der er die Sendung beendete.

Fly me to the moon,

Let me play among the stars, sang Kaye Ballard.

Let me see what spring is like

On Jupiter and Mars

Klaus schaltete das Mikrophon aus und winkte dem Tontechniker zum Abschied zu.

Fill my heart with song
Let me sing for ever more
«Guten Abend, Herr Lühr», sagte der Pförtner. «Ihr Verehrer war wieder nicht da.» Das sagte er jetzt jeden Freitagabend. Seit einem Jahr.
You are all I long for
All I worship and adore

Da kam Klaus und ging zu dem Karmann-Ghia, der auf der anderen Seite der Rothenbaumchaussee parkte.
In other words, please be true
In other words, I love you
Ernst Lühr startete das Auto erst, als Klaus schon aus der Parklücke herausgefahren war. Ein anderer Wagen fuhr zwischen ihnen, doch an der ersten Ampel reihte sich der andere links ein, Lühr stand nun genau hinter Klaus. Konnte sein Sohn ihn im Rückspiegel erkennen?

Klaus sah den Mann hinter dem Steuer nicht. Dachte nur, dass das Auto ein schwarzer VW war. Einer davon hatte heute auch in Elses Straße gestanden, als er die Einkaufstüten zu ihr nach Hause trug.

Henny sah zu Theo, der hinter der *Frankfurter Allgemeinen Zeitung* verschwunden war. «Dass de Gaulle und Adenauer an einem Haus Europa bauen, lässt auf anhaltenden Frieden hoffen», sagte er.

«Ich dachte, du verzeihst Adenauer nicht, den Nazi Globke zum Vertrauten zu haben.»

«Ich verzeih ihm auch nicht, dass er Deutschland atomar aufrüsten wollte und seinen Verteidigungsminister von der Leine gelassen hat.»

Seit der russische Sputnik im All kreiste, hatten Adenauer und Franz Josef Strauß an einer Atommacht herumgedacht. Allein in Hamburg waren im vergangenen April hundertfünfzigtausend Menschen auf die Straße gegangen und hatten dagegen demonstriert.

«Aber die europäische Idee ist gut», sagte Theo.

Henny stand auf und zog die Vorhänge zu. Das tat sie selten.

«Dieser kubanische Revolutionsführer wird nun auch das Amt des Ministerpräsidenten übernehmen. Dafür, dass Fidel Castro sich nach der Revolution ins Private zurückziehen wollte, ist das doch ein beachtlicher Beutezug.»

«Wir haben ganz vergessen, Klaus' Sendung zu hören.»

Theo ließ die Zeitung sinken. «Ist es schon so spät?»

«Kurz vor Mitternacht.»

«Dann ist er wohl zu Alex gefahren», sagte Theo.

«Ich habe Angst um die beiden.»

«Im Augenblick ist Alex stabil.»

«Nein, nicht deshalb. Ich fürchte, dass ihnen eine gerichtliche Vorladung ins Haus kommt.»

«Sie sind seit acht Jahren zusammen, und alles ist gutgegangen.»

«Ernst spukt herum», sagte Henny. «Er fährt langsam am Haus vorbei, ich habe ihn öfter dabei beobachtet.»

«Er hat ein Auto?» Theo legte die *Frankfurter Allgemeine* zusammen.

«Einen schwarzen VW. Gut, dass er Klaus noch immer hier vermutet und nichts vom Schwanenwik zu wissen scheint.»

«Du traust ihm also tatsächlich einen neuen Verrat zu?»

«Er liegt auf der Lauer.»

«Hast du darum die Vorhänge zugezogen?»

«Ja», sagte Henny.

Florentine lag in der Hängematte, die Tian auf ihre Bitte quer durch das Zimmer gespannt hatte, und las Françoise Sagan. Sie war zu faul, sich herauszuräkeln und das Radio auszuschalten, das leise knisterte, Klaus' Sendung war schon lange vorbei. Sie hörte *Nach der Dämmerung* gern, obwohl sie den kleinen französischen Liedern den Vorzug gab.

Ihr Vater konnte kaum über ihre schulischen Leistungen meckern, ihr Französisch hatte sich stark verbessert, die Sprache, in der die Zukunft spielte. Florentine zweifelte nicht daran, das Abitur im ersten Anlauf zu schaffen, um endlich mit dem wirklichen Leben beginnen zu können und es nicht nur in den Ferien stattfinden zu lassen.

Ihre Mutter trat ins Zimmer, ohne anzuklopfen. Es war schwer, hier im Haus eine Privatsphäre zu haben, Ida und Guste konnten mit George Orwells *Big Brother Is Watching You* durchaus konkurrieren.

«Du gehörst längst ins Bett», sagte Ida und drehte das Radio aus.

«Ich habe erst um neun Uhr Schule.»

«Dann bleiben dir ab jetzt nur noch sieben Stunden Schlaf unter der Voraussetzung, dass du dich morgen früh kürzest im Bad aufhältst.»

Ida war gegen die Hängematte gewesen, nicht nur, weil sie ihr den Durchmarsch quer durch Florentines Zimmer erschwerte. Doch Tian hatte der Tochter den Wunsch zum achtzehnten Geburtstag erfüllt.

«Glaubst du, dass Alex und Klaus ein Liebespaar sind?»

Ida stand vom Donner gerührt, als lebte sie unter Nonnen und verbrächte ihre Tage nicht in der Agentur von Sybille Romanow.

«Frag Papi mal. Der trifft sich doch mit Alex.»

«Vielleicht hatte dein Vater recht, als er dagegen war, dich vorzeitig in die Modewelt zu lassen. Da gibt es ja viele Homosexuelle.»

«Sei nicht so verklemmt, Mami.» Florentine klappte *Bonjour Tristesse* zu und stieg aus der Hängematte. «Wahrscheinlich ist Alex bi. Ich bin mir sicher, dass er auch Frauen lieben könnte.»

«Sieh zu, dass du in den Schlaf findest», sagte Ida.

«Ich hätte nichts dagegen, dass er ab und zu diesen Stock braucht, nur schlimmer darf es nicht werden.»

Tian lag schon im Bett, als Ida ins Schlafzimmer kam. Sie setzte sich auf den Hocker vor ihrer Frisierkommode und bürstete ihr Haar, das sie anders als ihre Freundinnen noch immer lang trug.

«Hat dich was aufgeregt?», fragte Tian, als er den Rücken seiner Frau betrachtete. «Du bürstest die Haare so gnadenlos.»

«Weißt du was davon, dass Alex und Klaus ein Paar sind?»

Tian fand schon nach Sekunden seine Fassung wieder. «Wie kommst du denn darauf?», fragte er.

«Unsere Tochter meinte, du wüsstest mehr, weil ihr doch eure Treffen im Vier Jahreszeiten habt.»

«Ich denke, dass die beiden vertraut miteinander sind, allein schon durch Theo Unger, der Alex in einer Art medizinischer Obhut hat.»

«Könntest du dich bitte nicht so chinesisch blumig ausdrücken?»

Nein. Er würde Alex' Geheimnis nicht preisgeben, lieber einen Unsinn reden. «Alex lebt völlig platonisch, seine einzige Leidenschaft ist die Musik», sagte er. Ein Versuch.

Ida drehte sich zu ihm um. «Du spinnst», sagte sie.

«Wie wäre es mit einer kleinen Leidenschaft in unserem Bett?», fragte er. Ein weiterer Ablenkungsversuch, eigentlich hatte er schlafen wollen.

Ida klopfte die Hormocenta in die Haut ein. «Irgendwie finde ich die Vorstellung erregend.»

«Mit mir zu schlafen?»

«Dass Alex und Klaus ein Paar sein könnten», sagte Ida.

Tat sich Käthe schwer mit Ruth? Die vierzehnjährige Ruth war so viel mehr Rudis Kind als ihres. Die beiden waren wie Pott und Deckel, so nannte es Willi Stüve, wenn er Käthe den Kopf wusch, weil sie klagte, die Aufmerksamkeit ihres Mannes teilen zu müssen.

All die Gedichte, die er Ruth vorlas, die aufmerksam zuhörte, ein jedes Wort würdigte, den Inhalt mit ihm diskutierte. Das hatte Käthe nie getan.

«Dann sei froh, dass Rudi nun die Freude hat», hatte Willi dazu gesagt.

Damals im Kaffeehaus Vaterland, als sie Rudi ihrer Freundin Henny vorstellte, da war sie auch eifersüchtig gewesen der Gedichte wegen, die Rudi aufsagte und die Henny kannte.

Wie hatte das Gedicht noch geheißen? Käthe wusste es nicht mehr. Von Heinrich Heine war es gewesen.

Sie legte neues Krepppapier auf die Untersuchungsliege. Komisch, allein in der Praxis zu sein, viel zu viel Zeit für unnütze Gedanken.

Lore hatte sich krankgemeldet, war auch kaum wünschenswert, dass sie hier ihre Schnupfenviren verbreitete. Die erste Patientin kam erst um zehn, die Mappe mit ihren Daten lag auf Theos Schreibtisch bereit. All das, was Lore sonst tat, während Käthe bei den Eingriffen assistierte,

Frauen in fortgeschrittener Schwangerschaft untersuchte, sie auf die Geburt vorbereitete.

An den meisten Tagen holte Theo Käthe in der nahen Marienterrasse ab, und sie fuhren gemeinsam in die Praxis, doch am Montag kam er später, erste Erleichterungen nach einem Leben mit hartem Dienstplan.

Käthe ging ins Wartezimmer. Alles wohlgeordnet. Dann konnte sie sich jetzt noch das Franzbrötchen gönnen, das sie vorhin am Jungfernstieg gekauft hatte, den Wasserkessel auf die Kochplatte in der kleinen Küche stellen, den Kaffee mahlen, Theo liebte den Duft.

Wenn du eine Rose schaust,
Sag, ich lass sie grüßen.

Da fielen ihr die Zeilen wieder ein. Das Gedicht von Heinrich Heine.

Selten, dass er nach der Schule herfuhr, als ob er das helle Tageslicht scheute, die Spaziergänger, die zur Alster unterwegs waren und ihm ins Auto gucken konnten. Er glaubte nicht einmal, dass er Klaus ertappen könnte, sein Sohn war doch sicher während des Tages im Funkhaus, und wenn der Mann tatsächlich der Musiker war, würde er wohl auch was anderes zu tun haben, mit Orchestern proben, Schallplatten aufnehmen und nicht am frühen Nachmittag zu Hause herumhängen.

Ernst Lühr war wieder früh aufgestanden an diesem Tag, nicht um das Haus vorzeitig zu verlassen und mit dem Volkswagen durch das dunkle Hamburg zu fahren, er hatte in die Kladde geschrieben.

Die vierte Kladde schon, die er mit Worten an Klaus füllte, vielleicht würde sein Sohn sie irgendwann einmal lesen nach seines Vaters Tod.

Ein frostiger klarer Tag, nach dem Schnee im Januar kam nun die Kälte, wenn es wohl auch nicht so kalt werden würde wie vor drei Jahren im Februar. Dennoch. Er fing an, in seinem Volkswagen zu frieren. Ernst Lühr ließ den Motor an und drehte die Heizung auf.

«Ich fahre dich ins Studio», sagte Klaus. «Das Auto steht allerdings in der Papenhuder, ich hole es, und du steigst hier vorm Haus ein.»

«Lass uns zusammen den kleinen Spaziergang machen. Mir geht es gut und dräng mich nicht, den Stock zu nehmen.»

«George Rathman ist doch längst vertraut damit», sagte Klaus.

Alex sammelte die Notenblätter auf dem Klavier ein und legte sie in die große Zeichenmappe. Er war dankbar gewesen, als sich das Spielfilmprojekt zerschlagen hatte, die neue Aufgabe lag ihm viel mehr, er war doch eher ein Komponist für Kammerspiele.

«Es ist kalt», sagte Klaus, der von der Terrasse hereinkam. «Ich zieh mir noch einen Pullover übers Hemd.»

Sie zogen beide halblange Wollmäntel an, Hüte trugen sie schon lange nicht mehr, die waren aus der Mode. Klaus nahm die Handschuhe vom Garderobentisch und stopfte sie in seine Manteltaschen. «Zurück fährst du mit dem Taxi?»

«Vielleicht steige ich auch einfach in den Bus.»

Klaus griff nach dem Stock. «Nimm ihn für alle Fälle mit, wenn du weite Wanderungen planst.»

«Nein», sagte Alex. «Lass uns losgehen.»

Klaus seufzte. Es wäre nicht das erste Mal, dass Alex seine Kondition überschätzte. «Du weißt gar nicht, wie gut du damit aussiehst», sagte er.

Ernst Lühr war schläfrig geworden im warmen Auto, das nun auch von der Sonne aufgeheizt wurde. Er schaltete den Motor aus, nicht noch mehr Benzin verschwenden. Vielleicht sollte er doch besser heimfahren, er hatte noch Hefte der achten Klasse zu korrigieren. Oder sollte er mal aussteigen, zur Alster hinübergehen und sich ein bisschen die Beine vertreten, sie fühlten sich beinah taub an vom langen Sitzen in angewinkelter Position? Er stieg aus und schloss das Auto ab.

Klaus sah Ernst aus dem schwarzen VW steigen und alles unaufhaltsam auf sich und Alex zukommen, als könnten sie nicht mehr rechtzeitig vor einer einstürzenden Mauer fliehen.

«Er ist es also», sagte Ernst Lühr.

«Lass uns bitte in Frieden, Vater.»

Ernst Lühr sah seinen Sohn und Alex an, als sei es lebenswichtig, sich jedes Detail einzuprägen. Dann kehrte er um und ging.

«Diese Verachtung in seinem Blick», sagte Alex leise.

«Es tut mir leid», sagte Klaus.

Er hatte Alex vor dem Wandsbeker Studio abgesetzt und vergeblich versucht, Theo zu erreichen, schließlich war er zu Marikes Praxis am Berliner Tor gefahren. Klaus musste darüber sprechen. Sofort.

Alex schien gefasst nach dieser Begegnung mit Ernst, doch Klaus hatten die Knie gezittert. Das konnte nur Konsequenzen haben.

Die Sprechstundenhilfe bat ihn, sich ins Wartezimmer zu setzen, Frau Dr. Utesch untersuche gerade eine Patientin, es dauere eine kleine Weile.

Klaus griff nach der *Quick* und versuchte, die Texte zu lesen, die Frauen im Zimmer warfen ihm aufmunternde Blicke zu, vermutlich hielten sie ihn für einen nervösen werdenden Vater. Endlich wurde er zu Marike gebeten.

«Als er im zweiten Schuljahr mein Lehrer wurde, war er wunderbar. Wir Kinder haben ihn geliebt», sagte Marike, nachdem Klaus berichtet hatte.

«Nun ist er nicht mehr wunderbar», sagte Klaus.

«Das war er schon in der Ehe mit unserer Mutter nicht.»

«Er wird Alex und mich ins Gefängnis bringen.»

«So schlimm muss es nicht kommen.»

«Du weißt, dass er mich seit Jahren verfolgt; solange er zu Fuß unterwegs war, konnte ich ihn leicht abhängen. Nun ist er mir bis in den Schwanenwik nachgefahren.»

«Vielleicht sollte Henny mit Ernst sprechen.»

«Und um Gnade für den gemeinsamen Sohn flehen?»

«Ich werde sie anrufen», sagte Marike.

Klaus legte die Hände vor das Gesicht.

«Ich kenne dich gar nicht als Nervenbündel.»

«Nur der erste Schock», sagte Klaus. «Und die bittere Erkenntnis, dass ich Alex mit reinreiße, weil ich einen Idioten zum Vater habe.»

Das erste Mal, dass sie nicht in einen Märchenfilm gingen, auch in keinen von Walt Disney, Rudi führte die vierzehnjährige Ruth in *Wir Wunderkinder* aus. Als sie aus dem Kino kamen, waren sie beide aufgewühlt von den Bildern der ersten Nachkriegszeit.

«Denkst du noch oft an deinen Großvater?», fragte Rudi.

Ruth nickte. «Auch an das halbzerstörte Haus, in dem wir mit euch wohnten, und die kaputte Treppe, auf der er gestürzt ist.»

«Wollen wir noch ein Glas trinken gehen? Für dich eine Limonade und für mich einen Wein?»

«Gern», sagte Ruth. «Käthe tut oft noch, als sei ich ein kleines Kind. Bei dir ist das anders.»

«Wir haben dich beide immer ernst genommen. Uns ist klar, dass du einfach schon zu viel erlebt hast, Ruth.»

«Du und Käthe auch.»

«Nur sind wir keine vierzehn Jahre alt.»

Sie kehrten in eine kleine Konditorei in der Jarrestraße ein, ganz in der Nähe des Kinos. «Würdest du mir von Russland erzählen? Von deiner Gefangenschaft?», fragte Ruth, als die Limonade vor ihr stand und ein Kännchen Kaffee vor Rudi, Wein gab es keinen.

«Weil dein Vater auch in russischer Kriegsgefangenschaft war?»

«Ja. Ich will wissen, was er erlebt hat, bevor er sterben musste.»

«Und die Erinnerungen an deine Mutter?»

Theo hatte sie danach gefragt, damals im Garten, doch da hatte Ruth nicht geantwortet und sich nur noch dem Hund gewidmet.

«Oder hast du keine Erinnerungen an sie? Du warst gerade vier, als sie starb, hat mir dein Großvater erzählt.»

«Ich denke nicht gern an meine Mutter», sagte Ruth.

«Warum nicht?» Rudi war überrascht.

«Weil sie gesagt hat, ich dürfe sie niemals vergessen und müsse sie für immer lieben. Sonst wäre Gott böse.»

«Vielleicht war sie nur verzweifelt, vor ihrer Zeit zu sterben und ihr Kind allein mit einem alten Mann zu lassen?»

Ruth sah Rudi an und schwieg. «Ich denke darüber nach», sagte sie schließlich. «Der Film hat doch gezeigt, dass alle Heuchler sind.»

«Nicht alle. Der Journalist schreibt die Wahrheit über Bruno Tiches. Dass er ein Nazi und Gesinnungslump war.»

«Dann will ich Journalistin werden und die Wahrheit schreiben.»

Rudi nickte. «Du und ich werden am Sonntag einen langen Spaziergang machen, dann erzähle ich dir von Russland.»

Ernst Lühr wollte kein Gespräch mit seiner einstigen Frau. Henny, die aus der Villa in der Körnerstraße zu ihm hinabstieg, um ihm zu sagen, was er zu tun und zu lassen hatte? «Eine Strafe kann Klaus nur läutern» war alles, was er ihr am Telefon sagte.

Der Herr Doktor suchte auch das Gespräch mit ihm. Dr. Theo Unger, der dem Volksschullehrer Lühr schon die Frau weggenommen hatte, ehe Henny und Ernst sich überhaupt begegnet waren. Ihren ersten Mann Lud hatte sie doch auch mit ihrer Liebe zu Unger betrogen.

Seine Fahrten mit dem Volkswagen waren nun ohne Sinn und Zweck, nachdem er Klaus und seinen Musiker gestellt hatte. Leere, die sich in seinem Leben auftat, schlimmer als zuvor.

Einmal noch war er mitten am Tag in den Schwanenwik gefahren und hatte tatsächlich diesen Kortenbach gesehen, der auf die Straße trat, auf einen Stock gestützt. Eine Verstauchung beim Tennisspiel vielleicht, das war es doch, was diesen Leuten passierte. Nicht mehr.

Doch er konnte *mehr* draus machen. Eine Vorfreude in ihm, eine Lust, Anzeige zu erstatten gegen die Unzucht, die da geschah. Vor seinen Augen liefen Bilder ab, der Staatsanwalt, der ihm persönlich dankte für den Einsatz zur Bewahrung von Anstand und Moral.

Aber es gab auch Tage, da sah er der Anzeige freudlos entgegen. Sah seinen Sohn, der durch die Straßen getrieben wurde wie die Juden von der SA. Ließ ihn das zögern? Ernst Lühr saß am Küchentisch, beendete die vierte Kladde und schrieb auf den letzten Seiten Entschuldigungen hinein, Entschuldigungen an Klaus.

Das Buch ging gut über den Ladentisch, seit der Film angelaufen war, Hugo Hartungs *Wir Wunderkinder*. Ein anderes war angekündigt und würde im Herbst erscheinen. *Die Blechtrommel*, das Debüt des jungen Autors Günter Grass. Dann Heinrich Bölls *Billard um halb zehn*, Uwe Johnsons *Mutmaßungen über Jakob*. Ganz abgesehen von Utta Danellas Büchern, die gingen weg wie geschnitten Brot.

Wenn die alle weiter so gut zu verkaufende Bücher schrieben, hatte sich die Erweiterung von Landmann am Gänsemarkt gelohnt mitsamt der Revuetreppe, die zur ersten Etage führte. Momme war zufrieden, er hatte eine gute Nase gehabt, als er Lina und Louise davon überzeugte, den oberen Stock anzumieten.

Der Wermutstropfen in seinem Leben war, keine Mutter für die Kinder zu haben, die er sich wünschte. Er hatte das Thema doch sehr lange vernachlässigt. Ullas Sohn hätte er am liebsten geklaut.

«Vielleicht hast du ja Kinder in Dänemark», hatte Guste gesagt. «Du wärest nicht der erste Besatzer, der davon nichts weiß.»

Momme hatte kurz überlegt und dann den Kopf geschüttelt. «Glaubst du, dass es zu spät für mich ist, Guste?»

«Alte Väter gibt es viele», hatte Guste gesagt. «Du wirst schon eine junge Mutter dafür finden.»

«Nun ist in vierzehn Tagen nichts passiert», sagte Theo. «Vielleicht sollten wir aufhören, vor Ernst zu zittern. Das ist unserer unwürdig.»

Doch die Mühlen der Justiz mahlten langsam. Oder?

«Was können wir noch tun?», fragte Henny.

«Nichts», sagte Theo. «Lühr wird die Macht genießen, die er da über uns hat. Vielleicht genügt ihm die Vision, uns zu vernichten.»

«Du sagst *uns*?»

«Unsere Söhne», sagte Theo. «Alle beide.»

«Seht mich doch an», sagte Alex, als der letzte öffentliche Auftritt hinter ihnen lag und der Unmut im Quintett lauter wurde, weil es noch keine neuen Konzerttermine gab.

Zwei Jahre war es schon her, dass Alex sich vorgenommen hatte, nicht mehr auf die Bühne zu gehen, bisher war alles weitergelaufen wie immer. «Seht mich an. Es gibt Tage, da klebe ich am Stock. So kann ich doch vor kein Publikum treten.»

«Eine Frage der Eitelkeit», sagte sein Saxophonist. «Solange du so Klavier spielst, wie du Klavier spielst, ist der Stock völlig egal.»

«Du darfst das Quintett nicht kaputt machen», sagte der Bassist.

«Ich mache das Quintett nicht kaputt. Wir sind dauernd im Studio. Sie spielen uns auf allen Sendern.»

«Öffentliche Auftritte gehören dazu.»

Alex beschloss, sich zu bekennen. Dazu, die Behinderung zu haben. Doch er hoffte, dass er weiterhin einen Mann lieben durfte, ohne es an die Öffentlichkeit gezerrt zu sehen und dafür ins Gefängnis zu gehen.

Der Ruf eines amerikanischen Soldaten, der in Ruths Träume fand. *Give up. Stop shooting. We don't fight kids.* Rudi und sie hatten sich Bernhard Wickis Antikriegsfilm *Die Brücke* angesehen an ihrem Kinotag.

Sie waren aus dem Europa-Palast in der Jarrestraße gekommen und hatten einander in die erschütterten Gesichter geguckt, um die sieben Jungen geweint, die am Ende des Krieges in einen sinnlosen Kampf um eine Brücke geworfen wurden, den sechs nicht überlebten.

«Was ruft sie da?», fragte Käthe leise, als sie barfuß zu Rudi in den dunklen Flur trat.

«Einen Satz aus dem Film, den wir heute Nachmittag gesehen haben», sagte Rudi. Tat er gut daran, die Fünfzehnjährige damit zu belasten?

«Geh nicht mit ihr in solche Filme.»

Rudi guckte durch den Türspalt in das dunkle Zimmer. Er sah nichts, doch er hörte, dass Ruth nun ruhig atmete.

«Sie hat es sich gewünscht», sagte Rudi, als Käthe und er wieder nebeneinander im Bett lagen.

«Ruth ist viel zu ernst. Sie sollte in die Tanzstunde gehen, statt sich all diese Gedanken um die Welt zu machen.»

«Das sagst *du*?», fragte Rudi und hätte beinah noch einmal die Lampe auf dem Nachttisch angeschaltet, um Käthe ins Gesicht zu sehen. «Als ich dich in der Arbeiterjugend kennenlernte, warst du gerade neunzehn geworden und wolltest unbedingt die Welt retten.»

«Aber ich habe auch Vergnügungen zugelassen.»

«Die kleinen französischen Kuchen im Reichshof», sagte Rudi.

«Dich», sagte Käthe. Sie rückte näher an ihn ran. «Nur den Kopf an deine Schulter legen», sagte sie. «Für alles andere bin ich zu müde.»

«Hoffentlich gibt es nie mehr Krieg.»

«Denk an was Schönes vor dem Einschlafen», sagte Käthe.

Doch Rudi dachte an die Russen, an Castro, der sich mit ihnen zusammentat, und den Kalten Krieg. Was würde denn das neue Jahrzehnt bringen, das vor der Tür lauerte?

Vielleicht hatten sie sich viel zu sehr in Sicherheit gewiegt.

«Ich bin so dankbar, dass es an uns vorübergegangen ist», sagte Alex, der sich an Klaus lehnte. «Oder denkst du, da kommt noch was?»

«Nein», sagte Klaus. «Ernst genießt vor allem unsere Angst.»

Auf ihrem Schallplattenspieler setzte die Nadel sich zum vierten Mal auf Ray Conniffs Single von *Smoke Gets In Your Eyes*. «Vielleicht sollten wir mal vom Sofa kommen und ins Bett gehen», sagte Klaus. «Es ist schon sehr spät. Du hast morgen einen frühen Termin bei Lambrecht.»

Er stand auf und half Alex hoch.

«Du kannst nicht leugnen, dass es schlimmer geworden ist.»

«Tu ich nicht», sagte Klaus. «Du kennst doch diese *ups and downs*.» Er versuchte zu beruhigen. Alex und sich selbst.

«Das Quintett hat noch zwei Konzerte bis Ende des Jahres.»

Klaus nickte. Er hatte die Termine in seiner letzten Sendung angesagt.

«Hoffentlich schaffe ich das.»

«Solange du Klavier spielst, wie du Klavier spielst, ist alles gut.»

Das hatte Hans, der Saxophonist, Anfang des Jahres auch gesagt.

Noch ein Glück, dass die Malaise nur das Stehen und Gehen betraf.

Ernst Lühr saß an seinem Küchentisch und stellte die Blechröhrchen aufeinander, als seien sie Bauklötze. Klaus' zweiter Geburtstag kam ihm in den Kopf, das kleine Kind, das hohe Klötzchentürme baute und sich schieflachte vor Vergnügen, wenn es die gleich wieder umstieß. Er sah das erhitzte Gesichtchen vor sich. Wo kam das Bild jetzt her?

Nembutal. Sechs Röhrchen. Noch hatte er keine Ahnung, wie er die Tabletten hinunterkriegen sollte, sie ließen sich nicht auflösen. Er war gescheitert an dem Versuch, einen Schierlingsbecher zu bereiten.

Es wäre leicht gewesen, die große Steinguttasse, aus der er seinen Fencheltee trank, an die Lippen zu setzen, zu schlucken, zu schlucken, zu schlucken, bis der Becher leer war. Lühr sah sich in seiner Küche um. Sollte er aufgeben für diese Nacht und erst einmal Mörser und Stößel kaufen? Nein. Nun stand er an der Schwelle und hatte nur noch einen Schritt zu gehen.

Er öffnete alle Röhrchen und häufte die sechzig Tabletten zu je sechs an. Zehn Häufchen. Er würde sich beeilen müssen, damit er nicht vorher schon in einen Schlaf fiel, aus dem er wieder erwachte.

Ernst Lühr sortierte um. Sechs Häufchen zu zehn Tabletten, das würde gallenbitter werden. Er nahm einen Glaskrug aus dem Schrank, füllte ihn mit Leitungswasser, öffnete die Kühlschranktür, in der eine Flasche Himbeersirup stand, gab viel vom süßen Sirup in den Krug, rührte um, stellte ein hohes Wasserglas dazu.

Sechs große Esslöffel, in die er je zehn Tabletten legte. Gut, dass er alles für sechs Personen besaß, wenn auch nie jemand bei ihm zu Gast gewesen war.

Er versicherte sich, dass das große Kuvert mit den Kladden für Klaus auf seinem Schreibtisch lag. Die Körnerstraße als Adresse darauf, nicht der Schwanenwik, wo Klaus mit seinem Liebhaber lebte.

Ernst Lühr wollte keinen letzten Fingerzeig geben, kein zweites Mal zum Denunzianten werden, das wusste er nun. Sonst wäre er es geworden in den acht Monaten, die vergangen waren, seitdem er Klaus vor dem Haus im Schwanenwik gesehen hatte. Die Kriminalpolizei würde dieses Kuvert in das Haus tragen, in dem der erwachsene Sohn noch bei Mutter und Stiefvater lebte. Eine harmlose Gemeinschaft, die kein Misstrauen erregte.

Er fühlte sich friedlich auf einmal. Dabei hatte er noch keinen einzigen Löffel genommen. «Sohn», sagte er, als er es endlich tat. Tabletten in den Mund kippen, kauen, Himbeerwasser trinken. Er kam nur langsam voran. Viermal gelang es ihm, bevor er vom Stuhl glitt und auf das Linoleum seines Küchenbodens fiel.

Kurt Landmann hatte damals ein feineres Gift gehabt, Ernst Lühr kannte den Arzt nur vom Hörensagen. Doch es ließ sich auch mit den Tabletten schaffen, unauflöslich. Wie seine Verbitterung gewesen war.

Wem fiel es am ersten Tag auf, dass Ernst Lühr fehlte? Nur dem Leiter und den Kollegen der Volksschule Angerstraße. Ein Schüler wurde in die nahe Reismühle geschickt, der lange an der Tür klingelte.

Am zweiten Tag zog der Schulleiter Lührs Personalakte heraus, las, dass Lühr geschieden war, einen Sohn hatte. Er suchte vergeblich nach der Telefonnummer des Sohnes.

Am dritten Tag erinnerte sich eine Kollegin daran, dass Lührs Sohn beim NDR arbeitete, dort die Sendung *Nach der Dämmerung* hatte.

Klaus saß an seinem Schreibtisch im Funkhaus und bereitete die nächste Kultursendung vor, als das Telefon läutete und ihm ein Gespräch durchgestellt wurde. Er kannte den Namen nicht. Als er auflegte, wählte er Theos Nummer in der Praxis.

«Das Nächstliegende wäre, die Polizei anzurufen», sagte Klaus.

«Du denkst, er hat sich das Leben genommen?»

«Er wird nicht losgegangen sein, um Zigaretten zu holen.»

«Vielleicht lässt er etwas zurück, dass auf dich und Alex weist.»

«Das ist mir auch durch den Kopf gegangen.»

«Ich habe ab vier Uhr keine Termine mehr. Könntest du dann?»

«Ja», sagte Klaus.

«Ich werde einen Schlüsseldienst anrufen und ihn bitten, jemanden um halb fünf in die Reismühle zu schicken. Hast du die Hausnummer?»

«Die hat mir seine Kollegin gegeben. Vermutlich hat sie den Kopf dabei geschüttelt, dass ich das nicht wusste. Die sechzehn.»

Es war schon dunkel, als sie zu dritt vor der Tür standen, den ganzen Tag hatte es geregnet. Klaus klingelte im Erdgeschoss, der Summer ertönte, und sie traten in das Treppenhaus, erklärten der Frau in der Tür, zu wem sie wollten. «Das ist wohl der im vierten Stock», sagte sie.

Der Alte vom Schlüsseldienst brauchte nur Sekunden, um das schlichte Schloss zu öffnen. Theo bezahlte ihn, und als er gegangen war, zögerten sie hineinzugehen.

«Deinem Vater wird es kaum gefallen, dass ich die Wohnung betrete», sagte Theo. «Vielleicht liegt er da und ist hilflos.»

«Umso besser, einen Arzt dabeizuhaben», sagte Klaus. «Lass mich nicht allein damit, Theo.»

Ein muffiger Geruch von feuchtem Stoff im kleinen Flur. Der Mantel, den Ernst Lühr vor vier Tagen auf den Haken gehängt hatte, war noch nass vom Novemberregen gewesen. Sie schalteten das Licht im Flur an, gingen in das eine Zimmer, das leer war, dann in die Küche.

Dachte Klaus an die Angst vor der Denunziation, in der Alex und er acht Monate gelebt hatten? Er sah seinen Vater dort auf dem Linoleum liegen und kniete neben ihm, wie Theo es tat, der vergeblich nach dem Pulsschlag suchte. Theo blieb nichts mehr zu tun.

Klaus stand auf und trat ans Fenster. «Damit habe ich nicht gerechnet», sagte er. «Dass ich Trauer empfinde.»

«Das ist gut so», sagte Theo, der ebenfalls aufgestanden war. «Es wird dir das Leben erleichtern.»

«Kommt es vor, dass man *kein* schlechtes Gewissen hat beim Tod eines nahestehenden Menschen?»

«Kaum», sagte Theo. «Irgendwas hat man immer versäumt. Lass uns dennoch im Zimmer nebenan nachschauen, ob er eine Spur zu euch gelegt hat.»

Sie fanden das große Kuvert mit Klaus' Namen.

«Du kannst ihm ein wenig verzeihen», sagte Theo. «Ich denke, dass es eine sehr bewusste Entscheidung von Ernst war, den Schwanenwik zu verschweigen.»

Klaus ging zum Telefon, das auf dem Schreibtisch seines Vaters neben einem Stapel Schulhefte stand, und rief die Polizei.

Sorgte sich Marike um Klaus, dass sie an diesem Nachmittag ins Funkhaus kam und völlig überraschend in der Tür seines Büros stand?

«Lass dich ins Funk-Eck einladen, kleiner Bruder. Du hast heute Geburtstag», sagte Marike.

«Er geht in diesem Jahr aus verschiedenen Gründen unter», sagte Klaus. «Alex hat ein Konzert in Münster und kommt erst morgen zurück. Du musst doch in der Praxis sein, heute ist nicht Mittwoch.»

«Mein Kollege kommt mal ganz gut allein klar, ich vertrete ihn oft genug. Ich dachte, du brauchst ein bisschen Aufmunterung, Henny sagte mir, der Tod von Ernst geht dir nahe, was mich und Thies erstaunt. Wir hätten gedacht, dich erleichtert die Nachricht.»

«Vielleicht hätte es das getan, wäre es nur eine Nachricht gewesen. Ich habe ihn tot in seiner Küche liegen sehen, Marike, und alles sah nach großer Einsamkeit aus.»

Sie gingen hinüber ins Café Funk-Eck, das eine zweite Kantine für die Leute vom NDR geworden war, tranken Kaffee und Kognak. Keiner von ihnen hatte Lust auf Kuchen.

«Konnte Alex den Konzerttermin denn nicht anders legen?»

«Sein Saxophonist hat ihn festgelegt», sagte Klaus.

«Alex ist doch der Leiter des Quintetts.»

«Die Musiker finden, dass sie zu oft im Studio sind und zu selten auf Konzerten.» Klaus rührte lange in seiner Tasse.

«Du hast gar keinen Zucker genommen.»

Klaus lächelte und nahm den Löffel aus der Tasse. «Ich trinke den Kaffee ohne Zucker. Alex hat Angst vor diesen Auftritten. Er macht kein Theater mehr wegen des Stockes, doch auch mit fällt ihm das Gehen manchmal nicht leicht.»

«Was sagen Theo und Lambrecht dazu?»

Klaus hob die Schultern. «Keine neuen Erkenntnisse. Die Schübe kommen und gehen. Ich werde Theo darauf ansprechen, heute schlafe ich in der Körnerstraße.»

«Ich weiß. Da wartet ein Gabentisch auf dich. Henny sagt, Ernst habe dir Kladden hinterlassen, die er beschrieben hat?»

«Ich hab mich noch nicht getraut, sie näher zu betrachten.»

Marike sah aus dem großen Fenster des Cafés in den trüben Tag hinaus. «Das Beste am November ist, dass du in dem Monat geboren worden bist, kleiner Bruder, das verdanken wir tatsächlich auch Ernst. Obwohl du vor allem nach Theo kommst, ich finde, du wirst ihm immer ähnlicher.» Sie lächelte. «Hast du schon dein Geschenk von Alex?»

«Ja», sagte Klaus und sah auf einmal glücklich aus. «Im Februar fliegen wir nach Berlin zum Konzert von Ella Fitzgerald. Leider nur getrennte Hotelzimmer.»

«Nun such dir keine neue Gefahr.»

«Nachdem Ernst tot ist?»

«Genau», sagte Marike.

«Könnt ihr nicht auch in die Körnerstraße kommen?»

«Ich hab dein Geschenk noch zu Hause liegen», sagte Marike. «Es war ein spontaner Entschluss, dich im Funkhaus zu überfallen.»

«Dann kommt doch bitte. Henny und Theo freuen sich bestimmt, und Katja kann auf dem Sofa schlafen.»

«Sie ist eine Nachteule geworden. Wie ihre Eltern.»

«Bleibt es bei dem einen Enkelkind für Henny und Theo?»

«Es gelingt uns kein anderes», sagte Marike. «Allmählich fühle ich mich zu alt mit meinen siebenunddreißig Jahren.»

Momme war zehn Jahre älter als Marike, doch er schwamm in einem Jungbrunnen, seit er Anni kannte. *Alle Sterne vom Himmel* von Utta Danella hatte sie gekauft und ihn angelächelt, dass ihm das Herz aufging. Sie hatten nicht ganz den gleichen Literaturgeschmack, doch schließlich gab es genügend Bücher bei Landmann am Gänsemarkt, um sie beide glücklich zu machen.

Momme ließ nichts mehr lange liegen, seit Ulla ihn verlassen hatte. «Kannst du dir vorstellen, Mutter zu werden?», fragte er Anni beim zweiten Treffen. «Mit mir als Vater?»

«Lass uns gleich mal auf die Anzahl einigen», sagte Anni. Sie war durchaus eine Frau mit Humor und im besten gebärfähigen Alter.

Theo saß in seiner Praxis, als er zum Telefonhörer griff, um Gerd Lambrecht anzurufen, der in der gemeinsamen Sorge um Alex längst mehr war als ein alter Studienkollege.

«Hast du das neue Journal von der Medical Associaton da? Lies mal den Text über die Medikamentenstudie, die in Boston abgeschlossen wurde. Geht genau um diese Art von Autoimmunerkrankung. Das könnte was für Alex sein.»

«Ich gucke es mir an», sagte Gerd Lambrecht. «Ich kenne jemanden am Massachusetts General. Da könnte ich schnell an das Medikament kommen, wenn es passt. Alter Freund, mir fehlt jede Erklärung, warum es bei Kortenbach so stark auf und ab geht, ich hätte nicht gedacht, dass ich mir mal Sorgen um seine Gehfähigkeit mache.»

«Die macht er sich auch. Er hat mich gefragt, ob er schon mal Probe sitzen soll im Rollstuhl.»

Lambert seufzte. «Ich gehe noch immer davon aus, dass ihm zumindest das erspart bleibt. Es gibt Tage, da kommt er leichten Schrittes in die Praxis und erzählt mir, er sei zu Fuß vom Schwanenwik zum Rödingsmarkt gekommen. Aber er hat auch schon bei mir gesessen und war ziemlich am Ende. Er sagt, er habe sich mit dem Stock abgefunden, doch alles andere würde das Ende als Bandleader und Musiker bedeuten.»

«Lass uns telefonieren, wenn du den Text aus dem Journal gelesen hast. Vielleicht können wir *alles andere* verhindern», sagte Theo.

Der Himmel war gnädig und ließ die Sonne scheinen an diesem milden Novembertag. Klaus und Theo hatten den Bestatter in der Lübecker Straße aufgesucht, alles vorbereitet, doch Klaus dachte lange darüber nach, ob es Heuchelei sei, hinter dem Sarg seines Vaters herzugehen. Marike und Theo begleiteten ihn, Henny hatte lange gezögert und sich dann dagegen entschieden, an Ernst Lührs Begräbnis teilzunehmen.

Eine Schar von Menschen, die sich als Kollegen aus der Angerstraße zu erkennen gaben, sie kondolierten Klaus und schienen verunsichert, wer wem nahegestanden hatte.

Klaus steckte als Erster die Schaufel in den kleinen Haufen Erde neben dem offenen Grab und ließ die Erde auf den hellen Sarg fallen.

«So schade, Vater», sagte er leise.

Ich habe Ihr Buch», sagte der Antiquar aus der Altstädter Straße, als Rudi den Hörer abhob. «Es sollte die Ausgabe sein, die Sie suchen. Erschienen 1907. Ein blassroter
Leineneinband.»

Die Balladen der Agnes Miegel, die ihm Kurt Landmann
vermacht hatte, im Juli 1943 war der blassrote Band verbrannt, als das Haus in der Bartholomäusstraße den Bomben
zum Opfer fiel. Seitdem hatte Rudi gelegentlich versucht,
die gleiche oder doch eine ähnliche Ausgabe zu erwerben.
In das Antiquariat war er erst gegangen, nachdem Ruth die
Frauen von Nidden in der Schule durchnahm.

Rudi legte den Hörer auf und machte sich auf den Weg,
stieg am Mühlenkamp in eine Straßenbahn der Linie 18 und
fuhr mit ihr in die Mönckebergstraße. Ging an der Jacobi-
kirche vorbei, die noch im Wiederaufbau war, bog schließlich in die Altstädter ein.

Acht Mark kostete ihn der kleine Schatz, der nach Dachboden roch. Vielleicht stammte er aus einer Kiste alter Bücher, die ein Mensch zurückgelassen hatte und die schließlich entrümpelt worden war.

Die eigene Flucht nach Dänemark fiel ihm ein, als er
das Büchlein betrachtete, von Kurt Landmann eingefädelt,
diese Flucht. Die Fahrt nach Flensburg mit Kurt und Theo
im Auto von Theos erster Frau. *Helge Branstrüp* hatte der
Fischkutter geheißen, der ihn über die Förde ins dänische
Egernsund brachte. So viel hatte Kurt für ihn getan.

Rudi steckte das Büchlein in die Innentasche seines Wintermantels, als wolle er es in Herznähe wärmen. Wer alles nicht mehr da war. Ein Wunder, dass *er* die Konzentrationslager in Fuhlsbüttel und Stutthof überlebt hatte und die fünf Jahre Kriegsgefangenschaft, von der er Ruth oft auf deren Bitte hin erzählte.

«Ich wünsche Ihnen Freude mit den Gedichten», sagte der Antiquar.

Ruth saß am Küchentisch, als er nach Hause in die Marienterrasse zurückkehrte, und schrieb an ihren Hausaufgaben. Das tat sie oft in der Küche, obwohl sie einen eigenen Schreibtisch hatte, Käthe stand am Herd. «Gibt heute Pellkartoffeln mit Quark», sagte sie. «Die kann ich.»

«Du kannst ganz vieles kochen», sagte Rudi. «Du willst nur nicht.»

«Anna hat es immer besser gekonnt», sagte Käthe.

Diese Muster, die in den Familien gewoben wurden. Wer was konnte und wer nicht und wo die Talente waren.

Er legte den Gedichtband auf den Küchentisch, Ruth griff gleich danach. «Darf ich?», fragte sie.

«Aber ja», sagte Rudi. «Ich erzähle dir die Geschichte dazu.»

Ein Blick, den Käthe warf. «Sieht genauso aus wie das Buch, das in der Bartholomäusstraße verbrannt ist», sagte sie. Zwei Jahre hatte Käthe es nach Kurt Landmanns Tod für Rudi aufbewahrt, nicht wissend, ob sie ihn je wiedersehen würde.

«Es ist die Ausgabe von 1907», sagte Rudi.

«Räum mal den Tisch frei, Ruth», sagte Käthe. «Gibt gleich Essen.»

Rudi ging auf den kalten Balkon und nahm eine der Weinflaschen, die er gestern bei Gröhl gekauft hatte. Ein Riesling von der Mosel, er hatte nicht gerade an Pellkartoffeln mit Quark gedacht, um den Maximin Grünhäuser zu trinken. Doch der blassrote Gedichtband war das Öffnen einer Flasche wert.

«Am Freitag werde ich meinen Bruder beerdigen», sagte Alessandro Garuti. «Nun tut es mir leid, dass ich euch einander nicht vorgestellt habe, immer glaubt der Mensch, noch genügend Zeit zu haben. Komm bald, Rudi, komm mit Käthe und Ruth zu mir nach San Remo.»

Garuti hatte die Suite im Reichshof noch einmal für zwei Jahre für die Zeit von April bis Oktober gemietet, im vergangenen Jahr war es dann vorbei gewesen und der alte Herr nach San Remo zurückgekehrt, um dort in seinen Räumen in der Villa eines Freundes zu leben. Das ligurische Klima war besser für die Gelenke.

Er hatte das Versprechen gegeben, Familie und Freunde oft zu besuchen, Garuti konnte am leichtesten über seine Zeit verfügen, und wie einfach war es geworden, in ein Flugzeug zu steigen. Vier Stunden mit Umsteigen in Zürich oder Frankfurt, und er war bei seinen Lieben.

Doch das ging auch in umgekehrter Richtung.

Rudi sagte nicht, dass Käthe Angst vorm Fliegen hatte, er war noch in Gedanken bei Amadeo, Alessandros älterem Bruder, der auf dem Landgut der Familie im toskanischen Terricciola gestorben war. Zwei Cousinen hatte Rudi, auch die hatte er noch nicht kennengelernt.

Vielleicht sollte er sich schon einmal allein auf den Weg machen nach San Remo, mit Alessandro zum Landgut fahren, Erinnerungen schaffen, jetzt, wo Vater und Sohn erneut räumlich getrennt waren. Sein Vater hatte recht, immer glaubte man noch Zeit zu haben, und dann war sie unwiderruflich vorbei.

«Was hältst du davon, wenn ich noch in diesem Monat komme?»

«Im Februar? Du allein?»

«Das schließt nicht aus, dass die ganze Familie dich gemeinsam in den Sommerferien besuchen wird. Doch in den letzten Jahren hatten du und ich immer viele Menschen um uns, vielleicht ist es ein guter Gedanke, einmal zu zweit zu sein.»

«Das ist ein großartiger Gedanke», sagte Garuti. «Wann kommst du?»

«Zur Beerdigung werde ich es kaum schaffen, doch vielleicht können wir von San Remo aus noch mal zu eurem Landgut fahren.»

Garuti wurde ganz aufgeregt in seinem Arbeitszimmer am Corso degli Inglesi. «Wie lange wirst du bleiben können?»

«Eine Woche?», fragte Rudi. Auf der Dresdner Bank lag noch Geld vom Verkauf der Orientperle. Sie hatte Vater und Sohn nach vierzig Jahren zusammengeführt, da war es nur naheliegend, von dem Geld zu nehmen.

«Dann buche dir einen Flug nach Nizza. Ich hole dich dort ab.»

Käthe würde nichts dagegen haben, dachte Rudi. Solange sie nicht selbst in ein Flugzeug steigen sollte. «Zweite Hälfte Februar», sagte er. «Ich denke an dich am Freitag.»

«*Grazie*», sagte Garuti. «*Grazie*, Rudi.»

«Die Tabletten helfen nicht», sagte Alex, als er nach der Tischkante griff, kaum dass er aufgestanden war.

«Du nimmst sie erst seit vier Tagen. Lambrecht und Theo haben dich um Geduld gebeten.»

317

«Ach, Klaus. Ich bete, dass es besser ist, wenn wir nächste Woche nach Berlin fliegen. Oder hieltest du es für eine gute Tarnung, wenn ich als dein gebrechlicher Onkel an deiner Seite wäre?»

«Ich fürchte, damit kommst du nicht durch. Obwohl mich die Vorstellung durchaus lockt, dich auf dein Hotelzimmer und ins Bett bringen zu dürfen.»

Klaus fing an, die Teller und Tassen vom Frühstück auf das Tablett zu stellen. «Hast du noch viele Termine, bevor wir fliegen?»

«Montag bis Donnerstag mit George im Studio.»

«Läuft es gut?»

Die Filme über Literaten, die halb Dokumentation und halb Spielfilm waren, lagen George und Alex, das hatten sie schon bei *Ein letzter Tropfen Glück* bewiesen. Im vergangenen Jahr hatte George Rathman einen Film über die Österreicherin Ingeborg Bachmann gedreht. *Die Wahrheit ist dem Menschen zumutbar*, der Titel ihrer Dankesrede zur Verleihung des Hörspielpreises der Kriegsblinden. Doch sie taten sich mit den toten Dichtern leichter.

«Läuft gut», sagte Alex. «George ist hoch angetan von deinem Titel.»

Der Zauberer im Winter hatte Klaus für den Film über die letzten Jahre des Thomas Mann vorgeschlagen.

«Ich hab ihm von deinen Kurzgeschichten erzählt.»

«Hm», sagte Klaus in der Küche.

«Du solltest sie endlich einem Verlag anbieten. Sie sind gut.»

«Kann ich dich mit in die Rothenbaumchaussee nehmen?»

«Du gehst dem Thema immer aus dem Wege.»

«Sie sind noch nicht gut genug», sagte Klaus.

«Du kannst mich mitnehmen. Ich habe heute noch Proben und eine Aufnahme mit dem Quintett.» Alex kam mit der Aluminiumkanne in die Küche, eine Moka, die ihnen Garuti für die Kaffeezubereitung geschickt hatte, in Deutschland war sie kaum zu bekommen. «Zu dämlich, immer nur *ein* großes Teil tragen zu können», sagte er.

«Vielleicht brauchst du den Stock demnächst nur noch draußen.»

«Danke, dass du optimistisch bist und ganz und gar unaufgeregt.»

Klaus drehte sich zu ihm um, stirnrunzelnd. «Ich meine es ohne jeden Sarkasmus», sagte Alex. «Ich danke dir dafür.»

«Du hast einen großartigen Körper», sagte der Fotograf. Jean, nicht länger mehr Carl. Florentine bog ihren großartigen Körper, der so auf dem Titelblatt der französischen *Elle* erscheinen sollte. Einen schwarzen Ganzkörperschlauch, den sie da trug, wenn auch aus Kaschmir, der Rollkragen schloss dicht unter dem Kinn. Ein Kreuz hing ihr um den Hals, dessen Prunk für zehn Kardinäle gereicht hätte.

«Brauen und Lippen bitte.»

Die Assistentin sprang mit einer Palette herbei, bürstete die dichten Brauenbogen, tupfte mit einem Pinsel in die Lippenstifthülse, trug das tiefe Rot auf.

«Wir machen das jetzt noch mal mit der Trittleiter», sagte Jean, der kein Franzose war, sondern Luxemburger. Florentine gefiel sein weiches, ein wenig verwaschen klingendes Deutsch.

Eine schlichte Holzleiter, auf der Spuren von weißer Farbe waren. Kleine Farbpartikelchen fanden sich auf dem Kaschmir, kaum dass Florentine auf des Fotografen Wunsch hin den Platz auf der oberen Stufe eingenommen hatte und die

Beine lässig baumeln ließ. Ob es dieses Motiv auf den Titel der *Elle* schaffen würde?

«Bring mal die Kleiderbürste», sagte Jean zur Assistentin. Er kam mit der Kamera, ging ganz nah an Florentines Gesicht heran.

«Und ein großartiges Gesicht. Dein Vater ist Chinese?»

«Deutscher», sagte Florentine. «Seine Eltern waren Chinesen.»

«Deine Mutter ist die große Blonde bei der Romanow, nicht wahr? Hast du von beiden deine Länge?»

Florentines Ja klang unwillig.

«Okay. Keine Fragen zur Familie mehr», sagte Jean. «Du kriegst sonst einen strengen Ausdruck.»

Als Florentine am Abend aus dem Atelier im Bunker an der Feldstraße kam, war sie müde und fror in dem alten Trench von Aquascutum, den sie ihrem Vater abgeschwatzt hatte. Sie stellte die Segeltuchtasche ab und knotete den Gürtel fest um ihre Taille. Das war nun ihr Traumberuf. Im vergangenen Jahr hatte sie ein gutes Abitur hingelegt. Vielleicht sollte sie doch noch studieren nebenbei? Am liebsten an der Sorbonne, sofern ihr Französisch dafür ausreichte. Sie stieg die Treppe zur U-Bahn hinunter und holte das Buch von Romain Gary aus der Tasche. *Die Wurzeln des Himmels.* Sie wollte nicht nur schön sein, sondern auch klug. Ein Vorhaben, das Papi sicher sehr gefallen würde, und vermutlich auch Alex, der so lange schon Held ihrer Träume war.

Alles lief angenehm. Der Flug mit der Pan Am nach Berlin, der Weg vom Flughafen Tempelhof ins Hotel Kempinski, in dem Alex zwei Zimmer auf demselben Flur hatte reservieren lassen, und der Abend in der Deutschlandhalle zum Konzert von Ella Fitzgerald.

Alex' Augen leuchteten, als die Musiker vorgestellt wurden, Paul Smith am Klavier, der Gitarrist Jim Hall, Wilfred Middlebrooks am Bass und an den Trommeln Gus Johnson, ihre Musik war Vorbild für das Kortenbach Quintett. Nach Ellas *How Deep Is The Ocean* sprangen alle auf, gaben stehende Ovationen für die Sängerin und ihre Musiker, Klaus kam es vor, als stütze sich Alex dabei nur leicht auf ihn.

Klaus hoffte auf eine jähe Wirkung der Bostoner Tabletten hier in der Berliner Deutschlandhalle, doch die Hoffnung schwand, als sie in die Nürnberger Straße fuhren, wo hinter dem Kaufhaus des Westens die Badewanne war, der beste Jazzclub Berlins. Die Stufen zum Kellerlokal nahm Alex mit Mühe, dennoch wurde es ein heiterer Abend unter all den beschwingten Leuten, sie beide hatten nicht oft Gelegenheit, zusammen auszugehen, dabei ungezwungen zu sein. Als sei das Leben freier in der eingeschlossenen Stadt, vielleicht war es auch nur der Jazz.

«Das müsst ihr lesen», sagte Anni, die auf dem blausamtenen Sofa von Landmann am Gänsemarkt saß, die *Quick* vor sich. «So gut hab ich mich nicht mal bei der Danella unterhalten.» Momme warf einen Blick auf den illustrierten Fortsetzungsroman. «Willst du nicht die Beine hochlegen?», fragte er. Die Buchhandlung war seit einer Viertelstunde geschlossen.

«Nein», sagte Anni. «Und sollte ich tatsächlich schwanger sein, verbitte ich mir das Getüddel. Ich bin nicht deine beste Legehenne und hocke mich unter keine Wärmelampe.»

«Ich stimme in beiden Fällen zu», sagte Lina, die noch mit der Kassenabrechnung beschäftigt war.

«Verbündet euch nur.» Momme stutzte. «In beiden Fällen?»

«Der Roman in der *Quick* ist beste Unterhaltung.»

«Du liest ihn?»

«Ja. Louise auch. Er ist schon als Buch angekündigt.»

Momme sah Anni noch mal über die Schulter. *Es muss nicht immer Kaviar sein* von Johannes Mario Simmel. «Ich bin gleich durch mit der Folge», sagte Anni. «Dann können wir los.»

«Sollen wir dich mitnehmen zu Guste?», fragte Momme Lina.

«Louise holt mich ab. Keine Ahnung, wo die steckt. Die Läden sind doch längst zu.»

«Schau doch mal im L'Arronge nach.»

«Sie wird ja wohl nicht bei Guste zum Abendessen eingeladen sein und vorher ins Café gehen, um der Prominenz zuzuprosten.»

«Wollen wir warten, bis wir tot sind?», hatte Guste gefragt. «Ich krieg ja nur noch die Leute zu Gesicht, die hier im Haus leben. Wir setzen uns jetzt jeden Montag mit zwei, drei Gästen an den Tisch.»

Anni gehörte seit Januar zu denen, die bei Guste in der Johnsallee lebten. Momme hatte es eilig diesmal, er wollte seine Anni nicht mehr loslassen.

Und Anni gefiel das Tempo. Sie hatte ein ähnliches Schicksal wie Alex, ihre Familie war im Sommer 1943 bei den Bombenangriffen ums Leben gekommen, während die elfjährige Anni mit ihrer Schule in Bayern evakuiert gewesen war. Von Guste aufgenommen zu werden, an das große Herz gedrückt, und dazu noch einen Mann wie Momme an der Seite zu haben, der sich so freute, dass ihre Tage ausgeblieben waren, machte sie glücklich.

Guste sah auf die Küchenuhr. Wo blieben Lina und Louise? «Gut, dass ich Gulasch im Topf habe», sagte sie. «Das muss ich nur heiß machen, doch ich wüsste schon gerne, wann die Nudeln ins Wasser können.»

«Als wir losgefahren sind, hat Lina noch auf Louise gewartet», sagte Momme.

Guste guckte auf die Häupter ihrer Lieben. Ida. Tian. Anni. Momme. Keine Florentine, die war mal wieder unterwegs. Na. Das ließ sich ja nicht gut an mit der Montagsesserei. «Ich mach jetzt mal das Gulasch heiß und koch die Nudeln. Soll kein Mitternachtsmahl werden.»

«Wo warst du?», fragte Lina. «Wir werden seit einer halben Stunde bei Guste zum Essen erwartet.»

«In Theos Praxis. Ich erzähle es dir im Auto.»

«Ich wusste nichts von einem Termin bei Theo.»

«Alles gut», sagte Louise. «Entwarnung.»

«Warum weiß ich nicht, worum es geht?», fragte Lina.

«Du hättest dich nur vorab schon aufgeregt.»

«Louise. So läuft das nicht. Wann ich mich aufrege, entscheide ich.»

«Lass uns mal zu Guste fahren, ich hoffe, sie hat kein Soufflé im Ofen. Tu mir den Gefallen und thematisiere das nicht heute Abend.»

«Ich thematisiere es jetzt», sagte Lina, als sie in die Dammtorstraße gingen, wo Louises neues Käfercabrio stand und silbern unter der Straßenlaterne funkelte.

«Nur ein Myom», sagte Louise, als sie sich ans Steuer setzte und den Motor anließ. «Das beweist meine enorme Jugendlichkeit, ein so hoher Östrogenspiegel ist bei einer Frau Ende fünfzig sehr selten.»

«Wird es entfernt?»

«Erst mal beobachtet. Wenn die Blutungen nicht von selber aufhören, empfiehlt Theo eine Operation. Dann müsste wohl der liebe Uterus raus, aber unsere Familienplanung ist ja abgeschlossen.» Sie sah zu Lina hinüber und grinste.

Doch Lina ließ sich nicht auf den heiteren Ton ein. «Du hattest Angst, dass es bösartig ist.»

«Ging mir durch den Kopf.»

«Aber das schließt Theo ganz sicher aus?»

«Ja. Ich war heute zum zweiten Mal bei ihm, er hat alle nötigen Untersuchungen gemacht. Ich werde ihn als Frauenarzt behalten.»

«Ich hätte nicht gedacht, dass ich dir nach über drei Jahrzehnten des Zusammenlebens erklären muss, dass ich dein erster Gesprächspartner sein sollte, wenn du Sorgen hast.»

«Ein Fehler, dir nichts zu sagen, ich sehe es ein.» Louise blinkte und bog in die Rothenbaumchaussee ab. «Wir beide haben bisher viel Glück gehabt.»

Lina schwieg einen Moment und sah ihre Freundin von der Seite an. «Was sagen wir zur Entschuldigung fürs Zuspätkommen?», fragte sie dann.

«Die Wahrheit», sagte Louise. «Ich hab mich gerade dazu entschieden. Wir alle sind durch so viel dick und dünn gegangen, da wäre es albern, was anderes zu erzählen.»

Rudi flog an einem klaren Februartag mit der Lufthansa über Frankfurt nach Nizza, der erste Flug seines Lebens. Er hatte geglaubt, dass nichts großartiger sein könnte, als bei blauem Himmel die Alpen zu überfliegen, deren schneebedeckte Gipfel in der Sonne glitzern zu sehen, doch als sie kurz vor Nizza die Seealpen hinter sich ließen und er die Weite des blauen Meeres sah, kamen ihm die Tränen. Wie anders war es als die Meere, die er kannte, Ostsee und Nordsee, die sich in Skagen trafen, wo er zwei Jahre im Exil gelebt hatte.

Er hatte noch das Staunen im Gesicht, als er die Gangway hinunterstieg, über das Rollfeld des Flughafens ging und schließlich mit dem Koffer in der Hand Alessandro gegenüberstand. Sie lagen einander in den Armen. *Mio figlio*. Noch immer Traumworte.

Garuti steuerte den Alfa Romeo über die Promenade des Anglais am Hotel Negresco vorbei zur *bas corniche*, die untere der drei Straßen, die am Meer entlangführte, einst von den Römern gebaut und Via Aurelia genannt. Rudi erzählte vom Staunen ob der Schönheit des Meeres.

«*Il mare nostro*», sagte sein Vater. «Als ich ein kleiner Junge war, da waren meine ersten Eindrücke die Hügel, die unser Haus umgaben, der Fluss Era, die vielen Weinstöcke, und dann kam der Tag, an dem meine Eltern den gar nicht weiten Weg ans Meer mit Amadeo und mir in der Pferdekutsche machten. Ich war vielleicht drei, doch ich bin mir sicher, mich genau zu erinnern an den Eindruck, den das *mare nostro* bei mir hinterließ.»

«Du musst mir erzählen von deinen Eltern, deinem Bruder. Es ist unfassbar, dass sie alle meine Blutsverwandten waren.»

«Wir hätten das alle schon nach deiner Geburt wissen können, wenn Grit nicht so eigensinnig gewesen wäre.»

«Ja», sagte Rudi. «Es ist sehr schade um die verlorene Zeit, doch sie hat versucht, ihre Sache gut zu machen.»

«Es ehrt dich, dass du das sagst.»

Hinter Beaulieu-sur-mer wurden sie auf die mittlere Corniche geleitet und blickten auf die Felsen der Grimaldis. Monaco. «Da wohnt jetzt die schöne Amerikanerin im Piratennest», sagte Garuti.

Hinter Menton überquerten sie die Grenze nach Italien, fuhren durch Ventimiglia und San Remo entgegen.

«Valeria hat uns was zu essen gemacht. Morgen führe ich dich aus und zeige dir die Stadt. Doch heute bleiben wir zu Hause, wenn du damit einverstanden bist.»

«Ich freue mich auf all die Gespräche, die wir miteinander führen werden. So vieles, was ich noch nicht weiß.»

Garuti nickte. «Der Tod meines Bruders ist mir sehr nahegegangen, Amadeo und ich haben zu wenig Zeit miteinander verbracht.»

«Wir beide wollen uns einen großen Zipfel Zeit nehmen», sagte Rudi. Er sah zu seinem Vater, der ihm zierlicher geworden schien, obwohl Garuti kein kleiner Mann war.

«Zipfel Zeit», sagte Alessandro Garuti. Er nickte. «Das gefällt mir gut.»

Sie hatten San Remo erreicht, und Garuti bog links ab, der Alfa wand sich eine Anhöhe hinauf, vorbei an vornehmen Häusern, dann hielt Garuti auch schon vor einer Jugendstilvilla. Sie waren angekommen am Corso degli Inglesi.

Eine Ahnung von Frühling an diesem Sonnabend, den Klaus und Alex in der Körnerstraße verbrachten. Klaus kaufte noch ein für das Essen, das er am Abend bereiten wollte, ein Steinbutt vom Fischhändler Böttcher am Mühlenkamp, Henny verwöhnen, die heute Dienst im Kreißsaal hatte gemeinsam mit Dr. Geerts.

Alex hatte sich auf Theos Bitte ans Klavier gesetzt. Doch er unterbrach das Spiel, als das Telefon klingelte und er hörte, dass es Elisabeth war.

Theo sprach mit Elisabeth und beobachtete Alex, der vom Klavier aufstand, zur Terrassentür ging. Nachdem Theo aufgelegt hatte, folgte er ihm, sah ihn mit Goliath an der Hecke stehen und den Hund streicheln. Er wartete, bis Alex über den unebenen Rasen gegangen war und die Terrasse erreichte. «Lass bitte mal den Stock fallen.» Theo fing einen irritierten Blick auf, doch Alex tat es.

«Die Tabletten fangen an zu wirken», sagt Theo. «In geschütztem Raum könntest du auf den Stock verzichten.»

«Du findest, dass ich hier eine überzeugende Vorstellung gebe?»

«Du traust deinem Gleichgewichtsvermögen nicht mehr, doch da verändert sich was, Alex. Lambrecht und ich glauben, mit der neuen Medikamentierung die schweren Schübe verhindern zu können. Die guten Tage werden überwiegen.»

«Das wäre zu schön», sagte Alex.

«Ich traue meinen Augen nicht», sagte Klaus, als er die Einkäufe in die Küche trug. «Ohne Netz und doppelten Boden unterwegs?»

«In geschütztem Raum», sagte Alex.

«Das klingt nach Theo.»

«Er meint, dass die Bostoner Tabletten anfangen zu wirken.»

«Wir nehmen alles, was gut ist.»

«Hast du einen Steinbutt bekommen?»

«Einen prächtigen. Ich werde ihn mit Sauce hollandaise zubereiten und dazu Petersilienkartoffeln anbieten. Vorher einen Caesar Salat.»

«Dass du das alles kannst.»

«Die Grundlagen verdanke ich Else. Sie hat mir oft Mittagessen gekocht, wenn Henny in der Klinik war. Jetzt ernährt sie sich allerdings vor allem aus Konserven und von Fridolins Tütensuppen.»

«Willst du deine Großmutter nicht auch für heute Abend einladen?»

«Ein großherziges Angebot von dir.»

«Weil wir hier doch in geschütztem Raum sind und nicht in der Öffentlichkeit», sagte Alex. Er lächelte.

«Ich bin lieber mit euch allein», sagte Klaus. «Am Montag sehe ich Else sowieso, dann kaufe ich für sie ein.» Er legte das Paket mit dem Fisch und zwei Flaschen Riesling in den Kühlschrank, tat das Bund Petersilie in ein Glas Wasser, die Kartoffeln in den Korb und sah eher aus dem Augenwinkel, dass Alex sich am Küchenbuffet festhielt. «Ich nehme an, ihr werdet den Stock noch nicht zum Kaminholz getan haben?»

«Er lehnt am Klavier», sagte Alex.

«Einverstanden, dass ich ihn hole?»

«Vielleicht habe ich es bereits übertrieben.»

«Lass uns mit kleinen Schritten anfangen und dann langsam zum Marathon steigern. Wir sind noch jung und haben Zeit.» Klaus gab ihm einen Kuss, bevor er zum Klavier ging.

Das Rendez-Vous in der Via Matteotti, einer eleganten Geschäftsstraße, galt als *das* angesagte Restaurant in San Remo, an einem Markttag wie diesem war es voll von schwelgenden Franzosen, doch Alessandro hatte einen Tisch für zwei am Fenster reservieren lassen, und der Lärm des nahen Achtertisches, an dem laufend neue Speisen herangetragen wurden, weitere Weinflaschen geöffnet, störte sie kaum.

«Nachher bezahlen sie zehntausend Lire und denken, dass es billig war», sagte Alessandro.

Sie nahmen beide die Lasagne al forno als Vorspeise, die Garuti sehr lobte, und als Hauptgericht Saltimbocca. Er hatte seinen Sohn den Wein aussuchen lassen wollen, er schätzte Rudis Weinkenntnisse, doch dann bat ihn Rudi um Rat bei den einheimischen Sorten, und er empfahl eine Flasche Vermentino aus dem nahen Dolceacqua.

«Was ich dir nicht zeigen werde, ist das Casino», sagte Garuti. «Zu gefährlich für mich, ich spiele leidenschaftlich.»

«Das habe ich nicht gewusst», sagte Rudi. Vieles hatte er in diesen Tagen von seinem Vater erfahren. «Ich denke nicht, dass es *mich* reizt.»

«Nein. Du hast die Ernsthaftigkeit deiner Mutter. Du bist nicht leicht zu verführen.»

Rudi lachte. «Käthe hat das damals im Nu geschafft.» Sie hoben die Gläser, sagten beide *salute*. «Und letztendlich bin ich auch vom Kommunismus verführt worden.»

«Weil du ein Romantiker bist. Das haben wiederum wir gemeinsam.»

«Die KPD hat uns in den dreißiger Jahren ins Verderben geschickt.»

«Ich dachte immer, vor allem Käthe sei die überzeugte Kommunistin gewesen.»

«Das war sie, doch als dann die Wahrheit über Stalin ans Licht kam, hatte es sich auch für sie erledigt. Heute hoffen Käthe und ich, dass der Regierende Bürgermeister von Berlin in die Bundespolitik geht.»

«Willy Brandt.» Garuti nickte.

«Wo wir eben schon bei den Romantikern waren. Gab es viele Frauen nach Therese?»

«Ja. Doch im Rückblick wäre deine Mutter die Einzige gewesen, die ich gern zu meiner Frau gemacht hätte.»

«Das sagst du meinetwegen?»

Garuti schüttelte den Kopf. «Ich war ein dummer Jüngling und habe viel zu schnell aufgegeben, als keine Antwort auf meine Briefe kam. Ich hätte sie zu mir nach Italien holen sollen.»

Rudi schenkte Wein nach, der im Silberkühler neben

dem Tisch stand, die Kellner waren viel zu beschäftigt mit dem Achtertisch.

«Ich bestelle eine zweite», sagte Garuti.

«Dann wird uns aber leicht im Kopf.»

«Das kann nicht schaden, wenn wir zu Enrico Cremieux gehen, um eine Galanterie für Käthe einzukaufen und auch für Ruth. Cremieux erfordert Leichtsinn.» Er lächelte Rudi zu, der vor ein paar Jahren noch diesen Luxus abgelehnt hätte. «Und danach in die Via Palazzo, um Leckereien zu kaufen.»

«Das geht dann auf meine Rechnung», sagte Rudi.

«Lass mir das Vergnügen. Ich habe erst so spät damit anfangen dürfen, meinen Sohn zu verwöhnen. Ich hoffe, dass ihr es wahr machen könnt und in den Sommerferien alle drei nach San Remo kommt.»

«Dann fahren wir mit dem Riviera-Express, Käthe zuliebe.»

«Vielleicht ist bis zum Sommer Ruths Adoption schon erfolgt.»

«Es geht nun noch um die Erlaubnis, einen Doppelnamen zu tragen, Ruth möchte den Namen ihres Vaters und Großvaters nicht aufgeben.»

«Ich habe auch daran gedacht, dich zu adoptieren. Mein Erbe bist du ohnehin, doch vielleicht willst du den Namen Garuti tragen?»

«Ich heiße nun schon so lange Odefey.»

Garuti nickte. «Wahrscheinlich würde das auch die Adoption von Ruth verlangsamen. Wir hätten es vor zehn Jahren tun sollen, Rudi, doch du bist mein geliebter Sohn, auch ohne den Namen.»

Rudi griff in großer Zärtlichkeit nach der Hand des alten Mannes. «*Si, papà*», sagte er. «*Ti amo.*»

«Ich bitte euch beide darum, mich zu heiraten.» Mommes Gesicht war feierlich bei diesen Worten.

Anni lachte. «Das Kind braucht dich vor allem als Vater. Aber ich nehme den Antrag sehr gerne an.» Wie schön war es, wieder eine Familie zu haben.

Mommes Jubel war bis ins Souterrain zu hören.

«Kommt ihr mal zu mir in die Küche», rief Guste unten an der Treppe.

Hatte die Treppe nicht schon mal eine Rolle gespielt bei einem Antrag von Momme? Doch diesmal sollte alles anders sein.

In der Küche saß nicht nur Guste, sondern auch Florentine. «Zu dritt wird das unterm Dach wohl zu klein», sagte Guste, als Momme und Anni eintraten.

Wurde Anni ganz bange? «Ich würde gern bei dir bleiben, Guste.»

«Das kannst du auch, Anni. Wie es der Zufall so will, hat Florentine mir gerade erzählt, dass sie gedenkt auszuziehen, und ich soll das ihren Eltern beibringen, schließlich ist sie noch nicht volljährig und braucht daher Tians Erlaubnis.»

«Wo willst du denn hin?», fragte Anni.

«In die Alte Rabenstraße. Ich kann die Wohnung einer Kollegin übernehmen. Zwei Zimmer unterm Dach.»

«Das ist ja gerade mal über die Kreuzung rüber», sagte Momme. «Freie Bude, freies Leben, Florentinchen. Geld genug verdienst du ja.»

«Ist das Leben hier denn nicht frei genug?», fragte Guste.

Doch alle im Haus wussten, dass Ida und Tian strenge Eltern waren, wenn auch jeder auf eine ganz andere Art.

«Sollte Florentine den guten Tian weichklopfen, wird also ein Zimmer frei», sagte Momme.

«Da könntet ihr dann euer Wohnzimmer einrichten und

in den beiden kleinen unterm Dach mit dem Baby schlafen», sagte Florentine. Ein ganz unverhofftes Argument für ihr Anliegen. Sie war begeistert.

«Und jetzt hol mal die Flasche Sekt aus dem Kühlschrank, Momme», sagte Guste. «Wir begießen das einfach alles mal. Dann haben wir schon einen kleinen Schwips, wenn Ida und Tian nach Hause kommen, und unser Plan perlt uns leichter von den Lippen.»

Die Kladden lagen im Schreibtisch in der Körnerstraße, Klaus nahm sie gelegentlich aus der Schublade,
klappte sie auf, vermied zu lesen, legte sie zurück, fing von
vorn an. Anfangs hatte er gehofft, dass ihm Ernst aus seinem
Leben erzählen würde, er hätte gern verstanden, warum aus
dem jungen Lehrer, den die Kinder Marike und Thies geliebt
hatten, ein bitterer Mann geworden war, der den eigenen
Sohn verachtete, um schließlich in endloser Einsamkeit sein
Leben zu beenden.

«Er hat dich trotz allem geliebt», hatte Alex gesagt.
«Sonst hätte er anders gehandelt. Du solltest lesen, was er
dir hinterlassen hat.»

Ein einziges Mal, kurz nach dem Tod seines Vaters, hatte
er die erste Kladde aufgeschlagen und darin nur eine große
Anklage erkannt. Nein. Das wollte er nicht, sich dem Toten
gegenüber verteidigen müssen, warum er sein Leben so lebte, wie er es tat.

In einem Monat war es ein Jahr her, dass sie Ernst auf dem
Küchenboden liegend gefunden hatten. Klaus wünschte, er
hätte die Kraft, die Kladden ungelesen im Kamin zu verbrennen.

«Bring nur die letzte davon in den Schwanenwik. Ich lese
sie dir vor», hatte Alex gesagt. «Dann wissen wir, was ihn
in den letzten Wochen umgetrieben hat.» Vielleicht fiel es
Klaus ja leichter, wenn er auf dem safrangelben Sofa saß,

sich an den geliebten Mann lehnte, Alex' Stimme hörte, ein Jazz im Hintergrund, vielleicht von Helmut Brandt, dessen Combo sie im Berliner Club gehört hatten, einen Whisky im Glas. Eine Gegenwelt schaffen zu der, die sich in Ernsts Text auftat.

Klaus nahm die vierte der Kladden und verließ das Zimmer, das leere Haus, warf vorher nur noch mal einen Blick in den Garten, auf das gelbe Laub, die Buchsbaumhecke, das Loch darin, vermisste Goliath, den sie gemeinsam mit den Nachbarn im September begraben hatten, genau zwischen den Grundstücken, dort, wo der Hund im März 1949 eine Passage geschaffen hatte, um sich noch ein paar mehr Menschen zu suchen für die letzten elf Jahre seines Hundelebens.

«*Il cane ha sorriso*», hatte Alessandro Garuti damals gesagt. Ja. Goliath hatte immer gelächelt.

«Bis gestern haben sie im Indra gespielt, doch der Club wird wegen zu großen Lärms geschlossen, die Nachbarn haben sich beschwert. Ab heute spielen sie im Kaiserkeller. Die *boys* sind nicht nur gut, sondern auch nett», sagte Rick. «Auch wenn sie die Stadt rot anstreichen.»

«Die Stadt rot anstreichen?», fragte Louise.

«Das war eine wörtliche Übersetzung aus dem Englischen», sagte Lina. «Rick meint, die Sau rauslassen. Tun sie das auf der Bühne?»

«Eher auf dem Kiez. Das sind halbe Kinder, der jüngste von ihnen ist siebzehn. Die trauen ihren Augen kaum, was da um die Große Freiheit herum geschieht. Ich habe meinen auch nicht getraut, als ich nach Hamburg kam, England ist in meiner Erinnerung prüder.»

«Und diese Kinder taumeln auf St. Pauli herum?»

«Die werfen ordentlich was ein, um mithalten zu können. Sorgen müsst ihr euch da keine machen.»

Rick Binfield war mit den fünf Musikern aus Liverpool ins Gespräch gekommen, seitdem versuchte er, Lina und Louise in die Große Freiheit zu locken. «Was willst du denn da mit zwei älteren Damen?», hatte Lina gefragt. Louise und Lina lachten herzlich, als Rick sagte, dass er schließlich auch schon einunddreißig sei. «Am besten gehst du mit Florentine. Oder mit Klaus und Alex», sagte Lina. «Alex läuft auch noch unter Jugend.»

«Ihr seid doch sonst schräge Ladys.»

So hatten Lina und Louise sich noch nie betrachtet.

«Schräge Ladys», sagte Louise, als sie im Cabrio saßen. «Vielleicht sollten wir was draus machen, ehe es vorbei ist.»

«Unbedingt», sagte Lina.

«Das hat Kurt gesagt. *Unbedingt.* Er wird nie sterben. Nicht in uns.»

«Der Mann, in den wir beide verliebt waren», sagte Lina.

«Sollten wir uns diese Beatles angucken?»

«Warum nicht? Sie werden uns nicht des Lokals verweisen.»

Sie waren beide in Aufbruchsstimmung, seitdem bei Louise keine Operation nötig geworden war, seit die Buchhandlung besser lief als je zuvor, Lina sich einen Bob hatte schneiden lassen, den Louise hinreißend fand. Hatte sie nicht schon in ihrer Rede zum fünfzigsten Geburtstag von Lina gesagt, die sei eine *Grand Old Schachtel*?

«Wir werden im Alter immer besser», sagte Louise.

In Florentines Träumen wurde Alex durch Gérard Philipe ersetzt, vor einem Jahr war der Schauspieler gestorben, kaum siebenunddreißig Jahre alt. Vom unbekannten Toten zu träumen, fiel ihr leichter als vom vertrauten Lebenden, der zu einem anderen Menschen gehörte.

Auf den Titelbildern der *Vogue* und von *Harper's Bazaar* wurden die Fotomodelle der Jacqueline Kennedy immer ähnlicher, brünette Frauen mit leicht toupierten, halblangen Haaren und Perlenketten. Sah es nicht ganz so aus, als ob aus der Journalistin die künftige First Lady in Washington werden würde?

Florentine wurde derweil exotischer in der *Elle*, der *marie claire*.

Viel Leopardenpelz, in den sie für die Fotoproduktionen gehüllt wurde.

Die kleine Dachwohnung in der Alten Rabenstraße hätte sie gern als Liebesnest genutzt, doch noch war keiner da, der hineingeflogen wäre, nur Tian und Ida gingen ein und aus, wenn sie auch so rücksichtsvoll waren, vorher zu klingeln.

Florentine flog zwischen Zürich, Paris und Hamburg hin und her, das freie Leben ohne den Zugriff der Eltern verbrachte sie mit harter Arbeit in den Ateliers der Fotografen, in einsamen Hotelzimmern, in den Wartehallen der Flughäfen.

Das Studium hatte sie verschoben, zu groß die Nachfrage. Das müsse man nutzen, hatte Sybille Romanow gesagt, die sich sorgte, dass bald eine internationale Agentur käme und nach Florentine griff.

«Kennedy wird es wohl werden», sagte Klaus. «Er ist dein Jahrgang.»

«Du meinst, das hilft ihm? Jedenfalls hoffe ich sehr, dass er sich gegen Nixon durchsetzt.» Alex nahm das Tablett mit den Konfitüren, dem Lavendelhonig, Zuckertopf und Milchkanne vom Tresen in der Küche und trug es zum Esstisch.

«Glaub mir, er wird die Wahlen gewinnen. Wer wählt den Griesgram, wenn er einen smarten demokratischen Präsidenten haben kann?»

«Alle Republikaner vermutlich», sagte Alex.

«Wollen wir nach dem Frühstück einen Sonntagsspaziergang machen? Kalt, aber sonnig da draußen.» Klaus goss den Kaffee aus der Moka ein, gab von der heißen Milch dazu. «Das Toastbrot haben wir vergessen.» Er stand auf.

«Hab ich dir schon gesagt, wann die Premiere vom *Zauberer* ist?»

Klaus steckte zwei Scheiben Weißbrot in die Klappen des Toasters. «Im Januar doch. Oder?»

«Sie ist in den Februar verschoben worden.»

«Ist sie im Streit's?»

«Diesmal in der Passage. Donnerstag, den 4. Februar. Ich konnte verhindern, dass sie die Premiere auf den Freitag legen, wenn du Sendung hast.»

«Sehr gut. Sonst wäre ich auch wenig begeistert gewesen.»

«Ich habe vorgestern Luppich im Funkhaus getroffen, zufällig auf dem Flur. Erinnerst du dich an ihn?»

«Der Produzent von der Polydor.»

«Er arbeitet jetzt für die Philips, vor allem für ein Jazzlabel von denen. Luppich hat mich gefragt, ob es nicht doch noch eine Chance auf Zusammenarbeit gäbe.»

«Aufnahmen mit dem Quintett?»

«Und als Solist am Klavier.»

«Das erzählst du mir jetzt erst?»

«Ich dachte, ein gemütliches Frühstück am Sonntag sei genau der Augenblick, es zu erzählen. Hoffentlich lassen mich die guten Tage nicht im Stich, sollte es dazu kommen.»

«In letzter Zeit waren es mehr gute als schlechte, Alex.

Und ich weiß, dass du von Soloaufnahmen träumst. Wenn es Luppich diesmal um deine Musik geht und nicht darum, dich zum Liebling der Frauen zu machen, solltest du einschlagen.»

Sie räumten gemeinsam den Tisch ab, spülten das Geschirr.

«Ich denke, heute genügt dein Arm», sagte Alex, als sie ihre Mäntel anzogen. Sie waren mutiger geworden, warum sollten sich zwei gute Freunde nicht einhaken, wenn des einen Gang ein wenig unsicher war?

«Traust du dir zu, bis zur Körnerstraße zu gehen?»

«Trau ich mir zu. Mit deiner Unterstützung.»

«Dann könnten wir auf einen Sprung zu Henny und Theo. Und heute Abend liest du mir aus Ernsts Kladde vor.»

«Ja», sagte Alex. «Lass uns das endlich tun.»

Alle drei fuhren sie zur Moorfleeter Laube, um Garten und Hüttchen winterfest zu machen. Minchen und Willi hatten zu Speckpfannkuchen mit Kopfsalat eingeladen, doch nun waren Käthe, Rudi und Ruth erst einmal dabei, Laub zu fegen, Äste einzusammeln, die in den ersten Stürmen des Herbstes von den Bäumen geweht worden waren, die Dachpappe zu befestigen, Fensterläden zu sichern, ein Feuer zu machen, um die Gartenabfälle zu verbrennen

Auf Willis Drängen hatten sich Käthe und Rudi schon vor Jahren als neue Pächter eintragen lassen und zahlten die jährliche Pacht. «Is nich mehr wie nach dem Krieg, da waren die auf den Ämtern froh, wenn es ein paar obdachlose Hamburger weniger gab, die bei ihnen anstanden», hatte Willi gesagt. «Nu haben die wieder die Fingers drin.»

Einige Laubenbewohner in Moorfleet hatten wie die Stüves eine Sondergenehmigung, dauerhaft hier draußen zu leben, und konnten sich kaum mehr etwas anderes vorstellen. Willi wäre ganz gern in das alte Eimsbütteler Viertel zurückgegangen. «Doch wenn Minchen nich will, kann man nix machen», sagte er.

Käthe kramte noch in der Hütte, während Rudi mit Ruth auf das Feuer achtete. Ruth, die nun seit Juni ganz offiziell Käthes und seine Tochter war. Kurz nach der Adoption hatte sie eine Lungenentzündung bekommen, als sei alles zu viel für sie.

«Die Lunge ist das Trauerorgan», hatte der Arzt gesagt. «Alles Leid scheint sich in ihr zu sammeln.»

Warum die Trauer? War Ruth nicht seit Jahren bei ihnen geliebt und geborgen? Rudi dachte an die eigene Ernsthaftigkeit, von der sein Vater gesprochen hatte, doch die von Ruth schien ein tiefer Schmerz zu sein.

Die geplante Sommerreise nach San Remo hatten sie abgesagt, schweren Herzens, Alessandros Enttäuschung ahnend. «Im nächsten Jahr kommen wir», hatte Rudi gesagt.

Wie lange war noch Zeit? Wenigstens erleichterte Rudi der Gedanke, im Februar intensive Tage mit seinem Vater in Italien verbracht zu haben. Und im Dezember würden sie ihn in Hamburg wiedersehen.

«Wie geht es Bille?», fragte Käthe, als sie beim Pfannkuchen saßen.

«Die will lieber Kriegerwitwe bleiben und Rente kassieren, als ihren Karl zu heiraten», sagte Willi. «Dass die nich dumm auffallen beim Vermieter mit ihrem Bratkartoffelverhältnis. Aber vielleicht nehmen die das bei der Neuen Heimat nich so genau. Sind ja die Sozis.»

Käthe sah zu Rudi rüber, Dankbarkeit im Blick, dass er aus Russland zurückgekommen war. Zurück zu ihr.

«Da guck dir nur deinen Rudi an. Du hast auch geglaubt,

deiner is im Krieg geblieben. Bille hat dich richtig hinbeten müssen zu dem Theo, nachdem der die Anzeige in die Zeitung getan hatte. Kannst ihr dankbar sein für die Familienzusammenführung.»

Ruth stand auf und ging in den Garten und aus dem Tor.

«Nu haben wir ganz vergessen, dass Ruthchens Vater in Russland gestorben is und nix mehr zusammengeführt werden konnte.»

«Sie wird immer trauriger. Vielleicht tun wir ihr gar nicht gut.»

«Das darfst du dir man nich einreden, Käthe», sagte Minchen. «Das is die schwierige Zeit. Hatten wir mit Bille auch, das glaubt man heute nich mehr, doch die war dauernd traurig vor sich hin am Brüten.»

«Ich schau mal nach ihr», sagte Rudi.

«Ende des Monats wird Ruth sechzehn», sagte Käthe. «Ihre Pubertät sollte allmählich vorbei sein.»

«Die Seele braucht länger», sagte Willi. «Die will nich so schnell.»

Rudi lehnte sich an den Stamm der Eiche, in der Ruth saß. Ein großer Baum und stark verästelt, er hatte dort schon gestanden, als alles nur wilde Wiese an der Elbe gewesen war.

«Oder willst du lieber allein sein?», fragte Rudi.

Der dunkle lange Pferdeschwanz ließ die roten Blätter fallen, als Ruth den Kopf schüttelte. «Dauernd denke ich, dass ich meinen Großvater verrate, meinen Vater und auch meine Mutter», sagte sie, ohne ihn anzuschauen.

«Du trägst noch immer ihren Namen, und vor allem haben sie noch immer deine Liebe, Ruth.»

«Denkst du noch an deine Mutter?»

«Du meinst Grit? Die Frau, die mich großgezogen hat?»

«Ja», sagte Ruth.

«Ich denke noch an sie», sagte Rudi. «Auch wenn ich Grit gram war, dass sie mich um die vielen Jahre mit meinem Vater gebracht hat. Doch ihr Leben war voller Traurigkeit, ich bin es, der glücklich geworden ist.»

«Ihr liebt euch sehr, Käthe und du», sagte Ruth. «Ich denke oft, dass ich da störe. Als Kind hab ich gar nicht drüber nachgedacht, da war ich nur froh, eine Familie zu haben und nicht ins Waisenhaus zu müssen.»

Rudi sah zu ihr hoch. «Ich liebe Käthe und ich liebe dich. Wir haben immer Kinder haben wollen, aber es sind keine gekommen, und nun sind wir glücklich, dass du bei uns bist.» Hatte er das nicht schon oft gesagt? Ruth schien sich dessen immer neu versichern zu müssen. «Ich gehe zu den anderen zurück. Willst du noch da oben bleiben?», fragte Rudi.

«Ich komme mit», sagte Ruth und fing an, aus dem Baum zu klettern.

Als sie noch ein Kind gewesen war, hatte Rudi die Arme weit geöffnet, um die springende Ruth aufzufangen. Von Bäumen und Mauern war sie gesprungen und dem Klettergerüst auf dem Spielplatz, voller Vertrauen zu ihm. Sechs Jahre alt war Ruth gewesen, als er sie kennenlernte, doch nun war er befangen im Umgang mit der Heranwachsenden. Wie machten das andere Väter?

Käthe stand am Gartentor, als sie zurückkamen. «Ich hab mir schon Sorgen gemacht um euch beide», sagte sie. «Willi unkte, ihr wäret wohl in die Dove Elbe gefallen.»

«Willi ist ein Witzbold», sagte Rudi. «Wir sind gar nicht unten am Fluss gewesen, wir waren in der alten Eiche. Das heißt, *im Baum* war nur Ruth. Ich stand unten.»

«Und habt dabei übers Leben philosophiert.»

«Eher über familiäre Bindungen gesprochen.»

«Es tut mir leid, dass ich euch Kummer mache», sagte Ruth. «Ich will das doch gar nicht.» Sie fasste nach Rudis und Käthes Hand.

Alex ging zum Plattenspieler und legte die Platte von Inge Brandenburg auf, er würde gerne mit der Sängerin arbeiten, Kurt Edelhagen hatte es schon getan, die Brüder Mangelsdorff, auch Helmut Brandt in Berlin.

Lover man oh, where can you be, sang die Brandenburg.

Klaus war in der Küche und briet kleine Filetsteaks und eine Portion Bratkartoffeln aus den Pellkartoffeln vom Vortag.

Alex nahm derweil die Kladde vom Schreibtisch, warf wie immer einen Blick auf das gerahmte Familienfoto, das die Eltern zeigte, seine Schwester, den Schwager, die Nichten, und zog sich auf das Sofa zurück. Vielleicht schon einmal eine kleine Textauswahl machen.

All of Me sang die Brandenburg.

«Lust auf einen 1957er Moulin-à-vent?», fragte Klaus aus der Küche.

«Große Lust», sagte Alex. «Ich werde ihn öffnen.»

«Er ist schon offen.» Klaus kam und brachte ihm ein Glas mit dem Roten aus dem Beaujolais.

Oh Gott. Das konnte er Klaus nicht vorlesen. Das war ja ein genaues Protokoll von den Beobachtungen, die Ernst Lühr betrieben hatte im Dreieck Körnerstraße–Schwanenwik–Rothenbaumchaussee. Alex fühlte sich beschmutzt von dem, was er las. Seines Wissens hatte ihn Klaus' Vater nur ein einziges Mal gesehen, doch hier entstand der Eindruck, Ernst Lühr habe bei ihnen auf der Bettkante gesessen.

«Essen ist fertig», sagte Klaus.

«Ist es auf den Punkt?», fragte Klaus, als Alex das Steak anschnitt. «Hoffentlich hab ich es nicht zu lange in der Pfanne gehabt.»

«Genau wie du und ich es mögen.» Alex spießte das zartrosa Stück auf die Gabel. «Ich danke dir, dass du mich so umsorgst.»

«Vitamine fehlen. Ich hab vergessen, Salat zu kaufen. Du hast eben schon in der Kladde geschmökert?»

«Geschmökert ist das falsche Wort.»

«Ist es schlimm?»

«Er hat vor allem dich, doch auch uns beide viel mehr im Blick gehabt, als wir geahnt haben. Und was er nicht mit eigenen Augen gesehen hat, schmückt er mit einer scheußlichen Phantasie aus. Stellenweise liest es sich wie Pornographie.» Alex hob das Glas. «Lass uns den Wein genießen und dein Essen. Danach werden wir es hinter uns bringen.»

«Hältst du es für möglich, dass er latent schwul war? Dieser ganze Hass, den er da entwickelt hat, ist vielleicht Angstbeißerei.»

Alex hob die Schultern. «Ich weiß es nicht. Es wäre interessant gewesen zu wissen, wie er aufgewachsen ist. Hat er nichts erzählt?»

«Nein, über seine Kindheit hat er nie gesprochen. Ich kenne auch keine Verwandtschaft von ihm. Henny sagt, seine Eltern seien schon tot gewesen, als sie sich kennenlernten, und eine Tante starb, als ich zwei war.»

There'll Never Be Another You, sang die Brandenburg.

«Klaus, du weißt, dass ich mich nicht für schwul halte», sagte Alex. «Du bist der einzige Mann, mit dem ich zusammen sein kann und will. *It's just you.* Es ging um Liebe, als ich dich kennenlernte, und es geht noch immer darum.»

«Und da ich hoffe, dass du dein Leben mit mir verbringst, gehst du den Frauen verloren, nur die glücklichen Argentinierinnen hatten dich.»

«Keine von ihnen war eine ernsthafte Beziehung.»

«Es ist unwahrscheinlich, dass da ein Kind seinen Vater sucht?»

«Sehr unwahrscheinlich», sagte Alex.

Klaus schenkte den Wein nach. «Schade eigentlich», sagte er. «Ein Kind von dir und einer südlichen Schönheit.»

«Lass uns mal an die Kladde gehen», sagte Alex. Er stellte die Teller zusammen, legte das Besteck dazu.

«Ich bringe es in die Küche», sagte Klaus. «Mach du es dir auf dem Sofa bequem.» Als er die Gläser zum kleinen Tisch trug, der vor dem Sofa stand, blätterte Alex bereits in der Kladde und schüttelte den Kopf.

«Die Beschreibung liest sich, als ob er bei uns in der Wohnung gewesen wäre», sagte er. «Auch die Dachterrasse findet Erwähnung.»

«Zu der hat er nur hochgucken müssen, und den Rest wird er sich zusammengereimt haben. Das oberste Klingelschild ist deines.»

«Und hier stellt er sich vor, was in unserem Schlafzimmer geschieht.»

«Ich will es nicht hören», sagte Klaus. Er griff nach seinem Weinglas und setzte sich zu Alex auf das Sofa.

«Dann lese ich nur die letzten Sätze. Auf den Seiten davor sind Rechtfertigungen und Entschuldigungen.»

Ich gehe über die Schwelle, Klaus, in das Dunkle hinein, ins Nichts. An meiner Haltung zu deiner Homosexualität hat sich nichts geändert. Es ist und bleibt für mich widernatürlich. Doch nun am Ende meines Daseins will ich dir sagen, dass ich dich dennoch liebe. Vater.»

«Dennoch», wiederholte Klaus. Er zog die Beine hoch und lehnte sich an Alex.

«Tu die Kladden in den Giftschrank oder verbrenne sie in der Körnerstraße im Kamin», sagte Alex. «Und dann machen wir unseren Frieden mit ihm.»

Ida zog die Zigarette aus der Schachtel, zündete sie an und hielt die Stuyvesant in der lasziven Gestik, die ihr an Hildegard Knef gefiel. Sie hatte auch angefangen, einen Seitenscheitel in das schulterlange Haar zu ziehen, den Pony in sehr kurzen Fransen zu tragen, die Wimpern vielfach zu tuschen, und sah nun aus, als hätte *sie* neben Hansjörg Felmy in *Der Mann, der sich verkaufte* gespielt und nicht die Knef.

Henny stand auf, um einen Aschenbecher zu holen. «Das erste Mal, dass ich dich rauchen sehe», sagte sie.

«Das tun in der Agentur alle.»

Henny hielt das für keinen guten Grund, doch sie nickte. «Der Duft der großen weiten Welt.»

«Sybille macht viel Druck. Da entspannt mich das Rauchen. Nun guck nicht so, Henny. Du bist mit einem Gynäkologen verheiratet, nicht mit einem Lungenfacharzt, der dir von Raucherlungen erzählt.»

«Hat dieser Typwechsel mit einem bestimmten Geburtstag zu tun, der bevorsteht?»

«Der ist ja erst im August», sagte Ida. «War es schlimm, sechzig zu werden für dich und Käthe?»

«Nicht sechzig zu werden, wäre schlimmer. Käthe hatte genügend Gelegenheit, ums Leben zu kommen, und ich kann auch dankbar sein, dass Marike und ich es damals aus diesem Keller geschafft haben. Da mag man morgens schon mal in den Spiegel gucken und ein paar Falten sehen.» Henny ging in die Hocke, um zwei Holzscheite in den Kamin zu legen und das Feuer zu schüren. Für Oktober war es kalt.

«Hocken kannst du jedenfalls noch gut», sagte Ida. «Ich finde ohnehin, dass Käthe und du jung wirken. Jünger als ich.»

«Du schminkst dich zu stark, Ida.»

«Das tun in der Agentur alle», sagte Ida zum zweiten Mal.

«Bei dir ist es neu. Du hast noch immer eine schöne Haut, warum deckst du sie mit Make-up zu?»

«Das hat Tian auch gefragt. Gibst du mir noch einen Whisky Soda? Ich mag den Black & White besonders gern.»

«Theo und Klaus auch. Katja hat schon eine ganze Sammlung von den schwarzen und weißen Terriern, die an den Flaschen hängen.»

Idas Blick folgte Henny zum Sideboard, das noch immer die Bar des Hauses war, und blickte auf die Wand dahinter. «Da ist ein Bild hinzugekommen», sagte sie. «Eine neue Zeichnung von Rudi. Das ist Käthe, nicht wahr?»

«Ja. Ich finde, Rudi hat sie gut getroffen. Er hat mir das Bild zum Geburtstag geschenkt.»

«War ich so lange nicht mehr hier?»

«So lange warst du nicht hier. Wir sehen uns immer nur anderswo.»

«Das muss sich ändern, Henny. Ich brauche einen seelischen Ausgleich zu Sybille Romanow. Hier mit dir vor dem Kamin zu sitzen, tut mir gut.»

«Ist Tian kein seelischer Ausgleich?»

«Er ist mein Ehemann, das ist was anderes. Wenn er sagt, ich solle mich nicht so stark schminken, dann denke ich, er sorgt sich nur, ich könnte anderen Männern zu sehr gefallen.»

«Die nächste Hürde ist fünfundsechzig», sagte Henny. Es erschien ihr noch weit weg.

«Dann gehören wir wohl wirklich zum alten Eisen. Willst du denn bis dahin an der Finkenau bleiben?»

Henny schüttelte den Kopf. «Da herrscht ein ganz anderer Ton bei den Ärzten als zu Zeiten von Kurt und Theo, und nun geht der einzige Arzt, mit dem ich noch gern zusammengearbeitet habe, in Pension. Unser Chef hat fünfzehn Jahre mit Heynemann in der Gynäkologie der Uniklinik gearbeitet. Das ist nicht spurlos an ihm vorübergegangen.»

«Mir sagt der Name Heynemann nichts. Ein Nazi?»

«In den dreißiger Jahren hat Theodor Heynemann sich bei den Behörden beschwert, dass ihm nicht genügend Zwangssterilisationen zugeführt wurden. Und das Bekenntnis der Professoren zu Hitler hat er unterschrieben.»

«Campmann ist auch auf die Füße gefallen. Trotz seiner Kontakte zu Goebbels. Nun kriegt er eine dicke Pension.»

«Heynemann ist 1951 gestorben, und ich werde mich hüten zu sagen, dass unser Chef den gleichen Dreck am Stecken hat. Doch es ist ein anderes Arbeiten. Ich finde übrigens nicht, dass Theo zum alten Eisen gehört, auch wenn er die fünfundsechzig überschritten hat. *Gut alt werden ist eine Geisteshaltung und keine Frage des Jahrgangs*, sagt er immer.»

«Vermutlich hat er recht», sagte Ida. «Ich tummele mich in der Agentur schon in einer Welt, die sehr äußerlich ist, und das wird gern mit Jugend gleichgesetzt. Gib mir noch einen Whisky Soda. Und trink diesmal ein Glas mit. Was sagt Theo denn zu den ganzen Ärzten, die in den Westen kommen? Bald würde es keine Akademiker mehr in der Ostzone geben, meint Tian.»

«Theo fürchtet, die Herren in der DDR werden sich das

nicht noch lange angucken, dass ihnen die Leute fortlau-
fen.»

«Was wollen die machen?», fragte Ida. «Die können doch
keine Mauer um ihre DDR bauen.»

Henny kehrte mit zwei Gläsern zum Kamin zurück. Das
Feuer glomm nur noch. Es wurde kühler im Salon.

«Nicht dass die Nachkriegszeit die Vorkriegszeit wird»,
sagte Ida.

Henny griff nach den Holzscheiten und baute ein neues
Feuer.

Anni hatte auf Idas Rat hin die Praxis von Theo Unger aufgesucht; der praktische Arzt, dessen Patientin Anni vorher
gewesen war, schien keine Ahnung zu haben von Schwangerschaften. Ida und Guste hatten den Kopf geschüttelt über
die Geburtstermine, die er errechnete und die allesamt im
November lagen, nach Gustes Rechnung hätte Anni dann
den elften Monat hinter sich. Theo untersuchte Anni und
nannte den 16. Oktober als voraussichtlichen Termin.

Theo Unger führte seit Anfang des Jahres eine Privatpraxis, doch für eine werdende Mutter aus Gustes Haus in der
Johnsallee machte er eine Ausnahme. Dazu neigte er ohnehin, zu den Ausnahmen.

Die Tapete mit den rosa und hellblauen Elefanten fand
Momme genial, denn auch Dr. Unger konnte nicht vorher-
sagen, ob es eine Deern oder ein Jung werden würde.

«Vielleicht verklebst du die am besten auch im Gartenzimmer und in der Küche», sagte Guste. «Das Kind soll sich
doch wohl fühlen, ich denke, es wird viel bei mir sein.»

«Anni ist ja vor allem Mutter», sagte Momme.

«Ida war auch vor allem Mutter, und dennoch hielt sich
Florentine meistens bei mir auf», sagte Guste.

«Bei Anni wird das anders sein. Die ist eine Glucke.» Momme war begeistert davon, dass seine Frau nicht arbeiten gehen musste. Die Buchhandlung lief bestens, Lina, Louise und er lebten gut davon und konnten Rick ein ordentliches Gehalt zahlen.

Dennoch hatte Rick vor, im Januar zurück nach London zu gehen, wo Tom, sein Onkel, wieder lebte. Allein in dem von Hugh geerbten Haus in Chelsea, ein Haus, das Tom Herzschmerz aller Art machte. Rick war der Einzige, der ihm von der Familie geblieben war.

«Tom und Hugh haben viel für uns getan, mein Vater ist ja nicht aus dem Krieg zurückgekommen», hatte Rick gesagt. «Da will ich ihm etwas zurückgeben, und Wally freut sich schon auf die Londoner Theaterszene.»

Wally war in Köln am Schauspielhaus engagiert, die Lufthansa hatte Freude an den beiden, und nun würde es wahlweise auch die BEA haben.

«Frau Siemsen, wie gefällt Ihnen das», sagte Momme, als Anni das frisch tapezierte Kinderzimmer unter dem Dach besichtigte.

«Bestens, Herr Siemsen», sagte Anni und strahlte.

«Nun nehme ich mir noch Florentines Kinderbettchen vor, das wird neu lackiert. Guste näht Bettwäsche dafür. Sehr rücksichtsvoll von unserem Kind, zu warten, bis wir hier fertig sind.»

«Fühlt sich einfach noch wohl bei mir drin. Doch mit dem Bettchen kannst du dir Zeit lassen, am Anfang legen wir das Murkelchen ja in den Stubenwagen.»

«Nun habe ich gerade Schwung aufgenommen. Wer weiß, ob wir Zeit dafür finden, wenn das Kind da ist.»

Oh, wie konnte man doch glücklich sein.

Marike lag auf dem Jugendstilsofa und hatte den Kopf in Thies' Schoß gebettet. Ein später Freitagabend, der Wind rüttelte an den alten hohen Fensterrahmen, wie er es schon den ganzen Winter lang tat.

Thies und sie hatten Klaus' Sendung gehört, noch klangen die letzten Töne von Hans Dörners Saxophon nach, Klaus hatte mit *They Can't Take That Away From Me* des Alex Kortenbach Quintetts abmoderiert und nicht vergessen, darauf hinzuweisen, dass dem Leiter des Quintetts in der kommenden Woche der Preis der deutschen Jazzkritik für seine LP verliehen werden würde. Kortenbachs Solodebüt.

«Wo findet die Verleihung statt?», fragte Marike. Sie blickte zu Thies hoch.

«Im Sendesaal in der Oberstraße. Du kommst doch mit?» Thies strich seiner Frau den Pony aus der Stirn und gab ihr einen Kuss darauf.

«Am 10. Februar?»

«Ja. Henny und Theo werden auch dabei sein.»

«Thies?» Sie sah ihren Mann an, der das weiche dunkle Haar noch immer zu lang trug, wie er es schon als Junge von acht Jahren getan hatte. Konnte es denn sein, dass eine Verliebtheit so früh anfing und sich so lange hielt? «Ich kriege meine Tage nicht.»

«Und was vermutet Frau Dr. Utesch?»

«Verfrühte Wechseljahre.»

«Ich würde eine Schwangerschaft vermuten. Eben dachte ich noch, dass da ein Leuchten in deinem Gesicht ist.»

«Ich werde vierzig in diesem Jahr, habe zwei Fehlgeburten hinter mir und bin seit Jahren nicht schwanger geworden.»

Thies küsste sie noch einmal, diesmal auf den Mund. «Da wird Katja endlich eine Schwester sein. Zwölf Jahre Altersunterschied ist ziemlich viel, doch du bist ja auch neun Jahre älter als Klaus.»

«Freu dich besser noch nicht. Nachher bist du enttäuscht.»

«Wann werden wir es wissen?»

«Vielleicht Mittwoch. Ich gebe die Probe Montag ins Labor.»

«Mögen die Frösche laichen», sagte Thies.

Klaus summte noch *They Can't Take That Away From Me* vor sich hin, als er im Schwanenwik einparkte, der Wind zerrte ordentlich am Stoffdach der Giulietta Spider, die den Karmann abgelöst hatte. Seit Dezember hatten sie diese Westwindlage, die ihn ganz nervös machte.

Er ging hinüber zum Haus und sah die hellen Fenster oben im fünften Stock, Alex legte sich selten früh schlafen.

Klaus kam aus dem Aufzug, stieg die Treppe hoch, schloss die Tür auf und fand seinen Lebensgefährten am Schreibtisch vor. Keine Noten, die er schrieb, irgendwas anderes Handschriftliches. Neben Alex' Glas mit Rotwein stand ein Glas für Klaus bereit und eine fast volle Flasche Rioja, Alex war ein vorsichtiger Konsument von Alkohol bei all den Tabletten, die er täglich nahm.

Er blickte auf und lächelte Klaus zu. «Eine sehr gute Sendung. Wie immer», sagte er. «Und den Preis hast du auch erwähnt.»

«Ich tue für Alex Kortenbach, was ich kann.» Klaus zog den Trench aus und hängte ihn an die Garderobe. «Wie war dein Tag?»

«Ich versuche mich an der Dankesrede für die Jury. Ansonsten hatte ich ein kurzes und ärgerliches Telefonat mit Luppich.»

«Was war?» Klaus füllte das Glas mit dem dunklen spanischen Wein.

«Ich zitiere», sagte Alex. «Tun Sie mir und sich den Gefallen und kreuzen Sie zur Verleihung mit einer Frau auf.»

Luppich hatte am Nachmittag angerufen und nicht lange um den heißen Brei herumgeredet: *Ihnen fehlt eine Frau an Ihrer Seite.*

Ich habe nicht vor zu heiraten. Keine kluge Antwort, das war Alex klar gewesen, doch Luppichs Vorstoß hatte ihn überrumpelt.

«Ach herrje.» Klaus seufzte. «Aber sie haben dir doch versprochen, dich nicht als Liebhaber zu verkaufen.»

«Das habe ich auch gesagt. Aber daran schien Luppich sich nicht zu erinnern oder erinnern zu wollen.»

«Eine Alibifrau», sagte Klaus und setzte sich mit dem Weinglas in der Hand auf das safrangelbe Sofa. «Dann gibt es wohl Gerüchte.»

«Ich hätte mich auf all das nicht einlassen dürfen. Allein schon das Foto auf der Hülle. Diskret hinter dem Flügel hatte ich mir vorgestellt, und dann tun sie ein Porträt drauf.»

«Nimm dir nicht die Freude an deinem Erfolg, Alex. Frag Florentine, ob sie dich begleitet, hoffentlich ist sie an dem Abend in Hamburg.»

«Ich kenne Florentine, seit sie acht war, und mag sie von Herzen gern. Doch das ist eine verdammte Heuchelei.»

«Mit der wir schon seit Jahren leben, sobald wir unsere

Nasen zur Tür rausstecken», sagte Klaus. «Lass uns pragmatisch sein.»

«Er beanstandet auch, dass ich die Homestorys ablehne.»

«Vielleicht solltest du das Spiel einfach mitspielen.»

«Und zum Schluss heirate ich pro forma?»

Klaus schob die Manschette des Hemdes zurück und blickte auf seine Armbanduhr. Eine halbe Stunde vor Mitternacht. Zu spät, Florentine anzurufen? Er hätte das Problem gern aus der Welt geschafft.

«Wenn erst einmal Fotos von dir und Florentine in Umlauf sind, dann ist deine Plattenfirma zufrieden. Der erfolgreiche Pianist und das schöne Modell. Das passt doch. Soll ich sie anrufen, oder tust du das?»

Alex stand auf und kam zu ihm auf das Sofa. «Das ist doch alles eine einzige Zumutung für dich», sagte er.

«Ja. Aber dafür kannst du nichts und auch nicht Florentine. Immerhin ist sie die Tochter deines Freundes Tian und gehört fast zur Familie.»

«Vielleicht können wir uns bald ein Häuschen in Italien kaufen und da unbehelligt leben», sagte Alex. «Garuti erzählte mir an Weihnachten, dass Homosexualität dort schon lange kein Straftatbestand mehr ist.»

«*Du* kannst dort arbeiten. Doch was tue ich? Zur RAI gehen und mein fließendes Italienisch ins Mikrophon sprechen?»

«Ich dachte eher an ein Ferienhäuschen. Nicht ans Auswandern. Das habe ich hinter mir.»

«Ein Ferienhäuschen wäre schön, darüber können wir nachdenken. Alex, ich glaube, es ist besser, wenn *du* Florentine anrufst. Sie wird begeistert sein, einen Auftritt an deiner Seite zu haben, und dass ihr einander vertraut seid, wird die Zweifler überzeugen.»

«Heute nicht mehr», sagte Alex. Er fühlte sich sehr müde.

Henny und Klaus wechselten sich ab mit der Versorgung von Else, die sich weigerte, andere Lösungen zu finden, als dortzubleiben, wo sie seit 1906 lebte. «Einen alten Baum verpflanzt man nicht», sagte sie. «Werdet ihr erst mal fünfundachtzig.»

«Ihr beide erschöpft euch», sagte Theo. «Das muss delegiert werden.»

Doch Else war nicht bereit, *fremde Leute* in die Wohnung zu lassen, nur Theo durfte ab und zu einspringen, der war Doktor und obendrein ihr Schwiegersohn, wenn er auch nicht kochen konnte. Das tat Henny an drei Tagen in der Woche bei Else in der Schubertstraße. An den drei anderen Tagen brachte ihr Klaus das Essen, er zog vor, es in der eigenen Küche am Schwanenwik zu bereiten. Sonntags aß Else seit Ende des vergangenen Jahres in der Körnerstraße.

«Du und Klaus seid beruflich voll eingespannt», sagte Theo, den Elses Sturheit zu ärgern anfing. «Ich bin sehr gerne bereit, eine Haushaltshilfe zu finanzieren.»

«Ihr wollt mich ja bloß ins Heim bringen», sagte Else bar jeder Logik.

Eigentlich traute sie nur den *Hesselbachs*, die kamen zu ihr in die Stube, ohne dauernd Vorschläge zu machen, obwohl das Hessisch der Fernsehfamilie doch störte. Da waren Else die vertrauten Töne des Ohnsorg-Theaters lieber, die Heidi Kabel hatte sie zu und zu gern und auch den Henry Vahl.

Die Übertragung von *Tratsch im Treppenhaus* war in der *Hör Zu* schon für Sonntag, den 18. Februar, angekündigt. An dem Abend durfte sie nicht zu spät aus der Körnerstraße zurückkommen, die hatten nun zwar auch einen Fernseher, aber Henny und Theo guckten nur den Köpcke in seiner *Tagesschau*, und dann schalteten sie aus.

«Du kochst wenigstens anständige Hausmannskost», sagte sie zu Henny. «Gestern hat mir der Junge so was Italienisches gebracht. In einer Auflaufform. Schön heiß war es ja.»

«Du solltest wirklich dankbarer sein, wenn Klaus neben seiner Arbeit im Sender hier an drei Tagen antrabt und dir Essen bringt.»

«Die Marike hält sich fein raus», sagte Else. «Dabei habe ich so viel für das Kind getan nach Luds Tod. Was kochst du denn da?»

«Linsensuppe. Davon hast du am Montag noch.»

Theos Idee. Eintöpfe, von denen zwei Tage gegessen werden konnte, Else brauchte sich das nur aufzuwärmen und vielleicht noch eine Wurst hineinzuschneiden, und Klaus hatte mal Pause bei ihr.

«Ob ich das zwei Tage hintereinander essen will.»

«Morgen gibt es ja erst einmal einen Sonntagsbraten bei uns.»

«Das ist nichts, wenn man alt wird», sagte Else. «Alle tun so, als ob man eine Last sei.»

«Sei einfach kooperativer, Mama.»

«Was ist das denn für ein komisches Wort?», sagte ihre Mutter.

«Du hast meine tiefe Bewunderung, dass du Else in all den Jahren ausgehalten hast», hatte Theo beim Frühstück gesagt. Seine Mutter Lotte war so ganz anders gewesen.

«Dein Vater wäre nun wohl schon tot», sagte Else.

Henny guckte ihre Mutter irritiert an, ging es nun voran mit dem Tüddel? «Er ist im ersten Krieg gefallen, Mama, gleich 1914.»

«Aber wenn nicht, wäre er wohl schon tot.»

«Papa war nur ein Jahr älter als du.»

«Das muss ich doch besser wissen», sagte Else. «Schließlich war ich mit ihm verheiratet.»

«Wollen wir mal nächste Woche zu deinem Hausarzt gehen?»

«Kluthe ist auch tot.»

«Du gehst doch schon seit vielen Jahren zu seinem Nachfolger.»

«Da können wir zusammen hin», sagte Else. «Wenn du mal ausnahmsweise Zeit hast. Dass du immer noch so viel arbeiten musst, die Jüngste bist du auch nicht mehr.»

«Weißt du noch, wie stolz du warst, als ich die Hebammenausbildung in der Finkenau begonnen habe?»

«Das weiß ich noch, und dann ist der schöne Hebammenkoffer, den ich dir geschenkt habe, in der Bombennacht verbrannt.»

«Ja», sagte Henny und dachte an Luds Tischlerarbeiten und vieles andere, was in jener Nacht verbrannt war.

«Danach habt ihr vier bei mir gewohnt», sagte Else. Auf einmal war ihre Erinnerung wieder völlig klar. «Ernst, Klaus, Marike und du. Hier in der Schubertstraße.» Sie drehte sich zu Henny um. «Kind, versprich mir, dass ich nicht aus der Wohnung wegmuss.»

Und Henny versprach es.

Die Romanow war noch nie ihrer leisen Töne wegen gerühmt worden, doch Florentine staunte über den Theaterdonner, der sich entlud, als sie der Agenturchefin kundtat, keinen Tag länger als die gebuchten drei Tage für die Fotostrecke der *Twen* zur Verfügung zu stehen. Spätestens am Morgen des 10. Februar hatte Florentine vor, nach Hamburg zurückzufliegen.

«Zu große Rosinen im Kopf», rief die Romanow und verstieg sich zu der Aussage, dann könne ihr erfolgreichstes Modell gleich fernbleiben. Florentine nahm sie beim Wort und rief augenblicklich die Agentur von Jeanne Auber in Paris an, die schon lange um sie warb.

Ein Achselzucken bei Florentine, Tränen bei Ida, an der die Romanow ihren Zorn ausließ. Den ganzen Dienstag zitterte sie, vor die Tür gesetzt zu werden. Wie hätte sie denn Florentine aufhalten können? Im Januar war ihre Tochter volljährig geworden.

Gegen sechs Uhr am Abend des Dienstag fing die Romanow an, zu einer entspannteren Tonlage zurückzufinden. «Warum auf einmal die Allüren?», fragte sie Ida. «Sie war doch sonst immer fleißig. Hat deine Tochter einen Liebhaber, zu dem sie unbedingt zurückmuss?»

Ida wusste nichts davon.

«Tu alles, um ihr die Franzosen auszureden», sagte die Romanow. «Und lauf zu Heimerdinger und kaufe Tokajer. Zwei Flaschen.»

Als Tian gegen acht in der Agentur anrief, weil er anfing, sich Sorgen zu machen, waren beide Frauen betrunken.

Klaus steckte zum zweiten Mal an diesem Tag den Kopf in Thies' Büro und sah seinen Schwager nervös zum Telefonhörer greifen.

«Komm ruhig rein», sagte Thies. «Dich betrifft es ebenfalls.»

Dieser Satz genügte, um auch in Klaus eine Nervosität entstehen zu lassen. Hatte das Telefonat mit Luppich, von dem Alex berichtet hatte, wirklich einen Hintergrund? Gab es Gerüchte im Funkhaus? Kortenbach und Lühr ein Paar? Könnte sie das ihre Stellung kosten? Nein. Sie hatten künstlerische Freiheiten. Jedenfalls hoffte er das.

Thies ließ den Hörer auf die Gabel fallen. «Wo stecken die nur alle?»

«Vielleicht magst du mir sagen, um was es geht?»

«Ich versuche, Marike in der Praxis zu erreichen.»

Klaus unterdrückte einen Seufzer. Ging doch nicht um Alex und ihn.

«Heute ist Mittwoch», sagte er.

«Sie schließen erst am Mittag.» Thies sah zur Wanduhr. Es war zehn vor zwölf.

«Ist etwas mit Marike?»

«Deine Schwester würde mich erschlagen, wenn sie wüsste, dass ich hier voreilig alles verrate. Doch wir hoffen, dass sie schwanger ist.»

Ein großes Lächeln in Klaus' Gesicht.

«Ich hab mich gar nicht getraut zu sagen, wie sehr ich mir in all den Jahren ein zweites Kind gewünscht habe», sagte Thies. «Marike hat mir erzählt, dass ihr Vater auch darauf gehofft hat, er hätte einen ganzen Stall voll Kinder gewollt, doch dann ist er gestorben.»

«Das mit Lud war eine Tragödie», sagte Klaus. «Henny wäre viel erspart worden, wenn Lud hätte leben dürfen.»

«Dann gäbe es dich nicht.»

«Vielleicht einen anderen. Ich hoffe, dass euer Wunsch in Erfüllung geht. Es wäre auch für meine Mutter wunderbar, ein weiteres Enkelkind, wo ich sie ja darum gebracht habe.»

«Ich glaube nicht, dass sie so denkt», sagte Thies. Sie zuckten beide zusammen, als das Telefon klingelte. Klaus versuchte, in Thies' Gesicht zu lesen, der nicht sprach, nur zuhörte. «Das ist schade», sagte Thies dann.

«Doch nicht?», fragte Klaus, als Thies auflegte.

«Nur ein Mitschnitt der Big Band, der technisch nichts

taugt.» Thies wählte erneut die Nummer der Praxis und ließ es lange durchläuten.

«Diese verdammten Frösche, die müssen doch längst gelaicht haben.»

«Frösche?»

«Der Froschtest, um eine Schwangerschaft festzustellen.»

«Ich bin nicht so bewandert auf dem Gebiet.»

«Dass gar keiner ans Telefon geht, ist sehr seltsam. Marikes Kollege muss doch auch da sein oder die Sprechstundenhilfen.»

«Keine gute Idee, dich in die Kantine einzuladen?»

«Ich will nicht weg vom Telefon», sagte Thies. «Lenk mich ab. Ist Alex schon aufgeregt wegen der Preisverleihung?»

«Luppich hat ihn aufgefordert, in Damenbegleitung zu kommen.»

«Du liebe Güte.»

«Alex macht gute Miene, Florentine begleitet ihn. Wenn es erst einmal Fotos von den beiden gibt, werden wohl alle zufrieden sein.»

«Nicht einfach für dich.»

«Nein», sagte Klaus. «Ich hoffe, ich werde nicht noch eifersüchtig. Ach, Thies, ich würde so gerne mit Alex als Paar auftreten. Das Versteckspiel widert mich an.»

«Du kannst dir seiner Liebe sicher sein.»

«Ja, das weiß ich. Unser ganzes Leben könnte ein großes Glück sein. Ihm geht es viel besser, wir haben eine liebevolle Familie, sind beide erfolgreich, verdienen gut. Wenn nur die Gesellschaft nicht so verlogen wäre. Wem tun wir denn was?»

«Wer tut wem was?», fragte Marike, die in der Tür stand.

Thies und Klaus sprangen von ihren Stühlen auf. «Und?», sagten sie.

Marike schenkte ihrem Mann einen langen Blick. «Du hast dich schon meinem kleinen Bruder anvertraut?»

«Ich sehne mich nach dem Gesang der Frösche, und bei euch geht keiner ans Telefon», sagte Thies. «Bist du nun schwanger?»

«Unsere Telefonanlage ist kaputt. Darum habe ich mich in ein Taxi geschmissen. Ich bin schwanger. Doch ich will es als Geheimnis gehütet wissen, bis ich über die kritischen Wochen bin.»

«Ich freue mich sehr, Schwesterlein. Und in mir hast du einen wahren Geheimnisträger. Ich tue kaum was anderes, als Geheimnisse zu hüten.» Er wartete, bis Marike sich aus Thies' Umarmung löste und ihn umarmte.

Rudi öffnete den Kasten mit den Graphitstiften, die ihm sein Vater zu Weihnachten geschenkt hatte, und nahm eines der naturweißen, 190 Gramm schweren Blätter aus der Mappe. Welch ein Luxus.

«Darf ich dich zeichnen, während du liest?», fragte er.

Ruth blickte auf von Erich Fromms *Kunst des Liebens*. «Das weißt du doch», sagte sie. «Nur nicht im Profil.»

«Du hast ein schönes, weiches Profil», sagte er. Alles, was lieblich war, schien der Siebzehnjährigen Unbehagen zu bereiten. Sie trug ihr langes dunkles Haar streng nach hinten gebunden und vorzugsweise schwarze Rollkragenpullover zu schwarzen Cordhosen.

Doch gestern, als Ruth im *Stern* blätterte, hatte Rudi bemerkt, dass sie die Fotos von Florentine lange betrachtete. Schließlich hatte sie den Pelzmantel negativ kommentiert. Doch es war ihr anzumerken gewesen, dass ihr die exotische Schönheit Florentines gefiel.

Er wählte einen Stift in dunklerem Grau und setzte neu

an. Wenn er daran dachte, mit welchen Materialien er in russischer Gefangenschaft gezeichnet hatte, Fetzen von dünnem Papier, zurechtgeschnitzte Stücke Kohle. Vernichtung und Tod hatten sich auf den Zeichnungen fortgesetzt, er hatte lange gebraucht, bis er zu seinen jetzigen Motiven gefunden hatte. Menschen. Die schönen Momente.

«Ich werde mich für die Deutsche Journalistenschule bewerben.»

«Die ist in München. Oder?»

Ruth nickte. Rudi dachte, dass das Kind doch gerade erst bei ihnen angekommen war, und nun stand im nächsten Jahr schon die Trennung bevor. Aber ging es nicht allen Eltern so?

«Erst einmal wird im nächsten Jahr das Abitur gemacht.»

«Klar», sagte Ruth.

«Und in diesem Sommer fahren wir endlich nach San Remo.»

Im vergangenen Jahr hatte Ruth im Frühling den dringenden Wunsch gehabt, sich zusammen mit einer ihrer Freundinnen für ein Sommerlager der *Aktion Sühnezeichen* anmelden zu dürfen. Und Alessandro war es ganz recht gewesen, er hatte den Sommer gerne noch einmal bei ihnen in Hamburg verbracht. Ob es ihnen noch gelingen würde, zu dritt an die italienische Riviera zu reisen?

Und dann war am 13. August die Mauer in Berlin gebaut worden, Stacheldraht um die DDR gezogen, die Menschen im Osten saßen fest. Alessandro und er hatten an diesem Sonntag einen langen Spaziergang um die Alster gemacht, im Restaurant des Reichshofes gegessen. Als die ersten Gerüchte aufkamen, waren sie in Alessandros Suite gegangen, und sie hatten fassungslos vor dem Fernseher gesessen. Hörte der Wahnsinn denn nicht auf in diesem Jahrhundert?

«Hast du nie daran gedacht, dich noch mal politisch zu betätigen?», fragte Ruth.

«Ich war nur ein halbherziger Kommunist.»

«Dafür haben sie dich doppelt und dreifach gequält.»

«Das ist wahr», sagte Rudi. «Ich guck mir schon noch genau an, was passiert in der Politik. Brandt hätte ich gerne als Kanzler gesehen. Doch gegen Adenauer hatte er keine Chance. Aber selbst mitmischen? Nein.»

«Ich bin stolz auf deine Vergangenheit», sagte Ruth. Sie klappte das Buch zu. «Kann ich sehen, was du gezeichnet hast?»

«Weit bin ich nicht gekommen», sagte Rudi. Er zeigte ihr das Blatt.

«Du idealisierst mich.»

Rudi lächelte. «Du siehst dich zu kritisch», sagte er.

«Ich wäre gern so schön wie Florentine.»

Nun war Rudi überrascht vom Wunsch seiner intellektuellen Tochter.

«Ziehst du den Anthrazitgrauen an?», fragte Klaus. Sie standen vor dem Kleiderschrank aus Kirschbaumholz, der dem Schrank, den Lud einst für Henny gebaut hatte, sehr ähnlich war, nur viel größer.

«Ja. Weißes Hemd mit Manschettenknöpfen. Keine Krawatte.»

«Du bist ja Künstler. Ich als Angestellter des NDR werde wohl konservativer daherkommen.»

«Nimm den neuen aus der leichten Wolle. Der steht dir großartig.»

«Du darfst mich heute gar nicht anschauen. Deine bewundernden Blicke gelten nur Florentine.»

«Ich bin ihr dankbar, dass sie sich bereit erklärt hat.»

«Wann gehst du los?»

«Sobald ich fertig bin. Ich muss auch noch das Taxi bestellen, Florentine pflücke ich dann in der Alten Rabenstraße auf.»

«Ich fang jetzt schon an, eifersüchtig zu werden.»

Alex küsste ihn auf den Mund. «Das Ganze war deine Idee. Sag mir noch, wo der Stock ist. An der Garderobe habe ich ihn nicht gesehen.»

«Du hast ihn seit Wochen nicht gebraucht.»

«Heute Abend brauche ich Halt», sagte Alex.

Luppich war als einer der ersten im großen Sendesaal in der Oberstraße, in dem Gebäude, das einst eine Synagoge gewesen war. 1953 hatte der damalige NWDR das Haus von der Jewish Trust Corporation gekauft.

Er stand im Foyer, sah Alex Kortenbach eintreten und staunte: Die Frau an seiner Seite, hatte er nicht gerade von ihr im *Stern* gelesen?

Florentine Yan, eine exotische Schönheit, die aus Hamburg stammte und auf den Titelbildern der Hochglanzzeitschriften zu sehen war. Im Interview hatte sie geheimnisvoll getan, doch ganz nebenbei wissenlassen, ihr Herz sei vergeben.

Und nun stellte sich heraus, dass Kortenbach dieses Herz besaß, wo kam denn nur das Gerücht her, der sei mit einem Mann liiert? Luppich zog sich in eine Ecke zurück. Er wollte das gründlicher betrachten.

Eine große Vertrautheit, die dieses Paar zeigte, gab es denn da einen Zweifel, dass hier zwei schöne Menschen füreinander wie geschaffen waren und sich bestens kannten?

Warum hatte Kortenbach in dem Telefonat so unwirsch

reagiert? *Ich habe nicht vor zu heiraten.* Weil er die Beziehung zu dem Modell nicht hatte aufdecken wollen? Besser konnte es doch gar nicht kommen. Luppich hätte sich beinah die Hände gerieben, er freute sich schon auf das Blitzlichtgewitter der Fotografen, wenn der Preis verliehen war.

Alex heuchelte nicht, er fühlte sich überraschend wohl an Florentines Seite. Er hoffte nur, dass Klaus nicht litt und ihm in jedem Augenblick an diesem Abend bewusst war, wen Alex liebte.

Er hatte Luppich hinter seiner Säule entdeckt. Nahm der ihm die Inszenierung ab? Florentine war glücklich und augenscheinlich verliebt in den Mann an ihrer Seite, das allerdings bereitete ihm Sorgen, denn dieser Zustand würde kaum vorbei sein am Ende des Abends.

Ah. Da näherte sich Luppich nun doch. «Du siehst wunderschön aus», sagte Alex und lächelte Florentine an, ein gut gewählter Moment, gerade war Luppich bei ihnen angekommen.

Ein schwarzes Etuikleid, das Florentine zu schwarzen Strümpfen und gefährlich aussehenden Stöckelschuhen trug, fast schlicht das Kleid, wären nicht die Manschetten aus Leopardenfell.

«Das kann ich nur bestätigen, Fräulein Yan», sagte Luppich.

Alex hob die Augenbrauen. «Sie kennen Florentine?»

«Keine Eifersucht.» Luppich lachte. «Ich habe nur den neuen *Stern* gelesen. Auch dass Fräulein Yans Herz vergeben sei. Ich ahnte ja nicht, an wen sie es verloren hat.»

Auweia, dachte Alex. Er wusste nichts von einem Interview im *Stern*. Was hatte sie da erzählt?

«Florentine, darf ich dir Herrn Luppich vorstellen? Er hat

die Produktion angestoßen, für die ich heute den Preis bekomme.»

Florentine lächelte huldvoll. Fast hätte sie sich zu dem kleinen Mann hinuntergebeugt. «Alex ist einfach großartig», sagte sie.

«Ich denke, wir sollten mal in den Sendesaal gehen», sagte Alex und schob Florentine weiter, nur weg von Luppich.

Alex war ohne Stock zum Flügel gegangen und hatte sich auf der Klavierbank niedergelassen, er spielte zwei eigene Kompositionen von der preisgekrönten Schallplatte und nahm den großen Applaus ein wenig verlegen entgegen. Klaus bemerkte, wie er dabei leicht schwankte und sich am Flügel festhielt. Dabei bereitete die Gehbehinderung ihm doch in letzter Zeit kaum noch Probleme. Was hatte Alex zu Hause gesagt? *Heute Abend brauche ich Halt.*

Florentine schien das auch bemerkt zu haben. Sie stand von ihrem Platz in der ersten Reihe auf, als es nun zur Preisverleihung überging, und brachte ihm den Stock, den Alex mit einem dankbaren Lächeln entgegennahm. Eine herzzerreißende Szene, dachte Klaus, eigentlich sein Part, den Stock hinterherzutragen. Drohte er deswegen gerade in einer großen Welle der Eifersucht zu ertrinken?

Kortenbach ist kriegsversehrt, sagte da jemand in der Nähe. *Eine Verwundung, die ihm immer wieder zu schaffen macht. Zauberhaft, wie fürsorglich diese Florentine Yan mit ihm umgeht. Hast du das Interview mit ihr im Stern gelesen?*

Klaus bemerkte jetzt erst, dass Luppich nicht weit von ihm entfernt saß. Nun gut, die Legende von der Kriegsverwundung hatte Alex selbst in die Welt gesetzt. Die Dankesrede kriegte Klaus kaum mit. Er glaubte einen Blick zu spüren, drehte sich um und fing den von Marike auf. Klaus wünschte von Herzen, dass der Abend bald vorbei war.

Als Klaus in das Foyer kam, waren Florentine und Alex schon von Fotografen umgeben. Er hatte extra getrödelt. Klaus ging zu Henny und Theo, die mit Marike und Thies zusammenstanden und Sekt tranken.

«Hören wir da schon die Hochzeitsglocken läuten?», war die laute Stimme einer älteren Reporterin mit schlechtsitzender Perücke zu vernehmen. Auch ihre Kollegen schienen über die Voreiligkeit dieser Frage zu staunen, die Florentine und Alex weglächelten.

«Ich finde, die beiden machen das großartig», sagte Theo.

«Zu großartig», sagte Klaus.

«Das ist schon ein Härtetest für dich», sagte Thies. «Doch es wird das bringen, was ihr euch versprochen habt.» Er nahm einem jungen Kellner das Silbertablett mit den Häppchen aus der Hand und reichte es herum. «Schließlich geht das auf meine Kostenstelle.»

Klaus kaute auf einem Weißbrothappen mit Lachs herum und spülte hastig mit Sekt nach. «Sollte ich nicht mal zu Alex gehen und ihm ganz offiziell zum Preis gratulieren?»

«Das hast du schon längst im Sender getan», sagte Thies und grinste. «Ihr seht euch dort doch häufig.»

«Solltet ihr Gelegenheit haben, mit Alex zu sprechen, richtet ihm bitte aus, dass ich schon nach Hause gefahren bin.»

«Willst du nicht noch mit zu uns kommen?», fragte Henny.

«Nein», sagte Klaus. «Ich fange an, Kopfschmerzen zu kriegen.»

Alex kam gegen Mitternacht und fand Klaus in der dunklen Wohnung vor, nur eine kleine Lampe neben dem Sofa war an. Er stellte das Messingteil, das den Preis der Jazzkritik darstellte, auf das Klavier.

«Warst du noch bei Florentine?»

«Sie sind tatsächlich unserem Taxi gefolgt.»

«Das ist ja wie zu Zeiten von Ernst», sagte Klaus. Er klang spröde.

«Leb dich nicht in den Gedanken hinein, dass da was sein könnte zwischen Florentine und mir. Ich sage noch mal, es war deine Idee.»

«Man kann auch ins eigene Schwert fallen.»

«Nach einer Stunde haben wir Tian angerufen, der mich dann abgeholt und hierhergefahren hat.»

«Florentine ist verliebt in dich.»

«Florentine weiß seit Jahren, wen ich liebe, und respektiert das. Zum hundertsten Mal, du bist der *one and only*.»

«Hm», sagte Klaus.

«Theo sagte, du hast Kopfschmerzen?»

«Geht schon wieder. Was war das für ein Hickhack mit dem Stock?»

«Ich war sehr aus der Balance, Klaus, auch wenn ich beglückt dabei ausgesehen haben sollte. Jedenfalls haben wir erreicht, was wir wollten, es sind genug Bilder entstanden, die meine Beziehung zu Fräulein Yan dokumentieren.»

«Hoffentlich laufen sie jetzt nicht dauernd hinter dir her, um die Hochzeitsglocken nicht zu verpassen.»

«Ich mach uns noch einen Wein auf», sagte Alex. «Hab sonst kaum was getrunken. Und dann feiern wir beide noch ein bisschen.»

«Ade ihr trauten Alsterspaziergänge Arm in Arm», sagte Klaus.

«Warum das denn?»

«Die Leute werden dich erkennen und sich fragen, was der Kerl an deiner Seite soll und wo die schöne Florentine ist.»

«Du darfst das Publikum in der Oberstraße nicht mit der großen Öffentlichkeit verwechseln. Die interessiert kein Jazzmusiker.»

«Wenn die Fotos des heutigen Abends in der *Bild* und der *Film und Frau* erschienen sind, wird sich das ändern.»

«Die bringen nicht mal Bilder von Edelhagen oder den Mangelsdorffs.»

«Glaubst du denn, heute ist lediglich fürs *Jazz Podium* fotografiert worden? Dass da ein derartiger Tumult entstanden ist, hast du dem Topmodell Florentine Yan zu verdanken, die gerade durch eine Geschichte im *Stern* zu Prominenz gefunden hat.»

Alex schwieg eine Weile. «Dann haben wir einen Fehler gemacht», sagte er schließlich.

Auch Florentine wurde in dieser Nacht klar, dass sich etwas verändert hatte. Alex' Alibifrau zu sein war kaum das, was sie sich erträumt hatte. Aber immerhin war eine Nähe geschaffen, aus der der Alex nur schlecht herausfinden konnte.

Nein. Sie machte sich keine Illusionen, *no falling in love for her*. Für Alex würde sie immer nur Tians und Idas Tochter sein, die er seit ihrer Kindheit kannte und gut leiden mochte. Nicht mehr. Es würde noch den einen und anderen glanzvollen Auftritt miteinander geben, das Private hingegen blieb Klaus vorbehalten.

Dennoch. Vielleicht könnte sie den beiden eine Dreierkonstellation vorschlagen für das Leben außerhalb der eigenen vier Wände. Da ließ sich sicher eine Geschichte spinnen, es war ja nur verständlich, dass ihr Klaus, als Sohn der besten Freundin ihrer Mutter, nahestand. Klaus könnte mit ihr und Alex ausgehen, ohne dass jemand Verdacht schöpfte. Drei Freunde, die gerne Zeit miteinander verbrachten. Nichts weiter.

Florentine schlief froh ein.

Hatte sie einen Mucks gemacht? Momme lauschte. Anni neben ihm drehte sich um und schien fest zu schlafen, viel gelassener als er, vielleicht weil er ein alter Vater war, im April würde er fünfzig werden.

Momme stand leise auf und ging zum Zimmer nebenan. Die Tür stand offen, Sanne schlief friedlich, nur aus dem Strampelsack hatte sie sich herausgewühlt. Er legte ihr die kleine Wolldecke über.

Im Oktober war sie ein Jahr alt geworden, sechs Tage nach dem errechneten Termin zur Welt gekommen. Seine Tochter.

Dass er so lange im Leben gebraucht hatte, um zu verstehen, welch ein Glück es für ihn war, ein Kind zu haben, verheiratet zu sein. Da war doch ein solides Dagebüller Erbe in ihm.

Sie hatten einen Namen gesucht, an dem man nicht *herummachen* konnte, wie Anni gesagt hatte. Und waren ausgerechnet auf Susanne gekommen, die nun mal Sanne und mal Suse hieß. Für Guste war sie Sannchen. Tian war der Einzige, der die Kleine Susanne nannte.

Momme trat ans Fenster und blickte über die nächtliche Johnsallee, bevor er vorsichtig am rosa Vorhang zog, ihn schloss, damit Sanne nicht der helle Mond ins Gesichtchen schien.

Sanne war in der Finkenau geboren worden, eine Empfehlung von Theo Unger. Theos Frau Henny und Dr. Geerts waren die Geburtshelfer gewesen, Geerts, dessen erste Stelle 1921 die Frauenklinik auf der Uhlenhorst gewesen war und der sich Ende 1960 in den Ruhestand verabschiedet hatte.

Eine leichte Geburt, seine Anni war ein Naturtalent.

Er warf noch einen Blick in das Gitterbettchen und ging hinüber in das Schlafzimmer, legte sich auf seine Bettseite, genoss die Wärme, die von Annis Körper kam, hier unter dem Dach wurde es schnell kalt. Er würde mit Guste sprechen, sie mussten was dagegen tun in diesem Jahr.

Irgendwo klapperten Fensterläden, nicht bei ihnen, in der Nachbarschaft war was lose. Ein wilder Winter.

Momme zog die Decke bis ans Kinn und hörte dem Wind zu.

«Das wird wohl ein stürmischer Flug werden», sagte Louise am Morgen des 16. Februar. «Nicht dass dir schlecht wird. Gestern haben sie schon ein Orkantief über der Nordsee angekündigt.»

«Ich flieg ja nach London und nicht nach Oslo», sagte Lina.

Sie hatten den Fuhlsbüttler Flughafen erreicht. «Ist es in Ordnung, dass ich dich nur absetze? Momme kommt heute später in den Laden.»

«Nur kein Gedöns. Ich bin ja schon am Sonntagabend zurück.»

Rick hatte einen Hilferuf geschickt, Tom litt an einem heftigen Blues. Am morgigen Samstag war der Todestag von Hugh, die Trauer schien nicht kleiner zu werden mit den Jahren, vielleicht weil Toms Herz keinen Widerstand mehr leistete. Es war schwach geworden.

«*Totally* heiter hier», hatte Rick gesagt. «Bitte komm, Lina. Du hast ihm immer gutgetan.»

Ob es ein letztes Wiedersehen werden würde? Tom war zwei Jahre jünger als Lina und dachte ans Sterben. Welch ein hoffnungsvolles Paar waren er und Hugh gewesen, damals am Rhein.

Sie checkte am Schalter der British European Airways ein und wartete, bis der Flug aufgerufen wurde, um mit einer Schar Reisender über das Rollfeld zu der *Vickers Viscount* zu gehen. Es war wirklich sehr windig, hoffentlich musste sie nicht zur Spucktüte greifen.

Hamburg von oben, eine gute Sicht, wie liebte sie ihre Heimatstadt. Die Elbe da unten im Hafen gebärdete sich heute wie ein aufgewühltes Meer.

Lina wusste nicht, dass sich das Islandtief *Vincinette* Hamburg näherte. Die Siegreiche hatte sich auf den Weg gemacht.

Die Spucktüte war noch adrett gefaltet, als sie in Heathrow landeten.

Das hatte Guste befürchtet, dass die Laubsäcke dem Wind nicht mehr lange standhielten. Nun flogen die alten welken Blätter aus dem Herbst im Garten herum, die Säcke hätten längst entsorgt werden müssen.

«Bleib mal schön drin mit dem Sannchen», sagte sie zu Anni. «Das fliegt uns ja sonst noch weg.» Das Kind hatte gerade laufen gelernt und liebte es, im Laub herumzutoddeln.

«Hat ordentlich aufgefrischt», sagte Anni, als sie um den Küchentisch saßen, Sanne in ihrem Hochstühlchen, Hefeklöße mit Aprikosenkompott aßen sie, das mochten sie alle drei. «Momme hat eben angerufen, ihnen wäre beinah die Markise am Laden abgerissen.»

«Das gibt einen ordentlichen Sturm», sagte Guste. «Hoffentlich sind die Herrschaften im Rathaus darauf eingerichtet. Die tun ja gerne, als hätten wir hier ein wohltemperiertes Wetter.»

«Eine steife Brise halten wir schon aus», sagte Anni.

«Ich bin erst froh, wenn ich euch alle sicher im Haus weiß», sagte Guste. Konnte sein, dass sie ein bisschen banger geworden war im Alter, gingen einem zu viele Katastrophen im Kopf herum.

Freitags kochte immer Henny für Else, während Klaus sich auf seine abendliche Sendung vorbereitete. Die Bratheringe mit Pellkartoffeln lösten keine große Begeisterung bei ihrer Mutter aus. «Am besten lege ich dir eine Speisekarte vor», sagte Henny leicht gereizt.

«Ich hoffe, du hast noch was kleines Schönes für heute Abend da. Dann guck ich die *Hesselbachs* und schnüpper gern dabei.»

«Schnittchen mit Ei», sagte Henny. «Die stell ich in den Kühlschrank. Da steht auch eine Flasche Mosel kalt.»

Else sah fast zufrieden aus.

«Gut, dass Willi das Dach erneuert hat», sagte Rudi, als Käthe am frühen Abend nach Hause kam. «Das alte wäre ihnen glatt weggeflogen.»

«Glaubst du, unseres hält?»

«Ich hab die Pappe im Herbst ja noch mal vernagelt.»

«Vielleicht sollten wir die Hütte im Frühjahr von Grund auf erneuern», sagte Käthe. «Da ist doch vieles im Argen. Wo ist Ruth?»

«Ein Referat vorbereiten. Am Winterhuder Weg. Ich hoffe doch, dass da die Bude sturmfrei ist.»

Käthe lächelte.

«Ich liebe euch so», sagte Rudi.

«Das weiß ich», sagte Käthe.

«Heute war ich im Antiquariat und hab mir Gedichte von Paul Celan gekauft. Ein Bändchen, das 1952 erschienen ist.»

«Der letzte Gedichtband stammte aus dem Jahr 1907. Bald schaffst du's in die Gegenwart.»

In schwarzes Leinen gebunden, das Bändchen, das Rudi zur Hand nahm. *Mohn und Gedächtnis* stand in goldener Schreibschrift darauf. «Darf ich dir daraus was vorlesen?», fragte er.

«Nur weil ich dich so liebe», sagte Käthe.

Und Rudi las die *Todesfuge* vor. Doch schon nach der vierten Zeile hörte Käthe nur noch halb hin.

wir schaufeln ein Grab in den Lüften
da liegt man nicht eng

«Das war ja wieder lustig», sagte sie, als Rudi zu Ende gelesen hatte.

«Wie kann ich seit dreiundvierzig Jahren eine Frau lieben, die nichts mit Gedichten anfangen kann?», sagte Rudi und legte mit einem Seufzen den Gedichtband beiseite.

«Kurz nach halb neun ist eine Warnung vor einer schweren Sturmflut über den Sender gegangen», sagte der Tontechniker. «Scheint nur die Küste zu betreffen. Von Hamburg keine Rede.»

Klaus war zeitig da an diesem Abend, erst in einer Stunde würde er auf Sendung sein. Er legte dem Tontechniker die Liste mit den Musikstücken hin und beschloss, noch mal in sein Büro zu gehen, um seine Moderationsnotizen abzutippen. Bei dem Chaos auf den Zetteln käme er sonst ins

Stottern, während er versuchte, die eigene Handschrift zu entziffern.

«Ich hab ja gestaunt, dass Kortenbach mit dem Fotomodell zusammen ist», sagte der Techniker. «Stille Wasser sind doch tief.»

«Wo hast du das her?», fragte Klaus und hoffte, unbeteiligt zu klingen.

«In der *Bildzeitung* gelesen. Gestern.»

Klaus nickte. Damit war der größte Radius der Verbreitung erreicht.

Er wedelte mit den Zetteln. «Ich tipp das noch ordentlich ab», sagte er. «Bin spätestens um Viertel vor zehn wieder bei dir.»

Der Techniker las die Liste. «Viel Ellington heute», sagte er.

«Hast du alles da?»

«Doch. Ich denke, ja.»

«Vielleicht sollten wir noch *Stormy Weather* mit hineinbringen. Da haben wir eine Aufnahme von Ella Fitzgerald.»

«Auch von Etta James.»

«Nimm die von Ella», sagte Klaus.

Else hatte die Flasche Mosel schon geleert, von den Schnittchen war noch eines da. Die *Hesselbachs* liefen ungestört, Else ahnte nicht, dass das Seewetteramt die Fernsehanstalt vergeblich um eine Unterbrechung gebeten hatte, einer viel zu späten Sturmflutwarnung wegen, doch die ARD vertröstete auf die nächste Ausgabe der *Tagesschau*. Die Folge der beliebten Serie sollte nicht unterbrochen werden, die Schauspieler Wolf Schmidt und Liesel Christ babbelten weiter.

«Eine Flut wird ausgeschlossen», sagte Theo. «Die Deiche sind hoch genug. Dabei kommt mir heute sogar die Alster wie der Atlantik vor.»

«Legst du noch mal Holz nach?», fragte Henny.

«Tu ich. Für dich auch einen Black & White?»

«Mit viel Soda», sagte Henny. «Hörst du mit mir Klaus' Sendung?»

«Aber ja», sagte Theo. Er machte sich am Kamin zu schaffen.

Alex gab zwei Finger breit Whisky in den Tumbler. Ausnahmsweise. Den ganzen Tag war er schon nervös, viermal hatte man ihn auf Florentine und das Foto in der *Bild* angesprochen. Alex seufzte, als er das Radio einschaltete, um Klaus zu lauschen, der den ersten Titel anmoderierte. Das Orchester Duke Ellington mit *Do Nothin' Till You Here From Me*. Er ließ sich auf dem Sofa nieder.

Vielleicht sollten Klaus und er ein Krisengespräch mit Florentine führen, wie sie aus der ganzen Sache wieder herausfinden konnten.

Von Tony Bennetts Version der *Sophisticated Lady* verstand er kaum was, so sehr beutelte der Wind die Terrassenmöbel. Alex stand auf, um die Korbsessel ins Zimmer zu holen. Die Alster war wahrlich bewegt. Hoffentlich kam Klaus gut nach Hause und kriegte keine Äste ab, nicht aufs Auto und schon gar nicht auf den Kopf.

Klaus verließ das Studio zu den letzten Klängen von *Stormy Weather*. Hätte er gewusst, wie zynisch das Lied eine Stunde später wirken würde, wäre es niemals in die Sendung aufgenommen worden.

Kurz nach Mitternacht kam es südlich der Elbe zur Überflutung der Deiche. Der erste brach um null Uhr vierzehn, die Häuser, die dem Wasser im Wege standen, wurden vollständig zerstört.

Kurz nach drei Uhr am Morgen waren an mehr als sechzig Stellen die Deiche gebrochen. Ein Fünftel der Fläche Hamburgs stand unter Wasser, der Hafen und Teile der Innenstadt, Hunderte Menschen waren ertrunken. In Wilhelmsburg. Neuenfelde. Moorburg. Billbrook. Moorfleet. Keiner war auf diese Katastrophe vorbereitet gewesen.

Willi und Minchen waren gleich nach den *Hesselbachs* in ihr Ehebett gestiegen, hatten vorher jeder zwanzig Tropfen genommen, um die ganze Nacht durchzuschlafen, sich wie jeden Abend schöne Träume gewünscht und unter das Ölbild mit Schafen in der Lüneburger Heide gelegt. «Mit dem Schlaf klappt das im Alter nicht mehr so», hatte Willi zu Käthe gesagt, als er ihr zeigte, was der Doktor da Gutes verschrieben hatte. Das war im Dezember gewesen.

Als Willi erwachte im kalten Wasser, war er schon dabei zu ertrinken.

Er tastete nach Minchen, nach ihrer Hand, sein letztes bewusstes Tun. Kein Versuch aufzustehen. Oder gar auf das Dach zu klettern. Es war zu spät. Die große Kälte hatte nach ihm gegriffen.

Henny hätte Ruth, die gerade das Haus verließ, um an diesem Samstag zur Schule zu gehen, fast in der Tür niedergerannt.

«Habt ihr keine Nachrichten gehört?»

Nein. Das Radio schwieg noch, einen Fernseher gab es nicht in der Marienterrasse bei Käthe und Rudi. Doch Henny hatte schon die Bilder gesehen, auch von Moorfleet.

Käthe saß am Küchentisch und sah Rudi beim Telefonieren zu, als läse sie ihm von den Lippen, in ihren Ohren ein einziges Rauschen. Rudi wiederholte ein weiteres Mal, was ihm Billes Karl gesagt hatte, bis Käthe ihn endlich verstand. Dass Bille versuchte, die Halskestraße zu erreichen, auf dem Fahrrad, der Verkehr war zum Erliegen gekommen.

«Da ist alles unter Wasser», sagte Henny.

«Vielleicht kriege ich von irgendwo einen Kahn her», sagte Rudi.

Doch weder er noch Käthe noch Bille kamen auch nur in die Nähe der Kleingärten in Moorfleet.

Die Toten wurden auf einer Kunsteisbahn gelagert, die Leichenhäuser der Stadt waren längst überfüllt. Noch hatten nicht alle Vermissten geborgen werden können, auch in den Kleingärten der Halskestraße nicht. Zwei Tage später erst würde ein Taucher das alte Paar bergen, das da tot unter den Trümmern des Holzhauses lag. Hand in Hand.

Die alte Eiche stand noch da wie seit Hunderten von Jahren, als alles nur eine wilde Wiese an der Elbe gewesen war. Kein Wind raschelte in den Blättern, kein Vogel sang. Nur die Luft flirrte, wie sie es bei großer Hitze tat. Einige wenige Obstbäume, die nicht von der Flut fortgerissen worden waren, doch sonst lag nur Brachland vor ihnen.

Hand in Hand gingen Käthe und Rudi durch das von den Trümmern geräumte Gelände, über das Gras gewachsen war seit der Sturmflut.

An der Stelle, an der das Häuschen von Willi und Minchen gestanden hatte, blieben sie stehen, hielten inne. Im September 1949 hatten sie beide sich hier wiedergefunden nach Krieg und Gefangenschaft.

«Ich hätte ihnen sagen sollen, wie dankbar ich für alles bin», sagte Käthe. «Sie haben mir ins Leben zurückgeholfen.»

«Das hast du ihnen oft gesagt.» Rudi riss einen Stängel Schafgarbe ab.

«Eine grob fahrlässige Tötung in 315 Fällen», hatte er Ende Februar auf der Trauerfeier für Willi und Minchen gesagt, als ihnen allen die Augen aufgegangen waren über die Versäumnisse der Behörden

Ein halbes Jahr war seitdem vergangen, und es wurde lediglich an Heldensagen gewoben, auch an der von Innensenator Helmut Schmidt, der vieles richtig gemacht hatte am frühen Morgen des 17. Februar, sich jedoch am Vorabend, aus Berlin kommend, erst einmal ins Bett legte im sturmumbrausten Haus, um später seinen Stab zurechtzutauchen.

«Lass uns noch zur Dove Elbe gehen», sagte Käthe. «Dort hat alles angefangen, als Willi kam und mich vor dem gesunkenen Kahn antraf.»

«Dat Ding is nu fast schon bei Neptun», hatte Willi damals im März 1949 gesagt und dabei genauso geklungen wie ihr Vater.

Auf dem Weg zum Fluss blieben sie stehen und drehten sich noch einmal um. «Das Gelände wird an eine Spedition gehen», sagte Rudi.

Das Wohnen in Lauben und anderen Behelfsheimen wollte der Senat der Freien und Hansestadt Hamburg nicht länger verantworten, 2500 bescheidene Mark boten sie den überlebenden Bewohnern, die freiwillig gingen. Doch an diesem Ort lebte niemand mehr.

«Ich will kein Hüttchen mehr haben. Weder hier noch anderswo», sagte Käthe.

«Ja. Das ist ein Abschied für immer.»

Eine Weile guckten sie auf das Wasser der Dove Elbe, das einen blauen Sommerhimmel grau wiedergab.

«Lass uns noch was Heiteres machen», sagte Rudi.

So fuhren sie in den Stadtpark, um dort irgendwo ein Bier zu trinken.

Florentine sang Jeanne Moreaus Lied von den Strudeln des Lebens, als sie aus dem Kino kamen, *Tourbillon de la vie*. Den Film dazu hatte sie heute schon zum zweiten Mal gesehen, das erste Mal bereits Ende Januar in Paris. Wie sehr sie *Jules und Jim* liebte.

«Und am Schluss *unseres* Dreiecksverhältnisses steuerst

du das Auto in den Fluss, reißt Alex mit, und ich bleibe allein zurück?», fragte Klaus.

«Wir haben kein Dreiecksverhältnis», sagte Alex.

«Warum kommt es mir dann so vor?»

«Schließlich gehen wir nicht ins Bett miteinander», sagte Florentine.

Das hätte gerade noch gefehlt. Doch sie waren gar nicht oft zu dritt unterwegs, Alex und Klaus hatten keine Vorliebe für Partys, sie gingen gerne ins Theater und in Konzerte, und da trauten sie sich zu zweit hin. Keiner konnte Anstoß daran nehmen, dass zwei Kulturschaffende des NDR sich gemeinsam über die Arbeit anderer Künstler informierten.

Nur ein Mal noch nach der Preisverleihung im Februar war Alex von Florentine begleitet worden, zur Premiere eines Films von George Rathman, für den Alex keine Kompositionen beigesteuert hatte. Nur ein kleines Blitzlichtgewitter, nicht zu vergleichen mit ihrem Debüt.

«Hat euch der Film gefallen?», fragte Florentine.

Ja. François Truffauts eigenwilliger Film hatte ihnen gefallen. So sehr, dass sie dessen Geschichte noch einmal auf ihrer Dachterrasse an sich vorüberziehen lassen wollten, an diesem Sommerabend.

«Wir bringen dich nach Hause», sagte Klaus.

«Nicht noch in die Riverkasematten?»

«Nein, Florentine», sagte Alex. «Ich stecke in anstrengenden Aufnahmen für die neue Platte und bin müde.»

«Dann setzt mich in der Johnsallee ab, da sitzen sie sicher noch im Garten.» Florentine schmollte nicht lange. Ihre kleine *ménage* gefiel ihr, sie kam Alex näher als in all den vorangegangenen Jahren, wenn auch die Grenzen klar gesetzt waren.

Zu Hause ging Alex ans Klavier und versuchte, Georges Delerues Filmmusik aus *Jules und Jim* nachzuspielen, das *Thème des vacances* gelang ihm gut. Klaus trug ein Tablett mit Gin Tonics und Erdnüssen auf die Terrasse, Alex stand auf und folgte ihm.

In Los Angeles war es gerade ein Uhr mittags an diesem 4. August. Marilyn Monroe hatte noch einen halben Tag zu leben.

Wenn du dir den Mund schminken würdest, sähest du aus wie die Monroe, hatte Ida zu Käthe einmal gesagt. *Nur in dunkel.*

Die Legenden hatten sich noch nicht gebildet um den Tod der Monroe, doch sie alle waren entsetzt. Diese sinnliche Schauspielerin, die sich mutmaßlich das Leben genommen hatte, all der Glanz und so viel Einsamkeit, Verlorenheit und Depression.

Käthe trug Lippenstift auf zu Ehren der Monroe, als sie am Montagmorgen in die Praxis am Neuen Wall ging. Doch Marilyn Monroe war sechsunddreißig Jahre alt gewesen, Käthe war zweiundsechzig. Und als sie ihr Spiegelbild beim Optiker Campbell in der Schaufensterscheibe sah, nahm Käthe ein Taschentuch hervor und tupfte den Lippenstift auf eine kleinere Stufe von lasziv, bevor sie die Treppe zur Praxis hochstieg.

«Frau Sandelmann trägt sich mit dem Gedanken, die Praxis zu verkaufen», sagte Theo, nachdem er Käthe in sein Sprechzimmer gebeten hatte. «Vorzugsweise an mich.»

Käthe wies nicht darauf hin, dass im September Theos siebzigster Geburtstag anstand. Aber er schien ihre Gedanken zu lesen.

«Ein paar Jahre hätte ich noch gerne gearbeitet. Doch die Sandelmann weiß auch, dass mir die liebste Vorstellung von allen wäre, die Praxis danach an Marike zu übergeben. Marike und ich hatten das schon mal angedacht.»

«Im Oktober kriegt Marike ihr zweites Kind.»

«Sie wird weiterhin als Ärztin tätig sein wollen, und wenn ich meine Arbeit hier noch einige Jahre fortsetzen würde, dann wäre sie unabhängig in ihrer Zeitgestaltung. So hatte ich es mir gedacht.»

«Warum all die *hätte* und *würde*», sagte Käthe. «Stellt sich Frau Sandelmann eine so hohe Summe vor?»

«Hundertfünfzigtausend. Die Räume hier sind ja nur gemietet.»

«Das Geld hast du nicht?»

«Nein», sagte Theo. «Ich kann nur fünfzigtausend aufbringen. Auf dem Haus in der Körnerstraße ist noch eine Hypothek, die ich nicht an Henny vererben will, darum widerstrebt es mir, einen weiteren Kredit aufzunehmen, sofern die Bank ihn mir überhaupt gibt in meinem Alter.»

«Und das Haus in Duvenstedt?»

«Mein Bruder will nicht verkaufen», sagte Theo.

Was hatte Alessandro Garuti gesagt, als sie im Juli bei ihm gewesen waren? Nur Rudi und sie, während Ruth sich gar nicht weit von ihnen im Süden Frankreichs aufgehalten hatte, um auch in diesem Jahr für die *Aktion Sühnezeichen* zu arbeiten. *Ich würde euch den größeren Teil von Rudis Erbe gern schon jetzt geben. Wie sagt man in Deutschland? Mit warmen Händen?*

Doch Theo schüttelte den Kopf, als Käthe davon sprach. «Ihr könntet euch ein Haus kaufen», sagte er.

«Rudi und ich sind beide zweiundsechzig, da wollen wir kein eigenes Haus mehr, die Wohnung gibt uns so viel Komfort.»

«Eine Weltreise», sagte Theo.

«Allein die Vorstellung, sich in ein Flugzeug zu setzen», sagte Käthe.

Theo schwieg. Dachte an dem Vorschlag herum, der anfing, ihm zu gefallen. «Ihr würdet an den Einnahmen der Praxis beteiligt werden, ich und hoffentlich später Marike könnten es euch vierteljährlich auszahlen», sagte er dann. «Vielleicht wäre das sogar eine gute Geldanlage.»

«Ganz sicher», sagte Käthe. «Die Aussicht, hier noch einige Jahre zu arbeiten, gefällt mir auch. Alessandro will den ersten Teil Ende August an Rudi transferieren und den zweiten im Januar.»

«Ich hoffe doch, dass dein Schwiegervater noch gute Jahre vor sich hat, da braucht er einiges an Vermögen bei seinem Lebensstil.»

«Das bleibt ihm auf jeden Fall. Es ist nur ein Teil des Erbes, wenn auch der größere. Dieses viele Geld ist uns unheimlich, Theo. Wenn ich daran denke, wie klein und arm die Verhältnisse waren, in denen Rudi und ich lange gelebt haben.»

«Von welcher Summe sprechen wir?», fragte Theo.

«In Lire wären es einunddreißig Millionen. In Mark klingt es bescheidener. Zweihunderttausend.»

«Dann könntet ihr noch immer hunderttausend anderweitig anlegen.»

«Sprich du mal mit Marike, und ich rede heute Abend mit Rudi. Doch ich ahne seine Antwort und denke, dass ihn diese Lösung richtig glücklich sein lässt.»

Wer hätte das alles gedacht, als es 1938 nicht gelingen wollte, die Krawattennadel mit der Orientperle zu verkaufen, deren Erlös Rudis Flucht nach Dänemark finanzieren sollte.

«Der Lippenstift steht dir übrigens gut», sagte Theo. «Du solltest ihn nicht so zaghaft auftragen. Sei da kühner.»

Käthe lächelte.

Eine weitere Todesnachricht traf ein, Louise hatte gerade das gute alte Cocktailbuch von Harry Craddock aufgeschlagen und Lina eine White Lady angekündigt, als das Telefon klingelte. Lina nahm das Gespräch entgegen, während Louise Gin, Cointreau und Zitronensaft auf Eis schüttelte. Sie hörte damit auf, als sie Lina unter der Sommerbräune blass werden sah.

«Natürlich kommen wir, Rick», hörte sie ihre Lebensgefährtin sagen.

«Geht es Tom schlechter?», fragte Louise.

«Er ist am Nachmittag gestorben.» Lina ging zum Fenster und hielt sich an einem der drei Flügel fest. Das grüne Laub der Bäume, der Kanal, der in der Sonne glitzerte – das alles lief ineinander vor ihren Augen. «Sein Herz hat einfach aufgehört zu schlagen. Rick war zu Hause, weil Tom eine schlechte Nacht gehabt hatte. Louise, er wird mir so fehlen. Tom war mir ein guter Freund auf dieser letzten Strecke.»

Louise stellte die Stühle vor das weit geöffnete Fenster und füllte die Gläser. «Setz dich hin», sagte sie.

Hier hatte Lina an jenem Vormittag im Juni 1951 mit Tom gesessen, einen Wein von Schloss Vollrads getrunken, ihr erstes Wiedersehen nach dem Krieg. Lina war Tom in diesen vergangenen elf Jahren viel enger verbunden gewesen als Louise, die fast ein wenig eifersüchtig auf ihn gewesen war, auf die ihr endlos erscheinenden Telefonate.

Im Februar, am Tag der Sturmflut, hatte Lina in London einen Tom vorgefunden, der keinen Lebensmut mehr besaß. Und nun war er gestorben mit einundsechzig Jahren.

«Ich habe seine Hand gehalten», hatte Rick gesagt. «Und den Eindruck gehabt, er glaube, es sei die von Hugh.»

«Rick wird uns noch sagen, wann die Beerdigung ist. Sie haben ein Familiengrab in Reading. Begleitest du mich?»

«Ja», sagte Louise. «Wird Rick in London bleiben?»

«Er ist Toms Erbe. Ihm gehört nun das Haus.»

«Das lässt sich sicher gut verkaufen.»

«Viel zu früh, danach zu fragen», sagte Lina. Sie fing zu weinen an.

Klaus und Alex spielten Federball im Gras, ein Sommerabend in der Körnerstraße. Henny saß auf der Terrasse und sah ihnen zu. Geradezu unbeschwert wirkten Alex' Bewegungen heute, den Stock brauchte er nur noch selten.

Henny hatte in Theos Glaskugel geguckt und eine glückliche Zukunft für ihre Kinder gesehen. Ein zweites Kind für Marike, die eine leichte Schwangerschaft hatte mit ihren vierzig Jahren. Die Praxis, die Theo und Marike bald gemeinsam führen würden.

Rudi war wie erwartet froh gewesen, ein Retter sein zu dürfen. Hatten Theo und Kurt damals nicht auch ihn gerettet? Nun endlich konnte er sich freuen an dem vielen Geld.

Klaus und Alex, die sich liebten und denen es bisher gelungen war, unbehelligt zu leben.

«Freut euch nicht zu doll, der Düwel gibt dann einen drauf», hatte Else am Mittag gesagt, als Henny für sie kochte und ein wenig erzählte. In den Garten wollte Else nicht kommen, lieber fernsehen. Sie schwärmte noch von *So schön wie heut*, der Marika-Rökk-Schau, die sie gesehen hatte. So bewegende Lieder und alles auf Deutsch.

Henny stand auf und ging von der Terrasse in die Küche,

öffnete das Eisfach des Kühlschrankes, wo der Rührarm der Eismaschine sich kaum mehr drehte. Das Zitroneneis war fertig. Sie nahm es aus dem Fach und formte mit dem Löffel Kugeln, gab sie in vier hohe Gläser, nahm die schon geöffnete Flasche aus dem Fach, goss den Sekt auf. Hatte sie da nicht gerade gehört, dass Theo gekommen war? Henny trug das Tablett auf die Terrasse und genoss das Glück, Teil eines Idylls zu sein. Von dem Schmerz ihrer Schwägerin Lina ahnte sie nichts.

Ida hatte ihrer Tochter die französische Agentur nicht ausreden können, Jeanne Auber war seit April ihre Agentin und Florentine drei Tage in der Woche in Paris, wenn es jetzt im August auch ruhiger war, da hielt sich die ganze Agentur an den Stränden der Côte d'Azur auf.

Florentine hatte eine Einladung nach Saint Tropez ausgeschlagen, selbst sie sehnte sich nach ein paar stillen Tagen. Zeit, auf leichtsinnige Gedanken zu kommen und Alex zu besuchen, der im Studio 10 in der Oberstraße die neue Platte aufnahm.

Sie konnte ja nicht ahnen, dass Luppich ausgerechnet für diesen Nachmittag einen Fototermin angesetzt hatte. Lediglich für die Fachpresse, Kortenbach mit dem Toningenieur vor dem Mischpult, am Mikrophon, weil er diesmal auch Vokalist bei drei der Titel war, und natürlich am Klavier. Mit dem Quintett. Ohne das Quintett.

Alex hatte gerade die Kopfhörer auf, um die letzte Aufnahme abzuhören, und bekam nur durch die Gesten seiner vier Musiker mit, dass vorn in der Tonregie irgendeine Aufregung herrschte.

Als Luppich in den Aufnahmeraum kam, stand Alex auf und nahm die Kopfhörer ab.

«Ihre Verlobte», sagte Luppich. «Welch ein willkommener Besuch.»

Ein entgeisterter Blick, den Alex Florentine zuwarf, die nun auch eintrat, doch das fiel in der allgemeinen Hochstimmung nicht auf.

«Verlobt sind wir noch nicht», sagte Florentine.

Hätte er doch nur die Traute, die ganze Beziehung zu dementieren und den Namen von Klaus zu nennen. Da drängte Luppich ihn schon an Florentine heran, gab den Fotografen ein Zeichen. Ach, du lieber Klaus.

«Das hab ich nicht wissen können», flüsterte Florentine ihm zu.

Das stimmte. Er sah sie jetzt um einiges liebevoller an, ein Blick, der gleich vom Fotografen eingefangen wurde, Luppichs Stimmung stieg. «Dann kommt auch bald die Homestory, Herr Kortenbach», sagte er.

Und vorher zog Klaus aus und nahm all seine Sachen mit?

«Vielleicht können wir nun die Aufnahmen fortsetzen», sprach der Toningenieur durchs Mikro. Er schätzte es nicht, wenn die Plattenleute anwesend waren, sie brachten nur Unruhe in eine Produktion.

«Wir sehen uns heute Abend, Florentine», sagte Alex. «Ich kann nicht arbeiten, wenn du in der Nähe bist, dann werde ich nervös.»

Alle lachten. Diese Worte aus dem Mund des spröden Alex Kortenbach, der sonst die großen Emotionen nur in seine Lieder legte? War das nicht geradezu eine Liebeserklärung?

Florentine wusste es besser und zehrte trotzdem von seinen Worten, seinem Blick, während sie zum Anleger der Alten Rabenstraße ging, um sich dort einen Liegestuhl zu mieten.

Ich schau den weißen Wolken nach und fange an zu träumen,
sang Nana Mouskouri aus einem Kofferradio.

Am Tag von Toms Beerdigung verblutete ein achtzehnjähriger Junge namens Peter Fechter an der Berliner Mauer. Er
war bei seinem Fluchtversuch von den Volkspolizisten der
Deutschen Demokratischen Republik angeschossen und
zwischen Stacheldrahtverhau und den Panzersperren liegen
gelassen worden, bis er tot war.

Lina und Louise erfuhren erst am nächsten Tag davon, da
saßen sie schon wieder mit Rick im handtuchgroßen Garten
des schmalen Hauses in Chelsea und sprachen über das, was
die Zukunft werden könnte.

Es waren nicht viele gewesen, die hinter Toms Sarg gegangen waren, ein paar alte Freunde aus Vorkriegszeiten,
zwei Frauen, die einst in Toms und Hughs kleinem Buchverlag gearbeitet hatten, ein Fliegerkollege war auch dabei.
Er beteuerte, keine Bomben über Deutschland abgeworfen
zu haben, als Louise ihn beim anschließenden Tee darauf
ansprach. Hatte der Tod ihrer Mutter unter den Trümmern
eines zerbombten Hauses in Köln doch zwischen ihr und
Tom gestanden?

«Und was ist mit Wally?», fragte Lina. «Wollt ihr weiterhin in einer losen Beziehung leben?»

«Anders halten wir es wohl nicht aus», sagte Rick. «Dabei
würde ich gerne heiraten, ich will nicht einsam enden wie
Tom.»

«Hugh und er hatten es sich auch anders vorgestellt»,
sagte Lina.

«Hughs Tod hat ihm das Herz gebrochen. In den Kölner
Jahren gelang ihm ganz gut zu verdrängen, doch hier im
Haus hat ihn alles eingeholt. Ich hatte ihm abgeraten, zu

rückzukehren zu den Erinnerungen. *The boulevard of broken dreams.*»

«Mir ist nach einem Spaziergang», sagte Lina.

«Darf ich dich begleiten?», fragte Rick.

«Geht ihr nur. Dann ist endlich Platz im Garten», sagte Louise.

Lina und Rick gingen über die Old Church Street zur Themse hinunter.

«Die Freundschaft zu dir war ihm so wichtig, Lina. *He had a special place in his heart for you.*»

«Ja», sagte Lina. «Mir ging es genauso. Es war schlimm zu sehen, wie sehr er all die Jahre unter dem Verlust von Hugh gelitten hat. Er war und blieb Toms große Liebe.»

«Jetzt sind sie in einem Grab mit Mom and Dad Binfield.»

«Haben deine Großeltern die beiden denn als Paar akzeptiert?»

«Hugh war ihnen ein zweiter Sohn. Aber sie haben es vermieden, ihn als den Liebhaber ihres großen Jungen zu sehen.»

«So hat es Louises Mutter auch gemacht.»

«Vielleicht komme ich nach Hamburg zurück. Das Haus will ich auf jeden Fall vermieten.»

«Dann verliert dich die Buchhandlung Hatchards ein zweites Mal.»

«Würde mich Landmann am Gänsemarkt denn wieder aufnehmen?»

«Ja», sagte Lina, ohne zu zögern. «Wir haben immer einen Platz für dich.»

Sie sah dem Touristenschiff auf der Themse nach. Winkende Menschen an diesem Sommertag, die zur London Bridge unterwegs waren. «Auf dem Friedhof gestern habe ich mich gefragt, warum dein Vater eigentlich nicht im Familiengrab liegt.»

«Sein Leichnam ist nicht von den Schlachtfeldern der Normandie zurückgekommen», sagte Rick. «Vielleicht vom Atlantik weggespült.»

«Er hat am D-Day teilgenommen?»

«Ja», sagte Rick. «Sie haben wochenlang geübt hier an den Cliffs.»

«Als Tom und ich uns nach dem Krieg in Hamburg wiedersahen, hat er Omaha Beach erwähnt, doch kein Wort darüber verloren, dass sein Bruder dort gestorben ist.»

«Tom hat den Einsatz meines Vaters immer als ehrenvoll empfunden, ganz anders als den eigenen.»

Sie blickten eine Weile schweigend auf die Themse, bevor sie umkehrten und zu Louise zurückgingen.

Theo Unger betrachtete die Patientin über den Rand seiner neuen Brille hinweg. «Noch keine siebzig und schon eine Brille», hatte er gesagt, als er und Henny bei Campbell das Gestell aus hellem Büffelhorn wählten, klassisch runde Gläser, vielleicht ein wenig altmodisch, doch Henny hatte behauptet, sie würden zu seiner kultivierten Erscheinung passen.

Er durfte seiner Patientin die Pille nicht verschreiben, die seit gut einem Jahr auf dem Markt war, die junge Frau war unverheiratet, Theo sah darin einen noch dringenderen Grund, ihr ein Rezept für die Anovlar auszustellen. Endlich war die Zeit der ungewollten Schwangerschaften vorbei und vielleicht auch die der Abtreibungen, die, unsachkundig durchgeführt, zu einer lebenslangen Kinderlosigkeit verdammten wie im Falle von Käthe.

Viel Heuchelei um die Antibabypille, die katholische

Kirche lief Sturm, offiziell galt sie als Medikament gegen Menstruationsbeschwerden. Dass die Pille hauptsächlich eine Empfängnis verhütete, darauf wurde nur in den Nebenwirkungen hingewiesen.

«Ich muss Sie um Ihre Verschwiegenheit bitten, dass ich Ihnen die Pille verschrieben habe», sagte er. «Eigentlich ist es nicht erlaubt.»

Die junge Frau nickte. Das hatte sie schon von ihren Freundinnen gehört. Doch sie alle betrachteten es als eine große Befreiung, dass Sexualität und Fruchtbarkeit nun voneinander getrennt waren und die Verhütung in den eigenen Händen lag.

Theo Unger sah die Pille durchaus kritisch, wenn auch nicht aus moralischen Gründen. Sie war eine Hormonbombe, fünfzig Milligramm Östrogen wurden da täglich geschluckt, Spätfolgen waren noch nicht bekannt. Würde er sie denn der bald achtzehnjährigen Ruth verschreiben? Oder Florentine? Er warf einen Blick auf die Karte der Patientin.

«Volljährig bin ich», sagte sie.

Er hatte sie gründlich untersucht, gynäkologisch betrachtet, war die junge Frau völlig gesund. Auch ihr Blutdruck war auf einem guten, eher niedrigen Wert. Theo griff nach dem Rezeptblock und verschrieb die Dragées der Schering AG in Berlin.

Florentine nahm die Pille nicht. Sie hatte sich zwar vor einer Weile schon von einem italienischen Fotografen entjungfern lassen, was zum Glück ohne Folgen geblieben war, aber seitdem keinen weiteren Versuch unternommen. Sie lag allein in ihrem Bett, da bedurfte es keiner Verhütung.

Sie hatte von anderen Fotomodellen gehört, dass die Probleme mit der Figur bekommen hatten durch die Pille und zunahmen. Florentine wog fünfzig Kilo bei einer Größe von einem Meter achtundsiebzig, das sollte auch so bleiben. Ihre lackschwarzen Haare trug sie nach wie vor kinnlang, ein dichter Pony, beides ihr Markenzeichen.

In der Pariser Agentur führte sie die Einkommensskala mit 160 Mark Stundenlohn an. Die Bewunderer lagen ihr zu Füßen, in Paris, Zürich, Mailand und auch in Hamburg, doch gerade hier hielt sie sich streng zurück, sie hatte vor, die Legende von Florentine und Alex zu hüten.

Er hatte sie nach dem Spektakel im Studio 10 in das Mühlenkamper Fährhaus eingeladen, obwohl ihn sicher kaum freute, dass die Fotografen der Musikzeitschriften sich nicht gescheut hatten, die Fotos mit ihnen beiden an die *Bildzeitung* und die *Neue Illustrierte* zu verkaufen. *Bald verlobt?*, hatte die *Bild* getitelt, vermutlich klang da noch Luppichs Gekrähe nach.

«Keine Überfälle mehr, Florentine», hatte Alex gesagt. «Bitte.»

Florentine war dankbar, dass sich der Ferienmonat August dem Ende zuneigte und sie wieder nach Paris fliegen konnte. Die scheinbare Nähe zu Alex tat ihr auf Dauer nicht gut.

Das Baby wuchs in ihr, und Marike fühlte sich viel besser als in der Schwangerschaft mit Katja, vielleicht weil damals der Druck größer gewesen war, die frühe Ehe mit einem Kind zu krönen.

Thies und sie waren dreiundzwanzig Jahre alt gewesen, als sie im Dezember 1945 geheiratet hatten, kaum dass Thies aus der russischen Kriegsgefangenschaft zurückgekehrt war. Eine Hochzeit, die nebenbei geschah, kurz nach der Trauung war Thies zur Arbeit ins Funkhaus gegangen und sie in die Universitätsklinik, wo sie ihr praktisches Semester absolvierte.

Von da an hatten alle auf ein Kind gehofft, doch die erste Zeit ihrer Ehe war überschattet worden vom Tod von Thies' Eltern, die lange schon krank gewesen waren und im ersten Nachkriegsjahr kurz hintereinander starben. Vielleicht war Katja darum erst im Mai 1950 geboren worden, obwohl sie an keinem einzigen Tag verhütet hatten. Das Leben war zu anstrengend gewesen in jenen Jahren.

Diese neue Schwangerschaft empfanden sie und Thies einfach nur als Geschenk. «Wir würden euch nach unserem Alsterspaziergang gern heimsuchen, Klaus», hatte Marike am Telefon gesagt. «Vielleicht können wir auf der Terrasse sitzen, Katja ist so gerne bei euch.»

«Ich hoffe, nicht nur Katja», erwiderte Klaus. «Henny und Theo haben sich um vier zum Kaffee angesagt. Vielleicht mögt ihr dazukommen.»

Ein strahlender Sommertag, dieser 26. August. Doch schon lag eine Ahnung von Herbst im Licht des Tages.

«Du siehst so schön aus, Schwesterlein», sagte Klaus und führte sie, seinen Schwager und Katja auf die Terrasse, wo die anderen schon beim Pflaumenkuchen saßen, den er am Vormittag gebacken hatte. «Ich hoffe, ihr habt Zeit», sagte er. «Wir wollen noch die Cocktailflagge mit euch hissen und den Ausblick auf die abendliche Alster genießen.»

«Mama, ich habe mich entschlossen, das Kind in der Finkenau auf die Welt zu bringen», sagte Marike, als sie mit dem Kuchen fertig waren. «Theo hat mir dazu geraten.»

Henny sah ihren Mann an. «Davon hast du mir nichts erzählt.»

«Ich hatte Sorge, dass du abrätst.»

«Und du kommst dann noch mal in den Kreißsaal?»

Theo lächelte. «Nein», sagte er. «Leider nicht. Doch vielleicht hilfst du deinem zweiten Enkelkind auf die Welt. Ich dachte, das würde den Reigen vollenden nach unseren Jahren in der Finkenau.»

«Möchtest du das, Marike?»

«Diesmal ja, Mama.»

«Der 6. Oktober?»

«Wenn es sich an den Termin hält», sagte Theo. «Doch dieses Kind scheint alles richtig zu machen.»

Alex stand auf. «Ich werde mal einen Wein öffnen», sagte er. «Und eine Flasche Traubensaft.»

Als sie dann die Gläser hoben, auf das Kind tranken, das in wenigen Wochen erwartet wurde, rötete sich das westliche Alsterufer. Ein schöner Tag, der da zu Ende ging.

Noch einundfünfzig Tage, bis Präsident John F. Kennedy um neun Uhr Washingtoner Zeit die noch feuchten Luftaufnahmen in die Hand nehmen würde, die bewiesen, dass die Russen vor Amerikas Haustür Stellungen für Raketen mit Atomköpfen auf Castros roter Insel bauten. Doch von der Kubakrise, die die Menschheit im Oktober an den Rand eines Dritten Weltkrieges führen sollte, ahnte an diesem letzten Augustsonntag noch keiner etwas.

Ein stiller Sonnabend in der Finkenau, als wären alle ins Wochenende gefahren, um im Sachsenwald durch das bunte Laub zu wandern, ein letztes Mal in diesem Jahr am Strand der Ostsee entlangzulaufen, kleine Herzmuscheln suchen, Sand unter den Füßen. Auch die Mütter der Kinder, die heute geboren werden sollten, schienen sich einen warmen Herbsttag lang Zeit zu nehmen und blieben der Klinik noch fern. Auf der Holzbank vor dem großen Kreißsaal wartete ein einziger Mann, doch es war nicht Thies.

Henny hatte den jungen Dr. Havekost gebeten, sich für den Dienst im Kreißsaal an diesem Samstag einzutragen, sie hoffte, dass Theo recht behielt und Marikes Kind pünktlich kam. Havekost war erst seit einem halben Jahr an der Finkenau, mit ihm arbeitete Henny gern zusammen, er erinnerte sie an den Geerts der frühen Jahre.

«Sieht alles danach aus, als ob Ihr Mann recht behält», sagte Dr. Havekost zu Henny, nachdem er Marike untersucht hatte. «Das Kind wird heute geboren werden. Der Muttermund ist weich und schon weit geöffnet.»

«Ich glaube es auch», sagte Marike.

«Vermutlich bin ich der Mediziner mit der geringsten Erfahrung in diesem Kreis», sagte Havekost. «Die Frau des legendären Dr. Unger, die seit über vierzig Jahren Hebamme ist, Kollegin Dr. Utesch, die mir auch einiges an Dienst- und

Praxisjahren voraushat, eigentlich brauchen Sie mich hier nicht.»

«Mein Mann wird den Durchschnitt der Kompetenz senken», sagte Marike. Ein Klopfen an der Tür des kleinen Kreißsaals. Die drei drehten sich um und wussten, wer es war. «Absolute Geheimhaltung», sagte Havekost, als Thies eintrat. «Die Klinikleitung wäre außer sich.»

Darüber, dass der werdende Vater bei der Geburt anwesend war.

Das Kind setzte alles daran, dem frühen Ruf, es richtig zu machen, gerecht zu werden. Der 6. Oktober war ihm als Geburtstag vorausgesagt. Und kurz vor Mitternacht kam Konstantin gerade noch rechtzeitig auf die Welt, um den Termin einzuhalten.

Seine große Schwester schlief da schon bei Klaus und Alex, der ihr an diesem Abend noch ein paar Griffe auf der Tastatur des Klaviers gezeigt hatte, die Fingergriffe, die Katjas Klavierlehrerin vorgab, korrigierend.

When the deep purple falls over sleepy garden walls, spielte Katja.

Zum Abendessen hatte es Blätterteigpastetchen mit Ragout fin und Worcestersauce gegeben, die liebte Katja. Klaus und Alex hatten dazu einen Chablis getrunken und Katja Traubensaft. Zwanzig Minuten nach Mitternacht rief Thies an.

«Nun bin ich zweifacher Onkel», sagte Klaus.

«Das war ich auch einmal», sagte Alex. «Du wirst mehr Glück haben.»

Beide beugten sie sich über die schlafende Katja und flüsterten ihr zu, dass sie nun einen kleinen Bruder hatte.

«Es ist schon was ganz anderes, dem eigenen Enkelkind auf die Welt zu helfen», sagte Henny, als Theo ihr ein Glas Portwein reichte. «Marike hat es sehr gut gemacht, Thies und sie sind überglücklich. Ein Segen, dass es heute so ruhig in der Klinik war, sonst summt es in allen Sälen.»

«Wie hat Thies sich denn gehalten?»

«Ein kleiner Moment der Schwäche, als das viele Blut kam.»

Theo nickte. «Tapfer von ihm, dass er dabei war.»

«Hoffentlich wird die Anwesenheit des Vaters bei der Geburt einmal selbstverständlich sein», sagte Henny und trank einen Schluck vom Port.

«Was wird es alles geben, wenn wir nicht mehr dabei sind?»

«Noch sind wir es. Ich hoffe, für lang.»

«Wir kennen weder Tag noch Stunde», sagte Theo. «Das wissen wir schon aus der Bibel. Soll ich noch mal nachschenken?»

«Gern. Ich könnte die Flasche leer trinken, so aufgewühlt bin ich noch von der Geburt und dem Glück, nun auch einen Enkelsohn zu haben.»

Theo lachte. «Ist ja erst halb drei. Von mir aus können wir dann gleich in ein kleines Frühstück übergehen.» Er schenkte Henny und sich noch einen Port ein. «Wie sind sie auf den Namen Konstantin gekommen?»

«Er passt gut zu Katja.»

«Ein großer Name für einen kleinen Bruder.»

«Ganz viele dunkle Haare hat er schon.»

«Thies' Haare», sagte Theo. Er blickte in das Kaminfeuer und fühlte sich sehr behaglich.

Klaus und Alex standen in der Beletage der Hamburger Kinderstube am Jungfernstieg, um ein Geschenk für Konstantin auszusuchen. Die Kinderstube stattete seit Generationen die Prinzessinnen und Prinzen Hamburgs aus. Klassisch wäre für den Knaben ein Matrosenanzug, doch das Kind war zwei Tage alt, sechs Pfund schwer und fünfzig Zentimeter lang, definitiv zu früh, um ein Seemann zu sein.

Sie entschieden sich für eine Jacke aus cremefarbener Wolle, den Strampelanzug, das Mützchen passend dazu, und eine Babyrassel mit versilbertem Teddy.

«Hast du morgen Mittag Zeit, mit mir zu Marike in die Klinik zu gehen?»

«Ich freue mich so darauf, Mutter und Kind zu sehen. Ist mir hundertmal lieber, als mit Luppich zu lunchen.»

«Seid ihr denn verabredet?»

«Nur lose. Ich werde ihm sagen, ein familiäres Ereignis hielte mich ab.»

«Dann wird er denken, du heiratest.»

«Und stellt Fotografen vor alle Standesämter, aus denen ich mit Florentine treten könnte?» Alex lachte.

«Noch lachst du», sagte Klaus. «Grüße Tian von mir.» Er hielt die Schachtel mit dem Geschenk, das er zum Parkhaus an den Großen Bleichen tragen würde, in dem ihr Auto stand.

Alex ging hinüber zum Hotel Vier Jahreszeiten, stieg die Stufen mit dem roten Läufer hoch, betrat die Kaminhalle, in der schon der Pianist spielte. Tian erhob sich vom kleinen Sofa, als Alex den Kamelhaarmantel aufknöpfte und dem herbeieilenden Kellner gab, der ihnen gleich einen High Tea servieren würde.

«Ich gratuliere dem Patenonkel», sagte Tian.

«Du weißt es schon?»

«Ida hat gestern mit Henny telefoniert und von Konstantins Geburt erfahren, auch davon, dass du der Pate bist.»

«Du glaubst nicht, wie viel es mir bedeutet, einen Patensohn zu haben, einer Familie zugehörig zu sein, wo ich meine erste verloren habe.»

«Ich kann es dir nachfühlen», sagte Tian. «Mir ist meine Schwester auch lange vor ihrer Zeit verlorengegangen, darum sind mir nach meiner Frau und meiner Tochter die Freunde so wichtig. Guste. Du. Die Tradition, uns hier monatlich zu treffen.»

«Ich hänge auch sehr daran, Tian.»

Angefangen hatte diese Tradition mit einer Einladung Tians, zum Dank, dass Alex die Türen der Agentur Romanow geöffnet hatte, um Ida vor der Langeweile zu retten.

«Ich habe kürzlich erst die Geschichte von den Fotos gehört, die Florentine im August entfacht hat.»

«Sie konnte ja nicht ahnen, dass Fotografen anwesend sein würden.» Alex sah seinen Freund an und lächelte verlegen. «Ich weiß nicht, was ich bei deinen Frauen hervorrufe. Erst war ich Idas fixe Idee, nun bin ich die von Florentine.»

Der Tee wurde serviert. Earl Grey für Alex. First Flush Darjeeling für den Teekenner Tian, der seit vielen Jahren einem Kaffeekontor vorstand.

Eine Etagere mit Gurkensandwiches wurde auf ihren Tisch gestellt, eine weitere mit Eclairs und kleinen Kuchen. Käthe hätte ihre Freude gehabt.

«Es tut mir nur leid, dass ihr die Zuneigung zu mir kein Glück bringen kann. Ich hoffe, sie verliebt sich bald in einen anderen.»

Tian seufzte. «Das hoffe ich auch», sagte er. «Die Männer liegen ihr doch in Scharen zu Füßen.»

Am Ende dieses späten Nachmittags bestellten sie jeder

ein Glas Matheus Müller aus Eltville, tranken auf Konstantin und die Tradition, in der sie beide so gut aufgehoben waren.

Florentine fing den Blick des Mannes am Nebentisch auf. Anders als Alex sah man ihm an, dass er um die vierzig war. Er trank Kaffee aus einem Kännchen, rauchte dazu in tiefen Zügen.

Am frühen Vormittag erst war sie aus Paris gekommen, hatte ein wenig in der Wohnung gekramt, sich dann zu einem Spaziergang an der Alster entschlossen an diesem schönen Herbsttag, das Laub aufgewirbelt, als sei sie ein junger Hund, und war schließlich ins Funk-Eck gegangen, um dort beinahe in Blickweite des Funkhauses eine heiße Schokolade zu trinken.

Der Mann am Nebentisch sah wieder zu ihr herüber.

«Sie sind Florentine Yan, Alex Kortenbachs Freundin», sagte er. Keine Frage, eine Feststellung.

Irgendein Detail, das ihr gefiel an ihm. Vielleicht das jungenhafte Lächeln, das viele kleine Falten um seine Augen entstehen ließ?

«Und wer sind Sie?», fragte Florentine.

«Robert Langeloh.»

«Kennen Sie Alex?», fragte Florentine.

«Ich bin Tontechniker beim NDR und arbeite oft mit ihm zusammen.»

Florentine fiel erst jetzt auf, dass Robert Langeloh rechts ein Glasauge hatte, blau, das andere Auge glänzte umso mehr in Grün. Seltsam, dass ihr das gefiel, sie kam mit Alex' Gehbehinderung zurecht, doch ansonsten liebte sie das Makellose.

«Ich würde sie rasend gerne zu einem Glas einladen. Als

Erstes», sagte Robert. «Aber vielleicht sähe Kortenbach das nicht gern.»

«Vor allem ist entscheidend, ob ich es gern sehe», sagte Florentine. «Alex und ich sind gute Freunde, ich denke, er hält es aus, wenn Sie und ich einen Kognak zusammen trinken. Als Erstes.»

Robert dachte, dass es auf den Fotos nicht nur nach guten Freunden ausgesehen hatte. Doch wie leicht entstand ein falscher Eindruck. Er war völlig hingerissen, dass ihm diese schöne junge Frau keinen Korb gab, sondern sich auf eine Bekanntschaft einließ, über deren Flüchtigkeit man noch nichts sagen konnte.

Auch Florentine staunte über sich. War sie bedürftig? Nein, Robert Langeloh gefiel ihr, er hatte Charme und sah gut aus. Und ja, vielleicht war da auch ein Funke Hoffnung in ihr, dass es Alex nicht kaltließe, würde sie vor seinen Augen eine Liaison anfangen.

Robert gab der Kellnerin ein Zeichen und bestellte zwei Kognak. «Leider muss es bei dem einen bleiben, ich gehe gleich noch auf Sendung», sagte er. «Mit Klaus Lühr. Sagt der Name Ihnen was?»

«*Nach der Dämmerung*», sagte Florentine. «Höre ich seit langem.»

«Heute ist *Lyrik und Jazz* dran. Ein neues Format.»

Sie hoben die Kognakgläser und tranken auf ihre Bekanntschaft.

Robert gab ihr seine Visitenkarte, nachdem er bezahlt hatte. «Sie entscheiden ganz allein, ob Sie mich wiedersehen wollen», sagte er.

«Sie gefallen mir», sagte Florentine.

Woher hatten die seine Privatadresse? Hatte Luppich sie etwa herausgegeben? Alex ließ den Brief sinken.

«Schlechte Nachrichten?», fragte Klaus, der gerade dabei war, eine Entenbrust aus dem Backofen zu holen. «Bitte würdige diesen Bratenduft», sagte er. «Ist das gemütlich?»

«Ja», sagte Alex. «Vielleicht lässt sich das wiederholen, wenn uns die *Bunte Münchner Illustrierte* übermorgen auf den Pelz rückt. Das ist doch geeignet für eine Homestory, Bratenduft.»

«Übermorgen? Das hast du denen zugesagt?»

«Luppich hat zugesagt. Ich hatte ihn gebeten, sie zu vertrösten, und dabei an den Sankt-Nimmerleins-Tag gedacht. Vermutlich hat er sich diesen Überfall ausgedacht, damit keine Zeit für Widerworte bleibt.»

«Dann werde ich Obdach in der Körnerstraße suchen. Was ist mit meinen Sachen?»

«Ins Schlafzimmer lass ich keinen rein. Hier im großen Zimmer könnte alles, was von dir herumliegt, auch mir gehören. Den Büchern sehen sie nicht an, ob du oder ich sie lese. Nur durch das Bad sollten wir gehen, deinen Rasierapparat verschwinden lassen, den Morgenmantel.»

Klaus schnitt die Entenbrust in feine Scheiben, richtete sie mit dem Rotkohl und je einem Kartoffelkloß auf den vorgewärmten Tellern an.

«Schenkst du mal den Wein ein?», sagte er.

«Verzeih», sagte Alex. «Ich bin nachlässig.» Er nahm die Teller und trug sie zum Tisch, goss Wein ein. Klaus kam mit der Sauciere. Sie setzten sich, hoben die Gläser mit dem 59er-Margaux.

«Für den Bratenduft musst du dann selber sorgen», sagte Klaus. «Es sei denn, er hält sich, wenn wir zwei Tage nicht lüften.»

Robert nahm das Glasauge heraus und spülte es in warmem Wasser, nach einer Weile wurde die Linse ein wenig matt. Er hatte schon viele Glasaugen gehabt, seit er 1945 aus Russland zurückgekommen war, das erste ganze fünf Jahre lang, damals waren die Zeiten noch schlecht gewesen und Prothesen aller Art rar. Doch seit 1950 gab es einen Ocularisten in der Schlüterstraße, seitdem würde man das künstliche Auge noch nicht einmal auf den zweiten Blick erkennen, wäre da nicht der Farbunterschied.

Er hätte längst wieder zwei grüne Augen haben können, doch er behielt es bei, das gläserne in einem blassen Blau zu nehmen. Ein Scherz, der ihm die Aufmerksamkeit der Frauen sicherte.

Die Frauen. Er hatte so viele gehabt wie Glasaugen. Vielleicht war er ein wenig bindungsunfroh, weil ihm vier ältere Schwestern auf der Schulter saßen, die ihn noch immer für das Kind in der Wiege hielten. Doch die Frau, die ihm vorgestern im Funk-Eck begegnet war, hatte ihn völlig durcheinandergebracht. Er schreckte zusammen, wenn das Telefon klingelte, in der Furcht, sie könnte es wieder nicht sein.

Und wenn Florentine anriefe? Den Tag heute hatte er in der Tonregie verbracht, auch da gab es ein Telefon. Nebenan im Studio saß Kortenbach am Piano.

Er hatte sich nicht getraut, Alex nach dessen Freundin zu fragen. Robert arbeitete gern mit ihm und schätzte seine hohe Musikalität, doch anders als Thies sprach Alex Kortenbach nur selten über sein Privatleben.

Robert setzte das Auge wieder ein und betrachtete sich im Badezimmerspiegel. So gut wie Kortenbach sah er vielleicht nicht aus, aber immerhin hatte er Florentine gefallen.

Sie entscheiden ganz allein, ob Sie mich wiedersehen wollen.

War er verrückt gewesen, alles so aus der Hand zu geben? Wurde ihm nicht nachgesagt, ein talentierter Verführer zu sein? Wo mochte sie wohnen? Wenn er das wüsste, könnte er ein wenig dort lauern.

Noch keine vierzig und völlig plemplem, Robert Langeloh, was werden deine großen Schwestern dazu sagen: Florentine Yan, Star der Hochglanzmagazine, und Robert, der Einäugige?

Er nahm den Shaker, um einen *Whisky sour* zu mixen, schüttelte den Rest *White Horse*, der noch in der Flasche war, mit Zitronensaft und Zuckersirup auf Eis. Das Glas trank er in einem Zug leer. Dann wusste er wenigstens, woher seine weiche Birne rührte.

«Florentine», sagte er. «Ruf doch an.»

Florentine verbrachte den Abend mit Freunden im La Coupole. Viel Wein, den vermied sie sonst. Die Agentur hatte für sie im Meurice gebucht, dem ältesten Luxushotel der Stadt, vielleicht weil sie viel Geld eingebracht hatte in den letzten Wochen, es wurde Zeit, sich ein festes Quartier hier in Paris zu suchen.

War es der Wein, der sie die Visitenkarte aus der Tasche holen ließ, zum Hörer des Telefons greifen? Erst als sie die Vorwahlen gewählt hatte, die Hamburger Nummer, sah sie auf ihre Uhr. Nach Mitternacht schon.

«Ich habe Sie geweckt. Das tut mir leid», sagte Florentine.

Robert war aus einem unruhigen Schlaf hochgeschreckt, gerade noch ans Telefon getappt. «Mir tut das gar nicht leid», sagte er.

«Ich wollte Ihnen sagen, dass ich Sie gerne wiedersehen würde.»

«Wo sind Sie, Florentine?»

«In Paris. Am Sonntag komme ich zurück. Haben Sie dann Zeit?»

Er hatte keine Ahnung, ob er auf dem Dienstplan stand. «Ja», sagte er.

«Dann melde ich mich bei Ihnen, sobald ich in Hamburg gelandet bin.»

Robert lauschte Florentines *gute Nacht* noch nach, als sie schon längst aufgelegt hatte. Dann lief er in die Küche, wo sein Kalender auf dem Tisch lag. Er atmete auf, als er sah, dass es ein freier Sonntag war.

Vor dem Hausbesuch der *Bunten Münchner Illustrierten* ging es Alex so schlecht, dass er sich am besten in einen Rollstuhl gesetzt hätte, wäre der vorhanden gewesen. Sicher zum Staunen der Reporter.

Er war allein, Klaus hatte in der Körnerstraße geschlafen. Gestern Abend waren sie noch gemeinsam durch die Wohnung gegangen, keine Spuren eines Lebensgefährten.

Und nun schwankte er vor dem Spiegel in der Garderobe herum, das hatte er so lange nicht erlebt, die Psyche schien eine immense Rolle zu spielen bei seiner Erkrankung. Das war ihm nicht neu, doch dass es so schlimm kommen konnte, darüber musste er mit Lambrecht sprechen. Er war ja diesem Schub völlig ausgeliefert.

Er betrachtete sich in den dunklen Flanellhosen, dem weißen Hemd, der anthrazitgrauen Krawatte und zog den Cardigan aus Kaschmir an, den Klaus ihm zum Geburtstag geschenkt hatte.

«Wir sind sehr dankbar, dass Sie uns von Ihrer Zeit geben und Ihre Räume öffnen», hatte die Dame von der Illustrierten am Telefon gesagt.

«Es sind nur zwei Zimmer, davon ist eines tabu, Sie werden verstehen, dass ich mein Schlafzimmer nicht öffne, das ist mir zu intim. Doch sollte das Wetter gut sein, können wir auf die Dachterrasse gehen.»

Sie schien enttäuscht, erwartete sie den Ostflügel eines Schlosses und den Hausherrn im Bett, in den Kissen wühlend?

«Ich freue mich, Herr Kortenbach. Ist denn auch die schöne Florentine zugegen?», sagte die Reporterin mit großer Munterkeit, als er ihr die Tür öffnete.

Darauf war er vorbereitet, hatte eigens mit Florentine telefoniert. Wer wusste denn, wie die Querverbindungen liefen und er letztendlich noch einer Lüge überführt wurde, wenn er hier was Falsches erzählte.

«In Paris», sagte er. «Eine Fotostrecke für die *marie claire*, schon die Frühjahrsmode, man glaubt es kaum. Es tut ihr leid, nicht hier zu sein, sie fliegt erst am Sonntag wieder in Hamburg ein.» Keine Lüge.

«Das nächste Mal», sagte die Reporterin. «Das hier ist ja nur zum Aufwärmen, da kommen noch andere Storys. Wir haben noch viel mit Ihnen vor. Lassen Sie sich nicht stören, Herr Kortenbach. Wir bauen erst einmal auf.» Sie gab ihrem Fotografen ein Zeichen.

Alex setzte sich ans Klavier, da war er am sichersten, konnte den Stock griffbereit halten. Er hatte ihn im zurückliegenden Jahr vielleicht zwei Dutzend Mal ernsthaft gebraucht, und nun dieser Rückfall. Alles einer Homestory wegen, die ihm Luppich aufhalste.

«Florentine Yan ist eine sehr ordentliche Frau», sagte die Dame und schrieb auf ihrem Notizblock. Weiß der Himmel, was sie zu bemerken glaubte. «Keine Spur von ihr in der Wohnung. Wie schade.»

Verdammt. Daran hatten sie nicht gedacht, an die Spuren

von weiblicher Anwesenheit. Er hätte ein Paar Stilettos von ihr neben das Klavier legen sollen, vielleicht Chanel No 5 auf die Kommode stellen.

«Florentine und ich halten uns vor allem in ihrer Wohnung auf.»

«In der Alten Rabenstraße», sagte die Reporterin und klang fast verträumt. Auch das wusste sie also schon.

«Ich hoffe sehr, dass Fräulein Yan damit einverstanden ist, dass wir die nächste Story mit Ihnen dort machen. Sie gehen beide so wunderbar offen mit der Behinderung um, das haben wir ja schon bei der Preisvergabe erlebt. Dürfen wir das auch im Text thematisieren? Auf die Kriegsverwundung hinweisen, wie fürsorglich Ihre Freundin Ihnen zur Seite steht. Vielleicht wollen Sie uns mehr davon erzählen.»

«Nein», sagte Alex. «Das auf keinen Fall.»

Die Reporterin lächelte vor sich hin. Da hatte sie diesen sich so lässig gebenden Mann bei einer Eitelkeit erwischt.

«Spielen Sie mal auf dem Klavier», sagte der Fotograf und fotografierte Alex aus allen Positionen. Ging dicht ans Gesicht, an die Hände.

«Blättern Sie in Noten. Da liegen doch so viele.»

«Ist das Ihre Familie?», fragte die Reporterin und hielt das Foto von seinen Eltern, der Schwester, dem Schwager, den Nichten in der Hand.

«Kochen Sie? Stellen Sie sich doch bitte mal an den Herd.»

Nein. Er kochte nicht. Das tat Klaus, und wie gut er es tat. Alex hätte das gern laut hinausgebrüllt. Er ging nicht in die Küche. Doch er goss sich auf Wunsch einen Whisky ein, morgens um elf. Setzte sich auf das safrangelbe Sofa und lauschte der Musik von Dizzy Gillespie mit ernster Miene.

Sorgte sich, ob er einigermaßen elegant hochkam vom Sofa. Nicht dass sie ihm noch aufhelfen mussten.

«Zünden Sie sich bitte eine Zigarette an.»

«Ich rauche nicht», sagte Alex.

Später würde der Fotograf zu der Reporterin sagen, Kortenbach sei wenig kooperativ gewesen.

Dem Friseur hatte er ein Foto von Tony Curtis vorgelegt, *den* Schnitt wollte er haben, Gott sei Dank noch kein weißes im schwarzen Haar. Früher hatten die Frauen ihn einen *irischen Typ* genannt, das dunkle Haar, seine grünen Augen. Robert war versucht, zum Ocularisten zu gehen, eines grünen Auges wegen.

Doch der ganze Aufwand war vergeblich gewesen, am späten Sonntagnachmittag hatte Florentine angerufen und erklärt, sie sei müde und führe gleich nach Hause. Robert hatte das für den Abgesang gehalten, ehe das Lied überhaupt gespielt worden war.

Umso mehr überraschte es ihn, als sie am Montag im Funkhaus anrief und eine Verabredung für den Abend vorschlug.

«Ich bin heute als Tontechniker eingeteilt», sagte er und wünschte, er würde nicht so enttäuscht klingen. Florentine war eine Frau, der man nicht zu früh zu Füßen liegen durfte.

«Sie könnten mich heute Mittag in Ihre Kantine einladen.»

Robert konnte sein Glück nicht fassen, er und die schönste Frau aller Zeiten in der Kantine des NDR. Er guckte gleich auf den Zettel mit dem Speiseplan der Woche. Kabeljau mit Senfsauce, aber Florentine kam sicher nicht des kulinarischen Genusses wegen.

Kam sie Roberts wegen? Oder nutzte sie die Gelegenheit,

ins Funkhaus zu kommen, dorthin, wo Alex viel Zeit verbrachte? Wahrscheinlich wusste Florentine es selbst nicht so genau. Doch es war Klaus, dem sie begegneten, als Robert sie am Empfang abholte.

«Florentine. Was machst du denn hier?»

«Ihr kennt euch?», fragte Robert irritiert. Er vergaß ganz, dass er noch beim Sie war mit Florentine.

«Seit meiner Kindheit», sagte Florentine. «Unsere Mütter sind gute Freundinnen.»

«Das hast du mir gar nicht erzählt», sagte Robert zu Klaus.

«Du scheinst hier der größere Geheimnisträger zu sein», sagte Klaus. «Woher kennst du denn Florentine?»

«Wir sind noch dabei, uns kennenzulernen», sagte Florentine.

Das hatte Robert sich nicht ganz so vorgestellt, dass sie nun zu dritt Kabeljau mit Senfsauce aßen.

Doch es war immerhin ein Anfang, auch wenn Florentines Blick durch die Kantine schweifte, vermutlich hielt sie nach Kortenbach Ausschau.

«Alex ist heute nicht da», sagte Klaus. «Er kränkelt ein bisschen.»

«Erkältet?», fragte Florentine.

Klaus fiel auf, dass er gerade dabei war, sich zu verplappern. Durfte es Robert denn nicht wissen? Ein feiner Kerl. Langjähriger Kollege von ihm, Alex und Thies. *Open minded*, würde Alex sagen. Da ruhte auch schon Roberts Blick auf ihm. Den konnte es doch nur freuen zu erfahren, dass Florentine und Alex kein Paar waren, er schien heftig verliebt zu sein.

«Erschöpft. Ihr wisst doch beide, dass er nicht ganz gesund ist.»

Er hatte Alex am späten Freitagabend ziemlich desolat auf dem Sofa vorgefunden, ihn heute früh zu Lambrecht gefahren. Der Schub war völlig unerwartet gekommen, seine Symptome hatten über das ganze Wochenende angehalten. Dass Alex die alberne Homestory derart auf die Seele gegangen war.

«Am Freitag waren doch die Leute von der Illustrierten bei ihm», sagte Florentine. «Haben die ihn so angestrengt?»

Florentine schien nicht nur zu spielen mit Robert, dachte Klaus. Vielleicht konnten sie ein Quartett werden, statt Jules, Jim und Catherine zu geben. Ob er hier ein Bekenntnis ablegen durfte, ohne vorher mit Alex darüber zu sprechen?

«Ja», sagte Klaus. «Die haben ihn angestrengt. All die Heuchelei.»

«Du bist also dabei, dich zu offenbaren», sagte Florentine.

«Weil ich Robert vertraue», sagte Klaus.

«Könnte mir einer sagen, um was es geht?»

«Alex und ich sind nur gute Freunde», sagte Florentine.

«Das haben Sie schon im Funk-Eck gesagt.»

«Die Paarkonstellation ist eine andere», sagte Klaus.

Einen Augenblick lang ging Roberts grünes Auge zwischen Klaus und Florentine hin und her, doch dann wurde es ihm klar. «Alex und du.»

«Im nächsten Jahr sind wir seit zwölf Jahren ein Paar», sagte Klaus.

«Danke, dass du mir vertraust», sagte Robert.

«Gibt es hier keinen Sekt?», fragte Florentine. «Wir fangen gerade an, Freunde fürs Leben zu werden.»

«Das sind wir doch schon», sagte Klaus.

«Aber nun holen wir Robert ins Boot.»

«Heißt das, dass ich Ihnen näher kommen darf, Florentine?»

«Beginnen wir mal mit dem Du», sagte Florentine. Sie war bereit, sich auf Robert einzulassen.

Den 16. Oktober verbrachten Theo und Thies vor dem Fernseher, sahen atemlos zu, wie sich die Welt am Abgrund bewegte in der Kubakrise.

Konstantin war zehn Tage alt, und auch über seinem kleinen Kopf zog sich die Gefahr eines dritten großen Krieges zusammen. «In diese Welt haben wir ein neues Menschenkind hineingeboren», sagte Thies traurig.

Henny verschloss die Ohren vor den Nachrichten, war sie nicht immer schon den politischen Wahrheiten lieber aus dem Weg gegangen? Doch es war ihr selten geglückt, immer hatte sie die Wirklichkeit eingeholt.

In den folgenden Tagen führten sie ihre Spaziergänge mit Marike und den Kindern oft zu Alex, der nach dem gesundheitlichen Einbruch viel zu Hause war. Er schaltete das Radio aus, wenn sie kamen, kochte Kakao, spielte Klavier. Versuchte sich am Heiteren.

«Ihr verdrängt doch nur», sagte Klaus, wenn er nach Hause kam und das Radio anschaltete, um dann mit einem doppelten Whisky zu verdrängen.

Die Amerikaner hatten den Bau der Berliner Mauer hingenommen. Durften die Sowjets da nicht glauben, dass die USA auch bei dieser neuen Provokation keinen Atomschlag wagten?

Die Bombardierung der russischen Raketenstellungen auf Kuba war erwogen worden, Kennedy entschied sich dagegen. «Bombardieren wir Kuba, ist die Welt empört, und keiner schreit, wenn die Russen dann Westberlin kassieren», sagte er.

Käthe und Rudi saßen in der Körnerstraße neben Theo

und Thies. Sie hatten inzwischen einen eigenen Fernseher, doch was da in der Welt geschah, ließ sich nur mit den Freunden aushalten.

Am 24. Oktober trat eine Seeblockade in Kraft, hundertfünfundachtzig Schiffe der US-Kriegsmarine, aber die russischen Frachter mit den Raketen hielten weiter Kurs auf Kuba.

Half es, Vorräte anzulegen? Jodtabletten zu kaufen gegen eine atomare Verstrahlung? Zu beten?

Doch es war Kennedy, der den Nervenkrieg gewann. Am 28. Oktober drehten die russischen Frachter ab und gingen auf Heimatkurs. Im Kreml hatten sich die Tauben gegenüber den Falken durchgesetzt.

An Weihnachten will ich schon dabei sein», sagte Else. «Da muss mich aber der Klaus chauffieren oder Theo.»

«Einer von beiden wird es tun. Wie jedes Jahr», sagte Henny. Sie legte das Kotelett in die Pfanne, rührte in dem Topf mit den Erbsen.

«Hast du es auch paniert?»

«In Mehl, Ei und Brösel gewälzt.»

«Da hab ich sonst keinen Appetit drauf, wenn das so karg ist.»

Henny nahm den kleinen Stieltopf vom Herd, in dem das Wasser aufkochte, goss kalte Vollmilch hinein und rührte die Püreeflocken ein, ließ dann alles kurz ruhen.

«Gib aber viel von der Rama rein», sagte Else.

Henny schnitt ein großes Stück vom Margarinewürfel ab.

«Die hat nämlich den vollen naturfeinen Geschmack.»

«Hast du das aus dem Werbefernsehen?»

«Aus der *Hör Zu*», sagte Else stolz.

«Setz dich an den Tisch, Mama. Ich servier dir das Essen.»

«Isst du nichts?»

«Nur von den Erbsen. Ich esse am Abend noch mit Theo.»

Sie stellte ihrer Mutter den Teller hin zur Serviette und dem Besteck und setzte sich mit einer kleinen Schüssel dazu. «Schmeckt es dir?»

Hennys Blick fiel auf den Adventskranz, den sie Else mitgebracht hatte. Rote Kerzen. Rote Schleifen. Es hatte auch welche mit Fliegenpilzen aus Pappmaché gegeben, die ins Tannengrün gesteckt waren, doch sie hatte sich für die schlichtere Variante entschieden.

«Früher wurden die Kartoffeln noch selber gestampft, was habe ich mir für eine Arbeit gemacht. Wer kommt denn alles an Weihnachten? Nicht dass es so laut wird.»

«Marike und Familie. Klaus und Alex. Und du. Garuti ist bei Käthe, Rudi und Ruth. Wir sind also eine eher kleine Runde.»

«Dann ist wenigstens nicht so viel Unruhe. Spielt Klaus' junger Mann wieder Klavier? Aber nur Weihnachtslieder.»

«Das hoffe ich doch, dass Alex spielt», sagte Henny. «Willst du bei dir auch wieder ein Bäumchen haben?»

«Ja, bitte. Ich hab ja den schönen Christbaumschmuck. Du musst den Baum aber auch wegmachen, wenn er zu nadeln anfängt. Der Adventskranz sieht mir in diesem Jahr mickrig aus.»

«Ich hab ihn bei deinem bevorzugten Gärtner gekauft», sagte Henny.

«Am besten ist es doch, wenn man alles selber tut. Es ist nicht schön, alt zu sein, Kind. Solltest du so alt werden wie ich, wirst du das auch noch erfahren.»

«Das warten wir mal ab», sagte Henny.

«Wir müssen über Geschenke reden. Ich kann ja nicht mehr so herumlaufen, aber für jeden was Kleines will ich schon haben.»

«Da haben wir noch ein bisschen Zeit», sagte Henny. «Morgen ist ja erst der erste Advent.»

«Das geht immer schneller, als man denkt», sagte ihre Mutter. «Das Kotelett schmeckt lecker.»

Wenigstens das.

In Gustes Küche hing ein Glitzerkalender am Fenster, drei Türchen hatte Sanne schon geöffnet im verschneiten Winterwald mit Englein, Rehen und Hasen. An den Zimmertüren hingen Tannenzweige mit glänzenden Zapfen und goldenen Schleifen, auf dem Tisch stand ein Adventskranz, der groß genug für ein Kaufhaus war, daneben eine Engelpyramide.

«Findet ihr es hier nicht überdekoriert?», fragte Tian.

«Ich dachte, ihr Chinesen liebt das», sagte Momme.

«Wie soll es erst werden, wenn euer zweites Kind da ist?», sagte Tian. Als Florentine in Sannes Alter gewesen war, hatte es nur Nüsse und rote Äpfel gegeben, Tannengrün mit Kerzen und ein weihnachtliches Bilderbuch von Ida Bohatta, das war schon eine Menge mitten im Krieg.

Das Buch gab es noch immer, ein bisschen abgegriffen lag es zum Vorlesen bereit, viel Gelegenheit dazu an den dunklen Nachmittagen.

Im April erwartete Anni das zweite Kind, vier hatten Momme und sie sich vorgenommen, mal schauen, was zu schaffen war. Das Zimmer im Souterrain neben der Küche, in dem erst Alex und dann Paco wohnten, würden sie dann auch noch übernehmen.

Guste ging es gut mit ihren fünfundsiebzig Jahren, sie freute sich auf den Kindersegen, wo schon die Tafelrunden zum Erliegen gekommen waren. Henny hatte erzählt, dass sie in der Klinik von einem Babyboom sprachen, so viele Kinder, die geboren wurden. Auch Paco in Valencia war mittlerweile Vater von zwei Jungen und arbeitete als Setzer, wie es Rudi noch gelegentlich tat. Politisch hatte Paco den Kopf eingezogen.

«Im Keller ist noch ein Karton mit aus Glas geblasenen Hirschen», sagte Guste. «Die hat Idas Vater in den zwanziger Jahren angeschafft.»

«Die hängen wir dann in den Baum», sagte Momme.

«Ich geh mal», sagte Tian. «Tobt euch nur aus.»

Rudi holte seinen Vater vom Flughafen ab, seit drei Jahren verbrachte Alessandro die Weihnachtszeit in Hamburg. Er schlief dann im Hotel Reichshof, hielt sich aber ansonsten in der Marienterrasse und der Körnerstraße vor den jeweiligen Kaminfeuern auf. Es war doch deutlich kälter als an der italienischen Riviera.

Garuti nahm den großen Koffer vom Band und übergab ihn an Rudi, die Tüte mit den Köstlichkeiten der Via Palazzo trug er selber, als sie zum Taxistand gingen. Rudi besaß weder Auto noch Führerschein.

«Theo wäre sehr gern mitgekommen, um dich abzuholen, doch heute Vormittag hat er eine Patientin nach der anderen», sagte Rudi.

«Wie gut, dass Theo und Marike die Praxis übernommen haben.»

«Dank des vielen Geldes, das du mir gegeben hast», sagte Rudi.

«*Silenzio*», sagte Garuti. «Du bist mein Erbe und hast einen Teil schon vorab bekommen. *Mani calde.*»

«Theo und Käthe würden sich freuen, wenn du sie am Nachmittag in der Praxis besuchst, du sollst sehen, was von dir finanziert worden ist. Aber nur, wenn du nicht zu müde von der Reise bist.»

«Du hast diese Praxis finanziert, mein Sohn», sagte Garuti. «Noch immer zögerst du, mit Geld in Verbindung gebracht zu werden, dabei ist dein und mein Vermögen nur ein kleines.»

Rudi sah seinen Vater von der Seite an. Kaum kleiner als er, war Alessandro in den letzten Jahren noch viel feingliedriger geworden. Dünn, dachte Rudi. Dabei wirkte er vital mit seinen vierundachtzig Jahren.

Alessandro lächelte. «Alles gut bei mir, nur die Gelenke.»

«Ich bin nur zweiundzwanzig Jahre jünger als du», sagte Rudi.

«In zweiundzwanzig Jahren wirst du den Unterschied kennen.»

Rudi begleitete Alessandro in die Suite in der oberen Etage des Reichshofes. Hängte ihm die beiden erstklassigen Anzüge aus der Sartoria Bruno in der Via Mameli auf die Bügel. Das halbe Dutzend Hemden. Alessandro legte noch immer Wert auf Eleganz.

«Ich freue mich auf euch alle. Auch auf das neue Familienmitglied. Costantino. Ein schöner Vorname. Ist Marike denn schon wieder in der Praxis?»

«Nicht, solange sie noch stillt. Danach wird sie erst einmal an zwei Tagen in der Woche dort sein. Bis dahin schmeißen Theo und Käthe den Laden. Am Sonntag kommt die Familie in der Körnerstraße zusammen, dann wirst du auch Konstantin kennenlernen, Käthe, Rudi und ich sind auch da.»

«Das werde ich alles sehr genießen», sagte sein Vater.

Am dritten Advent fuhren sie mit der S-Bahn nach Bergedorf, dort auf dem Friedhof lagen Willi und Minchen, der 16. Dezember wäre Willis vierundsiebzigster Geburtstag gewesen.

Käthe und Rudi legten ihre Christrosen zu dem Tannenherz, das wohl von Bille stammte, ein neues Licht war in der Laterne.

«Wir vermissen euch», sagte Käthe.

«All diese Entscheidungen, die der Mensch trifft», sagte Rudi. «Dass Minchen in der Laube bleiben wollte.»

«Hätten sie sich entschieden, nach Eimsbüttel zu ziehen, wären sie noch am Leben.»

«Albert Camus hatte auch schon ein Ticket für die Eisenbahn, als er stattdessen in das Auto stieg, in dem er tödlich verunglückte.»

Käthe fragte nicht, wer Albert Camus war. Bestimmt ein Dichter.

Sie gingen an den Gräbern vorbei zum Ausgang. Auf vielen Steinen wurde toter Söhne gedacht, die nicht aus dem Krieg zurückgekehrt waren. Der Grabstein der Everlings auf dem Ohlsdorfer Friedhof nannte auch den Namen von Ruths Vater.

«Um vier kommt Alessandro zum Adventskaffee», sagte Rudi. «Wie lange wir ihn wohl noch haben werden?»

«Er ist dünn geworden.»

«Die Zeit tut das, was sie am besten kann», sagte Rudi. «Sie vergeht. Ruth wird im nächsten Frühjahr das Abitur machen.»

«Ich denke manchmal, es ist ein Wunder, dass du und ich noch dabei sind. Wir haben vieles überlebt», sagte Käthe.

Rudi blieb stehen auf der kleinen Allee, die vom Friedhof wegführte. Er nahm seine Käthe in die Arme und küsste sie. Küsste sie so neu und hingerissen, als wäre es das Jahr 1919, sie hätten sich eben erst kennengelernt und wären gerade so alt wie das neue Jahrhundert.

Alex hatte Wochen gebraucht, um sich nach der vermaledeiten Homestory vom gesundheitlichen Absturz zu erholen, doch allmählich traute er sich wieder zu, ins Gedränge zu gehen. Er schlug Klaus vor, die Liverpooler Band anzusehen, die zu einem vierzehntägigen Gastspiel in den Star-Club kommen würde.

«Das wäre ein guter Anlass, unser Quartett einzuführen», sagte er. Ein erstes Erschrecken, als Klaus im Oktober von dem Kantinengespräch erzählte, doch Klaus war von ihm auch nicht vorher eingeweiht worden, als er George Rathman über seine Beziehung zu einem Mann aufgeklärt hatte.

Sie hätten das längst tun sollen, Robert konnte man vertrauen, er war alles andere als eine Tratsche, und die Atmosphäre lockerte nur auf, wenn Alex nicht immer wie eine Auster zuklappte, sobald das Gespräch auf das private Leben kam.

Sie fanden tatsächlich einen gemeinsamen Termin, obwohl dieser 18. Dezember ein Dienstag war. Doch weder Robert noch Klaus hatten Sendung, Alex keinen Auftritt, und Florentine war nicht in Paris.

Sie holten Florentine in der Alten Rabenstraße ab, mit Robert hatten sie sich in der Großen Freiheit verabredet. «Treffpunkt der Jugend», las Alex laut vor, als sie den Star-Club betraten. «Ihr meint, ich bin hier richtig?»

«Dir nehmen sie die Anfang dreißig noch ab », sagte Florentine.

«Keinen Tag älter als fünfunddreißig», sagte Klaus.

Alex hob die Brauen. «Ich sehe nur noch zehn Jahre jünger aus, als ich bin? Klingt, als ob ich anfange, mich einzuholen.»

«Der Einzige, der hier alt aussieht, bin ich», sagte Robert.

«Ich bin auch schon Onkel Klaus. Zweifach.»

«Am besten geht Florentine allein hinein», sagte Alex.

Doch als sie den Club betraten, waren sie überrascht zu sehen, dass es längst nicht nur junge Leute waren, die der Beatgruppe zujubelten, von der im Moment die ganze Musikszene sprach.

«Angefangen haben sie zu fünft», sagte Robert. «Stuart

Sutcliffe ist im April in Hamburg gestorben, auf dem Weg ins Krankenhaus, an einer Hirnblutung. Aber da war er schon nicht mehr in der Band.»

Das waren sie also, die Beatles. John Lennon. Paul McCartney. George Harrison. Und als Schlagzeuger nun Ringo Starr statt Pete Best.

Klaus kam mit vier hohen Gläsern Cuba Libre, der alte Longdrink hatte zu neuer Bedeutung gefunden. «Auf die Jugend», sagte Robert.

Chuck Berrys *Roll Over Beethoven. Twist and Shout. Mr. Moonlight.* Noch viel Rock'n'Roll, den die Band spielte, die meisten Stücke waren Coverversionen, doch Alex fielen zwei Songs auf, die ihm ein großes melodisches Potenzial zu haben schienen. Er wusste nicht, dass die beiden Titel *Ask Me Why* und *I Saw Her Standing There* aus der Feder von Lennon und McCartney stammten.

«Sie sind gut», sagte Alex zu Klaus. Für mehr Text war es zu laut.

Robert hatte ein Tonbandgerät von Grundig entdeckt, dessen zwei Spulen sich drehten. Versuchten sie aufzunehmen? Mit einem einzigen Standmikrophon, das in der Mitte vor der Bühne stand?

«Mir gefallen ihre Frisuren», sagte Florentine. *«Très mignon.»* Sie ließ sich küssen von Robert. Das erste Mal. Er fand das Gedränge geeignet.

«Lieber Husky», sagte Florentine. Der Kuss hatte ihr gefallen.

«Husky?»

«Die haben manchmal auch ein blaues und ein grünes Auge. Meine Agenturchefin hat einen Husky. Ein Schlittenhund. Mitten in Paris.»

«Hättest du mich lieber mit zwei grünen Augen?»

«Nein», sagte Florentine. Sie bemerkte, dass Alex sie beobachtete.

«Vielleicht ist es die beste aller Lösungen, dieses Quartett», sagte Alex zu Klaus, ohne dass ihn die anderen hören konnten.

«Sprichst du von den Beatles?»

«Ich spreche von Florentine, Robert und uns beiden. Viel entspannter, als zu dritt mit Florentine loszuziehen.»

Love Me Do. Damit waren die Beatles seit Oktober in der englischen Hitparade. Nie mehr würden sie in Hamburg auf einer Bühne wie dem Star-Club stehen. Sie stürmten davon.

«Silvester feiern wir ganz klein. Nur du und ich.»

«Sehr einverstanden», sagte Alex. «Um Mitternacht setze ich mich ans Klavier und spiele *Auld Lang Syne*, dann treten wir auf unsere Terrasse, schauen uns das Feuerwerk an und trinken darauf, dass die Welt nicht untergegangen ist.»

«Und küssen uns», sagte Klaus.

Wenn sie sich doch auch jetzt küssen dürften, wie es Florentine und Robert getan hatten. Hier im Star-Club, während die Beatles auf der Bühne standen und eine neue Zeit ankündigten.

Doch selbstverständlich taten sie es nicht.

Was erzählt Marike?», fragte Theo an diesem ersten Februartag, der in Hamburg eher milde ausfiel nach einem kalten Januar.

Marike hatte vom Royal angerufen, ein Hotel unweit von Alessandros Wohnung. Seit drei Tagen waren Thies und Marike in San Remo, wo das italienische Schlagerfestival stattfand, während Katja und ihr einjähriger Bruder von den Großeltern in der Körnerstraße gehütet wurden.

«Dass eine Sechzehnjährige das schönste Lied sänge», sagte Henny. «Thies und Marike setzen auf sie als Siegerin.» Henny war dabei, ihrem Enkel einen Stampf aus Möhren und Kartoffeln einzulöffeln, er saß im Hochstuhl und schlug sich wacker bei dem Versuch, möglichst viel davon zu verschmieren. Auf Hennys Angorapullover hatte der Brei es schon geschafft. Katja war in der Schule an diesem Sonnabendmorgen.

«Haben sie sich schon mit Alessandro getroffen?»

«Schon vorgestern. Er hätte sie heute auch zu dem großen Finale des Festivals begleiten sollen, doch er fühlt sich nicht gut.»

«Was haben Marike und Thies denn für einen Eindruck von ihm?»

«Darüber haben wir nicht gesprochen», sagte Henny.

Alessandro Garuti war in diesem Jahr schon einen Tag nach Neujahr zurück nach San Remo geflogen, einer ärztlichen Behandlung wegen, wie er Rudi gesagt hatte, man solle sich keine Sorgen machen, *tutto sotto controllo*, alles sei im Griff. Rudi hatte vor, später im Februar nach San Remo zu reisen, wie er es vor vier Jahren schon mal getan hatte.

«Er wird sechsundachtzig im Mai», sagte Theo.

«Marike und Thies werden uns mehr erzählen, wenn sie am Montag die Kinder abholen», sagte Henny. «Passt du einen Moment auf? Ich säubere mich mal und hole einen Lappen.»

Theo lächelte den möhrenroten Konstantin an. «Das machst du fein», sagte er. «Ein bisschen Farbe tut uns allen gut.» Wer hätte gedacht, dass er zu Großvaterfreuden kommen würde? Damals, in seiner ersten Ehe, hatte er bewusst auf eigene Kinder verzichtet, Elisabeths wegen.

«Ich werde Alessandro nachher anrufen», sagte er, als Henny zurück ins Zimmer kam, in einem anderen Pullover, Möhrenflecken bedurften einer besonders intensiven Behandlung. «Ich habe den Eindruck, er verbirgt etwas vor uns.»

Auch im Café Festival in der Via Matteotti gingen die Gäste davon aus, dass es Gigliola Cinquetti sein würde, die am Abend das Festival von San Remo gewänne. Ihr Lied *Non ho l'età* war von einer lyrischen Eindringlichkeit und der Vortrag der Sechzehnjährigen innig.

Thies und Marike saßen auf einer der Lederbänke im Inneren des Cafés, tranken ihren Cappuccino und staunten über die vielen Pelzmäntel der Frauen bei Temperaturen von vierzehn Grad.

«Wirst du das Cocktailkleid bei Cremieux noch mal anprobieren?»

«Ich kann heute Abend gut das kleine Schwarze tragen.»

«Lass mich meine Frau verwöhnen», sagte Thies. «Die Atmosphäre hier in San Remo regt die Lust auf Luxus an.» Er lachte. «Liegt einfach nahe, dass Garuti diesen großzügigen Lebensstil pflegt.»

Marike hatte hinreißend ausgesehen in dem ärmellosen Kleid aus cremefarbenem Borkenkrepp, zwei Stunden Sonne im Garten des Hotels hatten genügt, ihre bloßen Arme zu bräunen.

«Du machst mir eine Freude, wenn ich es dir schenken darf.» Er sah seine Frau liebevoll an. Fünfunddreißig Jahre war es her, dass sie sich auf dem Schulhof der Volksschule Bachstraße zum ersten Mal begegnet waren. Wer hätte sich damals vorstellen können, dass daraus eine lebenslange Liebe werden würde?

«Gut», sagte Marike. «Wir gehen gleich noch mal hinüber, und ich ziehe es ein zweites Mal an.»

Sie drehte das Zuckertütchen in der Hand. Ein Steinbock war darauf zu sehen. *Capricorno*. «Ich mache mir Gedanken über Alessandro, ich wusste nicht, dass er mehr oder weniger allein im großen Haus lebt und sein alter Freund längst bei der Tochter.»

«Alessandros Haushälterin ist täglich da.»

«Valeria wohnt nicht im Haus. Er ist krank, nicht nur alt. Ich werde mit Theo sprechen, bevor wir abreisen.»

«Du hast da den Blick der Medizinerin», sagte Thies.

«Dann lass uns nachher ins Royal zurück, ich habe keine Lust, mich auf dem Telefonamt in die Schlange für Ferngespräche zu stellen.»

«Ich würde heute Abend gern sehr zeitig zur Veranstaltung gehen, um vorher noch ein paar Leute von der RAI zu treffen», sagte Thies.

«Ich verspreche, früh fertig zu sein», sagte Marike.

Alessandro Garuti hatte schon lange in den freundlichen Februarhimmel geguckt, als das Telefon klingelte, nur ein Mal, Valeria war wohl an den zweiten Apparat in der Küche gegangen. Er wandte sich dem Telefon zu, das auf dem Tischchen neben seinem Sessel stand, und hob den Hörer ab, als der Hauston summte.

«*Signor Theo*», sagte Valeria.

Garuti hörte sich an, was der Freund ihm an Sorge vortrug. Schwieg eine Weile. «Hat dich Marike in Alarm versetzt?», fragte er dann.

«Nein. Nur Henny hat heute Morgen mit ihr gesprochen.»

«Ich leide an einer Krankheit, die mein Arzt Altersleukämie nennt.»

«Wie lange schon?», fragte Theo.

«Ich weiß seit drei Jahren davon. Die Symptome ließen sich lange durch Tabletten lindern. Doch das ist vorbei.»

«Wer versorgt dich?»

«Valeria und der Arzt.»

«Und in der Nacht?»

«Da schlafe ich, und bin ich schlaflos, dann lasse ich mein Leben an mir vorüberziehen.» Garuti lachte kurz auf. «Es ist keine Tragödie, Theo, ich bin ein alter Mann.»

«Du hättest es deinem Sohn und mir nicht verschweigen sollen.»

«Dann hätten wir in all den Augenblicken der heiteren Geselligkeit innegehalten und wären traurig geworden. Und es ist ja lange gutgegangen. Aber jetzt wird es schnell gehen, sagt Dottor Muran.»

«Bist du reisefähig, Alessandro?»

«Warum fragst du?»

«Legst du großen Wert darauf, in Italien zu sterben?»

«Nein. Ich wäre gern bei euch.» Garutis Stimme klang nun brüchig.

«Ich kann dir Klaus' Zimmer anbieten, er lebt inzwischen ganz bei Alex und nutzt es kaum noch. Zum Zimmer gäbe es die ärztliche Versorgung durch mich und jeden Arzt, den du hinzuziehen möchtest.»

«Ich will nur noch friedlich sterben.»

«Du wirst unser aller Beistand haben. Ginge es dir zu schnell, wenn du am Montag mit Marike und Thies fliegen würdest?»

«Dann hätte ich eine Ärztin an meiner Seite.»

«Ich hoffe, dass es Thies gelingt, noch ein Ticket für diesen Flug zu buchen.»

«Hältst du mich auf dem Laufenden? Und sprichst mit Rudi?»

«Ja, alter Freund.»

Garuti legte auf und bat Valeria zu sich, um alles mit ihr zu besprechen und sie einen Koffer nach seinen Anweisungen packen zu lassen.

So jung und zart sah sie aus in ihrem kniekurzen ärmellosen Kleid, die langen schwarzen Haare nach hinten gebunden, Gigliola Cinquetti stand auf der Bühne vom Festsaal des Casinos und sang das Lied zum zweiten Mal an diesem Abend. Ihr Siegerlied. *Non ho l'età.*

Thies und Marike sprangen mit den anderen auf, applaudierten dem Mädchen auf der Bühne, das da sang, es sei noch nicht alt genug für die Liebe. «Wir haben uns schon mit sechs Jahren geliebt», sagte Thies und legte den Arm um die Borkenkreppschultern seiner Frau.

«Und wir hören nicht auf damit», sagte Marike.

Die erste Frau, die er gern geheiratet hätte, doch Florentine ließ sich nicht heiraten. Da konnte Robert lange den geschmeidigen Lidschlag mit seinem Glasauge üben und sie angucken wie ein treuer Hund.

Die Hälfte ihres Lebens fand in Paris statt, und die andere Hälfte verbrachte Florentine längst nicht nur in Hamburg, sondern auch in Mailand, Zürich und London. Viel Zeit blieb da nicht für ihren Husky, aber noch war er im Spiel bei ihr, das ließ ihn hoffen.

«*Deinen* Ring hätte sie null Komma nichts am Finger», sagte Robert. Er schob einen der Regler am Tonpult hin und her, sein Blick verlor sich im leeren Aufnahmestudio, das hinter der Glasscheibe lag.

Alex blickte von den Noten auf, die er auf dem Tisch im Technikraum ausgebreitet hatte. «Ich spiel das noch mal in d-Moll», sagte er und stand auf, um ins Studio hinüberzugehen.

«Hast du *mein* Moll gehört?»

«Ich habe keine Ringe zu vergeben.»

«Klaus trägt einen seit November. Ein Geburtstagsgeschenk von dir?»

Alex lächelte. Ein schmaler Weißgoldring, eine Gravur darin, Klaus hatte sich den Ring lange schon gewünscht. All diese Symbole, als sei man ein ganz normales Ehepaar. Er selber trug keinen, er hätte ihn beim Klavierspielen gestört. «Ja», sagte er.

Robert seufzte. «Erwiderte Liebe muss so schön sein.»

Alex setzte sich wieder. «Sie liebt dich, Robert, auf ihre Weise. Nehmen wir an, ich wäre frei und bereit, mich auf sie einzulassen, es ginge niemals gut mit uns. Sie liebt mit mir einen Traum, das wirkliche Leben würde uns nicht gelingen.»

«Sind die Reporter noch immer hinter euch her?»

Jetzt war es Alex, der seufzte. «Die bringen mich noch in den Rollstuhl, ich kriege einen Schub, kaum dass sie mit ihren Homestorys kommen.»

«Dass dich das so stark tangiert», sagte Robert.

«Ja», sagte Alex. «Ich verstehe auch nicht, dass ich mich so anstelle, Klaus meint, ich sollte zu einem Psychotherapeuten gehen, diese Phobie sei nicht mehr normal.» Er stand auf und legte Robert eine Hand auf die Schulter. «Dein Auge hat das grünste Grün, das ich je gesehen habe. Hat Florentine nie den Wunsch geäußert, du mögest zwei grüne haben?»

«Im Gegenteil. Sie mag mich als Husky.»

«Da sind meine braunen Augen doch völlig langweilig für sie.»

«Du willst nur alles wegdenken, was Florentine angeht.»

«Ich wünsche mir so, dass ihr glücklich werdet miteinander», sagte Alex. «Florentine ist eine sehr widersprüchliche Frau, stickt Makellosigkeit auf ihre Fahne, und die beiden Männer, denen sie ihre Aufmerksamkeit schenkt, haben jeder ein Handikap.»

«Also noch mal in d-Moll», sagte Robert.

Nichts im Zimmer des Hauses in der Körnerstraße zeigte, dass hier ein Mensch sterben würde, kein Krankenlager, alles war dem Leben zugewandt.

Tulpen auf verschiedene Vasen verteilt, ein silbernes Tablett, auf dem eine schon geöffnete Flasche Rotwein stand, daneben zwei hochstielige Gläser. Einen der bequemen Sessel aus dem Salon hatten sie in den ersten Stock hochgetragen und vor das Fenster gestellt, Rudi legte Bücher auf den Tisch, darunter einen Gedichtband der chilenischen

Lyrikerin Gabriela Mistral, die sein Vater schätzte. Das alles hier für Alessandro in einer Blitzaktion zu gestalten, hatte ihm geholfen.

Es war ein Schock gewesen, von der Chronisch Lymphatischen Leukämie zu erfahren, obwohl er schon gefürchtet hatte, dass Alessandro nicht mehr lange zu leben hatte, fragil, wie er geworden war. Doch zu wissen, dass es nur noch Wochen waren, vielleicht Tage, das schmerzte ihn sehr. Sie beide hatten kaum fünfzehn Jahre Leben miteinander gehabt, seit sie davon wussten, Vater und Sohn zu sein.

Rudi trat ans Fenster und sah die Häuser auf der anderen Seite der Körnerstraße im Nebel liegen. Hoffentlich hatte die Maschine aus Nizza pünktlich landen können, und Alessandro blieben weitere Strapazen erspart.

Er sah auf die Uhr, stieg die Treppe hinunter, setzte sich in den Salon und lauschte in diesen stillen Februartag hinein, erwartete seinen Vater.

Theo war mit seiner neuen Borgward Isabella zum Flughafen gefahren und hatte sie direkt an der Tür vor der Ankunftshalle geparkt, das würde ihm einen Strafzettel einbringen, doch es ersparte Alessandro lange Wege.

Thies stützte den alten Mann, als sie gemeinsam mit Marike in die Ankunftshalle kamen, ein großer Unterschied zwischen Neujahr und jetzt, eines Menschen Zeit, die da zu Ende ging.

«Ich danke Henny und dir, Theo», sagte Garuti. «Dass ihr mich einladet, bei euch zu sterben. Einer der größten Freundschaftsdienste.»

«Du vertraust dich uns an. Dafür danken wir *dir*», sagte Theo. Er reichte Garuti den Arm, führte ihn mit Marike zum Auto. Thies folgte mit den Koffern.

Als Theo in der Körnerstraße vorfuhr, kam ihnen Rudi entgegen. Marike und Thies hatten sie in der Hartwicusstraße abgesetzt, Henny erwartete sie dort mit den Kindern. Alessandros letzte Ankunft sollte ohne Trubel stattfinden.

Garuti bat, sich erst einmal im Salon vor das Kaminfeuer setzen zu dürfen. «Mir wird die Treppe bald zu mühsam sein, da will ich noch ein wenig hier unten verweilen», sagte er.

Theo trug den Koffer nach oben und kündigte Telefonate an, die er vom Arbeitszimmer aus erledigen wolle. Vater und Sohn sollten erst einmal Zeit haben füreinander.

Alessandro Garuti saß in Theos Ledersessel und trank in kleinen Schlucken vom Wasser, das ihm Rudi gebracht hatte. «Komm nah zu mir, *mio figlio*», sagte er. «Vielleicht setzt du dich auf die Armlehne.»

So saßen sie noch immer, als Theo nach einer halben Stunde in den Salon hinunterkam, hielten sich an den Händen und sahen ins Feuer.

«Da fasst ihn die Mutter: Du steigst mir nicht ein!
Dich will ich behalten, du bliebst mir allein,
Ich will's, deine Mutter!»
Guste seufzte. «Findest du, dass *Nis Randers* das richtige Gedicht für eine Dreijährige und ein Kind von zehn Monaten ist?», fragte sie.

«Dein Vater ging unter und Momme, mein Sohn;
Drei Jahre verschollen ist Uwe schon», las Momme ungerührt, sah dann aber doch hoch zu seinen Töchtern. Die kleine Ragnhild schlief schon auf dem Sofa, Sanne kritzelte in einem Malbuch.

«Das ist nordfriesische Wirklichkeit. Der Kampf mit den Elementen. Von meinen Vorfahren in Dagebüll gelebt», sagte er.

«Vielleicht sollten die Kinder mal ins Bett», sagte Guste. «Anni wird nicht begeistert sein, wenn sie nach Hause kommt und die Mädchen noch hier unten sind. Wann wollten Ida und sie denn wieder da sein?»

«Der Film ist um zehn zu Ende», sagte Momme. «Es ist das einzige Gedicht, wo ein Momme vorkommt.»

«Als toter Seemann», sagte Guste. «Du hast doch Bilderbücher aus der Buchhandlung mitgebracht. Guck die mal mit Sanne an.»

«Vielleicht Bergengruens *Zwieselchen*», sagte Momme. «Das ist eine schöne neue Ausgabe.»

«Sanne will schlafen», sagte Susanne.

«Du bist auch die einzig Vernünftige. Momme, du trägst mal das Baby nach oben, und Sanne und ich steigen euch hinterher.» Guste legte das Nähzeug aus der Hand und stand auf. «Was sehen die sich denn für einen Film an?»

«*Irma la Douce*. Die Komödie von Billy Wilder.»

Guste nickte. Sie war schon lange nicht mehr ins Kino gegangen.

«Braucht die Karawane Hilfe?», fragte Tian, als sie an der offenen Tür seines Arbeitszimmers vorbeikamen.

«Wenn du die Kleine wickeln könntest?», sagte Momme.

«Als Florentine klein war, gab es nur Mullwindeln, keine Mölny Schwedenhöschen. Euch wird es heute leichtgemacht.»

«Ich kann auch aus dem Krieg erzählen», sagte Momme. «Vielleicht kommst du gleich mal nach unten, trinkst ein Glas mit mir, und wir warten gemeinsam auf unsere Gattinnen.»

«Guste soll noch bei mir oben bleiben», sagte Sanne.

«Mach ich und erzähle dir eine Geschichte, in der es nicht kracht, heult und birst», sagte Guste. «Vielleicht die vom

Sandmann.» Sie half Sanne beim Ausziehen und setzte sich zu ihr ans Bett.

«Sie hat noch keine Zähne geputzt», sagte Momme.

«Jetzt stehen wir nicht mehr auf.»

Momme schnüffelte an der Strampelhose seiner jüngsten Tochter. «Wenn ich sie ausziehe, ist sie wieder putzmunter.»

«Nicht dass sie nachher wund ist.»

«Nicht dass Sanne nachher Löcher in den Milchzähnen hat.»

Sie grinsten sich an. «Ich preise den Februartag 1930, der mich in deine Pension führte, Guste. Da war ich achtzehn.»

«Und nun werden wir zusammen alt», sagte Guste.

«*An dem kleinen Himmel meiner Liebe*», sagte sein Vater, als Rudi in das Zimmer trat. «Erinnerst du dich an das Buch von Erich Mühsam, das du mir bei unserer ersten Begegnung geschenkt hast?» Alessandro Garuti nahm das Buch auf, das in seinem Schoß lag. «Hier ist es.»

Rudi zog den Stuhl heran und setzte sich neben seinen Vater. «Du hast es noch. Die *Gesänge* von Giacomo Leopardi, die du mir gegeben hast, sind leider in der Bartholomäusstraße verbrannt.»

«*Denn ein neuer Stern beginnt zu glühen an dem kleinen Himmel meiner Liebe*», sagte sein Vater. Er verzog das Gesicht und legte die Hände auf das Plaid.

«Du hast Schmerzen», sagte Rudi.

«Leber und Milz drücken. Sie sind unvernünftig groß.»

«Gibt Theo dir was?»

«Das tut er, *mio figlio*, er versorgt mich gut mit allem. Ich bin sehr froh, bei euch zu sein. In Valerias Armen zu sterben, hätte mir nicht gefallen, obwohl sie eine hervorragende Pasta macht.»

«Hättest du Lust auf Nudeln?»

Sein Vater lächelte. «Nein», sagte er. «Sechs Tage bin ich nun schon hier, Theo hat mir gesagt, dass es in den nächsten Tagen zu Ende gehen kann. Ich nehme an, er staunt, dass ich überhaupt noch lebe bei dem Stand meiner Thrombozyten. Vielleicht geschieht es in der Nacht, und du bist nicht da, aber wann immer, du wirst wissen, dass ich an dich gedacht habe und glücklich war.»

Rudi blinzelte gegen die Tränen an. Doch er gab es bald auf und ließ sie einfach laufen.

Alessandro Angelo Garuti starb in den frühen Stunden des 15. Februar, nachdem er am Abend das Bewusstsein verloren hatte, doch vorher war sein letzter Gedanke gewesen, einen wunderbaren Sohn zu haben. Theo saß an seinem Bett und hielt dem alten Freund die Hand. Er würde alles so tun, wie es Alessandro gewünscht hatte.

There's a somebody I'm longin' to see
I hope that he turns out to be
Someone who'll watch over me.

War es pietätlos, dass Alex am Klavier in der Körnerstraße saß und das Lied von Gershwin spielte, während Rudi die Totenwache hielt?

«Nein», sagte Rudi. «Mein Vater hat Musik geliebt, wenn ihm Vivaldi vielleicht auch näher war. Für mich ist es genau das richtige Lied.»

Alle hatten sie sich eingefunden in der Körnerstraße. Käthe und Ruth. Marike und Thies. Klaus und Alex. Theo war in seinen Keller gegangen und hatte zwei Flaschen Brunello des Jahrgangs 1956 hervorgeholt, ein Wein aus der Toskana, Alessandro hätte es gefallen.

Ruth löste Rudi ab bei der Totenwache, sie hatte darum gebeten. War Garuti ihr nicht ein zweiter Großvater gewesen?

«Auf Alessandro», sagten sie unten im Salon und stießen an. Ein großer, liebenswerter Mann war von ihnen gegangen, Diplomat, Kunsthistoriker, ein Liebhaber des Wortes.

«An dem kleinen Himmel meiner Liebe
ist ein Funkeln, Glitzern, Leuchten, Sprühen.
Denn ein neuer Stern beginnt zu glühen
an dem kleinen Himmel meiner Liebe.»

Rudi schloss mit der letzten Strophe des Gedichtes von Erich Mühsam, aus dem sein Vater auf dem Sterbebett zitiert hatte. Der Sarg wurde von den Hamburger Sargträgern getragen, sechs Männer in schwarzen Talaren mit großen weißen Krägen und Dreispitzen, die sie vom Kopf nahmen, nachdem sie den Sarg herabgelassen hatten. Alessandro bewahrte Stil. Bis zuletzt.

Der Pfarrer der katholischen St. Marienkirche in der Danziger Straße hatte den Weihrauchkessel über das Grab geschwenkt, das groß war und eine Familie beherbergen konnte. So hatte es Garuti gewollt.

«Hier werden auch wir eines Tages liegen», sagte Käthe. Doch noch nicht so bald.

Am Tag nach Alessandros Beerdigung fand Ruth eine Nachricht der Deutschen Journalistenschule im Briefkasten, dass sie den ersten Teil der Aufnahmeprüfung bestanden habe und eingeladen sei, zu dem zweiten Teil der Prüfung nach München zu kommen.

Im Frühling des vergangenen Jahres hatte sie ihr Abitur am Lerchenfeld gemacht und danach ein Praktikum beim SDS, dem Sozialistischen Deutschen Studentenbund. Sie führte die linke Tradition ihrer Familie weiter, das rührte Rudi, er sah sich als Sozialdemokrat, von kühneren Positionen hatte er längst Abschied genommen.

«Du wirst den zweiten Teil der Prüfung auch bestehen», sagte er. «Wann würde denn diese Lehrredaktion beginnen?»

«Erst im September.»

«Dann brauchst du eine Wohnung in München.»

«Ein Zimmer in Schwabing genügt.»

«Wir sind jetzt ziemlich reich», sagte Rudi und klang traurig dabei.

«Trotzdem», sagte Ruth.

Klaus war es endlich gelungen, Else davon zu überzeugen, *fremde Hilfe* anzunehmen. Er hatte Frau Kuck in der Kantine des NDR kennengelernt, wo sie in der Abendschicht bei der Essensausgabe half; dass Elfriede Kuck am Ende der Humboldtstraße wohnte und damit nur einen kurzen Fußweg zu Else hatte, sah Klaus als freundlichen Wink des Schicksals.

Er konnte es einfach nicht länger schaffen, neben der redaktionellen Arbeit und dem Gestalten seiner Hörfunksendungen dreimal in der Woche Essen zu liefern. Ganz abgesehen davon brauchte Else Hilfe in allen Bereichen des Haushaltes, doch wer bei ihr putzte, hatte es nicht leicht, wenn Henny oder Klaus es taten, stand Else daneben und gab ihre Kommentare ab.

Frau Kuck kannte sich aus mit kratzbürstigen Alten, ihre eigene Mutter sei genauso gewesen, hatte sie Klaus versichert. Ihr gefiel es, die Großmutter von Klaus Lühr zu versorgen, die Kuck wirkte zwar, als ob sie nur Lieder von der Waterkant hörte, doch sie verehrte Frank Sinatra, und den spielte Klaus oft in seinen Sendungen.

In großer Unkenntnis dessen schwärmte Else ihr erst mal

von der *Haifischbar* vor, eine noch neue Fernsehshow des NDR, für die ein Studio in eine Hamburger Hafenkneipe verwandelt wurde.

«Da singen die Heidi Kabel, die Lale Andersen und der Freddy Quinn», sagte sie. «Überall Fischernetze, und die Matrosen tanzen dann dazu. Dass Sie das nicht kennen.»

Lale Andersen mochte die Kuck auch, vor allem, wenn die *Lili Marleen* sang oder *Dat du min Leevsten büst*. Doch am liebsten hatte sie eben den Sinatra mit seinen blitzend blauen Augen. Hörte sie *My Funny Valentine*, dann träumte sie sich hin zu ihm, das sah man der resoluten Frau von vierundfünfzig Jahren nicht an.

«Sonst putzt sie aber ganz gut. Auch in den Ecken», sagte Else zu Henny. «Nur kochen tut sie zu mächtig, das vertrag ich nicht mehr so. Doch das lernt die Kuck'sche noch.»

Kollektives Aufatmen, dass es klappte mit der Hilfe für Else.

«Büschen drollig ist Ihre Oma ja», sagte Frau Kuck, als sie Klaus den Teller mit Makrelenfilet und Zitronenschnitz hinschob, am Abend des vorletzten Februartages. «Diese Teppichfransenkämmerei.»

Klaus nickte verständnisvoll. «Ich habe nachher zwei Songs von *Old Blue Eyes* in der Sendung», sagte er. «Ihrem Liebling.»

«Um zehn ist meine Schicht vorbei.» Elfriede Kuck strahlte.

Klaus hatte sich angewöhnt, Robert *Old Green Eye* zu nennen in Anlehnung an Sinatra. Er hatte immer schon gern mit Robert gearbeitet, doch seit der von Alex und ihm wusste, schätzte Klaus es umso mehr, wenn Robert für *Nach der Dämmerung* eingeteilt war.

«Zweimal Sinatra für die Kuck», sagte Robert. Er kannte das Projekt Else. «*I Wish You Love* singt er auch? Das habe ich nur von Keely Smith.»

«Die Platte habe ich hier. Brandneu», sagte Klaus. «Florentine hat sie aus Paris mitgebracht.»

«Dann war sie in Hamburg? Wann?»

«Vor zehn Tagen.»

«Ach so», sagte Robert. «Da hab ich sie auch gesehen. Es geht nicht vorwärts mit uns, vielleicht hat sie einen Liebhaber in Paris.»

«Alex ist überzeugt, dass sie dich liebt. Auf ihre Weise.»

«Das hat er mir auch gesagt. Alex geht es nicht sonderlich gut im Moment, oder?»

«Du hast es bemerkt? Zwar sind die Tabletten gut eingestellt, aber die Psyche scheint eine große Rolle zu spielen bei seiner Erkrankung.»

«Ich denke, dass es für ihn ein Trauma ist, nicht bei seiner Familie gewesen zu sein, als Hamburg brannte. Er redet sich ein, er hätte sie retten können. Und dann war er so unglaublich jung, als er wegging.»

«Gerade siebzehn geworden», sagte Klaus. «Ich bin der Meinung, er sollte das alles mal einem Therapeuten erzählen. Doch so *open minded* er sonst ist, das hält er für eine überschätzte amerikanische Mode.»

«Vielleicht hätte er Kinder haben sollen. Seine Familie ersetzen.»

«Dann habe ich ihn um die Chance gebracht.»

«Das hätte ich nicht sagen dürfen», sagte Robert. «Ein dummer Satz. Bitte verzeih ihn mir.»

«Du sprichst nichts aus, was ich nicht schon selbst gedacht habe», sagte Klaus.

Florentine arbeitete zum zweiten Mal mit Will McBride zusammen, auch dieses Mal für die Zeitschrift *Twen*. Sie tat für den amerikanischen Fotografen vieles, was sie einem anderen verweigert hätte, zündete Zigaretten an, um sie lasziv zu rauchen, rekelte sich im kurzen Hemd auf zerwühlten Betten, legte auf samtenen Sofas den Kopf weit nach hinten, als lüde sie einen Vampir zum Biss ein. Doch McBrides schwarzweiße Fotos waren Kunst, keine Modefotografie.

Das Atelier in der Münchner Maximiliansstraße lag im obersten Stock eines alten Hauses, ein nachträglich geschaffenes Glasdach gab dem Fotografen das nötige Licht.

McBride war nach seinem Militärdienst Anfang der fünfziger Jahre in Deutschland geblieben, hatte geheiratet, er beherrschte die Sprache fließend, nur ein leichter Akzent, der Florentine gefiel. Will McBride konnte cholerisch sein, doch sie arbeiteten gut miteinander. Bei ihm hatte sie erfahren, dass sie mehr vermochte, als dekorativ herumzustehen.

«Kommst du nachher noch mit in den Biergarten?», fragte der Assistent. «Purer Sommer da draußen.»

Es war auch im Atelier heiß unter dem Glasdach. Florentine blickte zu dem Fotografen hinüber, hellblaue Augen hatte er, das Auffälligste an ihm. Sie dachte an Roberts grünes Auge und das starre blaue, sie würde ihn vom Hotel aus anrufen, der Husky fühlte sich vernachlässigt von ihr, dabei konnte sie ihn wirklich enorm gut leiden. Sobald sie in Hamburg war, würde sie ein Treffen des Quartetts anregen, das hatten sie lange nicht mehr gehabt. Es klappte gut zu viert, bisher war es immer ein Vergnügen gewesen.

«Wir sind gleich hier fertig», sagte McBride.

Sie stiegen in das weiße Käfercabrio des Assistenten, um zum Biergarten am Chinesischen Turm zu fahren, südliches Lebensgefühl, offenes Verdeck, eine schnelle Fahrt. Florentine dachte daran, den Führerschein zu machen, ein Hintergedanke, dass Alex, der sich dem Autofahren verweigerte, ihre Fahrdienste in Anspruch nähme.

Der Assistent hatte das Autoradio lauter gestellt, er blickte in den Rückspiegel, als Alex Kortenbach angesagt wurde. «Ist das nicht dein Freund?», fragte er. «Ich hab doch mal ein Foto von euch in der *Bild* gesehen.»

«Guter Mann», sagte McBride. «Kann Klavier spielen.» Er drehte sich zu Florentine um.

«Ja», sagte sie. «Beides.»

«Ihr seid also ein Liebespaar», stellte der Assistent fest. «Ist er nicht viel älter als du? Ich habe irgendwo gelesen, dass er schon in seinen Vierzigern ist.»

«Mir ist er jung genug», sagte Florentine.

I'll Never Smile Again, spielte Alex im Programm des Bayerischen Rundfunks, während sie auf den Platz vor dem Chinesischen Turm einbogen.

«Willst du das Zimmer wirklich haben?», fragte Rudi in der Schwabinger Wilhelmstraße gar nicht weit vom Chinesischen Turm. «In die Küche kriegst du nicht mal einen Kühlschrank, und es gibt nur eine Sitzbadewanne.» Wie waren seine Vorstellungen von Komfort gestiegen.

«Ich will es haben. Auch wenn das Haus diesem Strauß

gehören soll», sagte Ruth. Franz Josef Strauß, der ehemalige Verteidigungsminister, gehörte nicht zu ihren Lieblingsfiguren der Wirklichkeit. Da reihte er sich neben Ludwig Erhard ein, der Adenauer im vergangenen Jahr in der Mitte der Legislaturperiode als Kanzler gefolgt war, und manch anderem Minister in Erhards Kabinett.

Rudi unterschrieb den Vertrag für die noch minderjährige Ruth, sein Kind ging in die Fremde. Sie würden noch einmal gemeinsam nach Hause fahren, in zwei Wochen dann zog Ruth hier ein, um Tage später mit neunzehn anderen die dritte Lehrredaktion der Deutschen Journalistenschule zu bilden.

«Lass uns ein paar Möbel kaufen gehen», sagte Rudi. «Danach kehren wir irgendwo ein, wo man im Grünen sitzt. Es ist ein so schöner Tag.»

Das Herz tat ihm schon weh vor lauter Abschied.

Theo fuhr hinaus nach Ohlsdorf zu Johann Degen, dem Steinmetz, dem er das Foto eines alten Familiengrabes in Terricciola gegeben hatte, als Rudi und er einen Grabstein aus weißem Marmor in Auftrag gaben. Den großen Stein, der nun fertig geworden war, zierte eine feinmodellierte Rosenranke genau wie den Stein in der Toskana.

Die Namen der Familien Garuti und Odefey waren eingemeißelt, darunter Alessandros Name und dessen Lebensdaten.

Am nächsten Tag würde der Stein auf das Grab gesetzt werden.

Ein viel schlichterer Stein kam Theo in den Sinn, der auf dem Heldenfriedhof von Arlington auf dem Grab von John Fitzgerald Kennedy stand. Gerade hatte er ein Foto in der Zeitung gesehen.

Am 22. November des vergangenen Jahres hatte die Nachricht aus Dallas Europa erreicht, der Präsident sei den Schussverletzungen erlegen, die ihm ein Attentäter zugefügt hatte. Theo war zumute gewesen, als sei ihm ein Bruder gestorben, ein Bruder, der Theo näherstand, als der eigene es tat.

Theo nickte dem Steinmetz zu. Ein guter Stein, wenn auch alles andere als schlicht.

Wenn Rudi aus München zurückgekehrt war, wollten sie auf den Friedhof gehen, einen gut gekühlten toskanischen Grecchetto trinken und Wein auf das Grab gießen. Dann war alles erfüllt, worum ihn der alte Freund am Tag vor seinem Tod gebeten hatte.

Klaus hatte den Tag freigehabt, auf der Terrasse gelesen, das Gesicht in die noch warme Septembersonne gehalten. Er klappte das Dach der Giulietta Spider auf, als er sich nun bereit machte, Alex abzuholen, der draußen im Studio bei George Rathman war.

Alex wartete schon am Pförtnerhaus vor dem Studio. «Bin ich zu spät?», fragte Klaus.

«Nein. Wir sind nur eher fertig geworden, George hat noch einen anderen Termin hier auf dem Gelände.»

«Und? Was habt ihr für ein neues Projekt?»

«Christopher Isherwood», sagte Alex.

«*Goodbye to Berlin*», sagte Klaus. Er bog ab, um wieder stadteinwärts zu fahren.

«Um das Buch geht es auch. Ich würde gern die Kompositionen für den Film beisteuern, im Augenblick steht keine Platte an, und die Arbeit mit dem Quintett ließe sich damit vereinbaren.»

«Tu es. Die Zusammenarbeit mit George entspannt dich

im Gegensatz zu der mit Luppich. Hast du mal mit Theo über eine Therapie gesprochen?»

«Habe ich. Er will sich nach einem geeigneten Therapeuten für mich umsehen.»

«Geh es an. Kann einfach nicht sein, dass du jedes Mal eine Homestorylähmung bekommst.»

«Robert hat mich gefragt, ob wir nicht mal wieder was mit ihm und Florentine unternehmen wollen. Ich hätte Lust dazu, unsere Vierertruppe verjüngt mich.»

Klaus sah zu ihm hinüber. «Wie läuft es überhaupt bei Robert und Florentine?»

«Ab und zu kriegt er ein paar Brocken ihrer Zeit ab. Sie ist einfach zu viel unterwegs.»

«Schlafen sie miteinander?»

«Ja. Da sind sie wohl beide sehr leidenschaftlich.»

«Gut», sagte Klaus. «Ich wünsche unserem *Old Green Eye* Glück mit Florentinchen. Vielleicht können du und ich ja Blumen bei der Hochzeit streuen.»

Robert legte Max Frischs *Homo Faber* zur Seite. Faber war auch so ein Techniker, der gewohnt war, die Dinge zu sehen, wie sie sind. Genau wie er. Doch es war nicht leicht zu durchschauen, wie die Dinge um ihn und Florentine standen.

Gestern hatte sie ihn spät am Abend angerufen, ihm gesagt, sie kehre an diesem Samstag aus München zurück, aber nun hörte er nichts von ihr, und in der Alten Rabenstraße läutete das Telefon ins Leere.

Er stellte sich ans Fenster und blickte über Hamburg, vom zwölften Stock eines der Grindelhochhäuser kriegte man da allerhand zu sehen. 1955 war er eingezogen, Mieter der ersten Stunde, zwei Zimmer und ein kleiner Balkon, ideal für einen allein lebenden Menschen.

Die Hochhäuser waren aus den Trümmern der Hansastraße und des Grindelbergs gewachsen und eigentlich für die britischen Besatzer gebaut; dass die keinen Bedarf mehr hatten, freute die Hamburger.

Als er sich um die Wohnung bewarb, hatte er geschrieben, hier aufgewachsen zu sein. Genau dort, wo nun die Hochhäuser in den Himmel ragten, hatte das dreistöckige Gründerzeitgebäude gestanden, in dem seine Familie gelebt hatte, bis es 1943 von einer Luftmine getroffen wurde. Die Reminiszenz hatte vielleicht geholfen, eine der begehrten Wohnungen zu bekommen.

Anders als Alex' Familie in der Gärtnerstraße hatten seine Leute im sicheren Bunker gesessen, von dem Trauma, das Alex verfolgte, war er verschont geblieben. Die Albträume, die er in Russland eingesammelt hatte, reichten ihm völlig.

Im Juli 1943 war er Teil der letzten deutschen Großoffensive um die russische Stadt Kursk gewesen und danach einäugig im Lazarett. Doch sie hatten ihn erneut in die Schlacht geworfen, wenn auch nicht mehr in den vorderen Linien, er zielte mit Augenklappe noch schlechter als vorher.

Robert sah auf die Dugena an seinem linken Handgelenk. Nach Mitternacht. Ob er noch mal durch die Straßen wandern sollte, schauen, ob Licht unter dem Dach der Alten Rabenstraße war? Florentine ging spät zu Bett und sah dennoch nie müde auf den Fotos aus. Doch sie schätzte es nicht, wenn er an ihrer Tür kratzte.

Er konnte noch immer kaum fassen, dass sie mit ihm techtelte und mechtelte, sie war achtzehn Jahre und sechs Tage jünger als er. Nur dass er kein Techtelmechtel wollte, er hatte ihr Liebe zu bieten und hoffte, eines Tages zurückgeliebt zu werden.

Florentine hatte sich die Pille verschreiben lassen, als sie anfing, mit Robert zu schlafen; der Anfall von Migräne, der sie an diesem Abend überkam, hing vielleicht damit zusammen. Um sechs war sie vom Flughafen gekommen, hatte den Stecker des Telefons gezogen, das Schlafzimmer verdunkelt und war ins Bett gegangen. Sollten sich solche Anfälle häufen, dann würde Robert wieder auf Präservative zurückgreifen müssen, Migräne war sie nicht bereit zu ertragen.

Eine kleine Nachricht an Robert, der ihren Anruf erwartete, wäre freundlich gewesen, sie ging nicht gut mit ihm um, Florentine war sich dessen bewusst. Ließ sie sich mit dem Darsteller der Nebenrolle ein, weil sie den Star nicht kriegen konnte?

Nun lag sie wach um vier Uhr morgens im dunklen Zimmer, immerhin wirkten die Tabletten. Sollte sie Robert aus dem Schlaf reißen?

Sie schlief sehr gern mit ihm, doch vielleicht nicht an einem frühen Morgen, an dem sie gerade einen Migräneanfall überstanden hatte. Robert war ein großartiger Liebhaber, ob Alex noch wusste, wie man mit Frauen schlief? Florentine knipste die kleine Lampe auf dem Bücherstapel neben ihrem Bett an, stand auf, ein Glas Wasser zu holen.

Ein Blick in den Spiegel, dann putzte sie die Zähne, ging zum Telefon und stöpselte den Stecker ein. Sechsmal klingelte es durch, vermutlich lag er im Tiefschlaf. «Sei nicht böse, Husky», sagte Florentine, als er sich meldete. «Ich hatte Migräne und bin gleich ins Bett gegangen. Kommst du? Kein Sex. Dafür bin ich noch nicht hergestellt. Nur Kuscheln.»

Und Robert kam.

Der Psychiater und Psychotherapeut, den Theo nannte, hatte seine Praxis nahe der von Theo und Marike. Der Mann, der da vom Jungfernstieg in den Neuen Wall bog, zog die Aufmerksamkeit der Vorübergehenden auf sich. Ihre Blicke verweilten länger auf Alex' Gesicht, sie waren überrascht, in ihm den Musiker zu erkennen.

Er tat sich schwer mit der öffentlichen Rolle, hatte schon immer eine Scheu, der Stock machte es nicht leichter; seit Dr. Braunschweig ihm einen Termin für diesen Montag gegeben hatte, brauchte er ihn wieder.

Alex blieb vor dem Schaufenster von Ladage und Oelke stehen, betrachtete die Auslage, den Stapel Lambswoolpullover in allen Farben, den dunkelblauen Dufflecoat, sich selbst in der spiegelnden Scheibe. Noch genügend Zeit, ihm passierte es häufig, zu früh zu sein. Morgen hatte Theo Geburtstag, der zweiundsiebzigste, vielleicht sollte er ihm noch einen der Lambswoolpullover kaufen, der karamellfarbene würde Theo gefallen und zur Hornbrille passen.

Klaus und er schenkten ihm die sechs *Brandenburgischen Konzerte*, die hatte Theo sich gewünscht, eine Aufnahme mit dem Dirigenten Karl Richter. Am Abend würde die ganze Familie gemeinsam ins Mühlenkamper Fährhaus gehen.

Er blickte auf seine Armbanduhr, noch zwölf Minuten, das würde zu knapp, nicht auszuschließen, dass es endlose Treppen zu bewältigen galt. Dass ihn allein die Aussicht auf ein Gespräch mit dem Therapeuten derart schachmatt setzte, konnte kaum Sinn der Aktion sein.

Dr. Braunschweig war ein angenehmer Mann, er erinnerte ihn an George Rathman, sie schienen allein in der Praxis zu sein, für eine Assistentin war wohl gar kein Schreibtisch vorgesehen.

Erst eine kleine Einführung, dann bat er Alex zu erzählen,

der tat es. Er hatte doch die Erinnerungen nie verdrängt, sie immer präsent gehabt. Darum war er so skeptisch gewesen, wenn Klaus von einer Therapie angefangen hatte, er redete ja schon über alles. Mit Klaus. Mit Theo. Mit Tian. Und auch mit Robert. Gab es denn noch Gesprächsbedarf?

«Einmal in der Woche eine Stunde», hatte Braunschweig ihm vorgeschlagen. «Wenn Sie es einrichten können.»

Gefasst, das war der Eindruck, den er von sich hatte, als er die Praxis verließ, die vier Treppen des Geschäftshauses hinunterstieg, doch dann setzte er sich auf eine der Stufen, verbarg das Gesicht in den Händen. Ein Glück, dass alle anderen den Paternoster zu nutzen schienen, in den er sich nicht traute, so sehr war er aus der Balance.

Alex hoffte, dass die Heulerei nicht allzu viele Spuren in seinem Gesicht hinterlassen hatte, als er den Neuen Wall betrat und zu Ladage und Oelke ging, um einen Pullover in Karamell für Theo zu kaufen.

«Da, wo die Lüder'sche gewohnt hat, sind jetzt Studenten drin», sagte Else. Eigentlich gefiel es ihr, die olle Lüder überlebt zu haben, dennoch, man hatte fünfzig Jahre im selben Haus verbracht, zwei Kriege in dieser Zeit, alles kaputt um einen herum. Sie war die letzte Alte hier, dabei doch selber so jung gewesen, als sie einzog, 1906.

«Du magst nicht mit ins Mühlenkamper kommen, Mama?»

«Ist mir viel zu unruhig, ich guck lieber Fernsehen und esse dann, was mir die Kuck für den Abend hingestellt hat.»

«Sind sie denn nett, die Studenten?»

Else schüttelte den Kopf. «Langhaarige», sagte sie. «Haben nur diese Nietenhosen an. Ist nicht mehr wie früher. Da sahen die jungen Leute adrett aus, dein Lud immer mit Anzug und Hut.»

«Und dann die Nazis in ihren adretten Uniformen», sagte Henny.

«Was soll das denn jetzt, dass man mit dir nicht reden kann, Kind.»

«Ich weiß noch, wie du der Frau Simon Blumen gebracht hast, weil den Simons der Laden kaputt gemacht worden war in der Pogromnacht und er verschleppt wurde. Da war ich stolz auf dich, Mama, dass du das getan hast. Die Simons haben die Nazis nicht überlebt.»

«Wo du davon sprichst, ich hab zehn Mark für Theo.»

«Für seine Sparbüchse?»

«Sollst ihm Blumen von mir kaufen, Astern vielleicht, wo er doch Geburtstag hat morgen. Auch nicht mehr jung, dein Mann.» Sie genoss es, dass die anderen auch alt wurden oder gar mausetot waren wie die Lüder'sche.

Ein regnerischer Tag, dieser Donnerstag, schon an Theos Geburtstag war das Wetter umgeschlagen, nun hingen schwere Wolken am Hamburger Himmel. Das Kaminfeuer in der Halle des Vier Jahreszeiten schien ihnen angebracht, sie bestellten Tee, Gebäck dazu.

«Als ich im Herbst 1934 auf diesen Dampfer ging, habe ich mich nicht nur älter gemacht, sondern in ein Erwachsensein gezwungen, mit dem ich völlig überfordert war.»

«Dass der Kapitän dir das abgenommen hat, du musst doch wie das Christkind in der Krippe ausgesehen haben.»

Alex lächelte. «Ganz so schlimm war es nicht.»

«All das, um die Nazis hinter dir zu lassen?»

«Und die Vorstellung, das ewige Nesthäkchen zu sein.»

«Ich war immerhin zweiundzwanzig, als ich auf das

Schiff ging und nach Costa Rica fuhr, eingebettet in Hinnerk Kollmorgens Kaffeekontor, hier wie auch in Puerto Limon, du hattest kein Netz unter dir. Ich staune, wie du das alles ertragen hast mit deinen gerade mal siebzehn Jahren.»

«Ich habe vieles an Gefühlen nicht zugelassen. Nur so habe ich die Einsamkeit in Argentinien ausgehalten, die Schreckensnachricht aus Hamburg, die Ankündigung meines eigenen Todes. Guste und ihr großes Herz waren mir anfangs viel zu nah, obwohl ich mich danach sehnte, Teil einer Familie zu sein.»

«Bei Theo und Henny ist dir das dann ja gelungen.»

«Ja, und auch bei euch in der Johnsallee habe ich mich wohl gefühlt.»

«Und du bist nach dem Gespräch mit dem Psychiater in die ganz große Heulerei geraten?»

«Meine Augen waren noch am Tag danach geschwollen.»

«Nach dem Tod meiner Schwester hatte ich eine Depression», sagte Tian. «Ich musste erst lernen, dass sich nicht alles weglächeln lässt.»

«Du hast es dann ganz allein geschafft, da wieder rauszukommen?»

«Mehr oder weniger», sagte Tian.

Alex nickte. «Das tut gut, mit dir darüber zu sprechen», sagte er. «Vielleicht ist Klaus in seiner liebevollen Fürsorge zu nah.»

«Über zu viel Fürsorge kann ich mich bei Ida nicht beklagen.» Tian lachte und griff zu den Teekännchen, um nachzugießen.

«Ich werde mich auf die Therapie einlassen.» Alex' Blick blieb an dem Ebenholzstock hängen, der am Tisch lehnte. «Obwohl mir scheint, dass erst einmal eine Verschlimmerung eingetreten ist.»

«Nun ist die Einschränkung, die du gelegentlich beim Gehen hast, auch kein psychologisches Problem.»

«Nein, das ist eine neurologische Störung. Doch dass ich so leicht aus dem Gleichgewicht gerate, hat schon damit zu tun.»

«Siehst du meine Tochter eigentlich manchmal? Habt ihr noch gemeinsame Auftritte?»

«Selten. Sie ist ja dauernd unterwegs. Aber Sonntag werden Klaus und ich mit ihr und Robert ins Kino gehen.»

«Ist das was Ernstes zwischen Florentine und diesem Robert?»

«Bist du ihm schon begegnet?»

«Nein», sagte Tian. «Ich habe nur von ihm gehört. Ida hat mir von der Beziehung unserer Tochter zu ihm erzählt.»

«Für Robert ist es ernst, er liebt Florentine. Er ist ein sehr feiner Kerl, Tian, und wenn er auch schon einundvierzig ist, wäre er doch ein guter Partner für deine Tochter. Obwohl er sich selbst nicht so einschätzt, finde ich, dass er ein sehr attraktiver Mann ist, trotz seines Glasauges. Auf gutes Aussehen legt Florentine ja nach wie vor großen Wert.»

«Ich wusste nichts von einem Glasauge.»

«Das eigene ist ihm in Russland abhandengekommen, er hat das ganze Grauen seiner Generation erlebt.»

«Vielleicht wäre ein Mann mit Lebenserfahrung wirklich der Richtige für meine Florentine», sagte Tian. Er schaute aus dem Fenster zur kleinen Alster hin. Das Wetter hatte sich nicht gebessert. «Gehst du noch ins Funkhaus, oder fährst du nach Hause?»

«Nach Hause», sagte Alex. «Klaus kommt früh heute.»

«Dann gönn ich mir eine kleine Alsterrundfahrt und bringe dich vorbei. Das Auto steht vorne am Neuen Jungfernstieg.»

Lina öffnete den Karton vom Verlag Albert Langen und Georg Müller, sie liebte den Duft neuer Bücher. Angelika Schrobdorffs zweites Buch *Der Geliebte*, das sie da auspackte. Deren Erstling *Die Herren* war ein Erfolg gewesen, die Geschichte aus der frühen Nachkriegszeit über eine Frau, die mit vielen Männern ins Bett ging, hatte allerdings die Scheinheiligen im Lande auf die Barrikaden gebracht. Dass da Autobiographisches vermutet wurde, ließ sie laut schnattern.

Eine schwierige Liebesgeschichte, nannte der Verlag den neuen Roman. War nicht jede schwierig? Ihre eigene schien es jedenfalls gerade zu werden. Louise versuchte, ein Lebensgefühl festzuhalten, dass längst dabei war, ihr aus den Händen zu gleiten.

Lina legte einen Stapel des neuen Buches auf den Büchertisch, der als Erster hinter dem Eingang stand.

Louise trank zu viel, die Cocktailstunden vor dem dreiflügeligen Fenster in ihrer Mansarde waren eine jahrelange Gewohnheit, die sie beide schätzten, doch der Anteil an Alkohol in den Cocktails war von Louise deutlich angehoben worden.

Nicht viel los im Laden. Lina sah, dass Louise den *Geliebten* vom Stapel nahm und zur Leseecke ging, die elegante Holztäfelung aus heller Eiche gab es noch immer, nur das Ecksofa war nicht länger blausamten, sondern mit einem festen grauen Wollstoff bezogen.

«*Was suchen Sie eigentlich?, fragte er in ungeduldigem Ton. Das Glück, sagte ich.*»

Louise las es laut.

«Du schlägst das Buch auf und findest diesen Satz?», fragte Lina.

«Ich bin eine Glücks*finderin*», sagte Louise. War sie das noch? «Wusstest du, dass die Frau unseres lieben Kompagnons wieder schwanger ist?»

«Die haben es aber eilig. Ragnhild ist doch erst ein Jahr.»

Lina sah sich um, als sie die Ladenglocke hörte.

«Käthe», sagte sie. «Wie schön, dich zu sehen. Sag bloß, du willst ein Buch kaufen.»

«Nun mal halblang», sagte Käthe. «Ich kann lesen.»

Louise erhob sich vom Ecksofa. «Lass dich angucken», sagte sie. «Gut siehst du aus. Um mich herum werden alle jünger.»

«Das liegt an eurem schmeichelhaften Licht. Du solltest mich unter den Leuchtstoffröhren des Untersuchungszimmers sehen. Ich ziehe schon immer eine Vliesmaske an.»

«Gibt es Neuigkeiten im Neuen Wall?»

«Theo fängt im Frühjahr an kürzerzutreten, ist nur noch an zwei Tagen da. Henny hört dann tatsächlich auf in der Finkenau.»

«Eine Ära geht zu Ende», sagte Lina.

«Ja», sagte Käthe. «Ihr Lieben, ich muss in die Praxis zurück, will nur ein Geschenk für Rudi kaufen, um den Tag zu würdigen, an dem er mir aus Russland zurückgekehrt ist. Das vergesse ich nie, wie er vor dem Häuschen von Willi und Minchen stand.»

«Ach, du Gute», sagte Louise. «Dann sehen wir uns doch mal die neuen Gedichtbände an.»

«Der von Hilde Domin», sagte Lina und ging, ihn zu holen.

«Da steht ja nur *Hier* drauf. Doller Titel.»

«Rudi gefallen die Gedichte der Domin. *Nur eine Rose als Stütze* hat er bei uns gekauft und war begeistert.»

«Na dann», sagte Käthe. «Sieht so schlicht aus, das Buch.»

«Ich weiß nicht, ob *Angélique und ihre Liebe* was für Rudi wäre.»

«Aber vielleicht *Nur einen Seufzer lang*. Das ist eine intime Totenklage von Gérard Philipes Frau.»

«Schon gut. Packt mir die Gedichte ein», sagte Käthe. «Was haltet ihr denn davon, wenn wir mal wieder einen Freundinnentreff machen? Gerne bei mir.»

Am 20. September fuhren sie nach Ohlsdorf, um an Garutis Grab den Grecchetto zu trinken. Das Wetter war noch unbeständig, aber Theo und Rudi wollten nicht länger warten und an diesem Sonntag den letzten Akt des Abschiedes von Alessandro zelebrieren.

«Er ist schön geworden, der Stein», sagte Rudi. «Ich hatte Sorge, dass er nach ganz großer Oper aussehen würde, doch so ist es gut. Seltsam, die Namen vereint zu sehen, Garuti und Odefey. Wenn das Grit wüsste.»

Theo war dabei, den Wein zu entkorken. Drei Gläser standen auf dem Stein bereit, eines auch für Alessandro.

«In den vergangenen fünfzehn Jahren hat er mich vieles gelehrt.»

«Das Leben zu genießen», sagte Theo.

«Das ist mir auch vorher gelungen, wenn ich nicht gerade im KZ saß, im Krieg war oder in russischer Gefangenschaft. Ich habe schon immer die Literatur geliebt, gute Weine getrunken, wahrscheinlich waren das die väterlichen Gene, die sich da gezeigt haben.»

Theo reichte ihm zwei Gläser des toskanischen Weins und nahm das dritte. Sie stießen an, tranken, dann leerte Rudi ein Glas über dem Grab.

«Auf dich, Alessandro», sagte er.

«Auf uns alle», sagte Theo.

«Ich vermisse ihn sehr», sagte Rudi, als sie durch eine der Alleen zurück zum Auto gingen. «Und ich vermisse Ruth. Doch *sie* kommt wieder, wenn sie dann wohl auch eigene Wege gehen wird.»

«Die Schule ist das Richtige für sie?»

«Ja. Sie will Journalistin werden, um die Wahrheit zu schreiben. Das steht auf ihrer Fahne. Einer roten Fahne.» Rudi sah Theo an. «Ruth ist eine linke Träumerin», sagte er. «Wie ich ein Träumer war, obwohl sie ja nicht meine leibliche Tochter ist.»

«Da kommt ein Sturm auf, den die jungen Leute entfachen», sagte Theo. «Ruth hat doch auch Verbindung zu diesem SDS?»

«Ja», sagte Rudi. «Ich hoffe, sie gerät nicht in solche Turbulenzen, wie ich sie erlebt habe.»

«Die Zeiten sind andere», sagte Theo. «Zum Glück.»

«Ein verrücktes Spektakel», sagte Klaus, als sie aus dem Kino kamen. Was war das gewesen? Eine Satire? Ein Kriminalfilm? Eine Show, wie sie der Regisseur Michael Pfleghar auch fürs Fernsehen inszenierte?

Die Tote von Beverly Hills. «Ich fand es genial», sagte Robert.

Keine Frage, nun konnten sie einen Drink brauchen. «Lass uns nach Pöseldorf», sagte Florentine. «Das ist groß im Kommen.»

«Darum müssen wir dahin?», fragte Alex. Er mochte jung aussehen, doch seine Ansichten waren ein wenig abgeklärter als die der Jugend.

«Fährt denn hier kein anderer als ich Auto? In unsere Giulietta passen nur zweieinhalb Leute», sagte Klaus.

«Ich werde den Führerschein machen», sagte Florentine. Sie trat auf die Straße, pfiff auf zwei Fingern, das Taxi kam unverzüglich zum Stehen. Sie quetschten sich zu dritt auf den Rücksitz und ließen Alex den Sitz vorn. «Ins Herschel», sagte sie.

Der Fahrer drehte sich nach ihr um. «Wo ist das denn?»

«Der absolute Geheimtipp.» Florentine grinste. «In der Milchstraße. Ich schreie dann ‹Stopp›.»

Was war das für ein Lebensgefühl? Neues in der Luft, nicht nur Musik, auch eine Freiheit. Sie bestellten trockene Martini-Cocktails, geschüttelt, nicht gerührt, aßen kleine harte Oliven.

James Bonds *Liebesgrüße aus Moskau* hatte ebenfalls zur Wahl gestanden, Sean Connery sehen, der schon in *Dr. No* Geheimagent 007 gewesen war, Klaus und Alex hätten dem Bond den Vorzug gegeben. Doch Florentine hatte für den Film von Pfleghar plädiert.

Robert und Florentine küssten sich vor den Augen aller, doch als die Paare am Ende des Abends auseinandergingen, in den Grindel, den Schwanenwik, formten Florentines Lippen lautlos andere Sätze.

Käthe stellte den Topf mit dem Bœuf Bourgignon auf den Herd. Das in Rotwein geschmorte Rindfleisch war von Rudi vorbereitet worden. «Belegte Brote tun es auch», hatte sie gesagt. «Wir wollen ja vor allem klönen.»

Rudi konnte darüber nur den Kopf schütteln, wenn sich die Freundinnen bei ihnen trafen, wollte er etwas bieten. Bei Gröhl hatte er einen feinen Burgunder gekauft, zwei Kartons, zwölf Flaschen, es musste ja nicht alles ausgetrunken werden. Vier davon entkorkte Rudi, bevor er zu Theo hinüberging, um die Frauen allein zu lassen.

Sie drängten sich in der Küche und sahen Käthe beim Kochen zu. Einmal heiß machen. Einmal Nudeln. Das kriegte Käthe hin. Henny deckte den großen Küchentisch.

«Ist doch am gemütlichsten», hatte Louise gesagt und schon mal Platz genommen.

«Iss bitte erst einmal was», sagte Lina, als Louise sich das Glas mit Wein füllte.

«Es ist gleich so weit, schenkt euch alle schon mal ein», sagte Käthe.

Henny ging an den Kühlschrank und nahm zwei Flaschen Bismarckquelle heraus, stellte Wassergläser neben die für den Wein.

«Hast du ein Glück, einen Mann zu haben, der kocht», sagte Ida, als sie das Bœuf Bourgignon aßen. «Tian kann nur Tee zubereiten.» Ließ Ida denn nicht auch kochen? Von Guste und Anni?

«Theo ist am besten bei Rotwein mit Ei. Aber wir haben alle Glück mit unseren Männern.» Henny sah zu Lina. «Und ihr beide auch miteinander.»

«Der Wermutstropfen ist, dass wir bald alte Schachteln sein werden», sagte Louise.

«*Grand old*», sagte Lina. Sie war bereit, es heiter zu nehmen, doch sie wusste, wie ernst es Louise war.

«Garuti ist nun auch schon tot. Jetzt stehen wir in der ersten Reihe», sagte Louise.

«Er war der gleiche Jahrgang wie meine Eltern, und die leben schon lange nicht mehr», sagte Käthe. «*Ich* bin dankbar, eine Alte zu werden.»

«Du siehst ja auch noch immer so aus, als ob du gerade einem Liebeslager entstiegen wärst», sagte Ida. «Irgendwie lasziv.»

«Die Liebeslager in meinem Leben habe ich einzig mit Rudi geteilt. Henny hatte die meisten Männer, und die hat sie alle geheiratet. Oder gab es da noch andere, Henny, die du uns verschwiegen hast?»

«Wie sollte ich vor euch Geheimnisse haben?», sagte Henny. Sie lachte. «Die Inquisition ist nichts gegen euch.»

«Ich komme auf vier», sagte Ida. Was war das denn jetzt? Alles, was du kannst, kann ich viel besser? Es stimmte nicht einmal. Campmann. Tian. Jef. Das waren die Liebhaber in ihrem Leben.

«Das ist ein Schulhofgespräch», sagte Henny. «Für Teenager, die hinter den Klos Zigaretten rauchen und sich verrucht fühlen.»

Lina lachte. «Das stimmt.»

Käthe stand auf, um aus einer weiteren Flasche Wein nachzuschenken.

«Eure Töchter sehen das sicher viel lockerer», sagte Louise. «Die Pille hat alles verändert.»

«Ich nehme an, dass Ruth einen Freund hat in München», sagte Käthe. «Sie ist zurückhaltend mit ihren Informationen an uns.»

«Katja ist erst vierzehn und meine Tochter schon ziemlich groß», sagte Henny.

Sie alle sahen Ida an, die nun den Trumpf in der Hand hielt. «Ihr irrt euch», sagte sie. «Da gibt es einen Mann in Hamburg. Ich glaube nicht, dass Florentine international herumschläft.»

«Und was weißt du von diesem Mann?», fragte Lina.

«Dass er einundvierzig Jahre alt ist.»

«Da wäre ich gerne stehengeblieben», sagte Louise. «Bei einundvierzig. Das war ein gutes Alter.»

«Ein großer Altersunterschied», sagte Lina.

«Du kannst sicher sein, dass er attraktiv ist, wenn meine Tochter ihm ihre Gunst schenkt.»

«Auf wen sie da wohl kommt?», sagte Henny.

Vom Apfelbaum fiel keine Birne.

Ein biblisches Alter», sagte Theo. «Und ein friedlicher Tod.»

«Ja», sagte Elisabeth. «Er ist in Davids Armen gestorben. Doch wir vermissen ihn sehr, siebzehn Jahre war Jack bei uns.»

«Werdet ihr wieder einen Hund haben?»

«Unbedingt.»

Theo lächelte. Noch immer fiel ihm Kurt Landmann ein, wenn das Wort *unbedingt* fiel. Er wusste, dass es Lina und Louise genauso ging. Der Freund war gegenwärtig, nicht nur bei Landmann am Gänsemarkt.

Neun Jahre war es nun schon her, dass Elisabeth aus Bristol gekommen war, um ihn wegen eines Tumors zu konsultieren. Seinen Rat, sich sehr bald im Londoner St. Mary's Hospital operieren zu lassen, hatte seine erste Frau befolgt. Mit glücklichem Ausgang.

«Geht es dir gut, Theo? Bist du gesund?»

«Ja. Ich gedenke, lange zu leben. Und du?»

«Ich auch. Das sollte ich, wenn der nächste Hund wieder ein Methusalem wird, wäre ich zweiundachtzig, wenn er uns verlässt.»

«Hennys Mutter wird neunundachtzig in diesem Monat.»

«Und es ist alles fein bei euch beiden?»

«Oh ja», sagte Theo. «Mir ist die Gnade widerfahren, zweimal in meinem Leben eine Liebe gefunden zu haben.»

«Vielleicht war ich die Frau zwischen Henny und Henny.»
Elisabeth lachte. «David und ich sind auch *a good match*. Da
ist die Idee, im Sommer zu kommen und euch zu besuchen
in der Körnerstraße. Ich denke, dass wir alle damit umgehen
können, es ist lange her.»

«Zwischen Henny und Henny waren vierundzwanzig
Ehejahre.»

«*You have been a fine husband*», sagte Elisabeth.

Sie hatte ihn um seine Freundschaft gebeten, als sie ihn
kurz nach dem Krieg des Captains wegen verließ. Theo war
froh, dass ihnen die Freundschaft gelang.

Er legte den Hörer auf das Telefon, trat ans Fenster und
sah Henny durch den Garten gehen. Sie blieb am Flieder-
busch stehen, den sie auf das Grab der Dogge gepflanzt hatten. Er blühte immer sehr früh, aber noch trug er nur ein
spärliches Grün.

«Hast du eine Gedenkminute für Goliath eingelegt?»,
fragte er, als sie ins Haus kam.

«Ja», sagte Henny. «Wir waren zwar nur seine Zweitfami-
lie, doch er fehlt noch immer, er hatte etwas Gemütliches.
Was erzählt Elisabeth?»

«Dass ihr Foxterrier gestorben ist im gesegneten Alter
von siebzehn Jahren. Und vielleicht kommen die Bernards
nach Hamburg im Sommer.»

«Ich habe David nur ein Mal flüchtig gesehen, als er nach
dem Krieg zu dir in die Klinik kam. Es wäre schön, ihn und
Elisabeth näher kennenzulernen.»

Theo nahm ihre Hand und wollte sie küssen. «Vielleicht
sollte ich sie eher warm reiben, deine Hände sind ganz kalt.»

«Wenn das unser Osterwetter werden soll, wird es uns an
Kaminholz fehlen», sagte Henny.

«Bis dahin sind noch neun Tage. Ich freue mich darauf,

bunte Eier und Schokoladenhasen zu verstecken für Konstantin. Wie schön, dass immer wieder Kinder nachkommen.»

«Was machen wir nur mit Else an ihrem Geburtstag?»

«Na, der Neunzigste droht uns ja erst nächstes Jahr. Da werden wir wohl ins Cölln's gehen und eine Extraportion Blattgold zu uns nehmen.»

«Gestern hat sie mir was von Langusten erzählt, die sie essen will. Da ist wohl das Fernsehspiel mit Tilla Durieux wiederholt worden.»

«Ich sehe Elses Gesicht vor mir, wenn die Languste auf ihrem Teller liegt», sagte Theo. «Wenn es sie glücklich macht, bestellen wir Langusten bei Böttcher, er soll sie dann aber auch zubereiten, Klaus weigert sich ganz sicher, und ich nehme nicht an, dass *du* sie in das kochende Wasser legen willst.»

«Vielleicht kann ich es ihr ausreden zugunsten von Schnitzel Holstein, das mag sie auch gern, Kalbfleisch und den feinen Räucherlachs.»

«Sie entwickelt einen anspruchsvollen Geschmack im hohen Alter.»

«Die Betonung liegt auf Anspruch», sagte Henny. «Sie will uns und vor allem mich in Trab halten.»

«Das ist am Donnerstag nach Ostern. Oder?» Theo setzte sich auf den Klavierhocker und schlug vorsichtig einige Tasten an.

«Übst du schon mal das Geburtstagsständchen?»

«Was hältst du davon, wenn ich Klavierstunden nehme auf meine alten Tage? Jetzt, wo ich die Zeit habe. Irgendwann spiele ich dir dann den *Fröhlichen Landmann*.»

Henny lächelte. «Ich freue mich darauf, einen zweiten Pianisten in der Familie zu haben», sagte sie.

«Ich kann am besten Mädchen», hatte Momme gesagt, als Anfang Mai des vergangenen Jahres Turid geboren wurde. Nach Susanne-Susi-Suse-Sanne hatten Anni und er nun zum zweiten Mal versucht, einen Namen zu finden, der sich nicht verändern ließ.

«Nu ist unser Turidchen da», hatte Guste zu Sanne und dem Ragnhildchen gesagt.

Laut und fröhlich ging es zu, sie waren dankbar, dass Ida und Tian gelassen blieben. Keiner von ihnen kam auf die Idee, in eine Wohnung an den Lehmweg zu ziehen oder ein Häuschen in Langenhorn zu kaufen.

Hoffentlich lebte Guste lange.

«Ich fall mal mit der Tür ins Haus», sagte Momme an diesem kalten Samstagnachmittag. Er stand in Tians Arbeitszimmer und hielt seine jüngste Tochter im Arm. «Glaubst du, wir könnten Guste fragen, ob sie uns das Haus verkauft? Dass sie ein lebenslanges Wohnrecht hätte, ist selbstverständlich.»

«Falls ihr die Familie noch vergrößert, dann wird es zu eng für uns alle», sagte Tian. «Doch ich habe auch schon darüber nachgedacht.»

«Anni sagt, nun sei Schluss mit schwanger, ich sei jetzt schon ein alter Vater. Würdet ihr denn weiter mit uns leben wollen bei dem Lärm, den wir veranstalten?»

Tian lächelte. «Ida und mir tut das gut, dann fällt gar nicht erst auf, dass es bei uns zu leise ist.»

«Könnten wir es denn finanzieren?»

«Das kommt auf den Preis an. Die Johnsallee ist eine gute Gegend, aber in das Haus müsste viel investiert werden. Guste hat immer nur hier und da geflickt.»

«Lass uns mal einen Vorstoß machen», sagte Momme. «Vorher lohnt es kaum, über Details nachzudenken.»

«Hoffentlich kriegt sie diesen Vorstoß nicht in den falschen Hals. Sie war dreizehn Jahre alt, als ihr Vater das Haus hat bauen lassen. Guste hat ihr Leben hier verbracht, vielleicht übertreten wir da eine Grenze.»

«Nicht bei Guste», sagte Momme. «Die ist eine Freundin des offenen Wortes. Ich fürchte eher, es ist Größenwahn, zu glauben, dass wir den Kauf *und* eine Sanierung stemmen könnten.»

Guste saß im Salon und sah von den Todesanzeigen im *Abendblatt* auf.

«Nicht dass ihr denkt, ich stimme mich schon mal ein», sagte sie. «Habt ihr zwei was auf dem Herzen? Ihr seht aus, als ob ihr beim Äppelklauen erwischt worden wäret.»

«Tian und ich möchten dir was vorschlagen», sagte Momme.

Guste legte die Zeitung zusammen und zeigte auf einen Plumpsack aus grünem Chintz. «Da ist eine Kanne frisch gebrühter Kaffee drunter, holt euch mal Tassen und gießt mir auch noch ein.» Sie lehnte sich in ihren Sessel zurück. «Da bin ich mal gespannt, meine Herren.»

An einem Montag hatte Alex die Therapie begonnen, an einem Montag beendete er sie anderthalb Jahre später. Hatten ihm die Gespräche mit Dr. Braunschweig geholfen?

Noch immer gab es Tage, an denen ihn die neurologische Erkrankung beim Gehen behinderte, doch er kam kaum noch aus dem Gleichgewicht, wenn er zu viel Druck fühlte, überfordert war. Er hatte sich viel von der Seele geredet.

«Guten Tag, liebe Käthe», sagte er. «Hat Theo Zeit? Heute ist doch einer seiner Praxistage. Oder?» Alex blickte in das leere Wartezimmer.

Käthe nickte. «Ich guck mal», sagte sie. «Ist keine bei ihm drin, in einer Viertelstunde kommt die nächste.»

Doch Theo öffnete schon die Tür des Sprechzimmers. «Ich hab deine Stimme gehört. Tritt ein, Alex.»

«Ich hatte heute die letzte Sitzung bei Dr. Braunschweig», sagte Alex, als er sich auf den Stuhl vor Theos Schreibtisch setzte. «Ich danke dir für diese Empfehlung und bitte dich schon um die nächste.»

«Einen anderen Arzt als Lambrechts Nachfolger?»

Alex schüttelte den Kopf. «Ich lerne, mit ihm klarzukommen. Er ist sehr direkt und genießt es geradezu, harte Wahrheiten zu verkünden. Nein. Ganz anders. Ich habe vor ein paar Tagen die Märzabrechnung der GEMA bekommen, Theo. Ich fange an, viel Geld zu verdienen.»

«Ich fürchte, als Anlageberater eigne ich mich nicht.»

«Ich bitte dich um die Adresse des Notars, mit dem du die Übernahme der Praxis abgewickelt hast.»

«Denkst du daran, Immobilien zu kaufen? Klaus und du träumt doch schon lange an einem Häuschen in Italien herum, da wirst du einen einheimischen Notar hinzuziehen müssen.»

«Ich möchte mein Testament zugunsten von Klaus und Konstantin machen.»

Theo sah Alex erstaunt an. «Du bist auf einer großen Welle des Erfolgs, gesundheitlich stabil wie lange nicht und denkst bei einem Geldsegen als Erstes daran, dein Testament zu machen?»

«Deswegen muss keinen Tag eher gestorben werden.» Alex lächelte. «Ich fühle mich gut, Theo. Viele stockfreie Tage. Nicht mal Luppichs Drängen, Fotos für ein Männermodemagazin zu machen, bringt mich aus dem Gleichgewicht. Aber ich bin vierzehn Jahre älter als Klaus, ich will

ihn versorgt wissen, und Konstantin soll von seinem Patenonkel bedacht werden. Und denk an den Absturz der Lufthansamaschine im Januar, Ada Tschechowa hatte auch nur
einen beruflichen Termin in Bremen, ich bin viel mit dem
Quintett unterwegs.»

«Du hast ein Talent, das Schlimmste anzunehmen», sagte Theo.

«Das Notariat ist in der Nähe?»

«Hier im Neuen Wall. Ich gebe dir die Karte.»

Käthe steckte den Kopf zur Tür herein. «Deine Patientin»,
sagte sie.

Alex stand auf und nahm die Karte entgegen. «Danke,
Theo.»

«Kümmert euch mal um Italien. Zuerst das Leben.»

«Deswegen muss keinen Tag eher gestorben werden», sagte
Guste. Hatte Alex den Satz bei ihr aufgefangen? Guste saß
in der Küche der Johnsallee, auf dem Tisch lag ein großes
Kuvert. Die Kinder schliefen, alle anderen saßen um den
Tisch und sahen Guste an, keiner von ihnen ahnte, was sie
erwartete.

«Das ist nur die Kopie. Das Original hat Pampuch. Der ist
seit vierzig Jahren als Notar für mich tätig.»

«Das Haus kann ich euch nicht verkaufen», hatte Guste
am Samstag zu Tian und Momme gesagt. «Ich erkläre es
euch Montagabend.»

Tian Yan und Ida Yan, geb. Bunge

Momme Siemsen und Anni Siemsen, geb. Tesch

Sie waren vom Donner gerührt, als sie erfuhren, dass
Guste schon vor zwei Jahren in ihrem Testament festgelegt
hatte, dass die beiden Paare das Haus in der Johnsallee erben
würden.

«Nu müsst ihr noch warten, bis ich tot bin», sagte Guste und grinste. «Und die Miete kriege ich von euch auch weiterhin.»

«Tian, ich schlage vor, dass du und ich ein Konto einrichten für die Reparaturen am Haus. Da können wir monatlich einzahlen.» Momme sah zu Anni, die zu schniefen anfing. «Liebes Eheweib, was ist los?»

Doch Anni saß Guste schon auf dem Schoß und umarmte sie. «Nu muss ich mal aufstehen», sagte Guste, «hab was kalt gestellt.»

Sie stießen mit Alt Pöseldorf Extra trocken an.

«Und jetzt wird fröhlich weitergelebt», sagte Guste.

Florentine hatte den Führerschein am Tag ihres fünfundzwanzigsten Geburtstages gemacht, da war sie gerade in Hamburg gewesen, den Januar hatte sie ansonsten in Paris verbracht. Eisglatte Straßen, der Fahrlehrer schickte heimliche Stoßgebete gen Himmel, um die Reifen im Kontakt zum Asphalt zu halten, doch der Prüfer auf dem Rücksitz hatte nichts beanstandet an der Rutscherei und der Fahrerin.

Anfang April kam Florentines Auto, ein rotes Peugeot 404 Cabrio. Es ergab sich, dass Robert ihr erster Beifahrer war, alles andere als warm die Witterung, trotzdem fuhren sie mit offenem Verdeck.

«Mach doch auch den Führerschein», sagte sie. «Ich überlass dir gern die rote Brumme, wenn ich unterwegs bin.»

«Ein großzügiges Angebot. Ich denke drüber nach.»

«Du wirkst verhalten heute, Husky.»

«Weil ich mich frage, wie es mit uns weitergehen wird.»

«Das fragst du dich dauernd», sagte Florentine. «Du weißt, dass ich keine Frau zum Heiraten bin, aber ich hab dich lieb, und der Sex mit dir ist einfach klasse.»

An all den einsamen Abenden im zwölften Stock des Hauses am Grindel hatte sich Robert letzte Sätze überlegt, die er ihr sagen wollte, Abschiedserklärungen, die Florentine nie zu Ohren kamen. Viel zu groß die Angst, sie zu verlieren, dann lieber nur einen Zipfel ihres Rockes halten, der eigentlich zu kurz für Zipfel war. Florentine trug ohnehin am liebsten Jeans und Pulli.

«Wohin fahren wir eigentlich?»

«Ich hoffe, du bist heute nicht eingeteilt, um das Alex Kortenbach Quintett tontechnisch zu begleiten.»

«Die sind heute in Frankfurt.» Robert hatte einen anderen Termin getauscht, als er hörte, dass Florentine ihm die Ehre gab.

«An der Elbe entlanglaufen», sagte Florentine. «Teufelsbrück vielleicht, ich wollte schon immer im roten Cabrio über die Elbchaussee fahren. Ist dir warm genug?» Sie blickte zu ihm rüber, Robert träufelte Tropfen in die Höhle des Glasauges, Florentine kannte das schon.

«Der Fahrtwind», sagte Robert. «Er schadet der Geschmeidigkeit meines Lidschlages rechts.»

Florentine griff nach hinten, holte ihre Tasche hervor. «Guck mal, da ist eine Sonnenbrille drin. Vielleicht hilft die.»

«Halte die Hände bitte am Lenkrad», sagte Robert.

«Sei nicht nervös, Husky. Glaubst du, wir können bei Jacob auf der Terrasse sitzen? Wenn auch unter kahlen Linden?»

Der Himmel lag nun in Blau, die Sonne schien und wirkte sich ein wenig auf die Temperaturen aus, doch Robert bezweifelte, dass bei Louis C. Jacob schon die Terrassensaison eröffnet war. «Wir könnten Richtung Övelgönne gehen und irgendwo im Warmen sitzen. Ich lade dich auf eine Scholle ein», sagte er.

Sie liefen sich am Strand der Elbe warm. Aßen keine Scholle, nur ein Krabbenbrot. Als sie durch den Sand stapften, zurück zum Auto gingen, nahm Florentine Roberts Hand.

«Ich bin sehr gern mit dir zusammen, lieber Husky», sagte sie.

Einer von Florentines Sätzen, die Robert an seinen einsamen Abenden im zwölften Stock vor sich hin sprach, um neue Hoffnung zu schöpfen auf ein Leben mit ihr.

Ida wünschte sich ein Bettelarmband statt Schokoladeneier, die dick machten, die Romanow musterte die Körper der anderen, als sei sie eine wandelnde Waage, die in Einheiten von hundert Gramm maß.

Tian war zu einer Silberschmiede auf der Grindelallee gegangen, hatte die kleinen Jadeteile auf das Samttuch gelegt. Weißes Schildkrötchen, schwarzer Elefant, Zeichen seiner Liebe, als die noch im Verborgenen bleiben musste. Vor vielen Jahren hatte er sie Ida geschenkt, die lange gezaudert hatte, bis sie sich für ihn entschied.

Der Silberschmied versprach Ösen und klitzekleine Karabinerhaken zu dem Armband mit den Kettengliedern, das alles bis Gründonnerstag.

Ein hellgrauer Tag, als Tian am Gründonnerstag in den Grindelhof bog, den kleinen Karton mit dem Bettelarmband in der Tasche des Jacketts. Dort, wo er lange mit seiner Schwester Ling gelebt hatte, stand jetzt ein neues Haus, die Eisdiele Cadore nebenan gab es nicht mehr, Ugo war wieder in den Dolomiten. Tian blieb stehen vor dem neuen Haus, dachte an das alte, in dessen Keller Ling im Juli 1943 erstickt war, während er mit Ida und Florentine im soliden Gewölbe der Johnsallee saß.

In diesem Jahr könnte er sich aus dem Kontor zurückziehen, Ida ihre Arbeit in der Agentur aufgeben, im Juli würde er fünfundsechzig Jahre alt werden, Ida im August. Und doch dachte Tian, dass es noch zu viel ungelebtes Leben gab und keine Zeit fürs Altenteil.

Er ging an den Kammerspielen vorbei, betrat einen Blumenladen in der Rothenbaumchaussee, ließ je vier Bund hellrosa Tulpen zu zwei Sträußen binden.

Keiner im Haus. Auch Anni schien mit den Kindern ausgeflogen, oben blieb alles still. Tian füllte Gustes große Kristallvase mit Wasser, stellte den ersten der Sträuße hinein, nahm seine Post vom Tresen und ging nach oben, um den zweiten in eine chinesische Vase zu stellen, die alle Kräche mit Ida überstanden hatte. Einen Brief von der Bank, des Kontos wegen, das sie als Rücklage für die Reparaturen eingerichtet hatten. Eine Ansichtskarte vom Frankfurter Römer, er erkannte Alex' Schrift.

In der Ferne kam die Idee, dich und Robert zum Essen einzuladen. An Karfreitag bin ich zurück. Lass uns telefonieren.

Alex schien es forcieren zu wollen, dass Robert und er sich endlich kennenlernten, Florentine hatte da noch keine großen Ambitionen gezeigt. Ob es seiner Tochter gefiele, wenn sie sich hinter ihrem Rücken trafen? Tian trat ans Fenster und dachte darüber nach, warum Alex so sehr daran lag, dass Robert in die Familie fand.

Unten wurde die Tür aufgeschlossen. «Bin wieder da», rief Guste ins Haus hinein. Tian legte die Postkarte auf den Schreibtisch. Seines Wissens hatte es länger keine Alibiauftritte von Florentine und Alex gegeben, die letzte gemeinsame Erwähnung in einer Zeitung war die vom Besuch eines Konzertes mit Freunden, Klaus vermutlich und vielleicht auch Robert, sie waren gelegentlich als Quartett unterwegs.

Tian stieg die Treppe hinunter, um zu Guste zu gehen. Er sollte Alex direkt darauf ansprechen, ob der sich bedrängt fühlte von den Gefühlen, die Florentine stets für ihn gehegt hatte. Vor einem Essen zu dritt.

Ruth ging am Obelisken vorbei, dem Ehrenmal für die bayerischen Soldaten, die in Napoleons Russlandfeldzug gefallen waren, bog vom Karolinenplatz in die Brienner Straße ab und betrat das Redaktionshaus der *Twen* und der Illustrierten *Quick*.

Ein halbes Jahr schon war sie freie Mitarbeiterin von *Twen*, seit dem Ende der Journalistenschule. Die Zeitschrift für junge Leute galt als linksliberal, hatte Sympathien für die sich neu gründende APO, die Außerparlamentarische Opposition, und trug sicher dazu bei, den vorehelichen Sex zu enttabuisieren.

Ruth fühlte sich wohl in der Redaktion, sie selbst und ihre Art des Schreibens fand Sympathien, dennoch dachte sie daran, München zu verlassen, die Stadt war zu gemütlich. Berlin würde ihr gefallen, da tat sich viel in der Studentenbewegung, vielleicht auch Hamburg. Rudi wäre glücklich, wenn sie in ihre Heimatstadt zurückkehrte, er dachte an die *Morgenpost*, die ein sozialdemokratisches Blatt war wie einst Rudis *Hamburger Echo*, doch Ruth zog es nicht zum Boulevard.

Ein Grund, noch zu bleiben, wäre András, ihn hatte sie im Türkendolch kennengelernt, einem Programmkino. Student der Politik, gelegentlich Journalist, drei Jahre älter als sie, er lebte in einer Wohngemeinschaft, in der sie die Nächte erst am Morgen mit Diskussionen am Küchentisch beendeten, die vorher im Domicile begonnen worden waren, einem Schwabinger Jazzclub in der Siegesstraße.

Am Anfang hatte sie gedacht, er sei im November 1956 nach dem Volksaufstand aus Ungarn gekommen, vielleicht ließ er sie das gerne denken, doch ihm reichte eine ungarische Großmutter, die bereits seit den zwanziger Jahren in Berlin lebte, um András zu sein und sich des Andreas entledigt zu haben.

Sie liebte seine schwarzen Locken, Rudi hatte auch solche gehabt, auch wenn schon viel Weiß darin gewesen war, als er in ihr Leben kam. Sie wusste, dass sie Rudi und Käthe enttäuscht hatte, als sie die kleine Osterreise nach Hamburg absagte, doch die vier freien Tage wollte sie mit András verbringen, vielleicht an einen der Seen oder in die nahen Berge fahren, wenn es seine 12-PS-Ente dahin schaffte.

Ruth war in der Phase des Abstandnehmens von allem Vertrauten, von denen, die zu nah waren. Nur nicht in die eigenen Spuren treten und im Kreise herumgeführt werden. Sie wusste, dass sie Rudi weh damit tat. Das bereitete auch ihr Kummer. Doch es ließ sich nicht ändern.

«Ich verliere den Kampf um die Jugend», sagte Käthe. Sie betrachtete das glatte Gesicht ihres Mannes im Spiegel.

«Vielleicht den um die Jugend, sicher nicht den um die Sinnlichkeit.» Rudi hob ihr halblanges Haar hoch und küsste ihren Nacken.

«Und du? Gibt dir Alex von den Tropfen aus dem Jungbrunnen ab?»

Rudi lächelte. Er hatte tatsächlich die scharfen Falten verloren, mit denen er aus der Kriegsgefangenschaft zurückgekehrt war. «Wer von uns beiden hat denn weißes Haar?»

«Das hat deinem Vater schon gut gestanden.» Käthe griff nach dem Kamm und kämmte, was Rudi durcheinandergebracht hatte.

«Und wen treffen wir beim Osterfrühstück außer den Gastgebern? Die vier Uteschs, nehme ich an. Alex und Klaus?»

Käthe nickte. «Lina und Louise. Und Hennys Mutter. Nein. Nicht auf den Mund küssen. Du kriegst den ganzen Lippenstift ab.»

Sie zogen ihre Mäntel an, und Rudi griff nach dem Korb mit den Maiglöckchen, obwohl erst der 10. April war. Nur ein kurzer Weg von der Marienterrasse in die Körnerstraße, sie gingen ihn Hand in Hand.

«Wir sollten uns was für unsere Zukunft überlegen», sagte Rudi.

«So allein zu zweit? Ruth ist dir zu schnell erwachsen geworden.»

«Ja. Das ist sie. Doch ich empfinde es als großes Glück, dass du und ich noch eine Zukunft haben. Da gab es viel Gelegenheit in unser beider Leben, die unterwegs zu verlieren.» Er drückte Käthes Hand.

Den Krach hatte es gegeben, als die Sprache auf Rudi Dutschke kam, den Berliner Studentenführer, der im politischen Beirat des SDS saß. Dutschke war es, der die Demonstrationen gegen den Krieg der Amerikaner in Vietnam organisierte, im Februar hatte es eine erste Demo gegeben, bei dem Tumult vor dem Amerika-Haus in Charlottenburg waren Eier gegen die Fassade geflogen, die amerikanische Fahne auf halbmast gebracht, die Polizei schlug mit Gummiknüppeln zu.

«Dutschke ist ein Bubi, und nun hat er auch noch geheiratet, dieser Spießer.»

Ruth zog die Hand zurück, die sie in András’ Brusthaar gehabt hatte. Was war falsch am Heiraten?

«An Frauen bindet sich ein Mann nicht. Er braucht die Freiheit, sie abzulegen, wann immer er es will», war die Antwort gewesen.

Ruth hatte nie verstanden, warum Käthe nicht hatte heiraten wollen damals, Anfang der zwanziger Jahre. Sich zierte und es nur einer Wohnung wegen tat. Und war diese Ehe nicht glücklich geworden?

Sie schwiegen, als sie in Kochel am See den Schlüssel im Schloss umdrehten. Einen Tag früher verließen sie das Wochenendhäuschen, das der Oma eines WG-Bewohners gehörte. Sie schwiegen noch, als sie in München waren und er sie in der Wilhelmstraße absetzte.

«Krieg mal deine bürgerlichen Ideen aus dem Kopf», sagte András.

«Ich verstehe mehr von Revolution als du», sagte Ruth. «Du kannst doch höchstens deine Che-Guevara-Mütze hochwerfen.»

Sie wusste nicht, warum sie das sagte, hatte so noch nie darüber nachgedacht. Wie viel schöner wäre es gewesen, an diesem Ostertag im Garten der Körnerstraße zu sein und mit Katja und Konstantin bunte Eier zu suchen.

Sie trafen sich am Dienstag nach Ostern im Funk-Eck, Alex und Robert hatten am Vormittag im Sender zu tun gehabt und brauchten nur auf die andere Seite der Rothenbaumchaussee zu gehen. Tian hatte sich einen freien Tag im Kontor genommen und kam aus der Johnsallee.

Alle drei bestellten sie Rundstück warm, tranken Ratsherren Pilsener dazu, und Tian und Robert vermieden, dem anderen zu neugierig ins Gesicht zu gucken. Schließlich war es Tian, der sich traute, länger in das blaue und das grüne Auge zu sehen.

«Florentine nennt mich Husky», sagte Robert.

Vorbei, die Verlegenheit. Die Rundstücke wurden gerade serviert, da waren sie in ihrer Runde drei, denen daran lag, dass Florentine und Robert mehr als nur ein Gelegenheitspaar waren.

«Ich werde meiner Tochter sagen, dass ich Sie nun kenne, Robert.»

«Ich bin auch nicht länger für Heimlichkeiten», sagte Alex. Ihn würde eine ernsthafte Beziehung von Florentine und Robert erleichtern, hatte er zu Tian gesagt, als der danach fragte. Und mehr als das. Er glaubte, dass da zwei Menschen, die ihm am Herzen lagen, gut zueinanderpassten.

Eine herzliche Verabschiedung, bevor Alex und Robert zum Funkhaus zurückgingen und Tian in die Johnsallee. «Ich hoffe, Sie bald bei uns zu sehen», sagte Tian.

Ja. Das hoffte Robert auch.

Henny bat Käthe und Lina zu kommen, den Kreis aufzulockern, der sonst nur aus Else, Theo, Klaus und ihr bestanden hätte. Die Uteschs waren am Tag nach Ostern zu kurzen Ferien an die Nordsee gefahren. Alex schützte Arbeit vor, Elses Verdrossenheit über Klaus' und seine Lebensführung ging er gern aus dem Wege, wenn es möglich war.

Lina hatte die einstige Schwiegermutter ihres Bruders Lud auch immer kritisch gesehen, trotzdem tat sie Henny gern den Gefallen.

Holsteiner Schnitzel für sechs Personen, Henny und Klaus kamen kaum aus der Küche raus. Sie wälzten Kalbsschnitzel in Mehl, verteilten Rote Bete auf die Teller, rösteten Weißbrotscheiben und belegten sie mit Ölsardinen und Sardellenfilets. Dann brieten sie die Schnitzel und Spiegeleier. Lina und Käthe trugen die Teller ins Esszimmer, während Else in Theos Ledersessel saß und von Theo unterhalten wurde.

«Die schwierigste Aufgabe», sagte Klaus.

«Du hast gar nicht deinen Mann mitgebracht», sagte Else zu Käthe, als sie am Tisch saßen und Theo den leichten Mosel einschenkte.

«Rudi ist spontan nach München gefahren, er sorgt sich um Ruth.»

«So ist das, wenn es nicht die eigenen Kinder sind», sagte Else.

Klaus zwinkerte Käthe zu.

«Ich esse nur noch wie ein Vögelchen.»

«Das ist oft so im hohen Alter», sagte Theo.

«Was ich vermisse, sind die Bratkartoffeln, Kind. Die gehören doch zu einem guten Schnitzel Holstein.»

«Ich dachte, das wäre zu üppig», sagte Henny.

Aber über den neuen Fernseher hatte sich Else wirklich gefreut. Der Loewe Opta hatte einen größeren Bildschirm als der Graetz, den sie nun auch schon zehn Jahre besaß.

Tage hängen wie Trauerweiden, sang die Knef, seit Februar war sie mit eigenen Liedern und alten Chansons auf Tournee, Klaus hätte das Lied gern in die Sendung genommen, doch Thies fand, das sprenge den Rahmen. Stattdessen Sinatras *Strangers In The Night*, ein schöner Song von Bert Kaempfert. Die Kuck'sche würde sich freuen.

Er schenkte seiner Mutter *Ich seh die Welt durch deine Augen*, die Langspielplatte, die vor der Tournee veröffentlicht worden war, Henny mochte die Knef, das Konzert in Hamburg hatte sie leider verpasst.

«Ich lade sie nach Berlin zum Abschiedskonzert in die

473

Philharmonie ein», hatte Alex im guten Gefühl der Wohlhabenheit gesagt.

Klaus lachte. «Das wird teuer, denn dann musst du Ida, Lina und Louise auch einladen. Lauter Fans.» Nur Käthe machte sich nichts aus Hildegard Knefs gesungenen Gedichten.

Alex hielt die Einladung aufrecht, doch nicht einmal ihm gelang, vier zusammenhängende Tickets für das Berliner Konzert zu bekommen.

«Henny und Käthe kennen sich in diesem April sechzig Jahre», sagte Klaus, als sie abends auf dem safrangelben Sofa saßen. «Dann ist Lina dazugekommen. Ida. Louise.»

«Glaubst du, ihnen gefiele eine Einladung zum High Tea?», fragte Alex. «Ich könnte einen Tisch im Vier Jahreszeiten reservieren lassen.»

«Käthe wird die Kuchen lieben und die anderen den Glanz.»

«Ich rufe alle an und bitte sie, sich auf einen Tag zu einigen. Eine lebenslange Freundschaft muss mal gefeiert werden.»

Alex stand auf und ging zum Klavier. «Hast du gehört, dass Theo Klavierstunden nehmen wird?»

«Kennst du jemanden, der ihn unterrichten kann?»

«Ja», sagte Alex. «Diesmal konnte *ich* Theo eine Empfehlung geben.» Er spielte die ersten Takte von *Love Is Here To Stay*, Gershwin war noch immer einer seiner liebsten Komponisten.

Henny, Käthe, Lina und Ida einigten sich auf den 21. April, allen gelang es, den Donnerstagnachmittag freizuschaufeln von Terminen, nur Louise hatte schon der Einladung eines Verlages zugesagt.

Henny war von den vieren in ihrer Zeiteinteilung am unabhängigsten, wenn sie auch erst einen kleinen Abschied von der Finkenau genommen hatte und auf Dr. Havekosts und Gisela Suhrs Drängen an zwei Tagen in der Woche im Kreißsaal aushalf. Dazu kam, dass sie einmal am Tag nach Else sah und bei der Betreuung von Konstantin einsprang.

Ida hatte eine lange Diskussion mit der Romanow gehabt ob dieser freien Stunden. Seitdem die Agentur an Bedeutung verloren und kaum noch gut beschäftigte Mannequins und Modelle unter Vertrag hatte, lag der Schwerpunkt auf der *Schule der Dame*. Doch es zeigte sich, dass die angehenden Damen weniger daran interessiert waren, wer wen vorstellte und wie man einen Hummer aß, als vielmehr daran, elegant und leicht aus der Hüfte heraus die Füße voreinanderzusetzen, als ginge man auf einer schmalen Mauer und sei eine Siamkatze.

Das konnte ihnen nur Ida vorführen.

Die Agenturchefin war schon immer schwerknochig gewesen, doch im Alter glich ihre Figur in der Form eher einem Betonklotz, sie war gänzlich ungeeignet, um Debütantinnen und ehrgeizigen Sekretärinnen den anmutigen Gang beizubringen.

Der neue Kurs, der eigentlich am 21. April hatte beginnen sollen, musste einen Tag vorverlegt werden. Da blieb Ida stur. Sie hatte keine Sorge mehr, dass die Romanow ihr kündigen könnte, Ida war unverzichtbar geworden und als Mutter eines international gefragten Topmodells glanzvoller als die in die Jahre gekommene Agentur.

Ein milder Tag, dieser 21. April, leicht regnerisch, dennoch hatte jede von ihnen entschieden, es sei ein Tag für Frühjahrskostüme, pastell und kniekurz, dazu hochhackige

Pumps. Der erfahrene Vertreter des Maître d'hôtel erkannte in der heiteren Vertrautheit der vier Damen langjährige Freundinnen, die nun an einem der begehrten Tische am Fenster Platz nahmen, von Herrn Kortenbach reserviert, der im Hause hochgeschätzt wurde.

«Eine glänzende Idee von Alex», sagte Lina.

«Er und Tian gönnen es sich einmal im Monat, hier den High Tea zu nehmen», sagte Ida.

«Wir müssen uns öfter verwöhnen, Kinder», sagte Käthe.

Henny lächelte, als habe sie schon an einem feinen Schälchen Sahne geschleckt. «Lasst uns einen Jour fixe einrichten, ehe das Leben uns links überholt hat und vorbei ist.»

Scones. Clotted cream. Fingersandwiches mit Lachs und Gurke. Viele kleine Kuchen. Schokoladeneclairs. Käthe dachte an die französischen Küchlein, die ihr Rudi vor vielen Jahren im Reichshof ausgegeben hatte.

«Dass es schon wieder Petits Fours geben darf, wo wir gerade noch mit den Franzosen im Krieg gestanden haben», hatte Else damals gesagt.

«Hat Else den Geburtstag ohne Bratkartoffeln gut verkraftet?», fragte Käthe ihre älteste Freundin.

«Klaus hat sie nach Hause gefahren, ihr den Fernseher aufgestellt, die Antenne und die Programme eingerichtet. Dann haben sie gemeinsam die Nationalhymne angehört und erst beim Testbild ausgeschaltet.»

«Klaus ist sehr geduldig mit seiner Großmutter», sagte Käthe. Sie nahm ein zweites Eclair. Diese Köstlichkeiten.

«Und wie geht es Ruth in München?», fragte Lina.

«Sie wird nach Berlin gehen», sagte Käthe mit vollem Mund. Sie nahm die gestärkte Stoffserviette und veredelte sie mit Schokolade und Lippenstift. «Sie hat dort ein Angebot vom *Spandauer Volksblatt*.»

Ida bestellte eine Flasche Fürst Metternich, als der Pianist zu spielen begann. Ach, diese Erinnerungen an Jef. An seine Lieder.

Das gibt's nur ein Mal, das kommt nicht wieder,
das ist vielleicht nur Träumerei.
Das kann das Leben nur ein Mal geben,
vielleicht ist's morgen schon vorbei.

Doch der junge Mann dort am Flügel spielte Stücke aus *My Fair Lady*.

Sie hoben die Gläser und stießen an. «Auf dass wir noch lange dabei sind», sagte Henny.

«Also einen Jour fixe», sagte Lina. «Einmal im Monat.»

«Es kann ja auch das Café Wirth sein», sagte Käthe. Obwohl die Kuchen hier im Haus schon hinreißend waren.

Ida gab dem Vertreter des Maître d'hôtel ein Zeichen. «Der Sekt geht auf mich», sagte sie.

Was ließ sie Theo vorschlagen, noch einen Spaziergang zu machen? Weil auf einmal so viel Frühling in der Luft lag? «Wir können kurz bei Else vorbeischauen», sagte sie. «Ich war heute noch nicht bei ihr.»

Henny klingelte zweimal kurz, das verabredete Zeichen, dann schloss sie die Tür auf mit ihrem Schlüssel.

Else saß im Sessel, auf ihrem Schoß lag die *Hör Zu*, aufgeschlagen auf der Seite des 22. April. Eine Sendung im ZDF war rot angestrichen, *Robin Hood, der edle Räuber*, zweiter Teil.

Theo sah in die starren Augen seiner Schwiegermutter, beugte sich über Else, suchte und fand die sicheren Zeichen des Todes, schloss ihr die Lider, richtete sich auf.

Er nahm Henny in seine Arme.

Dann hob er Else hoch und trug sie zum Bett. Henny und

er saßen lange im stillen Wohnzimmer, bis Henny all das für Else tat, was sie für Lotte Unger getan hatte. Zog sie aus. Wusch sie. Kleidete sie an, die beste Bluse, der gute Rock. Kämmte ihr das Haar. Die Kerzen brannten im Schlafzimmer, Henny hatte sie im Buffet in der Küche gefunden.

Erst danach ging Theo zum Telefon, rief Marike an und Alex, Klaus' Sendung hatte gerade begonnen. Marike und Katja trafen kurz darauf ein, Thies war bei Konstantin geblieben. Sie saßen an Elses Bett, als dann Klaus und Alex kurz vor Mitternacht kamen.

Husky, lass uns eine kleine Reise tun», sagte Florentine. «Ich fahre nach Skagen, Fotoaufnahmen zwischen den Meeren, ich werde sicher sehr interessante Fummel am Körper haben. Komm mit.»

Sie fuhren mit Florentines rotem Peugeot Cabrio nach Flensburg und über die Grenze, das ganze lange Jütland bis hinauf nach Skagen, wo sich die Ostsee mit der Nordsee traf. Die Redakteurin der *Elle* hatte in Brøndums Hotel Zimmer reserviert.

Die Dänen waren ein aufgeschlossenes Volk, es kümmerte sie nicht, dass Florentine und Robert ein Doppelzimmer bewohnten, das Einzige, was kümmerte, war, dass sie Deutsche waren, *Tysk*, das sahen die Dänen auch einundzwanzig Jahre nach dem Krieg noch kritisch.

Florentine stand in ihren Fummeln in aller Frühe in alten Holzkähnen, die malerisch auf dem Sand gestrandet lagen, das Licht war morgens um fünf am besten. Florentine und Robert liebten sich, wann immer der Fotograf ihr freigab. Das Meer war salzig und laut.

Was versuchte Robert alles zu fragen und festzulegen. Wollen wir Mann und Frau sein? Ein Kind haben? Er war hoffnungsvoll, da oben in Jütland. Dieses besondere Licht, das Flirren im Himmel, das schon um die Jahrhundertwende die Maler angezogen hatte und eine Künstlerkolonie entstehen ließ.

Abends saßen sie in einem kleinen Lokal am Hafen, dessen Boden mit weißem Sand bedeckt war, um all die Flüssigkeiten besser auskehren zu können, allen voran das Bier. Sie tranken Carlsberg und Aquavit, aßen den Fisch, der gerade gefangen worden war.

«Was ist das mit dir und Alex?»

«Ich hab ihn schon geliebt, als ich ein kleines Kind war, und ich hänge an dieser Liebe», sagte Florentine. «Doch wie du siehst, bist du der Held meiner Wirklichkeit. Lass mir Zeit.»

In einer dieser Nächte fiel ihnen das Mondlicht auf das Bett im Brøndums. Florentine wurde wach und setzte sich auf, betrachtete den schlafenden Husky. Einen behutsamen Kuss, den sie ihm auf das rechte Lid gab, das sein Glasauge bedeckte.

Am letzten Tag liebten sie sich vor einer versandeten Kirche, die südlich von Skagen stand, nur noch der Turm war von ihr zu sehen, das Kirchenschiff lang schon aufgegeben, St. Laurentius hieß sie. Florentine lachte.

«Sollten wir mal einen Sohn haben, werde ich ihn Lorenz nennen», sagte sie.

Das Leben war schön in diesen Augusttagen, an denen die Sandkörner an ihren Körpern kitzelten.

Am 6. August fuhren sie nach Hamburg zurück. Im Autoradio wurde des Abwurfs der Atombombe auf Hiroshima gedacht, auch das schon einundzwanzig Jahre her, dass die japanische Stadt ausgelöscht worden war, Florentine drehte am Knopf des Radios, und es kam Musik.

Die Erde war staubtrocken nach den heißen Tagen, Henny schwenkte die Gießkanne über die Köpfe der Fuchsien, leuchtend rote, die hatte Lud schon geliebt.

So viele Nerven, wie Else sie gekostet hatte, so groß war Hennys Trauer um ihre Mutter. Sie stellte die Gießkanne ab und betrachtete den Stein, den sie ausgesucht hatten, Heinrich und Else Godhusen schienen in diesem Grab wieder vereint, als läge Heinrich nicht seit 1914 in masurischer Erde. «Lass uns den Namen und die Lebensdaten deines Vaters auch nennen», hatte Theo vorgeschlagen.

Klaus kam mit der zweiten Gießkanne, die er am Bassin aufgefüllt hatte. Henny drehte sich ihrem Sohn zu, das dunkelblonde Haar, das Klaus nun lang trug, fiel ihm in die Stirn, das Hemd war aus der Jeans gerutscht, er hatte es halb aufgeknöpft, die Ärmel hochgekrempelt.

Langhaarige in Nietenhosen, hatte Else gesagt, als die Studenten in die Wohnung der Lüder'schen gezogen waren. In Elses Wohnung lebte seit Juli ein junges Ehepaar, die Frau erwartete im Herbst ihr erstes Kind. Alles fing von vorn an.

«Mama», sagte Klaus. Er stellte die Kanne ab und umarmte Henny. «Sie hat ein langes und nicht allzu schweres Leben gehabt, und wir haben alles getan, damit es ihr in den letzten Jahren gutging.»

«Vielleicht war ich oft ungeduldig mit ihr», sagte Henny und wischte sich die Tränen mit dem Handrücken ab.

«Nun hast du Erde im Gesicht», sagte Klaus und gab ihr ein Tempo.

«Wisst ihr eigentlich, wie lieb ich euch habe? Dich und Alex. Marike, Thies und die Kinder.»

«Das wissen wir», sagte ihr kleiner Junge, der schon vierunddreißig Jahre alt war. «Ich hab mich immer geborgen gefühlt, am Anfang auch bei Ernst. Wollen wir nachher bei ihm vorbeigehen?»

«Warst du nach der Beerdigung noch mal da?»

«Ja. Ich habe auch eine Grabpflege in Auftrag gegeben.

Du siehst ja, man fühlt sich immer schuldig, ganz egal, ob es einen Grund dafür gibt.»

«Den Stein hast du auch ausgesucht?», fragte Henny, als sie dann vor Ernst Lührs Grab standen, auf dem ein kleiner Findling lag.

«Wer hätte es sonst tun sollen?», sagte Klaus und gab auf das Immergrün eine Kanne Wasser.

«*And here's to life*», sagte er, als sie das Auto erreichten. Ein neues. Es fiel Alex und ihm doch leichter, italienische Autos zu kaufen als Häuser.

Sie stellten das Gartengerät und die Gießkannen in den Kofferraum, und Klaus hielt seiner Mutter die Tür auf.

«Lass uns noch mal zur Schubertstraße fahren, ehe du mich zu Hause absetzt», sagte Henny.

«Um die fremden Gardinen an den Fenstern zu sehen?»

«Ja», sagte Henny. «Vielleicht darum.»

Die Klänge des Klavierspiels kamen durch die offene Terrassentür in den Garten und schlichen sich am Haus vorbei in den Vorgarten, als Henny die Tür aufschloss. Noch nicht *Der fröhliche Landmann.*

Theo hatte *Brüderlein fein* und *Kommt ein Vogel geflogen* schon hinter sich gelassen und spielte bereits die Noten im Bassschlüssel. Er übte gern, und der junge Klavierlehrer war geduldig.

Lied der Meermädchen klang da zu Henny hin, aus Carl Maria von Webers Oper *Oberon*, ein getragen zu spielendes Klavierstück. Das einundfünfzigste im Grundlehrgang *Der junge Pianist.*

Henny gab Theo ein Zeichen, nicht aufzuhören. Der einzige Mann außerhalb der Konzertsäle, den sie am Klavier kannte, war Alex, es rührte sie, Theo da zu sehen. Doch er hörte auf und erhob sich vom Klavierhocker. «Es ist nur ein kurzes Stück», sagte er. «Ich kann es natürlich in einer Endlosschleife spielen. Jetzt trinken wir erst mal eine kühle Limonade. Du siehst erhitzt aus.»

«Klaus und ich sind noch in die Schubertstraße gefahren, es ist schon schmerzlich, dass hinter den Fenstern andere Leute leben.»

Sie setzten sich auf die Terrasse, guckten in die Rosen. «Wer hier einmal leben wird?», sagte Henny.

«Eines unserer Kinder, nehme ich an, Marike oder Klaus. Ich habe ein Testament gemacht, darin bist erst einmal du meine Erbin.»

«Ich wusste nichts von einem Testament.»

«Alex hat mich damit angesteckt.»

«Auch davon weiß ich nichts.»

«Er komponiert und erspielt sich ein kleines Vermögen. Er hat Klaus als seinen Erben eingesetzt, und auch Konstantin wird großzügig bedacht.»

«Wissen Klaus und Marike das?»

«Alex hatte vor, mit ihnen darüber zu sprechen.»

«Wenn ich an die Habseligkeiten meiner Mutter denke.»

Ein kleines Sparguthaben auf der Hamburger Sparkasse. Möbel, die keiner von ihnen hatte haben wollen und die schließlich in den Fundus der Diakonie kamen. Henny hatte mit ihren Kindern alles durchgesehen. Das gute Porzellan, das nur bei besonderen Gelegenheiten benutzt worden war, stand nun bei Marike in der Hartwicusstraße. Die Alben mit den Fotografien und der alte Tannenbaumschmuck samt Engelsgeläut waren bei Klaus, auch der Loewe Opta, der nun im Schlafzimmer stand, eigentlich hatte ihnen der postkartengroße 4 Inch Sony in der Küche genügt. All die anderen persönlichen Dinge hatte Henny genommen.

Der Mensch und seine Sachen.

«Auf einmal sind alle in unserem Kreis gut situiert», sagte Henny.

«Ich fürchte, Käthe und Rudi fremdeln noch immer damit.»

«Als es um den Termin für unseren nächsten Jour fixe ging, hat Käthe gefragt, ob wir wieder ins Jahreszeiten gehen könnten, die Eclairs seien die köstlichsten.»

«Und? Geht ihr?»

«Die Kaminhalle ist eher was für die kühlere Jahreszeit. Wir fahren zum Süllberg-Hotel und setzen uns dort auf eine der Terrassen.»

«Es soll nicht mehr so gut sein wie früher.»

«Der Blick über die Elbe ist noch immer großartig.»

«Ich dachte eher an Käthes Eclairs. Wie kommt ihr denn dahin?»

«Louise hat Momme gefragt, ob er uns die Familienkutsche leiht.»

«Louise ist tatsächlich noch immer die Einzige von euch, die fährt?»

«Ja. Alle anderen finden, es sei nun zu spät für den Führerschein.»

«Schade, dass ihr das uns Männern überlasst.»

«Alex und Rudi fahren ja auch nicht. Ida erzählte, dass Florentine mit einem Rennwagen durch die Gegend flitzt.»

«Katja sagt, es sei ein Peugeot Cabrio.»

«Was weiß Katja von Florentines Auto?»

«Sie ist darin mit Florentine durch die Gegend geflitzt.» Theo grinste.

«Du siehst aus wie der Kater, der den Kanarienvogel gefangen hat.»

Theo grinste noch breiter. «Ich genieße es, was zu wissen,

von dem du noch nichts weißt. Katja denkt darüber nach, Fotografin zu werden. Sie hat Florentine gebeten, ihr ein Praktikum zu vermitteln.»

«Sie ist erst sechzehn», sagte Henny.

«In den Ferien. Bei einem angesehenen Fotografen, der sein Atelier im Bunker an der Feldstraße hat. Frag mich nicht nach dem Namen.»

«Du sitzt also hier und sammelst die Neuigkeiten ein.»

«*Das* war nun mal in der Praxis, als Katja bei Marike war.»

Henny stand auf. «Spiel noch mal das *Lied der Meermädchen*», sagte sie. «Ich bereite unser Abendessen zu.»

Ida schwenkte ihr Bettelarmband am nackten, gebräunten Arm, als sei das eine Einleitung zum Flamenco. Zu dem Schildkrötchen und dem kleinen Elefanten war ein silberner Eiffelturm hinzugekommen, den Florentine aus Paris mitgebracht hatte, ein Mondstein in Herzform, eines von Tians Geburtstagsgeschenken, ein Einhorn von Henny.

«Ich sehe, dass Ihre Haut noch glatt und straff ist, Ida», sagte die Romanow. «Sie können die Arme ruhig runternehmen.»

«Es war ein Ausdruck von Lebensfreude», sagte Ida. Die Freude darüber, endlich in diesen Sommertag hinauszukommen, die vier Teilnehmerinnen des Abendkursus hatten abgesagt, vermutlich aus den gleichen Gründen.

Die Absätze ihrer Slingpumps klangen wie Kastagnetten, vielleicht doch Flamenco, Ida war in der Laune dazu. Warum nicht noch zum Alsterpavillon gehen, sich unter Palmen setzen, ein Glas trinken?

«Erwartest du jemanden, oder darf ich mich zu dir setzen?»

Ida blickte auf und sah Campmann. Er gefiel ihr als

älterer Herr viel besser, distinguiert wirkte er. «Setz dich, Friedrich», sagte sie, «ich nehme mir eine Auszeit, bevor im Garten der Johnsallee drei kleine Mädchen meinen Liegestuhl erklettern.»

«Ich nehme kaum an, dass es deine Enkelkinder sind.»

«Natürlich nicht.» Ida hob das Glas. Campmann bestellte ebenfalls einen Gin Tonic. Warum war es so schiefgegangen mit ihnen?

«Deine Tochter macht eine große Karriere. Ich sehe sie auf den Hochglanztiteln dieser Welt.»

«Du liest die *Elle* und die *Vogue*?»

«Anette tut es.»

«Hieß so nicht die junge Dame, die du mir damals bei der Ausstellung vorgestellt hast? Sie ist noch immer in deinem Leben?»

«Gelegentlich gibt sie bei mir die Domina.»

«Was sind das für Abgründe, Friedrich.» Ida sagte es mit einem Lächeln.

«Wie sehr du dich verändert hast. Früher warst du vor allem launisch, anspruchsvoll und dekorativ. Heute bist du eine Frau von Welt, die durchaus aufgeschlossen zu sein scheint.»

Ida sah auf ihre kleine Uhr, eine Baume et Mercier.

«Nicht die Uhr, die ich dir einst geschenkt habe. Und das interessante Armband mit den Anhängern. Hat man das jetzt?»

«Dein Geschenk ist vierzig Jahre her, Friedrich.»

«Ich hoffe, du hast noch ein wenig Zeit für mich.»

«Diesen Gin Tonic lang», sagte Ida. Sie nahm von den Nüssen in der kleinen Schale, die zu dem Drink serviert worden waren, obwohl sie sich die hatte verkneifen wollen zugunsten ihrer schmalen Taille.

«Könnten wir uns öfter sehen? Ich bin ein wenig einsam.»

«Und deine Domina?» Warum sagte sie nicht einfach nein?

«Anette lässt sich vor allem von einem Reeder ausführen. Sie liebt Herren, die äußerst solvent sind.»

«Das bist du doch auch.» Ida leerte das Glas mit einem großen Schluck.

Campmann seufzte. «Liebst du deinen Chinesen immer noch?»

Ida lächelte und öffnete ihre Handtasche, entnahm ihr einen Schein, legte die zehn Mark auf den Tisch. «Lebe wohl, Campmann», sagte sie und stand auf.

«Lebe wohl?» Er schüttelte den Kopf. «Warum so melodramatisch?»

Er sah Ida nach, die wortlos davonging. Er hätte heulen können.

«In diesem Jahr will ich einen Tannenbaum», sagte Klaus. «Für den schönen alten Baumschmuck, den ich von meiner Großmutter habe.»

«Ein heißer Augusttag ist genau der Moment, darüber nachzudenken.» Alex stellte das Tablett mit den Drinks und der kleinen Schale mit den Kartoffelchips ab. «Hast du den Lorbeer und die Hortensien gegossen?»

«Ich gieße schon den ganzen Tag. Auf Gräbern und anderswo. So ein eigenes weihnachtliches Ritual wäre doch hübsch.»

«Ich liebe die Heiligabende bei Theo und Henny», sagte Alex.

«Aber nun haben wir Elses Baumschmuck.»

«Gut. Ich schlage dir einen Baum.»

«Genügt völlig, ihn vorne an der Mundsburger Brücke zu

kaufen. Was denkst du, könnten wir die Kuck fragen, ob sie uns im Haushalt hilft?»

«Auf keinen Fall. Dann weiß es der ganze NDR, dass wir ein Paar sind. Das schaffen wir allein, ich bin ja jetzt gut einsetzbar, die Wäsche bringen wir ohnehin zu Lange.»

«Dir geht es richtig gut, nicht wahr?»

Alex klopfte auf den Teakholztisch. War er denn aberglaubisch?

Das Damoklesschwert hängt über Ihnen, hatte Dr. Bunsen gesagt, Lambrechts Nachfolger.

«Mir geht es richtig gut», sagte Alex.

«Hast du den Sommerfrischler schon gesehen? Das grüne Auge leuchtet umso mehr, wenn Robert sonnengebräunt ist. Er sei es am ganzen Körper, hat er gesagt, Florentine und er scheinen ja dauernd nackt in den Dünen gelegen zu haben.»

«Das klingt doch hoffnungsvoll», sagte Alex.

«Seit Dänemark ist er sehr optimistisch. Er fragte, ob wir nicht wieder mal was zu viert machen.»

«Ich würde gerne in den Film von Claude Lelouch gehen, Florentine hat ihn erwähnt, sie kennt ihn aber schon aus Paris.»

Klaus hob die Brauen. *«Ein Mann und eine Frau?»*

«Die Musik von Francis Lai soll großartig sein. Seine erste Filmmusik.»

«Florentine guckt sich den Film sicher gern noch mal an», sagte Klaus. «Klingt, als hättet ihr viel Kontakt.»

Alex sah zu ihm hinüber. «Ich habe sie im Juli in der Johnsallee getroffen, ich war dort, um Guste zu besuchen.»

Klaus stand auf. «Alles gut», sagte er. «Willst du noch einen Drink?»

Rudi war auch an der Berliner Zimmerfindung beteiligt und half seiner Tochter, als sie in die Wohngemeinschaft am Südstern zog, auf der Grenze zwischen Kreuzberg und Neukölln.

Er staunte über den Zustand des alten Hauses, in dessen Fassade noch die Einschlagslöcher der Kugeln des Straßenkampfs von 1945 zu sehen waren, und fühlte sich an die halbe Ruine am Hofweg erinnert, eine ähnliche Treppe, die Ölfarbe kam in großen Placken von den Wänden. Dachte Ruth noch an den tödlichen Sturz ihres Großvaters?

Alle hatten Ruth zu kurzen Wegen geraten, dazu, ein Zimmer in Spandau nahe der Redaktion zu nehmen, doch sie wollte tiefdrin sein im studentischen Berlin, am besten dort, wo es hässlich war. Spandau fand sie zu bürgerlich, immerhin bezog das *Volksblatt* linke Positionen und galt als Gegenpol zur Springer-Presse.

Rudi saß in der Küche der WG, trank Kaffee aus einem emaillierten Becher, vermied den Blick auf den Berg schmutziges Geschirr am Spülbecken und versuchte, das Gespräch mit Stefan aufrechtzuerhalten, der vor allem mit seiner selbstgedrehten Zigarette beschäftigt war. Einer von zwei männlichen Mitbewohnern.

Käthe hatte ihn ausgelacht, als er Bedenken äußerte, sein Kind allein mit zwei Männern leben zu lassen, die zugegeben kaum älter waren als Ruth. Und hatte sie in München nicht schon diesen András gehabt?

«Ruth sagt, du seist mal Kommunist gewesen.» Stefan sah hoch von seiner Selbstgedrehten. «Und warum hast du damit aufgehört?»

«Weil ich nach zwei Konzentrationslagern und fünf Jahren russischer Kriegsgefangenschaft zur Erkenntnis kam, dass es kein Weg für mich ist», sagte Rudi. Hatte er das nicht bereits viel früher gewusst? Er war doch nur bei den Kommunisten hängengeblieben, weil die Nationalsozialisten gekommen waren.

«Zwei KZs. Das ist ehrenvoll», sagte Stefan. «Wo?»

«Fuhlsbüttel und Stutthof. Meine Frau ist in Neuengamme gewesen.»

«Ihr seid nicht die leiblichen Eltern. Oder? Da hat sie Glück gehabt mit euch. Mein Alter war ein Nazi, eigentlich ist er es immer noch.» Stefan guckte Rudi mit erwachter Neugier an. «Du sorgst dich, Ruth mit Jens und mir allein zu lassen, nicht wahr?»

Rudi sah ihm ins Gesicht. Nett und jung unter dem Bart. «Nicht mehr», sagte er. «Aber passt aufeinander auf.»

Er blickte zur Küchenuhr, bald musste er aufbrechen zum Bahnhof Zoo. Gute vier Stunden würde der Interzonenzug brauchen, in den dreißiger Jahren war der *Fliegende Hamburger* in 142 Minuten vom Lehrter Bahnhof nach Hamburg gefahren.

«Jens studiert auch Geschichte», sagte Stefan. «Aber es ist so viel los, dauernd Demos, die Amis mit ihrem Scheißkrieg, der Zustand an den Unis. Das muss man mitnehmen. Sind eben aufregende Zeiten, obwohl deine wohl noch aufregender waren.»

«Anders», sagte Rudi. Sie blickten beide zur Tür, als die sich öffnete und Ruth in die Küche kam.

«Ich bin nachher auf einer Pressekonferenz an der FU», sagte sie. «Da kann ich dich noch zum Zug bringen.»

«Da freut sich der Vati aber», sagte Stefan. Doch es klang freundlich. Er stand auf und reichte Rudi zu dessen Überraschung die Hand. «Hier liegt auch weiterhin eine Matratze für dich. Auch mal länger, falls Ruth nichts dagegen hat.» Stefan grinste.

Rudi war ebenfalls aufgestanden. «Ich danke dir, Stefan», sagte er. Der Abschied von Ruth würde ihm leichter fallen mit dem Wissen, dass er ein gerngesehener Gast in der Körtestraße war.

Thies setzte den Tonarm auf die Single, die auf dem Plattenspieler in seinem Büro lag. «Hör mal, was uns da von der Polydor ins Haus geschickt worden ist», sagte er. «Das Werk heißt *Wir*.»

Wer will nicht mit Gammlern verwechselt werden? WIR!
Wer sorgt sich um den Frieden auf Erden? WIR!
Ihr lungert herum in Parks und in Gassen,
wer kann eure sinnlose Faulheit nicht fassen? WIR! WIR! WIR!

«Das ist doch unser aller Seemann und Abenteurer», sagte Klaus.

«Ja», sagte Thies. «Freddy Quinn. Was denken die sich dabei?»

«Auf den Zug der *Bildzeitung* aufspringen. Sollen wir daraus was machen? Einen kleinen Beitrag in einer der Kultursendungen?»

Thies schüttelte den Kopf. «Am besten ignorieren.» Er nahm den Tonarm von der Platte. «Kommst du mit in die Kantine?»

Klaus sah auf die Uhr. Kurz vor fünf. «Gehst du nicht nach Hause?»

«Ich fahre noch nach Lokstedt raus.»

«Liebäugelst du mit dem Fernsehen?»

«Es geht um den *Grand Prix* in Wien. In den Gesprächen bin ich auch als alter Hörfunkmann noch drin. Schließlich übertragen wir.»

«Merci für die Stunden, Chérie», sagte Klaus. «Alex hält Udo Jürgens für einen der großen Musiker.»

«Da stimme ich ihm zu. Kommst du also mit in die Kantine? Du hast doch nachher noch die *Kulturtipps*.»

Sie ließen sich von Frau Kuck je einen Teller mit einem Strammen Max anreichen. «Mir fehlt Ihre Großmutter», sagte die Kuck. «Und wenn ich ehrlich bin, auch das Geld. Braucht Ihre Mutter keine Putze?»

«Gibt es in der Körnerstraße eigentlich noch die alte Zugehfrau?», fragte Thies, als sie am Tisch saßen.

Klaus schüttelte den Kopf. «Henny macht alles selbst, seit keine Else mehr da ist, um die sie sich kümmert.»

«Dann werden wir ihr die Kuck andienen», sagte Thies. Er schnitt in das Spiegelei hinein und ließ das Eigelb zerlaufen.

«Wenn du mich noch einmal für Dr. Beseler einträgst, höre ich auf.»

«Das war anders geplant.» Gisela sah Henny entschuldigend an. «Die Komplikation im ersten Saal hat alles durcheinandergebracht. Ein Glück, dass Havekost zur Stelle war, das konnte nur er retten. Darum habe ich Beseler zu dir geschickt, ich weiß, dass du allein besser klargekommen wärest, Henny.»

Das, was Gisela da euphemistisch als *Komplikation im ersten Saal* bezeichnete, war eine *drohende* Uterusruptur gewesen, eine der größten Gefahren für Mutter und Kind bei der Geburt. Henny hatte vor vielen Jahren eine *erfolgte* Ruptur erlebt, auch der erfahrene Chirurg Kurt Landmann hatte damals Mutter und Kind nach dem Gebärmutterriss nicht retten können.

Dass es heute gutgegangen war, hatten sie dem schnellen Eingreifen von Havekost und dem Anästhesisten zu verdanken, der unverzüglich eine Narkose gesetzt hatte, damit Havekost das Kind per Kaiserschnitt auf die Welt bringen konnte. Bei einer *erfolgten* Ruptur hätte das ganz anders ausgehen können.

Der Säugling hatte ein Geburtsgewicht von viereinhalb Kilo, doch vor allem war ein Riss in der Narbenregion durch einen älteren Kaiserschnitt Auslöser dieser Komplikation gewesen. All diese Dramen im Kreißsaal, Henny fühlte sich ihnen kaum mehr gewachsen.

«Ich bin dankbar, dass mir die Ruptur erspart geblieben ist», sagte Henny, als sie mit Theo am Abend im Garten saß. «Dann lieber Beseler und dessen Besserwisserei.»

«Es kann doch nicht sein, dass an der Klinik ein Arzt tätig ist, den die leitende Hebamme aus dem Kreißsaal haben will, wenn es kritisch wird», sagte Theo. «Da muss Gisela Suhr mit der Klinikleitung sprechen.»

«Havekost ist ein herausragender Operateur, so wie Kurt es war und du es bist, das kann nicht jeder Gynäkologe, Beseler soll sehr gut bei der Diagnostik sein in der Onkologischen. Theo, ich höre auf. Auch keine zwei Tage mehr. Vielleicht bin ich nicht mehr jung genug für die nervlichen Belastungen, dabei hatte ich nur die leichte Geburt nebenan.»

«Sollte ich meinen Geburtstag im September auch als Zäsur nehmen?»

«Marike ist froh, dass du noch an zwei Tagen in der Praxis bist.»

Theo lächelte. «Mir fällt schon auf, dass Käthe die jungen Frauen, die sich neu anmelden, bei Marike einträgt», sagte er.

«Wann kommt Lore zurück aus der Kinderpause?»

«Gar nicht, fürchte ich. Ihr Mann möchte, dass sie zu Hause bleibt.»

«Kommt Käthe denn allein klar mit zwei Ärzten?»

«Marike und ich sind selten zusammen in der Praxis. Doch die Terminführung und die Abrechnungen sind nicht Käthes Leidenschaft.»

«Liebst du deinen Beruf noch?», fragte Henny.

Theo guckte in die Buchsbaumhecke, als käme gleich Goliath aus dem Nachbargarten, um sich eine Bresche durch die Hecke zu schlagen. Zögerte mit der Antwort. «Ja», sagte er schließlich.

«Du hast ein bisschen drüber nachdenken müssen?»

Theo nickte. «Vielleicht kannst du Käthe ab und zu zur Seite stehen?»

«Alle meine Freundinnen sind noch berufstätig», sagte Henny.

«Ich hab über den Nachrichten aus dem Kreißsaal Elisabeths Anruf vergessen. Die Bernards kommen am letzten Augustwochenende.»

«Wo werden sie wohnen?»

«Sie sprach vom Atlantic. Ich dachte, wir könnten an einem Tag im Garten grillen, alle unsere Kinder dazu einladen. Das würde das doch auflockern, falls nötig.»

«Elisabeth ist in dieses Haus als junge Ehefrau eingezogen. Ihr wart länger verheiratet, als du und ich es sind.»

«Die silberne Hochzeit schaffen wir noch», sagte Theo. Er griff nach Hennys Hand. «Bei der goldenen wäre ich allerdings hundertsieben.»

«Werde mir bitte wenigstens neunzig.»

«Unbedingt», sagte Theo. «Und nun mache ich uns einen Wein auf.»

«Vielleicht sollte ich auf weißen Pferden reiten», sagte Robert. «Oder mit verdreckten Autos vorgefahren kommen, mit denen ich gerade an der Rallye Monte Carlo teilgenommen habe. Vielleicht würde das Florentine nachhaltig beeindrucken.»

Zu dritt kamen sie aus dem Kino, hatten Claude Lelouchs *Ein Mann und eine Frau* angesehen und waren hingerissen. Robert, Alex, Klaus. Florentine weilte in Paris, ein Booking, das sich kurzfristig ergeben hatte, neunhundert Franc am Tag ließ sie nicht sausen.

«Diese langen Kamerafahrten», sagte Alex. «Und die Musik.»

«Dabadabada», sang Klaus. «*Chance pour toi et moi, encore une fois.*»

Robert war aufgewühlt und darum dankbar, den Film ohne Florentine gesehen zu haben. Sie machte sich rar in Hamburg, seit sie in Skagen gewesen waren, ihr Terminkalender war voll, Florentine, das meistgebuchte Modell der Agentur Auber.

«Du bist noch nicht wesentlich weiter bei ihr?», fragte Alex.

Robert schüttelte den Kopf. «Ich bin inzwischen Kind im Hause der Yans und von Guste Kimrath, doch Florentine ist selten zugegen. Und ist sie da, dann führt sie mich als ihren Husky vor, zerwühlt mir das Fell und lässt mich im Garten frei laufen.»

«Ich glaube noch immer an ein Happy End für euch.»

Robert sah Alex an. «Du beschwörst das mit deiner Magie?», fragte er.

Alex lächelte. «Ich hab mir auch eine kleine Glaskugel angeschafft. Klaus' Stiefvater hat so eine für mich. Bisher stimmte alles, was er darin gesehen hat.»

«Lasst uns noch zu uns gehen und auf der Terrasse sitzen», sagte Klaus.

«Eigentlich ist es viel entspannter, unter Männern zu leben», sagte Robert, als sie auf der Dachterrasse saßen, jeder ein Glas in der Hand, den Weinkühler mit dem Riesling vor sich.

Klaus lachte. «Das gilt nicht für Liebespaare. Dann geht es genauso emotionsgeladen zu wie bei einem Mann und einer Frau.»

«Einsam in den Sonnenuntergang reiten», sagte Robert nachdenklich und betrachtete den abendlichen Himmel über der Alster.

«Auf einem weißen Pferd», sagte Klaus.

«Ich fände den verdreckten Tourenwagen besser», sagte Alex. «Der ist nicht so pathetisch.»

Sie gingen hinein, als es kühler wurde. Alex spielte die Filmmusik von Francis Lai nach, Klaus kam mit einem Teller Sandwiches aus der Küche. «Ihr habt es schön», sagte Robert. «Und geborgen. Wenn es doch mit Florentine auch so sein könnte.»

«Lernen wir sie einfach mal an», sagte Klaus. «Wenn sie aus Paris zurück ist, kommt ihr beide zu uns zum Essen.»

«Zwei KZs seien ehrenvoll», sagte Rudi. «Das ist eine erstaunliche neue Generation. In den fünfziger Jahren haben viele von uns schamhaft verschwiegen, im Widerstand gewesen zu sein. Da saßen im Amt für Wiedergutmachung dieselben Leute, die einen wenige Jahre zuvor in die Zwangsarbeit geschickt hatten. Und nun nennt es ein Junge von Anfang zwanzig ehrenvoll.»

Er schenkte vom Weißwein nach, gab noch ein Löffelchen feingewürfelten Pfirsich in die Gläser.

«Ruth ist sicher gut aufgehoben bei Stefan und Jens», sagte Käthe. «Das scheinen gute Jungs zu sein.»

«Ich wünschte, wir hätten nicht nur *ein* Kind», sagte

Rudi.» Er sah seine Käthe an. Die schwieg und guckte in die Geranien auf ihrem Balkon. Viel zu spät für Geständnisse. Die Wahrheit wurde überschätzt, sie tat oft genug gar nicht gut.

Eine alte Platte von Sacha Distel hatte Alex aufgelegt, aus der Zeit, als sie ihn noch nicht zum Schlagersänger gemacht hatten. Distel hatte mit Stan Getz und Lionel Hampton gespielt, nun sang er auf Deutsch von Frauen mit einsamen Herzen.

Was wäre denn aus *ihm* geworden, wenn er damals den Vertrag bei der Polydor unterschrieben hätte?

Ein französischer Abend für Florentine, gut gekühlter provenzalischer Rosé, der auf der Terrasse serviert wurde. Salade niçoise. Stangenbrot. Eine Mousse au Chocolat wartete im Kühlschrank.

«Vielleicht wäre dir eher nach Labskaus oder Birnen, Bohnen und Speck gewesen», sagte Klaus. «Wenn du schon mal in deiner Heimatstadt bist.»

Florentine schüttelte den Kopf. Lachend. Sie hatte eine Platte von Jacques Dutronc als Geschenk aus Paris mitgebracht. Dazu hätte Labskaus nicht gepasst.

Sie stand am Geländer und blickte auf die Alster, viele kleine Segelboote an diesem Abend, eine weiche Luft. «Eure Wohnung gefällt mir enorm. Ich muss auch mal aus meiner Butze raus. Das Standbein soll schon Hamburg bleiben», sagte Florentine. Sie blickte zu Alex, der mit ihr in den rosa Himmel sah.

Leinensets auf dem Teakholztisch, die passenden Stoffservietten dazu. Rauchfarbene Glasteller. Rote Windlichter. Anemonen in hohen Gläsern.

«Wir sollten mal an unserer Tischkultur arbeiten, Husky», sagte Florentine und drehte sich zu Robert um. «Zu dumm, dass wir kein dänisches Design in Skagen gekauft haben.»

Nestbau? Robert hoffte.

Sie setzten sich an den Tisch. Nun sang Jacques Dutronc, der junge Musiker aus Paris.

«Ich hätte Lust, es uns auch schön zu machen», sagte Florentine. Sie war weich heute. Wie die Luft.

Florentine anlernen. Die Idee schien umgesetzt.

Alex und Klaus lächelten einander zu.

Wechselnde Formationen, in denen sie um die Außenalster gingen, mal waren es Henny und Elisabeth, Elisabeth und Theo, Theo und David, David und Henny. Sie verstanden sich, die beiden Paare.

Der letzte Sonntag im August, gestern hatten sie mit ihren englischen Gästen im Garten gegrillt, Marike, Thies und die Kinder, Alex und Klaus.

«Ich beneide euch um die große Familie», sagte Elisabeth.

«Wir haben Glück gehabt, auch mit unseren Schwiegerkindern», sagte Henny. «Da ist ein großes Vertrauen zueinander.»

«Ein sympathisches Paar, dein Sohn und Alex. In England ist noch immer eine große Heuchelei um Homosexualität, sie arbeiten daran, ein Gesetz einzubringen, damit es zumindest nicht länger strafbar ist, das zu Hause im stillen Kämmerlein zu leben.»

«Hier ist es kaum anders, obwohl es ein wenig entspannter wird. Theo glaubt ja, dass sich da ein Aufstand der Jugend vorbereitet, nicht nur die Proteste gegen den Vietnamkrieg, auch eine gesellschaftliche Erneuerung, die letztendlich Paaren wie Klaus und Alex hilft.»

«Unsere Revolution findet in der Carnaby Street statt und heißt Mary Quant, doch vielleicht bringen uns die *swinging sixties* auch noch mehr. Henny, ich will dir sagen, dass es guttut, Theo glücklich zu sehen mit dir und den Kindern, die du in sein Leben gebracht hast. Ich hatte oft ein schlechtes Gewissen, er ist viele Kompromisse eingegangen in der Ehe mit mir, und dann habe ich ihn auch noch verlassen.»

Theo drehte sich um zu ihnen. «Kehren wir bei Bobby Reich ein und setzen uns auf die Terrasse?»

«Oh ja», sagte Elisabeth. «Noch mehr Erinnerung schöpfen.» Nur ein ganz leichter Akzent, den sie hatte, David sprach kein so perfektes Deutsch mehr wie seine Frau.

Sie erreichten Bobby Reich, Restaurant und Bootsverleih seit vielen Jahrzehnten. Zwei Paare, die ganze Leben miteinander verbracht hatten. In wechselnder Formation.

Florentine sah aus wie ein Zebra. Sie verfluchte den Visagisten, so neu war Courrèges nun auch nicht mehr, dass diese *maquillage* als großer Einfall gelten konnte. Wenigstens lief sie nicht länger in dem von André Courrèges lancierten und von der Weltraumfahrt inspirierten *space look* herum, der war Gott sei Dank vorbei. Doch die ganze Verkleiderei lohnte sich, sie war gerade siebenundzwanzig geworden und hatte bereits eine edel ausgebaute Atelierwohnung in der Milchstraße gekauft.

«Du malst doch gar nicht», hatte der Husky gesagt, als er das große Fenster sah, fast eine verglaste Wand. Wer weiß. Die Malerei reizte sie oder auch die Fotografie, Katja wirkte da inspirierend. Mit fünfunddreißig wollte sie jedenfalls nicht mehr vor den Kameras stehen, und da sie des Huskys Heiratsanträge ignorierte, drohte ihr auch keine Zukunft als Hausfrau und Mutter.

Doch nun erst einmal *The Paris Fascination* für die amerikanische *Vogue*, am besten die ganze Zeit an das Abendessen mit Zizi Jeanmaire und Roland Petit denken, sie war befreundet mit den beiden Tänzern. Florentine sehnte sich nach der Arbeit mit McBride oder Gundlach, das waren große Fotografen, doch dieser Auftrag heute nervte, kein guter Einstieg in das neue Jahr.

Sie blickte an sich hinunter. Schwarzer, eckiger Rollkragenpulli, dazu ein superkurzer Rock, drei Streifen Plüsch in Schwarzweiß, er sah aus, als sei er aus Wattebällchen gezupft, dazu schwarze Strumpfhosen in weißen Boots. Albern.

Ab dem 14. Januar stand eine ganze Woche Hamburg an, da wollte sie sich Zeit nehmen für den Husky. Und einen Termin bei Marike hatte sie auch, in letzter Zeit trat die Migräne öfter auf. Vielleicht fiel ihrer Frauenärztin dazu was ein.

Ein eiskalter Tag, an dem András an Ruths Tür in der Körtestraße klopfte. «1968 wird unser Jahr», sagte er und setzte sich in die Küche, um darauf zu trinken und den Frascati aus Zweiliterflaschen fließen zu lassen. Stefan und Jens fanden, dass Beunruhigendes von András ausging.

«Berlin tut dir gut», sagte András. «In Bayern warst du noch brav, jetzt bist du ein Vollblutweib.»

Stefan und Jens warnten, wie es Minz und Maunz die Katzen im *Struwwelpeter* getan hatten, doch Ruth brannte schon lichterloh. Dieser ungarische Charme, der doch nur auf eine Großmutter in Schöneberg zurückgriff, sie hatte sich doch längst von ihm befreit gehabt. Wie konnte er sie erneut verhexen?

«Ein Blender», sagte Stefan.

«Sie sieht es nicht», sagte Jens. «Dabei ist Ruth so klug.»

Klugheit schützte nicht, wenn die Leidenschaft kam.

Wie leicht dieses Interview lief, da kannten sich Alex Kortenbach, der Jazzmusiker, und Klaus Lühr, der Macher von *Nach der Dämmerung*, wohl gut durch die gemeinsame Arbeit. Robert grinste durch die Trennscheibe zum Aufnahmestudio hinüber. Es war Thies' Vorschlag gewesen, dass Klaus Alex live interviewte zum Jubiläum. Fünfzehn Jahre *Nach der Dämmerung*.

«Ich liebe dich», sagte Alex, als die Mikrophone abge-
schaltet waren.

Klaus warf ihm eine Kusshand zu, die nur Robert sah.
Dann fuhren sie zu dritt mit dem Lancia in den Schwanenwik, empfingen Marike und Thies zu Canapés mit Hummer-
stücken in Mayonnaise. Ein paar mit Räucherlachs waren
auch dabei und hauchdünn aufgeschnittener Kalbsbraten.
Ein kleines Mitternachtsvergnügen zur Feier des Jubiläums.
The good life.

Robert trank viel Wein an diesem Abend und schlief auf
dem Sofa ein.

Florentine hatte sich an dem Tag in Paris mit einer drei-
fachen Lage falscher Wimpern fotografieren lassen, da
standen die Knef und sie sich nichts nach. Sie versuchte
vergeblich, Robert anzurufen in seinem Grindelhochhaus,
wo er wohl war? Eifersucht, die sie da empfand? Es fühlte
sich ganz so an.

A Day In The Life. Da war *Sergeant Pepper's Lonely Hearts Club
Band*, das Album der Beatles, am 2. Juni des vergangenen
Jahres erschienen und am selben Tag der Student Benno
Ohnesorg vom Polizisten Kurras in Berlin erschossen wor-
den. Bei einer Demonstration gegen den Schah von Persien.
Eine Zeitenwende. Beides.

«Wir werden ihn rächen», sagte András in der Küche von
Ruth, Stefan und Jens, erst wenige Tage war er da und nahm
den ganzen Raum ein.

Alle hegten sie diesen Gedanken, Ohnesorgs Tod war eine
Zäsur für sie gewesen, seitdem sehnten sie sich nach Anarchie und fürchteten sie zugleich, diskutierten stundenlang
über die Notwendigkeit, *Gewalt gegen Sachen* auszuüben,
um Zeichen zu setzen. András war ein Brandstifter, und

sie drohten, seine Handlanger zu werden. Waren es die veränderten Verhältnisse seit diesem 2. Juni, die dazu führten, dass Ruth den Revolutionär in András ernster nahm und in Gefahr geriet, ihm hörig zu sein?

Anfangs schlief er noch auf der Matratze, dann in Ruths Bett. Lag er in anderen Betten, dann ging Ruth in den schmalen Schlauch, an dessen Ende das Klo stand, hielt sich den schmerzenden Magen und hob den Deckel, um zu kotzen, oder saß nur da, heulte und starrte auf das Poster neben dem Klo, auf dem Strichmännchen Strophe für Strophe die *Internationale* abarbeiteten.

Stefan kramte die Hamburger Telefonnummer hervor und rief Rudi an.

«Holt sie da raus», sagte Henny an Käthes und Rudis Küchentisch. Sie hatte an diesem Sonntagnachmittag einfach mal reinschauen wollen, Theo war nach Duvenstedt hinausgefahren, um Stevens zu besuchen, und nun kam sie mitten in ein Krisengespräch hinein.

«Und wenn sie sich weigert? Sie ist erwachsen.»

«Henny hat recht», sagte Käthe. Sie stand auf und strich ihrem Rudi über das noch immer lockige Haar. «Stefan hat dich angerufen, damit wir uns einmischen.»

«Warum schmeißt er diesen András nicht raus? Stefan ist der Hauptmieter», sagte Rudi. Resignation in seiner Stimme.

«Vielleicht solltet ihr beide nach Berlin fahren.» Traute Henny ihrer Käthe größere Durchsetzungskraft zu? «Ich kann dich in der Praxis vertreten, Käthe. Auch am Dienstag noch und länger.»

Rudi nahm Käthes Hand. «Komm mit», bat er. So vieles hatte er ausgehalten, doch die Sorge um Ruth ging ihm an die Substanz.

«Helft den Jungen dabei, diesen András loszuwerden», sagte Henny.

Rudi stand auf und ging in die Diele, um zu telefonieren und Stefan ihre Ankunft für den nächsten Tag anzukündigen. Hoffte, dass weder seine Tochter noch András in Berlin den Hörer abnahm, um diese konspirative Aktion zu stören.

Hatten sich die Zeiten auch bei Landmann am Gänsemarkt geändert?

Lina legte einen Tisch mit linksphilosophischer Literatur an, Adorno, Marcuse und Bloch lagen neben Alexander und Margarete Mitscherlichs *Die Unfähigkeit zu trauern*. Louise und sie sympathisierten mit der Studentenbewegung, nur Momme schien skeptisch. «Erst ist da nur ein wärmendes Feuerchen», sagte er. «Doch irgendwann wird das so groß sein, dass keiner es mehr löschen kann. Glaubt eurem Momme.»

Er neigte dazu, sich als Patriarch zu gebärden, nicht nur bei seinen vier Frauen zu Hause, gelegentlich auch bei Lina und Louise.

Es fehlte ein männlicher Gegenpart, doch Rick Binfield hatte sich entschieden, zu Wally nach Köln zu gehen, die dort fest zum Ensemble des Schauspielhauses gehörte. Den Haushalt seines Onkels hatte er aufgelöst, das Haus in Chelsea war vermietet. Nun arbeitete er nicht mehr als Buchhändler, sondern in der Bibliothek der Brücke, dem British Information Centre.

Lina nahm Hubert Fichtes *Die Palette* vom Stapel, noch ofenwarm das Buch über das Kellerlokal, das sich nur ein paar Schritte von Landmann am Gänsemarkt befunden hatte, bevor es 1964 nach einer Razzia geschlossen worden war. Zufluchtsort der Wilden, auch der Homosexuellen.

Sie und Louise hatten es nie besucht, waren keine Klientel dafür, sogar ihrer Lebensgefährtin war das L'Arronge wild genug.

Doch am besten ging noch immer Eric Malpass' *Morgens um sieben ist die Welt noch in Ordnung* über die Theke. Momme hatte es Guste zu Weihnachten geschenkt, und die las nun allabendlich daraus vor. «Der Malpass muss mal hier gewesen sein», hatte sie gesagt. «Ich erkenne mich in Marigold wieder.»

Das tat kein anderer. Guste war weder Großtante noch schwerhörig oder gar tüdelig, doch sie alle liebten diese Treffen im Salon, vor allem Mommes und Annis drei Töchter, selbst die zweijährige Turid. Guste gelang es immer wieder, Gewohnheiten zu schaffen, die das Leben bei ihr in der Johnsallee so warm und behaglich machten, dass sie kaum die olle Heizung anschalten mussten. Vielleicht lag es auch an den Reparaturen am Dach im vergangenen Jahr.

«Du kennst die Antwort», sagte Florentine, als sie ihm die Tür öffnete. Was war das denn für eine Begrüßung nach zwei Wochen der Trennung, hatte sie in Paris nicht Sehnsucht nach ihrem Husky gehabt?

«Ein Strauß Rosen», sagte Robert. «Kein Heiratsantrag. Diese Hoffnung habe ich aufgegeben.»

«Das hört sich gut an», sagte Florentine und öffnete nun weit.

Florentine war dünner geworden, fand Robert. Sie arbeitete zu viel. Hatte sie sich übernommen mit dieser Atelierwohnung im schicken Pöseldorf? Er legte den grauen Lappen neben die Vase, als Florentine die roten Rosen auf die Kommode aus Kirschholz stellte.

«Herr Robert Langeloh erhält die Erlaubnis, ein Kraftfahrzeug mit Antrieb durch Verbrennungsmaschine der Klasse drei zu führen.»

Er verschwieg, beim ersten Mal durch die Prüfung gefallen zu sein.

«Ich gratuliere, Husky. Gab es Probleme wegen deines Auges?» Sie streichelte seine rechte Braue.

«Ein Augenarzt hat mir bestes Sehvermögen auf dem grünen attestiert.»

«Dann kannst du gern die rote Brumme fahren, wenn ich nicht in Hamburg bin.» Das zwei Jahre alte Auto hatte nun eine Garage, seit sie in der Milchstraße wohnte.

«Ich habe mir einen Deux Cheveaux bestellt.»

«Du bist und bleibst doch ein Romantiker», sagte Florentine.

«Wenn wir verreisen, können wir dein Auto nehmen.»

«Wenn wir verreisen?»

«Alex und Klaus fahren im Juli nach Montreux. Das Quintett ist zum Jazzfestival eingeladen», sagte Robert. «Danach wollen sie noch ein bisschen in Italien rumfahren.»

«Und da hängen wir uns dran?»

«Das hat mich inspiriert, dass du und ich auch mal in die Schweiz fahren könnten. Frühling im Tessin.»

«Schauen wir mal», sagte Florentine. «Willst du erst was trinken, oder wollen wir gleich ins Bett?»

«Dies zum Thema Romantik», sagte Robert.

«Dann setz mal den Tonarm auf die Platte. Sacha Distel. *La belle vie*.»

Florentine hatte das Kleid über den Kopf gezogen und stand im Slip.

«*The Good Life*. Klaus hat die Version mit Frank Sinatra in der Jubiläumssendung gespielt, Alex war der Studiogast.»

«Eine originelle Idee.»

«Weiß ja keiner von den Hörern, dass die beiden zusammenleben. Anschließend gab es noch ein kleines Fest im Schwanenwik. Sehr nett. Doch ich bin auf dem Sofa eingeschlafen.»

«Da bist du gewesen. Ich hab dich am Freitag noch spät angerufen.»

«Ich hoffe, du warst eifersüchtig.»

Florentine hob die Schultern. «Sagen wir, ein wenig irritiert. Wie geht es im Schwanenwik?»

«Du meinst, wie es Alex geht? Bestens.»

Sacha Distels männliche und leicht heisere Stimme ertönte.

«Zieh mal die Schuhe aus, Husky. Und dann komm mit den Kleidern ins Bett. Ich entblättere dich schon.»

Ruth saß mit ihnen in einem Café am Volkspark Hasenheide und redete über vieles, doch das Thema András streifte sie nicht ein Mal. Der zweite Tag in Berlin, Käthe und Rudi hatten ein Zimmer in einer Pension ganz in der Nähe der Körtestraße genommen. Sie waren am Montag schon in Spandau ausgestiegen und zu Ruth in die Redaktion gekommen. War sie verlegen gewesen? Nein. Nur sehr überrascht. Rudi verschwieg ihr Stefans Anruf, das hatte er versprochen.

Spandau sah sehr grau aus an diesem Januartag, im Gefängnis der Kriegsverbrecher saß als Letzter Hitlers einstiger Stellvertreter Rudolf Hess; Baldur von Schirach und Albert Speer waren bereits 1966 entlassen worden.

«Wir hatten Sehnsucht nach dir», hatte Rudi gesagt und Ruth in die skeptischen Augen geblickt, ohne mit der Wimper zu zucken, obwohl er erschrocken war, wie schlecht sie aussah.

«Ich kann mir freinehmen», hatte Ruth gesagt. «Wie lange bleibt ihr?»

Kreuzberg war nicht weniger grau gewesen, in der Küche hatten nur Stefan und Jens gesessen.

«Ihr wohnt hier noch immer zu dritt?», hatte Käthe gefragt, als sie sich an den Tisch setzten und einen zu schwarzen Kaffee tranken.

Ruths Blick war an Stefans Gesicht hängengeblieben. «Gelegentlich wohnt noch ein Münchner Freund von Ruth hier», sagte der schließlich.

«András?», hatte Rudi gefragt.

Ruth hatte genickt.

An diesem Abend war kein András gekommen. Und jetzt saßen sie am Volkspark Hasenheide und tranken den nächsten Kaffee.

«Komm doch für ein paar Tage nach Hamburg. Ich könnte dich ein wenig verwöhnen, du siehst angestrengt aus.» Warum fiel es Rudi so schwer, mit der eigentlichen Sorge herauszurücken?

«Wer von den beiden hat euch angerufen? Stefan? Jens?»

Ließ sich das Versprechen noch halten? «Ruth, wir machen uns große Sorgen», sagte Käthe. «Alle.»

«Ich weiß, dass mir András nicht guttut», sagte Ruth. «Doch ihr könnt nichts ausrichten, ihr kennt beide Situationen aus eurem Leben, die unausweichlich sind. Wem sage ich das denn? Zwei Leuten, die sich bei den Nazis in alle Gefahren gebracht haben.»

Sie hatten Ruth zu viel aus ihrem Leben erzählt, dachte Rudi. «Ich will ihn kennenlernen, diesen András», sagte er.

«Er ist gestern nach München gefahren.»

Wenn er da doch bliebe. Das war wohl nicht zu hoffen.

«Darf's hier noch was sein?», fragte die Kellnerin. Nein.

Keinen Kaffee mehr. Ihnen war schon schlecht. Rudi bezahlte, und sie standen auf.

«Lass uns noch mal in die Körtestraße gehen und uns von Stefan und Jens verabschieden», sagte Käthe. «Rudi und ich fahren nach Hause.»

Ihre Mission schien gescheitert.

Sie trafen nur Stefan an, er war wohl der häuslichere Typ. Rudi sagte zum Abschied, was er schon einmal gesagt hatte. «Passt aufeinander auf.»

«Macht euch keine Sorgen», sagte Ruth, als sie auf dem Bahnsteig ankamen. Der Interzonenzug stand abfahrbereit.

Dann war Ruth nur noch eine kleine Gestalt gewesen, die winkte und verloren wirkte, und sie hatten das Abteilfenster geschlossen. Stefan habe ihm versprochen, András nicht mehr in die Wohnung zu lassen, sagte Rudi, als Käthe und er die Sitzplätze einnahmen.

Vielleicht ließ sich eines dieser vielen Versprechen halten.

«Du bist dünn geworden, Florentine», sagte Marike. «Ist das gefordert von deinen Auftraggebern?»

«Die Tendenz geht zu dünner. Gerade beim internationalen Booking. Doch ich esse genug und fühle mich gut dabei.»

«Keinen Kummer?»

«Außer dass ich Alex nicht kriegen kann, ist alles fein.» Frech, das der Schwester von Klaus zu erzählen. «Ist nicht ernst gemeint», sagte sie. «Ein altes Spiel, an dem ich hänge.» Florentine grinste.

«Ist er vielleicht nur eine Trophäe für dich?», fragte Marike.

«Die ich erbeuten will?» Florentine schwieg. «Nein», sagte sie dann.

«Ich habe Robert kennengelernt. Er gefällt mir.»

«Das traute Zusammensein nach der Jubiläumssendung, ich habe davon gehört. Robert gefällt mir auch, sonst ließe ich mich nicht seit Jahren auf ihn ein, ich habe nur keine Lust, mich zu binden. Mutter, Vater, Kind im Häuschen will ich mit keinem. Du hast eben ein ganz anderes Konzept, Thies und du kennt euch ja schon aus dem Sandkasten. Hattest du nie das Bedürfnis, mal einen anderen Mann auszuprobieren?»

«Nein», sagte Marike. «Wann war der letzte Tag deiner Menstruation?»

«In Paris. Vor vier Tagen. Ich vertrag die Pille nicht mehr gut, Marike. Zweimal Migräne in drei Wochen ist mir zu viel.»

«Bitte zieh dich mal aus», sagte Marike. «Und nimm Platz auf dem Stuhl.» Sie streifte die Einmalhandschuhe über und begann eine sorgfältige Untersuchung. «Gibst du nachher bitte noch eine Urinprobe vorn bei Käthe ab?»

«Das ist hier wirklich ein Familienbetrieb», sagte Florentine. «Ich hätte ein Kuchenpaket von L'Arronge mitbringen sollen.»

«Setz dich noch mal, wenn du wieder angezogen bist.»

«Ist alles in Ordnung?»

«Ja. Ich habe eine Empfehlung für dich und ein Rezept für eine Pille der neuen Generation, deutlich leichter, nicht mehr so östrogenlastig. Wenn du allerdings viel zwischen den Kontinenten und Zeitzonen pendelst, kann es sein, dass sie nicht immer zuverlässig wirkt.»

«Der Husky ist sehr geschickt mit Präservativen.»

Marike runzelte die Stirn. «Der Husky?» Dann lächelte sie. «Das ist mir aufgefallen, ein grünes und ein blaues Auge. Warum nimmt Robert kein farblich passendes, dann fiele das Glasauge kaum auf ?»

«Ich habe ihn gebeten, das nicht zu tun.»

«Damit er dein Husky bleibt.»

«Ja», sagte Florentine. «Vielleicht ist es doch Liebe.»

So oft hatte Henny schon vor dem Haus in der Eilenau gestanden, zu dem dreiflügeligen Fenster der Mansardenwohnung hochgeschaut, ob Licht brannte oder im Sommer das Fenster weit offen stand. In den Tagen nach den Bombenangriffen im Juli 1943 hatten Marike und sie dort Obdach gefunden, während Lina und Louise in Dagebüll gewesen waren.

Frühe Dunkelheit an diesem Nachmittag, dabei wurden die Tage ganz sacht länger, warmes gelbes Licht fiel aus der Mansarde.

Lina war ihre Schwägerin geblieben, obwohl Linas Bruder Lud schon lange nicht mehr lebte. Sie hatte sich auch immer als Klaus' Tante betrachtet, war nicht nur die von Marike, Luds Tochter.

«Ich erlaube mir nun öfter einen freien Tag», hatte Lina am Telefon gesagt. «Kommst du zu mir auf eine Tasse Tee?»

Lina stand schon in der Tür, als Henny die letzte der Stufen hochstieg. Die Schwägerinnen umarmten einander.

Henny setzte sich auf das Sofa, korallenrot in der dritten Auflage, ein wenig durchgesessen. Lina schob den Teewagen heran, eine Etagere mit Sandwiches und Kuchen, eine Kanne auf dem Stövchen.

«Nicht ganz der High Tea im Vier Jahreszeiten», sagte Lina.

«Ach, du Liebe», sagte Henny. «Du hast es so schön gemacht.» Doch irgendeine Sorge war in Lina, sie kannten einander zu lange, um das nicht zu spüren. «Geht es dir gut?»

Lina nahm einen Schluck vom Earl Grey. «*The best is yet*

to come», sagte sie und lächelte, als sie Hennys erstauntes Gesicht sah. «Nun denkst du, die Älteste in unserem Kreis ist nicht ganz bei Trost.»

«Nein. Das denke ich nicht.»

«Louises Lebensmotto. Dass das Leben keine Einschränkung kennt, im Gegenteil immer Steigerungen erfährt. Doch auch mein verrücktes Huhn stößt an Grenzen, Louise ist im November sechsundsechzig geworden, Jahre, die ihr allmählich anzusehen sind, und um das gute alte Lebensgefühl nicht zu verlieren, trinkt sie immer mehr. In den Cocktailstunden geht es jetzt um Quantität.»

«Sie hat also ein ernsthaftes Alkoholproblem.»

«Ja», sagte Lina. «Ich denke, sie sollte einen Entzug machen. Auch wenn ich kaum vermag, mir Louise ohne Cocktails vorzustellen.»

«Ist sie denn einsichtig?»

«Nein. Wenn ich von einem Entzug spreche, kreischt sie und spricht nur noch davon, dass ich sie in die Trinkerheilanstalt stecken will.»

«Und was ist mit den Anonymen Alkoholikern?»

«Sie setze sich in keine Selbsthilfegruppe, sagt meine Diva. Könntest du mit Theo sprechen? Vielleicht fällt ihm was ein. Er hat doch noch immer gute Kontakte?»

«Er tauscht sich nach wie vor mit Ärzten aus, hierzulande und in Großbritannien und Übersee, das *Journal* der Medical Association ist seine liebste Lektüre.»

«Vielleicht was Schickes am Tegernsee, das wäre das Richtige für Louise.»

«Ich spreche heute Abend mit ihm», sagte Henny. «Wo hast du denn die köstlichen Küchlein her?»

«Aus der Konditorei Andersen.»

«Du bist eigens nach Wandsbek gegangen?»

«Mit der U-Bahn gefahren. Glaubst du, ich bin zu alt für einen Führerschein? Ich hab mich immer auf Louise verlassen. Jetzt fahre ich nicht mehr gern mit ihr. Sie ist zu selten nüchtern.»

«Theo hat mal gesagt, er fände es schade, dass nur eine aus unserem Kreis Auto fährt und Ida und ich es ganz den Männern überlassen.»

Lina lächelte. «Theo ist wirklich ein Vorkämpfer für die weibliche Emanzipation.» Sie stand auf, um Wasser für eine weitere Kanne Earl Grey aufzusetzen.

Rudi zeichnete viel in diesen Tagen, Figuren auf brennenden Barrikaden entstanden unter seinem Stift. Er verarbeitete Furcht. Wie früher schon.

Kein András in der Kreuzberger Körtestraße. «Jens und ich haben ihn nicht zu Gesicht bekommen», sagte Stefan am Telefon. «Doch wir sind viel weg, ist ordentlich was los.» Stefan schien zufrieden.

Rudi rief Ruth in der Redaktion an. «Seid ihr noch zusammen?»

«Ja», sagte Ruth. «Aber wir sehen uns selten. Er bereitet was vor.»

Das klang bedrohlich in Rudis Ohren. «Was?», fragte er.

«Du bist doch auch nicht für die Notstandsgesetze. Oder?»

Nein. Er fürchtete, es könne ein neues Ermächtigungsgesetz sein, wie jenes, das im März 1933 eine der Grundlagen der Nazi-Diktatur geworden war.

«Gehört András zu Dutschkes Umfeld?» Das hätte ihn beinah beruhigt. Der Studentenführer gefiel ihm, im zornigen Gebaren eine Geradlinigkeit und Sanftmut in diesem Mann, das glaubte Rudi zu erkennen.

Ein vehementes Dementi von Ruth. Keine Nähe zu Dutschke.

«Ein bisschen nervös macht mich Frau Kuck schon», sagte Henny. Sie war nicht gewohnt, zu Hause zu sein und in die Situation zu kommen, anderen beim Putzen zuzusehen. Im Augenblick hörte sie es allerdings eher, Frau Kuck stieß heftig den Besen gegen die Holzleisten im Flur.

«Dir haben die Praxistage gefallen. Oder?»

«Da bin ich nur für Käthe eingesprungen.»

«Ihr könntet euch die Stelle teilen. Käthe hätte gern mehr Zeit für Rudi, sie sorgt sich um ihn.»

«Er ist doch nicht krank?»

«Seine Zeichnungen werden wieder düsterer.»

«Da ist Ruth der Auslöser. Er hat Angst um seine Tochter.»

«Das ist wohl wahr.» Theo seufzte. «Die Welt liegt sehr im Argen, ich trau mich kaum, den Fernseher anzustellen und die Bilder aus Vietnam zu sehen. Sieht aus, als ob der Krieg aus dem Dschungel und von den Reisfeldern nun nach Saigon hineingetragen wird.» Er stand auf, um sich und Henny noch Tee nachzuschenken.

«Ich lese da gerade im *Journal* der Medical Association einen interessanten Text zum kontrollierten Alkoholentzug. Die Amerikaner berichten über gute Ergebnisse, besser als beim vollständigen Entzug, der würde für Louise den Verlust des Lebensgefühls bedeuten, das hielte sie kaum durch.»

«Hoffentlich können wir Louise davon überzeugen.»

«Gemeinsam werden wir es schaffen. Stört es dich, wenn ich mich ans Klavier setze und ein wenig Lärm mache?»

«Ganz im Gegenteil. Ich liebe Männer, die Klavier spielen können.»

«Alex und ich.» Theo grinste. «Vielleicht bin ich noch nicht ganz so virtuos, doch Schumanns *Träumerei* kann sich schon hören lassen.»

Er setzte sich und schlug das Notenbuch der Edition Schott auf.

Eine friedliche Welt in ihrem Salon.

Rudi hielt den Atem an, als er in den Nachrichten von den Anschlägen auf zwei Frankfurter Kaufhäuser hörte. Die vier jungen Leute, die sie mit Hilfe von Zeitzündern verübt hatten, wurden rasch gefasst und nannten die Tat *einen politischen Racheakt*. András Bing war nicht dabei

Anders als in einem Brüsseler Kaufhaus vor einem Jahr kamen keine Menschen zu Schaden, doch war das der Beginn einer unheilvollen Zeit in diesem Lande? Bitte nicht noch einmal in politischen Terror geraten.

«Ich gehe lieber wieder täglich in die Praxis, statt in unserer Küche Nachrichten zu hören», sagte Käthe. Sie stellte das Radio aus. «Henny hat gefragt, ob wir zum Osterfrühstück kommen.»

«Das ist doch jedes Jahr schön», sagte Rudi.

Der April hatte kaum begonnen, die Schreckensnachrichten rissen nicht ab, Martin Luther King, Baptistenpastor und Kämpfer für die Bürgerrechte der Schwarzen in den USA, starb in Memphis Tennessee, erschossen von einem vorbestraften Rassisten.

Rudi brachte seiner Käthe erste Krokanteier, auch das hatte Tradition, in guten wie in schlechten Zeiten.

«Toi et moi. Toi et moi. Toi et moi.» Robert sagte das vor sich hin, als zupfe er die Blütenblätter von Gänseblümchen. *Sie liebt mich. Sie liebt mich nicht.* Vier Tage Zeit über Ostern, sie

ließen sich verlängern auf acht, er hatte den Urlaubsantrag längst gestellt im Sender, wenn auch Florentines feste Zusage noch fehlte, ob sie mit ihm nach Lugano führe, von ihren Terminen her schien es möglich.

Robert schlug den Kragen hoch, als der Schnee einsetzte, nur noch ein paar Schritte bis zum Funkhaus. Schietwetter.

Er traf Alex vor dem Eingang. «Sehen gut aus, die Schneeflocken auf deinem schwarzen, irischen Haar», sagte Alex. In einer schwachen Viertelstunde hatte Robert erzählt, dass die Frauen ihn einen *irischen Typ* genannt hatten, als er noch zwei grüne Augen besaß.

«Sind die Iren nicht alle rothaarig?», hatte Alex gefragt. Ein weitverbreitetes Vorurteil.

«Ich bin nicht sicher, ob mir Weiß steht», sagte Robert. «Ich hab mir heute ein paar weiße Haare ausgezupft.»

«Gut, dass du so viel Haar hast», sagte Alex. «Fahren Florentine und du denn nun ins Tessin?» Sie schüttelten sich wie junge Hunde, als sie in die Empfangshalle kamen.

«Die Putzfrauen sind gerade durch», sagte der Pförtner und klang vorwurfsvoll. Nicht mehr der, der so gerne *Nach der Dämmerung* gehört hatte. Mit Ernst Lühr und ohne. Alex nieste.

«Du hast gleich noch eine Aufnahme bei mir», sagte Robert. «Fehlt mir, dass du da hineinniest und wir ewig wiederholen müssen. Ich werde heute Abend Florentine treffen. Da will ich früh fertig werden.»

Alex zog ein zerknülltes Tempo hervor. «Ich niese nicht hinein.»

Robert warf ihm ein Handtuch zu, als sie oben in der Technik waren, und nahm ein zweites, um sich die Haare trocken zu rubbeln. «Wieso hast du noch keine weißen Haare? Färbst du sie dir?»

Alex sah entsetzt aus. «Warum sollte ich sie mir färben?»

«Du bist fünf Jahre älter als ich.»

«Tut mir leid. Noch sind sie alle dunkel.»

«Das fiele mir auch auf, gefärbt sieht man immer bei dunklem Haar.»

«Im Alter werden wir dann beide blond», sagte Alex. «Das färbt sich leichter.»

«Du solltest unseren Dialog für den Plattentext der nächsten LP zur Verfügung stellen», sagte Robert. «Man muss sich ja geradezu in das Unwesentliche flüchten bei all den schlechten Nachrichten.»

«Setze Florentine heute Abend mal die Pistole auf die Brust. Ihr müsst doch auch planen, über Ostern stehen die Hotels nicht leer.»

«Welche Pistole?», fragte Robert.

Und dann spielte Alex noch einen Titel von Gershwin ein, den er besonders liebte. *I Love You, Porgy*. Am liebsten hörte er den von Nina Simone, die das Lied auf ihrem Debütalbum 1958 gesungen hatte.

Doch *er* kriegte ihn auch sehr gut hin. Ohne zu niesen.

«Wenn das so weitergeht, können wir Schlitten fahren an Ostern», sagte Ida. Doch es ging nicht so weiter, der Schnee schmolz, und das Wetter wurde zu einer regnerischen Wärme, die keinen erfreute.

«Hoffentlich kriegen wir den Garten noch trocken, bevor wir die Eier verstecken, sonst wird das eine Schlammschlacht», sagte Guste. «Stell doch mal einen Föhn auf, Momme.»

Sie buk einen Osterzopf, der schon am Mittwoch aufgegessen war, damit hatte sie gerechnet, in ihrem Haus hielt sich keiner an die Fastenzeit. Der Zopf wäre sonst auch nur trocken geworden.

«Möge Guste unsterblich sein», sagte Momme.

Ja. Das hofften sie alle. Nie mehr würde es eine wie sie geben.

Florentine fuhr in langen Serpentinen auf der südlichen Seite des Gotthards ins Tessin hinein, als sie die Nachricht im Autoradio hörten.

Am Nachmittag war auf den Studentenführer Rudi Dutschke ein Attentat verübt worden, auf dem Kurfürstendamm, er kämpfte um sein Leben.

Schönster Frühling hier, wie doch alles im Leben parallel lief, Schrecken und Leid in Berlin und der Sonnenuntergang in Bellinzona zwischen Felsen, die in der letzten Eiszeit geformt worden waren.

«Hoffentlich schafft er es», sagte Robert. «Zu überleben.»

«Ich glaube, ich liebe dich», sagte Florentine. Weil sie schon im Süden waren? Dieses Unheil Rudi Dutschke widerfahren war? Nein. Das Gefühl wuchs eine ganze Weile schon in ihr, und sie ließ es endlich zu. Deswegen musste ja nicht geheiratet werden.

«Bitte zweifle nicht länger daran», sagte Robert. «So viele Leben haben wir nicht. Ich bitte dich um dieses eine.»

«Ach, du lieber Husky», sagte Florentine. Hinter Bellinzona übergab sie ihm das Lenkrad und lehnte sich vom Beifahrersitz aus an seine Schulter.

Er hielte Dutschke für einen Kommunisten, und Kommunisten könne er nicht leiden, hatte der dreiundzwanzigjährige Hilfsarbeiter Josef Erwin Bachmann gesagt, dessen

Kugeln den Studentenführer getroffen hatten. Käthe seufzte tief, als sie das am Karfreitag im Radio hörte.

Es ging hoch her in Berlin, wo war Ruth? Seit gestern Abend hatte Rudi das Telefon in der Körtestraße durchklingeln lassen. Sie waren zu Henny und Theo hinübergegangen, um Trost zu suchen und nicht allein vor dem Fernseher zu sitzen. An die dreitausend Teilnehmer im Demonstrationszug, der zum Springer-Hochhaus führte. War Ruth dabei?

Leute macht die Fackeln aus, wir brauchen sie fürs Springer-Haus.

Dort sitzt der Schuldige, diese Parole war in der Freien Universität unmittelbar nach dem Attentat ausgegeben worden, hatte Springers *Bildzeitung* nicht endlos gegen die Studentenbewegung gehetzt, schlichte Geister wie den Dutschke-Attentäter entfacht?

Brennende Autos, zerbrochene Scheiben, von den Wasserwerfern durchnässte Studenten. Ein Aufruhr, denen ähnlich, die Käthe und Rudi miterlebt hatten, als die Kommunisten gegen die Nazis kämpften.

Am Nachmittag des Karfreitag war Rudi gerade dabei, ein bisschen Kleidung einzupacken, um in den Zug nach Berlin zu steigen, als das Telefon klingelte und Ruth sagte, sie säße in der Redaktion.

«Regt euch nicht immer gleich auf», sagte sie. Das ließ sich leicht sagen, wenn man dreiundzwanzig war und noch keine Sorge trug, nicht einmal die für sich selbst.

Kleine weiße Wolken am hellblauen Himmel über dem Garten in der Körnerstraße, schönstes Osterwetter. Im Grün lagen die bunten Eier, warteten die Schokoladenhasen auf den kleinen Konstantin und auch auf die bald achtzehnjährige Katja.

«Schalte bitte den Fernseher aus», sagte Henny. «Die Kinder kommen gleich.» Doch Theo konnte sich kaum losreißen von den Bildern der Straßenblockaden, blutverschmierten Studenten, blutverschmierten Polizisten, roten Revolutionsfahnen, brennenden Zeitungen. Er schaltete erst aus, als es an der Tür läutete, Konstantin gleich in den Garten lief, mit einem noch leeren Körbchen in der Hand.

Die Ereignisse drängten sich in die Gespräche auf der Terrasse, als sie ein Glas Sekt tranken, wer es wollte, mit Eierlikör, so wie in jedem Jahr. Zu zehnt waren sie. Marike, Thies und die Kinder. Klaus und Alex. Käthe und Rudi. Henny und Theo. Ditschten bunt gefärbte Eier, aßen Hennys Hefezopf und Räucherlachs von Böttcher.

Nur ein paar Schritte zur Alster vom Haus in der Körnerstraße in die Bellevue hinein, der fünfjährige Konstantin allen voran, um nach den Schokoladeneiern Ausschau zu halten, die der Osterhase an der Uferböschung hatte fallen lassen, doch suchte er gut genug? Immer wieder riefen ihn Klaus und Marike zurück, weil da noch eines im Grasbüschel glitzerte, vor allem Klaus war geschickt darin, die Eier heimlich zu platzieren.

Theo blickte zu Alex hinüber, der mit Rudi über die Ereignisse in Berlin sprach. «Wenigstens der Prager Frühling ist ein Lichtblick», hörte er ihn sagen.

«Wie es wohl Robert ergehen mag in Lugano?», sagte Alex, als sie um sieben Uhr wieder zu Hause waren, gerade noch den Sonnenuntergang sahen von der Terrasse aus, zu kühl, um am Abend draußen zu sitzen.

«*Old Green Eye* ist uns doch sehr ans Herz gewachsen», sagte Klaus.

«Ich hoffe, Florentine geht es genauso. Aber ich habe ein gutes Gefühl.» Alex schauderte leicht, als ein Wind von der

Alster herkam. «Lass uns mal reingehen und die *Tagesschau* gucken.»

«Trinkst du auch einen kleinen Whisky dazu?»

«Das Weltgeschehen in Alkohol ertränken?»

«Ich sprach von einem kleinen», sagte Klaus.

Amore im vierten Stock des luxuriösen Hotels, das Florentine ausgesucht hatte. Lido Seegarten. Sie hatten eine herrliche Aussicht auf den Luganersee, wenn sie auf den Balkon traten, um dann wieder Laken und Kissen zu zerwühlen. Nur am Ostersonntag fielen sie vor allem aus Erschöpfung ins Bett.

Auf den Monte Brè waren sie gestiegen, durch die Gassen des Dorfes Gandria gelaufen, das am Fuße des Berges lag, hatten in Bars gesessen und den Merlot ticino aus kleinen Tonkrügen getrunken.

Am nächsten Tag fuhren sie mit der roten Brumme die Uferstraße am See entlang nach Morcote, stiegen die Treppe hinauf, die vom Zentrum des Dorfes zur Kirche Santa Maria del Sasso führte, sahen sich die Fresken an, Florentine entzündete zwei Kerzen am Marienaltar. «Für dich und mich», sagte sie und ging noch einmal zurück, um eine dritte aufzustellen.

«Für Alex?», fragte Robert.

Florentine lächelte. «Dass er gesund bleiben möge», sagte sie.

Robert sah es gelassen, nun, wo er auch angekommen zu sein schien in Florentines Herz.

Er wünschte sich sehr, dass es so intensiv bliebe in Hamburg und nicht wieder nachließe, wie es nach ihren Tagen in Skagen geschehen war, Alltag tat ihnen nicht gut. Sie waren ein Paar, das wunderbar unterwegs sein konnte.

Luppich hing nicht länger hinter ihm her, keine Homestorys mehr, keine Modefotos für Magazine, um die Popularität zu vergrößern. Alex hatte sich längst etabliert als Interpret auf einem eher kleinen Markt, von Kennern hochgeschätzt, Geld verdiente er vor allem mit den Kompositionen.

Doch gelegentlich fragte der Produzent nach Florentine. «Ist sie noch in Ihrem Leben, Herr Kortenbach?»

«Oh ja, Herr Luppich. Nur ist sie keine Frau, die geheiratet werden will. Fragen Sie Florentine bei nächster Gelegenheit selbst danach.»

Alex saß in Luppichs Büro im Philipshaus an der Mönckebergstraße, ein Londoner Produzent war ihm vorgestellt worden, aber nun waren sie allein, Luppich schien Lust auf ein privates Gespräch zu haben.

«Ihre Kriegsverwundung hat eine Heilung erfahren?»

Alex war vorbereitet. Er hatte Theo schon vor Jahren gefragt, was er in einem solchen Falle antworten solle.

«Im Augenblick gibt sie Ruhe, eigentlich schon ziemlich lange.»

Vielleicht genügte diese Antwort. Doch Luppich blieb hartnäckig.

«Welcher Art ist die Verwundung? Wohl kein Kniedurchschuss, ich hatte immer den Eindruck, dass es beide Beine betrifft.»

Alex sagte den Spruch auf, den ihm Theo beigebracht hatte. «Eine zerebelläre Störung nach einem Streifschuss am Kopf.»

«Sie hatten einen Kopfschuss?»

Warum war ihm damals im Streit's nur diese Lüge über die Lippen gekommen? Hatte er den Kriegshelden spielen wollen? Es wäre einfach zu sagen, dass er an einer Autoimmunerkrankung litt. Doch damals war seine Sorge gewesen, dass sie glauben könnten, er habe eine Krankheit, die fortschritt und ihn berufsunfähig werden ließ. Hatte er das nicht selbst befürchtet? Die einmalig erlittene Kriegsverletzung schien ihm da eine Konstante zu bieten. Nun führte eine Lüge zur nächsten.

«Einen Streifschuss, bei dem das Kleinhirn verletzt wurde. Ich habe großes Glück gehabt.»

«Das hätten wir doch publizistisch auswerten können. Ich nehme an, die Narbe ist unter Ihrem Haar verborgen?»

«Viele in meiner Generation sind mit diesen Verletzungen aus dem Krieg zurückgekehrt. Das ist kaum spannend.»

«Von Publicity verstehen Sie nichts, Herr Kortenbach, das haben Sie oft genug bewiesen. Kriegsteilnehmer gewesen zu sein, stößt immer noch auf Interesse. Ich habe gerade noch mal Konsaliks *Arzt von Stalingrad* gelesen. Und seine *Liebesnächte in der Taiga* sind erst letztes Jahr in die Kinos gekommen.»

«Ich hatte keine Liebesnächte in der Taiga.» Das wenigstens war die Wahrheit. «Wenn Ihnen daran liegt, dass wir weiterhin gut zusammenarbeiten, dann behalten Sie diese Information bitte für sich.»

«Da scheint eine wirklich große Erschütterung bei Ihnen vorzuliegen», sagte Luppich, als Alex aufstand, um sich zu verabschieden. «Doch ich tue nichts gegen Ihren Willen.» Er trat mit Alex auf den Flur und sah ihm nach. Vielleicht ließ sich auch der Eigensinn durch den Kopfschuss erklären.

«*Bothered and bewildered*», sagte Alex, als er am Abend das Stück von Rodgers und Hart auf dem häuslichen Klavier spielte.

«Bist du das?», fragte Klaus. «Verwirrt und verstört?» Er

kam aus der Küche und stellte das Tablett mit zwei Gläsern Wein auf den Tisch.

«Verstört werde ich sein, wenn ich in der *Bild* lese, einen Kopfschuss gehabt zu haben mit bleibendem Schaden.»

«Luppich», sagte Klaus. Er setzte sich mit einem Glas Wein auf das Sofa. «Den hast du ja heute gesehen. Wieso Kopfschuss?»

«Theo hatte doch das zerebelläre Symptom für mich ausgegraben, sollte ich je nach der Kriegsverwundung gefragt werden.»

«Und wäre das wirklich ein Unglück, wenn das in die Zeitung käme?»

«Ja», sagte Alex. «Zigtausende Menschen sind in diesem Krieg getötet worden oder verwundet, oft mit fürchterlichen Folgen, da will ich nicht mit einer Kriegsverletzung angeben. Schließlich habe ich nicht an der Front gestanden, sondern in Argentinien gelebt. Da klebt schnell das Etikett Drückeberger an mir.»

«Nun wird das ganze Klima für uns liberaler, und dennoch bleibt Luppich ein Ärgernis.»

«Er hat auch wieder nach Florentine gefragt.»

«Komm, setz dich zu mir», sagte Klaus. «Als wir um die Alster gingen bei unserem Osterspaziergang kam mir was in den Sinn, das du vor Jahren gesagt hast. *Stell dir vor, du und ich könnten Hand in Hand an der Alster entlangspazieren und keiner hätte was dagegen.* Alex, das werden du und ich noch erleben. Ich bin da sehr hoffnungsvoll. Und das haben wir dann den Leuten zu verdanken, die gerade ihre Köpfe bei den Demonstrationen hinhalten. Wie geht es eigentlich Dutschke?»

«Er überlebt es, doch da bleibt sicher was zurück.»

«Ja», sagte Klaus. Er trank einen großen Schluck. «Glaub

mir, eines Tages wird es wurscht sein, ob dein Publikum erfährt, dass du mit mir zusammenlebst statt mit Florentine.»

«Eines Tages. Nur leider nicht heute und morgen oder nächstes Jahr.»

Klaus stand auf. «Hast du schon was zu dir genommen?»

«In der Kantine. Einen Kaffee und Kekse.»

«Kaffee und Kekse. Du schaufelst jeden Tag Tabletten in dich hinein, du musst was Vernünftiges essen. Ich mach mal was.»

«Wenn ich dich nicht hätte.»

«Dann hättest du einen anderen.»

«Ganz sicher nicht», sagte Alex. Er folgte Klaus in die Küche, um gegebenenfalls Kartoffeln zu schälen.

Trank Louise weniger? Ja. Doch es fiel ihr schwer. Das Leben sollte leicht und lustig sein, dabei half ihr der Alkohol. Louise stellte sich vor den Spiegel und litt. Wo war die schöne junge Frau hin, die sie früher beim Blick in den Spiegel gesehen hatte? Bislang hatte sie jeden Zweifel weggetrunken, nun wurde sie von dem Arzt, den Theo ihr genannt hatte, angehalten, die Tropfen zu zählen vom Gin und dem Noilly Prat in den Martini-Cocktails. Die Gläser, die Lina gekauft hatte, waren Fingerhüte.

«Ich habe heute meinen Ärztetag», sagte Louise, als sie in die Praxis kam und Henny hinter dem Tresen sah.

Henny nickte. «Schön, dich zu sehen, Louise. Du siehst gut aus.»

«Ganz entgiftet bin ich noch nicht.» Doch es stimmte, Louises Augen waren wieder klarer, kaum noch Schwellungen um die Lider.

«Keine besonderen Beschwerden?»

«Nur zur Kontrolle. Ob noch Hormone vorhanden sind.

Ich hoffe, dein Mann bleibt mir noch eine Weile als Arzt erhalten.» Theo verschob den endgültigen Ausstieg aus der Praxis Jahr um Jahr.

«Nach dem nächsten Geburtstag im September soll Schluss sein», sagte Henny. «Aber ich kann dir Marike sehr empfehlen.»

«Lina und ich haben mit ihr *Engelchen flieg* gespielt.»

«Du kennst sie nun schon lange als erwachsene Frau, du kannst dich ihr anvertrauen.»

«Das werde ich auch tun. Soll ich mich ins Wartezimmer setzen?»

«Ich komme zu dir und bringe Kaffee, Theo hat noch eine Patientin.»

Sie setzten sich auf die ledernen Freischwinger, Henny schob eines der Glastischchen heran, legte die Zeitschriften auf einen Stuhl, stellte das schwarze Lacktablett mit den Tassen, Zuckertopf und Milchkännchen ab. In einer Schale waren Meringuettes.

«Es ist eine sehr besondere Atmosphäre bei euch, als sei man in einem eleganten Hotelfoyer und nicht beim Arzt.»

«Eine Privatpraxis. Das ist der Unterschied.»

«Eine anspruchsvolle Klientel. Und du teilst dir die Arbeit mit Käthe?»

«Sie hat die drei Tage mit Marike, ich bin an den beiden Theo-Tagen hier.»

«Das fügt sich gut. Vermisst du die Finkenau?»

«Nein», sagte Henny. «Alles hat seine Zeit.»

«Oh ja. Ich bin auch keine Krachmandel mehr, eher ein alter Keks, mein Arzt sprach von einer Depression und gibt mir Tabletten dagegen. Wer hätte das gedacht?»

«Gut, dass sie behandelt wird.» Sie hörten beide Theo, der seine Patientin zur Tür begleitete.

«Na, ihr beiden», sagte Theo, als er ins Wartezimmer kam. «Krieg ich auch einen Kaffee?»

«Dann gucken wir mal nach deinen Hormonen», sagte Theo etwas später, als der Kaffee ausgetrunken war. Er geleitete Louise in das Sprechzimmer.

«Hey», sagte Momme. «Das passt bestens. Die Ladys haben vor, sich ein bisschen zurückzuziehen und nicht an allen Tagen hier zu sein.»

«Hu, da bin ich erleichtert», sagte Rick Binfield. Er lehnte sich im grauen Sofa der Leseecke zurück. *Back to Hamburg.*

Hey und hu. Wally war ans Schauspielhaus geholt worden, in Zeiten, in denen die ehrwürdige Sprechbühne Intendanten austauschte, als sei das Schauspielhaus eine Katzenklappe.

Oscar Fritz Schuh war nach Gründgens gekommen, anders als der hatte Schuh das zeitgenössische Drama in den Mittelpunkt gestellt, doch die konservativen Hanseaten und ihre Lokalzeitungen schätzten keine Experimente, die Bühne als politischer Raum gefiel ihnen ganz und gar nicht. Sie trauerten noch immer ihrem Gustaf nach. Nun traute sich Egon Monk und engagierte neue Leute.

«Erst einmal wohnen wir in einer Theaterpension in der Langen Reihe», sagte Rick. «Aber ich sehe mich nach einer Wohnung um.»

«Ich werde das noch mit Lina und Louise besprechen, aber könntest du dir vorstellen, als Partner einzusteigen? Verantwortung an junge Leute geben, das täte Landmann am Gänsemarkt gut.»

Rick lachte. «Ich bin im März neununddreißig geworden», sagte er.

«Eben», sagte Momme. «Ein Jüngling.»

«Wally wird begeistert sein. Sie hatte ein schlechtes Gewissen, weil ich im British Information Centre gekündigt habe. Es war ein guter Job, doch vielleicht ist die Brücke ohnehin ein Auslaufmodell.»

Klopfen an der Glastür vorn. Dabei war längst geschlossen, schon halb acht. «Ich habe Licht im Laden gesehen», sagte Wally. Sie suchte Ricks Blick. «Wird der verlorene Sohn wieder aufgenommen?»

«Heymann nähme ihn auch mit Kusshand», sagte Momme.

«Wenn die Ladys einverstanden sind, werde ich Kompagnon.»

Wally umarmte erst Rick, dann Momme. «Und ich bin die Amalia in den *Räubern*», sagte sie. «Hamburg bringt uns Glück.»

«Ein lustiges Auto. Ideal für Leute mit hohen Hüten.» Florentine schaukelte auf dem Beifahrersitz in Roberts Ente herum, klappte das Seitenfenster hoch, das gleich wieder zufiel. Ein heiterer Tag, der letzte Aprilsonntag. «Du hast einen besonderen Geschmack», sagte sie.

Robert guckte zu ihr rüber. «Weil ich dich liebe?»

«Da allerdings beweist du Erlesenheit.»

Sie sahen sich zum ersten Mal, seit sie aus dem Tessin zurückgekehrt waren, schon zehn Tage her. Florentine hatte Termine in Paris gehabt. Dass sie sich seit gestern in Hamburg aufhielt, war ihm erst heute mitgeteilt worden.

«Ich weiß, dass du nicht heiraten willst», sagte er. «Dass du allein in deiner Wohnung leben willst. Doch könntest du den Kontakt halten und nicht deine Ankunft verschweigen? Ich würde gern mit Blumen am Flughafen stehen.»

«Ich bin, wie ich bin. Nimm mich einfach so», sagte Florentine.

«Als du die Serpentinen am Gotthard hinuntergefahren bist, hast du gesagt, du liebst mich.»

«Ich glaube, dich zu lieben, habe ich gesagt. Und das tue ich, Husky. Ich habe nur einen Fimmel, was meine Freiheit angeht. Die gebe ich für keinen auf.»

Für keinen? Konnte er das glauben? «Hast du einen Geliebten in Paris?» Was wusste er denn, wen sie einlud in die Place des Vosges, wo sie nun ein Zimmer gemietet hatte?

«Ich gehe gern mit den schicken Jungs aus, in die Brasserie Lipp oder ins La Coupole, aber schlafen tu ich nur mit dir.»

«Lade mich mal ein nach Paris.» Robert versuchte, es lässig klingen zu lassen. Er hielt an der roten Ampel, sah zu ihr hin.

«Das sollen getrennte Welten bleiben», sagte Florentine. «Bieg hier links ab.»

«Willst du nicht nach Blankenese?»

«Lass uns zu den Landungsbrücken fahren und ein Schiff nehmen. Ich will Wind in den Haaren.»

«Ich kann das Verdeck aufrollen.»

«Wir hätten meinen Wagen nehmen sollen.»

Robert fand einen Parkplatz vor den Landungsbrücken, sie gingen zu den Pontons hinunter. Die Fähre, die als nächste ablegte, fuhr nach Finkenwerder, sie kauften Fahrkarten und gingen an Bord. Viel Wind, nicht nur in ihren Haaren, als sie am offenen Heck standen. Robert blinzelte.

«Ich hoffe, du hast deine Augentropfen dabei, lieber Husky», sagte Florentine. Dann küsste sie ihn vor allen Leuten. Lang und ausdauernd.

Die Gelegenheit für Luppich, Florentine nach ihren Heiratsabsichten zu fragen, ergab sich erst im Herbst, als die Knef auf ihrer zweiten Tournee nach Hamburg kam. Alex hatte gestaunt, als er hörte, dass der von ihm verehrte Kurt Edelhagen sie mit seinem Orchester begleiten würde. Einer der Musiker erzählte ihm, die Vorbereitungen zur Tournee seien von so viel Spannungen belastet gewesen, dass Edelhagen ein Glas zerdrückt habe und seine Verletzungen an der Hand genäht werden mussten.

Und nun die Knef auf der Bühne. Im langen, schulterfreien Kleid von Pierre Balmain, ein Leopardenhalsband umgelegt. *Für mich soll's rote Rosen regnen.* Besonders berührte Alex eines der Lieder, das die Knef am Schluss sang. *Lass mich bei dir sein.* Ein sanftes Lied. Er hätte gern Klaus' Blick gesucht und gefunden, Klaus saß in der Reihe hinter ihm, stattdessen nahm Florentine seine Hand.

Im Foyer die üblichen Begegnungen, auch mit Luppich, der ihm die Karten geschickt hatte mit der Bitte, doch Florentine wiedersehen zu dürfen. Alex hätte sich dem verweigern können, aber Klaus riet zu.

Sektglas in der Hand, Branchengeschwätz, immer das Gleiche. «Ich hörte von Herrn Kortenbach, dass Sie nicht heiraten wollen», sagte da Luppich gerade. Alex blickte zu Florentine, eine kleine Beunruhigung in ihm. Was würde sie sagen?

«Lassen Sie mir Zeit, Herr Luppich», sagte Florentine. «Ich bin eine freiheitsliebende Frau. Nach meinem dreißigsten Geburtstag dürfen Sie mich noch einmal fragen.»

«Ich danke dir für deine kluge Antwort», flüsterte ihr Alex ins Ohr, ein Moment, der in Blitzlicht getaucht wurde und den die Zeitungen in ihren Bildunterschriften *zärtlich* nennen würden.

Florentine wollte ihn bezaubern heute, sie tat es, als sie ihren Arm nach Klaus ausstreckte. «Darf ich Ihnen einen langjährigen Freund vorstellen? Klaus Lühr und ich sind miteinander aufgewachsen.» Auch das eine Schwindelei, er war neun Jahre älter als Florentine, doch Alex hätte sie küssen können. Klaus stand nun in ihrem Kreis, und dies völlig unverdächtig. «Oder kennen Sie einander schon, Herr Luppich?», fragte Florentine scheinheilig.

«Lasst uns noch in die Bar vom Atlantic gehen», sagte Klaus. «Ein bisschen tanzen.» Mit wem wollte er tanzen?

«Darf ich mich Ihnen anschließen?», fragte Luppich.

«Dann haben wir wieder für lange Zeit Frieden», sagte Klaus leise zu Alex. «Du tanzt mit Florentine, ich tanze mit Florentine.» Gott sei Dank blieb dieser Augenblick unbeobachtet, kein Fotograf in der Nähe.

«Rufen wir Robert an», sagte Alex. «Der hat am meisten verdient, mit Florentine zu tanzen.»

Doch sie riefen Robert nicht an, Luppich könnte sich einen Reim auf die Paarkonstellation machen. Wenn Florentine und Robert einander berührten, dann entstand eine Elektrizität, die keinem entging. So tranken sie Ginfizz und tanzten zu Paul McCartneys *Yesterday*, zu *Those Were The Days* von Mary Hopkin. Florentine und Alex, Florentine und Klaus. Luppich sah ihnen wohlwollend zu, als sei er ihrer aller Vater.

«Ich fürchte mich schon jetzt vor den Jahresrückblicken», sagte Lina.

War es nicht ein gewaltsames Jahr gewesen? Die Bilder aus Saigon, als der dortige Polizeichef einem gefangenen jungen Vietkong vor laufender Kamera in den Kopf schoss. Die Panzer des Warschauer Pakts, die den Prager Frühling niederwalzten, die Morde an Martin Luther King und Robert Kennedy. *Gedanken kann man nicht erschießen*, hatte die Prager Zeitung *Rude Pravo* geschrieben. Doch die, die sie dachten, schon.

«Bekomme ich noch einen Tropfen zu trinken?», fragte Louise.

Nun hatten sie einen Außenminister, der Willy Brandt hieß, und kaum etwas war besser. Die Große Koalition von CDU und SPD hatte im Mai die Notstandsgesetze gegen alle Proteste erlassen.

«Ich möchte mein Lebensgefühl zurück», sagte Louise. Ging das auch ohne Alkohol?

«Ich habe Angst um dich», sagte Lina. «Darum möchte ich, dass du dich dem Kamillentee widmest.»

«Ist das verhältnismäßig?», fragte Louise. Betrunken sterben war doch leichter als nüchtern. Oder?

«Lass uns mal ins Kino gehen, *Funny Girl* mit Barbara Streisand angucken. Das bringt dich auf andere Gedanken. Ich denke daran, uns Abonnements fürs Schauspielhaus zu besorgen, wo jetzt Wally dort im Ensemble ist. Geht ja hoch her bei Schillers *Räubern*.»

«Vor allem in den Zeitungen», knurrte Louise.

«Kleine Reisen», sagte Lina. «Die können wir unternehmen, wenn wir nicht mehr täglich im Laden stehen. Ich werde Auto fahren lernen.»

Das erste Mal, dass Louise bei all den Vorschlägen und

Ankündigungen von ihrem Buch aufsah. «Du wirst siebzig im Januar.»

«Na und? Glaubst du, es ist nicht erlaubt? Meine Augen sind bestens und mein Reaktionsvermögen auch.»

«Du traust mir nicht mehr», sagte Louise. «Meinen Fahrkünsten.»

«Doch. Wenn du nüchtern bist. Ich habe Lust, noch mal was Neues anzufangen, gerade weil ich siebzig werde.»

«Du wirst mit siebzig Fahrstunden rechnen müssen, so viele Stunden wie Lebensjahre ist die Faustregel.»

«Schauen wir mal», sagte Lina. Sie stand auf. «Ich mach uns Tee.» Es war ihr Sinnen und Trachten, Louise alkoholfreie Flüssigkeiten en gros einzutrichten.

Ruths Zug fuhr an diesem Sonntag kurz vor halb sechs im Hamburger Hauptbahnhof ein, Rudi stand am Bahnsteig, glücklich, sie in die Arme schließen zu können, sie hatten sich seit April nicht gesehen.

Bei ihnen zu Hause stand ein Falscher Hase im Backofen, eines von Ruths Lieblingsgerichten, hoffentlich vergaß Käthe nicht, ihn rechtzeitig aus dem Ofen zu holen.

Zwei Tage würde Ruth in Hamburg bleiben, ein Gespräch mit der Redaktion der Zeitschrift konkret war der Anlass ihres Besuches. Käthe und Rudi hofften, sie kehre nach Hamburg zurück und sie könnten das Kind behüten vor allem Unbill.

«Wie geht es András?», fragte Rudi, als sie in der Straßenbahn saßen. «Ist er in Berlin oder in München?»

«Er schreibt an seiner Magisterarbeit. In Berlin.» Sie schüttelte den Kopf, als sie Rudis besorgten Blick sah. «Nicht in unserer Küche, Stefan lässt ihn nicht mehr rein. Er ist in Schöneberg bei seiner Großmutter.»

Da hatte Ruth sicher kein Hausverbot.

«Und wenn du nach Hamburg kommst, folgt er dir auf dem Fuße?»

«Ich weiß ja noch gar nicht, ob das klappt. András bleibt aber auf jeden Fall in Berlin. Das sei jetzt die Hauptstadt der Bewegung, sagt er.»

«Eine geschmackvolle Äußerung für einen Linken», sagte Rudi. «Und wie geht es Stefan und Jens? Die wären sicher traurig, dich als ihre Mitbewohnerin zu verlieren.»

«Ja. Aber ich bin nun seit zwei Jahren beim *Volksblatt*, ich habe Lust, mich zu bewegen. Bei der *konkret* zu sein, bringt mich voran.»

Behaglichkeit, die aus den Fenstern leuchtete, als sie vor dem Haus in der Marienterrasse standen, im Flur der Duft des Hackbratens, in der Küche Käthe, die den Tisch deckte und die Teller abstellte, um Ruth zu umarmen.

«Kommt mir vor wie bei reichen Leuten», sagte Ruth, als sie sich umsah. «Die noch immer in der Küche essen.» Sie lachte. «Ist aber schon ein Unterschied zur Körtestraße.»

Rudi war kein reicher, doch ein wohlhabender Mann, sein Vater hatte ihm genügend Geld hinterlassen, an ihrem Lebensstil hatte sich wenig geändert, aber ihn beglückte, das Rauhe Haus in seiner Kinder- und Jugendhilfe unterstützen zu können, für andere soziale Projekte Geld zu haben und nach wie vor bei Gröhl gute Weine zu kaufen.

Er öffnete eine Flasche Terras del Rei zum Falschen Hasen. «Lasst uns darauf anstoßen, dass du morgen ein erfolgreiches Gespräch haben wirst», sagte er. Im Wohnzimmer brannte das Feuer im Kamin mit den schwarz glänzenden Kacheln. Welch ein wunderbares Lebensgefühl, vermutlich war es bürgerlich zu nennen.

«Das müsst ihr euch ansehen», brüllte Guste aus dem Salon, in dem nun auch ein Fernseher stand. Ein alarmierendes Gebrüll. Feuer? Wasser? Oder doch nur die Nachrichten, die ihnen täglich ins Haus kamen?

Ida war als Erste unten bei ihr, allerdings sah auch sie nicht mehr, wie Kurt Georg Kiesinger, Kanzler der Deutschen, den Kopf leicht abwandte und die schallende Ohrfeige dennoch nicht verhindern konnte. Hatte er es geahnt?

Keineswegs das erste Mal, dass er es mit Beate Klarsfeld zu tun bekam, die den Studenten versprochen hatte, diesen Mann zu ohrfeigen. Zu Handgreiflichkeiten war es bislang nicht gekommen, nur als Nazi hatte sie ihn beschimpft, aus guten Gründen. Nun war es geschehen, an diesem 7. November auf dem CDU-Parteitag in Berlin.

Der Polizist, der die Angreiferin festhielt, war so fassungslos wie Guste. Doch in deren Kopf und Herzen war genügend Anarchie, um die Tat der Klarsfeld gutzuheißen.

«Hoffentlich bringen die das noch mal», sagte Momme, um den seine Töchter tanzten. Die Kinder hatten keine Ahnung, von was da die Rede war, aber die Großen schienen ihnen aufgekratzt.

Beate Klarsfeld, in Paris lebende Berlinerin, verstand sich als Nazi-Jägerin, ihr Mann, der Anwalt Serge Klarsfeld, war Franzose und Jude, sein Vater im Holocaust umgekommen.

«Dreimal hat sie Nazi gerufen», sagte Guste begeistert.

Kein Vollstrecker, dieser Kurt Georg Kiesinger, wohl aber ein Verbreiter der nazistischen Hetzpropaganda in seiner Funktion als Mitarbeiter der Rundfunkabteilung in Hitlers Außenministerium. Als Kanzler nicht geeignet, dachten diejenigen, denen aufgegangen war, dass sie unter einer dicken Decke aus Verdrängung und Lüge lagen.

Tian ließ sich nicht anstecken vom Karneval in Gustes Salon, er hatte die Nachricht schon im Auto gehört. Er war ein Verfolgter der Nazis gewesen, trotzdem hieß er nicht gut, was da geschah, scheute sich vor alldem, was in die Nähe von Chaos kam.

«Sei nicht langweilig», sagte Ida.

«Das *ist* ein Grund zum Feiern», sagte Guste.

Tian stieg die Treppe hoch, setzte sich an den Schreibtisch und griff nach dem Hörer des Telefons. Alex nahm nach dem dritten Klingeln ab. «Die Ohrfeige löst in Gustes Salon Ausgelassenheit aus», sagte Tian.

«Klaus und ich betrachten es mit Sympathie.»

«Sympathie für Klarsfeld oder Kiesinger?»

«Du chinesischer Preuße», sagte Alex. Sein Lächeln war deutlich zu hören. «Für die Klarsfeld selbstverständlich.»

«Ihr seid alle Kindsköpfe.»

«Vergiss unser Treffen morgen nicht.»

«Darum rufe ich vor allem an. Können wir es verschieben?»

«Ich hoffe, du hast einen angenehmen Grund.»

«Herauszufinden, was mein Freund Alex an den Ärzten schätzt, die er dauernd aufsucht.»

«Im Augenblick bin ich nur bei Bunsen.»

«Er soll der beste Neurologe sein.»

«Neigt zum Sadismus. Tian, was fehlt dir?»

«Vielleicht leide ich nur an Hypochondrie. Doch du weißt ja, die verbreitetste Krankheit ist die Diagnose.»

«Halte mich bitte auf dem Laufenden», sagte Alex.

«Ich hätte nicht gedacht, dass die sich traut», sagte Stefan. «Klasse.»

Er briet Spiegeleier, die anbrennen würden auf dem rauen Boden der Pfanne, in der schon andere Spiegeleier angebrannt waren.

Ruth spülte zwei Teller ab, Jens hing noch auf einem Teach-in herum.

«Was soll aus uns werden, wenn die weiblich ordnende Hand fehlt?»

«Bist du bescheuert?», fragte Ruth.

«Kann dich ja verstehen. *Konkret*. Für die schreibt auch Nettelbeck, und dessen Filmkritiken in der *Zeit* schätze ich sehr.»

«Du liest *Die Zeit*?», fragte Ruth.

«Wenn Uwe Nettelbeck schreiben kann für die, kann ich sie wohl lesen.»

«Noch ein paar Jahre, und du hast ein Abonnement und lebst in Musterringmöbeln», sagte Ruth.

«Ich hol mir *Die Zeit* im Lesesaal. Doch gegen eine erstklassige Stereoanlage hätte ich nichts und dann *Lucy In The Sky* laut hören.»

Sie räumten den Tisch frei und stellten die Teller hin, füllten vom Silberadler in die Gläser. Der gute Tropfen aus der Flasche mit 2,05 Litern.

«Ende Januar ziehst du aus?» Stefan schnitt dicke Scheiben vom Graubrot ab und widmete sich dann dem Stück Speck.

«Am 10. Februar fange ich in der Redaktion an.»

«Das lohnt sich doch gar nicht mehr bei dem kurzen Monat.»

«Du kennst eben nur das Studentenleben.»

«Wird noch alles hart genug, vergiss nicht, dass ich auf Lehramt studiere», sagte Stefan. «Hätte mich nicht drängen lassen sollen von meinen Alten. Hoffentlich bewachen die

Hamburger ihre Stadttore gut und lassen András nicht hinein. Ich komme aber gern mal vorbei in deine neue Bude. Schanze. Klingt lustig.»

«Ist eine ähnliche Glasscherbengegend wie hier.»

Sie stellten die Teller in die Spülbecken. «Ich hab einen Johnny Walker zwischen den Klamotten liegen. Da trinken wir gleich von», sagte Stefan. «Wir sollten feiern, wo wir können, solange du hier bist.»

Es goss in Strömen, als Alex aus dem Aufnahmestudio kam und unten im Empfang auf Florentine traf. Nun verstand er, warum sich Robert so vehement gewehrt hatte, für einen Kollegen einzuspringen, *Old Green Eye* war mit Florentine verabredet.

«Er hat bis nach elf zu tun», sagte Florentine. «Tröstest du mich?»

«Ich werde zu Hause erwartet», sagte Alex.

«Dann fahre ich dich. Du hast noch nicht mal einen Schirm.»

«Das ist lieb von dir, doch ich kann ein Taxi nehmen.»

«Du bist noch nie mit mir gefahren, ich bin vor allem in kritischen Wetterlagen hervorragend, Regen, Eis und Schnee lassen mich zur Hochform auflaufen. Ich denke daran, die Rallye Monte Carlo mitzufahren wie Jean-Louis Trintignant in *Ein Mann und eine Frau*.»

«Das sähe dir ähnlich.» Alex lächelte.

«Also ja», sagte Florentine. «Das Auto steht vorschriftswidrig wenige Schritte von hier. Vielleicht hat der Pförtner Schirme.»

Der Pförtner gab ihnen sehr ungern einen kaputten Knirps, sie waren ziemlich nass, als sie Florentines Peugeot erreichten.

«Den Plan, zu studieren, hast du aufgegeben?», fragte Alex, als sie in der roten Brumme fuhren und die Scheibenwischer sich verausgabten.

Florentine nahm den Blick von der Straße und sah zu ihm hinüber. «Ich hatte mir vorgestellt, es nebenher tun zu können, doch dafür habe ich zu viele Termine. Kunstgeschichte wäre interessant gewesen.»

«Sind nicht die meisten deiner Termine in Paris? Du hast ja mal an die Sorbonne gedacht, ich nehme an, dein Französisch ist mittlerweile fließend.»

«Viele Bookings in New York in letzter Zeit. Du bist nun kaum ein Vorbild für die akademische Laufbahn.»

«Nein», sagte Alex. «Ich bin nach der Obersekunda von der Schule abgegangen.»

«Auf welcher warst du?

«Kaiser-Friedrich-Ufer. Später habe ich gehört, dass alle Lehrer, die nicht in der NSDAP waren, das Kaifu verlassen mussten. Florentine, was wirst du tun, wenn du nicht mehr jung bist?»

«Du klingst, als seist du mein alter Patenonkel.»

«Bin ich das nicht irgendwie?»

«Nein.» Florentine fädelte sich links ein, um in den Schwanenwik hineinzufahren. Alex blickte zum fünften Stock hoch, als sie vor dem Haus hielten. Helle Fenster. Ein gutes Gefühl überkam ihn.

Florentine blickte auch hoch. «Ihr habt da wirklich ein sehr behagliches Nest», sagte sie.

«Ihr müsst mal wieder vorbeikommen», sagte Alex. Kurz dachte er daran, Florentine zu fragen, ob sie wisse, wie es ihrem Vater beim Arzt ergangen war, aber vielleicht wäre das nicht in Tians Sinne. Er hatte kryptisch geklungen am Telefon.

«*Sous les pavés, la plage*», sagte Florentine, als Alex ausstieg. Er drehte sich zu ihr um. «Wie kommst du darauf?»

«Mir haben die Studentenunruhen gefallen.»

«Dennoch denke ich, dass für dich unter den Pflastersteinen nicht der Strand ist, sondern der rote Teppich», sagte Alex.

Er hätte sich erst Alex anvertrauen sollen, der kannte sich aus mit Ärzten und Krankheiten, stattdessen war er in dieses Gespräch mit Ida hineingeraten.

«Du wirst alles vergessen?», fragte Ida.

«Nein», sagte Tian. «Es ist eine leichte, kognitive Störung. Ich habe Probleme, mich längere Zeit auf eine Aufgabe zu konzentrieren oder anstrengende Situationen auszuhalten wie diese hier gerade. Es wird sich weder auf meinen Wortschatz noch auf mein Sprachvermögen auswirken. Du brauchst keine Angst zu haben, dass ich dich blamiere.»

«Du bist doch genauso alt wie ich.» Ida schien es als persönliche Kränkung zu nehmen, Tian nicht länger kerngesund zu wissen.

Vor einiger Zeit schon hatte es damit angefangen, dass er Gerüche nicht mehr gut wahrnahm, die einzelnen Kaffeesorten kaum noch voneinander unterscheiden konnte. Er hatte einen Gehirntumor vermutet, da war eine *leichte kognitive Störung* ein Geschenk. Damit konnte man leben.

«Ida, mach dir keine Sorgen. Es hätte schlimmer kommen können.»

«Ich will noch nicht alt sein», sagte Ida.

«Du hast etwas Aufbauendes», sagte Tian.

Rick tütete ein weiteres Buch von Malpass ein. *Wenn süß das Mondlicht auf den Hügeln schläft*, sein Landsmann schrieb mit leichter Feder, *his books sold like hot cakes.* Die Buchhandlung lief bestens, Wally und er konnten sich eine große renovierte Altbauwohnung in St. Georg leisten, nur ein paar Schritte bis zur Alster und zum Schauspielhaus.

Heinrich Böll hatte der Klarsfeld rote Rosen nach Paris geschickt als Geste der Verehrung für die Ohrfeige, sein dichterischer Gegenspieler Grass maulte der Böll'schen Geste wegen, fand die Ohrfeige irrational. Ach, diese Deutschen. Wenigstens hatte Beate Klarsfeld nicht in ein deutsches Gefängnis gehen müssen als französische Staatsbürgerin.

Wally dagegen war in der Tat irrational, fand ihn spießig des Heiratsantrages wegen. Was war denn spießig an festen Beziehungen, warum widersprachen sie der Emanzipation? Als ob das Leben nicht schon kompliziert genug wäre.

«Wie geht es Louise?», fragte Rick, als Lina beim Eintüten neben ihm stand, das Weihnachtsgeschäft lief an, Simmels *Alle Menschen werden Brüder* erlebte ein neues Hoch.

«Ihr Seelenklempner ist zuversichtlich», sagte Lina.

«Seelenklempner?», fragte Rick. Er sprach ein perfektes Deutsch, doch manche Wörter gaben ihm Rätsel auf.

«Sie ist am Freitag wieder da», sagte Lina. Ihre Gefährtin hatte sich eine Woche auf einer Schönheitsfarm gegönnt, aber doch das wusste außer ihr keiner, nicht einmal Momme, dem nichts Menschliches fremd war.

«Vielleicht werde ich noch mal jung», hatte Louise gesagt.

All diese Trauer um die Bilder, die man von sich im Kopf hatte, von denen keines mehr übereinstimmte mit dem, was man im Spiegel sah. Der Abschied von der Zeit war zu schmerzlich.

«Dann sitze ich eines Tages mit einem senilen Mann da», sagte Ida. Sie nahm die Tasse Tee, die ihr Henny reichte. «Kenne ich das Porzellan?»

«Das ist noch von Else. Du solltest sorgsamer sein mit Tian. Sieh dir Klaus an, er hat mit Alex große gesundheitliche Krisen erlebt.»

«Ich bin keine hingebungsvolle Krankenschwester wie Klaus, und Alex hat die Krisen ja auch hinter sich.» Ida seufzte und sah in eine Ferne, die hinter dem Kamin zu liegen schien.

«Könntest du das Feuer noch mal entfachen, das haben wir leider nicht in der Johnsallee, ein offener Kamin und ein Pool wären schön, ohnehin wäre bei uns mal eine größere Renovierung fällig. Hoffentlich stimmen Anni und Momme geschmacklich mit mir überein, was die gemeinsamen Räume angeht.»

Henny lächelte. Aus ihrer Anspruchshaltung hatte Ida nur in den Jahren des Krieges und der ersten Nachkriegszeit herausgefunden. «Guste hat auch noch was zu sagen?», fragte sie.

«Versteh mich nicht falsch, Henny, wir alle hoffen, dass Guste hundert wird. Sie ist die Seele des Hauses.»

«Wie alt ist Guste?»

«Im nächsten Sommer wird sie zweiundachtzig. Kannst du deinen Mann mal nach der *leichten kognitiven Störung* fragen?»

«Soviel ich weiß, ist es keine Krankheit, die fortschreitet.»

«Das sagt Tian auch, es bliebe oft bei diesen ersten Symptomen, aber ich denke, er versucht, mich zu beruhigen. Ich sehe ihn schon sabbern.»

Henny ließ das brennende Streichholz in den Kamin fallen und drehte sich zu Ida um. «Du kannst schrecklich sein», sagte sie.

«Ja. Ich weiß. Das liegt an meinem exzentrischen Elternhaus.»

«Deinen Vater habe ich nicht unbedingt als exzentrisch in Erinnerung.»

«Ist es nicht in Mode gekommen, alles auf die Eltern zu schieben?»

Henny stand auf, nahm den Schürhaken und schob ein Holzscheit ins Feuer. «Was ich nicht vergessen werde, sind deine tröstenden Arme an dem Tag, als Lud starb. Das war der Anfang unserer Freundschaft.»

«Beschwörst du das Bild, weil du mich gerade nicht leiden kannst?»

«Ich bitte dich, fürsorglicher mit Tian umzugehen. Er ist dir ein liebevoller Ehemann.»

«Ja», sagte Ida. «Ich werde mir Mühe geben.»

«Seit wann hast du dich mit dem Gedanken gequält, einen Tumor im Kopf zu haben?», fragte Alex.

«Im September fing es an, als ich feststellte, dass mein Geruchssinn nachließ, und dann wurde ich nervös, wenn im Kontor verschiedene Aufgaben gleichzeitig zu bewältigen waren, das hat mich vorher nie gestört. Dazu trat gelegentlich ein stechender Kopfschmerz auf, doch der entstand wohl durch den Stress, den ich mir machte. Ein Tumor wurde jedenfalls ausgeschlossen.»

«In der Zeit haben wir zweimal hier gesessen und in unserem Tee gerührt, Tian. Warum hast du mir nichts erzählt?»

«Ich habe es erst mal verdrängt.» Tian griff zu einem Sandwich.

«Wie gefällt dir Bunsen?»

«Er zeigt gern die Folterinstrumente, doch er scheint mir kompetent, Bunsen sagte, ich sei ein bisschen früh dran mit dieser Störung. Ich muss sagen, die Diagnose erleichtert mich fast. Ich fürchte nur, dass Ida denkt, ihr Mann sei demnächst ein Pflegefall, sie betont dauernd, dass sie sich zur Krankenschwester nicht eignet.»

Alex hob die Augenbrauen. Hennys Freundinnen hatte er alle ins Herz geschlossen, Idas Lieblosigkeiten Tian gegenüber allerdings ärgerten ihn.

«Ich weiß, dass du deine Schwierigkeiten mit ihr hast», sagte Tian.

«Das ist schon zu viel gesagt, nur gut umgehen soll sie mit dir. Auf dem Höhepunkt meiner gesundheitlichen Krise habe ich mich immer auf Klaus verlassen können, und ich habe ihm viel zugemutet.»

«Er hatte am Sonntag Geburtstag.»

«Ja», sagte Alex. «Siebenunddreißig ist der Junge nun.»

«Habt ihr gefeiert?»

«Nachmittags kam die Familie, abends waren wir zu zweit. Ich hatte vor zu kochen, das wäre eine echte Überraschung für Klaus gewesen, doch *eggs any style* schien mir zu unspektakulär, das Roastbeef hab ich dann lieber beim Metzger gekauft.»

«Lag das Haus in Italien auf dem Gabentisch?»

Alex lachte. «Das ist eine Nummer zu groß. Wir fahren im nächsten Juli aber noch mal nach Portofino, das waren traumhafte Tage.»

«Darf ich dich zu einem Matheus Müller einladen? Darauf trinken, dass es gesundheitlich einigermaßen gutgeht?»

«Möge es bei uns beiden so bleiben», sagte Alex. «Bunsen erwähnt immer wieder gern das Damoklesschwert.»

Die elegante Welt trank Champagner. Sie blieben beim Sekt aus Eltville.

Louise schminkte sich nun noch geschickter, das schien alles zu sein, was bei der Woche Schönheitsfarm herausgekommen war. «Besser, einen braunen Augenbrauenstift zu nehmen statt einen schwarzen», sagte sie. «Bette Davis nimmt auch nur Braun, das ist weicher und macht weniger alt. Diese dummen Eyeliner gewöhne ich mir ganz ab, die engen das Auge ein, und mit Puder muss man ohnehin vorsichtig sein, der sitzt nur in den Falten.»

«Hatten sie nicht auch autogenes Training angeboten?», fragte Lina.

«Das war langweilig. Mir sind die Füße dabei eingeschlafen.»

«Wann hast du den nächsten Termin bei deinem Arzt?»

«Ich hab darüber viel nachgedacht in der Heide», sagte Louise. «Du glaubst gar nicht, wie trist die im November ist.»

«Und zu welchem Schluss bist du gekommen in der tristen Heide?»

«Dass ich die Therapie abbreche», sagte Louise. «Ich kriege das alles allein in den Griff. Ich will diese Tröpfchentortur nicht länger. Ich bin eine erwachsene Frau.»

Die Trinkerei? Die Depression? In den Griff kriegen? Allein? *The best is yet to come?*», fragte Lina. Sie sah ihre Gefährtin traurig an.

«Genau», sagte Louise. «Lass mich nur machen.»

Keine gute Idee, Louises acht Jahre altes Käfercabrio wechselweise zu fahren, wann immer Lina zum Autoschlüssel griff, hatte Louise gerade eine Fahrt vor.

Dass Lina nur sensationelle dreißig Stunden gebraucht hatte, war von Louise nicht kommentiert worden, der Fahrlehrer dagegen nannte Lina ein Naturtalent und bat darum, einen Text mit Foto von ihr am Steuer in der Zeitschrift *Fahrschule* veröffentlichen zu dürfen. Viele Kollegen hätten Vorurteile gegen ältere Fahranfänger, hatte er gesagt, Lina lächelte dazu.

Den Kauf des sechs Jahre alten Jaguar tätigte Lina heimlich, nur Momme wusste davon, denn der Mark Two stand bei seinem Vetter in Fahretoft in der Garage und wartete auf einen Käufer.

«*An besonders schönen Tagen ist der Himmel sozusagen wie aus blauem Porzellan*», sagte Momme, der am Steuer der Familienkutsche saß, Lina neben ihm, auf dem Rücksitz die achtjährige Susanne, ihre kleinen Schwestern waren bei Anni und Guste im Garten.

«Ich liebe Kästner», sagte Lina. Vorbei an Wiesen, Deichen, Schafen, sie war in bester Stimmung, wusste Louise gut versorgt bei Rick und Wally, die mit ihr eine Bootstour auf dem Alsterlauf unternahmen.

«Du weißt schon, dass der Mark rot ist», sagte Momme. «Vielleicht ist dir das zu auffällig.»

«Iwo», sagte Lina. Fuhr Florentine nicht seit Jahren ein rotes Auto und oft in flotter Fahrt? Das war die Farbe der Siegerinnen.

«Wird sich Louise nicht hintergangen fühlen?», fragte Momme.

«Sie hätte Einwände gehabt, genau wie bei dem Führerschein. Ich nehme eher an, dass ich nun ihren Käfer fahren darf.»

«Ihr habt die Rollen komplett getauscht.» Momme blickte zu Lina.

«Was meinst du?», fragte Lina. Wusste sie es nicht längst und wollte es nur noch mal hören? Auf der Straße der Sonne?

«Louise war immer die Abenteuerin und du die Abwartende, scheint so, als ob du siebzig werden musstest, um das umzukehren.»

«Posaun mein Alter bloß nicht herum bei deinem Vetter in Dagebüll.»

«Fahretoft», sagte Momme. «Ist sehr nah, doch nicht zu vergleichen.»

«Vielleicht steuere ich gegen die Angst an, die ich um Louise habe, versuche, ihr Aktivität entgegenzusetzen. Ein Überlebensprogramm für uns beide. Im letzten Winter habe ich geglaubt, langsam verrückt zu werden, wenn ich nur auf Louise lauere, ob sie trinkt, wie viel sie trinkt.»

«Ihr hängt auch viel aufeinander, im Laden, in der kleinen Wohnung.»

«Als unser gemeinsames Leben anfing, war sie Dramaturgin und ich Lehrerin. Getrennte Welten, von denen wir uns erzählten.»

«Und die Welt war jung», sagte Momme.

When the world was young. Das hatte Tom gesagt bei

ihrem ersten Wiedersehen nach dem Krieg. Wie sehr sie den Freund immer noch vermisste.

Der Hof von Mommes Vetter Oke wirkte leicht verwildert. In einem Schuppen stand das Auto, das Oke wenig praktisch fand auf dem Land, erfüllte Träume machten nicht immer glücklich. Es war so rot, dass es auch im dichten Nebel gut sichtbar wäre.

Susanne saß in der Küche bei Okes Kindern und aß eine Schale Blaubeeren mit Milch, als Lina einen roten Jaguar Mark Two kaufte. Sie würde dieser Traum glücklich machen, dessen war sie sicher.

Momme staunte, als sie vom Hof fuhr und aus dem Fenster winkte. Später würde er sagen, das Auto habe einen Schweif von Sand und Staub gehabt, so rasant sei der Start gewesen. Er kannte Lina seit vielen Jahren, doch vielleicht kannte er sie auch nicht.

Florentine hatte die vergangenen drei Wochen in St. Tropez verbracht, am Strand gelegen, im Meer geschwommen, viel rosa Wein getrunken, im Städtchen Ramatuelle oberhalb von St. Tropez vor dem weißen Grabstein von Gérard Philipe gestanden, eine Blume abgelegt.

«Alles ist so vergänglich», sagte sie, als sie in des Huskys Ente saß an diesem ersten Julisonntag.

«Sag ich ja», sagte Robert. «Immerhin sind wir so weit, dass ich weiß, wann du von einer Reise kommst.»

Florentine lachte und griff ihm ins noch immer schwarze Haar.

Half er nach? Nein. Doch er würde nicht zögern, es zu tun, wenn das Ausreißen einzelner weißer nicht mehr genügen sollte. «Weißt du, dass ich am Ende des Jahres siebenundvierzig Jahre alt sein werde?», fragte er.

«Wir haben erst Juli. Was willst du mir damit sagen? Wünschst du dir was Bestimmtes zum Geburtstag?»

«Ja», sagte Robert. Der Unverbesserliche. «Liebe. Heirat. Kind.»

«Die Liebe hast du. Das ist doch das Wichtigste», sagte Florentine. War das nicht ein großes Geschenk, das sie ihm da machte?

«Irgendwie wünscht man sich was für die Ewigkeit», sagte er.

«Ich will keine Kinder, Husky. Wo fahren wir hin? Du hättest eben abbiegen müssen.»

«Zu mir. Ich habe was fürs Abendessen vorbereitet.»

«Du kannst kochen?»

«Junggesellenfutter», sagte Robert.

Die Sauce bolognese hatte er auf die kleinste Stufe des Herdes gestellt, der Wein war entkorkt, der Tisch gedeckt, nur die Nudeln mussten gekocht werden. Doch sie kamen noch nicht dazu, das lustvollste Paar der Epoche fand sich in Roberts Bett wieder.

Es war schon dunkel, als sie auf dem kleinen Balkon saßen, über die Bäume der Hallerstraße blickten, die tiefen Teller mit den Spaghetti auf dem Schoß, die Weingläser standen neben den Stühlen.

«Warten wir alles mal ab, Husky», sagte Florentine. «Was aus uns wird.» Das war mit achtundzwanzig Jahren leichter zu sagen.

«Ihre Leberwerte sind in Ordnung», sagte Bunsen. «Dennoch werden Sie von nun an ohne das Präparat auskommen müssen, das Sie die Bostoner Tabletten nennen. Bei anderen Patienten ist es zu schweren Schädigungen der Leber gekommen, das Medikament ist vom Markt genommen worden.»

Alex versuchte, den Blick zu lösen von den Tauben, die auf dem Geländer der Hochbahnstation am Rödingsmarkt saßen. Die Praxis im dritten Stock war auf einer Höhe mit ihnen. Lieber aus dem Fenster gucken, nicht in das selbstgefällige Gesicht des Neurologen, der ihm seit Jahren vom Damoklesschwert erzählte und nun Bestätigung fand.

Endlich sah er seinen Arzt an. «Es sind die einzigen Tabletten, die mir helfen», sagte er. «Seit drei Jahren bin ich völlig beschwerdefrei. Ich will sie weiter in eigener Verantwortung nehmen.»

«Ich habe kein Depot davon angelegt, Herr Kortenbach. Sie werden sich auf Behinderungen einstellen müssen, bis Ersatz gefunden ist.»

Als Alex unten auf der Straße stand, zitterten ihm die Knie vom Schock, doch seine Beine trugen ihn sicher, noch war die chemische Substanz, von der er so abhängig war, in seinem Blut, heute Morgen hatte er die letzte der Tabletten genommen, sich ein neues Rezept geben lassen wollen.

Er trat in eine Telefonzelle und suchte die Groschen hervor, rief in der Praxis am Neuen Wall an. Heute war Dienstag, der Tag, den Theo noch in der Praxis verbrachte. Henny ging ans Telefon.

«Komm her», sagte sie, nachdem Alex berichtet hatte.

Alex saß vor Theos Schreibtisch, während Theo mit Lambrecht telefonierte. Theos alter Studienkollege hatte eine größere Konsequenz gezeigt bei seinem Abschied aus der alltäglichen Praxis, die Fachliteratur allerdings studierte er, als müsse er noch sein Physikum bestehen. Da stand er Theo in nichts nach.

Lambrecht tat ungern etwas über den Kopf seines Nachfolgers hinweg, doch *er* besaß die guten Kontakte zum Department of Neurology des Massachusetts General Hospital und versprach zu klären, ob die amerikanischen Kollegen Lösungen kannten.

Klaus holte den Stock vom Kleiderschrank und sagte die Reise nach Portofino ab. Sie hatten nach Genua fliegen wollen, dort einen Leihwagen nehmen, dennoch blieben zu viele steile Wege. Acht Tage Urlaub hatten es sein sollen.

«Wir machen es uns auf der Terrasse nett und gucken auf Elses Fernseher die Mondlandung an. Wer weiß, ob in unserem Apartment ein brauchbares Gerät gestanden hätte», sagte Klaus.

«Falls sie gelingt.» Alex war wieder zum Skeptiker geworden. Vier Tage war er nun ohne die Tabletten, die Beeinträchtigungen fingen an.

Robert kam zum Essen zu ihnen. Ohne Florentine, die verbrachte das Wochenende in Paris, feierte auf vorgezogenen Festen den 14. Juli, der auf einen Montag fiel. Fühlte sie sich nicht längst als Französin?

«Warum fährst du nicht mal mit nach Paris?», fragte Alex.

Robert hob die Schultern. «Lass uns von was anderem reden. Wie geht es mit deiner Lauferei?»

«Das ist das Letzte, worüber *ich* reden will.»

«Das verspricht ein Abend mit anregenden Gesprächen zu werden», sagte Klaus. Er stand auf, um die Lasagne aus dem Ofen zu holen.

Alex stemmte sich hoch. «Ich decke den Tisch», sagte er.

«Lass das Robert machen.»

«Im Rollstuhl wäre ich nützlicher. Da könnte ich mir das Tablett auf den Schoß stellen.» Die Ironie gelang ihm nicht ganz.

«Demnächst kommen neue Tabletten.»

Alex blieb sitzen und sah in den Abendhimmel, in einer Woche hätten ihre Ferien begonnen. Er hörte Robert und Klaus in der Küche lachen und fühlte sich seltsam ausgeschlossen. Diesmal war alles schlimmer, vielleicht weil er drei Jahre lang angenommen hatte, es überwunden zu haben.

Klaus kam mit einem Holzbrett für die Auflaufform, einer Flasche Wein und dem Öffner. Er sah Alex an. «Gemütserkrankungen lassen wir aus», sagte er. «Mach mal lieber die Flasche auf.»

Samstag war Badetag, dann kam Ruth in die Marienterrasse und legte sich in die große weiße Wanne, einst schon Käthes Sehnsuchtsort.

An dem Haus in der Susannenstraße, in dem Ruth seit Februar lebte, ging auch jetzt noch jeglicher Komfort vorbei, steile Stiegen im dunklen Treppenhaus, Waschen am Spülbecken in der Küche, in der ein alter Kohleherd stand, doch das Klo war wenigstens in der Wohnung und nicht auf halber Treppe. Auch wenn Ruth bei *konkret* kein großes Gehalt bekam, wäre was anderes drin gewesen, und Rudi hätte zu gerne Helleres, Größeres, Schöneres für sein Kind gemietet, aber Ruth ließ es nicht zu. So zu leben, schien ihr eine Geisteshaltung.

Wie die Arbeit in der Redaktion, sie fühlte sich angekommen, auch wenn Ulrike Meinhof, einstige Chefredakteurin des Magazins, in der *Frankfurter Rundschau* geschrieben hatte, sie stelle ihre Mitarbeit ein, weil *konkret* im Begriff sei, ein Instrument der Konterrevolution zu werden. Das sah Ruth, die unter dem Namen Everling schrieb, anders.

Ruth fühlte sich wohl in der Schanze. Die Häuser mochten schäbig sein, der Geruch des Schlachthofes über dem

Viertel liegen, sie war froh, dass es nun den Griechen gab und nicht nur deutsche Kneipen mit nikotingelben Gardinen, sie würde mit András ins Olympische Feuer gehen, wenn er morgen kam. Ihren Eltern verschwieg sie seinen Besuch lieber.

Sie legte das Frotteetuch um ihren schmalen Körper und betrachtete sich lange im Spiegel. Das feuchte lockige Haar, graue Augen, hohe Stirn, ein großer Mund. Sah eigentlich alles gut miteinander aus.

Heute Morgen war sie im Tabakladen in der Susannenstraße gewesen, hatte die *Morgenpost* gekauft, Florentine auf dem Titel der *Twen* gesehen und über die Schönheit gestaunt, die sie verströmte.

Idas Tochter. Ida war die Glanzvollste von Käthes Freundinnen, doch Florentine trat aus einer noch ganz anderen Aura hervor. Ruth fühlte einen ziehenden Schmerz im Herzen, die Sehnsucht nach einem Lebensgefühl, zu dem sie selbst nicht fähig war.

Bestrafte sie sich darum mit immer schäbigeren Quartieren? Ließ das Geld auf dem Konto liegen, das sie nach ihrem einundzwanzigsten Geburtstag bekommen hatte? Der Erlös des Grundstückes am Langenzug.

Sie hatte die *Twen* gekauft heute Morgen im Tabakladen, um das Foto von Florentine in Ruhe betrachten zu können. Keine amourösen Gefühle, sie war ganz und gar hetero und nahm das auch von Florentine an.

Trotzdem würde sie die *Twen* vor András verstecken, nicht aus Furcht vor Eifersucht, eher der Ahnung wegen, dass er Florentine für eine Klassenfeindin halten und sich verächtlich äußern könnte.

«Hast du *Sweet Florraine* gesagt?», schaltete sich Robert zu Klaus in das Aufnahmestudio, während der Titel lief. «Habe ich mich verhört?»

«*A tribute to your lovely Flo*», sagte Klaus. Noch lief *Sweet Lorraine* von Burwell und Parish in einer Aufnahme mit Nat King Cole. «Der Titel muss dir doch aus dem Herzen kommen.»

Each night I pray
That no one will steal her heart away
I can't wait until that happy day
When I marry sweet Lorraine

«Meine schöne Flo wird es kaum hören. Sie kommt erst am Sonntag.»

«Dann könnt ihr die Mondlandung miteinander anschauen. Der Mond ist doch was für Verliebte.» Robert hob die Hand. Das Licht blinkte. Nun waren sie wieder auf Sendung.

Klaus plauderte ins Mikrophon und war dankbar, dass er auf eine jahrelange Routine zurückgreifen konnte, ihm war alles andere als heiter zumute. Morgen hatten sie eigentlich in ein Flugzeug nach Genua steigen wollen. Und nun hangelte sich Alex zu Hause an den Möbeln entlang. Noch war keine Lösung aus Lambrechts Fernschreiber gefallen.

Es musste eine Lösung geben, die Alex wieder auf die Beine half. Es lag doch nur an einer kleinen Substanz, die war schon einmal gefunden worden.

Zehn freie Tage lagen vor ihm, Zeit, die er mit Alex verbringen konnte, wenn auch nur in Hamburg. Vielleicht könnten sie ein bisschen im Lancia herumfahren, nach Blankenese, in den Sachsenwald. Nett einkehren. Oder an die See. Timmendorf. Keine Spaziergänge, nur einen Strandkorb mieten, auf die Ostsee gucken.

«Seht ihr euch auch diesen Ringelpietz am Sonntag an?»,

fragte Robert, als sich Klaus nach der Sendung verabschiedete. «Ist ja wohl ein Jahrhundertereignis, der erste Mensch auf dem Mond.»

«Wenn sie denn den Weltfrieden da oben fänden», sagte Klaus. Theo und Henny hatten eingeladen zu der langen Nacht. Bei ihnen in Europa würde es weit nach Mitternacht sein, wenn alles so lief wie geplant. Aber vermutlich würden Alex und er auf dem Bett liegen und in Elses Fernseher gucken, Alex vermied in diesen Tagen aushäusige Termine.

«Vielleicht können wir was gemeinsam anstellen in euren Ferien?»

«Immer gern, *Old Green Eye*. Hängt davon ab, wie es Alex geht.»

«Ich werde einfach ein alter Junggeselle bleiben, der glücklich ist, mit *Sweet Florraine* zu schlafen. Was hältst du davon?»

«Wenn du dich damit fürs Erste abfinden könntest, wäre dir sehr geholfen.»

«Fürs Erste», sagte Robert. «Das ist eine gute Idee.»

Sie gingen auseinander, als hätten sie Sorge, den anderen nicht mehr wohl vorzufinden am Ende von zehn Tagen Urlaub für Klaus in Hamburg.

Alex trat so andächtig über die Schwelle zur Terrasse, als sei er Cäsar und überschritte den Rubikon. Nur nicht stolpern, dann käme er kaum mehr hoch. Eine Aufnahme im Philipshaus war von ihm schon abgesagt worden, doch nun hatte er erst einmal Urlaub. Er hoffte, dass bald Rettung aus Amerika käme, Bunsen ließ ihn hängen, keine Spur von Lambrechts Fürsorge.

Er klammerte sich ans Geländer und hielt Ausschau nach Klaus, die Sendung war vor einer Dreiviertelstunde zu Ende gegangen, er müsste jeden Augenblick kommen. *Sweet Florraine.* Dieser Verrückte.

Russische Eier, die er in der Küche vorbereitet hatte, vielleicht eher altmodisch und nicht gerade die hohe Kochkunst, aber er wollte den Eindruck vermeiden, hier untätig zu sitzen.

Schon fast Mitternacht. Wo blieb Klaus? Zogen Robert und er noch durch die Gemeinde? Alex seufzte, dieser Rückfall erschütterte ihn. Er fühlte sich dauernd auf ein totes Gleis gestellt.

Lieber Klaus, komm. Lass mich nicht mit meinen Gedanken allein. Alex setzte sich in einen der Korbstühle.

Tiefschwarze Nacht, doch noch warm. Er war erleichtert, als er Klaus hereinkommen hörte. Hoffentlich gab es bald eine Nachricht aus Boston.

«*The eagle has landed*», meldete Neil Armstrong. Die Mondfähre namens *Adler* war gelandet auf dem Mond, der Astronaut tat den ersten Schritt auf die pockennarbige Oberfläche. Noch war es in Amerika Sonntag, in Europa dagegen war schon Montag geworden, der 21. Juli, früher Morgen, und sie hielten sich alle wach und staunten.

Der erste bemannte Flug zum Mond, der eine Landung vorsah und eine sichere Rückkehr zur Erde. Neil Armstrong. Edward Aldrin. Michael Collins. Apollo 11. Käthe und Rudi sahen es bei Theo und Henny in Farbe, wobei das egal war, die Mondoberfläche blieb grau.

«Trotzdem faszinierend», sagte Käthe. «Da turnt dieser Mann auf dem Mond herum.» War der gerade zu sehen? Vielleicht Vollmond? Mit Armstrong und Aldrin drauf? Käthe guckte aus dem Fenster.

«Ein kleiner Schritt für einen Menschen, doch ein großer

Schritt für die Menschheit», sagte Armstrong, als er auf dem Mond stand. Nichts veränderte sich in Vietnam und anderswo, aber beeindruckend war es.

Die kleinen Schritte machten Alex täglich größere Probleme. Das war nun der schlimmste Schub, den er je erlebt hatte. Sein Körper war verwöhnt gewesen von den Bostoner Tabletten.

«Komm», sagte Klaus. «Nur um die Ecke zur Papenhuder Straße. Du nimmst den Stock und hängst dich bei mir ein, das ist doch eine unserer gut trainierten Übungen.»

Thies hatte zu Marikes Geburtstag ins Seraphim eingeladen, um Alex die Treppen bei ihnen zu Hause zu ersparen. Im Gärtchen des Restaurants sitzen im Sonnenschein, Mittelmeerküche bei Dervis Burü.

Klaus nahm das elegant verpackte Geschenk, eine Kaschmirstola. Zwei Männer in Jeans und Jackett. Dass sie angstvoll in die Zukunft blickten, merkte man ihnen auf den ersten Blick nicht an.

Katja sah sie kommen und winkte, blieb vor der Wäscherei Lange stehen, ihre Eltern und Konstantin saßen schon hinter der Hecke des Seraphims vor ersten Getränken.

Sie sah mit Sorge, dass es Alex schlechtging. Sie hatte immer schon eine Schwäche für *Onkel* Alex gehabt, den Mann, den die Frauen liebten.

Neunzehn war sie im Mai geworden, so alt wie Henny und Käthe gewesen waren, als sie in der Finkenau anfingen. Sie studierte nun an der Werkkunstschule in der Armgartstraße, hatte die Fächer Design und Fotografie belegt, allerdings würde sie noch lieber bei einem Fotografen in die Lehre gehen und dann zu einer Zeitung.

«Danke, dass du auf uns gewartet hast», sagte Alex, als sie Katja umarmten. «Hoffentlich halte ich nicht alle auf, ich bin ziemlich flügellahm.»

«Alles gut. Henny und Theo sind auch noch nicht da.»

«Da kommen sie», sagte Klaus. Ihnen gegenüber hielt Theos schöne alte Isabella, Henny stieg schon aus und kam zu ihnen. Alex glaubte, in allen Augen Mitleid zu lesen. Aber vielleicht bildete er sich das auch nur ein.

Das weiche Licht einer tiefstehenden Sonne vor dem dreiflügeligen Fenster, Louise stand davor, drehte das Glas in ihrer Hand und fing Linas Blick auf. «Ich habe nur einen Spritzer Gin hineingegeben, am besten schenkst du mir einen Zerstäuber.»

«Ich habe keine Lust, länger die Hüterin deiner Abstinenz zu sein», sagte Lina. «Es zehrt die Liebe auf.»

«Du liebst mich nicht mehr?»

Lina sah von der Zeitung hoch. «Doch», sagte sie. «Ich gebe dir nur die Verantwortung für dich selbst zurück. Als du im November entschieden hast, die Behandlung abzubrechen, habe ich sie mir auf die Schulter geladen. Damit ist nun Schluss.»

«Ich könnte mich tottrinken, und du siehst zu?»

Eher ein Zerknüllen als ein Zusammenlegen der Zeitung, Lina angelte nach ihren Schuhen, die vor dem Sofa lagen, und stand auf.

«Nun nimmst du den Schlüssel und setzt dich in deinen Jaguar und lässt mich hier allein», sagte Louise.

«Ich atme ein paarmal tief durch, nehme den Schlüssel und bitte meine Lebensgefährtin, mich zu einer Einladung zu begleiten, die ich schon ausgeschlagen hatte. In Gustes Garten zu kommen.»

«Bist nur du eingeladen? Gibt es einen Anlass?»

«Du bist auch eingeladen. Ich wollte dich nur vor Gustes

berühmter Septemberbowle bewahren, die sie in aquarien-
großen Goldfischgläsern serviert. Birnen und Holunder. Du
erinnerst dich?»

«Und nun kann ich mich gern im Goldfischglas ertränken?»

«Ich übernehme die Verantwortung nicht mehr. Da ich
die Fahrerin sein werde, musst du wissen, was du tust.»

«Was wird denn gefeiert in Gustes Garten?»

«Florentine. Dass sie mal da ist.»

«Da werfe ich mich in was Spektakuläres. Gib mir eine
Minute.»

Nur eine halbe Stunde später verließen sie das Haus.

«Kleine Feierei mit Getränken», hatte Guste gesagt. «Vielleicht könnten die Gäste nebenbei den Birnbaum leer pflücken.» Dass sie noch einen Hintergedanken hatte, vertraute
sie nur Tian an. «Deine Tochter hält mir den Robert zu sehr
unterm Deckel, ich will ihn mal ans Licht lassen.»

Guste hätte Alex gern dabeigehabt, schließlich war auch
er Kind in ihrem Hause gewesen, doch er und Klaus hatten
abgesagt. Wenn es Alex nur endlich besserginge.

«Wer ist denn der hübsche Junge neben Florentine?»,
fragte Louise, als sie in Gustes Garten kamen.

«Das wird Robert sein», sagte Lina. «Hast du deine Brille
nicht dabei? Ich nehme mal an, der Junge ist in seinen Vierzigern.»

«Guste will dich groß rausbringen», sagte Florentine zu
dem hübschen Jungen. «Du kannst von Glück sagen, dass
sie dich nicht auf den Tisch stellt. Hat sie früher mit mir
gemacht, wenn ich ein Kleidchen trug, das sie genäht hatte.
Ich hab mich aber ganz gern da oben gedreht.»

Das hätte Robert nicht gern getan, doch er trug auch nur

Jeans und ein Leinenjackett über dem weißen Hemd. Die Aufmerksamkeit, die ihm zuteilwurde, ließ ihn verlegen sein, aber er genoss, dass er als Florentines Freund vorgestellt wurde. Viel hatte er in diesem September noch nicht gesehen von ihr, sie war gestern erst eingeflogen.

«Und wer sind die beiden Frauen, die eben gekommen sind? Die große Blonde und die kleine Dunkle?»

«Lina und Louise. Mit ihnen zusammen führt Momme die Buchhandlung. Landmann am Gänsemarkt. Sie leben schon lange zusammen.»

«Sie sehen ein bisschen schräg aus. Die Dunkle vor allem, aber liebenswert schräg.»

«Louises Rock ist zu kurz, und die Sandaletten sind Käfighaltung», sagte Florentine. «Du bist auch ein bisschen schräg mit deinem grünen und dem blauen Auge.»

«Wenn du da nicht drauf bestündest, hätte ich längst wieder zwei grüne. Mein Ocularist kann kaum fassen, dass ich immer noch ein blaues will.»

Florentine küsste ihn. Hoffentlich wurde kein Beifall geklatscht, in Amerika sangen sie dann gleich *Happy Engagement*. «Dein Ocularist hat kein Herz für Huskys», sagte sie.

«Verbringst du heute die Nacht bei mir?»

«Wir gehen in die Milchstraße, ich habe den größeren Balkon. Morgen können wir zu dir, du hast den weiteren Blick.»

«Und du bist eine ganze Woche in Hamburg?»

«Am 14. fliege ich zurück nach New York», sagte Florentine. «Vorher machen wir es uns schön. Ich hoffe, du hast nicht lauter Spätdienste.»

«Nur nächsten Freitag. *Nach der Dämmerung.*»

«Lass uns mal in den Baum klettern und Birnen pflücken, dann kann ich dir schon an die Wäsche gehen.»

Robert lachte. «Ich werde mich hier bei meinem Debüt

nicht danebenbenehmen. Das würde auch Guste kaum schätzen, wenn der Baum schwankte, die Birnen fielen und braune Stellen kriegten.»

Florentine küsste ihn noch einmal.

Die Küsserei ließ sich gut an, fand Guste. Überhaupt schien dieses Paar ein großes Talent für Küsse zu haben. Robert kletterte allein in den Baum.

«Florentine ist hinreißend», sagte Louise auf der anderen Seite des Gartens. «Selbst wenn sie eine Stange mit einem Korb in den Birnbaum hält.»

«Dieser Robert gefällt mir auch, Tian sähe ihn gern fest an Florentines Seite, sagt Ida, obwohl er achtzehn Jahre älter ist.»

«So alt schon, ich setze mir doch mal meine Brille auf. Darf ich ein zweites Glas Bowle trinken?»

Lina hob die Schultern. «Allein deine Entscheidung», sagte sie. Dann ging sie hinüber zum Birnbaum, aus dem Robert gerade gesprungen war, um sich ihm vorzustellen.

Klaus hatte den Cardigan geholt und ihn Alex über die Schultern gelegt. Es war kühl geworden auf ihrer Terrasse. «Willst du ihn anziehen? Soll ich dir helfen dabei?»

«Nein», sagte Alex. «Es geht so, aber schenk mir bitte noch Wein ein. Du musst ihn nicht rationieren. Ich darf ja mehr trinken, jetzt, wo mein wichtigstes Medikament fehlt.»

Klaus stand auf und füllte ihm das Glas. Sagte nicht, dass Alex sich ohnehin kaum auf den Beinen halten konnte. War es da klug, mehr zu trinken?

«Hast du Termine in der nächsten Woche?»

«Ich habe alle bis auf einen abgesagt. Wenn ich allein unterwegs bin, ist es schwierig.»

«Vielleicht sollten wir einen zweiten Stock anschaffen. Dann bist du unabhängig davon, ob dich jemand begleitet.»

Alex hob die Augenbrauen. «Einen zweiten Stock? Ich habe den Eindruck, du denkst ernsthaft über einen Rollstuhl für mich nach.» Hatte er selbst es nicht immer wieder ironisiert, den bald zu brauchen?

«Ich versuche nur, Lösungen zu finden. Du solltest auf jedes Hilfsmittel zurückgreifen, das dir ein wenig Mobilität verschafft.»

«A wheelchair for the man with the serious disability.» Wenn Alex sich nicht ans Klavier flüchtete, dann verbarg er seine Ängste hinter englischen Sätzen.

«Lass uns doch nicht die Augen verschließen; solange keine neuen Tabletten da sind, behindert es dich in einem Maße, wie wir es bisher nicht gekannt haben, und dementsprechend brauchst du mehr Hilfe.» Klaus nahm das Mohairplaid von einem der Korbsessel und drapierte es um Alex' Schoß.

«Wenn es noch lange dauert, sollten wir auch eine eiserne Lunge bereithalten», sagte Alex. Nur nicht zum Zyniker werden. Was war aus ihrem Leben geworden? *No good life anymore.*

«Ist doch schon kühl», sagte Guste. «Ich hol mal die Strickjacken.»

Außer ihr war nur noch die Stammbesetzung der Johnsallee im Garten, Ida, Tian, Momme, Anni. Die Kinder schliefen längst. Florentine hatte sich um neun verabschiedet, Roberts Hand genommen und ihn aus dem Haus geführt, als sei er die Braut.

«Der Junge gefällt mir», sagte Guste. Doch das wussten

alle schon. Wieso fiel so oft das Wort *Junge*, wenn es um Robert ging, auch wenn man nicht kurzsichtig auf ihn blickte, wie es Louise getan hatte? Er war sechsundvierzig Jahre alt und fünf davon Soldat in Russland gewesen.

«Er ist was zum Liebhaben», sagte Guste mit einem letzten Glas Bowle aus Birnen und Holunder und viel Wein in der Hand.

«Robert hat einen kleinen Silberblick», sagte Louise auf dem Sofa in der Eilenau. «Wie Brigitte Bardot. Das macht ihn sexy.»

Lina wäre nicht auf den Gedanken kommen, Brigitte Bardot und Robert in einem Atemzug zu nennen. «Er hat keinen Silberblick», sagte sie. «Der Eindruck entsteht durch das Glasauge.»

«Lass uns Musik auflegen», sagte Louise. «Was Altes.»

Alle Sätze von Louise, die mit *Lass uns* anfingen, bedeuteten, dass Lina tätig werden sollte. «An was denkst du? *Lili Marleen?*»

«*Someone To Watch Over Me*», sagte Louise. «Wir haben doch diese Platte mit den Liedern von Gershwin.»

«Du willst, dass dich jemand behütet», sagte Lina. Sie stand auf, um die Platte aufzulegen.

«Ja», sagte Louise.

«Du hast nur zwei Glas Bowle getrunken», sagte Lina. «Ich danke dir.»

«Lina hat mich also doch im Blick», sagte Louise. Sie lächelte.

András kam jetzt jede Woche, Ruth gelang, das vor Rudi zu verbergen, der sie, anders als Käthe, immer mal wieder in ihrer Wohnung besuchte.

Einmal hatte er gefragt, ob sie sich mit der Rasierseife die Beine rasiere oder ihm vielleicht doch von einem Freund erzählen wolle.

«Die hat einer stehen lassen, der nur eine Nacht da war», hatte Ruth gesagt, die Seife genommen und sie vor den Augen ihres Vaters in den Abfall geworfen. Er lud sie ins Olympische Feuer ein, sie teilten sich eine Moussaka, tranken Retsina. «Nimm dich in Acht vor András. Er ist gefährlich», sagte Rudi in großer Hellsichtigkeit.

Er kaufte bei der Blumenhändlerin, die im Torweg hinter ihren Eimern stand, rote Dahlien für Ruth, gab der Händlerin in den Gummistiefeln mehr Geld, als die Dahlien kosten sollten. «Es ist eine Freude, Sie hier mit Ihren Blumen zu sehen», sagte er. Farbe in der grauen Schanze.

«Du bist ein sehr besonderer Mann, Papa.»

Papa. Das sagte Ruth so selten, wie er es bei Alessandro getan hatte.

Ohnehin gab es da Ähnlichkeiten, hatte sein Vater nicht auch gehofft, dass Rudi sich für eine schöne Wohnung entschied. Für mehr Komfort? Die Orientperle verkaufte, das Geld anrührte?

Ruth hatte noch eine größere Liebkosung für ihn.

«Ich liebe dich», sagte sie, als er sich in der Susannenstraße von ihr verabschiedete.

Rudi hatte das gewusst, doch selten gehört. Es tat ihm endlos gut.

Ausnahmsweise hatte ihm Luppich nicht den letzten Nerv gestohlen, es war ein konstruktives Gespräch über die nächste Produktion geworden, auch wenn es einen schwierigen Moment gegeben hatte, als Luppich ihn stützen musste und Alex auf einen Stuhl setzen, wo er wartete, bis Kraft zurückgekehrt war. Hätte er auf Klaus hören sollen, der wegen des zweiten Stocks insistierte?

Alex trat auf die Mönckebergstraße, ein warmer Wind wehte ihm ins Gesicht, der September gab sein Bestes. Ein Taxi herbeiwinken, warum war er nicht auf Luppichs Angebot eingegangen, ihm eines zu bestellen? Zu Hause auf der Terrasse sitzen, dort Klaus' Sendung hören, hoffentlich scheiterte er nicht schon an der Treppe in den fünften Stock. Er traute sich nichts mehr zu. Sein Selbstwertgefühl erlitt in diesen Wochen einen Totalschaden.

Er zuckte zusammen, als es neben ihm hupte, ein rotes Cabrio, Florentine darin. «Ich fahre dich, wohin du willst», sagte sie.

«Ich bin froh, wenn ich es bis nach Hause schaffe. Du siehst doch, wie es mir geht.»

Ja. Sie sah es. Und irgendwas klang da in ihr. Wie war das mit der Makellosigkeit? Berührten sie nicht eher die Brüche bei den beiden Männern, die sie liebte? Robert und Alex.

«Ich bring dich nach Hause.» Sie beugte sich über den Beifahrersitz und öffnete ihm die Tür, sah ihm beim Einsteigen zu.

«Diesmal trifft mich alles tief ins Mark, Florentine. Eben hing ich sogar am Arm von Luppich. Und fürchte mich vor der Treppe zu unserer Wohnung.»

«Komm noch mit zu mir, Alex. Einfach in den Himmel gucken und übers Leben sprechen. Bei mir hält der Aufzug vor der Tür, und bis Klaus nach Hause kommt, hab ich dich längst in den Schwanenwik gefahren. Vielleicht lenkt es dich ab von deiner Malaise.»

Ein Glas Wein hatte Alex in der Hand, als er durch das Atelierfenster schaute, den Blick auf die Dächer, hinter denen die Sonne versank, rote Ränder säumten das Bild.

Florentine füllte das eigene Glas noch mal, nahm eine LP aus der Plattentasche.

«Nicht das Quintett», sagte er. Sie legte die LP zurück und nahm eine Platte von Sinatra in die Hand.

«Geht es gut bei dir und Klaus?»

«Dieser heftige Rückfall macht uns beiden zu schaffen.»

«Ich nehme an, er umsorgt dich sehr.»

«Klaus lässt mich kaum noch etwas allein tun. Ich liege auf seiner Siechenstation.» Was sagte er denn da? Wie ungerecht er war. Er setzte sich auf den einzigen Stuhl, der Armlehnen hatte.

Florentine nahm den Schneidersitz ein auf ihrem dicken weißen Berberteppich.

«Du bist so schön und so beweglich», sagte Alex. «Ich fühle mich schrecklich beschädigt.»

Never lovers ever friends, sang Frank Sinatra. Florentine sprang auf und streckte ihre Hände aus. «Komm zu mir auf den Berber», sagte sie.

Alex blickte sie erschrocken an. «Was soll ich da? Ich käme nie mehr hoch.»

«Ich möchte dir zeigen, wie wenig beschädigt du bist. Und hoch wirst du auch wieder kommen.»

«Nein», sagte Alex. «Das tun wir nicht, es ist zu gefährlich.»

Warum erregte es ihn, als sie sich über ihn beugte, ihm einen Kuss auf die Lippen drückte? Ein kleiner Kuss, wie man ihn einem guten Freund gab.

«Den brauchen wir jetzt nicht», sagte sie, als er aufstand, zum Stock griff, irritiert von der eigenen Reaktion auf einen freundschaftlichen Kuss. Sie nahm Alex den Stock aus der Hand und umarmte ihn.

Wie kam es, dass er auf dem Berberteppich lag?

Florentine setzte noch einmal den Tonarm auf die Platte von Sinatra. Legte sich neben Alex.

Länger als zwanzig Jahre war es her, dass er mit einer Frau geschlafen hatte. Als Florentine seinen Gürtel löste, ihm das Hemd aufknöpfte, vergaß er, sich zu wehren.

Klaus saß am Klavier, als Alex kurz vor Mitternacht die Wohnung betrat. «Ich habe dich vermisst», sagte er. «Wo warst du?»

Alex setzte sich in einen der Freischwinger, die um den alten Eichentisch herumstanden, und vergrub das Gesicht in seinen Händen.

«Warum habe ich das Gefühl, dass was Dummes passiert ist?» Klaus schlug ein paar Tasten an, die nicht harmonisch klangen.

«Ich habe mit Florentine geschlafen», sagte Alex so leise, dass es gerade noch hörbar war.

Klaus schwieg.

«Ich weiß, es ist unverschämt, dich um Verzeihung zu bitten.»

Klaus hatte noch kein einziges Wort gesagt, als er vom Klavierhocker aufstand und zur Terrasse ging, Alex zögerte einen Augenblick, bevor er ihm folgte.

«Bitte sag etwas.» Er griff nach Klaus' Hand, die ihm entzogen wurde. Erst nach einer Weile ging Alex zurück ins Zimmer.

Klaus stand noch draußen, guckte in den schwarzen Himmel und wartete auf das Klavierspiel. Doch es kam keines. Er fand Alex am Tisch vor und setzte sich ihm gegenüber.

«Warum hast du das getan?»

«Ich halte es nicht aus, hier nur noch die Rolle des armen Behinderten zu haben.»

«Und die weise ich dir zu?»

«Ich bin dankbar für deine Fürsorge. Doch du gibst mir das Gefühl, dass ich nichts mehr kann.»

«Da wolltest du dir heute beweisen, dass du mit Florentine schlafen kannst.»

«Sie hat mich begehrt. Das hat mir gutgetan. Ja, verdammt. Erst einmal hat es mir gutgetan, begehrt zu werden.»

«Begehre ich dich nicht?»

«Du bist mein Krankenpfleger geworden, Klaus.»

«Das ist nicht fair.» Klaus stand auf und ging zum Klavier zurück.

«Was da heute Abend geschehen ist, hat nichts mit meiner Liebe zu dir zu tun. Bitte glaube mir das.»

«Hör auf, Alex. Ich lach mich sonst tot.»

«Du ahnst nicht, wie mich das alles demütigt. Ausgerechnet Luppich hat mich heute auffangen und stützen müssen.»

«Luppich. Der muss nun auch noch herhalten. Und an Robert habt ihr nicht gedacht?»

«Ich bin mir sicher, dass sie ihn liebt.»

«Und darum schläft sie mit dir.»

«Aus dem Augenblick heraus. Florentine hat mir einen Abend lang das Gefühl gegeben, kein Pflegefall zu sein.»

Klaus knallte den Klavierdeckel zu und ging zum Sofa. «Ich schlafe heute Nacht hier», sagte er.

«Lass mich das wenigstens tun», sagte Alex. Doch sie blieben in der Dunkelheit sitzen, nachdem Klaus das Licht ausgeschaltet hatte. Bis der Tag anbrach.

Im kleinen Fenster des Flugzeuges erkannte Florentine die Lichter von New York.

Hoffentlich kamen sie alle drei darüber hinweg, was da vorgestern geschehen war. Sie hatte auf Alex' Wunsch hin ein Taxi gerufen, er war gegangen und hatte das Unglück in seinen Augen gehabt.

Hatte sie ihm wirklich helfen wollen, sich nicht länger nur beschädigt zu fühlen? Oder war es ihr um den eigenen alten Traum gegangen, Alex zu besitzen? Jedenfalls war ihr gelungen, sich zwischen ihn und Klaus zu werfen, sie war nicht stolz darauf. Deren Liebe bestand, seit sie ein Kind von zehn Jahren gewesen war.

Der Husky hatte sie zum Flughafen gebracht. Nichtsahnend. Natürlich nicht. Dass Alex damit hausieren ging, war ausgeschlossen. Er schämte sich. Was war das denn für eine Großtat, einen geliebten Mann dazu gebracht zu haben, sich zu schämen?

Die Boeing 707 setzte auf der Landebahn des Kennedy Airports auf, morgen würde sie in Manhattan vor der Kamera eines Fotografen der *Vogue* stehen. Sie hätte Klaus gern um Verzeihung gebeten, doch er hatte den Hörer aufgelegt, als sie vor ihrer Reise anrief.

Henny war überrascht, als ihr Sohn an diesem Montagvormittag vor der Tür stand, Alex und er wurden am Abend in der Körnerstraße zu einer kleinen Feier erwartet, und nun kam Klaus und brachte das Geschenk.

«Wo ist denn das Geburtstagskind?», fragte er.

«Theo ist zu Gröhl gefahren, Wein kaufen. Ihr kommt doch heute Abend. Oder?»

«Nein», sagte Klaus. «Leider nicht.»

«Geht es Alex so schlecht?»

«Das auch.»

Henny sah ihrem Sohn ins Gesicht, er hatte Schatten unter den Augen. «Setz dich in den Salon», sagte sie. «Ich hole nur den Kaffee aus der Küche.»

Klaus legte das Geschenk und den Brief auf den Gabentisch und setzte sich in Theos Ledersessel. «Schön, die Rosen», sagte er, als Henny mit dem Tablett hereinkam. «Und das Buch von Jurek Becker ist toll.»

«Die späten Rosen aus dem Garten. Was ist los?»

«Alex hat mich mit Florentine betrogen.»

Henny gab ihm die Kaffeetasse und schwieg. «Dafür geht es ihm gut genug?», fragte sie schließlich.

«Halb zog sie ihn, halb sank er nieder», sagte Klaus. «Nein. Ich will es nicht lächerlich machen.»

«Hat das was mit seinem angeknacksten Selbstwertgefühl zu tun?»

«So erklärt er es. Dass er sich begehrt gefühlt habe, während ich nur noch sein Krankenpfleger sei.»

Henny rührte in ihrer Tasse.

«Darf ich dir den Zuckertopf reichen, damit du was hast, das sich zu rühren lohnt?»

Henny lächelte und nahm den Zucker. «Ich will Alex nicht entschuldigen», sagte sie. «Doch da ist was dran, Klaus. Du hilfst ihm, bevor er auch nur eine Chance hat, es selbst zu tun.»

«Er fühle sich dadurch noch behinderter, als er ohnehin schon sei», sagte Klaus.

«Du lässt ihn nicht allein ins Auto steigen. Ziehst ihn vom Sofa hoch. Stützt ihn bei jedem Schritt.»

«Warum hast du es mir nicht längst gesagt, wenn dir das aufgefallen ist?»

«Deine Fürsorge rührt mich ja.»

«Damit scheine ich ihn in Florentines Arme getrieben zu haben.»

«Vielleicht ist es nicht nur schlecht, dass das einmal geschehen ist, Florentines Herz wird sich nun hoffentlich beruhigen. Sie ist schon lange um deinen Alex herumgestrichen. Genau wie Ida damals.»

Klaus sah seine Mutter erstaunt an. «Sprechen du und Ida darüber?»

«Immer mal wieder.»

«Bitte erzähle ihr nichts von dem Seitensprung.»

«Selbstverständlich nicht.» Henny stand auf und legte die Arme um Klaus' Schultern. «Verzeih ihm», sagte sie. «Verzeih beiden.»

«Florentine zu verzeihen, fällt mir schwer.»

«Alex ist ihr romantischer Traum. In der Realität würde es nicht funktionieren. Das weiß Florentine.»

Klaus seufzte. «Das sagt Alex auch.»

Henny löste sich von ihrem Sohn und ging zum Gabentisch. «Das sind die Karten für den *Clavigo* in dem Päckchen?»

«Ja. Ich habe sie in einen Geschenkkarton gelegt. Wally spielt die Sophie.»

Henny nickte. «Das hat mir Lina erzählt. Und der Brief, der danebenliegt?»

«Von Alex an Theo. Er will sich erklären. Alex hat Angst, Theos Achtung zu verlieren.»

«Das wird er schon nicht. Ich hoffe nur, *ihr beide* könnt es überwinden.»

«Ich denke, unsere Liebe ist groß genug», sagte Klaus. Er stand auf. «Ich muss in den Sender, Mama. Bitte grüße Marike und die Kinder von mir, Thies sehe ich gleich. Aber bitte sage nichts.»

«Ich spreche nur mit Theo darüber. Schade, dass ihr nicht da sein werdet.»

Klaus winkte ihr noch mal zu, bevor er in den Lancia stieg, um ins Funkhaus zu fahren.

Ein vierter Titel auf der *Twen*. Vor allem sah man ihre tiefroten Lippen und einen Ausschnitt vom blassen Gesicht, alles andere ging unter im schwarzen Hintergrund. Düster wie der Novembertag.

Florentine legte die Zeitschrift auf das Sideboard, stellte die Tüte mit den Einkäufen in die Küche. Sie dehnte sich, drückte den Rücken durch, einige Tage ausspannen, die letzten Shootings in New York hatten sie angestrengt, den ganzen Oktober war sie dort gewesen, hatte in der zweiundvierzigsten Straße ein Apartment mit einem englischen Model geteilt. Auch das nicht ohne Spannungen.

«Lass mich für zwei, drei Tage in Ruhe, Husky», hatte sie gestern zu Robert gesagt. «Ich muss mal allein sein.»

Sie ging in die Küche und nahm ein leeres Konfitürenglas, füllte es mit Tomatensaft, gab ein Eigelb hinein, Tropfen von der Worcestersauce, schüttelte das Ganze und tat es in ein hohes Glas.

Doch sie hatte auch Spaß gehabt in New York, Schlittschuh laufen auf der Eisbahn des Rockefeller Centers, mit Freunden in der angrenzenden Bar sitzen, sie sah den Jungen hinter der Theke vor sich, wie er die Cocktails im Shaker schüttelte. Attraktive Männer in New York. Aber sie war abstinent geblieben.

Von Alex hatte sie nichts gehört seit dem unseligen Abend des 12. September.

Heute stand ein Essen mit ihren Eltern an im Vegetarischen Restaurant in den Alsterarkaden, Ida aß auf einmal gerne Gemüse. Sollte ihr recht sein, sie hatte es selbst gerade nicht so mit Fleisch. Steaks mit Broccoli, der Fotomodellfraß, June, ihre Mitbewohnerin in Manhattan, hatte ihr Steak unter den Wasserhahn gehalten, kaum dass es gebraten war, um kein Tröpfchen Fett in ihren dünnen Körper zu kriegen.

Diese Sorgen hatte sie nicht, sie hielt ihr Gewicht ohne Kasteiung.

Ida hatte gefragt, ob ihre Tochter nach dem Essen noch in die Agentur käme, nur ein paar Schritte dahin. Doch Florentine fehlte die Lust auf Nostalgie, kein ernsthaftes Modell nahm Sybille Romanows Tun noch wahr. Lange konnte es kaum mehr dauern, bis die Agentur schloss, was Florentine für ihren Vater leidtäte. Tian war dankbar, dass Ida da noch eine Spielfläche fand.

Fühlte sie sich nicht viel mehr ihrem Vater verbunden, seit Kindertagen schon? Alex war sehr vertraut mit Tian, sie hoffte nur, dass er ihm nichts von ihrer Verführung erzählte beim Tee im Vier Jahreszeiten.

Sie nahm eine Avocado und halbierte sie, gab einen Spritzer Zitrone und Salz darauf, legte sie auf einen Teller und stellte sie neben das hohe Glas. Ein gesunder Tag würde das werden.

«Guck dir das Küken an», sagte Karsten. «Keine Ahnung vom Krieg, nicht mal mehr ein Nachkriegskind zu nennen.»

Er hatte ohnehin eine große Lippe, weil er schon für den *Stern* fotografierte, doch Katja konnte ihn gut leiden, den Bruder ihrer Kommilitonin. Acht Jahre älter war er als sie. Jahrgang 1942.

«Du kannst mit knapp drei kaum in den Endkampf gezogen sein.»

«Ich habe im Keller gesessen und die Luftminen heulen hören. Das klingt noch immer in mir nach», sagte Karsten.

Die Geräusche des Krieges klangen auch in Katja nach, die hatten Thies und Marike in ihren Genen weitergegeben. Ein kollektives Gedächtnis, das auch für die Nachgeborenen galt. Sie zuckte zusammen, wenn die Sirenen einsetzten, noch immer hieß das Probealarm, und wenn sie ein Feuerwerk nur hörte und nicht sah, entsetzte sie das Krachen der Raketen, und sie hatte Angst.

«Ich will dich fotografieren», sagte Karsten.

«Ich ziehe vor, die Fotografin zu sein. Zeig mir lieber Tricks.»

«Keine Fotos, wie sie deine Cousine für den *Stern* und die *Twen* macht. Ich dachte eher an ein Reportageformat.»

«Florentine ist nicht meine Cousine», sagte Katja. «Ihre Mutter ist eine enge Freundin meiner Großmutter.» Doch waren ihre Familien nicht seit Jahrzehnten ineinander verwoben?

«Lass uns mal zum Fotografieren in die Schanze fahren», sagte Karsten. «Bevor sie die verfälschen.»

«Wurden schon Schwule mit weißen Pudeln gesichtet?»

Karsten grinste. «Du hast also auch Antonionis *Blow up* gesehen. An dem Film kommt kein Fotograf vorbei.»

«Schwebt dir eine solche Reportage in der Schanze vor?»

«Aber ohne Leiche im Park», sagte Karsten. «Das sollten wir auf jeden Fall umsetzen, Katja. Ich sehe dich als kongeniale Partnerin.»

Eine knallrote Olivetti fand Klaus an diesem Abend auf dem häuslichen Schreibtisch vor, das neueste Modell des italienischen Designers Ettore Sottsass. Die Farbe der Sieger. Ein Stapel weißes Papier lag neben der Olivetti.

Die alte Schreibmaschine, die ihm Garuti einst aus San Remo mitgebracht hatte, war in die Jahre gekommen und dauernd in Reparatur.

«Schreib bitte wieder», sagte Alex. «Das würde mich glücklich machen. Ich höre dein Tippen genauso gern wie du mein Klavierspiel.»

«Ein vorgezogenes Geburtstagsgeschenk?»

«Nein. Nur ein Liebessignal im Novembernebel.»

Sie gingen nun noch sorgsamer miteinander um, als sie es ohnehin seit achtzehn Jahren taten. Klaus hatte seine Lehre aus den Vorwürfen gezogen, Alex beinah entmündigt zu haben durch seine Fürsorge. Er half ihm nur noch, wenn Alex darum bat. Eine Zurückhaltung, die ihm schwerfiel an Tagen, an denen Alex seiner Hilfe bedurfte.

Henny und Theo waren die Einzigen außerhalb des unseligen Dreiecks, die davon wussten, was zwischen Alex und Florentine geschehen war. Jedenfalls hoffte Alex das, im September hatte er Robert kaum ins Auge zu sehen gewagt.

«Du könntest eine deiner großartigen Eierspeisen machen, während ich die Schreibmaschine einweihe», sagte Klaus.

«Gern», sagte Alex. «Spiegeleier oder Rühreier?»

«Rühreier. Es sollte noch gekochter Schinken da sein.»

«Dann decke ich erst einmal den Tisch, bevor ich mich daranmache, die großartige Eierspeise *à la minute* zuzubereiten.»

Klaus sah ihm nach, als Alex in die Küche ging. Seit vier Wochen ersetzte ein Medikament die Bostoner Tabletten, auch wenn die besser gewirkt hatten. Zu Hause und im Sender verzichtete Alex oft auf den Stock, auf die Straße traute er sich nicht ohne ihn.

Alex hörte die Typen der Schreibmaschine klappern, als er die große Eisenpfanne einfettete. «Eine neue Kurzgeschichte?», fragte er, als sie am Tisch saßen.

Klaus hob die Schultern. «Schauen wir mal.»

«Du weißt, dass ich Freitag und Samstag in Frankfurt auf dem Festival bin?»

«Ja», sagte Klaus. Er pikste einen Streifen Schinken auf die Gabel.

«Du fragst gar nicht, ob ich mir das zutraue.»

«Deine Musiker werden schon auf dich aufpassen.»

«Ich habe auch gelernt aus dem, was im September geschehen ist», sagte Alex. «Diese Krisen muss ich aushalten, ohne in Selbstmitleid zu zerfließen.»

«Ja, das wäre schön», sagte Klaus. «Henny hat übrigens von Ida gehört, dass Florentine wieder in Hamburg ist. Habt ihr seit damals noch mal Kontakt gehabt?»

«Nein. Sie war wohl die ganze Zeit in New York.»

«Wir sollten das Verhältnis normalisieren, allein schon Roberts wegen. Ich denke, ich halte das aus.»

«Danke», sagte Alex. «Dafür, dass es aufgehört hat, zwischen dir und mir zu stehen.»

Florentine suchte in allen Handtaschen nach der Karte, die ihr einmal eine Fotoassistentin zugesteckt hatte. Sie fand sie in der Seitentasche eines Seesackes, den sie gelegentlich zu den Aufnahmen mitnahm.

Ihr Zyklus war nie sehr zuverlässig gewesen, nun ließ sich das kaum länger auf den Heckmeck in New York schieben. Vielleicht war sie krank. Wäre es nicht naheliegend, die vertraute Praxis im Neuen Wall aufzusuchen? Marike zu kon-

sultieren? June in New York hatte dauernd von Unterleibs-
geschichten erzählt.

Florentine griff zum Telefon, las die Nummer von der
Karte ab und ließ sich einen Termin für den Freitag geben.
Sie setzte sich in ihren Egg Chair und pflückte Becketts Pro-
sa vom Teppich. Samuel Beckett wurde in diesem Jahr der
Nobelpreis verliehen, doch sie tat sich schwer mit seinen
Texten.

Lieber erst ein Müsli zubereiten und dann mal im Funkhaus anrufen, Robert beglücken, ihn einladen, die Nacht
mit ihr zu verbringen.

«Geh du mal ran», sagte Robert. Er zog an den Reglern und
hoffte, die Aufnahme zu retten, irgendwas war da quer-
gelaufen, woher kam der hohe Ton?

«Technik Studio Zwei», sprach Alex ins Telefon.

Florentine hielt den Atem an. Räusperte sich. «Hier ist
Florentine», sagte sie schließlich. «Ist Robert nicht da?»

«Doch», sagte Alex. «Er sitzt neben mir und hat die
Hände an den Reglern des Mischpultes. Wir haben hier eine
Komplikation, Florentine.»

Ihm lag viel am gelassenen Ton, Robert hörte mit.

«Richte ihm bitte aus, dass ich heute Abend Zeit habe.»

«Das richte ich aus.» Er hörte schon das Klicken in der
Leitung.

«Sie hat heute Abend Zeit für dich», sagte Alex.

«Ich denke, ich krieg das hier hin.» Robert drehte sich zu
ihm um. «Irgendwas ist passiert zwischen Klaus, Florentine
und dir», sagte er.

«Wie kommst du darauf?»

«Ihr verkrampft euch, wenn es um Florentine geht. Auch
bei Klaus keine *Sweet Florraine* mehr.»

«Ich habe doch gerade nett mit ihr gesprochen.»

«Ihr könntet euch also vorstellen, zu viert auszugehen?»

Alex schwieg. «Vielleicht nicht in nächster Zeit», sagte er schließlich. «Es gab eine kleine Krise zwischen Klaus, Florentine und mir.»

«Darf ich raten?», fragte Robert.

«Nein», sagte Alex. «Rette mir die Aufnahme.»

«Wollen Sie die Schwangerschaft?», fragte der Arzt mit der schweren, schwarz eingefassten Brille, als sie vor seinem Schreibtisch saß.

«Nein», sagte Florentine. «Auf keinen Fall. Darum bin ich hier und nicht bei meiner vertrauten Frauenärztin.»

«Ich nehme an, Sie kommen auf Empfehlung.»

«Ja», sagte Florentine. Sie holte die Pillenpackung hervor. «Die habe ich täglich genommen.»

Er blickte kurz darauf und nickte. «Sie sind viel zwischen den Kontinenten unterwegs? Dann ist diese Pille nicht zuverlässig. Darüber hätte Ihre Ärztin Sie aufklären sollen.»

«Das hat sie getan. In solchen Fällen greife ich zu Präservativen.»

«Diesmal offensichtlich nicht. Ein Kind kann leicht eine Karriere kaputt machen, die Figur ruinieren.»

Er hatte sie erkannt. Das machte es nicht leichter. Hatten Robert und sie denn keine Präservative benutzt? Das taten sie sonst immer, wenn viel Fliegerei gewesen war. Robert ging so geschickt mit den Gummis um, dass sie oft gar nicht richtig registrierte, wann er die überzog. Und wenn es doch Alex' Kind war? An *dem* Abend hatte es mit Sicherheit kein Gummi gegeben.

«Wann war der Tag der Empfängnis? Können Sie das sagen?»

«Zwischen dem 7. und 12. September», sagte Florentine. Sie sah den Arzt beim Kritzeln zu, er war ihr nicht sympathisch.

«Das käme hin», sagte er. «Sollten Sie noch darüber nachdenken wollen, Sie sind am Anfang der zehnten Woche. Nach Ende der zwölften helfe auch ich Ihnen nicht mehr. Zwölfhundert. Vorab und bar.»

«Das ist kein Problem», sagte Florentine.

Alles andere als eine Hinterhofklitsche, die Praxis, die sie da verließ. Warum fühlte sie sich dennoch so, als käme sie gerade aus einer solchen?

Für Freitag, den 21. November, hatte sie den Termin haben wollen, noch ein paar Shootings, die zu erledigen waren, doch der Arzt hatte ihn auf den Donnerstag vorverlegt.

«Falls es zu größeren Blutungen kommt, möchte ich nicht, dass Sie damit in die Notaufnahme gehen.»

Vielleicht war es ganz gut, gleich vom Flughafen in die Praxis zu fahren. Da blieb kaum Zeit, viel nachzudenken.

Klaus legte den Hörer auf, schien alles gut zu laufen in Frankfurt, es sei denn, Alex schönte den Grad seiner Beweglichkeit.

Kein Tonicwasser mehr im Kühlschrank, nur Campari, der war ihm zu süß, dann lieber ein Glas Chablis. Klaus setzte sich an den Schreibtisch, er sollte die Zeit nutzen, um *Nach der Dämmerung* für den kommenden Freitag zu konzipieren.

Er hatte vor, Lieder von Burt Bacharach in die Sendung zu nehmen, viele der Kollegen vom Jazz taten Bacharachs Musik als *easy listening* ab, doch Klaus mochte den amerikanischen Komponisten. Drei, vier Titel hineinflechten, mit Robert darüber sprechen.

Alfie vielleicht, von der Streisand gesungen. Nein. Das

war zu weit weg vom Jazz, selbst von dem leichten, den er auflegte. Aber *This Guy's In Love* mit Herb Albert. *Walk On By* mit Dionne Warwick. Mal gucken, ob sie das alles dahatten.

Das Telefon. «Geht es dir gut, du Strohwitwer?», fragte seine Mutter. «Vielleicht magst du mit Theo und mir zu Abend essen?»

«Danke. Das ist lieb. Doch ich denke, ich esse nur ein belegtes Brot und bastele an der Sendung für Freitag, Mama. Grüß Theo von mir und macht euch einen gemütlichen Abend vor dem Kamin.»

Er spannte ein Blatt in die Olivetti ein, um die Titel für die Sendung festzuhalten. Dann aber blieb er vor dem weißen Blatt sitzen und dachte über Henny und Theo nach. Die glücklichste ihrer Ehen, hatte Henny ihm gesagt. Lud und sie seien noch zu jung gewesen damals und er viel zu früh gestorben. Über ihre Ehe mit seinem Vater hatte sie nicht gesprochen.

Seine eigene Beziehung war von Anfang an ein großes Glück, das weder von Alex noch ihm in all den Jahren in Frage gestellt worden war. Auch der Schock jenes Abends im September schien überwunden, nur noch ein leichter Wundschmerz war vorhanden. Sie hatten daraus gelernt. Beide.

Das Verhältnis zu Florentine musste sich wieder normalisieren. Er war begeistert gewesen, als sie geboren worden war, nicht mehr länger der Kleine zu sein, sondern fast ein großer Bruder durch die Nähe von Henny zu Ida. Und Tian war Alex' bester Freund.

Seine Schwester und Thies führten das, was man eine harmonische Ehe nannte, doch Philemon und Baucis in ihrem Kreis waren Rudi und Käthe. Ihre Ehe hatte alle Zeitgeschicke ausgehalten, war von keinem Krieg und keinem Konzentrationslager zerstört worden.

Hatte Henny ihm nicht erzählt, Käthe habe sich erst geweigert zu heiraten? Fünfzig Jahre kannten sich Rudi und sie und sahen einander an, als hätte sie gerade der Blitz getroffen. Ein einziges Gefunkel.

Was ihm alles in den Sinn kam, wenn er allein in der Wohnung war. Klaus stand auf, um sich ein weiteres Glas Wein zu nehmen. Vielleicht würde er nachher die untere Schublade des Schreibtisches aufziehen, ganz nach hinten greifen und die alten Kurzgeschichten noch mal lesen.

«Hast du gehört, was ich gesagt habe?»

Tian senkte die Zeitung. «Sag es bitte noch mal. Ich war in den Text über Richard Nixon vertieft.»

Der Republikaner war im Januar als Präsident der Vereinigten Staaten vereidigt worden und hatte sich schon in diesem ersten Jahr kaum Freunde gemacht.

«Ich habe den Eindruck, dass deine kognitiven Störungen zunehmen.»

Tian legte das *Abendblatt* zusammen. «Wie kommst du darauf? Der Neurologe ist zufrieden mit mir.»

«Du wirkst oft abwesend.»

Vielleicht schaltete er tatsächlich ab, wenn Ida mit ihm über eine aufwendige Renovierung der Räume sprechen wollte. Die alte Ölheizung im Haus zu erneuern, war Momme und ihm dringender.

«Ich möchte mit dir über unsere Tochter sprechen», sagte Ida. «Ist dir denn nicht die Veränderung an ihr aufgefallen?»

«Seit sie aus New York zurück ist?»

«Ja. Da lese ich was in ihren Augen.»

«Und was liest du?»

«Ich hoffe, sie hat niemanden in Amerika kennengelernt und geht ganz dahin.»

Tian sah auf einmal sorgenvoll aus. Einen Ozean zwischen sich und seiner Tochter zu wissen, würde ihn kaum glücklich machen. «Soll sie sich doch endlich mit Robert verloben», sagte er.

«Verloben tue sich keiner mehr, sagt Lina. Ich war in der Buchhandlung, da hat sie mich auf Robert angesprochen. Er gefällt ihr gut.»

«Er gefällt uns allen, Florentine doch wohl auch.»

«Sie will sich nicht binden. Der Zeitgeist ist auf ihrer Seite», sagte Ida. Sie seufzte. «Sieh mal, wie verschlissen die Armlehnen vom Sessel sind.»

«Lass uns bei unserer Tochter bleiben. Hab ich das richtig verstanden, dass sie bis Ende des Jahres in Hamburg ist?»

«Im Dezember fliegt sie noch mal nach New York. Nächste Woche ist sie zwischen München und Berlin unterwegs. Und ab Januar lange in Paris. Hättest du gern Enkelkinder, Tian?»

«Ja», sagte er. «Ich bin ganz neidisch, wenn ich Alex von seinem Patensohn erzählen höre.»

«Ich glaube kaum, dass Florentine uns diesen Wunsch erfüllen wird», sagte Ida.

Das fürchtete Tian auch.

Keine Kleeblätter mehr auf den Kerzen, die er auszupusten hatte, hohe schlichte weiße in den englischen Silberleuchtern. Dazu Klavierspiel von Alex. *Viel Glück und viel Segen.* Das hatten Klaus' Eltern gesungen, als er ein kleines Kind war.

Kaschmir auf dem Gabentisch. Ein in Safranleder gebundenes Album mit den Bildern aus Italien im vergangenen Jahr. «Den Kuchen bringt Henny am Nachmittag vorbei», sagte Alex. «Ich führe dich heute Abend in den Grill vom Jahreszeiten aus.»

Zwei elegante Herren, die einander gut kannten. Geschäftsfreunde, die da im originalen Art déco mit Nussbaumtäfelung saßen? Es kam vor, dass der eine des anderen Hand streifte. Sie kurz streichelte.

Drei Hamburger Eisenten, feine Damen der Gesellschaft, schauten hin, flüsterten. «Das dürfen die jetzt», sagte die eine. «Doch nicht hier im Jahreszeiten», die andere. «Ich hätte denen das nicht angesehen», die dritte. Sie flüsterte am lautesten.

Fühlten sich Alex und Klaus so sicher, dass sie hinübersahen und lächelten?

Die Eisenten lächelten verlegen zurück. «Aber schick aussehen tun sie», sagte die erste.

«Gut, dass Brandt jetzt Kanzler ist», sagte Klaus. «Der hat vielleicht nicht direkt mitgewirkt, dass wir das dürfen. Doch das Klima ist ein anderes.»

Vieles war leichter geworden. Der Paragraph 175 liberalisiert, wenn auch nicht abgeschafft. Die Große Koalition von SPD und CDU hatte das noch ganz zuletzt auf den Weg gebracht.

«Tanzen ist für uns noch immer nicht angesagt» sagte Alex. «Nicht in einer normalen Bar. Dabei würde ich gerne tanzen mit dir.» Aber das kam in diesen Tagen ohnehin kaum in Frage für ihn.

Am liebsten hätte sie den Husky gefragt, ob er in den Septembertagen Präservative benutzt hatte. Sie hatte so lange darüber nachgedacht, dass sie glaubte, vor sich zu sehen, wie er die Packung öffnete, ein Gummi hervorholte, die Banderole abzog.

Doch keiner erfuhr von ihrer Schwangerschaft, auch die beiden möglichen Väter nicht, Florentine wünschte keine

Einflussnahme. Von niemandem. Ihr Entschluss stand fest, dieses Kind würde nicht geboren werden.

«Deine Brüste sind voller», sagte Robert und küsste und liebkoste sie. «Kommt das von der Pille?»

Vollere Brüste? Konnte das denn schon sein, in der zehnten Woche nach der Empfängnis?

Er traute sich nicht zu fragen, was zwischen ihr, Klaus und Alex vorgefallen war, vielleicht hatte er Angst davor, es zu wissen.

«Soll ich einen Gummi überziehen?», fragte er.

«Nicht nötig», sagte Florentine. «Der Zyklus hat sich eingependelt, die Pille greift, ich bin nicht zu schwängern.»

«Hast du immer schon gewusst, dass du keine Kinder willst?»

«Ja», sagte Florentine.

«Schade», sagte der Husky.

«Wenn du sie austrägst, stillst, aufziehst, können wir drüber reden.»

«Einverstanden», sagte er.

«Ach, Robert», sagte sie.

Er sah sie besorgt an. Robert?

Je t'aime, sangen und seufzten Jane Birkin und Serge Gainsbourg auf der Single, die Florentine in Paris gekauft hatte.

Als sie ziemlich erschöpft in den Kissen lagen, dachte sie, wie gut es sein würde, den Zellklumpen in der nächsten Woche loszuwerden, ehe er in ihrem Kopf zum Kind wurde.

«Ich freue mich darauf, die Kinder am Sonntag mal wieder alle dazuhaben», sagte Henny.

«Das einzige Kind ist Konstantin.»

«Sie sind alle meine Kinder. Auch Thies und Alex.» Die

Mütter der Nation. Henny und Guste. Gemeinsam mit Inge Meysel.

Der alte Ledersessel knarzte, als Theo aufstand, um zum Sideboard zu gehen. «Für dich auch einen Black & White?»

«Mit viel Soda», sagte Henny.

Ein vertrauter Dialog.

«Lina sagt, dass Louise das Trinken nicht in den Griff kriegt.»

Theo nickte. Das hatte er erwartet. «Ich weiß nicht, wie wir sie noch zu einer Therapie überreden sollen. Sie ist beratungsresistent.»

«Sollten wir die beiden auch einladen für Sonntag? Und Käthe und Rudi? Ida und Tian?»

«Ich dachte, es sollte ein Familientreffen sein.»

«Das ist doch alles Familie», sagte Henny.

Hatte Theo eine andere Antwort erwartet? Nein. «Dann lassen wir aber kalte Platten von Kruizenga kommen. Dass du keine Kocherei hast. Und die Vorräte an Wein müssen wir auch aufstocken.»

«Ist es dir zu viel?», fragte Henny.

«Nein. Eine schöne Idee. Die Kuck kann helfen.»

Henny ging zum Telefon.

Florentine kam aus München an diesem Morgen. In ihrer Handtasche hatte sie einen Umschlag mit zwölf Hundertmarkscheinen, sie war in die Bayerische Vereinsbank am Promenadeplatz gegangen, gleich neben dem Hotel, in dem sie die letzten zwei Nächte verbracht hatte.

Die Lufthansamaschine landete pünktlich um halb zwölf in Hamburg-Fuhlsbüttel. Grau war es. Richtig grau. Doch was ließ sich erwarten von einem Tag im November, an dem sie eine Abtreibung vornahm?

Ungeduld in ihr, als sie vor dem Flughafen in der Schlange stand, um ein Taxi zu ergattern. Spätestens um halb eins musste sie in der Praxis sein. Sie warf einen Blick auf ihre Rolex, eine Herrenarmbanduhr, durch die ihr Handgelenk noch schmaler wirkte, als es ohnehin schon war.

«Zum Mittelweg», sagte sie. Ein älterer Taxifahrer. Einer, der gerne quatschte mit den Fahrgästen. Er blickte in den Rückspiegel, als sie schwieg.

«Geht es Ihnen nicht gut?», fragte er, als sie angekommen waren.

Florentine zahlte, stieg aus, nahm ihre beiden Taschen und ging zum Haus, in dem die Praxis lag. Fast stolperte sie über den Saum ihres Maximantels, den sie über dem kurzen Rock trug. Sie blieb stehen. Drehte sich um. Das Taxi stand noch da, der Fahrer sprach in sein Funkgerät.

Florentine hob die Hand. Eine Geste in Zeitlupe. Der Fahrer fing ihren Blick auf und nickte. Sie kehrte um und öffnete die Tür des Wagens.

«Doch noch ein Stück weiter», sagte Florentine. «In die Milchstraße.»

Zu Hause stellte sie die Taschen ab, zog den Mantel aus und sah lange aus dem Atelierfenster, bevor sie sich auf den weißen Berberteppich legte.

Weit ausgebreitet ihre Arme, als wollte sie jemanden willkommen heißen.

GLOSSAR

Aktion Sühnezeichen

Sie wurde 1958 auf der Synode der Evangelischen Kirche Deutschlands gegründet, in Anerkenntnis eines weitgehenden Versagens der Kirche während des Dritten Reiches. Die *Aktion Sühnezeichen Friedensdienste* (ASF) setzt sich bis heute für eine Verständigung zwischen den Völkern ein und bietet den Ländern, die besonders unter der NS-Herrschaft gelitten haben, praktische Hilfe an. V. a. Jugendliche und junge Erwachsene aus Deutschland gehen seit 1959 für zwei bis drei Wochen in Sommerlager, in denen sie leben und arbeiten. Die ASF errichtete u. a. in England in den Ruinen der Kathedrale von Coventry eine internationale Begegnungsstätte der Versöhnung und im französischen Taizé die Friedenskirche.

Alsterpavillon

Traditionsreiches Café und Restaurant am Jungfernstieg und an der Binnenalster. Im August 1799 eröffnet. Am 9. Juni 1914 wurde das fünfte Gebäude eröffnet. Während des Dritten Reiches war es bekannt für seine Swing-Konzerte, obwohl der Swing bei den Nationalsozialisten verpönt war. 1942 wurde der Pavillon bei einem Bombenangriff zerstört. Das heute existierende, sechste Gebäude wurde 1952–1953 auf dem erhaltenen Sockelgeschoss erbaut.

Anovlar

Die erste in Deutschland erhältliche Antibabypille. Von der Berliner Schering AG am 1. Juni 1961 auf den Markt gebracht.

APO

Kürzel für Außerparlamentarische Opposition. Ab Mitte der sechziger Jahre in der Bundesrepublik Deutschland eine starke Kraft, die vom Sozialistischen Deutschen Studentenbund (SDS) getragen wurde. Ihre besonders von den Universitätsstädten ausgehenden Aktivitäten erreichten in den Jahren 1967 und 1968 ihren Höhepunkt.

Auld Lang Syne
Eines der bekanntesten Lieder im englischsprachigen Raum. Dort wird es nach alter Tradition zum Jahreswechsel gesungen, um der Toten des zu Ende gegangenen Jahres zu gedenken.

Berlin, Irving
US-amerikanischer Komponist, Sohn eines Kantors. Irving Berlins Lieder gehören zum *American Songbook*, das herausragende Songs der amerikanischen Unterhaltungsmusik von den 1930er bis 1960er Jahren umfasst.

Berlinetta
Ein Modell des italienischen Automobilherstellers Alfa Romeo. Auch bei anderen Herstellern eine Bezeichnung für ein zweitüriges, geschlossenes Fahrzeug.

BFN
Britischer Soldatensender, der für die britischen Truppen betrieben wurde. In Deutschland nahm er am 29. Juli 1945 in der damaligen Musikhalle in Hamburg den Betrieb auf. Auch unter dem Namen BFBS (British Forces Broadcasting Service) bekannt.

Brauer, Max
Sozialdemokratischer deutscher Politiker aus Hamburg-Altona, der nach der Machtübernahme der Nationalsozialisten erst ins französische Exil und dann in die USA ging. 1946 kehrte er nach Deutschland zurück und wurde zum ersten frei gewählten Ersten Bürgermeister Hamburgs nach dem Zweiten Weltkrieg. Dieses Amt übte er – mit einer vierjährigen Unterbrechung – bis 1960 aus.

British European Airways

Die BEA war eine staatliche Fluggesellschaft aus Großbritannien. Im August 1946 gegründet, wurde sie 1972 mit der BOAC (British Overseas Airways Corporation) zusammengelegt und heißt nun British Airways.

British Information Centre

Besser bekannt unter dem Namen **Die Brücke**. Die Zentren wurden ab März 1946 in den meisten Städten der britischen Besatzungszone mit mehr als 50 000 Einwohnern errichtet. Sie dienten der Reedukation. In gut geheizten Räumen stellten die Briten Zeitungen, Zeitschriften und Bücher bereit. In den späteren Jahren dienten die BICs v. a. dem kulturellen Austausch.

Ceram, C. W.

Eigentlich Kurt Wilhelm Marek. Deutscher Journalist, Lektor und Autor, der durch seine Werke zur Archäologie bekannt wurde. Sein 1949 erschienenes populärwissenschaftliches Buch *Götter, Gräber und Gelehrte* wurde weltweit ein Bestseller. Marek war auch Autor des 1941 erschienenen Durchhalteromans *Wir hielten Narvik*.

Cölln's Austernstuben

Die Geschichte des Restaurants Cölln geht bis in das Jahr 1760 zurück. Es besteht aus dreizehn großen und kleinen Séparées. Der kulinarische Schwerpunkt lag auf Meeresfrüchten. In der Straße Brodschrangen der Hamburger Altstadt gelegen. Denkmalgeschützt.

Das Rauhe Haus

Eine 1833 gegründete Stiftung der Diakonie in Hamburg. Der damals fünfundzwanzigjährige Pastor Johann Hinrich Wichern hatte führende Hamburger Politiker und Kaufleute davon überzeugen können, vor den Toren der Stadt für verwaiste und verwahrloste Kinder ein Zuhause zu schaffen. Die Stiftung betreut auch heute noch Kinder, Jugendliche und ihre Familien, alte Menschen, geistig Behinderte und psychisch Kranke.

D-Day

Im Englischen die Bezeichnung für den Stichtag einer militärischen Operation. Doch v. a. in Verbindung gebracht mit der am 6. Juni 1944 stattgefundenen Landung der westlichen Alliierten in der Normandie. Sie gilt als einer der Wendepunkte des Zweiten Weltkrieges. **Omaha Beach** war mit mehr als zehn Kilometern Länge der ausgedehnteste Landungsabschnitt, die alliierten Truppen erlitten hier die schwersten Verluste.

Die vier Botze

Eine Gesangsgruppe, die in den fünfziger und sechziger Jahren im Hörfunk und im Fernsehen auftrat. Das Quartett (Kölsch für Die vier Hosen) hatte sich auf Karnevalslieder und Schlager in Kölschem Dialekt spezialisiert.

Egg Chair

Auch als Ei bezeichnet. Ein Sessel, der 1958 von dem dänischen Designer und Architekten Arne Jacobsen entworfen wurde.

Ehre, Ida

Schauspielerin, Regisseurin und Intendantin der Hamburger Kammerspiele, die sie 1945 wiedereröffnete. Während des Dritten Reiches wurde Ida Ehre als Jüdin mit einem Berufsverbot belegt, später von der Gestapo verhaftet und im KZ Fuhlsbüttel inhaftiert.

Eingeborene von Trizonesien

Ein Karnevalslied, das 1948 von Karl Berbuer geschrieben wurde. Über die Grenzen des Rheinlands bekannt geworden, bezeichnet es die Bewohner der Trizone, der drei Zonen, die von den Westmächten Großbritannien, Frankreich und USA besetzt waren.

Familie Schölermann

Die erste Familienserie im deutschen Fernsehen. Die vom NWDR produzierte Serie lief von 1954 bis 1960 und brachte es auf insgesamt 111 Folgen.

Fechter, Peter

Der 18-jährige Ostberliner wurde am 17. August 1962 bei einem Fluchtversuch über die Berliner Mauer an der Zimmerstraße von Volkspolizisten angeschossen. Sie ließen ihn zwischen Panzersperren und Stacheldrahtverhau verbluten.

Funk-Eck

Am 1. Mai 1950 eröffnetes Café in der Rothenbaumchaussee nahe des damaligen NWDR. Entwickelte sich bald zu einer zweiten Kantine für die Mitarbeiter des Nordwestdeutschen Rundfunks.

Hamburger Eisenten

Feine Damen der Hamburger Gesellschaft, eher von kühlem Naturell und nicht unbedingt aufgeschlossen.

Hamburger Sargträger

Eine Hamburger Tradition, die sich aus den *Reitendienern* entwickelte, einer Bruderschaft im 19. Jahrhundert, zu deren Aufgaben es gehörte, den Sarg zum Grab zu tragen. Die Tracht der Hamburger Sargträger ist der ihren nachempfunden: schwarze Talare mit großen weißen Krägen und Dreispitzen.

Heimkehrerlager Gronenfelde

Nach Ende des Zweiten Weltkrieges das zentrale Heimkehrerlager für deutsche Kriegsgefangene im Osten. Das Lager befand sich bei Frankfurt / Oder.

Hornkaserne

Erste Station der Kriegsheimkehrer aus Russland nahe Frankfurt / Oder. Stand unter russischer Verwaltung. Danach wurden die Heimkehrer, bereits als Zivilisten, durch das nahe gelegene Lager Gronenfelde geschleust, zentrale Station für sämtliche Russlandheimkehrer. Nach maximal 24 Stunden verließen sie es. Die ehemaligen Soldaten, die in Westdeutschland beheimatet waren, kamen nach Friedland, die anderen wurden in eines der Heimkehrerlager der Sowjetzone überführt.

Jewish Trust Corporation
Die jüdische Treuhandgesellschaft wurde 1945 für die britische und die französische Besatzungszone gegründet, um insbesondere erbenloses jüdisches Vermögen zu erfassen und zu sichern.

Journal of the American Medical Association
Fachzeitschrift der größten Standesvertretung der Ärzte und Medizinstudenten der Vereinigten Staaten mit Sitz in Chicago.

Kaffeemühlenarchitektur
Hamburger Kaffeemühlen waren Ausdruck der neuen Schlichtheit, die in den 1920er und 1930er Jahren populär wurde und den Jugendstil ablöste. Wesentliches Merkmal einer Hamburger Kaffeemühle ist der annähernd quadratische Grundriss, der zu einer würfelartigen Form des Gebäudes führt.

KZ Fuhlsbüttel
Ein KZ, das von den Nationalsozialisten ab März 1933 innerhalb des Gebäudekomplexes der Strafanstalt im Hamburger Stadtteil Fuhlsbüttel errichtet wurde. Es bestand bis April 1945. Heute eine Gedenkstätte.

KZ Neuengamme
Wurde 1938 zunächst als Außenlager des KZ Sachsenhausen errichtet und ab 1940 als selbständiges KZ mit vielen Außenlagern geführt. Die Häftlinge mussten Zwangsarbeit für die auf dem Gelände befindliche Ziegelei, in der Rüstungsindustrie und beim Bau militärischer Anlagen (Friesenwall) leisten. Von den ca. 100 000 Häftlingen stammten neun Prozent aus Deutschland, die anderen 91 Prozent kamen aus den besetzten Ländern. Mindestens 50 000 starben an den unmenschlichen Arbeits- und Lebensbedingungen. Die SS begann ab dem 20. April 1945 das Lager aufzulösen. Bei den Todesmärschen unmittelbar vor Kriegsende starben viele der völlig entkräfteten Häftlinge. Am 3. Mai 1945 verloren annähernd 7000 Häftlinge durch die Bombardierung der Evakuierungsschiffe Cap Arcona und Thielbek in der Lübecker Bucht ihr Leben. Am 4. Mai 1945 fanden britische Truppen das Lager geräumt vor.

KZ Stutthof

Das KZ Stutthof war ein deutsches Konzentrationslager, 37 Kilometer östlich von Danzig bei Stutthof. Das Lager bestand vom 2. September 1939 bis zum 9. Mai 1945.

Ladage und Oelke

Gediegenes Bekleidungsgeschäft am Neuen Wall. 1845 von den Kaufleuten Ladage, ein Hugenotte, den es nach Hamburg verschlagen hatte, und dem Hamburger Oelke als Tuchhandlung gegründet, begleitet es Generationen von Hamburgern von der Taufe bis zur Beerdigung mit Maßschneiderei und Maßkonfektion.

L'Arronge

Legendäre Konditorei in der Dammtorstraße 13 nahe der Staatsoper. Sie bestand von 1932 bis 1970 und galt als ein Treffpunkt der Prominenz. Gegründet wurde sie von Konditormeister Paul L'Arronge, nach dem Krieg führte er sie gemeinsam mit seiner Frau Gisi.

Ledigenheim

Unter dem Namen Ledigenheim Rehhoffstraße bekannt. Nahe des Hamburger Michels. Es wurde 1913 eröffnet und dient bis heute alleinstehenden Männern als Unterkunft, in den ersten Jahrzehnten wurde es v. a. von Hafenarbeitern und Seeleuten frequentiert.

Seit 2013 steht das Gebäude unter Denkmalschutz.

L. W. C. Michelsen

Hamburger Feinkosthändler. 1814 gegründet. Eine der ersten Adressen Hamburgs für Speisen und Getränke. Das Haus am Jungfernstieg wurde im Krieg zerstört. Nach dem Zweiten Weltkrieg blühte das Geschäft in den Großen Bleichen wieder auf. Die Frühstücksstuben wurden im Nachbarhaus, Große Bleichen 12/14, neu eingerichtet.

Lynn, Vera

Britische Sängerin. Den Höhepunkt ihrer Karriere erreichte sie während des Zweiten Weltkriegs, als sie wegen ihrer Beliebtheit bei den britischen Truppen *The Forces' Sweetheart* genannt wurde.

Medical Tribune
Von Ärzten für Ärzte. Erste Medizinerzeitung Deutschlands, 1966 gegründet. Sie enthält Informationen zu Diagnose, Therapie und Praxisführung.

Mölny Schwedenhöschen
Babywindeln, Vorläufer der Pampers. Ein Gummihöschen, in das eine Zellstoffeinlage (Vlieswindel) gelegt wurde.

Moka
Espressokanne für die Zubereitung von Kaffee auf einem Kochherd. Das achteckige Modell wurde vom italienischen Erfinder Alfonso Bialetti bereits 1933 entwickelt, aber erst nach dem Krieg von dessen Sohn in den Handel gebracht.

Musikhalle / Laeiszhalle
Traditionsreiches Konzerthaus in Hamburg am heutigen Johannes-Brahms-Platz. Zwischen 1904 und 1908 erbaut. Es ist mit der großen Orgel und der prachtvollen Architektur seit mehr als hundert Jahren Hamburgs erste Adresse für Konzertveranstaltungen. Benannt wurde sie nach dem Hamburger Reeder Carl Laeisz (1828–1901), der den Bau durch eine großzügige testamentarische Verfügung möglich machte.

Die Nationalsozialisten benannten das Konzerthaus in Musikhalle um, weil nicht an Laeisz erinnert werden sollte, der jüdischer Herkunft war. Erst im Januar 2005 erhielt sie ihren ursprünglichen Namen wieder.

NWDR
Im Auftrag der britischen Besatzungsmacht gründete der englische Journalist Hugh Carleton Greene den Nordwestdeutschen Rundfunk (NWDR), den er nach dem Vorbild der BBC gestaltete. Ab dem 22. September 1945 fungierte der NWDR als gemeinsame Rundfunkanstalt für die gesamte britische Zone. 1948 wurde der NWDR in deutsche Hände gegeben und in eine Anstalt des öffentlichen Rechts für die Bundesländer Hamburg, Niedersachsen, Schleswig-Holstein und Nordrhein-Westfalen umgewandelt. 1955

fand die Teilung in zwei eigenständige Rundfunkanstalten statt –
den NDR mit Sitz in Hamburg und den WDR mit Sitz in Köln.
Greene (1910–1987) war der jüngere Bruder des Schriftstellers Graham Greene.

Ocularist
Hersteller von Glasaugen. In Hamburg eröffnete Arno Müller (vormals Breslau) 1950 seine Praxis zur Herstellung und Anpassung von Augenprothesen aus Glas in der Schlüterstraße. Seit 1961 unter dem Namen Heumann geführt. Noch heute als Institut für künstliche Augen W. Heumann Hamburg am gleichen Ort.

Olivetti
Italienischer Schreibmaschinenhersteller, von Camillo Olivetti 1908 gegründet. Die Schreibmaschinen fielen durch hohes gestalterisches Niveau auf, viele der Produkte galten als Meilensteine des Industriedesigns.

Pankok, Otto
Maler, Graphiker und Bildhauer. Von den Nationalsozialisten mit Berufsverbot belegt, 1937 wurden seine Werke aus deutschen Museen entfernt. Von 1946 bis 1958 war Pankok Professor an der Düsseldorfer Kunstakademie, zu seinen Schülern gehörte Günter Grass. Pankoks Werke werden dem expressiven Realismus zugeordnet. Typisch sind für ihn großformatige Kohlezeichnungen.

Paragraph 175
Paragraph des Strafgesetzbuches zum Verbot von homosexuellen Handlungen zwischen Männern, auch Schwulenparagraph genannt. Westdeutsche Homosexuelle wurden bis 1969 strafrechtlich verfolgt, bestraft und geächtet. Davon war nicht nur das Privatleben betroffen, berufliche Wege wurden verhindert, Karrieren zerstört. In den fünfziger und sechziger Jahren kam es zu etwa 50 000 Verurteilungen. Im Zuge des 1968er-Reformaufbruchs wurde Homosexualität unter erwachsenen Männern straffrei. Der § 175 wurde erst 1994 vollständig aufgehoben.

Pariser Verträge

Ein Vertragswerk, das den Besatzungsstatus in Westdeutschland beendete und der Bundesrepublik eine Teilsouveränität verlieh. Die Verträge wurden am 23. Oktober 1954 von den Mitgliedern der Westunion, der Bundesrepublik Deutschland und Italien in Paris unterzeichnet, im Februar 1955 durch den Bundestag ratifiziert. Sie traten am 5. Mai 1955 in Kraft. Die Alliierte Hohe Kommission wurde aufgelöst. Deutschland und Italien wurden in das System der gegenseitigen militärischen Hilfeleistung der Westeuropäischen Union einbezogen. Dazu gehörten Frankreich, Großbritannien, Belgien, die Niederlande und Luxemburg.

Parlamentarischer Rat

Der Parlamentarische Rat war ein politisches Organ, das von den drei Westmächten Frankreich, Großbritannien und den Vereinigten Staaten von Amerika eingesetzt worden war, um den politischen Neuanfang für Westdeutschland einzuleiten und ein Grundgesetz auszuarbeiten. Er bestand aus 65 Abgeordneten, die von den jeweiligen Landesparlamenten gewählt worden waren. Hinzu kamen noch fünf Berliner Abgeordnete, die nur beratenden Status hatten. Präsident war Konrad Adenauer (CDU), seine Stellvertreter Adolph Schönfelder (SPD) und Hermann Schäfer (FDP); Carlo Schmid (SPD) und Theodor Heuss (FDP) nahmen als Vorsitzende ihrer Fraktionen teil. Die Mitglieder des Parlamentarischen Rates, darunter nur vier Frauen, galten als Mütter und Väter des Grundgesetzes.

Pervitin

Ein von der Firma Temmler von 1938 bis 1988 hergestelltes Arzneimittel. Der Inhaltsstoff war das Stimulans Methamphetamin. Pervitin erlangte besondere Bekanntheit durch den freizügigen Einsatz während des Zweiten Weltkrieges, da es stark aufputschte. Die Wunderpille der Wehrmacht wurde in der Truppe auch *Panzerschokolade* genannt.

Philemon und Baucis

Gestalten aus der griechischen Mythologie. Ein altes Ehepaar, das in einer ärmlichen Hütte lebt und dem Göttervater Zeus und dessen Sohn Hermes Gastfreundschaft gewährt. Diese erfüllen dem Paar, das noch immer in tiefer Liebe verbunden ist, den Wunsch, sich nie trennen zu müssen, indem sie gleichzeitig sterben werden. Am Ende ihres Lebens werden sie in zwei Bäume verwandelt. Philemon wird zu einer Eiche und Baucis zu einer Linde, die dicht beieinanderstehen.

Pianohaus Trübger

1872 von Friedrich Reinhold Trübger gegründet. Das Pianohaus im Hamburger Stadtteil Eimsbüttel wird heute in der vierten Generation von der Familie geführt.

Planten un Blomen

Eine etwa 47 Hektar große Parkanlage im Zentrum von Hamburg. Der Name ist plattdeutsch und bedeutet Pflanzen und Blumen.

Polydor

Ein Schallplattenlabel der Deutschen Grammophon, das v. a. in den fünfziger und sechziger Jahren sehr große Erfolge hatte und mit seinen Künstlern die Hitlisten der Schlager- und Unterhaltungsmusik anführte. Der Hauptsitz war in Hamburg.

Riviera-Express

Nach dem Zweiten Weltkrieg wurde der Riviera-Express 1957 wiederbelebt. Er führte Schlaf- und Liegewagen und verkehrte von Köln mit Wagen aus Dortmund über Basel, Gotthard, Mailand, Genua bis nach Ventimiglia (und zurück). Von 1993 an fuhr er nur noch einmal in der Woche und wurde bald darauf eingestellt.

Schweigelager

Sowjetische Kriegsgefangenenlager, deren Insassen jeder Außenkontakt verboten war.

SDS

Der Sozialistische Deutsche Studentenbund war ein politischer Studentenverband, der von 1946 bis 1970 bestand. Anfangs der SPD nahestehend, wurde er nach der erzwungenen Trennung von der Mutterpartei zum Sammelbecken der Neuen Linken und spielte eine bedeutende Rolle in der Studentenbewegung der sechziger Jahre. Der Studentenführer Rudi Dutschke wurde 1965 in den Politischen Beirat des Berliner SDS gewählt.

Silberadler

Schlichter Südtiroler Weißwein, den es in 2,05-Liter-Flaschen gab. Billig und darum sehr beliebt in studentischen Wohngemeinschaften.

Teach-in

Ist eine Lehr-, Diskussions- und Informationsveranstaltung zu einem politischen, gesellschaftlichen oder sonst polarisierenden Thema, besonders im Zuge der 68er-Bewegung, die typischerweise auf einem Universitätscampus abgehalten wird.

Vier Jahreszeiten

Luxushotel am Neuen Jungfernstieg in Hamburg, 1897 von Friedrich Haerlin gegründet. Es zählt zu den besten Hotels der Welt. Im Zweiten Weltkrieg wurde das Gebäude an der Binnenalster nur leicht beschädigt. Nach dem Kriegsende bis März 1952 diente es als Hauptquartier der britischen siebten Panzerdivision. Am 4. April 1952 wurde das Hotel wiedereröffnet. Bis Ende jenes Jahres existierte im Keller des Hotels der *Four Seasons Club*.

Vliesmaske

Aus Vliesstoff hergestellte Einwegmaske für Mund und Nase, die vom medizinischen Fachpersonal benutzt wird, um die Übertragung von Krankheitserregern durch Sekrettröpfchen mit der Atmung zu verhindern.

Vossen, Albert
Jazz-Akkordeonist und Komponist. Ab 1948 Musiker im Unterhaltungsorchester des NWDR.

Weihnachtsringsendung
Eine propagandistische Radiosendung des nationalsozialistischen *Großdeutschen Rundfunks* während des Zweiten Weltkrieges. Zwecks Verbindung von Front und Heimat wurde in den Jahren 1940 bis 1943 jeweils am Heiligen Abend eine Sendung mit Grüßen von ausgewählten Soldaten der Wehrmacht an die Heimatfront sowie Einspielungen mit Berichten aus den von deutschen Truppen besetzten Gebieten ausgestrahlt.

Wilmenrod, Clemens
Deutscher Schauspieler und ab 1953 der erste deutsche Fernsehkoch, ohne vom Fach zu sein. Er gilt als Erfinder des Toasts Hawaii.

QUELLENANGABEN

Die Autorin zitiert Auszüge aus:

S. 96: «1. August 1914» von Anna Achmatowa

S. 99/100: «Es geht eine helle Flöte» von Hans Baumann

S. 129: «Fantasie von übermorgen» von Erich Kästner

S. 156/157: «How Deep is the Ocean» (Text: Irving Berlin)

S. 158: «It's Always You» (Text: Johnny Burke)

S. 165/232: «The Man I love» (Text: Ira Gershwin)

S. 196: «Summertime» (Text: Ira Gershwin und Edwin DuBose Heyward)

S. 235: «Wallenstein» von Friedrich Schiller

S. 240: «Über allen Gipfeln» von Johann Wolfgang von Goethe

S. 279/280: «Nachts» von Mascha Kaléko

S. 290/291: «Fly Me to the Moon» (Text: Bart Howard)

S. 342: «Lover Man, Oh Where Can You Be» (Text: Jimmy Davis, Roger Ramirez und James Sherman)

S. 373: «Todesfuge» von Paul Celan

S. 396: «Deep Purple» (Text: Mitchell Parish)

S. 430: «Nis Randers» von Otto Ernst

S. 432/434: «An dem kleinen Himmel meiner Liebe» von Erich Mühsam

S. 433: «Someone to Watch Over Me» (Text: Ira Gershwin)

S. 450: «Der Geliebte» von Angelika Schrobsdorff

S. 477: «Das gibt's nur einmal» (Text: Robert Gilbert)

S. 491: «Wir» (Text: Fritz Rotter)

S. 547: «Im Auto über Land» von Erich Kästner

S. 555: «Sweet Lorraine» (Text: Mitchell Parish)

S. 568: «I Wish You Love» (Text: Drew Barfield und Paul Antony Young)

Weitere Titel von Carmen Korn

Jahrhundert-Trilogie

Töchter einer neuen Zeit

Zeiten des Aufbruchs